Colleen Coble

Das Geheimnis des Quilts

francke

Über die Autorin:
Colleen Coble lebt mit ihrem Mann Dave in Indiana. Die Mutter von zwei erwachsenen Kindern ist Mitglied der New Life Baptist Church und schreibt mit Vorliebe Romantic Mysteries.

Bibliografische Information Der Deutschen Bibliothek
Die Deutsche Bibliothek verzeichnet diese Publikation in der Deutschen Nationalbibliografie; detaillierte bibliografische Daten sind im Internet über http://dnb.ddb.de abrufbar.

ISBN 978-3-86827-098-3

Originaltitel: Anathema

Published by Thomas Nelson Inc., PO Box 14100,
Nashville, TN 37214, USA

Deutsch von Silvia Lutz
Umschlagbild: Chee-Onn Leong © www.fotolia.de
Umschlaggestaltung: Verlag der Francke-Buchhandlung / Christian Heinritz
Satz: Verlag der Francke-Buchhandlung GmbH
Druck: Bercker Graphischer Betrieb, Kevelaer

www.francke-buch.de

Teil 1

1

„Mary, warum wehrst du dich? Du schlägst immer zurück.
Wir sollen die andere Wange hinhalten.“
Patricia Schwartz

Mary Schwartz beschleunigte ihre Schritte, bis sie das Bauernhaus ihrer Eltern ein gutes Stück hinter sich gelassen hatte und oben auf dem Hang stand. Von dort aus hatte sie einen guten Blick auf die überdachte Brücke, die ihr eigentliches Ziel war. Der Winterwind in Indiana wehte beißend kalt durch ihren schwarzen Wollumhang. Nervös spielte sie mit den Bändern ihrer Gebetshaube.

War er schon da? Sie sollte nicht hier sein. Mama wäre so enttäuscht von ihr. Aber Mary hatte gute Gründe für ihre Entscheidung.

Obwohl es erst sieben Uhr abends war, lag über dem Land bereits eine außergewöhnliche Dunkelheit. Im Südwesten türmten sich Sturmwolken immer bedrohlicher auf. Etwas Bedrückendes hing in der Luft. Mary fröstelte. In das erste Donnergrollen mischte sich das Jodeln ihres Cousins Moe, der auf dem Weg in den Stall war. Er durfte sie auf keinen Fall sehen. Schnell huschte Mary an den kahlen Zweigen einer überhängenden Goldrute vorbei und legte die letzten Meter ihres Weges im Laufschritt zurück. Sie hatte ihr Ziel erreicht: Von kahlen Ahornbäumen flankiert, tat sich vor ihr die gähnende Öffnung der Brücke auf.

In ihrem Inneren blieb Mary stehen und wartete, bis sich ihre Augen an die Dunkelheit gewöhnt hatten. Dabei brauchte sie eigentlich kein Licht. Die Brücke war ihr ebenso vertraut wie ihr eigenes Zimmer. Reece wäre sicherlich in ein paar Minuten hier. Sie erschauderte, aber nicht wegen der Februarkälte, die in Parke County, Indiana, von den Höhen ins Tal zog.

Es war falsch, dass sie hier war. Wenn ihre Eltern das wüssten ... und Noah, ihr Verlobter.

Nervös ging sie auf den breiten Holzbohlen der Brücke hin und her und blieb nur ab und zu kurz stehen, um zu horchen, ob sie Reeces Auto hörte. Eigentlich hatte sie gehofft, dass er bereits hier wäre und wie üblich auf sie warten würde. Vielleicht musste er sich noch um einen Ladendiebstahl oder einen anderen kleinen Gesetzesverstoß kümmern? Sie lehnte sich an einen der massiven Stützbalken der Brücke und beobachtete durch eine Lücke in der Seitenwand das fließende Wasser, aber bereits nach kurzer Zeit nahm sie ihre unruhige Wanderung wieder auf. Wenn Reece nicht bald käme, müsste sie zurückgehen.

Da hörte Mary endlich ein Motorengeräusch. Mit einem freudigen Lächeln drehte sie sich um, erblickte aber nur zwei ihr unbekannte Männer, die in einem kleinen, viertürigen Auto auf sie zukamen. Mary trat auf den Gehsteig der Brücke, um sie vorbeifahren zu lassen, aber wider Erwarten verlangsamte das Auto sein Tempo, bis es schließlich vollkommen stehen blieb. Das Fenster wurde nach unten gekurbelt und ein etwa dreißigjähriger Mann, dessen blonde Haare oben bereits dünner wurden, beugte sich lässig heraus.

Seine hellblauen Augen glänzten im Licht der Digitalanzeigen auf dem Armaturenbrett. „Hallo, hübsches Mädchen. Sollen wir dich mitnehmen?"

„Nein, ich warte auf einen Freund", sagte Mary.

„So wie es aussieht, ist dein Freund nicht da. Aber wir sind da." Die Tür ging auf und er stieg aus. Der andere Mann sprang ebenfalls aus dem Auto. Er war ungefähr genauso alt und hatte einen orangefarbenen Hut auf. Beide Männer kamen auf sie zu.

Mary wich zurück. „Mein Freund wird jeden Augenblick hier sein."

Das Lächeln des Mannes wurde lüstern. „Bis dahin können wir ja ein wenig Spaß miteinander haben."

„Nein!" Sie wehrte sich und versuchte, ihren Arm aus seinem Griff zu befreien, aber nun legte sich auch noch seine andere Hand fest um ihre Taille. Zu ihrem Entsetzen fühlte sie, wie er versuchte, die Knöpfe auf dem Rücken ihres Kleides zu öffnen. „Lassen Sie mich los!" Mary geriet in Panik, schlug um sich und trat nach ihrem Angreifer.

„Wow, wir haben es hier mit einer kleinen Wildkatze zu tun." Er hielt ihre Hände gewaltsam nach unten und zerrte sie zu seinem Auto. Der andere Mann hielt die Tür zum Rücksitz auf.

Wo war Reece? Mary öffnete den Mund und wollte um Hilfe schreien, aber als hätte er ihr Vorhaben vorausgeahnt, presste der Fremde nun seine Hand auf ihren Mund. Sie roch nach Tabak und sein Atem stank nach Bier. Er warf Mary wie eine Puppe ins Auto.

Sofort versuchte sie zur anderen Tür zu krabbeln, aber dort stand bereits der andere Mann. Mary begann zu schreien. Das Gesicht des Fremden verzerrte sich zu einem bösen Grinsen. Als sie versuchte, wieder nach ihm zu treten, packte er ihren Knöchel. Schließlich gelang es ihm, sich neben sie auf die Rückbank zu schieben. „Bring uns von hier weg!", forderte er seinen Freund auf.

Der Mann mit der orangefarbenen Mütze lief um das Auto herum und sprang auf den Fahrersitz. Er trat aufs Gaspedal und raste zum Ende der Brücke. Mary wurde gegen die Tür geschleudert. Panisch tastete sie nach dem Griff.

Der Blonde packte ihren Arm. „Nein, das lässt du brav bleiben." Er versuchte, sie in den Nacken zu küssen, aber sie biss ihn ins Ohr. Als sie sein Blut schmeckte, glaubte sie, sich übergeben zu müssen. Fluchend riss er den Kopf zurück. Seine Miene wurde finster und er hob die Hand. Sein Arm warf im Licht der Innenbeleuchtung einen bedrohlichen Schatten. Mary wand sich, doch im nächsten Augenblick traf sein Schlag ihre Wange. Ihr wurde schwarz vor den Augen.

Inzwischen hatte das Auto das Ende der überdachten Brücke fast erreicht. Plötzlich fluchte der Mann auf dem Fahrersitz laut los und die Bremsen quietschten. Das Auto scherte hinten aus, als er versuchte, es zum Stehen zu bringen. Über die Rücklehne des Vordersitzes sah Mary, dass ein Wagen das Ende der Brücke blockierte. Reece stand mit angelegtem Gewehr zwischen den Fahrzeugen. Im Licht der Scheinwerfer glitzerte seine Sheriffmarke.

„Steig aus dem Auto!", rief er. „Los, Mary, steig aus!"

Mary fand die Kraft, den Griff zu betätigen und die Tür aufzustoßen. Der Mann unternahm einen halbherzigen Versuch, sie festzuhalten, aber sie schüttelte ihn ab. Daraufhin knallte er die Tür zu und sie hörte, wie er dem Fahrer zurief: „Verschwinden wir von hier!" Der andere legte den Rückwärtsgang ein und raste davon.

Sie lag auf den breiten Holzplanken. Durch die Spalten zwischen den Brettern konnte sie das Flusswasser schimmern sehen, während ein unbändiges Zittern ihren ganzen Körper erbeben ließ. Ihre Lunge brannte vom Gestank der Autoabgase. Vorsichtig erhob sich Mary unter Schmerzen auf Hände und Knie. Schritte polterten über die Bretter und Reece schrie ihren Namen.

„Ich bin hier", sagte Mary mit wackliger Stimme. Dann hoben seine starken Arme sie hoch. Er drückte sie fest an seine Brust und sie fühlte das Hämmern seines Herzschlags an ihrem Ohr. Sein Atem klang abgehackt und da wusste Mary, dass er genauso viel Angst gehabt hatte wie sie. „Du hast mich gerettet", flüsterte sie. „Schon wieder. Du bist immer zur richtigen Zeit da."

Er nahm ihren Kopf vorsichtig zwischen seine Hände und küsste sie. „Ich werde immer für dich da sein. Niemand wird *meiner* Mary etwas zuleide tun."

Der besitzergreifende Ton in seiner Stimme ließ ihr Herz höher schlagen. Niemand hatte ihr je das Gefühl gegeben, so kostbar zu sein. „Als wir uns das erste Mal begegneten, hast du Kinder vertrieben, die mit Tomaten nach mir geworfen haben", sagte sie mit schwachem Lächeln.

„Dumme Kinder", knurrte er. „Nur weil ihr Amisch euch nicht wehrt, ist das kein Grund ..." Er brach ab.

„Dieses Mal habe ich nicht die andere Wange hingehalten", sagte Mary. „Zu meiner Schande muss ich gestehen, dass ich mich gewehrt habe. Aber ..."

Er legte einen Finger auf ihre Lippen. „Denk gar nicht darüber nach. Du hast das Richtige getan."

Trotz seiner beschwichtigenden Worte schämte sie sich in Grund und Boden. Sie hatte einen Mann *gebissen.* Ihr ganzes Leben lang hatte sie gelernt, dass eine Christin sich nicht wehrt, sondern sanftmütig annehmen soll, was Gott ihr in den Weg stellt. Nun musste sie mit dieser Schuld leben, ohne ihren Eltern davon zu erzählen.

„Komm, wir fahren zur Polizeiwache und erstatten Anzeige gegen die beiden."

„Nein!" Bei diesem Gedanken erschauderte sie. „Ich weiß sowieso nicht, wer sie waren. Und du warst zur rechten Zeit hier. Das ist alles, was zählt." Mary hielt inne. „Wo warst du?", fragte sie. „Ich wollte schon wieder nach Hause gehen."

Reece legte den Arm um ihre Taille. „Ich wurde an der Arbeit aufgehalten. Aber jetzt bin ich da."

„Du bist wirklich genau rechtzeitig gekommen."

Sie wagte es, ihren Arm auch um ihn zu legen, und er grinste. Sein Lächeln hatte sie von Anfang an zu ihm hingezogen. Ein Lächeln, aus dem seine Lebensfreude sprach. Er war ein Englischer und deshalb für sie tabu. Vielleicht war das einer der Gründe, warum sie sich so zu ihm hingezogen fühlte. Außerdem war Reece älter – fast dreißig. Er hatte Erfahrung. Das gefiel ihr an ihm.

Der aufgehende Mond spiegelte sich in der Sheriffmarke, die er an seinem Hemd stecken hatte. „Ich war mir nicht sicher, ob du kommen würdest", sagte er.

Marys freie Hand wanderte zu den Bändern an ihrer Haube. „Ich habe es versprochen." Das Wort *versprochen* klang höhnisch in ihrem Inneren nach. Um heute Abend ihr Wort zu halten, hatte sie andere, weitaus größere Versprechen gebrochen. „Ich hätte nicht kommen sollen."

„Du gehörst zu mir." Seine Hände legten sich auf ihre Schultern.

Große Hände, glatter als die Hände ihres Vaters. Als Detective bei der Polizei hackte und sägte Reece kein Holz wie die Männer in ihrer Gemeinschaft. Er roch auch gut. Kein Schweißgeruch, sondern nur der würzige Duft nach orientalischen Hölzern. Sie hatte letzte Woche einen ganzen Nachmittag mit dem Versuch verbracht, in einem Warenhaus den Namen seines Rasierwassers herauszufinden. Am Ende war sie zu dem Schluss gekommen, dass es ein Duft mit dem treffenden Namen Contradiction, Widerspruch, war. Dieses Wort fasste ziemlich gut zusammen, welche Gefühle Reece in ihr auslöste.

Sie wagte einen Blick auf sein Gesicht und erwiderte schließlich sein Lächeln. „Ich kann nicht lange bleiben. Bei uns zu Hause ist jemand, der einen Quilt von Mama kaufen will. Sie werden mich bald vermissen."

Er drückte ihr einen Kuss auf die Stirn. „Was sollen wir nur tun, Liebling?", flüsterte er in ihre Haare.

„Komm am nächsten Sonntag mit mir zum Predigtgottesdienst", schlug sie vor. „Er findet in unserem Haus statt. Gäste sind immer willkommen."

Er lächelte. „Versuchst du, mich zu bekehren?"

„Das würde viele Probleme lösen", gab sie zu. Es war zwar ungewöhnlich, dass Englische in die amische Kirche eintraten, aber dennoch kam es vor. Ihre eigene Mutter war diesen Weg gegangen. Falls Reece amisch würde, müsste Mary nicht zwischen ihrer Familie und dem Mann, in den sie sich verliebt hatte, wählen und diese innere Zerreißprobe hätte ein Ende.

„Komm und setz dich zu mir ins Auto." Reece nahm ihre Hand,

führte sie zu seinem Wagen und ließ sie Platz nehmen. Das Auto war noch neu. Mary fuhr mit der Handfläche über das glatte, geschmeidige Leder. Schön fühlte sich das an. Reece stieg auf der anderen Seite ein und fuhr unter einen Walnussbaum, wo er den Motor abstellte. Er rutschte zu ihr herüber und schloss sie in seine Arme. Seine Lippen fanden ihren Mund. Mary wollte nichts anderes mehr fühlen als seine Nähe und seine starken Arme, die sie hielten. Noah hatte sie nie auch nur umarmt. Das war nicht erlaubt. Das, was sie hier tat, war falsch, aber in diesem Moment interessierte Mary das nicht. Sie konnte an nichts anderes denken als an die Berührung seiner Händen und den frischen Geruch von Minze in seinem Atem.

* * *

Reece hob den Kopf und sein Atem strich flüsternd über ihr Gesicht. „Du weißt, was ich für dich empfinde. Heirate mich, Mary. Wir können sofort von hier weggehen. Ich kümmere mich um dich. Du brauchst dir nie wieder um irgendetwas Sorgen zu machen. Du gehörst mir, das weißt du doch."

Die Freude, die eben noch ihr Herz hatte schneller schlagen lassen, verwandelte sich bei seinen Worten in Panik. Sie legte ihre Handflächen auf seine Brust und schob ihn von sich weg. „Der Bischof würde mich mit dem Bann belegen." Warum nur hatte sie Reece nicht drei Monate früher, vor ihrer Taufe, kennenlernen können? Aber selbst dann hätte sie vor einer unmöglichen Entscheidung gestanden. Sie rutschte noch ein Stück weiter von ihm weg und lehnte sich mit dem Rücken an die Tür. Bei dem Gedanken, ihre Familie zu verlassen, zog sich ihr Inneres schmerzhaft zusammen. Amisch zu sein war genauso sehr ein Teil von ihr wie die Knochen und Sehnen, die dafür sorgten, dass sie aufrecht stehen konnte. Ihr Leben bestand daraus, mit geliebten Menschen um den Esstisch zu sitzen, zu lachen, zu plaudern und an der Seite ihrer Mama im Haus zu arbeiten. Nie hätte sie damit gerechnet, dass sie einmal in die Situation geraten könnte, sich in einen Englischen zu verlieben, während sie gleichzeitig mit einem Mann aus ihrer eigenen Gemeinschaft verlobt war.

„Du könntest amisch werden", flüsterte sie.

„Dann müsste ich meine Arbeit aufgeben, mein Leben. Das kann ich nicht, Mary. Ich wünschte, ich könnte es. Aber ich werde mich um dich kümmern. Da draußen gibt es eine Welt, von der du keine Ahnung hast. Eine aufregende Welt mit unzähligen neuen Erfahrungen."

Er hatte recht. Der amische Glaube verbot den Militärdienst oder eine Stelle bei der Polizei. Er würde sein bisheriges Leben mit einem Schlag verlieren. Aber falls sie mit ihm ginge, wäre sie in derselben Situation. Es war ein unlösbares Dilemma. Aber Mary wollte so gern mit ihm zusammen sein! Seine Kraft und Stärke gaben ihr das Gefühl von Sicherheit, auch wenn ihre Welt voll Unsicherheit zu sein schien. Er wusste so viel – alles über die Welt, auf die sie bisher nur kurze Blicke hatte erhaschen können.

Einen Tag nachdem er sie vor den ungezogenen Kindern gerettet hatte, war er in das Café gekommen, in dem sie arbeitete. Während der ganzen Zeit hatte sie seine Blicke auf sich gespürt. Auch Mary hatte sich vom ersten Moment zu ihm hingezogen gefühlt und unauffällig sein Benehmen und das respektvolle Verhalten der anderen Polizisten ihm gegenüber beobachtet.

Mary erschauderte. Noah wäre sehr verletzt, wenn er sie in Reeces Armen sähe. Sie hätte stärker sein sollen.

„Mary?" Reece streckte die Hand nach ihr aus. „Komm wieder näher, Liebes. Es ist okay. Ich werde dich nicht bedrängen. Ich will mich nur um dich kümmern."

Gott würde sie bestrafen, wenn sie der Einladung in seiner Stimme folgte.

Von irgendwoher nahm Mary den Mut und die Kraft, die Tür zu öffnen, auszusteigen, sich umzudrehen und wegzulaufen. Reece rief ihr nach, aber sie verlangsamte ihre Schritte nicht. Sagte die Bibel nicht, dass man vor der Versuchung fliehen solle?

Ihre Schuhsohlen rutschten über den Schotter, sodass sie stolperte und sich beinahe die Knie aufgeschlagen hätte. Schnell stand sie auf, eilte weiter und blieb erst auf der Straße stehen, um nach Luft zu ringen. Hastig warf sie einen Blick über die Schulter und sah, dass Reece ihr nicht gefolgt war. Der kühle Wind wehte ihr ins Gesicht und jagte ihr eine Gänsehaut über den Rücken, aber er ließ das Blut, das in ihren Adern und in ihrem Kopf pochte, langsamer fließen. Ihre Füße wurden leichter, als sie auf das Haus ihrer Eltern zurannte.

Sie atmete schwer. Tiefe Scham erfüllte sie. Was war aus ihr geworden? Konnte diese Beziehung gut sein, wenn sie deshalb so schwer gegen ihre Eltern und gegen Noah sündigte?

Vor ihr fiel das Licht der Gaslampen gelb durch das Fenster. Hoffentlich dachten ihre Eltern, sie sei noch immer im Stall.

Mary bemühte sich, eine harmlose Miene aufzusetzen, obwohl sie daran zweifelte, dass ihr das viel helfen würde. Ihre Mutter bräuchte nur einen Blick auf ihr Gesicht zu werfen, um die Schuldgefühle darin zu entdecken. Aber ihre Mutter wusste auch, wie es war, gegen die Beschränkungen ihres Glaubens anzukämpfen, und würde Marys Gefühle verstehen. Vielleicht könnte sie mit ihr sprechen. Ob ihre Mutter einen Rat für sie und ihre verfahrene Situation wüsste?

Der Gedanke, ihren amischen Glauben zu verlassen, hinterließ in Marys Seele ein Gefühl der Leere. Sie hatte gelernt – und geglaubt –, dass sie den wahren Weg zu Gott gefunden hatten. Wie sollte sie sich freiwillig von diesem Weg trennen können?

Im Haus war es ruhig, als Mary die Hintertür öffnete. Wo waren ihre Eltern? Sie ging an der Mangel in der Abstellkammer vorbei und trat in die Küche. Die leeren Limonadenpäckchen, die sie neben der Spüle hatte liegen lassen, lagen noch immer dort. Dabei hatte ihre Mutter eigentlich versprochen, die Küche sauber zu machen, während Mary die Arbeiten im Stall verrichtete.

„Mama?“, rief Mary. Schweigen.

Ihre Füße blieben an der verschütteten Limonade auf dem Fußboden kleben. Ihre Mutter hätte die Küche niemals in diesem Zustand verlassen. War jemand plötzlich krank geworden? Alarmglocken schrillten in Marys Kopf. Sie beschleunigte ihre Schritte und eilte ins Wohnzimmer. „Mama?“ Wieder rief sie nach ihrer Mutter.

Ihr Blick fiel auf eine Quiltdecke am Fußboden, die seltsam ausgebeult war. Die Decke lag mitten im Zimmer und Füße schauten darunter hervor. Ihr Verstand hatte Mühe zu begreifen, was ihre Augen hier sahen. Ein Quilt, den sie noch nie gesehen hatte, lag auf dem Boden, schwarz, aber aus der Mitte leuchtete ihr das berühmte Kolibrimuster ihrer Mutter entgegen. Papas schwarze Schuhe, Größe siebenundvierzig, schauten auf der einen Seite unter dem Quilt hervor und Mamas Schuhe, Größe sechsunddreißig, auf der anderen Seite. Aus den Augenwinkeln sah Mary ein rotes, an die Wand gemaltes Symbol, ein Rad mit Speichen, darunter stand ein Wort in einer anderen Sprache. Was sollte das alles?

„Mama?“ War das etwa ein Scherz? Ihr Vater liebte Späße. Bestimmt würden ihre Eltern jeden Augenblick aufspringen und über ihr entsetztes Gesicht lachen.

Doch niemand rührte sich. Sie beugte sich nach unten und berührte das Bein ihrer Mutter, das unter dem Quilt hervorschaute. Es war kalt. Mary fiel nach hinten. Ein nicht enden wollender Schrei entfuhr ihrer Kehle. Sie schrie und schrie und konnte nicht mehr damit aufhören. Das Zimmer begann sich um sie zu drehen. Galle stieg in ihrer Kehle auf. Sie würgte sie zurück und taumelte zur Tür hinaus.

* * *

Das Blaulicht der vier Streifenwagen vor dem Bauernhaus leuchtete kalt durch die Nacht. Alle verfügbaren Polizisten von Parke County waren dem Notruf zu dem amischen Bauernhaus gefolgt. Deputy Matt Beitler stellte seinen Wagen hinter dem Auto seines Partners ab und stieg aus. Schnell knöpfte er seinen Mantel zu, um sich vor dem eisigen Wind zu schützen. Als der Anruf bei ihm eingegangen war, hatte er gerade zusammen mit Analise seinen freien Tag genossen. Nicht sonderlich begeistert über diesen unfreiwilligen Einsatz öffnete er jetzt die Hintertür seines Wagens und ließ Ajax, seinen einjährigen Polizeisuchhund, aus dem Auto. Dunggeruch lag in der Luft, während er mit dem Schäferhund an der Leine auf das Haus zuging. Doppelmord auf einem amischen Bauernhof. Eigentlich waren die Amisch als friedliebende und vorbildliche Staatsbürger bekannt. Reeces Worte hatten bei seinem Anruf ziemlich zusammenhanglos geklungen, was Matt dazu veranlasst hatte, jede Geschwindigkeitsbeschränkung zu übertreten, um schnellstmöglich an den Tatort zu gelangen. Sein Partner war normalerweise ruhig und sachlich und hasste es, die Kontrolle über etwas zu verlieren.

Generatorbetriebene Scheinwerfer beleuchteten den unbefestigten Hof. Der Sheriff hatte bereits die Bundespolizei hinzugezogen. Auf der anderen Seite des Hofes stand O’Connor, der eine junge amische Frau tröstete. In der Dunkelheit war es schwer, mehr von ihr als die weiße Haube zu erkennen.

Da blickte O'Connor auf und bemerkte ihn. Er legte den Arm um die junge Frau und führte sie zu einem Schaukelstuhl auf der Veranda. „Ich bin gleich wieder da", sagte er zu ihr, bevor er sich umdrehte und an der Spurensicherung vorbei in Matts Richtung ging.

Matt beobachtete, wie die Frau ihr Gesicht in den Händen verbarg. Ihre Schultern zuckten. Vermutlich waren die Mordopfer nahe Angehörige oder Freunde von ihr gewesen, aber O'Connor würde ihm sicher gleich die genaueren Details mitteilen.

„Sitz!", befahl Matt dem Hund. Er band die Leine um einen Pfosten und kam seinem Partner auf halbem Weg entgegen.

„Danke, dass du so schnell gekommen bist." O'Connor nahm den Hut ab und fuhr sich durch die blonden Haare, die im Widerspruch zu seinem jungen Alter von gerade mal dreißig Jahren bereits die ersten Anzeichen einer Glatze aufwiesen.

Matt spürte, dass sein Chef mit den Gedanken nicht ganz bei der Sache war. Der Detective gehörte zu den fleißigsten Leuten, die die Polizei von Parke County hatte. Er hatte Matt zu dessen Stelle verholfen und ihn bald darauf zu seinem Partner gemacht.

„Sieht es am Tatort schlimm aus?"

„Schlimmer, als du dir vorstellen kannst." Im grellen Licht der Scheinwerfer sah O'Connor leichenblass aus. „Ihre Eltern." Er nickte in Richtung der jungen Frau hinüber. „Sie hat sie gefunden. Sie waren mit einem Quilt zugedeckt." Er zögerte. „Ihre Gliedmaßen sind unnatürlich verdreht, der Rücken und Nacken stark gekrümmt."

„Strychninvergiftung?"

„Möglich."

Matt verzog das Gesicht. Strychnin war heimtückisch. Das Opfer bekam Muskelverkrampfungen, die immer schlimmer wurden, bis es völlig erschöpft war und die Lunge ihre Funktion einstellte. Er wollte sich das nicht genauer vorstellen. „Hast du sie schon verhört?" O'Connor wandte den Blick ab. „Noch nicht. Ich ... ich war in der Gegend und hörte sie schreien. Als ich ankam, war sie im Hof. Sie stand unter Schock. Ich glaube, sie muss kurz ohnmächtig gewesen sein."

„Dann sollten wir jetzt mit ihr reden." Matt wollte zu der Frau hinübergehen, aber sein Partner hielt ihn am Arm fest.

„Geh sensibel mit ihr um", bat O'Connor. „Oder überlass sie lieber mir. Sie ist jetzt ganz allein."

Ungewöhnlich für eine amische Familie. Sie bekamen normalerweise Kinder wie die Karnickel. „Sensibel? Wir müssen die Wahrheit herausfinden, bevor die Spur kalt wird. Was ist mit ihr?“ Matts Blick wanderte von seinem Partner zu der Frau, die sich, die Arme fest um den Körper gelegt, ohne Unterbrechung in dem Schaukelstuhl vor und zurück wiegte. „Kann ich ihr wenigstens ein paar Fragen stellen?“

O'Connor ließ seine Hand von Matts Arm sinken. „Sei einfach vorsichtig.“

Matt ging auf die Frau zu. „Miss Schwartz? Ich bin Deputy Beitler. Ich würde Ihnen gern ein paar Fragen stellen.“

Aus der Nähe betrachtet, schätzte er ihr Alter zwischen zwanzig und zweiundzwanzig. Mit ihrer weißen Haube und dem unförmigen grauen Kleid sah sie fast farblos aus.

O'Connor ging um ihn herum und ergriff Marys Hand. „Schaffst du das?“, fragte er die Zeugin.

Matt warf seinem Partner einen ungläubigen Blick zu. Seit wann fassten sie ihre Zeugen mit Samthandschuhen an? Noch dazu konnten jeden Moment die Reporter auftauchen. Aber es war O'Connors Fall.

„Miss Schwartz?“, fragte Matt noch einmal.

Sie blickte auf. Im Scheinwerferlicht nahmen ihre Augen einen goldenen Glanz an, der ihn einen Tiger erinnerte. Er konnte bis in ihre Seele hineinschauen und entdeckte darin nur Gutes. Matt verdrängte diesen Gedanken. Was spann er sich hier zurecht? Innerlich rief er sich zur Ordnung. Nach seiner Erfahrung musste man den Täter als Erstes unter den Angehörigen und Freunden des Opfers suchen, wobei er in diesem Fall Hass als Motiv für das Verbrechen vermutete. Vielleicht hasste sie ihre Eltern. So etwas kam vor.

Monoton schaukelte Mary vor und zurück, vor und zurück.

„Können Sie uns sagen, was passiert ist?“

„Ich kam nach Hause von … von einem Spaziergang und fand meine Eltern.“ Ihre Stimme klang heiser.

Er konnte sehen, dass sie nach wie vor unter Schock stand. „Was war passiert, bevor Sie spazieren gingen? Irgendetwas Ungewöhnliches? Haben Sie jemand gesehen oder getroffen, als Sie unterwegs waren?“

Sie rieb sich den Kopf. „Ich … ich erinnere mich nicht.“

Er schaute von dem Notizblock in seiner Hand auf. „Sie erinnern sich nicht?" O'Connor streichelte der Frau noch immer über die Schulter. Noch nie hatte Matt erlebt, dass sich sein Partner so sonderbar verhalten hätte.

„Alles ist irgendwie verschwommen. Ich kann nicht klar denken." Sie rieb sich angestrengt die Schläfen, als gelänge es ihr so, ihr Gehirn zur Mitarbeit zu zwingen. Sie schaute mit mitleiderregender Miene zu ihm auf. „Es war meine Schuld."

Er zückte wieder seinen Kugelschreiber. „Wie meinen Sie das?"

„Natürlich war es nicht deine Schuld, Mary", sagte O'Connor mit zu lauter Stimme. „Du brauchst Ruhe. Morgen wirst du dich besser erinnern können."

Matt hielt den Stift über das Papier. „Inwiefern war es Ihre Schuld?"

Sie hob den Kopf und schaute ihn wieder an. „Ich habe die Limonade zusammengemischt. Es war ein kostenloses Probepäckchen, das wir mit der Post bekamen. Das Gift war darin, nicht wahr?"

„Wie kommen Sie darauf, dass sie vergiftet wurden?"

„So … so wie sie aussehen. Vergiftete Ratten sehen so aus." Sie erschauderte. „Wir benutzen solches Gift in der Gärtnerei."

Matt und O'Connor sahen sich vielsagend an. O'Connor ging zu einem anderen Polizisten hinüber und befahl ihm, das Treibhaus zu durchsuchen.

Matt wandte sich wieder an Mary. „Bevor Sie spazieren gingen, haben Sie also Limonade zubereitet?"

Sie nickte. „Mit viel Zucker, weil mein Vater es gern süß mag. Ich habe für beide ein Glas eingeschenkt und dazu noch ein extra Glas für den Gast. Jemand wollte kommen und sich Mamas Quilts ansehen."

„War es ein Mann oder eine Frau, die sich für die Quiltdecke interessierte?"

Sie zog die Stirn in Falten und wurde noch blasser. „Oh, warum kann ich mich nur nicht erinnern?", stöhnte sie. „Lassen Sie mich nachdenken." Sie blieb einen Moment still sitzen. „Cyrus. Cyrus Long. Wenigstens glaube ich, dass er heute Abend hier war. In meinem Kopf ist ein solches Durcheinander. Oder war er vielleicht gestern Abend hier? Ich kann mich nicht genau erinnern."

„Können Sie nicht oder wollen Sie nicht?", fragte er in dem Moment, als O'Connor wieder zu ihnen trat.

„Matt“, knurrte O’Connor mit warnendem Unterton in der Stimme. „Ich will mit dir sprechen.“ Er entfernte sich einige Schritte.

Matt folgte ihm. „Was ist mit dir los, Mann? Ich habe dich noch nie so erlebt. Du behinderst die Untersuchung.“

O’Connor warf einen Blick auf Mary und dann wieder auf Matt. „Sie war mit mir zusammen.“

„Mit dir? Was soll das heißen?“

„Das heißt, dass sie sich aus dem Haus geschlichen hatte, um sich mit mir zu treffen.“ Er verschränkte die Arme vor seiner Brust. „Wir waren zusammen. Mehr brauchst du nicht zu wissen.“

Matt konnte das, was er gerade zu hören bekam, nicht richtig begreifen. O’Connor war gut acht Jahre älter als diese Frau und als „Englischer“ eigentlich der letzte Mann, auf den sie sich einlassen würde. „Verstehe“, sagte er. „Ein wenig junges Gemüse?“ Er war sich bewusst, dass er damit zu weit ging. O’Connor war immer noch sein Vorgesetzter, auch wenn er das leicht vergaß. Bevor sie Partner wurden, waren sie bereits Freunde gewesen, beinahe wie Brüder.

„Halt den Mund. Du hast keine Ahnung. Ich habe mein ganzes Leben lang auf jemanden wie Mary gewartet – so süß und gut. Wenn ich mit ihr zusammen bin, bin ich ein besserer Mensch. Sie hat mit diesem Verbrechen nichts zu tun“, sagte O’Connor bestimmt.

„Du weißt genauso gut wie ich, dass das Opfer den Täter normalerweise kennt. Du musst es Sturgis sagen und den Fall abgeben.“

„Das ist *mein* Fall. Ich kenne meine Grenzen und komme damit klar, Beitler.“

„Reece, überleg dir das gut. Du bewegst dich seit dieser Anzeige wegen übermäßiger Gewaltanwendung auf dünnem Eis.“

O’Connor fuhr sich mit der Hand durch die Haare. „Und du solltest dir überlegen, wie du zu deinem Job gekommen bist und wo du wärst, wenn ich nicht gewesen wäre.“

Es widerstrebte Matts stark ausgeprägtem Gerechtigkeitssinn, aber er kämpfte seine inneren Einwände nieder und zuckte schließlich mit den Achseln. „Wie du willst.“ Beide Männer gingen zurück. „Ich sehe mir mal den Tatort an“, erklärte Matt.

Mary zitterte. „Ich muss nicht mitgehen, oder?“

„Nein, Sie bleiben hier bei Detective O’Connor.“ Im Haus bückte sich Matt unter dem gelben Absperrband an der Tür hindurch und betrat das Wohnzimmer. Im Zimmer verteilte Halogenlampen beleuchteten mit grellem Licht die beiden Leichen auf dem Holzfußboden. „Was haben wir?“, fragte er Sturgis.

„Zwei Erwachsene, schätze Anfang fünfzig. Sie wurden vergiftet. So verdreht wie ihre Körper sind, tippe ich auf Strychnin. Die Autopsie wird uns Genaueres sagen.“ Er nickte zu einem Stoffhaufen hinüber. „Eine Quiltdecke lag über ihnen. Die Tochter hat sie entfernt, bevor wir gerufen wurden.“

„Wer hat die Polizei verständigt?“, erkundigte sich Matt.

„Ebenfalls die Tochter. Sie rief uns über das Telefon, das in der Gärtnerei steht.“

„Sie haben ein Telefon?“

Sein Kollege zuckte die Achseln. „Die Amisch benutzen bei ihren Geschäften Telefone, wobei sich manche Familien einen Apparat teilen. Sind dir die kleinen Telefonhäuschen am Straßenrand in der Gegend noch nicht aufgefallen? Sie benutzen es aber nur, um Termine zu vereinbaren und Geschäftliches zu erledigen. Sie wollen unbedingt verhindern, dass das Telefon in ihr Privatleben eindringt.“

Matt war zwingend auf sein Handy angewiesen. Wie bewältigten diese Leute ihr Leben ohne Telefon? Er ließ seine Augen durch den Raum wandern, der normalerweise nur von dem flackernden Schein der Gaslampen schwach erhellt wurde. In der Mitte der Wand stand ein Sofa mit abgenutzten Sitzkissen, robuste Holztische, höchstwahrscheinlich handgemacht, standen links und rechts daneben. Keine Teppiche, kein Wandschmuck, keine Bilder.

Ein rotes Symbol und Worte an der Wand ließen ihn innehalten. „Blut?“, fragte er.

„Farbe.“ Sturgis steckte sich eine neue Zigarre in den Mund, zündete sie jedoch nicht an, sondern kaute lediglich auf ihr herum.

Matt hätte zu gern auch auf etwas herumgekaut, um sich von dem abstoßenden Mord und dem bitteren Geschmack, den er in seinem Mund hinterließ, abzulenken. „Es ist ein Friedenssymbol. Wissen wir, was das Symbol bedeuten soll?“

„Für die Amisch ist Friedfertigkeit das oberste Gebot. Vielleicht ist es irgendwie ein verdrehtes Verbrechen aus Hass.“

„Ein Hassverbrechen gegen die Amisch?“

„Das war mein erster Gedanke. Es scheint sehr gut geplant gewesen zu sein. Der Mörder hatte alles dabei, was er brauchte."

„Nicht alles", sagte Matt, dessen Blick auf eine Pfütze mit verschütteter Flüssigkeit fiel. „Was ist mit der Limonade, die Mary Schwartz zusammengemischt hat? Das Päckchen kam mit der Post."

„Könnte Zufall sein."

„Vielleicht." Aber Matt hätte darauf wetten mögen, dass sie in der Limonade Gift finden würden. „Was ist mit diesem Wort? Wissen wir hier die Bedeutung?"

„Noch nicht. Ich glaube, es ist griechisch."

Parke County war eine sehr ruhige Gegend im mittleren Westen Indianas. Ein Mord kam angesichts seiner Seltenheit beinahe einer Sensation gleich. Die größte Stadt mit 2650 Einwohnern in dieser Gegend war Rockville. In diesem Landstrich gab es mehr überdachte Brücken als Einwohner. Durch die dichten Wälder und die hügelige Landschaft zu fahren, war eine Freizeitbeschäftigung, die Matt liebte. Er war noch kein Jahr bei der Polizei und dies war sein erster Mordfall. Der Anblick war ein Schock für ihn, etwas, an das er sich auch in Zukunft bestimmt nicht würde gewöhnen können.

Matt wandte den Blick von den beiden Toten ab. „Holen wir diese Miss Schwartz herein und stellen ihr noch ein paar Fragen. Ich schicke einen Kollegen mit Ajax los. Vielleicht haben wir Glück und er findet eine Fährte von dem Täter."

2

„Demut und Gelassenheit sind das Herzstück eines guten Lebens, Mary. Nimm alles, was Gott dir gibt, ohne Murren an."
Patricia Schwartz

Mary saß auf der Veranda des schlichten, weißen Bauernhauses und konnte nicht aufhören zu schaukeln. Der kalte Wind, in dem der Wassergeruch vom Teich hinter dem Haus lag, zupfte an den Bändern ihrer Haube und bewegte den Saum ihres langen Rockes. Ein wenig beruhigte das Schaukeln die Schreie, die nach wie vor in ihrer Kehle steckten. *Es ist nicht wahr. Es ist nicht wahr.* Ununterbrochen hallte dieser Satz in ihrem Kopf und Herzen wider. Ein Alptraum, das musste ein Alptraum sein. Sie würde jeden Moment erwachen. Dann stünde sie wie immer mit ihrer Mama in der Küche und wäre mit der Zubereitung eines Rosinenkuchens beschäftigt, während sie drüben in der Gärtnerei Papa bei der Arbeit pfeifen hören würden.

Sie hatte gewusst, dass Gott sie für ihre Sünde bestrafen würde. Bereits bei den ersten Schritten auf dem Weg zur Brücke hatte sich dieses Wissen wie eine schwere Quiltdecke ihrer Mutter über sie gelegt. Sünde begann im Herzen und ihr Herz war schwarz wie die Nacht. Aber diese Strafe ... diese Strafe war einfach zu schwer. Sie war nicht zu ertragen.

Reece war die ganze Zeit in ihrer Nähe, aber Mary war abweisend und verschanzte sich in ihrem Inneren. Sie verdiente seinen Trost nicht.

„Mary, Liebes?"

Mary blickte auf und sah ihre Tante Nora und ihren Cousin Moe am unteren Ende der Stufen stehen. „Jetzt jodelst du nicht mehr", sagte sie zu Moe, der verwirrt das Gesicht verzog, weil ihre Worte für ihn keinen Sinn ergaben.

Ihre Tante eilte mit ausgebreiteten Armen die Stufen herauf. Mary stand auf und fiel ihr in die Arme. „Sie sind tot", schluchzte sie. Erneut drängten die bis jetzt mühsam zurückgehaltenen Schreie mit Macht aus ihrer Kehle, aber Mary kämpfte gegen das Bedürfnis an und biss die Zähne zusammen.

Nora hielt sie fest, während sich ihre Tränen und ihr Schluchzen vermischten. Ihre Tante hatte ihren Bruder, den sie so sehr liebte, verloren und war bestimmt ebenso erschüttert wie sie. Wie konnte ein liebender Gott so etwas zulassen? Mary konnte das einfach nicht begreifen.

„Miss Schwartz?"

Mary hob den Blick und sah den jüngeren Polizisten neben sich stehen. Sie wühlte sich durch die Watte in ihrem Hirn, um sich an seinen Namen zu erinnern. Deputy Beitler. Er war ein gnadenloser Jäger, dessen blauen Augen nichts entging. Für einen Moment wurde sein Blick weicher, aber bereits nach kürzester Zeit sah er wieder kalt und abweisend aus. Doch sogar er konnte Mary nicht mehr Vorwürfe machen, als sie es selbst bereits tat.

„Miss Schwartz, kommen Sie bitte eine Minute mit mir ins Haus. Es gibt einige Fragen, die wir Ihnen stellen müssen. Außerdem würden wir gern wissen, ob drinnen etwas fehlt."

„Ich kann das nicht", flüsterte Mary. Ihr Blick wanderte an seiner Schulter vorbei zu den schwarzen Leichensäcken, die auf Bahren aus dem Haus gerollt wurden. Wieder kämpfte sie das Schluchzen in ihrem Hals nieder, während ihr die Tränen in die Augen stiegen.

„Sei stark, Mary", sagte Moe. „Falls du uns brauchst, kommen wir mit dir."

Bevor sie antworten konnte, hörte sie das Klappern von Wagenrädern und die tiefe Stimme ihres Cousins Luca, der ihren Namen rief. Mary rannte zu dem Einspänner. Luca war für sie mehr wie ein Bruder als wie ein Cousin, da er seit seinem fünften Lebensjahr bei ihrer Familie lebte.

Auch wenn die Amisch sonst nicht viel von Umarmungen hielten, warf sich Mary aber in ihrer Verzweiflung und auf der Suche nach Trost ihrem Cousin in die Arme, der sie unbeholfen festhielt. Als sie den Kopf hob, beobachtete er gerade schockiert, wie die Leichensäcke in die Autos geladen wurden. Eilig barg Mary wieder ihr Gesicht an seiner Schulter. Sie konnte sich nicht umdrehen. Allein der kurze Blick war schon unerträglich gewesen.

„Beide?", flüsterte Luca fragend.

Mary öffnete den Mund, aber ihre Kehle war wie zugeschnürt, sodass sie nur ein zaghaftes Nicken zustande brachte. Bei dieser Reaktion erlosch der letzte noch glimmende Funken Hoffnung in seinen Augen und Lucas Schultern sanken kraftlos nach unten. „Es ist Gottes Wille", sagte er. „Sollen wir nicht sowohl Gutes als auch Böses aus seiner Hand annehmen?"

Es war die Art der Amisch, alle Dinge hinzunehmen, wie sie kamen, und auch noch die andere Wange hinzuhalten, wenn sie beleidigt und angegriffen wurden, doch das schien Mary in diesem Moment unmöglich. Sie fühlte sich bis ins Innerste verletzt. Die Leichen ihrer Eltern zu sehen hatte ihre Unschuld erschüttert und in ihrer Seele eine blutende Wunde hinterlassen, die niemals heilen würde. Ihre grotesk vom Schmerz verzerrten Gesichter waren ein Anblick, der sich unvergesslich in ihr Herz gebrannt hatte. Warum hatten sie ihretwegen so sehr leiden müssen? Vor allem gab es noch einen dritten Toten, von dem nur wenige Menschen etwas gewusst hatten, denn ihre Mutter war nach vielen Jahren wieder schwanger gewesen. Es war entsetzlich.

Mary wusste nicht, wie viel Zeit vergangen war, als Luca sie schließlich losließ. Gemeinsam gingen sie zu Reece und Deputy Beitler hinüber. Selbst wenn Luca den spekulierenden Blick des Polizisten nicht bemerkte, Mary entging er nicht. Wie konnte dieser Mann nur den Verdacht hegen, sie wären zu einer derart schrecklichen Tat überhaupt in der Lage? Er wusste anscheinend überhaupt nichts über sie und die Amisch.

Luca blieb vor den Polizisten stehen. „Ich bin Luca Schwartz, Marys Cousin. Ich wohne auch hier. Können Sie mir sagen, was passiert ist?"

„Ich bin Deputy Beitler, das ist Detective O'Connor. Ich muss Ihnen leider mitteilen, dass Ihre Tante und Ihr Onkel heute Abend ermordet wurden. Mein herzliches Beileid." Er schwieg kurz. „Können Sie mir sagen, wie es kommt, dass Sie bei ihnen wohnen?"

„Mein Vater und Abe waren Brüder. Meine Eltern starben bei einem Unfall mit dem Einspänner, als ich fünf war."

Der Polizist deutete mit dem Kopf zum Haus herüber. „Ich wollte Ihre Kusine bitten, sich im Haus umzusehen und festzustellen, ob etwas fehlt. Ich wäre Ihnen dankbar, wenn Sie uns ebenfalls dabei helfen würden. Wenn wir das Motiv finden, wird es uns vielleicht zum Mörder führen."

Mary holte gerade Luft, um zu wiederholen, dass sie das Haus nicht noch einmal betreten würde, als Luca bereits nickte und sich zum Haus umdrehte. Sie war sich vollkommen sicher, in dem nachfolgenden

Blick des jungen Polizisten ein triumphierendes Funkeln gesehen zu haben. Ihre Abneigung gegen ihn wuchs. Wie beinahe alle Engländer verfolgte auch er nur seine eigenen Interessen und setzte die falschen Schwerpunkte. Die Amisch betonten das Wohl der Gemeinschaft gegenüber der Verwirklichung des Einzelnen und egoistischem Machtstreben. Mary schlang ihren Wollumhang enger um sich. Die Pflicht rief und sie würde ihr Möglichstes tun, um sie zu erfüllen.

Dennoch warf sie Reece einen flehentlichen Blick zu, als sie den Männern ins Haus folgte, sodass dieser tröstend ihren Ellbogen ergriff. „Ohne dich überstehe ich das nicht“, flüsterte sie.

Reece drückte beruhigend ihren Arm. „Ich beschütze dich, Mary. Egal, was es kostet. Du kannst auf mich zählen.“

Sie nickte und wusste, dass seine Worte aus tiefstem Herzen kamen. Mit ihm an ihrer Seite fühlte sie sich weniger allein. Mary empfand seine Anwesenheit tröstlich, mehr noch als die ihrer Tante oder die ihrer Cousins. Lag es vielleicht daran, dass Reece wusste, was bereits vorher an diesem Abend geschehen war?

Mary holte tief Luft und zwang sich, über die Türschwelle zu treten. Die Stelle, an der ihre Eltern gelegen hatten, zog unaufhaltsam ihren Blick an, aber der Platz war leer. Der Raum verschwamm vor Marys Augen. Wieso nur musste sie diese Qual ertragen? Deputy Beitler war grausam. Mühsam riss sie ihre Augen von dem Anblick los und blinzelte die Tränen zurück. Sie reagierte übertrieben. Er machte nur seine Arbeit. Es war sein Job, herauszufinden, wer ihre Eltern getötet hatte.

„Fehlt etwas?“, fragte Deputy Beitler.

Im grellen Schein der Lampen, die die Polizisten im Raum aufgestellt hatten, wirkte das Zimmer vollkommen anders, so klein und trist. Das helle Licht drang gewaltsam in jeden Winkel vor und zeigte auch den kleinsten Makel mit schmerzlicher Genauigkeit. War das Sofa wirklich so abgenutzt, der Holzboden so zerkratzt?

Sie wusste, wie das Zimmer auf die Englischen wirken musste, auch auf Reece. Ein bescheidenes Haus, nur mit dem Allernötigsten ausgestattet. Aber nein, dieser Platz war voll Liebe und Lachen, gutem Essen und Hilfsbereitschaft gewesen. Die Englischen liefen Vergänglichem hinterher. Ihre Jagd nach dem vermeintlich Größeren und Besseren war sinnlos, wie ein Haschen nach Wind. Ein Ort wie dieser enthielt wahren Reichtum.

***

Ein wuchtiger Holzschrank, einen Meter achtzig lang und zwei Meter vierzig hoch, nahm einen Großteil der Wand des Wohnzimmers ein. Die Türen standen offen … und die Regale waren leer. Unwillkürlich entfuhr Marys Lippen ein Keuchen.

„Was ist?", fragte Reece.

„Mamas Quilts." Mary merkte kaum, wie sie einen Fuß vor den anderen setzte, um zu dem Schrank zu gelangen. Als sie und ihre Mutter das letzte Mal den Schrank durchgegangen waren, hatten darin noch zehn Quiltdecken gelegen, jede mindestens tausendfünfhundert bis zweitausend Dollar wert. Doch Mary schmerzte nicht das verlorene Geld. Unter Tausenden von Quilts hätte sie die Decken ihrer Mutter erkennen können. Sie hatte eine besondere Gabe für die Zusammenstellung der Stoffe und Farben zu wunderschönen Mustern gehabt und ihre Technik beim Zusammenfügen der Teile war unnachahmlich gewesen. Das einzigartige Kolibrimuster, das sie in viele ihrer Quiltdecken gestickt hatte, war in ganz Indiana bekannt.

Mary drehte sich zu den Männern um, die ihr gefolgt waren. „Sie sind fort. Alle ihre Quiltdecken sind verschwunden." Suchend sah sie sich im Raum um. „Wo ist der Quilt, mit dem sie zugedeckt waren?"

„Er wurde als Beweisstück mitgenommen."

„Ich habe diese Decke nie zuvor gesehen, aber sie war von Mama."

„Woher wollen Sie das wissen, wenn Sie sie vorher nie gesehen haben?", fragte Beitler.

„Das Kolibrimuster, das in die Decke gestickt ist. Das macht sonst niemand. Man muss genau hinschauen, um die feinen Linien, die winzigen Stiche, das Muster zu erkennen."

„Vielleicht wurde die Decke genäht, als sie noch jünger war", vermutete Reece. „Oder vielleicht warst du noch zu klein, um dich daran zu erinnern?"

„Vielleicht", antwortete Mary unbehaglich, die nur mühsam ihre Haltung aufrechterhielt.

„Fehlt sonst noch etwas?", fragte Deputy Beitler mit knappen Worten.

Mary schaute ihren Cousin an. „Fällt dir etwas auf, Luca?"

Er schüttelte den Kopf. „Ich habe oben nachgesehen. Alles in Ordnung. Warum sollte jemand die Quiltdecken mitnehmen?"

„Wie viele waren in dem Schrank?", fragte Reece.

„Zehn. Knapp zwanzigtausend Dollar." Mary wand sich innerlich bei dem gefühllosen Klang ihrer eigenen Stimme. Der Polizist würde denken, es ginge ihr nur um das Geld, obwohl Geld das Letzte war, was sie interessierte.

„Sie werden wahrscheinlich bald bei eBay auftauchen", meinte Beitler.

„Oder in Geschäften, die amische Quiltdecken verkaufen", vermutete Reece.

Deputy Beitler deutete zur Wand. „Sagt Ihnen dieses Symbol etwas?"

Seit sie in das Zimmer getreten war, hatte Mary diesen Anblick erfolgreich vermieden. Nun lenkte sie gezwungenermaßen ihre Blicke zu dem grellroten Symbol. Für sie sah es aus wie ein Kreuz, dessen Querbalken nach unten hingen. Das Wort darunter war mit Buchstaben geschrieben, die sie noch nie zuvor im Leben gesehen hatte. „Nein!", rief Mary und begann zu schwanken. Eilig ergriff Reece stützend ihren Arm.

„Sie kann sich nicht mehr auf den Beinen halten", sagte er. „Sie braucht Ruhe. Heute Abend keine Fragen mehr, Beitler."

Der finstere Blick seines Kollegen verdunkelte sich noch mehr. „Ich bin noch nicht fertig."

„Du bist für heute Abend fertig." Reeces Stimme war unnachgiebig. „Sie kann nicht mehr."

Er legte den Arm um Mary. Dankbar lehnte sie sich an ihn, obwohl dieses Verhalten bei den anderen sicher ein Stirnrunzeln hervorrufen würde.

Luca regte sich unbehaglich. „Können wir hierbleiben?"

Beitler bedachte ihn mit einem scharfen Blick. „Nicht, solange die Spurensicherung noch nicht fertig ist."

Das Letzte, was Mary wollte, war, hier im Haus zu bleiben. „Ich möchte zu Tante Nora", erklärte sie. „Sie braucht mich."

Luca nickte zustimmend. „Ich komme auch mit."

Deputy Beitler holte seinen Stift und Block heraus. „Wie ist die Adresse? Ich werde morgen sicherlich noch einige Fragen an Sie haben." Während der Deputy die Anschrift notierte, steckte ein anderer Polizist den Kopf zur Tür herein. „Wir haben noch eine Leiche gefunden, unten am Teich. Ajax hat uns hingeführt."

* * *

Der Tote lag halb untergetaucht in dem Teich, der sich an der Rückseite des Grundstücks befand. Die krampfhaft verdrehten Gliedmaßen verrieten nur zu deutlich, dass der Mann den gleichen qualvollen Tod wie Marys Eltern gestorben sein musste.

„Hatte er irgendwelche Papiere bei sich?", fragte Matt.

„Ja", antwortete einer seiner Kollegen. „Der Führerschein ist auf einen Cyrus Long ausgestellt."

Erst als Mary hinter ihm laut aufkeuchte, wurde Matt bewusst, dass sie und Luca ihnen gefolgt waren. Er fuhr herum. „Ist das der Mann, der heute Abend hier war?" Im Schein der Halogenscheinwerfer wirkte Marys Haut vollkommen farblos. Wie gebannt war ihr Blick auf den Toten geheftet. Erst als sich Matt ihr in den Weg stellte, um ihr die Sicht zu versperren, wurden die Panik und das Entsetzen in ihren Augen etwas weniger.

Schließlich sah sie ihn an. „Ja. Er ist unser Nachbar." Sie öffnete den Mund und schloss ihn dann wieder. „Er wollte eine Quiltdecke für seine Frau Ellen kaufen, als Geschenk für ihren Geburtstag nächste Woche."

Erneut nahm Matt den Block mit dem Stift aus seiner Tasche. „Wie gut kannten Sie die Familie?"

Luca antwortete: „So gut wie alle englischen Nachbarn. Wir gehen freundlich miteinander um, aber wir führen ein vollkommen unterschiedliches Leben."

Mary nickte.

„Wie konnte er so weit kommen?", fragte O'Connor, der den Blick immer noch auf den Toten gerichtet hatte. „Wenn der Täter ihn ebenfalls vergiftet hat, wie konnte er noch so einen weiten Weg zurücklegen?"

„Gute Frage. Vielleicht kann uns die Gerichtsmedizin eine Erklärung liefern." Matt trat ein Stück zur Seite, um mit O'Connor unter vier Augen zu sprechen. „Wir müssen unbedingt die Nachbarn unter die Lupe nehmen und in Nyesville und anderen Städten in der Gegend

Nachforschungen anstellen. Vielleicht hat irgendjemand etwas von Drohungen gegen die Amisch gehört."

Reece nickte. „Vor fünf Jahren gab es hier mehrere Fälle von Brandstiftung, wobei unter anderem auch drei amische Ställe niedergebrannt wurden. Der Täter wurde nie gefunden. Möglicherweise besteht zwischen den beiden Verbrechen ein Zusammenhang."

„Hey, schau dir das mal an, Matt", rief einer der Polizisten.

In der Plastiktüte, auf die der Mann deutete, befanden sich mehrere Schokoladenkekse. „Die müssen ins Labor zur Analyse. Vielleicht sind die Kekse vergiftet und der Mann ist irgendwie in die Sache verwickelt." Er sah sich um. Direkt vor ihnen lag schwarz und undurchdringlich glänzend der Teich. „Wir müssen diese Quiltdecken finden", murmelte Matt mehr zu sich selbst. „Durchsucht den Teich, vielleicht finden wir darin etwas."

* * *

Obwohl helles Sonnenlicht durch die Fenster in das Haus ihrer Tante schien, war Marys Welt in tiefe Dunkelheit getaucht. Sie lag auf dem Bett und starrte zu einem Wasserfleck an der Zimmerdecke hinauf.

Unten in der Küche klapperte Tante Nora mit den Töpfen. Mary konnte den Duft von Kaffee und Rosinenkuchen riechen, ein Geruch, bei dem sie normalerweise begeistert die Treppen hinuntergesprungen wäre. Niemand sonst backte einen so guten Rosinenkuchen wie Tante Nora. Jetzt aber blieb sie regungslos liegen.

Im oberen Stockwerk war es still. Fast wirkte es, als wäre die Zeit stehen geblieben und das Haus würde mit ihr trauern. In der letzten Woche hatte sich die Amisch-Gemeinschaft viel um sie gekümmert, doch der Versuch, Marys Leid durch liebevolle Aufmerksamkeit zu lindern, war ohne Ergebnis geblieben. Ihr Schmerz war zu groß. Dumpfe Traurigkeit lag über jedem neuen Tag und schnürte ihr das Herz ein.

Jemand klopfte an die Tür, aber Mary ignorierte es. Sie spürte weder Hunger noch Durst, spürte nichts außer dem leichten Gewicht der Decke auf ihrem Körper und dem Pochen einer beginnenden Migräne in ihrer linken Schläfe. Es klopfte erneut.

„Mary? Bist du wach?", rief ihre beste Freundin Sarah leise durch die Holztür. Sarah wohnte nur zwei Höfe entfernt und Mary hatte bereits mit ihrem Besuch gerechnet. Mühsam setzte sie sich auf. „Komm rein."

Ihre Freundin schlich so leise ins Zimmer, als fürchtete sie, ihre bloßen Schritte auf dem kahlen Holzboden könnten Mary erneut in lautes Schluchzen ausbrechen lassen. In ihren Händen hielt sie ein Tablett mit dampfendem Kaffee und einem Teller mit Rosinenkuchen. „Ich bringe dir dein Frühstück." Das dunkelblaue Kleid und die weiße Schürze ihrer Freundin waren frisch geplättet und gestärkt, aber ganz im Gegensatz zu der ordentlichen Kleidung waren Sarahs Haare nicht ganz so streng wie üblich unter der Gebetshaube verborgen. Vermutlich saß Luca, auf den Sarah ein Auge geworfen hatte, unten in der Küche.

Der Geruch des süßen Kuchens erfüllte das Zimmer, aber Mary ignorierte das Tablett. „Ich habe keinen Hunger." Sie schwang die Beine über die Kante ihrer Matratze. Sie musste aufstehen und sich wohl oder übel dem Tag stellen.

Mit dem Fuß gab Sarah der Tür hinter sich einen Stups. „Versuch doch bitte, etwas zu essen, Mary. Du kannst nicht die ganze Zeit Trübsal blasen. Gottes Wille geschehe."

„Wenn ich diesen Satz noch einmal höre, schreie ich." Marys Kehle war wie zugeschnürt. Sie schluckte schwer und versuchte angestrengt, sich zu beherrschen. „Ich weiß, dass Gott der Herr über alles ist. Aber es ist einfach nicht fair." Sie rieb sich die Schläfen.

„Hast du Kopfschmerzen?" Sarah setzte sich neben sie auf das Bett und ergriff Marys Hand. Sanft begann sie, die weiche Stelle zwischen Daumen und Zeigefinger zu drücken, so dass Marys Kopfschmerzen fast augenblicklich besser wurden. „Ach Sarah, wieso nur hat Gott nicht mich bestraft?"

„Wie sollte er dich strafen? Es war doch nicht deine Schuld. Das Gift war in den Keksen, die Cyrus mitgebracht hatte."

„Aber es war die Strafe für meine Sünde." Das Eingeständnis ihrer Schuld lag Mary auf der Zunge. „Gottes Strafe ist mehr, als ich ertragen kann."

„Du hast doch … nicht etwas … mit Noah getan, oder?"

Wenn es nur so einfach wäre! Noah und sie könnten beim nächsten Predigtgottesdienst vor den Ältesten niederknien und ihre Schuld bekennen. „Nein. Er hat sich tadellos benommen." Sie hob den Kopf. „Ich … ich habe mich mit einem anderen Mann getroffen, einem Englischen."

Sarah schlug sich die Hand auf den Mund. „Oh nein, Mary! Du musst dich sofort von ihm trennen. Beichte es dem Bischof, dann kann alles vergeben werden. Wer ist es?"

„Das spielt keine Rolle." Mary stand auf und nahm ihr Kleid von dem Haken an der Wand. „Ich sollte mich jetzt lieber anziehen. In zwei Stunden beginnt die Beerdigung." Sie ging über den Flur ins Badezimmer. Während die Gedanken in ihrem Kopf unaufhörlich kreisten, zog sie sich an.

Sie hatte gelogen. Es spielte sehr wohl eine Rolle. Sie war verloren. Wie sollte sie weiter in ihrer Gemeinschaft leben und täglich daran erinnert werden, dass sie etwas so Furchtbares verschuldet hatte? Was war, wenn Gott die Strafe noch nicht genügte? Würde er ihren Lieben aufgrund ihrer Sünde noch weiteren Schaden zufügen? Mary sehnte sich schmerzlich nach Reece, nach seiner Art, die Dinge in die Hand zu nehmen. Sie vermisste seine Stärke und das Gefühl von Sicherheit, das er ihr gab. Er konnte sich nur in seiner Funktion als Polizist mit ihr treffen, aber immer wenn sich ihre Blicke begegneten, wusste Mary unwillkürlich, dass er mit ihr litt.

* * *

Als sie die Küche betrat, war Sarah bereits gegangen. Tante Nora stand an der Spüle. Sie war eine gemütliche und warmherzige Frau, ungefähr einen Meter fünfzig groß und fast ebenso breit. Jetzt drehte sie sich herum und drückte Mary fest an sich. Sie roch nach frischer Minze. Wahrscheinlich hatte sie erst vor wenigen Minuten einige Blätter für einen Kräutertee gepflückt.

„Mein liebes Mädchen", flüsterte Nora.

„Ich will sie zurückhaben", schluchzte Mary.

Ihre Tante streichelte ihr übers Haar. „Ich weiß, mein Liebling. Mir geht es genauso."

Wenigstens tischte Tante Nora ihr keine Plattitüden auf. „Warum hat Cyrus das nur getan?"

Ihre Tante ließ sie los und drehte sich wieder zur Anrichte herum. „Du musst etwas essen", sagte sie unvermittelt, ohne näher auf Marys Frage einzugehen.

Verwirrt starrte Mary den Rücken ihrer Tante an. Was hatte dieses merkwürdige Verhalten zu bedeuten? Irrte sie sich oder hatte sie in Noras Augen für einen Moment so etwas wie Widerspruch aufblitzen sehen? „Tante Nora, hast du etwa jemand anders in Verdacht? Cyrus hatte die Kekse in der Hand und die Verkäuferin hat ihn selbst bei der Zubereitung in seiner Bäckerei gesehen."

In diesem Augenblick steckte Moe den Kopf zur Tür herein. „Der Einspänner ist fertig. Wir müssen los."

Unverzüglich ging ihre Tante in Richtung Garderobe. „Komm, Mary. Wir sind spät dran." Sie nahm einen Wollumhang vom Haken und ging zur Hintertür hinaus.

In Marys Kopf wirbelten die Fragen wild durcheinander. Kannte ihre Tante Cyrus Long etwa näher? Wusste sie Genaueres? Und wenn dem so war: Wieso behielt sie dieses Wissen für sich und machte so ein Geheimnis daraus? Nachdenklich ging Mary ihrer Tante hinterher.

3

„Mary, du wirst durch die Arbeit Kontakt zu der Welt haben. Bleib aber dennoch in Distanz zu ihr. Vergiss nie deine Traditionen und deinen Glauben.“
Patricia Schwartz

Sie waren vier einsame Überlebende in einer abweisenden und unfreundlichen Welt. Das schwere, rhythmische Klappern der Pferdehufe auf dem Asphalt klang in Marys Ohren wie eine Totenglocke. Unwillkürlich rückte sie näher an ihre Tante heran, die neben ihr auf dem Rücksitz des Einspänners saß. Vorne saß Luca mit Moe und lenkte das Pferd an den kahlen Winterfeldern vorbei, deren einziges Lebenszeichen die kläglichen Überreste der Maispflanzen waren. Nun ragten die Stümpfe trostlos aus der braunen Erde. Vor ihrem Einspänner krochen langsam die zwei schwarzen, von Pferden gezogenen Leichenwagen unter dem düsteren Himmel dahin.

Die Dunkelheit legte sich wie eine schwere, drückende Decke über sie, als sie endlich den Friedhof am Rande des Bauernhofes ihrer Eltern erreichten. Große Ahornbäume breiteten schützend ihre Äste über die am Hang verstreuten Gräber. Lediglich einzelne schmale Holzpfähle mit den Initialen der Verstorbenen dienten als schlichter Hinweis auf die Begrabenen und deren letzte Ruhestätte.

Mehr als zwei Wochen nach dem Mord an ihren Eltern war die Beerdigung längst überfällig gewesen, aber die Autopsie und die endgültige Freigabe der Toten hatte sich so lange hingezogen. Wie durch einen dichten Nebel zog der lange Trauergottesdienst an Mary vorüber. Lieder ohne Instrumentalbegleitung, die Lesung von Bibeltexten, eine Predigt – eigentlich ein Gottesdienst wie jeder andere. Dennoch fühlte sich für Mary die ganze Welt vollkommen verändert an. Alles war anders geworden. Mit einem Mal fühlte sich Mary wie eine Fremde, so, als sei sie aufgewacht in einer Welt, die nicht die ihre war. Unzählige Freunde sprachen Mary ihr Mitgefühl aus, aber keines der Worte drang wirklich zu ihr durch.

Für einen Moment sehnte sie sich nach einem Gottesdienst, wie ihn die Englischen feierten. In deren Trauergottesdiensten durften Freunde und Familienangehörige etwas über die geliebten Menschen, die sie verlorenen hatten, sagen. Der amische Prediger hatte ihre Eltern fast nur nebenbei erwähnt.

Mary sah auf ihre Hände, als sie zu ihrem Cousin sagte: „Ohne dich hätte ich das nicht überlebt." Luca lenkte die Pferde hinter den Leichenwagen auf die Friedhofsauffahrt. „Ich weiß", entgegnete er, ohne sie anzusehen. „Sie waren für mich wie meine eigenen Eltern. Ich habe jetzt niemanden mehr. Niemanden außer dir." Er zog die Zügel an, der Wagen blieb stehen und Luca kletterte hinaus, um ihr aus dem Einspänner zu helfen. Der Ernst in seiner Miene machte Mary nachdenklich. War er innerlich ebenso gequält wie sie?

Der Wind zerrte heftig an ihrem Rock und löste einige Haarsträhnen aus ihrem Knoten unter der Haube, aber mehr noch als die frostige Luft ließ sie die eisige Kälte in ihrem Inneren zusammenzucken. Es begann zu regnen und die ersten kalten Tropfen benetzten Marys Gesicht. Sie klammerte sich an Lucas Arm und folgte ihrem Cousin zu den offenen Gräbern. Heiße Tränen traten ihr in die Augen, als sie die dunklen Löcher in der Erde sah. Die Totengräber hatten auf dem nassen Gras eine breite Spur aus Schlamm hinterlassen.

Sie konnte es nicht ertragen, dabei zuzusehen, wie ihre Eltern in die schwarze Erde hinabgelassen wurden. Es war unerträglich, nicht diese beiden. Mary wandte den Blick ab, innerlich hin und her geworfen durch ihre Zweifel und Gedanken. Hatten bereits die wenigen Kontakte mit den Englischen ausgereicht, um sie so sehr in ihrer Denkweise zu beeinflussen? Als ihre Großeltern gestorben waren, hatte Mary das als etwas Natürliches und Gutes annehmen können. Sie hatten beide ein gutes, langes Leben gehabt. Aber der Verlust ihrer Eltern war unerträglich. Mary konnte sie nicht loslassen. Alles in ihrem Inneren sehnte sich danach, wieder ihrer Mutter beim Nähen zusehen zu können oder ihrem Vater etwas zu trinken in die Gärtnerei bringen zu können.

Wenn es irgendjemand verdient hatte, in den Himmel zu kommen, dann ihre Eltern. Mary wusste um die Wahrheit ihres Glaubens, wusste, dass der Himmel das Ziel ihres Erdenlebens war, aber ihre tiefe Trauer erstickte ihre Überzeugung, dass ihre Eltern sich jetzt an einem besseren Ort befanden.

Als sie Tante Nora umarmte, wären sie beide beinahe gestolpert, aber Luca richtete sie mit ruhiger Hand wieder auf.

„Mary, du benimmst dich unmöglich", schalt er sie flüsternd. „Reiß dich doch ein bisschen zusammen."

„Sei still, Luca", tadelte ihn ihre Tante. „Sie war diejenige, die sie gefunden hat. Kannst du nicht etwas mehr Mitgefühl aufbringen?" Sie drückte Mary fest an sich. „Weine nur, Liebes."

Einige verstohlene Tränen liefen über Marys Wangen, aber es gelang ihr, das Schluchzen in ihrer Kehle hinunterzuschlucken. Wie konnte Luca so ruhig, so nüchtern sein? Sie entzog sich der Umarmung ihrer Tante, richtete sich auf und schob ihr Kinn vor. Was die anderen konnten, schaffte sie auch. Von ihr wurde erwartet, mit gutem Beispiel voranzugehen. Der Bischof verlangte eine würdevolle Haltung, also würde sie beherrscht und würdevoll sein.

Aus dem Augenwinkel sah sie Noah Whetstone über das niedergetretene Gras auf sich zukommen. Er war sowohl körperlich als auch geistlich stark, ein wirklich guter Mann. Sie hatte ihm versprochen, ihn zu heiraten, und bis zu ihrer Hochzeit waren es nur noch drei Monate. Warum nur drehte sie dann den Kopf beiseite und tat, als sähe sie ihn nicht? Wieso erschienen ihr mit einem Mal ihre Glieder wie von Furcht gelähmt?

Er war so … langweilig. Der Gedanke, sich die nächsten fünfzig Jahre jeden Tag am Esstisch seine langsame Stimme anhören zu müssen, jagte ihr ein Schaudern über den Rücken. Er sprach nie über etwas anderes als über Holz und Baustoffe. Reece erzählte Mary von exotischen Orten, die er ihr zeigen wollte – Hawaii bei Sonnenuntergang, duftende irische Moore, London mit dem Klang des Big Ben. Er öffnete ihr eine andere Welt, eine Welt, die für sie unerreichbar war. Mary hatte ihren Vater vor einiger Zeit gebeten, länger zur Schule gehen zu dürfen. Das wäre ihre einzige Möglichkeit gewesen, jemals etwas von der Welt zu sehen, aber ihr Vater hatte Marys Bitte abgelehnt.

Ihr Blick wanderte über all die Menschen, die zu der Beerdigung erschienen waren – die meisten waren amisch, aber es waren auch vereinzelte Engländer, Reporter und Nachbarn, darunter. Reeces Gesicht war nicht unter ihnen, aber in ihrem Inneren wusste Mary, dass er noch kommen würde. Sie vermisste ihn. Er war stark und ruhig. Aus seiner Sicherheit und Weltgewandtheit würde sie Kraft schöpfen können.

Gedankenversunken hing Mary Träumereien über Reece und ein

Leben mit ihm in der Welt der Englischen nach, die erst durch den Anblick der Särge ihrer Eltern jäh unterbrochen wurden. Abrupt holte sie die Wirklichkeit ein. Was dachte sie sich überhaupt? Sie allein war daran schuld, dass die leblosen Körper ihrer Eltern in Holzkisten zu schlammigen Löchern in der Erde getragen wurden. Ihre furchtbare Sünde hatte ihre Eltern das Leben gekostet. Sie sollte lieber Buße tun, anstatt weiter von einem falschen und gottlosen Leben zu träumen. Mary hasste sich selbst dafür, dass sie sich nach wie vor nach der aufregenden Welt der Englischen und Reece sehnte. Sie war verachtenswert.

Da legte sich Noahs große Hand auf ihre Schulter. „Mary?"

Sie zuckte schuldbewusst zusammen. Nun konnte sie ihn nicht länger ignorieren und weiterhin so tun, als hätte sie ihn noch nicht gesehen. Mary zwang sich zu einem Lächeln und wandte sich zu Noah um. Wenigstens berührte seine Hand sie aufgrund ihrer Drehung nun nicht mehr. „Hallo, Noah. Danke, dass du gekommen bist", sagte Mary betont freundlich.

„Hast du gedacht, ich würde nicht kommen?" Seine nussbraunen Augen schauten sie besorgt und fragend an. Er hakte ihren Arm unter, um sie zu den Gräbern zu begleiten.

„Nein, nein, natürlich wusste ich, dass du kommen würdest", sagte sie und passte eilig ihre Schritte den seinen an.

Seit der Ermordung ihrer Eltern hatte er sie fast jeden Tag besucht, aber die Spannung zwischen ihnen hatte sich durch die räumliche Nähe eher noch verstärkt. Inzwischen musste es auch für Noah offensichtlich sein, dass zwischen ihnen etwas nicht stimmte. Innerlich ermahnte sich Mary mit Nachdruck. Sie würde sich nicht gehen lassen und ihre Familie beschämen. Stattdessen würde sie mit aller Kraft versuchen, ihre Gefühle zu beherrschen.

Da erregten plötzlich zwei Frauen, die über den unebenen Boden näher kamen, ihre Aufmerksamkeit. Für einen Augenblick hielt Mary die Luft an. Ihre mühsam aufrechterhaltene innere Fassung geriet ins Wanken. Die ältere Frau sah genauso aus wie ihre Mutter, nur dass diese hier englische Kleidung trug. Sie hatte die gleichen rotbraunen Haare, die auch Mary von ihrer Mutter geerbt hatte, aber dieser Haarschopf war zu einer modischen, knapp kinnlangen Frisur geschnitten. Erst als die Frauen näher kamen, wagte Mary wieder zu atmen. Die Frau war natürlich nicht ihre Mutter. Was war sie für ein Dummkopf!

Es musste Mamas Schwester Cathy sein, die Tante, die Mary nie kennengelernt hatte.

Sie trat vor, um sie zu begrüßen. Sofort nahm die ältere Frau sie in den Arm. Für einen Augenblick gab sich Mary der Vorstellung hin, diese Fremde wäre tatsächlich ihre Mutter. Sie schloss die Augen und klammerte sich noch fester an ihre Tante, aber das Parfüm und die ungewohnte Kleidung der anderen holten Mary schnell wieder in die Realität zurück, sodass sie schließlich ihre Tante losließ und einen Schritt zurücktrat.

„Du musst Mary sein", sagte die Frau. „Du bist Patty wie aus dem Gesicht geschnitten."

Mary hatte noch nie gehört, dass jemand ihre Mutter Patty genannte hatte. Ihr gefiel dieser fröhliche, kindliche Spitzname. „Du bist Tante Cathy?"

Cathy nickte. „Es tut mir so leid, Liebes." Tränen traten ihr in die Augen. „Deine Mutter war eine wunderbare Frau."

„Ich weiß", flüsterte Mary. Ihr Blick wanderte zu der jüngeren der beiden Frauen, die ungefähr in ihrem Alter zu sein schien. „Bist du Julia?" Auf dem einzigen ihr bekannten Bild war Marys Cousine erst ungefähr zehn Jahre alt gewesen.

Julia nickte. „Wir beide sehen uns so ähnlich, dass wir als Schwestern durchgehen könnten", sagte sie. Interessiert betrachtete Mary Julias Gesicht und bekam eine Ahnung davon, wie sie selbst aussehen könnte, wenn sie englisch wäre: modische Kleidung, ein schicker Haarschnitt, Haut und Augen durch dezentes Make-up kunstvoll betont. Schlagartig wurde ihr bewusst, wie sie auf die beiden Frauen wirken musste: ein altmodisches Kleid, glatte Haare, die auf ihrem Kopf zu einem Knoten hochgesteckt und mit einer Gebetshaube bedeckt waren, vernünftige, schwarze Schuhe, keinerlei Schmuck oder Schminke.

Mit einem Mal erschient Mary ihr Leben armselig und seltsam fremd. Wieso war alles so unerträglich schwer? Wie sollte sie diese furchtbare Strafe Gottes jemals dankbar annehmen und ertragen können? Würde Gott ihr für immer zürnen? Nur mit äußerster Anstrengung gelang es Mary, ihre Aufmerksamkeit wieder auf ihre Verwandten zu lenken.

„Danke, dass ihr gekommen seid", sagte sie schließlich mit einem bemühten Lächeln. „Wie habt ihr von der Beerdigung erfahren?"

„Deine Tante hat mir geschrieben." Cathys Augen füllten sich erneut mit Tränen. „Wenn ich nur früher gekommen wäre. Jetzt bekomme ich nie wieder eine Chance, um Patty zu sagen, wie leid es mir tut. Jetzt ist es zu spät."

* * *

Das eigentliche Begräbnis zog ebenfalls wie durch einen Schleier verborgen an Mary vorüber. Erst als es gemäß der amischen Tradition bei Begräbnissen ihre Aufgabe war, Erde auf den Sarg zu werfen, schreckte Mary aus ihrem benommenen Zustand auf. Noah gab ihr einen kleinen Schubs nach vorne. Mary bückte sich und nahm eine Handvoll Erde, deren eisige Kälte sie bis auf die Knochen durchdrang. Der lehmige Klumpen klebte an ihren Fingern, als weigere er sich, auf den Sarg zu fallen. Es war wie Marys eigene Weigerung, ihre Familie loszulassen.

Sie schüttelte die Hand und schaffte es schließlich, den Erdklumpen hinunterzuwerfen. Als Mary den Kopf hob und sich von den offenen Gräbern abwandte, erblickte sie überrascht Ellen Long auf der anderen Seite des Feldes. Unwillkürlich hielt Mary die Luft an, sodass Luca ihr einen fragenden Blick zuwarf.

Für Mary war das Strychnin in den Keksen der Beweis, dass Cyrus Long am Tod ihrer Eltern schuld war, auch wenn es weiterhin allen ein Rätsel war, aus welchem Grund er zwei Menschen und anschließend sich selbst getötet haben sollte. Die Polizei arbeitete nach wie vor an dem Fall und hatte bis jetzt ebenfalls keine Erklärung für Cyrus' Verhalten gefunden. Die Befragung seiner Frau Ellen hatte nichts Neues zutage gebracht, da sie lediglich fortwährend unter Tränen beteuert hatte, dass sie nichts wisse.

* * *

Luca wandte sich zu Mary. „Es ist Mrs Long. Wir müssen mit ihr sprechen." Den Blick immer noch auf die junge Frau in dem himmelblauen Kostüm gerichtet, schüttelte Mary den Kopf. „Ich kann nicht, Luca. Ihr Mann hat meine Eltern umgebracht." Voller Wut, Zorn und Bitterkeit sah sie die hübsche blonde Frau an. Es war ihr Mann gewesen, der aus irgendeinem kranken Grund Marys Familie getötet hatte. Mary traf keine Schuld. Begriff Mrs Long denn nicht, dass ihre Anwesenheit alles nur noch schlimmer machte?

Mit ihren viel zu hohen Absätzen, die in der nassen Erde einsanken, hatte die junge Frau große Mühe vorwärtszukommen. Ihr Haar hing ihr in nassen Strähnen ums Gesicht, die Augen waren von schwarzen Ringen umgeben.

Mary weigerte sich, das bei diesem Anblick in ihr aufkeimende Mitgefühl zuzulassen. Diese Frau hatte sicher gewusst, dass ihr Mann Marys Familie gehasst hatte. Vielleicht hatte sie ihm sogar bei dem Mord geholfen, dachte Mary voller Abscheu. Cyrus musste einen Komplizen gehabt haben, jemanden, der mit Mamas Quiltdecken geflüchtet war.

In diesem Moment kam der Bischof auf Mary zu. „Wie geht es dir, Mary?"

Sie wollte ihn anschreien, dass sie diese Frage kein einziges Mal mehr beantworten könne, aber stattdessen ließ sie nur den Kopf hängen und sagte nichts. Wenn sie sich nur von hier fortwünschen könnte, am besten meilenweit weg. Alle erwarteten so viel von ihr, jeder wollte etwas von ihr, aber Mary konnte nicht mehr. Sie hatte nichts mehr, das sie geben konnte.

„Mary, Mrs Long ist hier. Du musst mit ihr sprechen und ihr sagen, dass du Cyrus vergibst."

Luca legte seine Hand fest um ihren Unterarm. „Wir beide machen das zusammen, und am besten jetzt gleich."

„Nein!" Mary riss ihren Arm aus seinem Griff los. „Wir sind vollkommen allein. Wir haben niemanden mehr. Ich will nicht mit ihr sprechen." Schockiert erkannte Mary, dass der Hass und Zorn, den sie gegenüber Ellen Long empfand, nur eine dünne Fassade war, unter der sie ihren Hass auf sich selbst verbarg. Mary, nicht Ellen, war die Schuldige. Gott hatte die Longs lediglich benutzt, um Mary für ihre Sünde, ihren Egoismus und Eigensinn zu bestrafen.

„Du musst vergeben, Mary. Du weißt, dass das Gottes Gebot ist." Der Bischof ergriff sie fest am Arm und begann sie zu der Frau hinüberzuziehen, die mit einem flehenden Lächeln stehen geblieben war und zusah, wie sie näher kamen.

Noah trat an Marys andere Seite und legte gleichermaßen seine Hand auf ihren Arm. Sie fühlte sich, als würde sie zum Galgen geschleppt. Etwas in Mary zerbrach. Mit aller Kraft stemmte sie ihre Fersen in die nasse Erde, in die soeben die sterblichen Überreste ihrer Familie gelegt worden waren, und riss sich los. „Nein, ich will nicht!“, schrie sie laut und ihre Stimme übertönte das Heulen des Windes.

Da erregte ein Lichtschein Marys Aufmerksamkeit. Ein Polizeiwagen blieb auf dem Seitenstreifen der Schotterstraße stehen. Voller Dankbarkeit erkannte Mary Reece in dem Mann, der auf der Fahrerseite ausstieg und auf sie zukam. „Ist alles in Ordnung?“, fragte er besorgt, als er sie erreicht hatte. Mary lehnte sich kraftlos an ihn, doch Luca trat abermals auf sie zu. „Komm, Mary. Es muss sein.“

Da legte sich schützend Reeces starker Arm um sie. „Rühren Sie sie nicht an. Sie will nicht mit Ihnen kommen.“

„Bitte halten Sie sich aus dieser Sache heraus, Deputy O'Connor. Es geht hier um etwas, das Mary tun muss.“ Luca versuchte erneut, sie von Reece wegzuziehen.

Reeces anderer Arm fuhr nach oben und riss Lucas Hand von Marys Arm weg. „Sie hat die Freiheit zu gehen, wenn sie will, Mr Schwartz, aber ich lasse nicht zu, dass sie dazu gezwungen wird. Mary, willst du mit ihm gehen?“

„Nein!“ Sie barg ihr Gesicht an Reeces breiter Brust.

„Sie haben die Dame gehört.“ Reece wandte sich mit ihr zusammen von Luca ab, den Arm noch immer schützend um sie gelegt. Nur Mary konnte sein Lächeln sehen.

Sie wusste, wenn sie mit Ellen sprechen müsste, würde sie mit ihrer eigenen Schuld herausplatzen. Sie konnte den Longs ebenso wenig vergeben, wie sie sich selbst vergeben konnte. Alle zusammen steckten sie in dieser schrecklichen Situation fest.

Reece führte sie ein Stück beiseite. „Du zitterst ja immer noch. Was wollte er von dir?“

Doch Mary konnte nicht darüber sprechen. Sie konnte es nicht ertragen zu sehen, was aus ihr geworden war. Sie atmete den Geruch seines Rasierwassers ein und wusste, er würde sie retten. Sie würde nur den Mut aufbringen müssen, sich von ihm retten zu lassen. „Ich will dich heiraten“, keuchte sie. „Aber wir müssen sofort verschwinden. Schnell. Bevor sie uns aufhalten können.“

Reeces Hände legten sich fester auf ihre Schultern. „Bist du sicher, Schatz? Wenn du das tust, gibt es kein Zurück.“

„Ich bin sicher.“ Sie hatte ihren Weg gewählt. Gott hatte sie verlassen. Sie war eine Ausgestoßene.

4

„Eines Tages wirst du einen guten Mann heiraten, Mary.
Vertraue ihm und ordne dich ihm unter.“
Patricia Schwartz

Die neuen Kleider, die Reece für Mary gekauft hatte, fühlten sich auf ihrer Haut ungewohnt und fremd an. Der Rock reichte kaum bis zu ihren Knien und zum ersten Mal in ihrem Leben waren ihre Arme außer beim Baden nackt. Mary zupfte an dem V-Ausschnitt ihrer Bluse herum und wünschte sich selbst in der schwach erhellten Market Street Bar sehnlichst ein Tuch herbei. Sie fühlte sich unwohl, aber ihrem Mann zuliebe versuchte sie, sich ihr Unbehagen nicht anmerken zu lassen. Ihr Leben lang hatte Mary gelernt, dass sich in Bars nur der Teufel und seine Leute aufhielten. Warum brachte ihr Mann seine frisch Angetraute nur hierher, in diese dunkle Bar in Wabash? Mary war bisher nie weiter als bis Nyesville gekommen.

Sie starrte aus dem Fenster. Die Bäume hatten noch keine frischen Blätter und Zweige ausgetrieben, sodass die kleine Innenstadt genauso leer und kahl aussah, wie sich Mary unter den Englischen fühlte. Das riesige Sandwich mit dem Schweinefilet bedeckte fast ihren ganzen Teller, da Mary nur wenige Bissen hinunterbekommen hatte.

So hatte sie sich ihre Hochzeit nicht vorgestellt. Alles war falsch. Ihre Kleidung müsste so sein wie bei allen amischen Bräuten: ein blaues Kleid und eine Gebetshaube. Die Trauung hätte traditionell an einem Dienstag stattfinden sollen, mit einem Gottesdienst und einer Feier, die den ganzen Tag dauerte, mit gutem Essen und unzähligen Gästen, die sich mit dem Paar freuten. Bei Marys Hochzeitstag stimmte selbst das Essen nicht: Es gab kein Hähnchen und keine Füllung mit viel Sellerie, keinen Sahnesellerie. Der ganze Selleriesamen, den Mama aufgehoben hatte, um ihn in diesem Jahr im Garten für ihre Hochzeit zu säen, würde verderben.

Mary kaute das Essen, das nach nichts schmeckte, und nippte an ihrem Mineralwasser. Sie sah auf den goldenen Ring an ihrer Hand. Sie war eine verheiratete Frau. Nein, mehr noch, eine verheiratete *englische*

Frau. Selbst während ihres *Rumschpringe*, die Jahre, in denen amische Jugendliche ihre Freiheit genießen, war sie nie versucht gewesen, ihrem Glauben den Rücken zu kehren. Doch nun hatte sie genau das getan.

„Ein hübscher Ring, nicht wahr?“, sagte Reece und beugte sich vor, um ihre Hand zu drücken.

„Ich habe nie Schmuck getragen“, sagte sie. Reece strahlte freudig, bis sie hinzufügte: „Es fühlt sich sehr fremd an. Und sündig.“

Sein Lächeln verschwand. „Iss weiter, Schatz.“

Er klang so müde, wie sie sich fühlte. Sie nahm das Sandwich und zwang sich, ein weiteres Mal abzubeißen. Ihr war hundeelend zumute. Alles, was sie wollte, war von hier zu fliehen und in die Geborgenheit ihrer Familie zurückzulaufen. Aber sie waren tot, alle waren tot. Ihre Pflicht war es jetzt, ihrem Mann zu gehorchen, ihn zu lieben und eine so gute Ehefrau zu sein, wie ihre Mutter es gewesen war.

Er lächelte sie an. „Wir werden ein gutes Leben haben, Mary. Ich habe schon eine Arbeit hier in Wabash gefunden. Unsere Wohnung liegt gleich über der Straße. Sie ist neu renoviert und ich denke, sie wird dir gefallen.“

„In der Stadt? Nicht auf dem Land?“, fragte Mary entsetzt. Sie war in ihrem Leben nur sehr selten in der Stadt gewesen. Bereits jetzt verwirrte und belastete sie der ständige Autolärm.

„Musst du dauernd alles in Frage stellen, was ich mache, Mary?“, fragte Reece ärgerlich. „Ich weiß, dass du dir nicht gern sagen lässt, was du zu tun hast, aber ich bin dein Mann. Wir sind glücklicher, wenn du mir die Führung überlässt und einfach nur gehorchst. Diese Welt ist für dich fremd, aber ich weiß, was das Beste für uns ist.“

„Bitte entschuldige. Natürlich weißt du das“, sagte Mary zerknirscht. Sie ging wieder alles völlig falsch an. „Du bist mein Mann. Ich will dir immer gehorchen. Aber hier ist vieles so fremd für mich. Hab Geduld mit mir, Reece, bitte.“ Ihre Rebellion hatte bereits ihre Eltern getötet. Wann würde sie endlich lernen, gehorsam und demütig zu sein?

Sein Blick wurde weicher. „Du wirst alles lernen, Schatz.“ Er deutete zu ihrem Teller. „Es ist nicht zu übersehen, dass dir das Essen nicht schmeckt. Komm, wir sehen uns unsere neue Wohnung an.“

Sie stand so eilig auf, dass ihr Stuhl ins Wanken geriet. Ein wenig wacklig aufgrund der ungewohnt hohen Absätze hielt Mary sich an seinem Arm fest und folgte Reece nach draußen auf den Gehweg.

Schlichte viktorianische Gebäude säumten die Straße. Der Name der Stadt – Wabash – gab ihr das Gefühl, nach wie vor irgendwie mit ihren Wurzeln im drei Stunden entfernten Wabash Valley verbunden zu sein. Reece wich den Autos aus, die durch die Einbahnstraße kamen, half ihr auf die andere Straßenseite und führte sie nach links zu mehreren Glastüren.

Er blieb stehen und kramte in seiner Tasche. „Ich habe schon den Schlüssel."

Im Inneren erwartete sie ein großer Eingangsbereich und eine breite verzierte Treppe, die in das erste Stockwerk hinaufführte. Die viktorianischen Holzarbeiten sahen frisch renoviert aus. „Es ist schön hier", sagte Mary überrascht.

„Endlich trifft etwas die Zustimmung der Prinzessin." Reece lächelte, aber in seiner Stimme lag ein scharfer Unterton, der Mary nicht entging. Sie versuchte, ihre Unsicherheit und den Schmerz über seine Worte zu verdrängen, und stieg schweigend die majestätische Treppe hinauf. Sicher würden sie einfach etwas Zeit brauchen, um sich aneinander zu gewöhnen. Sie waren sich bis auf die wenigen Momente, die sie miteinander verbracht hatten, fast fremd. Die Anspannung der letzten Tage hatte alles verändert, aber wenn sie sich erst einmal eingewöhnt hätten, wäre er sicher wieder der nette und aufmerksame Mann, in den sie sich verliebt hatte.

Reece holte sie oben auf dem Treppenabsatz ein und deutete nach rechts. Nachdem er aufgeschlossen hatte, ließ er sie eintreten. Mary schaute sich um und lächelte erfreut. „Die Stube ist klein, aber gemütlich."

„Wohnzimmer", verbesserte er sie. „Du musst anfangen, die richtigen Bezeichnungen zu benutzen."

„Wohnzimmer." Sie ging durch den möblierten Raum in die winzige Küche. Sie hatte kein Fenster, aber Mary bemühte sich weiterhin zu lächeln und etwas Positives zu erwähnen. „Es ist ganz neu."

„Genauso wie das Badezimmer." Er zeigte ihr das winzige Badezimmer gleich hinter der Küche.

Sie erblickte begeistert ein anderes kleines Zimmer, das vom Flur abging. „Ein Kinderzimmer!"

Er runzelte die Stirn. „Ein Computerzimmer. Etwas müssen wir von Anfang an klären, Mary: Ich will keine Kinder."

Ihr Lächeln erlosch. „Oh, Reece, das kann nicht dein Ernst sein. Ich möchte viele Babys."

„Es ist mein Ernst. Wenn du schwanger wirst, kannst du abtreiben."

Ihre Glieder erstarrten. „Das wäre eine Todsünde. Das ist Mord!", rief Mary entsetzt.

„Das ist Einstellungssache. Schluss jetzt mit dem Wort ‚Sünde', Mary. Ich kann es nicht mehr hören. Wir benötigen keine Kinder. Alles, was wir brauchen, sind wir beide, du und ich."

„Warum willst du keine Kinder, Reece?" Sie trat vorsichtig näher. „Sie bringen so viel Freude und Leben ins Haus."

Reeces Miene verwandelte sich zu Stein. „Ich war ein Pflegekind und hatte nichts, was mir gehörte. Immer war ich der Letzte, um den man sich kümmerte. Ich wusste, dass ich eines Tages eine Frau finden würde, die nur mich allein lieben würde. Bin ich dir nicht genug, Mary?" Er sah sie prüfend an.

„Natürlich bist du das, Reece!" Sie legte die Handfläche zärtlich an seine Wange. „Ich liebe dich. Reden wir jetzt nicht mehr darüber."

„Ich werde meine Meinung nicht ändern, Schatz." Er drehte den Kopf und küsste ihre Handfläche. „Aber wir werden ohne Kinder ein gutes Leben führen." Sein Lächeln wurde zärtlicher. „Jetzt komm, ich zeige dir das Schlafzimmer."

* * *

Der Himmel über Rockville war ein trübseliger Anblick, grau und verhangen. Im Vergleich zu dem Sonnenschein an seinem Urlaubsort Hawaii stellte die jetzige Aussicht eindeutig eine Verschlechterung dar. Matt sah sich unter seinen Kollegen im Raum um. „Was soll das heißen, Reece ist fort?"

„Er ist mit dem amischen Mädchen verschwunden", sagte einer der Männer. „Nach der Beerdigung."

Matt sank auf einen Stuhl. Das hatte er davon, dass er sich für seine Flitterwochen zwei Wochen frei genommen hatte. „Was ist mit den Ermittlungen in dem Mordfall?"

„Das Gift war in den Keksen. Long wurde bei der Herstellung der Kekse beobachtet und jetzt er ist tot."

Das erschien Matt alles viel zu glatt, zu einfach. „Wo ist das Motiv?

Warum hat er selbst von den Keksen gegessen, wenn er doch wusste, dass sie vergiftet waren?“

„Nach Aussage der Gerichtsmedizin hat er das Strychnin entweder eingeatmet oder es beim Backen der Kekse durch die Haut aufgenommen. Es war ein Unfall.“ Captain Sturgis räusperte sich. „Das Motiv ist unklar. Das ist ärgerlich, aber so ist es manchmal. Menschen tun verrückte Dinge und wir erfahren nie den Grund für ihr Verhalten.“

Matt wusste, dass Sturgis recht hatte. „Sind denn wenigstens die Quiltdecken aufgetaucht?“

„Wir haben den Teich abgesucht, aber nichts gefunden.“

„Dann muss Long einen Komplizen gehabt haben.“

„Wahrscheinlich, aber wir haben keine näheren Anhaltspunkte. Niemand hat etwas gesehen. Es ist ein frustrierender Fall. Jetzt, da Reece fort ist, ist es deiner. Wenn du etwas herausfindest, bist du ein Held. Doch nun genug davon. Wie waren die Flitterwochen?“ Ein schelmisches Grinsen zog sich über das Gesicht seines Kollegen.

„Schön“, erwiderte Matt trocken und ging in sein Büro. Ob ihm Reece vielleicht hier eine Nachricht hinterlassen hatte? Es war vollkommen untypisch für seinen Partner – genau genommen seinen Pflegebruder –, ohne ein Wort zu verschwinden. Matt durchsuchte seinen Schreibtisch, fand aber nur einen neuen Bericht über einen Einbruch in einem Supermarkt der Stadt. Vielleicht hatte Reece bei ihrer Großmutter Trudy etwas hinterlassen. Matt wählte ihre Nummer.

„Matthew, ich habe von dir nicht einmal eine Postkarte bekommen“, schimpfte sie lauthals, sobald sie abhob.

Die dämliche Nummernanzeige gönnte ihm nicht einmal eine Minute Zeit für eine Erklärung. „Analise war die meiste Zeit krank. Migräne. Ich habe mich um sie gekümmert und kam kaum aus dem Hotel.“

„Sie sollte mit ihrer Migräne zum Arzt gehen.“

„Das habe ich ihr auch gesagt, aber sie hat sie schon seit Jahren. Hey, wusstest du, dass Reece mit einem amischen Mädchen durchgebrannt ist? Mary Schwartz.“ Schweigen am anderen Ende der Leitung. „Trudy?“

„Wann ist das passiert?“

„Vermutlich direkt nach der Beerdigung. Ich habe es gerade erst erfahren. Ich nehme an, dass er sich nicht von dir verabschiedet und meine Waffe bei dir gelassen hat?“

„Welche Waffe?“

„Er hatte sich meinen Revolver geborgt.“ Wenn er Reece fand, würde er ihn zurückfordern. Aber es war nicht allein die Waffe, die Matt schlechte Laune bereitete, sondern Reeces Art, einfach ohne ein Wort zu verschwinden.

„Nach allem, was ich für den Jungen getan habe“, beschwerte sich seine Großmutter.

Mit seinen dreißig Jahren war Reece bestimmt kein Junge mehr, aber Matt behielt diesen Gedanken für sich. Sie musste ihrem Ärger Luft machen. „Wahrscheinlich ruft er dich an, wenn er eine Wohnung gefunden hat.“

Früher war Matt auf die enge Beziehung zwischen Reece und Trudy eifersüchtig gewesen, aber inzwischen hatte er sie längst akzeptiert. Es nützte nichts, um etwas zu trauern, auf das man keinen Einfluss hat. Wenn sie ein Pflegekind mehr liebte als ihren eigenen Enkel, konnte er ihr das nicht verbieten, geschweige denn an diesem Sachverhalt etwas ändern.

* * *

Die Kerzen auf dem Tisch erfüllten das Zimmer mit einem angenehmen Geruch nach Zimt. Unruhig ging Mary auf und ab und blieb nur gelegentlich stehen, um zu horchen, ob sie Reeces Schritte im Treppenhaus hörte. Krampfhaft bemühte sie sich, nicht zu weinen. Ihr Festessen war ruiniert. Die Nudeln klebten in einer milchigen Pampe am Boden des Topfes, und obwohl sie den Herd extra niedrig gestellt hatte, war die Soße hoffnungslos angebrannt. Sie hätte das Essen erst aufwärmen sollen, wenn er bereits zu Hause gewesen wäre.

Sie hatte so sehr einen perfekten Abend vorbereiten wollen. Ihr erster Hochzeitstag. Reece hätte schon vor drei Stunden zu Hause sein sollen. Vor zwei Stunden hatte er aus Scottys Bar angerufen und gesagt, dass er in einer Viertelstunde hier wäre, aber sie hätte es wie immer besser wissen müssen. Wenn er erst anfing, sich mit seinen Freunden Geschichten zu erzählen, verlor er jegliches Zeitgefühl. Ihre Kleidung würde ihm gefallen. Dennoch war Mary die ganze Zeit versucht, den kurzen, engen Rock gegen etwas Bequemeres und weniger Freizügiges zu tauschen. Sie schämte sich. Dieser Ausschnitt war viel zu tief. Kleidung, die derart viel Haut zeigte, löste in ihr ein großes Unbehagen aus, aber Reece war das egal. Er erinnerte sie lediglich immer wieder daran, dass es ihre Aufgabe sei, ihm zu gefallen und nicht sich selbst. Sie rieb sich die Füße, die von den schmalen, hohen Absätzen schmerzten. Wenigstens hatte er sie nicht gezwungen, heute Abend mit ihm in die Bar zu gehen, um mit ihr anzugeben.

Mary schleppte sich in die winzige Küche und begann das verkochte und angebrannte Essen wegzuräumen. Tränen brannten in ihren Augen. Wie sehr wünschte sie sich, ihre Tante hätte ein Telefon. Hier in Wabash fühlte sie sich einsam und isoliert. Reece weigerte sich, sie zur Kirche zu fahren. Die einzigen Menschen, die sie traf, waren die lüsternen Männer in den Bars. War das ganz normal und in jeder englischen Familie so? Woher sollte sie das wissen? Einmal war sie, als er arbeiten musste, an einem Sonntag heimlich aus der Wohnung gehuscht und in die presbyterianische Kirche in der Miami Street gegangen. Als er später von ihrem Gottesdienstbesuch erfahren hatte, war er so wütend geworden, dass Mary Angst bekommen hatte. Sie hatte es nie wieder versucht.

Sie hörte, wie sich die Wohnungstür öffnete. Mary zog die Schürze aus, holte tief Luft und ging durch den Flur ins Wohnzimmer, um ihn zu begrüßen.

Lächelnd hielt er ihr einen Strauß welker Blumen hin. „Da ist ja mein Mädchen“, sagte er mit lallender Stimme. Seine Augen leuchteten auf, als er sie musterte. „Komm her und gib mir einen Kuss, Süße. Du siehst zum Anbeißen aus.“

Bei dem Gedanken an seine betrunkenen Küsse schauderte Mary. Sie blieb stehen. „Hast du schon gegessen?“

„Natürlich nicht. Ich wollte mit meiner schönen Frau essen.“ Sein Grinsen wurde noch breiter. „Komm her, Mary.“

Sie drehte sich um und ging in die Küche. Er konnte nicht drei Stunden zu spät nach Hause kommen und dann erwarten, dass sie ihm vor Freude um den Hals fiel. „Ich mache dir einen Hamburger oder so etwas. Das Abendessen ist ruiniert.“

„Ruiniert?“ Er folgte ihr in die winzige Küche. „Wenn du mich wirklich lieben würdest, hättest du es für mich warm gehalten.“

Sie fuhr herum. „Du wolltest vor drei Stunden zu Hause sein! Selbst wenn du, wie später von dir angekündigt und versprochen, vor zwei

Stunden gekommen wärst, wäre alles fertig gewesen. Aber jetzt ist nichts mehr zu retten. Es ist alles verdorben." Tränen liefen über Marys Wangen, die sie hastig mit dem Handrücken wegwischte.

Sein Blick wanderte durch die Küche und blieb an den klebrigen Nudeln, der verbrannten Soße und dem matschigen Gemüse hängen. „Ich hatte zu tun", sagte er. „Du hast kein Recht, mich zu kritisieren. Gebe ich dir denn nicht alles, was du willst? Ich kaufe dir hübsche Kleider und Make-up, Parfum und Schmuck."

„Und ich *hasse* das!" Ihre Stimme wurde unwillkürlich lauter, während sie die Ohrringe von ihren Ohren zog. „Ich komme mir die meiste Zeit wie eine Hure vor. Als würde dich nichts anderes interessieren als mein Aussehen. Wenn du mich wirklich lieben würdest, müsste ich nicht jeden Tag ohne Freunde und ohne etwas zu tun eingesperrt in dieser Wohnung sitzen."

Sein Gesicht verfinsterte sich. Mary sah, dass sie in ihrem Unmut bereits zu weit gegangen war, aber sie konnte die erregten Worte nicht mehr zurückhalten. „Nicht mal ein Baby darf ich bekommen!" Sie nahm den Topf mit den Nudeln und kippte ihn in die Spüle. Am liebsten hätte sie die Soße ebenfalls kurzerhand auf den Fußboden gegossen, aber dann hätte sie nur wieder alles selbst aufwischen müssen.

Reece packte sie grob an den Schultern und schüttelte sie. „Beherrsch dich, Mary. Was fällt dir ein? Wie kannst du es wagen, so mit mir zu sprechen? Ich bin dein Ehemann. Du hast versprochen, mich zu lieben und mir zu gehorchen."

Ihr Zorn verflog ebenso schnell, wie er gekommen war. Ja, ihre Pflicht war es, diesen Mann zu lieben, egal, was er tat. Wieso nur musste das so schwer sein? Als sie ihm nicht sofort antwortete, schüttelte er sie noch heftiger. Sein Gesicht war dunkelrot vor Zorn.

„Ist das der Dank, nach allem, was ich für dich getan habe?", schrie Reece und stieß sie von sich.

Marys Rücken krachte gegen die Arbeitsplatte. Schnell stützte sie sich mit der Hand ab, um nicht zu stürzen. Ihr Gesicht glühte. „Du hast mich gestoßen." Ihre Stimme zitterte. Er hatte noch nie die Hand gegen sie erhoben.

„Wenn du mir nicht gehorchst, kann ich auch noch ganz anders." Alle Farbe wich aus seinem Gesicht. Drohend trat er auf Mary zu.

Sie wand sich zur Seite und hob in einer schützenden Bewegung die

Arme, aber er hatte bereits ausgeholt. Mit voller Wucht traf seine Hand ihre Wange. Ein brennender Schmerz zog über ihr Gesicht. Mary war so schockiert, dass sie nicht einmal mit der Wimper zuckte. Unnachgiebig durchbohrte sie sein wütender Blick. Mary starrte den Mann an, den sie einst geküsst und gestreichelt hatte, starrte in seine warmen, braunen Augen, in denen jetzt keine Spur eines liebevollen Lächelns zu sehen war. Wer war er? Kannte sie ihn überhaupt? Hatte sie ihn je gekannt? Der Reece, den sie zu kennen geglaubt hatte, hätte nie die Hand gegen sie erhoben. Vor ihr stand ein Fremder. Da verzog sich plötzlich seine Miene und Mary erhaschte einen Blick auf ihren wirklichen Mann.

Er streckte die Hände nach ihr aus. „Es tut mir leid. Ich kann nicht glauben, dass ich das getan habe." Er nahm sie in die Arme und flüsterte in ihre Haare. „Vergib mir, Mary. Es wird nie wieder vorkommen."

Noch während sie die Worte „Ich vergebe dir" aussprach, fragte sich Mary, ob das Leben jemals wieder so werden würde, wie es einst gewesen war.

5

„Die Welt wird dir sagen, dass du zuerst an dich selbst denken sollst. Aber höre nicht darauf, Mary. Denke zuerst an andere, dann wirst du wahres Glück finden."
Patricia Schwartz

Wie hatte er sich nur darauf einlassen können, hierherzukommen? Reece betrachtete die amischen Frauen, die mit einer Horde Kinder am Rockzipfel über den Flohmarkt schlenderten. Wenn Mary die ganzen Amisch hier in Shipshewana sah, machte sie das bestimmt unglücklich und unzufrieden. In den letzten vier Jahren hatte er damit schon genug Ärger gehabt.

„Ist es nicht herrlich hier?", fragte Mary und lächelte ihn an. Wenn sie so lächelte, war seine Welt in Ordnung. Für einen Moment vergaß Reece seine Gereiztheit. „Willst du noch Popcorn?" Als sie nickte, blieb er beim nächsten Stand stehen.

Der Flohmarkt, der den ganzen Sommer hindurch jeden Dienstag und Mittwoch in Shipshewana stattfand, war in ganz Indiana und Michigan berühmt. Eine riesige Fläche stand voll mit unterschiedlichsten Verkaufsständen, an deren Tischen ein buntes Sammelsurium von Gartenzubehör über Möbel, Geschirr und Haushaltswaren bis hin zu Taschen und Schmuck angeboten wurde. Reece langweilten diese Dinge. Er interessierte sich mehr für Autos oder Waffen.

Als er sich umdrehte, um Mary ihr Popcorn zu geben, war diese in ein Gespräch mit einer amischen Frau vertieft. Sein Magen verkrampfte sich schmerzhaft und entspannte sich erst wieder, als Mary sich mit einem breiten Lächeln zu ihm umdrehte. Sie gehörte zu ihm. Er würde sterben, wenn sie ihn je verließe, um in ihr altes Leben zurückzukehren.

„In der nächsten Reihe werden viele Quiltdecken ausgestellt." Sie nahm ihr Popcorn und eilte, ohne seine Zustimmung abzuwarten, durch den Gang davon.

Er würde ihre Begeisterung für Quiltdecken nie verstehen. Warum sah sie ihn nie mit derselben Konzentration an, die sie diesen Decken schenkte? Sie nahm in seinen Gedanken immer den ersten Platz ein und er hatte gehofft, ihr erginge es mit ihm genauso. Reece stürmte hinter ihr her. Er würde sie am Arm packen und darauf beharren, zum Auto zurückzugehen und endlich nach Hause zu fahren. Was wollten nur diese ganzen Leute hier? Erst versperrte ihm ein Mann mit seinem Wagen den Weg, dann liefen ihm drei spielende Kinder vor den Füßen herum. Als er endlich weitergehen konnte, war Mary nicht mehr zu sehen. Fluchend schritt Reece durch die Gänge. Nach einer halben Stunde sinnlosen Herumsuchens fand er sie am Ende mit hängenden Schultern und Tränen im Gesicht an einem Picknicktisch. Als Mary ihn sah, stand sie auf und wischte sich über die Wangen. „Sie waren nicht dabei."

„Würdest du bitte endlich mit deiner Suche aufhören? Die Quilts werden nie auftauchen."

Sie würde die gestohlenen Quiltdecken ihrer Mutter nie finden. Aber das war nicht seine eigentliche Sorge. Er hasste diese gedankenverlorene Miene in ihrem Gesicht. Sehnte sie sich in diesem Moment womöglich danach, ihre Amisch-Gemeinschaft nie verlassen zu haben? Vielleicht träumte sie davon, mit diesem jodelnden Bauernjungen Noah verheiratet zu sein. Allein der Gedanke war unerträglich.

„Aber wieso? Sie müssen doch irgendwo sein, Reece."

„Ich verbiete dir, noch länger danach zu suchen, Mary", sagte Reece mit größtmöglicher Strenge in seinem Tonfall. Sie biss sich auf die Lippen und ihr Gesicht nahm diesen trotzigen und starrsinnigen Ausdruck an, den Reece zutiefst verabscheute. Dennoch beugte sie nach kurzer Zeit den Kopf und nickte.

„Wir sind hier fertig", sagte Reece. „Lass uns gehen, ich will nach Wabash zurück."

Es war ein Fehler gewesen, sie hierherzubringen. Sie musste das alte Leben endgültig vergessen und sich stattdessen voll und ganz auf ihn konzentrieren und ihm eine gute Ehefrau sein. In vier Jahren Ehe hätte es ihm längst gelingen müssen, die letzten Spuren ihres Trotzes zu vertreiben. Sie wusste, wie sehr ihre Sucherei ihn störte, aber dennoch machte sie beständig damit weiter. Wenn sich ihre Gedanken um die Quiltdecken drehten, spielte er nur die zweite Geige. Das musste endlich aufhören.

Sie folgte ihm vom Flohmarkt zum Wagen. „Können wir im Blue

Gate Restaurant essen gehen?", fragte Mary, als sie in das von der Sonne aufgeheizte Auto stiegen.

Er warf einen Blick auf ihren gebeugten Kopf. Er wollte aus dieser Stadt verschwinden, bevor sie stehen bliebe und mit jeder amischen Frau spräche, die sie finden konnte. „Natürlich, Schatz. Schenk mir vorher nur noch ein Lächeln." Er wartete, bis sie den Kopf hob und ihn anlächelte, dann fuhr er zum Restaurant. Das Lokal war riesig. Nach einem kürzlichen Umbau fanden über sechshundert Personen darin Platz. Mary und Reece mischten sich unter die Menge. Nachdem sie bestellt hatten, verzehrte Reece zwei Portionen Erdnussbutteraufstrich, während Mary nur an einem selbstgebackenen trockenen Stück Brot herumkaute.

„Ich dachte, du wolltest gern hier essen, aber du hast fast nichts angerührt."

„Mein Magen ist nicht ganz in Ordnung."

Er sah die Sehnsucht in ihrem Gesicht, als sie ihre amische Kellnerin, ein junges Mädchen, in ein Gespräch verwickelte. So viel dazu, dass sie aus seinem Schimpfen irgendetwas gelernt hätte. Es war ein Fehler gewesen, sie hierherzubringen. Sie musste so weit wie möglich von diesen Menschen fort. Schon seit Jahren nervte sie ihn mit dem Wunsch, eine amische Gemeinschaft zu finden. Aber was dem Fass den Boden ausschlug, war ihr Wunsch, er solle sich zu ihrem Glauben bekehren. Er hatte diese Idee sofort im Keim erstickt, aber hartnäckig fing sie immer wieder davon an.

Nachdem das Mädchen ihnen ihr Essen gebracht hatte, schlang er es so schnell wie möglich hinunter. „Gehen wir."

Sie ließ ihren Löffel in der halb gegessenen Schüssel mit hausgemachter Hühnersuppe stecken und folgte ihm zum Auto. Während der ganzen Heimfahrt lehnte sie sich an die Tür und starrte aus dem Fenster. „In einem Einspanner zu fahren ist ganz anders, als in einem Auto zu sitzen", bemerkte Mary freudig, als ihr Auto auf der Straße einen Pferdewagen überholte.

„Ja, das Auto ist schneller." Das Letzte, was er wollte, war, über das Leben der Amisch zu sprechen. Sie sollte sich nicht nach ihrem alten Leben sehnen. Er hatte alles für sie aufgegeben. Wusste sie das denn überhaupt nicht zu schätzen?

„In einem Einspänner ist man nicht von der Außenwelt abgeschnitten, sondern ist Teil der Gemeinschaft. Man kann Freunden etwas zurufen, riecht die Blumen und fühlt den Wind."

„Musst du mir immer widersprechen, Mary?" Seine Hände krampften sich um das Lenkrad. Sie brachte ihm keinen Funken Dankbarkeit und Respekt entgegen. Nach allem, was er für sie getan hatte, sehnte sie sich immer noch nach ihrer Familie. Das war nicht richtig.

Sie fuhren schweigend weiter, bis sie Shipshewana hinter sich gelassen hatten. Plötzlich zog sie an ihrem Sicherheitsgurt und legte ihn, wie er es noch nie bei ihr gesehen hatte, in einem komischen Winkel über ihren Bauch. Gerade als er sie fragen wollte, was dieses merkwürdige Verhalten solle, wandte sie sich ihm zu und begann zu sprechen.

„Reece, ich muss dir etwas sagen."

„Was ist?"

„Ich bin schwanger."

Unwillkürlich trat Reece voll auf die Bremse. Mit Mühe gelang es ihm gerade noch, einen Unfall zu verhindern und das Auto an den Straßenrand zu lenken. Der Fahrer hinter ihnen überholte mit lautem Hupen und zeigte Reece laut schimpfend den Mittelfinger. An jedem anderen Tag hätte Reece Gas gegeben und den Mann wütend verfolgt, aber heute war er zu erschüttert, um reagieren zu können.

Er drehte sich um und starrte sie an. Vielleicht hatte er sie nur falsch verstanden. „Was hast du gesagt?" Das Blut rauschte ihm in den Ohren. Er hatte das Gefühl, keine Luft mehr zu bekommen. Mary wich vor ihm zurück und hob schützend die Hände. „Wir bekommen ein Baby, Reece." Sie lächelte glücklich. „Findest du nicht, dass es allmählich Zeit wird? Wir sind seit über vier Jahren verheiratet."

„Nein, es wird auf keinen Fall allmählich Zeit. Ich bringe dich in eine Klinik, dann können sie das Kind wegmachen." Er ballte voller Zorn die Fäuste, besaß aber noch genug Selbstbeherrschung, sie nicht zu schlagen. Vielleicht war es ein Unfall. Wenn nicht, würde er ihr eine ernste Lektion erteilen müssen.

„Ich lasse das Kind nicht abtreiben." Mary schob entschlossen das Kinn vor. „Du kannst mich nicht dazu zwingen, Reece. Nein. Bevor ich so etwas tue … verlasse ich dich." Ihre Stimme zitterte nur ein klein wenig.

Er konnte nicht glauben, dass er diese Worte aus ihrem Mund hörte. „Du glaubst, deine Familie würde dich zurücknehmen, nachdem du deinen Mann verlassen hast? Das würden sie niemals tun."

Sie umklammerte mit beiden Händen seinen Arm. „Zwinge mich nicht, zwischen dir und dem Baby zu wählen. Du glaubst, ich würde dich wegen des Babys nicht mehr beachten, aber das wird nicht passieren. Ich verspreche es dir. Du weißt doch, ich liebe dich."

„Du hast dich ja schon für den Balg entschieden und ziehst ihn mir vor." Er konnte es nicht glauben – konnte es nicht begreifen, dass sie ihn derartig missachtete. Ein unbekanntes Gefühl erschütterte ihn. Es war Angst, panische Angst. Ihm graute vor einer Veränderung ihres perfekten Lebens und davor, ihre Liebe zu verlieren. Sie drückte seine Hand. „Nein, das habe ich nicht. Ich schaffe beides. Gib mir eine Chance, Reece. Gib *uns* eine Chance."

Als er in ihr flehendes Gesicht sah, wurde er schwach. Vielleicht hatte sie recht. Sie war zu weich, um das zu tun, was getan werden musste. „Okay, aber das Wichtigste muss das Wichtigste bleiben. Ich bin der Mann im Haus und ich erwarte, dass du mir den Respekt entgegenbringst, den ich verdiene. Verstanden?"

„Verstanden." Sie warf sich in seine Arme und übersäte sein Gesicht mit Küssen. Genau so sollte es sein.

* * *

Mary sang leise vor sich hin, während sie den Faden des letzten Vorhangstückes abschnitt. Sobald sie die Vorhänge angebracht hätte, wäre das Zimmer des Babys fertig. Mühsam erhob sie sich von ihrem Stuhl und trug die Vorhänge vom Nähzimmer in das kleine Zimmer hinten auf dem Gang. Alles war vorbereitet. Die winzigen Schlafanzüge und Strampelanzüge lagen ordentlich in den Kommodenschubladen, die von ihr handbestickte Quiltdecke lag zusammengefaltet am Fußende des Bettchens und gestern hatte sie die letzten Söckchen fertig gestrickt. Bald würde sie ihr süßes, winziges Baby sicher in den Armen halten können.

Das Sonnenlicht, das durch das Fenster strömte, erfüllte die gelben Wände mit noch mehr Farbe und Licht. Ein Mobile schaukelte im leichten Luftzug über dem Bettchen. Es war perfekt. Mary legte die Hand auf ihren runden Bauch und fühlte, wie das Baby gegen ihre Hand trat. „Bald, Kleines. Nur noch zwei Wochen müssen wir uns gedulden."

Reece hatte nicht wissen wollten, ob es ein Mädchen oder ein Junge war, aber Mary fühlte in ihrem Inneren, dass es ein Mädchen war. Ihr Lächeln verschwand. Sie hätte sich niemals vorgestellt, dass eine Ehe wie eine tägliche Wanderung über ein Feld mit scharfen Landminen wäre. Reece trug so viel Schmerz und Wut in sich, einen Schmerz, den sie nicht vertreiben konnte. Vielleicht war es ihre Aufgabe im Leben, seine Qual zu lindern, indem er ihr Schmerzen zufügen konnte. Nach allem, was sie getan hatte, verdiente sie ein solches Los.

Vorsichtig stieg Mary auf einen Stuhl und befestigte die Vorhänge an der Stange. Die helle Farbe sah an den Wänden wunderschön aus. Sie träumte von dem Moment, in dem sie ihrem Baby das Zimmer und all die schönen Dinge darin würde zeigen können.

Als sie auf ihre Armbanduhr sah, hielt sie entsetzt den Atem an. Es war fast sechs und sie hatte noch nicht mit dem Kochen begonnen. Reece würde sehr wütend sein. Wie auf Kommando erklang in diesem Augenblick sein Pfeifen auf der Treppe vor der Wohnungstür. Mary hörte, wie er ihren Namen rief, und ärgerte sich über sich selbst. Sie hätte das Essen bereits fertig haben sollen, denn wenn er Hunger hatte, war er noch gereizter als sonst.

Haltsuchend stützte sie sich an der Rückenlehne ab und stieg vorsichtig von dem Stuhl herunter. Manchmal musste Mary beinahe über ihre Behäbigkeit, die sie an einen schwerfälligen gestrandeten Wal erinnerte, lachen. Reece war ihr riesiger Umfang zuwider. Plötzlich durchschnitt ein scharfer Schmerz Marys Bauch. Sie biss die Zähne zusammen, um nicht laut zu stöhnen. Reece durfte auf keinen Fall etwas hören, er verabscheute Leute, die jammerten. Waren das Wehen?

Es hämmerte an die Tür. „Mary, mach auf, ich hab meinen Schlüssel vergessen."

Seit wann erfüllte sie Furcht statt Freude, wenn ihr Mann nach Hause kam? Nachdem er sie das erste Mal geschlagen hatte, war sie sicher gewesen, dass so etwas nicht wieder vorkommen würde, doch sie hatte sich geirrt. Jedes Mal entschuldigte er sich und beteuerte immer und immer wieder, wie leid es ihm täte. Seine Fäuste beherrschte er dennoch nicht. Ihre Mutter hatte immer gesagt: Wie man sich bettet, so liegt man. Mary hatte sich selbst gebettet, aber sie hätte nie gedacht, dass in diesem Bett so viele spitze Nägel lägen. Jetzt gab es kein Zurück mehr. Wenigstens hatte sie nach ihrem ersten Ehejahr ihren Schulabschluss machen dürfen und jetzt, nachdem sie fünf Jahre verheiratet waren, hätte sie sogar bald ihren Collegeabschluss. Mary wusste, in seinem tiefsten Inneren war Reece ein guter Mann. Wenn erst das Baby da war, würde sich alles zum Guten wenden. Endlich wären sie eine richtige Familie. Mary hoffte sehr, dass Reeces Besessenheit, sie müsse nur für ihn da sein, dann etwas nachlassen würde. Sie selbst hätte eine Freude in ihrem Leben, die größer war als der Schmerz. Das Baby würde alles ändern. Es war ihre einzige Hoffnung.

„Ich komme schon", keuchte Mary, die selbst von der Stärke ihrer Bauchkrämpfe überrascht war. Vielleicht hatten tatsächlich bereits die Wehen eingesetzt. Endlich erreichte sie die Tür und schob den widerspenstigen Riegel zurück. Sie sah gerade noch, wie Reece in seiner Polizeiuniform am unteren Ende der breiten Treppe im Erdgeschoss ankam. „Reece, warte, ich bin doch da."

Er drehte sich um, kam die Treppe wieder herauf und küsste sie. Mary versuchte, möglichst entspannt zu wirken, aber als sie eine neue Wehe erfasste, klammerte sie sich an ihn. *Atme, er darf nichts merken.* Wieso war sie nur so panisch? Reece würde sich um sie kümmern, würde wie immer die Dinge in die Hand nehmen und dafür sorgen, dass sie das alles überstand.

„Ich bin halb verhungert. Was hat meine kleine Frau mir gekocht?" Reece hob schnuppernd den Kopf. „Ich rieche gar nichts. Du hast noch nicht einmal angefangen zu kochen, hab ich recht?" Missbilligung sprach aus seinen Worten.

„Ich … ich glaube, ich habe Wehen", stieß Mary nach Atem ringend hervor, als der Schmerz sie von Neuem überrollte. Haltsuchend klammerte sie sich an das obere Geländer.

„Komm mir nicht mit solchen Ausflüchten! Das Baby kommt erst in zwei Wochen. Du warst wieder mal damit beschäftigt, im Kinderzimmer zu spielen, anstatt an mich zu denken. Ich weiß, dass es stimmt. Ich bin sehr von dir enttäuscht, Mary."

„Nein, ehrlich, Reece. Hier, fühl doch selbst. Ich glaube, es sind wirklich Wehen." Sie versuchte, seine Hand auf ihren Bauch zu legen, aber er riss sie weg. Erneut griff die Panik nach ihr, aber Mary kämpfte sie nieder. Er würde ihr nicht wehtun, nicht jetzt, wo sie schwanger war.

„Ist das ein Vorgeschmack darauf, wie es mit dem Baby wird? Du bist nur noch mit dem Kind beschäftigt und schenkst mir überhaupt keine

Aufmerksamkeit mehr?“ Mit zornig funkelnden Augen packte er ihren Arm. Seine Finger bohrten sich in ihr Fleisch.

Es gelang Mary, nicht zusammenzuzucken. „Nein, natürlich nicht.“ Sie kannte den Ausdruck in seinem Gesicht. Wenn sie einen Ort wüsste, der ihr Zuflucht bieten würde – ohne sich ein einziges Mal umzudrehen, würde sie verschwinden. Marys Wut und Ärger wuchsen, aber sie zwang sich, sie zu unterdrücken. Wenn sie die Beherrschung verlöre, hätte sie mit einer noch schlimmeren Strafe zu rechnen. Sie musste ihn unbedingt beschwichtigen und beruhigen, aber sie fühlte sich vollkommen kraftlos. „Du tust mir weh, Reece.“

Mit düsterer Miene zog er seine Hand zurück und fuhr sich durch die Haare. „Mary, wieso musst du mich immer wieder so in Rage bringen? Wenn du mich respektieren würdest, wie es sich gehört, würde so etwas nicht vorkommen. Es ist meine Pflicht, dich richtig zu erziehen, aber du machst es mir unnötig schwer.“

Obwohl sie wusste, dass er sie lediglich manipulierte, ließ Mary den Kopf hängen. Er hatte recht: Sie hatte ihn heute vergessen. An manchen Tagen wünschte sie, sie könnte ihn für immer vergessen. Tränen verschleierten ihr die Sicht.

Reece streichelte ihren nackten Arm, drückte sie an die Wand und neigte seinen Kopf, um ihren Nacken zu küssen. In Marys Kehle stieg Galle auf. Sie konnte seine Berührung nicht länger ertragen, geschweige denn einen Kuss. Als sie die blinde Wut in seinen Augen sah, wusste sie, dass es ein Fehler gewesen war, sich von ihm abzuwenden. Drohend trat Reece auf sie zu. „Ich habe dir von Anfang an gesagt, dass ich nicht der Typ für Kinder bin. Ich will eine Frau, kein Kindermädchen. Eine Geliebte und keine Amme. Wir werden das Kind nicht behalten.“

Zu spät erkannte sie, dass er dem Baby die Schuld für ihren kurz aufflackernden Trotz gab. Sie konnte nicht zulassen, dass er ihr das Kind wegnahm. „Es wird nicht wieder vorkommen, Reece. Ehrlich. Es tut mir leid“, stammelte sie, während sie immer weiter zurückwich, bis sie am oberen Absatz der Treppe stand. Sie hätte ihre Zunge besser in Zaum halten sollen. Mary hob den Kopf und hielt ihm ihr Gesicht hin, sodass er sie dort schlagen konnte. Wenn nur dem Baby nichts geschah.

In Reeces Gesicht rangen Liebe und Ärger miteinander – die Liebe unterlag. Neue Zornesröte stieg in seinem Gesicht auf. „Ich hätte diese rebellische Ader früher in dir sehen sollen. Ich bin dein Mann, Mary! Ich weiß, was das Beste für dich ist, aber du hörst mir anscheinend nie zu."

„Es tut mir leid." Sie hob die Hand, streichelte über sein Gesicht und zwang sich zu einem Lächeln. „Ich habe Steaks zum Abendessen vorbereitet", sagte Mary in einem bemüht beruhigenden Tonfall. „In einer Viertelstunde kannst du essen."

Seine Hände ergriffen ihre Schultern und schüttelten sie. „Du hast versprochen, das Baby nicht über mich zu stellen, aber genau das tust du."

Mary entwand sich seinem schmerzhaften Griff. „Das tue ich nicht, Reece! Du bist der wichtigste Mensch in meinem Leben."

Plötzlich realisierte sie voller Schrecken, dass sie an der Kante der obersten Treppenstufe stand. Mary schwindelte und begann zu taumeln. Verzweifelt ruderte sie mit den Armen und versuchte sich am Geländer festzuhalten, aber ihre Hände griffen ins Leere. Reece griff ebenfalls nach ihr, aber in diesem Moment verlor Mary endgültig das Gleichgewicht, sodass seine Hand ihre Schulter traf und sie nur noch mehr ins Wanken brachte. Sie begann zu fallen. Rasend schnell kam die Treppe auf Mary zu. Ihr Kopf schlug gegen das Geländer, sodass es vor ihren Augen grell aufblitzte. Das Baby! Verzweifelt versuchte Mary, sich zu einer Kugel zusammenzurollen – vergeblich. Es war unmöglich, ihren Bauch zu schützen. Alles umsonst. Vorbei. Wenigstens wären sie und das Baby bald für immer zusammen, schoss es Mary durch den Kopf. Dann schlug ihr Körper am Fuß der Treppe auf. Reece rannte die Treppe hinunter und schrie immer wieder ihren Namen. Sie musste vor ihm fliehen, musste weg von ihm, aber sie konnte sich nicht bewegen. Sie kam einfach nicht voran. Etwas Warmes lief an ihren Beinen entlang. Mary durchfuhr ein entsetzlicher Schmerz. Dann wurde es dunkel.

* * *

Die Maschinen im Krankenzimmer piepten leise. Reece saß auf dem Stuhl neben Marys Bett und blickte besorgt auf die Monitore. Verzweifelt legte er den Kopf in seine Hände. Sie durfte nicht sterben, er verbot es ihr. Sie musste am Leben bleiben. Er wäre verloren, wenn Mary starb.

Als sie sich rührte, stand Reece schnell auf. Marys Augen blieben geschlossen, aber ihre Hand bewegte sich langsam zu ihrem Bauch und blieb darauf liegen. Ihre Lippen verzogen sich vor Schmerz. Es tat Reece leid, ihr einen noch größeren Kummer bereiten zu müssen. Bestimmt wäre es eine Zeit lang sehr schwer für sie, aber irgendwann würde Mary begreifen, dass es so das Beste war. Sein Blick glitt über ihr Gesicht. Lange Wimpern lagen auf ihren Wangen. Nach allem, was sie durchgemacht hatte, war Mary sehr blass, aber Reece fand sie dennoch wunderschön. Ihre rotbraunen Haare lagen wie ein glänzender Teppich auf dem Kopfkissen. Er liebte es, sein Gesicht in ihren langen Locken zu vergraben. Sie hatten große Ähnlichkeit mit den Haaren seiner Mutter, der einzigen glücklichen Erinnerung aus seiner Kindheit. Er legte die Hand auf ihre Stirn und strich ihre Haare glatt. Es war Zeit, dass sie wach wurde. „Mary“, sagte er mit fester Stimme. „Wach auf.“

Ihre Wimpern zuckten. „Schlafen“, murmelte Mary undeutlich.

„Du kannst später schlafen. Mach die Augen auf.“ Normalerweise half der Befehlston bei ihr.

Langsam öffnete Mary ihre Augen ein kleines Stück, aber ihr Blick blieb unstet und schwankend.

„Sieh mich an, Mary.“

Sie blinzelte. Langsam wurde ihr Blick schärfer und sie nahm sein Gesicht wahr.

„Reece. Wo bin ich?“

„Du bist im Krankenhaus, Schatz.“

„Krankenhaus? Ist das Baby da?“ Ihre Hand auf dem Bauch bewegte sich vorsichtig. „Ist es ein Mädchen?“

„Schatz, das Baby ist gestorben.“

Mary schüttelte den Kopf. „Ich will mein Baby. Gib es mir!“

„Sie ist tot, Liebling. Es tut mir leid.“

„Ein Mädchen?“

„Ja, aber sie hat es nicht geschafft.“ Reece wusste, dass er derjenige wäre, bei dem sie Trost suchen würde. In Marys Miene spiegelte sich eine Emotion, die er nicht richtig deuten konnte. Sie schwieg. Er war dankbar, dass sie ihm nicht erneut widersprach und ruhig liegen blieb. „Hast du Schmerzen? Brauchst du etwas?“

Mary versuchte, sich aufzusetzen. „Kann ich etwas Wasser haben?“

Er goss etwas Wasser in ein Glas, aber der Krug war fast leer. Er hatte ihn in der Nacht, während sie geschlafen hatte, leer getrunken. „Ich hole die Schwester. Ich bin gleich wieder da."

Im Schwesternzimmer war niemand. Auf der Suche nach etwas Eis ging Reece den Gang entlang, aber hinter jeder Tür verbargen sich nur Patientenzimmer. Endlich fand er eine Schwesternhelferin im letzten Zimmer auf dem Flur. Sie schickte ihn auf den Gang zurück und sagte, er solle dort warten, bis sie mit ihrem Patienten fertig sei.

Bis er schließlich in Marys Zimmer zurückkehrte, waren fast zwanzig Minuten vergangen. Als er die Tür öffnete, war das Bett leer und das Licht ausgeschaltet. „Mary?" War sie womöglich im Badezimmer? Reece fuhr herum und sah in jede Ecke des Zimmers. Der Kleiderschrank stand sperrangelweit offen und war vollkommen leer. Auf dem Bett lag ein Krankenhauskittel. Reece schüttelte ungläubig den Kopf. Sie konnte doch nicht verschwunden sein! Sie hatte unmöglich von ihm unbemerkt den Flur betreten können. Reece eilte dennoch zur Tür und suchte den Gang in beiden Richtungen ab. Unter dem Ausgangsschild gegenüber vom Schwesternzimmer fiel in diesem Moment eine Tür zu. Er rannte durch den Gang, öffnete die Tür und sah gerade noch, wie Mary in einen Aufzug stieg. „Warte!" Er stürmte los, um sie aufzuhalten, aber die Aufzugtüren waren bereits geschlossen, bevor er sie erreichen konnte. Reece erhaschte lediglich noch einen Blick auf ihren steinernen Gesichtsausdruck. Wo war ihr Gehorsam, ihr Respekt geblieben? Mehrere Male drückte Reece voller Ungeduld auf den Aufzugknopf. „Komm schon! Komm schon!" Aber der Aufzug kam nicht. Während Reece die Treppe hinunterrannte, überlegte er, wie er Mary am besten für ihre Aufsässigkeit bestrafen könnte. Es würde ihr noch leidtun, dass sie so bockig und egoistisch war. Er stieß die Tür zum Erdgeschoss auf und stand in der Eingangshalle. Sein Blick fiel auf den Parkplatz hinter den Glasscheiben. Gerade stieg Mary in einen Wagen – in *seinen* Wagen!

„Halt!" Reece rannte quer durch die Halle hinaus zum Parkplatz. Gerade hatte er den Griff der Autotür erreicht, als der Wagen mit quietschenden Reifen losfuhr. Durch das Fenster sah ihm Mary direkt in die Augen. Was fiel ihr eigentlich ein? Wie konnte sie es wagen, dermaßen ungehorsam zu sein – noch dazu in aller Öffentlichkeit? Und woher hatte sie, verdammt noch mal, den Autoschlüssel? In den letzten Wochen hatte sie ihn scheinheilig überredet, ihr das Fahren beizubringen, damit sie zukünftig in der Lage wäre, mit dem Baby zum Arzt zu fahren. Alles Lüge! Sie hatte ihn schmählich übers Ohr gehauen und öffentlich bloßgestellt. Reece kochte vor Zorn. Fluchend kramte er sein Handy aus der Hosentasche und rief seinen Partner auf der Polizeiwache an. Mary würde bestimmt nach Hause in die Wohnung fahren.

Eine Viertelstunde später holte ihn sein Partner ab. So schnell wie möglich fuhren sie in die Market Street, wo Reece die Stufen zu seiner Wohnung hinaufhetzte.

Sie war leer. Mary war bereits hier gewesen. Reece fuhr sich mit der Hand über die Augen. Mit dem bereits gepackten Krankenhauskoffer war ihm seine Frau entwischt. Sein Inneres zog sich krampfhaft zusammen. Reece ahnte, dass es nicht leicht sein würde, sie zu finden, aber er wusste, irgendwann würde es ihm gelingen. Er und Mary gehörten zusammen und nichts und niemand würde das verhindern können.

Teil 2
Fünf Jahre später

6

„Der Lonestar-Sternenquilt ist eine Erinnerung daran, dass wir nicht als Einzelgänger geschaffen wurden, die das Leben im Alleingang bewältigen. Die Amisch schätzen die Familie und die Gemeinschaft über alles.“
Mary Schwartz in *Quilts und amischer Glaube*

Marys Blick wanderte durch das Wohnzimmer ihres Hauses, einer modernen Ranch, die sich auf einem kleinen Grundstück bei Milwaukee befand. Im gesamten Raum, an den Wänden, in allen Ecken und Winkeln, waren Quilts verteilt. Einige waren als Wandschmuck befestigt, andere lagen verteilt auf Sesseln und Quiltrahmen. Mary kannte die Geschichte jeder einzelnen Decke. Sie wusste, wer sie genäht hatte, das Jahr der Entstehung, den Anlass, zu dem sie angefertigt worden war. Sie waren ihre Babys, ihre Kinder. Es waren die einzigen Kinder, die sie je haben würde, dachte Mary traurig.

Susan Wang, Marys PR-Managerin und Assistentin, hakte einen weiteren Punkt auf ihrer Checkliste ab. „Du hast um neun Uhr ein Interview mit der Zeitschrift *McCall's Quilting*. Ein Kamerateam von Kanal 6 kommt in einer Dreiviertelstunde. Der Tag morgen wird noch voller. Wir müssen packen und für die Aufnahmen zu *Fox & Friends* nach New York fliegen.“ Susan war ebenso wie Mary zweiunddreißig Jahre alt und sah in ihrem grauen Hosenanzug und den dazu passenden Schuhen schlank und elegant aus. Wie immer war sie sehr gut gekleidet.

Mary nickte. Die begeisterte Aufnahme ihres Buches hatte sie in ihrer Bescheidenheit vollkommen überrascht. Der mit dem Erfolg einhergehende vollgestopfte Terminkalender erwies sich mit der Zeit jedoch als sehr ermüdend. „Was ist denn mit dem neuen Buch? Und der Quilt für die Titelseite? Du musst die Werbetermine ein wenig kürzen, Susan. Wenigstens für ein paar Wochen, bis ich wieder Atem holen kann.“

„Du schaffst das schon. Eine solche Gelegenheit bekommen wir nie wieder. Wir müssen diese Zeit unbedingt voll und ganz ausnutzen“, sagte Susan, die Marys Bedenken mit einer lässigen Handbewegung abtat.

„Ja, ich weiß, du hast recht. Es gibt so vieles, wofür wir dankbar sein können, aber im Büro wartet auf mich ebenfalls eine Menge Arbeit. Ich muss dringend einen Weg finden, irgendwie alles unter einen Hut zu kriegen und einzuplanen, ohne den Verstand zu verlieren.“ Trotz ihrer Müdigkeit huschte ein Lächeln über Marys Gesicht.

Susan zog erneut ihr Notizbuch zu Rate. „Das Interview macht den Anfang. Die Auktion beginnt erst um elf, sodass wir früh genug dort sind. Ich glaube, die Mitarbeiter haben außerdem eine Abschiedsfeier für dich vorbereitet.“

Bei diesen Worten zog sich Marys Inneres schmerzlich zusammen. Das Museum und dessen Mitarbeiter waren inzwischen wie eine Familie für sie, die sie schrecklich vermissen würde. Sie hätte nie gedacht, dass ihr Buch, *Amische Quiltdecken: Eine Geschichte*, sie so berühmt machen würde. Seit sechs Monaten stand das Buch auf jeder Bestsellerliste und ihr Verlag trieb bereits eifrig die Werbung für ihr neues Buch voran.

„Du solltest dich lieber umziehen.“ Susan trat zum Fenster und sah hinaus. „Die Post ist gerade gekommen. Ich hole sie schnell herein, während du etwas anderes anziehst.“

Mary nickte und schob Spooky, eine ihrer vier Katzen, vorsichtig von ihrem Fuß herunter. Die schwarze Katze mit einem weißen Fleck im Nacken liebte es, auf ihren Füßen zu liegen. Schnell zog Mary die bereitgelegten Sachen an, einen schwarzen Rock und einen dicken grauen Pullover mit geschmackvollen Perlen. Susan und Marys Lektorin hatten gemeinsam versucht, ihre Garderobe etwas aufzufrischen, aber Mary blieb ihrem eher konservativ-eleganten Stil treu. Ein letzter prüfender Blick auf ihre Haare bestätigte Mary, dass der französische Knoten noch immer makellos saß.

Als sie das Wohnzimmer wieder betrat, ging Susan gerade die Post durch. „Etwas Interessantes dabei?“

„Sieht wie ein persönlicher Brief aus“, sagte Susan und reichte ihr einen Umschlag herüber.

„Er ist von meiner Tante.“ Mary öffnete ihn und entdeckte, dass in ihm ein weiterer Umschlag mit einem zusammengefalteten Briefbogen steckte. Ihr Blick fiel auf die Handschrift des inneren Umschlags – eine auffällige, ihr wohlbekannte Handschrift. Mary erstarrte. In ihren Ohren begann es zu rauschen, die Buchstaben schienen sie förmlich anzuschreien. Reece! Für einen Moment hörte ihr Herz auf zu schlagen. Der Brief, dessen Umschlag plötzlich wie Feuer brannte, glitt ihr aus den Händen. Wie Galle stieg die altbekannte Bitterkeit in Mary auf und griff nach ihrem Herzen.

„Was ist mit dir?", fragte Susan, die besorgt neben Mary getreten war und sich zu dem Umschlag hinunterbeugte. „Von wem ist der Brief?"

„Fass ihn nicht an!" Mary hatte so sehr gehofft, diese Handschrift nie wiedersehen zu müssen. Allein ihr Anblick ließ sie Reeces harte Stimme hören. Wenn er nicht gewesen wäre, würde ihr kleines Mädchen jetzt noch leben. Rasend vor Zorn und Schmerz ballten sich ihre Hände zu Fäusten. Wenn sie ihn je wiedersähe, würde sie ihn umbringen.

Verwirrt und mit großen Augen beobachtete Susan Marys inneren Aufruhr. Ihr ganzer Körper schien zu beben – ob eher aus Zorn oder aus Furcht, wusste Susan nicht recht zu sagen. „Ist es so schlimm?"

„Mein … mein Mann." Erst nach einiger Zeit stieß Mary mühsam die Worte hervor. „Ich hatte gehofft, er würde mich hier nie finden. Ich will nicht wissen, was er schreibt."

Susan sah sie forschend an. „Du bist verheiratet? Das hast du mir nie erzählt."

„Wir sind seit fünf Jahren getrennt. Vielleicht hat er die Scheidung eingereicht und will nun durchsetzen, dass ich schuldig geschieden werde, weil ich ihn verlassen habe." Wenn sie nur so viel Glück hätte!

„Auf jeden Fall solltest du den Brief lieber lesen", sagte Susan entschieden und hob den Umschlag vom Fußboden auf. „Wovor solltest du denn Angst haben?"

Mary antwortete nicht, sondern starrte weiterhin regungslos auf die Schrift auf dem Papier. In Susan stieg ein furchtbarer Verdacht auf. „Oh nein, Mary, hat er dich etwa misshandelt?"

Mary blinzelte und kehrte in die Wirklichkeit zurück. „Ich kann nicht darüber sprechen."

„Hör zu, wir haben noch etwas Zeit, bis der Reporter kommt. Ich koche uns jetzt eine Kanne von deinem berühmten Kräutertee und dann lesen wir den Brief gemeinsam. Alles wird wieder gut, du wirst schon sehen. Er kann dir nichts mehr anhaben."

„Du kennst Reece nicht", platzte Mary heftig heraus. Sie holte tief Luft und griff nach dem Brief. „Nein, ich lese ihn jetzt gleich." Das Papier raschelte leise, als sie das Blatt herauszog. Ein Bild flatterte aus dem Umschlag zu Boden, das Mary unbesehen und verkehrt herum auf ihren Schreibtisch legte. Eines nach dem anderen, sagte sie sich, während die Gedanken wie wild in ihrem Kopf herumtanzten. Reece hatte fünf Jahre gebraucht, um sie zu finden. Mary hatte bisher bei all dem Medienrummel um sich und ihre Bücher so streng wie möglich darauf geachtet, ihren Aufenthaltsort vor der Allgemeinheit geheim zu halten. Im Lauf der Zeit hatte sie sich in ihrem Versteck immer sicherer gefühlt und hatte gegen Ende sogar die Hoffnung gehegt, Reece habe inzwischen die Suche nach ihr aufgegeben. Ein schmerzlicher Trugschluss. Nun würde sie seinem erwarteten Drängen und Drohen nicht länger ausweichen können. Mit heftiger Ablehnung zwang sich Mary, den Brief auseinanderzufalten. Nahezu an jedem Tag ihrer Ehe hatte Reece ihr handgeschriebene Anweisungen auf den Küchentisch gelegt. Allein der Anblick seiner Handschrift löste einen abgrundtiefen Widerwillen und Ekel in ihr aus.

„Soll ich ihn dir vorlesen?“, fragte Susan, als Mary die Hand mit dem Brief ungelesen zur Seite sinken ließ. Wortlos reichte ihr die Freundin den Bogen und Susan begann zu lesen.

„Hallo, Schatz, es ist so viel Zeit vergangen und ich vermisse dich so sehr. Wir müssen reden. Es gibt einiges, über das wir sprechen müssen. Ist unsere Tochter nicht süß? Sie sieht genauso aus wie meine schöne Frau. Gib uns eine Chance, eine richtige Familie zu sein. Ruf mich an, Mary. Meine Handynummer ist 317-555-1212. Ich verspreche dir, dass es dieses Mal anders sein wird.“

Marys Hand fuhr an ihre Kehle. Mühsam kämpfte sie ein hysterisches Lachen nieder. Was sollte das bedeuten? Susan blickte auf. „Unsere Tochter? Was soll das heißen, Mary?“ Sie warf einen Blick in den Umschlag. „Hier drinnen ist noch ein anderer Brief.“

„Von Reece?“

„Nein, er ist mit ‚Tante Nora‘ unterschrieben. Soll ich ihn dir auch vorlesen?“

„Ja, bitte.“ Wieso schickte ihre Tante ihr überhaupt einen Brief von Reece? Nora wusste, dass Mary nichts von ihm hören oder sehen wollte. Susan räusperte sich. „Meine liebe Mary, Reece nimmt an, dass ich noch Kontakt zu dir habe. Damit hat er natürlich recht. Dieser an dich adressierte Brief kam vor Kurzem bei mir an. Ich habe ihn geöffnet und war hin und her gerissen, ob ich ihn dir schicken soll. Am Ende bin ich zu dem Schluss gekommen, dass du ihn sehen solltest, da er deine Tochter erwähnt. Ich hoffe, das alles wühlt dich nicht zu sehr auf. In Liebe, deine Tante Nora."

Mary fröstelte und schlang ihre Arme um sich. Mit Wucht kehrten die Erinnerungen an ihren Sturz zurück, aber Mary schob sie beiseite. Sie weigerte sich, weiter darüber nachzudenken. Dies war nur ein erneuter Versuch von Reece, sie noch mehr zu quälen. Das beherrschte er gut, nahezu perfekt, aber ihre Tochter war tot. Dennoch wanderten Marys Augen in den nächsten Minuten immer wieder zu dem Bild auf dem Schreibtisch. Als sie das Foto schließlich in die Hand nahm, hielt sie den Atem an. Die Ähnlichkeit war verblüffend. Auf dem Bild blickte ein Mädchen von ungefähr fünf Jahren in die Kamera, dessen Gesicht von rotbraunen Locken umrahmt wurde. Ihre goldbraunen Augen lächelten genauso fröhlich wie ihr Mund. Die Fotografie war vor einer überdachten Brücke entstanden. Mary kniff die Augen zusammen, um die Aufschrift an dem Brückenhäuschen besser erkennen zu können. Als sie die Worte endlich entziffert hatte, wurden Mary die Knie weich. Es war die Narrows Bridge, nur drei Kilometer von ihrem früheren Zuhause entfernt. „Das kann nicht sein", flüsterte sie. Krampfhaft versuchte sie, eine andere Erklärung für das Foto und die Ähnlichkeit des Mädchens zu finden. Vielleicht war es Lucas Kind. Sie hatte mehrere Male versucht, ihn in der Gärtnerei anzurufen, aber bisher hatte sie jedes Mal den Mut verloren und schnell wieder aufgelegt, ohne mit ihm zu sprechen. Erneut starrte sie auf die Aufnahme. Nein, ihre Erklärung konnte nicht stimmen. Tante Nora hätte ihr diesen Brief nicht geschickt, wenn es ein Bild von Lucas Kind wäre. Außerdem war die Kleine nicht amisch gekleidet. Mary stöhnte und rieb sich die Schläfen. Sie war vollkommen durcheinander.

„Darf ich es sehen?" Vorsichtig nahm Susan Mary das Bild aus den Fingern. „Mary, sie sieht genauso aus wie du. Hast du denn eine Tochter?"

Mary schüttelte langsam den Kopf und begann, ihre Geschichte zu erzählen. Plötzlich war sie wieder im Krankenhaus an jenem schrecklichen Tag ...

* * *

Jeder Muskel in ihrem Körper schrie vor Schmerzen. Immer und immer wieder spielte sich ihr Sturz vor ihrem inneren Auge ab. Sie war sich so gut wie sicher, dass Reece sie gestoßen hatte, aber selbst wenn es ein Unfall gewesen sein sollte, hatte der Sturz ihr Baby getötet. Es war seine Schuld. Er hatte ihr das Kostbarste auf der Welt genommen. Vor Grauen und Abscheu musste sie sich fast übergeben. Sie hatte ihr Bett, ihre Träume mit diesem Mann geteilt, hatte ihm ihre Liebe geschenkt. Er hatte sie benutzt, hatte alles genommen, was sie zu geben hatte, und nun hatte er ihr auch noch ihren kleinen Liebling geraubt. Sie musste irgendwie dafür sorgen, dass er das Zimmer verließ. „Könnte ich etwas Wasser haben?", flüsterte sie aus ihrem Krankenbett. Als er ging, um das Wasser zu holen, warf sie die Decke zurück und erhob sich mühsam. Sie ignorierte den Schmerz, der ihr die Luft zum Atmen raubte, und taumelte zum Schrank. Sie musste sich beeilen. Jeden Augenblick könnte er zurück sein. Jetzt war ihre Chance, ihm ein für alle Mal zu entkommen, bevor er sie auch noch umbringen würde. Irgendwie gelang es ihr, Rock, Bluse und Schuhe anzuziehen. Sie griff nach ihrer Handtasche unten im Schrank. Wenn sie es bis zum Frauenhaus schaffte, würde man sich dort um sie kümmern. Eine Krankenschwester hatte vor einem Jahr darauf bestanden, ihr die Informationen über das Frauenhaus mitzugeben. Damals hatte Reece ihr bei einer Auseinandersetzung den Arm gebrochen. Das Anziehen dauerte viel zu lange, aber die Schmerzen machten jede Bewegung zu einer beinahe unlösbaren Aufgabe. Als sie vorsichtig aus ihrer Zimmertür lugte, wurde ihr vor Angst und Schwäche fast schwarz vor Augen. Links von ihr auf dem Gang stand Reece mit dem Rücken zu ihr und schimpfte mit einer Krankenschwester. Rechts von ihr entdeckte sie einen zweiten Ausgang. So schnell es ihre Schmerzen zuließen, eilte sie über den Gang in Richtung Ausgang. Zwischendurch verbarg sie sich immer wieder im Türrahmen eines Zimmers und schöpfte kurz Atem. Wenn die Luft rein war, hastete sie auf dem Gang weiter. Endlich erreichte sie die Ausgangstür und den Aufzug. Fast im gleichen Moment, in dem sie auf den Knopf drückte, gingen die Türen leise surrend auf. Sie stieß ein Dankgebet aus. Schnell trat sie in den Aufzug und drückte auf den Knopf für das Erdgeschoss. In dem Moment, in dem sich die Türen langsam schlossen, hörte sie Reeces wütenden Schrei. Ihr letzter Blick begegnete seinen Augen, in ihnen nichts als mörderische Wut ...

***

Als Mary ihre Geschichte beendet hatte, sah sie, dass Susan sich die Tränen von den Wangen wischte. „Es tut mir so leid", flüsterte sie. „Hast du ihn danach noch einmal gesehen?"

„Nein. Auf dem Parkplatz vor dem Krankenhaus konnte ich ihm ein zweites Mal knapp entkommen. Das war unsere letzte Begegnung. Es gelang mir, mit letzter Kraft das Frauenhaus zu erreichen. Dort hat man mir geholfen, meinen Namen in Mary Brown zu ändern, den ich seitdem in meinem Privatleben benutze. Im Frauenhaus gewährte man mir Unterschlupf, bis ich eine formelle Trennung zugesprochen bekam. Außerdem beendete ich mit ihrer Hilfe mein Studium und bekam schließlich diese Stelle. All die Jahre saß mir die Angst im Nacken, dass er mich eines Tages doch noch finden würde."

Und ihre kleine Tochter – der Gedanke an sie hatte Mary in der ganzen Zeit ebenfalls nie losgelassen. Jedes spielende Kind auf der Straße in den letzten fünf Jahren hatte sie an ihre Tochter erinnert. Wie sie aussehen würde, wenn sie überlebt hätte? Der Schmerz in Marys Herzen war nie ganz verschwunden, aber sie war klug genug, um sich jetzt keine neuen Hoffnungen zu machen. Reece hatte ihr mit seinen Manipulationen in der Vergangenheit bereits zu viele Schmerzen zugefügt.

„Glaubst du, dass er dich absichtlich gestoßen hat – um das Baby zu töten?", fragte Susan leise.

„Ich ... ich war mir nie ganz sicher. Ich meinte immer mich zu erinnern, ich hätte einen harten Stoß gespürt. Für mich war es jedenfalls Grund genug, vor ihm zu fliehen, bevor er mich auch noch tötete." Wieder betrachtete Mary das Bild. „Sie ist doch bestimmt nicht mehr am Leben?" Bereits während sie die Worte aussprach, spürte sie, wie neue Hoffnung und Sehnsucht nach ihrer Tochter in ihr aufkeimte.

„Ich habe keine Ahnung, wo die Aufnahme entstanden sein könnte", sagte Susan nachdenklich, als sie das Bild erneut betrachtete.

„Parke County, Indiana." Der Ort, den Mary mehr als alles andere vermisste. Aber auch dort wäre nichts mehr so wie früher, denn ihre Familie lebte nicht mehr.

„Er will dir also einreden, dass das Baby bei dem Sturz nicht gestorben ist und er deine Tochter nach ihrer Geburt nach Parke County brachte? Wie ist das möglich? Er war doch die ganze Zeit bei dir im Krankenhaus."

Daran hatte Mary nicht gedacht. „Vielleicht hat ihm jemand geholfen?" Marys Erklärungsversuche für das Unmögliche klangen selbst in ihren eigenen Ohren fadenscheinig und verzweifelt. Sie kam sich so dumm und albern vor. „Ach, ich weiß doch auch nicht, was er getan haben könnte. Ich habe Reece nie wirklich durchschaut, obwohl ich mich krampfhaft fünf lange Jahre darum bemüht habe." Sie hielt inne. „Auf jeden Fall ist sie nicht bei meiner Familie."

„Woher willst du das wissen?"

„Sie ist nicht amisch gekleidet." Schweigend und in Gedanken versunken saßen die beiden Frauen eine Weile nebeneinander.

„Was willst du denn jetzt machen, Mary? Wie willst du weiter vorgehen?"

Vor Susans Frage war sich Mary noch unsicher gewesen, aber nun hob sie entschieden den Kopf. „Ich fahre nach Hause, nach Parke County, und versuche, die Wahrheit herauszufinden."

„Mary, das geht nicht. Auf keinen Fall! Wir haben einen übervollen Terminkalender mit Werbeauftritten." Susan verschränkte die Arme vor der Brust.

„Bitte verlege sie. Das hier ist wichtig."

„Der Verkauf deines Buches ist auch wichtig. Du bist deinem Verlag gegenüber Verpflichtungen eingegangen. Jetzt ist deine Chance, Mary! Eine solche Gelegenheit kommt vielleicht nie wieder, also verspiel sie nicht leichtfertig."

Mary zögerte. Vielleicht hatte Susan recht. Sie schwammen eindeutig gerade auf einer Erfolgswelle. „In Ordnung. Ich nehme alle heutigen Termine wahr, und mache morgen noch *Fox & Friends*. Aber den Rest musst du verschieben."

Susan hatte anscheinend den unnachgiebigen Tonfall in Marys Stimme gehört, denn sie nickte zustimmend. „Diese Fahrt von dir könnte Schlagzeilen machen, wenn wir etwas durchsickern lassen. Jeder hätte Mitleid mit deiner Situation."

„Auf keinen Fall. Ich will nicht, dass irgendjemand erfährt, was los ist." Die Chancen, dass das Kind auf dem Foto ihre Tochter war, standen schlecht. Der befürchtete Verlust schnitt Mary bereits jetzt ins

Herz. Neben der entsetzlichen Enttäuschung wollte sie am Ende nicht noch zusätzlich in aller Öffentlichkeit als die Dumme dastehen.

„Allerdings könnte die Publicity dir dabei helfen, das kleine Mädchen schneller zu finden", warf Susan ein.

„Nein. Das kann ich ihr nicht antun. Vermutlich ist der Brief sowieso lediglich ein weiterer meisterhafter Versuch von Reece, mich vollkommen durcheinanderzubringen." Sie sollte sich die Sache aus dem Kopf schlagen. Das Bild zerreißen und sich auf ihre Arbeit konzentrieren. Sie sah noch einmal auf die Fotografie in ihrer Hand. Und wenn dieses Mädchen tatsächlich ihre Tochter war?

„Ich kenne diesen Kerl nicht", sagte Susan. „Aber könnte die ganze Aktion nicht nur ein Köder sein, nur ein weiterer Versuch von ihm, dich aufzustöbern?"

„Vielleicht, aber das spielt jetzt keine Rolle mehr. Ich muss Klarheit haben." Das Verlangen nach Gewissheit verzehrte Mary beinahe. Wenn auch nur die geringste Möglichkeit bestand, dass dieses kleine Mädchen tatsächlich ihre Tochter war, – sie würde jede auch noch so vage Spur verfolgen. Sie würde über Scherben laufen, Berge erklimmen und es sogar mit ihrem personifizierten Alptraum aufnehmen – mit Reece, dem Mann, den sie verdächtigte, ihre Eltern getötet zu haben.

7

„Der Sunshine-Diamond-Quilt ist einfach, aber er hat eine schöne Botschaft: Suche überall das Gute."
Mary Schwartz in *Quilts und amischer Glaube*

Ein Blitzableiter zog sich über das Dach, dessen Wetterhahn quietschend herumschwang, als der Wind sich drehte. Nun zeigte der spitze Metallschnabel in die Richtung von Matt Beitler, der gerade auf den frisch gestrichenen roten Stall zuging. Die Schiebetür des Stalls stand offen, sodass ihm der intensive Geruch nach Heu und Pferden in die Nase stieg.

Sein Hund, Ajax, zerrte heftiger an der Leine. „Sitz!", befahl Matt. Der Hund wich zurück, setzte sich folgsam auf seine Hinterläufe und richtete seine ergraute Schnauze erwartungsvoll in Matts Richtung. Dieser wickelte das andere Ende der Leine um einen Pfosten und sah prüfend über den Hof.

„Komm, wir schauen hinein." Sein Partner, Blake Lehman, ging an ihm vorbei.

„Warte. Der Tatort ist noch nicht gesichert!" Matt griff nach dem Arm seines Kollegen, aber Blake schüttelte ihn ab. „Der GPS-Schnitzeljäger, der die Leiche entdeckt hat, sagte, der Tote liege im Wald hinter dem Stall."

„Der Täter könnte sich aber immer noch hier aufhalten." Blake ignorierte Matts Einwand und trat durch die Stalltür.

Matt hielt ihn nicht zurück. Vielleicht war es besser, ihn aus dem Weg zu haben. „Ich gehe zum Wald", rief er. „Die Verstärkung müsste jeden Moment hier sein."

Er drehte sich um und ließ seinen Blick über das spärliche Gras zwischen den Außengebäuden und dem Haus schweifen. Frisch gewaschene Wäsche hing an einer Leine, die vom Wohnhaus zum oberen Teil des Stalles gespannt war. Ein Flaschenzug ermöglicht es den Bewohnern, die Wäsche auf der Leine hinauf- und wieder herunterzuziehen. Unter dem Baum war ein Einspänner abgestellt.

„Amisch“, sagte sein Kollege, der wieder aus der Scheune getreten war. Er verzog abfällig das Gesicht.

Matt trat auf die hintere Veranda und klopfte an die Tür. „Polizei!“, rief er. Stille. Nichts rührte sich auf dem Hof. Matt ging über den Rasen zurück, nahm Ajax' Leine und lief mit ihm zum hinteren Teil des Grundstücks. In den Baumwipfeln über ihm rauschte der Wind. Matt blieb zunächst in Deckung hinter dem Stall, aber die Gegend um das Haus war und blieb leer. Zum Glück gab es keine Hintertür. Er sprintete über die leere Wiese in Richtung Wald. Blakes Schritte hinter ihm klangen, als ob ihm eine Herde Elefanten folgen würde.

Stirnrunzelnd drehte sich Matt um. „Leiser!“, raunte er.

„Vielleicht war es ja doch nur falscher Alarm“, meinte Blake.

„Ich glaube kaum. Sieh dir Ajax an.“ Matt deutete auf seinen Hund, der heftig an der Leine zog. Jede Faser des muskulösen Schäferhundes war angespannt. „Der Anrufer sagte, ungefähr zwanzig Meter nach dem Waldrand auf der anderen Seite einer Wiese.“

Neben dem Wind und dem leisen Rascheln der Blätter war nichts weiter zu hören. Ajax zog Matt weiter. Da nahm Matt ein lauter werdendes Summen wahr. Noch bevor er in den Schatten der großen Eiche trat, wusste er, was er finden würde.

Ein Fliegenschwarm erhob sich in die Luft, als sie näher kamen, um sich dann wieder auf dem Toten niederzulassen. Es war ein Mann, in typisch amischer Kleidung: dunkle Hose, weißes Hemd und ein Strohhut. Offenbar war der Mann nicht verheiratet gewesen, denn er war glatt rasiert. Der Verwesungsprozess hatte bereits eingesetzt, und Matt schlug der Gestank des Todes entgegen.

„Sieht nach Gift aus, wahrscheinlich Strychnin“, bemerkte Blake und wies auf die verdrehten Glieder des Toten hin.

„Rühr ihn nicht an, bis die Spurensicherung hier ist. Rufst du sie an und beschreibst ihnen den Weg?“

Blake nickte und trat wieder zurück auf die Wiese. Matt achtete nicht weiter auf die Stimme seines Partners am Handy und sah sich in dem Waldstück um. Einige gefällte Ahornbäume lagen über einem ausgetrockneten Bachbett, vereinzelte Blätter tanzten im Wind und ein leuchtendes Rotkehlchen flatterte über seinem Kopf.

Sonst rührte sich nichts. Aus dem starken Geruch und den Fliegen war zu schließen, dass der Tote schon länger hier lag. Der Täter war vermutlich bereits über alle Berge. Er musste unbedingt mit dem GPS-Schnitzeljäger sprechen, der die Leiche gefunden hatte. Der Mann war zu entsetzt gewesen, um auf sie zu warten, hatte aber seinen Namen, seine Adresse und seine Telefonnummer hinterlassen. Sobald er hier fertig war, würde er ihn aufsuchen. Bis jetzt hatte Matt für sich persönlich noch nicht den Reiz einer GPS-Schnitzeljagd entdecken können. Was brachte einen Menschen dazu, mit einem Navigationsgerät in der Hand bei Wind und Wetter durch den Wald zu schleichen, um mithilfe von Koordinaten aus dem Internet irgendeinen leuchtenden Plastikbehälter aufzuspüren, in dem er dann einen persönlichen Gegenstand hinterließ?

Blakes schwere Schritte näherten sich erneut. „Sie sind unterwegs. Seltsamer Fall. Gab es nicht vor einigen Jahren einen ähnlichen Mord?"

Matt nickte. „Ein amischer Mann und seine Frau wurden vergiftet. Ihr einziges Kind, eine Tochter, fand sie. Der Fall hier sieht genauso aus, nur dass die Toten damals mit einer Quiltdecke zugedeckt waren."

„Gab es irgendwelche Spuren?"

„Wir fanden einen Nachbarn, der an demselben Gift gestorben war, mit dem er angeblich die Familie vergiftet hatte. Wobei diese Theorie für mich nie einen Sinn ergab. Ich war nie wirklich davon überzeugt, dass der andere Tote der Mörder war. Ich glaube eher, dass es sich bei ihm um ein weiteres Opfer handelt. Wir haben nie ein Motiv gefunden. Bis zum heutigen Tag sind die Quiltdecken, die aus dem Haus der Familie gestohlen wurden, nirgends aufgetaucht und der Fall ist nach wie vor offen."

„Was wurde aus der Tochter?"

„Sie heiratete den Detective, der den Fall bearbeitete, und zog mit ihm fort." Matt war plötzlich sehr kurz angebunden. Er hätte die beiden damals aufspüren sollen. Auch nach so vielen Jahren war er immer noch sauer auf Reece. Bis heute hatte er seine Waffe nicht zurückbekommen, geschweige denn, dass sich Reece überhaupt einmal gemeldet hätte.

Blake deutete in Richtung des Toten. „Denkst du, es besteht ein Zusammenhang?"

Dieser Gedanke war Matt ebenfalls gekommen. „Es ist bereits zehn Jahre her. Doch es könnte einem in der Tat der Verdacht kommen, dass der Mörder bis heute nicht damit aufgehört hat, Menschen umzubringen." Wenn wirklich ein Zusammenhang bestünde, hätte Matt die seltene Chance, zwei Fälle auf einmal zu lösen und abzuschließen.

Blakes Handy klingelte. Er zog es aus der Tasche.

„Schönes Telefon", bemerkte Matt. „Aber teuer. Neu?"

Blake brummte unwillig und nahm das Gespräch entgegen. „Hallo, Schatz."

Matt hörte nur mit halbem Ohr hin. Wahrscheinlich war es Matts Schwester Gina, mit der Blake verheiratet war. Er ignorierte das Gespräch, konzentrierte sich auf die Arbeit und begann die Erde nach Spuren abzusuchen.

* * *

Die Lautsprecher auf dem LaGuardia-Flughafen in New York verkündeten blechern die Namen der Flugreisenden, die sich am Informationsschalter melden sollten. Mit dem Handy in der Hand nippte Mary an ihrem Latte macchiato. Die Fernsehaufnahmen waren gut gelaufen, aber nun war sie vollkommen erschöpft. Alles in ihr sehnte sich nach einer Nacht in ihrem eigenen Bett.. Während sie auf Susan wartete, die zur Toilette gegangen war, spielte Mary mit dem Gedanken, Luca anzurufen. Es wäre ein großer Schock für ihn, von ihr zu hören. Ob er vielleicht von ihrem Buch gehört hatte? Hoffentlich nicht. Durch das Schreiben dieses Buches hatte Mary gegen jede Ermahnung, sich vor *Hochmut* zu hüten, verstoßen. Die Vorstellung, Werbung für sich selbst zu machen, war den Amisch zutiefst fremd. Ihr Cousin wäre wahrscheinlich traurig, wenn er hörte, dass sie sogar eine PR-Assistentin hatte und versuchte, sich und ihr Buch möglichst erfolgreich zu verkaufen. Er würde ihr sagen, dass sie Gott die Werbung überlassen solle oder sich am besten einen Beruf suchen solle, der sie nicht ins Rampenlicht rückte. Marys Vater und Luca hatten gemeinsam die Gärtnerei bekannt gemacht, indem sie gute Qualität lieferten. Niemals hatten sie eine Werbeannonce aufgegeben.

Marys Hände zitterten, als sie die Nummer in ihr Handy eintippte. Obwohl zehn Jahre vergangen waren, seitdem sie das letzte Mal mit Luca gesprochen hatte, war die Nummer noch immer in ihrem Kopf. Ihr Mund wurde trocken. Eilig nahm sie einen weiteren Schluck von ihrem heißen Kaffee. Was sollte sie bloß sagen?

Das Telefon klingelte lange. Schließlich schaltete sich der Anrufbeantworter der Gärtnerei ein und Lucas vertraute Stimme forderte sie auf, eine Nachricht zu hinterlassen. Mary legte auf, ohne etwas auf das Band zu sprechen. Dieses Gespräch würde sie mit Luca persönlich führen müssen.

Massen von Menschen strömten an Mary vorbei. Mütter mit Kindern, die sich an ihre Hände klammerten. Väter, die Babys in ihren Armen trugen. Marys Herz schmerzte vor Leere. Welch eine Ironie, dachte sie. Alles, was sie seit ihrer Kindheit gelernt hatte, drehte sich um die Bedeutung von Familie und Gemeinschaft, und trotzdem stand sie heute mit ihren zweiunddreißig Jahren hier und hatte niemanden. Ihre engste Freundin war Susan, ihre Angestellte. Natürlich, sie hatte viele Bekannte in der Quiltgesellschaft und im Museum, aber niemanden, dem sie wirklich ihr Herz ausschütten konnte. Keiner, der verstand, warum sie immer so distanziert blieb.

Manchmal verstand sie sich selbst nicht. Es müsste doch eigentlich leicht sein, ihre innere Schutzmauer einzureißen, sich zu öffnen und sich wieder verwundbar zu machen. Aber das war es nicht. Ihr Leben mit Reece hatte Mary gezeigt, wie gut ein Mensch sein wahres Wesen hinter einer Maske verbergen konnte. Es fiel ihr so unendlich schwer, zu anderen Vertrauen zu fassen. Vielleicht, weil es ihr nie gelungen war, ihre Wut und Bitterkeit gegenüber Reece loszulassen. Und gegenüber Cyrus Long, der ihr Leben ruiniert hatte. Wenn ihre Eltern nicht gestorben wären, hätte sie es niemals gewagt, mit Reece durchzubrennen. Wie sähe wohl heute ihr Leben aus?

An manchen Tagen hatte Matt das Gefühl, sein Leben verspotte ihn. Der erste Tag seiner Untersuchungen hatte absolut nichts ergeben. Nun wollte Matt nichts anderes, als eine Pizza mit nach Hause nehmen und mit seiner Tochter „Bob der Baumeister" anschauen, sobald die Babysitterin gegangen war. Aber als er in seine Einfahrt bog, sah er seine Schwester Gina mit Caitlin auf der Verandaschaukel sitzen. Matt seufzte. Jede Ehe hatte ihre Konflikte, aber Gina müsste endlich damit anfangen, sich mit Blake zusammenzuraufen, anstatt bei jedem kleinen Problem zu ihm zu laufen. Er stieg aus.

„Hallo, ihr zwei", sagte er und lächelte zu seiner Tochter hinab. Sie war der einzige Lichtblick in seiner Welt, die ihm seit drei Jahren nur noch grau erschien.

Aber nein, auf keinen Fall wollte Matt an diesem Abend auch noch über den Tod seiner Frau nachdenken. Energisch schob er die trüben Gedanken beiseite.

„Ich habe Pizza mitgebracht", sagte Gina mit einem vorsichtigen Lächeln, als fürchte sie, er könnte sich über ihren Besuch aufregen.

„Genau darauf habe ich jetzt Appetit." Matt zerzauste seiner Tochter die Haare. „Bekommt dein alter Papa eine Umarmung?" Wenn Gina da war, hatte Caitlin nur noch Augen für ihre Tante. Ganz sicher vermisste seine Kleine die Zuneigung ihrer Mutter.

Bis Caitlin zwei Stunden später frisch gebadet im Bett lag, wurde kein Wort über den Grund für Ginas Besuch verloren. „Spuck es schon aus", forderte Matt seine Schwester auf, als er ins Wohnzimmer zurückkam. Gina saß auf dem Sofa und hatte Ajax' Kopf auf dem Schoß liegen.

„Was soll ich ausspucken?" Sie streichelte Ajax' Ohren, der mit verzücktem Hundegesicht zu ihr aufblickte.

„Warum du so ein langes Gesicht machst. Du hast kein Wort über Blake verloren. Wo ist er?"

„Ich habe keine Ahnung." Ihre Lippen zitterten. Eilig schaute sie beiseite.

Matt streckte sich auf dem Liegesessel aus. „Hast du versucht, ihn anzurufen? Wahrscheinlich muss er länger arbeiten."

„Wann hast du ihn zuletzt an der Arbeit gesehen?"

„Vor ungefähr zwei Stunden, als ich nach Hause fuhr. Ich habe an einem neuen Mordfall gearbeitet." Er warf einen Blick auf seine Armbanduhr. Vor mehr als drei Stunden.

Gina blinzelte hastig. „Ich … ich glaube, er betrügt mich, Matt."

Er schüttelte ungläubig den Kopf. „Das kann ich mir nicht vorstellen. Blake liebt dich." Er stand auf und ging zum Sofa. Eigentlich wollte er den Arm um sie legen, als Gina zu weinen begann, ließ ihn dann aber doch wieder sinken. Umarmungen und Zärtlichkeit spielten in ihrer Beziehung keine besonders große Rolle. Etwas unbeholfen streichelte er über ihren Rücken.

„Vertrau ihm ein wenig, Gina. Er kommt bestimmt bald nach Hause."

Sie hob ihr tränenverschmiertes Gesicht. „Er kann ruhig nach Hause kommen, aber das Haus wird leer sein. Ich verlasse ihn. Kann ich eine Weile bei dir wohnen, Matt?"

Er ließ den Arm sinken. „Natürlich, du weißt, dass du das kannst; aber bist du sicher, dass du das wirklich willst? Denkst du nicht, es wäre besser, wenn du nach Hause fährst und ihr eure Probleme löst? Gib ihm eine Chance. Entscheide im Zweifel immer für den Angeklagten."

„Er betrügt mich! Ich habe eine Hotelrechnung gefunden und eine Quittung für einen Fünftausend-Dollar-Ring. Mir hat er keinen Ring geschenkt."

„Woher hat er so viel Geld?"

„Keine Ahnung. Aber darum geht es doch gar nicht! Der Ring war nicht für mich. Er muss eine Freundin haben." Mit einer trotzigen Handbewegung wischte sie sich die Tränen aus dem Gesicht.

Bis jetzt hatte Matt immer gedacht, seine Schwester reagiere leicht übertrieben, aber nun machte er sich große Sorgen. Am liebsten wollte er gar nicht darüber nachdenken, woher Blake so viel Geld hatte. In den letzten zwei Monaten hatte es mehrere Einbrüche gegeben. Aber nein, es ging hier um *Blake*, seinen Partner und Freund. So etwas würde er nie machen. „Vielleicht sollte es eine Überraschung für dich sein und er hat sich das Geld geliehen."

„Matt! Mich interessiert das Geld nicht! Würdest du bitte aufhören, dir darüber den Kopf zu zerbrechen? Uns geht es finanziell sehr gut, Blake bezahlt alle Rechnungen. Das Datum der Quittung ist von vor Monaten. Wenn der Ring eine Überraschung für mich gewesen wäre, hätte er ihn mir inzwischen längst gegeben."

„Soll ich mit ihm sprechen?" Doch was konnte Matt ihm sagen? Das Problem ging ihn eigentlich nichts an, sondern betraf die Beziehung von Blake und Gina. Matt konnte einfach nicht glauben, dass Blake Gina betrügen würde – er liebte sie. „Scheidung ist keine Lösung. Und es ist erst recht keine Lösung, ihn zu verlassen, ohne ihm eine Chance zu geben, die Sache zu erklären."

„Die Bibel sagt, dass Scheidung erlaubt ist, wenn der andere untreu war, falls das deine Sorge sein sollte."

„Nur weil es erlaubt ist, heißt es noch lange nicht, dass du es tun solltest. Analise und ich hatten auch einige schwere Krisen, aber wir haben sie bewältigt. Wenn wir aufgegeben hätten, wäre uns so viel Schönes entgangen. Und Caitlin hätten wir auch nicht bekommen."

Gina stieß einen lauten Seufzer aus. „Wie konnte ich auch ausgerechnet dich um Rat fragen, Mr Perfekt?", murmelte sie. Sie schob Ajax'

Kopf von ihrem Schoß und stand auf. „Er ist nie da. Es ist sehr schwer, nicht aufzugeben."

„Fahr wenigstens nach Hause und sprich mit ihm. Ich bin sicher, dass es eine Erklärung gibt. Versuche es wenigstens."

Sie hob den Kopf. Tränen glitzerten in ihren Augen. „Hast du mich nicht gehört, Matt? Wann soll ich mit ihm sprechen? Er ist nie zu Hause." Mit einer schnellen Bewegung nahm sie ihre Handtasche. „Ich muss fahren." An der Tür blieb sie stehen. „Bete für mich. Ich glaube nicht, dass ich das sonst durchstehe." Dann war sie verschwunden. Der menschliche Geist konnte unglaublich viel ertragen, aber für seine kleine Schwester hoffte Matt, dass ihr größeres Leid erspart bliebe.

* * *

Am frühen Morgen machten sich Mary und Susan auf den Weg nach Parke County. Fünf Stunden später hatten sie bereits die Staatsgrenze von Illinois nach Indiana hinter sich gelassen. Auf dem Rücksitz bewegten sich Marys vier Katzen unruhig in ihren Reiseboxen. In der letzten Stunde war ihr Miauen immer ungeduldiger geworden.

Als Mary das letzte Mal auf diesen Straßen gefahren war, hatte sie hinten aus Reeces Auto geschaut. Zu diesem Zeitpunkt war die ihr vertraute Welt bereits zerbrochen gewesen. Damals hatte der Winter die Landschaft noch fest im Griff gehabt und die ersten Frühlingsboten hatten sich nur vorsichtig blicken lassen. Jetzt waren die grünen Hänge von unzähligen Frühlingsblumen übersät und am Ende der schmalen Straßen erspähte Mary hin und wieder eine überdachte Brücke. Zu Hause.

Dieses Wort weckte in ihr zugleich ein Gefühl von Grauen und eine unendliche Sehnsucht. Zehn Jahre lang hatte sie den Gedanken an ihre Heimat in die dunkelsten Winkel ihres Herzens verbannt.

„Ist alles in Ordnung mit dir?", fragte Susan, die hinter dem Lenkrad saß.

Mary warf ihr ein zögerndes Lächeln zu. „Ich habe ein wenig Angst. Ohne dich würde ich das wahrscheinlich nicht schaffen." Sie schaute wieder auf das Quiltstück auf ihrem Schoß. Die Arbeit hielt ihren Verstand davon ab, allzu eilig in Winkel vorzudringen, die sie jahrelang unter Verschluss gehalten hatte.

„Dafür sind Freunde doch da. Außerdem müssen wir dieses Buch zu Ende bringen." Susan grinste schelmisch. „Sie werden dich schon nicht auffressen, oder?"

„Das wäre vielleicht weniger schmerzhaft." Beim Gedanken an den ihr bevorstehenden Empfang zog sich Marys Herz zusammen. Es gäbe kein träges Lächeln von Luca. Vielleicht würden ihre Freunde nicht einmal mit ihr sprechen. All diese Jahre hatte sie Sarah und ihre Freundschaft so sehr vermisst.

„Welche Richtung?", fragte Susan.

„Warte, ich schaue schnell nach." Mary schlug den Straßenatlas auf und fand die Karte von Indiana. „Diese vielen Straßen bringen mich immer durcheinander."

„Mädchen, du bist hier aufgewachsen! Du hast einen schrecklichen Orientierungssinn." Susan fuhr an den Straßenrand, betrachtete mit Mary die Straßenkarte und deutete auf eine Stelle. „Hier biegen wir links ab." Sie fuhr weiter und bog an der nächsten Kreuzung ab.

Mary sah aus dem Fenster. „Das kommt mir bekannt vor." Der Wald entlang der Straße wurde immer dichter, bis die Sonne fast vollkommen hinter den dichten Bäumen verschwand. Mary rollte ihr Fenster herunter und atmete den vertrauten Geruch der Natur ein. Die Felder waren schon frisch gepflügt. Bald würde der Mais so dicht an der Straße wachsen, dass man meinen konnte, man fahre durch einen grünen Tunnel von Maispflanzen. Aber bis dahin wäre sie längst fort, dachte Mary voller Trauer.

Susan holte sie aus ihren Gedanken. „Was hat es mit diesem Gemeindebann, dieser *Meidung*, auf sich? Du gehörst doch immer noch zur Familie. Wie können sie dir einfach den Rücken kehren?"

Die Englischen in der Welt verstanden das nie. Mary wusste, dass ihr sehr schmerzhafte Begegnungen bevorstanden, aber dennoch sprach sie den Amisch nicht das Recht ab, sie so zu behandeln. „Sie wollen dafür sorgen, dass die Sünde sich nicht weiter ausbreitet. Wenn ich nicht in die Kirche eingetreten wäre, gäbe es keine Meidung, aber ich bin vor der Gemeinde niedergekniet und habe versprochen, treu nach dem Glauben der Kirche zu leben. Dieses Gelübde habe ich gebrochen, als ich mit Reece davonlief. Weil sie mich lieben, wollen sie durch die Meidung verhindern, dass ich weiterhin auf dem falschen Weg bleibe."

„Hattest du zu irgendjemand Kontakt, seit du weggegangen bist?"

„Nur zu meiner Tante. Ich habe vor ein paar Tagen versucht, meinen Cousin an der Arbeit anzurufen, aber er war nicht da."

„Wie kommt es, dass sich deine Tante nicht an die Bannbestimmungen hält? Sie hatte doch die ganze Zeit Briefkontakt zu dir."

„Sie ist eine kleine Rebellin." Mary lachte bei der Erinnerung an die kleinen Widerstände ihrer Tante: Vorhänge an den Fenstern, ein oder zwei Landschaftsbilder im Schlafzimmer. Sohn Moe hatte die staatliche Schule besucht. Aus irgendeinem Grund hatte der Bischof ihr diese kleinen Verstöße immer gestattet. Mama hatte einmal erwähnt, er sei früher in Tante Nora verliebt gewesen.

Da erreichte ihr Wagen den höchsten Punkt einer Anhöhe. Vor ihnen lag das Tal mit dem alten Bauernhaus. Mary hielt den Atem an. Ihr Herz zog sich zusammen. Die zehn Jahre hatten nichts verändert. Luca hatte dem Haus vor Kurzem einen frischen Anstrich verpasst, sodass die Wände weiß in der Frühlingssonne glänzten. Die lila Blüten der Judasbäume am Teich leuchteten in voller Pracht. Und Mamas Narzissenbeet, wie ein gelber See nahm es eine noch größere Fläche neben dem Haus ein. Mary glaubte fast ihre Mutter auf der anderen Seite der Tür zu sehen, wo sich ihre weiße Gebetshaube beim Kneten des Brotteigs auf und nieder bewegte.

Wäsche flatterte im Wind an einer Leine und unter dem großen Walnussbaum standen zwei Einspänner. Es war, als wäre Mary erst gestern das letzte Mal hier gewesen und nicht vor zehn Jahren.

„Wer hat das Haus geerbt?"

„Mein Cousin Luca und ich. Ich bin nicht sicher, was er gemacht hat. Wahrscheinlich hat er einfach den Hof und die Gärtnerei weitergeführt und darauf gewartet, dass ich eines Tages auftauche." Mary wusste, dass Luca nie einen Anwalt einschalten würde, um Alleineigentümer zu werden.

„Glaubst du, dass er dich wegschickt?"

„Nein, ich denke nicht. Aber er und seine Frau werden nicht mit mir am Tisch sitzen dürfen. Ich werde allein essen müssen."

„Wenn du keinen Kontakt zu ihm hattest, woher willst du dann wissen, dass er verheiratet ist?"

Mary ließ ihren Blick abermals über den Hof schweifen, bevor sie antwortete. Der Gemüsegarten war umgegraben und angesät worden, aber die Pflänzchen waren noch nicht zu sehen. Im Treibhaus leuchteten saftige grüne Pflanzen und verschiedenste bunte Blumen. Bis hierher konnte Mary den intensiven Geruch des Phloxes riechen. Ihre Augen sahen prüfend über die grasenden Pferde auf der Weide. Ob Lucy noch da war? Ihr Herz machte einen Freudensprung, als sie die bekannten Flecken der Appaloosastute entdeckte.

„Die kleinen Kleidungsstücke an der Wäscheleine", sagte Mary und riss ihre Augen von dem vertrauten Anblick los. „Die Amisch lieben Kinder und freuen sich über jedes, das Gott ihnen schenkt. Bei uns gibt es keine Empfängnisverhütung. Wenn Luca verheiratet ist, hat er Kinder." Mary hielt das Bild von dem rothaarigen Mädchen in der Hand und betrachtete es erneut. Sie sehnte sich so sehr nach der Lösung dieses Rätsels. Wen Luca wohl geheiratet hatte?

Früher hatte er einmal ein Auge auf ihre beste Freundin, Sarah, geworfen. Bei dem Gedanken, bald sowohl Sarah als auch Luca gegenüberzustehen, brach Mary in Schweiß aus. Gerade öffnete sie den Mund, um Susan zu sagen, dass sie an dem Haus vorbeifahren solle, aber es war zu spät. Susan fuhr bereits hinter einen der offenen schwarzen Pferdewagen in der Einfahrt.

„Ich dachte, die amischen Einspänner wären geschlossene Wagen", sagte Susan. „Die Einspänner, die ich in Nordindiana gesehen habe, hatten sogar Scheinwerfer."

„Meine Vorfahren kamen aus der Schweiz", erklärte Mary, die den Blick gebannt auf die Fliegengittertür richtete. Hatte sie sich getäuscht oder war da eine schwache Bewegung zu erkennen gewesen? „Zu viel Bequemlichkeit ist schlecht für die Seele." Sie lehnte sich aus dem Fenster. „Sie weigerten sich, Scheinwerfer oder Reflektoren anzubringen, bis sie gesetzlich dazu gezwungen wurden. Sie glauben, es ist Gottes Wille, wenn sie einen Unfall haben. Das alles ist Teil einer inneren Gelassenheit. Egal, was Gott einem über den Weg schickt, bleib auch im Sturm ruhig."

„Da sind die Kinder", sagte Susan und deutete zu einem Trampolin im Hof hinter dem Haus.

Zwei flachsblonde Mädchen hüpften begeistert darauf auf und nieder. Die Bänder an ihren Gebetshauben flogen im Wind und ihre dunkelblauen Kleider flatterten um ihre Waden. Mary schätzte sie auf fünf und sechs Jahre. Da öffnete sich die Tür und eine junge Frau trat auf die seitliche Veranda heraus. Mary hätte diese blauen Augen und rosa

Wangen überall erkannt. Sarah wäre auf einem Werbeplakat für eine Ernährung mit gesundem Gemüse und frischen Milchprodukten das perfekte Motiv gewesen. Mit gerunzelter Stirn blickte ihre alte Freundin auf das Auto, dann begegnete ihr Blick Marys Augen. Ihre Gesichtszüge entglitten ihr. Die rosa Wangen wurden blass. Sie ließ die Fliegengittertür los und ging langsam eine Stufe nach unten.

„Mary?", sagte sie mit zittriger Stimme. „Du bist es, nicht wahr?" Schnell stieg sie die letzten zwei Stufen in den Hof hinab.

Mary legte ihren Quiltblock beiseite, stieß die Autotür auf und stieg aus. Zum ersten Mal seit Jahren fühlte sie sich ohne ihre Gebetshaube nackt. Die Ärmel ihrer Bluse waren viel zu kurz. Warum hatte sie heute Morgen nicht besser darauf geachtet, was sie anzog? Ihre gesamte Aufmerksamkeit hatte sich auf die Fotografie konzentriert, sodass sie überhaupt nicht daran gedacht hatte, was sie ihrer Familie sagen würde. Wenigstens trug sie einen Stufenrock, der bis über ihre Waden reichte.

„Hallo, Sarah", sagte Mary. Sie unternahm einen unsicheren Versuch, ihre Freundin zu umarmen, aber Sarah trat mit entsetzter Miene und einem schnellen Blick auf ihre Kinder zurück.

„Geht es dir gut?", fragte Sarah. Ihr Blick wanderte an Mary vorbei zum Auto. „Wo ist dein Mann?"

Wie sollte sie ihr nur ihr Leben erklären? Sarah würde sie niemals verstehen. „Wir leben getrennt", war schließlich alles, was Mary über die Lippen brachte.

Sarah riss fragend die Augen auf und verzog irritiert das Gesicht. Schweigen breitete sich zwischen ihnen aus. Da stieg glücklicherweise Susan auf der anderen Seite aus dem Auto, der sich Sarah mit einem höflichen Lächeln zuwandte.

Es war vielleicht sehr viel klüger gewesen, Susan mitzubringen, als Mary vorher bewusst gewesen war. „Sarah, das ist meine, äh, meine gute Freundin Susan Wang." Fast hätte sie Susan als ihre PR-Assistentin vorgestellt.

„Hallo", sagte Sarah mit gezwungener Freundlichkeit. „Kann ich Ihnen, ähm, einen Tee oder Kaffee anbieten?"

Die Amisch schätzten Gastfreundschaft sehr. Da Susan nicht unter dem Bann stand, wurde sie selbstverständlich freundlich begrüßt, selbst wenn Mary eine Ausgestoßene war. Dieser Gedanke tat weh.

„Nein, danke. Wir haben unterwegs Kaffee getrunken", sagte Susan. „Sie haben süße Kinder."

Sarahs geistesabwesender Blick wanderte zu ihren Töchtern, die noch immer begeistert auf dem Trampolin herumsprangen. „Naomi und Lydia." Ihr Blick wanderte wieder zu Mary. „Warum bist du hierhergekommen? Nach so langer Zeit?"

Sarah würde es ihr nicht leicht machen. Mary würde alles dafür geben, wenn es zwischen ihnen wieder so wie vor zehn Jahren sein könnte. Wie gerne würde sie die Zeit zurückdrehen, bis zu dem Augenblick, in dem sich von einer Stunde auf die andere alles verändert hatte. „Ist Luca zu Hause?"

„Nein, er ist nach Indianapolis gefahren, um Pflanzen zu verkaufen. Er kommt erst am Montagabend wieder." Sarah biss sich auf die Lippe. Sie sah aus, als würde sie gleich zu weinen beginnen. „Du solltest gehen, Mary, bevor der Bischof erfährt, dass du hier bist."

„Ich brauche vorher unbedingt ein paar Antworten, Sarah", sagte Mary eilig. Vielleicht sollte sie das Ganze schnell hinter sich bringen. Sie war hier eindeutig nicht willkommen. Mary beugte sich ins Auto und nahm das Bild heraus. „Ich wollte dich fragen, ob du dieses kleine Mädchen kennst. Vielleicht hast du sie irgendwann hier in der Gegend gesehen? Das Bild wurde nicht weit von hier entfernt aufgenommen."

Sarah runzelte zwar die Stirn, nahm aber dennoch das Bild in die Hand und betrachtete es genau. „Sie sieht ein bisschen aus wie meine Hannah. Sie könnte beinahe deine Tochter sein. Sie sieht dir sehr ähnlich." Sie sah zu Mary. „Wer ist dieses Kind?"

„Das weiß ich nicht genau." Alles in Mary sehnte sich danach, ihrer einst vertrauten Freundin die ganze Geschichte zu erzählen. Früher hätte Sarah sich alles angehört, was Marys Herz bewegte, und sie hätte mit ihr um jede schmerzliche Erfahrung geweint. Jetzt waren sie wie zwei Fremde.

„Ich habe sie nie gesehen", sagte Sarah und reichte ihr das Bild zurück.

Aber Mary ließ nicht locker. Sie brauchte eine genauere Antwort. „Du hast sie nie hier in der Gegend gesehen? Sie steht neben der überdachten Brücke unten an der Straße."

„Ich kenne das Kind nicht. Was soll die Frage?"

Bevor Mary antworten konnte, vernahm sie das Geräusch eines Automotors und das Knirschen von Reifen auf dem Schotterweg. Fragend drehten sich die Frauen um. Beim Anblick des Blaulichts auf dem Wagen zog sich Marys Magen zusammen. Ein Mann mit breiten Schultern stieg auf der Fahrerseite aus. Sie hatte keinerlei Probleme, das gebräunte Gesicht unter dem Hut mit einem Namen in Verbindung zu bringen. Die harten Lippen und die durchdringenden blauen Augen verfolgten sie manchmal immer noch in ihren Träumen. Detective Beitler. Nachdem sie mit Reece zusammengelebt hatte, war er in ihren Gedanken jetzt Matt, aber der frühere Partner ihres Mannes jagte ihr nach wie vor Angst ein. Sie zwang sich, nicht unwillkürlich einen Schritt zurückzuweichen, als sie diesen Augen, denen nichts entging, begegnete. Der Anblick seiner sich blähenden Nasenflügel hätte Mary zum Lachen gebracht, wenn ihr Herz nicht so entsetzlich vor Angst und Aufregung gerast hätte. Wie ein Hund, wenn er eine frische Fährte fand, dachte Mary. Seine Augenlider zogen sich zu Schlitzen zusammen. Sofort wusste Mary, dass er sie ebenso wenig vergessen hatte wie sie die Erinnerungen an ihn. Sein durchdringender Blick ließ sie erstarren.

„Mary Schwartz." Er zog ihren Namen beinahe genussvoll in die Länge. „Wo ist O'Connor? Als er damals so plötzlich verschwand, hat er meine Lieblingswaffe mitgenommen. Ich will sie zurück."

Mary erinnerte sich an die Waffe. Reece hatte sie wahrscheinlich immer noch. „Keine Ahnung", sagte sie. „Wir leben seit fünf Jahren getrennt."

Bei dieser Information hoben sich fragend seine Brauen, dann zuckte er die Achseln. Auf der Beifahrerseite stieg ein zweiter Polizist aus, sodass Mary einen Blick auf den Hund auf dem Rücksitz des Autos erhaschte. Sofort begann ihr Gedächtnis zu arbeiten. Wie war noch mal der Name des Hundes? Ajax. Der andere Polizist steckte sein Handy ein und bewegte sich mit leicht schaukelndem Gang in ihre Richtung. Sein Aussehen erinnerte Mary an den jungen Elvis. Vermutlich fanden ihn auch die meisten Frauen sehr attraktiv, aber Mary war er etwas zu glatt und selbstsicher.

Matt musterte sie von Kopf bis Fuß. „Wie lang sind Sie schon wieder hier?", fragte er.

„Seit ungefähr zehn Minuten."

„Wo waren Sie gestern?"

Abwehrend hielt sie ihm ihre Hände entgegen. „Was? Stehe ich etwa schon wieder unter Verdacht?"

Sein Blick wurde schärfer. „Woher wissen Sie, dass wir wieder einen Mordfall haben?"

„Das … das habe ich nicht gewusst", stammelte Mary. „Ich hatte nur das Gefühl, als würden Sie mich irgendwie verdächtigten. Es passiert doch immer irgendein Verbrechen."

„Nicht so eins. Und vor allem nicht in Parke County. Wir sind hier in Indiana und nicht in Chicago." Sein Blick wanderte von ihr zu Sarah. „Haben Sie eine Minute Zeit, Mrs Schwartz?"

Sarah wich nervös einen Schritt zurück. „Luca ist im Moment nicht da. Er ist in Indianapolis und kommt erst nächste Woche wieder."

„Ich muss mit Ihnen sprechen", erklärte Matt mit einfühlsamer Stimme.

Wenn ein so harter und nüchterner Mann wie Matt Beitler mitfühlend klang, dann musste etwas Schlimmes passiert sein. Mary und Sarah wechselten ängstliche Blicke. Als Sarah näher an sie herantrat, legte Mary den Arm um sie. Dieses Mal entzog sich die Freundin ihr nicht.

„Was ist passiert, Matt?", fragte Mary. Als er die Stirn runzelte, biss sie sich auf die Lippe. Vielleicht passte es ihm nicht, bei seinem Vornamen angesprochen zu werden. Manche Menschen waren in solchen Dingen sehr empfindlich.

„Vielleicht gehen wir besser ins Haus."

Mary kämpfte die jäh in ihr anwachsende Panik nieder. „Ist es Luca?", würgte sie mühsam hervor. Ihre Kehle war wie zugeschnürt. *Bitte, Gott, nicht Luca. Lass es nicht Luca sein.*

Überraschung zog über Matts Gesicht. „Nein, es ist nicht Luca", sagte er. Beinahe gleichzeitig stießen Mary und Sarah einen Stoßseufzer der Erleichterung aus.

„Hören Sie, guter Mann, sehen Sie denn nicht, dass Sie die Frauen zu Tode erschrecken?", mischte sich jetzt auch Susan ein. „Sagen Sie doch einfach, was passiert ist."

Matt nickte und richtete seinen Blick auf Sarah. „Es ist Lucas Cousin, Mr Honegger. Moe Honegger. Wir haben ihn gestern tot auf einer Wiese auf der anderen Seite des Bezirks gefunden."

Moe. Auch nach all den Jahren hatte Mary noch immer sein Jodeln beim Melken im Ohr. Sie hatte so sehr gehofft, wenigstens Moe würde ihr zuhören, wenn sie nach Hause zurückkehrte.

„Moe?" Schweißperlen traten auf Sarahs Oberlippe. „Er wollte Luca nach Indianapolis begleiten, aber dann wurde er krank."

„Das wissen wir", sagte Matt mit einer Sanftheit, die in krassem Widerspruch zu seinem prüfenden Blicken stand.

„Was ist mit Moe passiert?", flüsterte Sarah.

„Er wurde vergiftet."

Wenn sie und Sarah sich nicht bereits aneinandergeklammert hätten, wäre Mary umgefallen. Vergiftet! Wie ihre Eltern. Und das unmittelbar nachdem Reece sie aufgespürt hatte. Wie konnte das ein Zufall sein?

8

„Die schlichte Kleidung der Amisch fördert die Demut und die Abgrenzung von der übrigen Welt."
Mary Schwartz in *Guten Morgen, Amerika*

Ein Maschendrahtzaun versperrte Reece den Weg zum Spielplatz. Als niemand zu ihm hinübersah, machte er schnell ein paar Aufnahmen. Die Kleine sah genauso aus wie Mary. Als er sie das erste Mal gesehen hatte, war er zutiefst erschrocken gewesen, aber dann war allmählich der Plan in ihm gereift.

Er setzte sich auf die Bank an der Straße und tat so, als lese er die Zeitung. Als um halb drei die Glocke klingelte, strömten Massen von Kindern in Begleitung ihrer Lehrerinnen aus der Schule. Das Mädchen verabschiedete sich fröhlich und lief zu einem roten Auto. Gina stieg aus, öffnete dem Mädchen die Tür zum Rücksitz und half ihr beim Anschnallen.

Als sie losfuhren, sprang Reece ebenfalls hastig in seinen Wagen und folgte ihnen durch Rockville hinaus auf die Landstraße. Er hatte angenommen, Gina würde das Kind wie gewöhnlich nach Hause bringen, aber jetzt fuhr sie in eine andere Richtung. Reece bemühte sich um ausreichend Abstand. Nach einiger Zeit stellte er dankbar fest, dass sie auf eine Schotterstraße abbog. Die Staubwolke würde ihm verraten, wohin er fahren musste, ohne dass er zu nahe auffuhr und sich womöglich verdächtig machte.

Die Fahrt endete bei einem Haus in der Nähe von Nyesville. Als er langsam daran vorbeifuhr, gingen Gina und das Kind gerade ins Haus. Reece fuhr hinter einen Baum und behielt das Haus im Auge. Wenig später kam Gina mit einem Koffer in der Hand heraus, den sie im Auto verstaute. Dann fuhren sie und das Mädchen davon. Mit ausreichend Abstand folgte er ihnen bis zu Matts Haus. Zog Gina etwa hier ein? Das könnte die Sache erheblich erschweren, aber doch nicht so sehr, dass er damit nicht fertig werden würde. Er musste seiner Frau unbedingt beweisen, wie sehr er sie liebte, musste ihr zeigen, dass alles anders werden konnte. Vor fünf Jahren hatte er einen Fehler gemacht, aber es war noch nicht zu spät, um alles wieder in Ordnung zu bringen. Seine Großmutter hatte immer gesagt, dass es nie zu spät sei, das Richtige zu tun. Reece wusste, er konnte Mary die Familie geben, nach der sie sich sehnte.

* * *

Matts Knie schmerzte wegen seiner alten Fußballverletzung. Langsam trotteten er und Ajax zu seinem Auto. Er hatte es bereits befürchtet: Der neue Fall würde seinen freien Tag ruinieren. Sie hatten nichts in der Hand. Der Mann im Wald war mit Strychnin vergiftet worden, genauso wie die Opfer vor zehn Jahren. Und an diesem Punkt endete ihre Spur. Es gab keine Fingerabdrücke, keine weiteren Hinweise oder Indizien. Nur eine Leiche im Wald.

Er hatte keine Ahnung, was er morgen unternehmen sollte. Vielleicht könnte er mit Caitlin seine Großmutter besuchen. Es war bereits fast ein Monat vergangen, seit er das letzte Mal bei ihr in dem alten Haus gewesen war. Zu Hause würde er nichts Produktives zustande bringen, stattdessen würden seine Gedanken von früh bis spät um den neuen Fall kreisen.

Er rief seine Schwester an. „Hallo! Ich fahre gerade von der Arbeit los. Du hast Caitlin abgeholt?"

„Natürlich. Wir backen Schokoladenkekse. Ich war zu Hause und habe meine Sachen geholt."

„Weiß Blake, dass du eine Weile bei mir einziehst?"

„Ich habe es ihm heute Morgen gesagt." Er hörte ein ersticktes Schluchzen. „Er hat nicht einmal versucht, es mir auszureden."

„Hast du ihn wegen des Rings gefragt?"

„Er hat gesagt, dass er ihn für mich gekauft hätte, ihn dann aber nach einem Streit wieder zurückgebracht habe."

Was für eine lahme Ausrede. „Glaubst du ihm?"

„Nein. Deshalb auch die Entscheidung, eine Weile zu dir zu ziehen. Hey, Matt, mir ist heute etwas Sonderbares aufgefallen. Vielleicht hat es nichts zu bedeuten, aber ich hatte die ganze Zeit so ein ungutes Gefühl."

„Was ist los?"

„Vor der Schule war ein Mann, der die Kinder beobachtet hat. Er war am Montag auch dort, als ich Caitlin abholte. Frag doch mal Mrs Downs, ob er auch am Dienstag dort war, als sie Caitlin abgeholt hat."

„Vielleicht ist er der Vater von einem anderen Kind." Matts Magen zog sich vor Sorge zusammen.

„Ich konnte ihn nicht genau sehen. Er trug amische Kleidung und hatte den Hut so tief ins Gesicht gezogen, dass ich ihn nicht richtig erkennen konnte. Irgendwie kam er mir bekannt vor. Und was das Beunruhigendste ist: Ich glaube, er ist uns heute gefolgt."

„In einem Auto? Ein amischer Mann soll Auto gefahren sein?" Matt hielt inne. „Bist du sicher? Vielleicht war es ein Mennonit."

„Er hatte eindeutig einen Bart und Hut wie die amischen Männer. Ich glaube gesehen zu haben, wie er in einen braunen Pick-up stieg und später ist uns ein brauner Pick up zu meinem Haus und dann bis hierher gefolgt."

War seine Schwester Opfer eines Stalkers, der sich als amischer Mann verkleidete? Matt konnte es nicht recht glauben. „Könnte Blake jemanden gebeten haben, dich zu beobachten?"

„Wozu?" Ginas Stimme war nur noch ein Flüstern. „Ich bin nicht derjenige, der den anderen betrügt."

„Entschuldige. Ich wünschte, ich könnte dir helfen."

Sie schwieg eine Weile. „Du hilfst mir, Matt. Es tut mir gut, jemanden zum Reden zu haben. Hör zu, ich muss die Kekse aus dem Ofen holen. Vergiss nicht, Mrs Downs wegen des Mannes zu fragen."

„Ich vergesse es nicht." Er beendete das Gespräch und rief dann sofort die Nachbarin an, die an zwei Tagen der Woche auf seine Tochter aufpasste. Ihr war niemand aufgefallen. Vielleicht hatte das Verhalten des Mannes nichts zu bedeuten, aber Matt plante dennoch ein Gespräch mit Caitlins Lehrerin darüber ein. Er dachte an seine Kinderzeit zurück, in der er den ganzen Tag draußen gespielt hatte, ohne dass Trudy wusste, wo er gerade war. Vor dreißig Jahren musste man auch noch keine Angst haben, dass irgendein Geisteskranker das eigene Kind entführte.

* * *

Jemand musste die Zeit zurückgedreht haben. Die Katzen strichen Mary um die Beine, als sie auf der Wiese neben dem Haus Blätter für einen Kräutertee pflückte. Dieser köstliche Duft nach frischer Pfefferminze. Sie atmete tief ein. Wie gerne würde sie ihrer trauernden Tante helfen, aber momentan konnte sie nichts tun.

„Geht nicht zu weit“, wies Mary ihre Katzen an, bevor sie die Hintertür öffnete und wieder ins Haus ging. Auf dem Holzofen kochte bereits der Wasserkessel. Mary warf die Blätter ins Wasser und deckte dann den ziehenden Tee zu. Aus dem Wohnzimmer konnte sie Tante Noras Weinen hören und die leise, tröstende Stimme von Sarah, die versuchte, ihre Tante zu beruhigen.

Eigentlich wäre das ihre Aufgabe gewesen, aber sie wollten ihrer Tante nicht zu viel Aufregung auf einmal zumuten. Wenn sie sich ein wenig beruhigt hätte, würde Mary den Tee hineinbringen und sich ihrer Tante zeigen.

Susan holte Sahne für den Tee aus dem mit Propangas betriebenen Kühlschrank. „Diese Milch sieht komisch aus.“ Misstrauisch roch sie an dem Milchkrug.

„Es ist Rohmilch, direkt von der Kuh. Die Sahne setzt sich oben ab. Für den Tee schöpfst du einfach ein wenig ab, je nach Bedarf.“

Susan zog die Brauen hoch, befolgte aber dennoch Marys Anweisungen. Als Mary sich vom Ofen abwandte, begegnete sie zwei Augenpaaren, die sie gespannt beobachteten.

Das ältere Mädchen, Naomi, sprach als Erste. Das Mary früher so vertraute Schweizerdeutsch klang mit einem Mal fremd in ihren Ohren. „Bist du wirklich unsere Cousine?“

Mary nickte und lächelte. Etwas unsicher und langsam antwortete sie ebenfalls auf Deutsch. „Ja. Du gehst wohl noch nicht zur Schule?“

„Ich komme nächstes Jahr in die Schule“, antwortete Naomi eifrig. „Ich bin sechs. Lydia ist fünf.“ Mit einem Schmunzeln registrierte Mary Susans irritierten Blick. Sie verstand sicher kein Wort. Sie würde ihr gleich alles erklären.

Naomi kam vorsichtig näher und legte ihre Hand in Marys. „Du hast hübsche Haare. Mama sagt, Schönheit ist nicht wichtig, aber ich hätte gerne so schöne Haare wie du.“

Mary drückte dem Mädchen freundlich lächelnd die Hand, gab ihr aber keine Antwort. Sie wünschte, sie hätte eine Gebetshaube, um ihre Haare zu bedecken. Mit ihren leuchtenden rotbraunen Locken hatte sie schon als Kind die Aufmerksamkeit der Englischen erregt, eine Erfahrung, auf deren Wiederholung sie gut und gerne würde verzichten können.

Das Schluchzen im Nebenzimmer wurde etwas leiser. Mary goss den Tee in die Teekanne und stellte ihn zusammen mit den Tassen, Zucker, Sahne und Löffeln auf ein Tablett. Erst als sie das Tablett hochhob, wurde ihr bewusst, dass niemand eine Tasse aus ihren Händen annehmen würde. In der Aufregung und Trauer hatte sie ihre Meinung zwischenzeitlich fast vergessen.

„Kannst du das bitte hineinbringen?“, bat sie Susan. „Ich bleibe hier bei den Kindern.“ Fragend sah Susan sie an. „Sie dürfen von jemand, der unter dem Bann steht, nichts annehmen. Ich hatte es ganz vergessen.“ Tränen brannten in ihren Augen. Mit einem tröstenden Blick nahm Susan ihr das Tablett aus den Händen und verschwand damit hinter der Tür.

Im Topf war immer noch ein Rest von dem Tee. „Wollt ihr eine Tasse?“, fragte Mary die Kinder. Als beide eifrig nickten, löffelte sie Zucker in die Tassen und goss den hellgelben Kräutertee darüber. Vorsichtig nippte Mary an ihrer Tasse. Mit dem Geschmack kehrten zahlreiche vertraute Erinnerungen ihrer früheren Heimat zurück: die wiehernden Pferde auf der Wiese, die gemütliche, einladende Atmosphäre der Küche, die frischen Kräuter, die auf dem Fenstersims wuchsen. Erst jetzt wurde Mary bewusst, wie sehr sie das alles vermisst hatte.

Das Knirschen von Wagenrädern auf dem Schotter riss sie aus ihren Gedanken. Sie stand vom Tisch auf, sah aus dem Fenster und zuckte kurz zusammen. Mary kannte das ausdrucksstarke Gesicht unter der breiten Krempe des schwarzen Hutes nur zu gut. Es war Bischof Samuel Kirchhofer.

* * *

Die alte Quiltdecke wurde allmählich fadenscheinig. Matt deckte sorgsam seine schlafende Tochter damit zu, gab ihr einen Kuss auf die Wange und verließ das Zimmer. Ajax blieb wie selbstverständlich zurück und hielt Wache. Auf dem Weg zu seiner Schwester kam er am Computerzimmer vorbei. Der blaue Bildschirm erhellte das dunkle Büro. Matt setzte sich vor den Bildschirm, klickte auf das Firefox-Symbol und tippte dann die Adresse eines Internetforums ein, in dem man nach vermissten Personen suchen konnte. Die Suchanzeige, die er vor einem Jahr aufgegeben hatte, hatte zu nichts geführt, aber jedes Mal, wenn er sich an den Computer setzte, hoffte und betete er, er würde diesmal eine Spur finden, und sei sie noch so winzig. Ein Schatten fiel auf den Bildschirm.

Gina zog sich einen Stuhl heran. „Wirst du denn niemals aufgeben?"

„Nein." Er betrachtete den Bildschirm, auf dem das alte Foto zu sehen war. Sie war etwa sechsundzwanzig, er selbst stand als Achtjähriger daneben und schaute mit ungeteilter Liebe zu ihr hinauf. Zwei Wochen später hatte sie ihn und Gina verlassen und sich seitdem nie wieder bei ihnen gemeldet. Warum sollte sie jetzt zurückkommen, nur weil er sie suchte?

Seine Schwester seufzte. „Jemand, der nicht gefunden werden will, ist nicht zu finden." Sie wies auf den Bildschirm mit den vielen Suchanzeigen. „Sieh dir das an, Matt. Hunderte. Und einer von tausend findet eine Spur. Warum machst du dir überhaupt die Mühe?"

„Ich würde die Sache einfach gern zu einem Abschluss bringen. Das ist mein Beruf." Er versuchte zu lachen, aber es klang gezwungen. „Ich würde sie gern fragen, warum sie uns verlassen hat, warum sie nie angerufen oder geschrieben hat. Ich weiß jetzt, wie es ist, eine Tochter zu haben. Niemals würde ich Caitlin so etwas antun. Ich kann sie einfach nicht verstehen."

Gina lehnte sich zurück. „Nicht jeder ist wie du, Matt. Manche Mütter haben irgendwann die Nase voll von ihren Kindern, die den ganzen Tag ständig etwas von ihnen wollen und ihre Aufmerksamkeit fordern. So etwas kommt immer wieder vor. Ich bete jeden Tag zu Gott, dass ich nicht so werde."

Matt sah seine Schwester schweigend an. Er war verwirrt. Interessierte es sie denn gar nicht, wo ihre Mutter war? Er hatte bisher immer gedacht, dass Mütter und ihre Töchter sich besonders nahe standen.

Gina schob sich die Haare aus dem Gesicht. „Schau mich nicht an, als wäre ich eine herzlose Hexe. *Sie* hat *uns* verlassen, Matt! Schon vergessen? Ich weiß, ich tue so, als ließe es mich vollkommen kalt, dass sie uns verlassen hat. Aber das ist für mich die einzige Möglichkeit, überhaupt damit fertig zu werden, dass wir ihr so wenig bedeutet haben. Ich gehe innerlich auf Distanz."

„Erinnerst du dich an sie?" Matt konnte manchmal nachts noch immer ihr Parfum riechen, ihre Stimme hören. Er kam einfach nicht darüber hinweg, dass seine Mutter ihn verlassen hatte. Die Erinnerungen ließen ihn nicht los, obwohl er das Ganze so gerne vergessen hätte.

„Nicht sehr. Tante Irene war trotz ihrer manchmal auftretenden geistigen Verwirrung sehr gut zu mir. Sie hat mich lieb gehabt und dafür gesorgt, dass mir nichts fehlte. Du wärst glücklicher gewesen, wenn sie dich auch behalten hätte.“ Ihr Blick wurde weich. „Ich weiß, dass es für dich sehr schwer gewesen sein muss, bei Trudy zu wohnen.“

Seine Tante hatte keinen lebhaften Jungen haben wollen. Trudy auch nicht. Und seine Mutter erst recht nicht.

9

„Der Quilt mit dem irischen Kettenmuster, auf dem die bunten Blöcke alle miteinander verbunden sind, ist weit verbreitet. Genauso bildet die Amisch-Gemeinschaft eine lange Kette, die durch Gemeinschaft und Liebe miteinander verbunden ist."
Mary Schwartz in *Quilts und amischer Glaube*

Das Stimmengemurmel im Nebenzimmer verstummte, sodass nur noch das leise Klirren der Löffel in den Tassen zu hören war. Hoffentlich ging der Bischof zur vorderen Tür und nicht durch den Eingang in der Küche. Er brauchte nicht zu wissen, dass sie hier war. Obwohl sie ihn immer gemocht hatte, wusste sie, dass er sie sanft drängen würde, sich mit Gott zu versöhnen und zu ihrem amischen Glauben zurückzukehren. Atemlos beobachtete Mary, wie sich die weite Krempe seines Hutes am Küchenfenster vorbeibewegte und auf die vordere Tür zusteuerte. Ihre Hände zitterten. Sie wusste, die Konfrontation käme früher oder später, aber dennoch hatte Mary versucht, diese so lange wie möglich hinausschieben zu können. Vorsichtig stellte sie ihre Tasse auf dem Tisch ab. Da betrat Susan die Küche.

„Sie haben sich ein wenig beruhigt", erklärte sie. „Ein amischer Mann ist aufgetaucht. Hast du ihn gesehen?"

„Der Bischof", murmelte Mary. Ihre Hände sehnten sich nach einer beruhigenden Beschäftigung. Wie gerne würde sie jetzt an ihrem Quilt arbeiten.

„Ist er das Oberhaupt der Kirche?"

„Für diesen Bezirk, ja. Weiß meine Tante, dass ich hier bin?"

Susan schüttelte den Kopf. „Sarah hat dich mit keinem Wort erwähnt. Ich glaube, sie wartet auf einen besseren Zeitpunkt, um es Nora zu sagen."

Susan sah zu den beiden Mädchen und lächelte sie an. „Ist der Tee gut?" Die beiden blickten sie jedoch nur verständnislos an, um dann wieder an ihrem Tee zu nippen. „Sie lernen erst Englisch, wenn sie in die Schule kommen. Bis dahin sprechen sie nur Deutsch", erklärte Mary. Ihr Handy in der Handtasche klingelte. Eilig nahm sie es heraus, bevor möglicherweise jemand im Nebenraum darauf aufmerksam wurde. Das Display zeigte eine ihr unbekannte Nummer. „Hallo“, meldete sie sich.

Reeces raue Stimme drang an ihr Ohr. „Leg nicht auf“, sagte er. „Das ist die Stimme unseres kleinen Mädchens.“

Sekunden später rief eine Kinderstimme: „Du erwischst mich nicht!“ Marys Herz schlug höher, als sie die fröhliche Stimme hörte. Keuchend drückte sie das Handy fester an ihr Ohr. Die plaudernde und lachende Kinderstimme brannte sich in ihre Seele. Konnte das wirklich ihr kleines Mädchen sein? Oder war das nur ein weiterer fürchterlicher und grausamer Scherz von Reece?

Seine Stimme kehrte ans Telefon zurück. „Hört sie sich nicht süß an, Mary? Sie vermisst dich. Ich vermisse dich. Wir können eine richtige Familie sein, Schatz. Es liegt ganz bei dir.“

Marys Kehle war wie zugeschnürt. Nur mühsam gelang es ihr zu sprechen. „Lass mich in Ruhe, Reece. Du hast unsere Tochter umgebracht.“

„Sie ist nicht tot, Mary. Du hast gerade ihre Stimme gehört. Komm nach Hause, dann siehst du sie; wenn du willst, kannst du mit ihr leben. Wir können die Vergangenheit hinter uns lassen und neu anfangen. Es hat mich fast umgebracht, dass du mich verlassen hast. Ich brauche dich, deine Tochter braucht dich. Ich bin sogar zum amischen Glauben übergetreten. Jetzt können wir endlich so leben, wie du immer wolltest.“

„Du lügst.“ Mary erschauderte, aber dennoch wäre sie am liebsten sofort ins Auto gestiegen und zu ihm gefahren, um ihre Tochter zu sehen. Aber sie wusste, dass das nicht möglich war. Ihre Tochter war tot. Nie würde sich Reece freiwillig um ein Kind kümmern. „Hast du dich taufen lassen?“

„Noch nicht, aber bald. Ich schicke dir ein Bild. Ich bin in eine Gemeinde in Shipshewana eingetreten.“

„Du kannst nicht einmal Deutsch!“

„Man muss nur die richtigen Leute kennen. Einige Jugendliche haben den Sohn des Bischofs geärgert und ich hielt an, um ihm zu helfen. Er bringt mir Deutsch bei und hilft mir, alle Regeln zu lernen. Alles kann wieder gut werden, Mary. Ich ziehe mit dir sogar in deinen alten Bezirk. Du brauchst nur nach Hause zu kommen.“

Reece der Beschützer. Immer bereit, anderen zu helfen, in der Erwartung ewiger Dankbarkeit. Mary bemühte sich, ihr Herz vor dem Flehen in seiner Stimme zu verschließen. Das alles musste eine Lüge sein. Er hatte geschworen, niemals amisch zu werden. „Woher hast du diese Nummer?“, wollte sie wissen.

„Ich habe immer noch Freunde.“

Mary wusste, dass er recht hatte. Seine Arbeit bei der Polizei war der Grund gewesen, warum sie sich so lange gegen ein Telefon gesträubt hatte. Als jedoch ihr Buch ein so durchschlagender Erfolg gewesen war, hatte sie keine andere Wahl gehabt. Und nun hatte er sie gefunden. Selbst ihre Bemühungen, ihre Nummer geheim zu halten und sie in keinem Telefonbuch einzutragen, hatten nicht gefruchtet. Mary sagte nichts mehr, sondern schloss nur leise ihr Handy und schaltete es dann ganz aus.

Susan und die Kinder starrten sie an. Mary zwang sich zu einem Lächeln. „Will jemand einen Keks?“ Sie wartete erst gar nicht auf die Antwort, sondern holte die Dose von ihrem gewohnten Platz auf dem Kühlschrank herunter. Die Mädchen nahmen je einen Keks und Mary schenkte jeder noch ein Glas Milch ein. Nachdem sie die Gläser auf den Tisch gestellt hatte, trat sie an das Fenster und starrte hinaus. Ihre Gefühle und Gedanken fuhren Achterbahn.

„War das Reece?“, fragte Susan, die hinter sie getreten war.

„Ja. Er sagt, dass er unsere Tochter bei sich hat und sie in einem amischen Bezirk in Shipshewana aufzieht.“

„Aber sie war doch nicht amisch gekleidet.“

„Ich weiß.“ Mary schaute in Susans besorgtes Gesicht. „Er hat die Stimme eines kleinen Mädchens aufgenommen, sie mir vorgespielt und gesagt, sie sei unsere Tochter. Ich weiß ja, er spielt nur mit mir, aber ich kann sie nicht aus meinem Kopf bekommen, Susan. Was ist, wenn es doch keine Lüge ist? Was ist, wenn dieses kleine Mädchen wirklich mein Baby ist? Vielleicht ist er erst nach der Aufnahme des Bildes amisch geworden.“ Wie ein nicht enden wollender Strudel kreisten die Fragen in Marys Kopf. Alles in ihr sehnte sich danach, dieses kleine Mädchen im Arm zu halten, an ihren Haaren zu riechen, sie an sich zu drücken und diese weiche, runde Wange zu küssen. Verlor sie den Verstand? War das Leben mit Reece zu viel gewesen? Und nun war sie kurz vorm Wahnsinn?

Susan seufzte. „Mary, geh und such sie. Ich möchte wetten, dass sie irgendwo hier ist. Reece hat sie bestimmt nicht. Er hat wahrscheinlich dieses Mädchen gesehen und die große Ähnlichkeit mit dir bemerkt. Jetzt spielt er dir etwas vor, um dich dazu zu bringen, zu ihm zurückzukommen. Du hast gesagt, dass er nie Vater sein wollte. Es ist vollkommen unglaubwürdig, dass er sie die ganze Zeit bei sich gehabt hat." „Ja, ich weiß. Ich weiß, dass du recht hast."

In diesem Moment kam Mary ein entsetzlicher Gedanke. „Du glaubst doch nicht, dass er sie von irgendwo mitgenommen hat, oder? Was ist, wenn er sie entführt hat? Ich kann nicht zulassen, dass sie in seine Hände fällt!"

Susan packte sie am Unterarm. „Denk doch nach, Mary. Beruhige dich. Er wird es nicht riskieren, ins Gefängnis zu kommen. Er versucht nur mit allen Mitteln, dich nach Hause zu locken."

Da erinnerte sich Mary, dass sich die Stimme des Mädchens mit anderen Kinderstimmen vermischt hatte und ihre Panik legte sich ein wenig. „Du hast recht." Erschöpft und zittrig lehnte sich Mary an die Arbeitsplatte. „Ich dachte, ich hätte all das endlich hinter mir, aber nun geht dieser Alptraum von vorne los. Hört es denn nie auf?"

Mary hielt inne. „Könntest du einfach aufgeben, Susan? Könntest du diesem kleinen Mädchen ins Gesicht sehen und dann einfach weiterleben, ohne jemals Gewissheit zu haben?"

Ihre Freundin zögerte, dann seufzte sie. „Wahrscheinlich nicht. Aber ich würde um nichts in der Welt zu einem Mann zurückgehen, der mich geschlagen hat."

„Das werde ich auch nicht." Aber stimmte das wirklich? Falls Reece ihre Tochter hatte, bliebe ihr keine andere Wahl. Sie würde mindestens so lange zu ihm zurückgehen müssen, bis sie eine Chance bekam, das kleine Mädchen zu schnappen und zu fliehen. „Ich sollte mit der Polizei sprechen. Vielleicht weiß man dort etwas von dem Kind."

Eine Frauenstimme im Nebenzimmer, die Mary als die Stimme ihrer Tante erkannte, protestierte lautstark, auch wenn Mary den genauen Wortlaut nicht verstehen konnte. Susan und sie schauten sich fragend an. „Vielleicht hat Sarah ihr gesagt, dass ich hier bin", überlegte Mary.

Schritte waren auf dem Holzboden zu hören, dann kam ihre Tante, dicht gefolgt von Sarah, eilig durch die Tür. Tränen standen in Tante

Noras geschwollenen Augen. Ihre Gebetshaube hing schief, aber ihr dunkelblaues Kleid und ihre weiße Schürze waren sauber und ordentlich geplättet. Sie musste jetzt etwa fünfzig Jahre alt sein, sah aber etwas älter aus.

Mary ging einen Schritt auf sie zu und breitete ihre Arme aus. Mit einem verzweifelten, herzzerreißenden Schluchzen warf sich ihre Tante in Marys Arme und klammerte sich an sie.

„Ich weiß", flüsterte Mary und wiegte die ältere Frau sachte hin und her, während auch ihr die Tränen über die Wangen rollten. „Ich weiß."

Wie gut sie sich an die Gefühle der Trauer, den entsetzlichen Schmerz und die Ungläubigkeit erinnerte. Das Entsetzen jener Nacht, in der ihre Eltern gestorben waren, ließ sie bis heute nicht los. Alles, was sie seitdem getan und erlebt hatte, wurde davon beeinflusst. Und Reece machte alles noch schlimmer. Jedes Mal, wenn sie an das Ungeheuer dachte, das ihr Baby getötet hatte, wuchsen ihre Wut und ihr Hass. Wenn sie mit ihrer Vermutung recht hatte und Reece auch noch ihre Eltern auf dem Gewissen hatte – sie würde ihm ins Gesicht spucken und ihm die Augen auskratzen. Keine Strafe wäre schlimm genug für das, was er ihr angetan hatte.

Jedes Mal, wenn der kalte Hass ihr Herz ergriff, meldete sich hartnäckig in ihrem Inneren eine leise Stimme zu Wort: „Vergib." Aber inzwischen war sie sehr gut darin, diese Stimme zu ignorieren, obwohl sie wusste, dass ihr Hass sie innerlich aushöhlte und ihr Mitgefühl immer mehr schwinden ließ. Sie wusste, es wäre eigentlich besser, Zorn, Wut und Hass dicht an der Wurzel herauszureißen, aber der Gedanke an Gerechtigkeit war das Einzige, was Mary noch aufrechthielt. Wenn sie am Ende dafür litt, dann war es eben so.

Falls sie richtig lag, hatte Reece ihre Eltern getötet, um an sie heranzukommen. Sah sie ihn nur aufgrund ihrer Bitterkeit als Täter an oder war sie tatsächlich der Wahrheit auf der Spur? Was war, wenn er erneut zugeschlagen und dieses Mal Moe getötet hatte? Mary zitterte am ganzen Körper und klammerte sich noch fester an Tante Nora. Langsam wurde das Schluchzen der älteren Frau leiser, bis sie sich schließlich ganz von Mary löste und sich das Gesicht abwischte.

„Danke, dass du gekommen bist, Mary. Ich weiß, dass das nicht leicht für dich war." Sie richtete sich auf und straffte ihre Schultern. „Ich weiß, dass mein Moe in Gottes Händen ist. Ich muss Gottes Willen akzeptieren. Ich hätte mich nicht einmischen sollen." Neue Tränen traten ihr in die Augen.

„Einmischen?"

„Ich wurde gewarnt, meinen Mund zu halten, mich aus der Sache herauszuhalten. Aber ich habe das Kind gesehen." Sie biss sich auf die Lippe. „Seitdem wusste ich, dass die Sünden der Vergangenheit ans Licht kommen würden."

„Du hast *mein* Kind gesehen?" Nur mit Mühe beherrschte Mary ihre Gefühle. Jetzt war sicher nicht der richtige Zeitpunkt, Druck auf ihre Tante auszuüben.

„Später", flüsterte Tante Nora. „Oh, warum habe ich nur nicht gehört?" Mit dem Schürzenzipfel wischte sie sich über die nassen Wangen.

Marys Herz war voller Fragen und Rebellion. Warum hatte Gott all das zugelassen? Er hätte Moe und ihre Familie beschützen können, aber er hatte es nicht getan. Das war nicht fair. Wie konnten all diese furchtbaren Geschehnisse sein Wille sein? Es war Mary unbegreiflich, wie ihr Cousin und ihre Tante diese Morde einfach mit einem Achselzucken akzeptieren konnten. Sie würde dem Schuldigen nie vergeben.

Wer hatte ihre Tante gewarnt, dass sie den Mund halten solle? Und was genau sollte sie nicht sagen? Hatte vielleicht Marys Mutter ihrer Schwägerin kurz vor dem Tod etwas anvertraut? Weil Mama keinen besonders engen Kontakt zu ihrer Familie gehabt hatte, war sie von Papas Verwandten unter die Fittiche genommen worden.

Nora zupfte an Marys Hand. „Komm und begrüße Bischof Kirchhofer."

Sofort blieb Mary stehen. „Ich … ich glaube nicht, dass ich dazu bereit bin." Sie wusste genau, was sie erwartete. Der Gedanke an eine Strafpredigt, noch dazu in einer so schrecklichen Situation, weckte in Mary eher den Wunsch davonzulaufen. Aber ihr Widerstand war zu schwach, sodass sie von ihrer Tante ins Wohnzimmer geführt wurde.

Über zehn Jahre waren vergangen, seit Mary das letzte Mal in diesem Zimmer gewesen war. Früher hatte sie den Raum geliebt. Wie oft waren sie und ihre Mutter zum Tee und Quilten hierhergekommen und hatten die Gemeinschaft und die Zusammengehörigkeit genossen? Es sah genauso aus wie früher. Die gleichen handgestickten Läufer lagen auf den Tischen, alles war wie immer makellos sauber, nur das Polstersofa war ein wenig blasser geworden.

Das letzte Mal, als Mary hier gewesen war, hatten ihre Eltern noch gelebt. Ihre Mutter hatte in dem Schaukelstuhl am Fenster gesessen, um ihr Quiltstück besser sehen zu können. Das Licht hatte ihren rotblonden Haaren einen goldenen Glanz verliehen und sie wie einen Engel aussehen lassen.

Zwei Tage später waren sie und Marys Vater heimgegangen in den Himmel.

Mary riss sich von dem zerkratzten Holzschaukelstuhl los und wandte ihren Blick dem Bischof zu. Bei ihrem letzten Zusammentreffen hatte er ihr befohlen, ihre mangelnde Vergebungsbereitschaft gegenüber Cyrus Long aufzugeben und Buße zu tun.

Auch jetzt sah er sie wieder mit derselben liebevollen Strenge an. Ihr ganzes Leben lang hatte man sie gelehrt, sich der Autorität unterzuordnen. Marys Bedürfnis, genau das zu tun, wurde beinahe übermächtig. Ihre Knie wurden plötzlich seltsam schwach, sehnten sich danach, auf den Boden zu sinken, damit sie ihre Sünden bekennen konnte. Mühsam rief sie sich ins Gedächtnis, dass das nur eine antrainierte Reaktion war. Der Bischof kannte sie nicht mehr. Sie war heute ein anderer Mensch und längst nicht mehr das gefügige, leicht zu täuschende Mädchen, das mit zweiundzwanzig Jahren von hier weggegangen war.

„Mary, geht es dir gut?", fragte der Bischof mit anteilnehmender Miene.

Als Kind hatte Mary immer gedacht, sie höre Gottes Stimme, wenn sie Samuel Kirchhofers tiefe, ernsthafte Stimme vernommen hatte. Der Bischof hatte für sie immer uralt ausgesehen. Mit seinem fließenden weißen Bart und dem wettergegerbten Gesicht unter der breiten Hutkrempe erinnerte er sie bis heute an die alttestamentlichen Propheten.

„Ja", antwortete Mary schließlich. „Es geht mir gut."

„Wir haben dich vermisst. Deine Familie braucht dich."

Sie trat einen Schritt zurück. „Bitte. Jetzt ist nicht der richtige Zeitpunkt. Erst mal müssen wir jetzt Tante Nora helfen, diesen schweren Verlust zu verkraften."

„Es ist nie der falsche Zeitpunkt, um das Richtige zu tun", sagte der Bischof mit sanfter Stimme.

Mary ignorierte ihn und wandte sich stattdessen an ihre Tante. „Hast du etwas Neues von der Polizei gehört?"

„Sie haben es durchgesetzt, dass die Autopsie bereits morgen durchgeführt wird. Normalerweise dauert so etwas wohl viel länger. Matt ist ein netter Junge. Das Ganze geht ihm anscheinend wirklich nahe." Tante Nora wischte sich erneut über die Augen. „Der Wille des Herrn geschehe."

„So ist es", bekräftigte der Bischof. Er richtete seinen Blick wieder auf Mary, sagte aber nichts. Ein unangenehmes Schweigen breitete sich im Raum aus.

„Ich denke, wir sollten jetzt lieber wieder fahren", sagte Mary, die die Anspannung irgendwann nicht mehr aushielt.

Sarah hatte die ganze Zeit stumm mit den Kindern am Tisch gestanden. „Hast du einen Platz, wo du schlafen kannst?", fragte sie. „Oder fährst du gleich wieder nach Hause?"

„Ich werde mir irgendwo ein Motel suchen", sagte Mary. Ihre Tante protestierte.

„Du bleibst hier", verkündete sie. „Dir ist klar, dass ich nicht mit dir essen und nichts von dir annehmen kann, aber ich werde dich nicht auf die Straße schicken."

„Ich kenne die Bestimmungen", sagte Mary. „Danke. Ich hole unsere Koffer herein." Gleichsam einer Flucht verließen Susan und sie gemeinsam das Haus.

„Was war denn das gerade?", fragte Susan. „Die Spannung war ja förmlich mit Händen zu greifen. Hat er von dir erwartet, dass du zum amischen Glauben zurückkehrst?"

„Ja, und du glaubst nicht, wie verführerisch diese Möglichkeit ist", erwiderte Mary. „Es wird hier als Ausgestoßene sehr schwer sein."

„Könntest du wirklich jemals zurückgehen und dein Leben aufgeben?" Susan erschauderte. Die Vorstellung erschien ihr mit als das Schrecklichste, was sie je gehört hatte.

„Die Familie ist sehr wichtig", sagte Mary, „und wir versuchen, sie so gut wie möglich vor den Einflüssen der Welt zu bewahren. Als ich die modernen Annehmlichkeiten noch nicht hatte, waren sie mir nie besonders wichtig und auch jetzt gibt es nicht sehr viel, was ich vermissen würde. Ich schaue nicht viel fern und wir hatten hier schon immer Gaslampen und andere propangasbetriebene Geräte."

„Warum willst du dann nicht zurückgehen?", lächelte Susan. „Du hast eben ‚wir' gesagt, so, als wärst du immer noch amisch." Mary schüttelte den Kopf.

„Es ist zu spät. Scheidung wird niemals akzeptiert – egal, aus welchem Grund. Wenn ich zurückkehren wollte, müsste ich mich nicht nur mit Reece versöhnen, sondern auch dem Mörder vergeben, und das werde ich nie tun. Trotzdem werde ich in meinem Herzen immer eine Amische bleiben."

* * *

Die Worte ihrer Tante kamen ihr erneut in den Sinn. Wer konnte sie nur gewarnt haben? Und vor allem – wovor?

* * *

Es war Donnerstagmorgen, zwei Tage nach dem Mord, und er bekam bereits eine Autopsie. Die richtigen Freunde an den entscheidenden Stellen zahlten sich doch aus. Die Kälte in der Gerichtsmedizin kroch Matt in die Knochen und der beißende Geruch machte den Aufenthalt nicht angenehmer. Beinahe hätte er sich übergeben, aber er hielt sich wacker. Sicherheitshalber blieb er an der Tür stehen. Ajax winselte und schlug sich mit der Pfote auf die Schnauze. Matt strich ihm beruhigend über die Ohren. „Es ist okay."

Whit Grout hatte ihm einen Gefallen getan und die Autopsie für ihn vorgezogen, sodass Matt beschlossen hatte, sich direkt im Keller des Krankenhauses mit ihm zu treffen. Gerade kam der Gerichtsmediziner durch die Tür und schälte sich aus seinen Gummihandschuhen, den Laborkittel mit Flecken übersät. Über deren Ursache wollte Matt lieber erst gar nicht nachdenken und verbot sich energisch jegliche Spekulationen in dieser Richtung. Unter dem Kittel trug Whit eine kurze Khakihose und ein T-Shirt mit der Aufschrift „Achtung, Treibhausgase – Nase zuhalten!" Er war ungefähr vierzig Jahre alt und so dünn, dass man zu dem Eindruck gelangen konnte, er werfe nicht einmal einen Schatten. Lediglich seine buschigen abstehenden blonden Haare, die an ein Stachelschwein erinnerten, zerstörten diese Wirkung. Trotz Whits merkwürdigen äußeren Erscheinungsbildes hatte Matt nie einen klügeren Menschen getroffen. Whit fielen die wirklich wichtigen Dinge auf.

Zusammen gingen sie zu seinem Büro. „Was hast du herausgefunden?"

Ohne zu antworten, steuerte sein Kollege geradewegs auf die Kaffeemaschine zu. Der Kaffee roch angebrannt und abgestanden, aber nachdem Whit eine halbe Tasse hinuntergekippt hatte, leckte er sich genüsslich die Lippen „Ah, das schmeckt gut. Willst du auch eine Tasse?"

„Nein, danke. Weißt du schon, woran Moe starb? War es wirklich Strychnin?"

„Er hatte so viel Gift im Körper, dass man damit zehn Leute seiner Statur hätte umbringen können." Whit sank auf seinen Stuhl, einen alten Klavierhocker aus Holz, mit dem er sich in jede Richtung drehen konnte.

Matt setzte sich auf einen wackligen Klappstuhl, Ajax legte sich zu seinen Füßen. Der Gerichtsmediziner hatte ein Budget, das ihm problemlos die Anschaffung anständiger Möbel erlauben würde, aber auf eine groteske Art schien es Whit zu erheitern, wenn sich seine Gäste unbehaglich fühlten. Matt fühlte sich immer ein wenig wie ein Käfer unter einem Mikroskop, dessen Reaktionen beobachtet würden, wenn er Whits Reich betrat.

„Er hat es eingeatmet. Überprüft alle Blumen im Haus."

„Das haben wir schon. Sie waren über und über mit Gift bestäubt. Ursprünglich waren sie an seine Mutter geschickt worden, aber er muss sie wohl ins Wasser gestellt haben und dabei so viel von dem Gift abbekommen, dass er daran starb."

Matt hatte sich etwas erhofft, das leichter aufzuspüren wäre. Anscheinend waren die Blumen von keinem Floristen in der Gegend geliefert worden. Moe war tot und konnte ihm nicht mehr sagen, wer die Rosenschachtel gebracht hatte. Und Nora selbst hatte ebenfalls keine Ahnung. Er stand auf und ging zur Tür. „Danke, Whit."

„Ich habe eine Jane Doe, die dich interessieren könnte. Ungefähr im richtigen Alter. Ertrunken, natürliche Todesursache, wie es aussieht."

Matts Finger krampften sich um den Türgriff. „Haarfarbe?"

„Hellrot mit Grau."

Die richtige Farbe. „Kann ich sie sehen?"

„Sicher." Whit trank seine Tasse leer und stand auf.

Matt folgte ihm durch den Gang in einen Raum, in dem die Leichen kalt gelagert wurden. Als Whit eine Schublade herauszog, holte Matt tief Luft. Das Geräusch, als der Reißverschluss des Leichensackes aufgezogen wurde, hallte laut durch den leeren Raum. Er versuchte, sich auf ein Muster an der Wand zu konzentrieren.

„Und?“ Whit stieß ihn am Arm.

Matt betrachtete das Gesicht der Frau, die spitze Nase, die eng zusammenstehenden Augen, die breite Stirn. „Das ist sie nicht.“ Erleichterung und Enttäuschung regten sich gleichzeitig in ihm. Wieso gab er die Hoffnung nicht endlich auf? Neben Gina wusste nur Whit von seiner heimlichen Suche. „Danke, mein Freund.“

„Kein Problem.“ Whit zog den Reißverschluss zu und schob die Schublade wieder in den Kühlschrank.

Als er wieder im Freien war, atmete Matt erst einmal tief ein. Aber trotz der frischen Luft ließ ihn der Geruch des Todes dennoch nicht so schnell los. Das Handy an seinem Gürtel klingelte. Anscheinend hatte er während seines Aufenthaltes im Krankenhaus mehrere Anrufe verpasst. „Beitler.“

Blakes Stimme meldete sich. „Wo steckst du, Partner? Ich versuche schon die ganze Zeit, dich zu erreichen.“

„Ich war in der Gerichtsmedizin, mein Handy hat im Keller keinen Empfang.“

„Deine Großmutter hat angerufen. Sie sagte, sie hätte an dem Abend, an dem Moe Honegger starb, etwas gesehen.“

„Ich hole dich vor der Polizeiwache ab.“ Mit Ajax auf dem Rücksitz traf er wenig später auf der Wache ein.

„Hat sie gesagt, was sie beobachtet hat?“, erkundigte sich Matt bei seinem Kollegen.

Blake zuckte die Achseln. „Jemand ist anscheinend durch ihr Maisfeld getrampelt und hat einige Pflanzen niedergetreten.“

„Das könnten auch nur Kinder gewesen sein.“

„Vielleicht. Aber sie gab nicht nach und besteht beharrlich darauf, persönlich mit dir zu sprechen.“

Sie gab nie nach. Matt verließ Rockville in westlicher Richtung. Als er an der Straße zu Noras Haus und den anderen amischen Höfen vorbeifuhr, fragte er sich, ob Mary hier geblieben oder bereits wieder nach Hause gefahren war. Warum war sie überhaupt hierher gekommen?

Blake öffnete sein Fenster. „Wie geht es Gina?“

„Gut, aber ihr zwei müsst die Sache klären.“

„Ich arbeite daran.“

Matts Griff um das Lenkrad wurde fester. „Ist es wahr, Blake?"
Sein Partner sah ihn nicht an. „Ist was wahr?"
„Hast du eine Freundin?"
„Das geht dich nichts an."
Matt schwieg. Eigentlich wüsste er gern, woher Blake das Geld für den Ring hatte, aber gleichzeitig fürchtete er bereits die Antwort. Falls Ginas Verdacht der Wahrheit entsprach, würde Blake sowieso alles abstreiten.
Er bog in die Straße seiner Großmutter ein, deren Haus ganz allein am Ende des schmalen Weges stand. Trudy kam bereits zur Tür, bevor es Blake überhaupt gelang an die Tür zu klopfen.
„Steht nicht so da. Kommt herein", sagte sie streng und trat zur Seite. „Der Hund nicht." Sie deutete mit dem Finger auf Ajax. „Sitz!"
Ajax ließ den Schwanz hängen, setzte sich aber folgsam hin, legte den Kopf auf die Pfoten und sah Matt mit traurigen Augen an. „Ich bin gleich zurück, Junge." Er wusste, ein erneutes Aufwärmen dieser alten Diskussion mit seiner Großmutter würde nichts bringen. Also kniff Matt die Lippen zusammen und hielt den Mund.
Trudy trug ihre langen grauen Haare offen und selbst mit ihren zweiundsiebzig Jahren lag auf ihren Wangen noch immer ein sanfter rosa Schimmer. Winzige Falten lagen um ihre Augen und ihren Mund, aber insgesamt sah sie dennoch wesentlich jünger aus, als sie tatsächlich war. Der fließende rote Kaftan verlieh ihrer Gestalt eine Eleganz, die ihrer stolzen Kopfhaltung entsprach.
Matt folgte ihr durch das Haus, vorbei an Stapeln alter Zeitungen und Zeitschriften und anderem unnützen Nippes und Kleinkram. Jahrelang hatte er versucht, wenigstens einen Teil des Ramsches zu entsorgen, aber irgendwann hatte er aufgegeben. Trudy war, wie sie war. Sie wollte und würde sich nicht ändern. Im Wohnzimmer nahm sie auf einem abgenutzten Samtschaukelstuhl Platz. Matt und Blake wurde das dazu passende Sofa als Sitzplatz zugewiesen, auf dessen Armlehnen gestärkte und blitzsaubere Häkeldeckchen drapiert waren.
„Du hast mich vernachlässigt, Matthew", eröffnete seine Großmutter vorwurfsvoll das Gespräch und richtete ihre blauen Augen anklagend auf ihn. „Es sind drei Wochen und vier Tage, seit du das letzte Mal hier warst."
Du meine Güte, führte sie etwa Buch über seine Besuche? „Ich muss-

te viele Überstunden machen. Du weißt, was los ist, wenn ein Mord passiert, aber ich hoffe, es wird bald wieder ruhiger werden.“ Leise Schuldgefühle beschlichen ihn. Er wusste, dass sein Job ihn sehr forderte, vielleicht zu sehr. Aber die Arbeit musste getan werden und ein Tag hatte nun mal nur vierundzwanzig Stunden.

Matt nahm Block und Stift zur Hand. „In deinem Garten hat also jemand Pflanzen niedergetreten?“

„Nicht nur niedergetreten. Mein Garten wurde zerstört.“ Sie begann zu schaukeln. „Und auf der Erde liegt so ein weißes Pulver.“

Matt und Blake sahen sich entsetzt an. „Du darfst auf keinen Fall daran riechen oder es berühren. Moe starb, weil er Strychnin eingeatmet hat. Einen Augenblick.“ Schnell rief er auf der Wache an. Sein Chef versprach, sofort einen Wagen zu ihnen herauszuschicken. „Wir lassen das Pulver überprüfen und beseitigen, aber bis dahin halte dich unbedingt von der Stelle fern“, erklärte Matt seiner Großmutter eindringlich.

Die Federn in der Sitzfläche des Schaukelstuhls quietschten bei jeder von Trudys Bewegungen. Bis heute konnte Matt dieses Geräusch in seinen Träumen hören. Er würde die Nächte, in denen sie ihn in seinem Zimmer eingesperrt und vor seiner Tür als Wache unaufhörlich geschaukelt hatte, nie vergessen.

„Gibt es Fußabdrücke?“

„Jede Menge. Ich glaube, sie sind alle von einem Mann, aber du kannst sie ja selbst untersuchen. Sie führen über das Feld zu Nora Honeggers Haus.“

„Haben Sie jemanden erkannt?“, warf Blake ein.

„Hätte ich das nicht gleich gesagt? Aber ich habe seinen Pick-up gesehen. Er stand ein Stück weiter unten an der Straße unter der alten Platane am Fluss, direkt vor der überdachten Brücke.“

„Marke und Farbe?“, fragte Matt.

„Hellbraun. Mehr weiß ich nicht.“

Matt hielt inne. Der Mann, der Gina und Caitlin nach Hause gefolgt war, hatte ebenfalls einen hellbraunen Pick-up gefahren. „Sonst noch etwas?“

Sie hörte auf zu schaukeln. „Ich habe ihn pfeifen hören.“ Sie spitzte ihre Lippen und begann eine Melodie zu pfeifen. „Es hat sich so angehört.“

Matt erkannte die Melodie sofort. „Das ist ‚Bad Moon Rising' von *Creedence Clearwater Revival.*"

„Wenn du es sagst."

Blake konnte das nicht wissen, aber Reece war ein großer Fan der Band gewesen. „Danke für deine Hilfe, Trudy. Wir sehen uns jetzt mal die Fußabdrücke und das Pulver an." Er stand auf und folgte Blake, der bereits zur Tür ging.

Trudy hielt ihn an der Hand zurück. „Hast du sie schon gefunden?"

„Nein."

„Das wirst du auch nicht", sagte sie. „Eine solche Frau lässt sich nicht finden, wenn sie nicht gefunden werden will. Sie hatte David nie verdient. Es war gut, dass sie fortging."

„Nicht für mich." Matt wusste, es war nicht richtig, das zu sagen, aber es entsprach seinem Inneren.

„Sie hat alle Männer um den Finger gewickelt. Du bist genauso ein Narr wie dein Vater." Unwillig fuchtelte sie mit ihrer Hand durch die Luft. „Geh schon. Du kannst es doch nicht erwarten, von hier fortzukommen."

Wieder so eine Spitze, die seine Schuldgefühle am Leben erhalten sollte. Er gab ihr einen flüchtigen Kuss auf die Haare und atmete ihr elegantes Haarspray ein. Der Geruch erinnerte ihn an eine Zeit, in der er ein verlorenes und verängstigtes Kind gewesen war. Aber diese Zeit war unwiederbringlich vorbei. Den kleinen Jungen gab es nicht mehr.

10

„Auf vielen amischen Höfen sieht man Windmühlen.
Sie werden benutzt, um lebensnotwendiges Wasser nach oben zu pumpen.
Der Windmühlen-Quilt ist eine schöne Erinnerung daran,
dass Gott uns alles gibt, was wir brauchen."
Mary Schwartz in *Quilts und amischer Glaube*

Die Kuckucksuhr an der Küchenwand verkündete lautstark und unbeeindruckt die Uhrzeit. Mitternacht. Kein Wunder, dass die Quiltstiche vor Marys müden Augen zu verschwimmen begannen. Die gleichmäßigen Atemzüge der zusammengerollten, tief und behaglich schlafenden Katzen trugen noch zusätzlich zu einem Gefühl der Schläfrigkeit bei. Am Nachmittag war Mary durch Noras Haus gewandert und hatte sich ihre Quiltdecken angeschaut. Einige waren so abgenutzt, dass es ihr im Herzen wehtat. Sie wusste, dass Quilts auch für den Gebrauch bestimmt waren, aber Mary ging stets sehr sorgfältig und vorsichtig mit ihnen um. Unter den Decken waren auch einzelne Handarbeiten ihrer Mutter gewesen. Die Flut der Erinnerungen, die Mary überrollt hatten, als sie liebevoll über die Stiche und Muster ihrer Mutter strich, war fast nicht zu ertragen gewesen.

Eigentlich hatte sie mit ihrer Tante über deren sonderbare Bemerkungen sprechen wollen, aber Nora weinte die meiste Zeit und sprach auch sonst nur das Nötigste. Morgen, am Samstag, war die Beerdigung. Moe lag bereits in der traditionellen weißen Kleidung nebenan im Esszimmer. Gestern war sein Leichnam zur Beerdigung freigegeben worden. Die seitdem verstrichenen Stunden waren mit Vorbereitungen für die Beerdigung und unzähligen Besuchern ausgefüllt gewesen.

Von einem Knarren aus der Richtung der Treppe aufgeschreckt, blickte Mary auf. Mit einem langen grauen Zopf über einer Schulter und in ein bodenlanges Nachthemd gekleidet, stand ihre Tante am Fußende der Stufen. Unvermittelt begann sie zu sprechen.

„Bitte entschuldige, dass ich heute Abend so schlecht gelaunt war. Ich war so schockiert, als dieser Polizist die Blumen mitnahm. Sie waren doch eigentlich für mich bestimmt gewesen. Ich hätte diejenige sein sollen, die starb." Sie schüttelte bekümmert den Kopf. „Aber Gottes Wille geschehe."

„Kann ich dir etwas holen? Warme Milch, Tee?", fragte Mary, obwohl sie wusste, dass ihre Anfrage umsonst war.

Nora setzte sich neben sie auf das Sofa. „Mir fehlt nichts, soweit man das unter diesen Umständen sagen kann." Sie berührte den Quiltrahmen. „Wirklich hübsche Stiche, Mary."

„Nicht so schön wie die meiner Mutter."

Nora lächelte. „Ach, deine Mutter. Ich hätte sie nicht mehr lieben können, wenn sie meine eigene Schwester gewesen wäre. Ich vermisse sie immer noch." Sie betrachtete die Stiche genauer. „Du bist genauso gut, meine Liebe. Du musst das Quilten ebenso wie Patricia lieben."

„Das tue ich. Auf diese Art bewahre ich die Erinnerung an sie", flüsterte Mary. Keinem anderen Menschen gegenüber hatte sie bisher zugegeben, was der eigentliche Grund für ihre Besessenheit in Bezug auf Quilts war.

„Deine Mutter sagte immer, dies sei ihre Art, mit dem Chaos in der Welt zurechtzukommen." Nora deutete auf den Korb auf dem Fußboden. „Wenn man den bunten Haufen Stoffstücke und die vielen Garnrollen sieht, scheint es kein Muster zu geben, keine Ordnung. Doch das Quilten bringt nach und nach Ordnung in das Ganze."

„Das stimmt. Vielleicht wirkt es deshalb so beruhigend auf mich." Ob jetzt wohl der richtige Zeitpunkt für ihre Fragen war? Aber ihre Tante sprach bereits weiter.

„An was für einem Muster arbeitest du gerade?"

„Es ist ein Dreieck." Sie zeigte ihrer Tante das Quadrat mit den leuchtenden Stücken. „Ich nehme schwarzen Stoff für den Hintergrund und Rand, genauso wie Mama es immer gemacht hat.

Diese Quiltdecke hier soll für das Titelbild meines Buches über Quilts fotografiert werden. Sie steht symbolisch für die drei wichtigsten Aspekte unseres Lebensstils."

„Sie ist sehr schön." Die Hand ihrer Tante strich über den Stoff. „Ich bin so stolz auf dich."

Ein unbekannter Schmerz legte sich um Marys Herz. Seit dem Tod ihrer Eltern hatte niemand mehr etwas Derartiges zu ihr gesagt. Reece war immer sehr schnell dabei gewesen, sie auf ihre Fehler hinzuweisen. Vom Museum war Lob ebenfalls eher selten gewesen. Erst seit ihr Buch erschien und sie plötzlich berühmt geworden war, wurde sie mit Aufmerksamkeit und Anerkennung überschüttet. Doch Mary fühlte sich dieses Lobes nicht würdig. Sie hatte sich von ihrem Erbe abgewandt und sich immer mehr von ihrem Glauben und ihren Traditionen entfernt. Stattdessen war sie eine Beziehung eingegangen, die direkt aus einem Kriminalroman hätte stammen können. Heute saß sie als Frau mit einer gescheiterten Ehe bei ihrer Tante auf dem Sofa. Kaum jemand, auf den man stolz sein konnte. Doch Tante Nora sah immer das Beste in jedem Menschen.

Mary legte ihren Quiltrahmen beiseite und nahm das Kinderfoto aus ihrer Tasche. „Dies ist das Bild, das du mir geschickt hast. Sieh dir bitte einmal die Quiltdecke, auf der sie sitzt, genauer an."

Mit dem Foto in der Hand ging Nora näher an die flackernde Gaslampe heran. „Ich kann nichts Ungewöhnliches erkennen. Was ist mit der Decke?"

„Ich erkenne sie. An diesem Quilt hat Mama in der Woche, bevor sie starb, gearbeitet."

„Oh, Mary, mein Schatz, bist du sicher? Es ist das Sunshine-and-Shadows-Muster, nicht wahr? Das wird so häufig verwendet." Mit zweifelndem Blick gab ihre Tante Mary das Bild zurück.

„Ich bin sicher. Ich habe ihr selbst dabei geholfen, die Farben auszusuchen." Es war die letzte Quiltdecke, die ihre Mutter fertiggestellt hatte. „Mama nannte diese Decke ihren ‚fast-amischen' Quilt. Sie liebte es, die Grenzen der Tradition ein bisschen zu dehnen. Du meinst wegen des gelben Stoffes?" Das Muster des Quilts leuchtete in Grün, Türkis, Gelb und Rot vor einem marineblauen Hintergrund. „Ja, sie ließ mich damals aussuchen, welche Farben kombiniert wurden, und bat mich außerdem, ihr einen gelben Stoff zu besorgen. Du weißt, wie ungewöhnlich diese Farbe bei uns ist." Mary hörte selbst den eigensinnigen Unterton in ihrer Stimme. War sie wirklich sicher, dass es sich um die Decke ihrer Mutter handelte? Sie *dachte* es, aber vielleicht war es reines Wunschdenken. Mary wusste, nur wenn sie das Kind *und* die Quiltdecke fand, würde sie diese Frage mit Sicherheit beantworten können.

„Hast du Matt davon erzählt?", fragte Nora.

„Nein."

„Aber warum nicht?"

„Er ist Polizist. Er hat bestimmt kein Interesse daran, mir dabei zu helfen, meine … das kleine Mädchen zu finden."

Nora tätschelte ihr liebevoll die Hand „Du bist nicht vollkommen sicher, dass es dieselbe Decke ist, oder?"

Wenn ich sie sehe, kann ich es mit Bestimmtheit sagen", sagte Mary. „Tante Nora, heute Morgen, direkt nachdem ich hier ankam, hat mich Reece angerufen. Er sagte, er hätte unsere Tochter bei sich und würde sie amisch aufziehen. Er selbst sei auch amisch geworden. Ich glaube, dass er lügt, aber ich bin vollkommen durcheinander. Fühlst du dich gut genug, um mit mir zu sprechen, oder belastet es dich zu sehr?"

„Ich dachte, wir reden schon die ganze Zeit. Ich weiß, du brennst darauf, mich zu fragen, was ich über das kleine Mädchen und Moes Tod weiß. Es gibt Dinge, die du wissen musst, Mary. Ein starker Feind ist mit dieser Familie noch nicht fertig. Als der Brief kam, besuchte ich …" Bevor ihre Tante den Satz beenden konnte, zerbarst die Fensterscheibe neben dem Sofa. Hunderte von Glassplittern prasselten auf den Holzfußboden. Fauchend und miauend rannten die Katzen erschrocken aus dem Zimmer. Mary und ihre Tante sprangen auf und registrierten entsetzt das sich ausbreitende Feuer auf dem Boden.

„Der Feuerlöscher!" Ihre Tante lief los, um einen Feuerlöscher aus der Küche zu holen.

Mary rief die Feuerwehr mit ihrem Handy, dann weckte sie Susan.

* * *

Erst Stunden später verließen die Feuerwehr und die Polizei das Anwesen. Müde machten sich die Frauen daran, alles zu säubern, auch wenn sich die Brandspuren auf dem Boden nicht verstecken oder entfernen ließen. In wenigen Stunden fand die Beerdigung statt und es gab immer noch viel vorzubereiten. Wer hatte ein Interesse daran, Tante Noras Haus in Brand zu stecken? Keine von ihnen hatte etwas gehört oder gesehen. Hatte Reece Mary gefunden und schickte ihr nun eine Warnung? Sie wusste, Reece würde jeden, der sich zwischen ihn und sie stellte, bitter dafür bezahlen lassen.

* * *

Der Rauch von dem Feuer der letzten Nacht hing noch immer in der Luft. Unruhig wälzte sich Mary in dem alten Bett hin und her. Ihr Fenster ging hinaus auf die Hügel von Indiana. Sie war wieder zu Hause, aber sie war dennoch kein Teil ihrer Familie, ihrer Gemeinschaft. Aber wollte sie das überhaupt noch sein? Ihr Leben hier lag schon so lange zurück. Irgendwann stand sie auf, rollte ihren dicken Zopf zu einem Knoten zusammen und steckte ihn am Hinterkopf fest. Sie hatte vergessen, wie schwer es war, in dem winzigen Spiegel, der nur einen Teil ihres Kopfes zeigte, etwas zu sehen. Mary starrte in ihre Augen. Wer war diese Frau? Sie wusste es nicht mehr.

Am nächsten Tag kleideten sich Susan und Mary gemeinsam für die Beerdigung an. „Wie sehe ich aus? Ist alles in Ordnung? Ich hatte keine Ahnung, dass es hier nur diesen mickrigen Spiegel gibt."

Mary drehte sich um. Der schwarze Rock ihrer Freundin berührte den oberen Rand ihrer modischen Stiefel. Das schwarze, mit Spitzen versehene Oberteil hatte einen Ausschnitt, wie ihn Mary nie wieder anziehen wollte, aber an Susan sah er gut aus. „Du siehst hübsch aus. Keine Sorge. Ein bodenlanger Spiegel würde uns nur ermutigen, zu viel Wert auf unser Aussehen zu legen. Davon halten die Amisch nichts." Mary strich sich ein letztes Mal über die Haare.

„Bist du sicher, dass du dieses alte, formlose Ding anziehen willst?" Susan zupfte an der losen Taille von Marys Kleid. „Es hängt wie ein Mehlsack an dir."

Ihre Tante hatte ihr eines von Marys alten Kleidern in den Schlafzimmerschrank gehängt und sie hatte es wie selbstverständlich angezogen. Mary sah auf das schlichte, blaue Kleid hinab. „Du hast recht. Ich glaube, ich ziehe mich um. Nachher denkt der Bischof noch, ich hätte vor, beim nächsten Predigtgottesdienst zu beichten und zurückzukommen."

Sie ging an den zwei Betten ohne Kopfstütze vorbei, deren weißen Laken und Decken ordentlich gemacht waren, und öffnete den Schrank. Ihre Augen blieben an einem schlichten schwarzen Kleid mit dreiviertellangen Ärmeln hängen. So schlicht und züchtig. War es eine Sünde, schön aussehen zu wollen? Nachdem Reece sie gezwungen hatte, sich aufreizend herauszuputzen, hatte sie versucht, sich unauffällig zu kleiden, aber vielleicht hatte sie es übertrieben.

Nachdem sie ihre Pumps mit den niedrigen Absätzen angezogen hatte, hängte sie sich trotzig ein einfaches Medaillon um. Ihre Familie und Freunde würden sie für eine Heidin halten, weil sie Schmuck trug, aber Mary spürte in sich das Bedürfnis nach ein wenig Abstand zu ihnen. Das Medaillon würde ihr diesen problemlos verschaffen.

Susan schüttelte den Kopf. „Schon besser, aber trotzdem, Mary. Warum gehst du nicht endlich mal mit mir einkaufen? Du hast eine tolle Figur, großartige Haare und eine makellose Haut, aber du unternimmst nichts, um dein Äußeres zu betonen. Ich weiß, du glaubst, du müsstest aussehen wie eine mütterliche Quiltexpertin, aber du bist erst zweiunddreißig. Lebe ein wenig! Zeig etwas von deiner Schönheit!"

„Reece zwang mich immer, eng anliegende, aufreizende Kleider zu tragen. Jeder Ausschnitt reichte fast bis zum Nabel, und die Absätze waren eine einzige Quälerei", sagte Mary. Die Erinnerungen an die Blicke der Männer ließen noch heute ihr Gesicht schamrot werden.

„Du machst Scherze! Du?"

„Ich habe es gehasst." Mary strich mit der Hand über ihren Rock. „Ist Tante Nora schon fertig?"

„Nein. Sie ist noch in ihrem Zimmer."

„Ich sehe mal nach ihr." Mary ging zu der geschlossenen Tür ihrer Tante am Ende des Gangs. Von der anderen Seite war kein Ton zu hören. Leise klopfte Mary an die Holztür und rief den Namen ihrer Tante. Zuerst dachte sie, die ältere Frau würde nicht reagieren, aber schließlich öffnete sich die Tür.

Nora war in ihrem üblichen dunklen Kleid und ihren vernünftigen schwarzen Schuhen vollständig angezogen. Ihre Gebetshaube saß ein wenig schief, aber ihr Gesicht war beherrscht. „Wir sollten lieber gehen. Es werden bald alle hier sein." Sie steckte sich noch ein Taschentuch in den Ärmel und ging dann von Mary begleitet nach unten.

Nach und nach bogen Einspänner zu Dutzenden in die Einfahrt. Männer schleppten Bänke ohne Rückenlehne herein und reihten sie im Wohnzimmer, Esszimmer und der Küche auf, während die Frauen bereits das Essen und das Geschirr für den Leichenschmaus nach der Beerdigung ins Haus trugen.

Mit aufrechter Haltung nahm Tante Nora das Händeschütteln und die mitfühlenden Worte entgegen.

Eine Stunde später waren alle versammelt. Mary folgte ihrer Tante ins Esszimmer und setzte sich neben sie auf die Bank. Moes Sarg war eine schlichte Fichtenholzkiste, deren Deckel geteilt war. Der obere Teil war aufgeklappt, damit man Moes Gesicht sehen konnte. Schweigend nahmen nach und nach alle Besucher ihre Plätze ein. Aus den Augenwinkeln nahm Mary Sarah und die Mädchen wahr. Luca wäre sehr traurig, dass er die Beerdigung verpasste. Wahrscheinlich wusste er noch nicht einmal, was passiert war, da er telefonisch nicht zu erreichen war.

Susan saß auf der Bank hinter Mary und ihrer Tante. Mary drehte sich um und flüsterte Susan zu, dass sie ein normaler Gottesdienst erwartete, keine Beerdigungsfeier, wie es bei den Englischen üblich war. Alles war genau geregelt. Zuerst nahm der Bischof seinen Hut ab, dann gleichzeitig die Männer in der Reihe der Prediger und anschließend gemeinsam alle übrigen Männer im Haus. Der Bischof sprach über einen alttestamentlichen Text, das Hauptthema der Predigt war die Vorbereitung auf den Tod. Dieses Thema wurde eine halbe Stunde später vom zweiten Prediger fortgesetzt. Anschließend wurde der Nachruf auf Moe in deutscher Sprache gelesen. Dann entließ der Prediger die Männer, die alles Übrige für die Totenfeier vorbereiteten.

Trotz der vielen Leute, die an der Trauerfeier teilnahmen, verlief alles in großer Stille. Die Männer trugen den Sarg zum Eingang. Freunde und Nachbarn gingen an Moe vorbei, um ihm die letzte Ehre zu erweisen, nickten Nora zu und bekundeten murmelnd ihr Beileid. Nacheinander verließen alle Einspänner den Hof und fuhren zum Friedhof.

Mary beschloss ebenfalls mit dem Wagen zum Friedhof zu fahren. Sie brauchte unbedingt Zeit zum Nachdenken. Unauffällig entfernte sie sich von den anderen und eilte zum Stall, wo sie ein schnelles, schwarzes Pferd vor Moes Einsitzer spannte. Sie wartete, bis der letzte Einspänner aus dem Hof gebogen war, dann reihte sie sich hinter ihnen in die Schlange ein.

In Marys Kopf drehten sich die Gedanken. Viel zu viel war in der letzten Woche auf sie eingestürmt. Aber nicht nur die Ereignisse machten ihr zu schaffen, sondern auch die Erinnerungen an ihr früheres Leben. War es wirklich so idyllisch, wie sie es in Erinnerung hatte? Vollkommen in Gedanken versunken, ließ sie ihr Pferd hinter den anderen Pferdewagen hertrotten. Erst als die ersten Tropfen zu fallen begannen, bemerkte sie die aufgezogenen düsteren Wolkenmassen. Die anderen Buggys hatten inzwischen einigen Vorsprung gewonnen und ringsumher herrschte beinahe Dunkelheit. Immer heftiger prasselte der Regen herab und Mary ließ die Zügel schnalzen, um das Pferd zur Eile anzutreiben.

Dies war einer der Augenblicke, in denen sie wünschte, ihre Amisch-Gemeinschaft würde geschlossene Einspänner erlauben. Mittlerweile konnte sie kaum noch die Straße erkennen, weil ihr das Wasser in die Augen lief. Irgendetwas Dunkles kam durch den Regen auf sie zu. Erst nach einigen Sekunden begriff sie, dass es ein Auto sein musste, das mit ausgeschalteten Scheinwerfern direkt auf sie zusteuerte. Hatte sie der Fahrer bemerkt? Mary lenkte das Pferd an den Straßenrand und fuhr dort ganz langsam weiter, aber plötzlich steuerte das Auto auf ihre Seite der Straße herüber. Entsetzt registrierte Mary, die weder die Farbe noch die Marke des Wagens erkennen konnte, dass das Auto jeden Augenblick frontal mit ihr zusammenstoßen würde.

Es kam immer näher. Instinktiv ahnte sie, dass der Fahrer genau das beabsichtigte. Sie wollte auf keinen Fall, dass das Pferd verletzt würde. Was sollte sie bloß tun? Da sah sie plötzlich einen Weg, der in das frisch angesäte Maisfeld bog. Genau in dem Moment, als der Wagen an ihr vorbeiraste, konnte sie das Pferd auf den Weg lenken. Von der Geschwindigkeit des Autos begann ihr Einspanner hin und her zu schwanken, aber sonst war ihr nichts passiert. Schweißperlen traten ihr auf die Stirn. Jemand hatte gerade versucht sie zu rammen. Marys Hände begannen zu zittern. In der Ferne sah sie gerade noch die Bremslichter des Autos, das an der nächsten Kreuzung langsamer wurde und dann abbog.

Mühsam schluckte sie ihre Angst hinunter und lenkte den Einspänner wieder rückwärts auf die Straße, um ihren Weg zum Friedhof fortzusetzen. Wenigstens hellte sich der Himmel auf ihrem letzten Wegstück ein wenig auf. Sie kam zu spät und war klatschnass, aber sie war noch am Leben. Nach wie vor etwas wacklig, stellte Mary den Einspänner am Ende der langen Schlange ab und stieg vorsichtig von dem Wagen herunter.

Susan kam im Laufschritt auf sie zugerannt. „Was ist denn mit dir passiert?“, fragte sie. „Du siehst aus wie eine ertränkte Katze.“ „Jemand hat versucht, mich von der Straße zu drängen.“ Eilig erzählte Mary ihrer Freundin, was passiert war. Nur mit Mühe konnte sie diese davon abhalten, sofort Matt anzurufen. „Ich will die Beerdigung nicht stören.

Lass uns später mit ihm sprechen." Möglichst unauffällig blieben sie am Rand der Trauergemeinde stehen.

Da bemerkte Mary ganz in der Nähe die Gräber ihrer Eltern. Schlichte Holzpfosten kennzeichneten ihre letzte Ruhestätte, auf der keinerlei Blumenschmuck lag. Ihre Mutter hatte schöne Blumen so sehr geliebt. Mary sehnte sich danach, eine Nelke aufs Grab zu legen.

Hatte ihre Mutter die Entscheidung, in die amische Kirche einzutreten, jemals bereut? So etwas kam nicht oft vor. Es hatte ihr sicher geholfen, dass ihre Eltern Schweizer gewesen waren und sie zweisprachig aufgewachsen war, aber dennoch hatte sie für Papa so viel aufgegeben. Mary sehnte sich danach, mit der Familie ihrer Mutter zu sprechen, aber die kurze Begegnung mit ihrer Tante und ihrer Cousine bei der Beerdigung war der bisher einzige Kontakt geblieben. Ob sie die beiden finden könnte? Vielleicht wusste Nora, wie sie Tante Cathy und Julia erreichen konnte.

In diesem Moment bemerkte sie ein blaues Auto, das sich der Reihe der Fahrzeuge langsam näherte. Eine Frau stieg aus und Mary beschlich das unglaubliche Gefühl, diese Szene schon einmal erlebt zu haben. Es war Julia, ihre Cousine. Sie sah älter aus als bei ihrer letzten Begegnung. Ihr Äußeres hatte die frische Blüte einer Zwanzigjährigen verloren. Sie trug einen unvorteilhaften Kurzhaarschnitt und hatte auch ein paar Pfund zugelegt. Wie wohl ihr Leben in den letzten zehn Jahren vergangen war? Voller Freude ging Mary auf ihre Cousine zu.

„Julia, ich weiß nicht, ob du dich an mich erinnerst. Ich bin Mary."

Die andere lächelte. „Es wäre schwer, dich nicht zu erkennen bei der Ähnlichkeit."

„Ist deine Mutter auch da?" Langsam gingen sie nebeneinander auf die Menschentraube, die um das Grab herumstand, zu. „Nein, sie ist wieder in Maine. Nachdem deine Eltern getötet wurden, verschlug es mich nach Indiana. Ich habe in der Zeitung von Moes Tod gelesen und dachte, ich komme und erweise ihm die letzte Ehre. Er war zwar kein direkter Verwandter von mir, aber ich fühle mich der amischen Seite der Familie besonders verbunden. Aber was ist mit dir? Ich dachte, du wärst weggezogen."

„Das war ich auch. Ich bin vor ein paar Tagen für einen Besuch zurückgekommen. Wo wohnst du? Wenn du nichts dagegen hast, würde ich dich gern besuchen."

„Ich würde mich sehr darüber freuen“, sagte Julia und nannte Mary ihre Adresse.

„Bist du verheiratet? Hast du Kinder?“ Erst als sie die Frage ausgesprochen hatte, wurde sich Mary der Bedeutsamkeit ihrer Frage bewusst. War das Mädchen auf dem Foto vielleicht Julias Tochter? Das würde sogar die große Ähnlichkeit zu Mary erklären. Aber ihre Hoffnungen wurden jäh enttäuscht.

„Nein. Kein Mann. Keine Kinder.“ Ein Schatten legte sich über Julias Gesicht.

Sie traten neben Susan an den Rand der Trauergemeinde. Die weitere Beerdigung verlief ohne Zwischenfälle, auch wenn es Mary unglaublich schwerfiel, ihre Tante so sehr leiden zu sehen. Nur mit großer innerer Mühe gelang es ihr, sich zurückzuhalten und es den anderen aus der Familie zu überlassen, Tante Nora Trost zu spenden.

Julia verabschiedete sich direkt nach der Beerdigung. Sie musste zu ihrer Arbeit zurück und Mary versprach noch einmal, sie bald zu besuchen. Sobald ihre Cousine in ihr Auto gestiegen und davongefahren war, wandte Mary sich an Susan. „Ich kann nicht mit den anderen essen“, erklärte sie. „Ich möchte Tante Nora oder Sarah nicht in Verlegenheit bringen. Komm, lass uns zur Polizei fahren. Ich muss mit Matt sprechen und ihm erzählen, was vorhin auf der Straße passiert ist.“

Unauffällig informierten sie Tante Nora über ihre Pläne und verabschiedeten sich. Sobald sie das Pferd zurückgebracht und versorgt hatten, brachen sie nach Rockville auf. Eine Viertelstunde später standen sie vor dem großen, schachtelförmigen Gebäude. Mary starrte das Polizeigebäude an. All die Erinnerungen an die unerträglichen Verhöre vor zehn Jahren brachen mit einem Mal über sie herein. Sie konnte noch immer das Putzmittel des Raumes riechen, in dem sie so viele Stunden gelöchert worden war. Bereits bei dem Gedanken daran drehte sich ihr fast der Magen um. Wie kam sie nur auf die Idee, die Polizei werde ihr heute helfen?

Sie sah auf das Bild in ihrer Hand hinunter. Das kleine Mädchen strahlte immer noch zu ihr hinauf, aber heute berührte sie das Lächeln mit der Zahnlücke. Das konnte nicht ihr Kind sein. Der Wind zerzauste Marys Haare und wehte sie ihr ums Gesicht. Sollte sie vielleicht doch nicht hineingehen? Möglicherweise wäre es das Beste, wieder ins

Auto zu steigen und keine weitere Aufmerksamkeit auf sich zu ziehen. Suchend tastete sie nach dem Türgriff hinter sich.

„Mary, zum Kuckuck, was hast du plötzlich? Ich dachte, du wolltest mit Matt sprechen“, rief Susan, die aufgrund von Marys zögerlichem Verhalten ausgestiegen war.

„Ach Susan, bestimmt habe ich mir alles nur eingebildet. Jetzt, da ich darüber nachdenke, bin ich sicher, dass es nur ein Unfall war. Diese ganze Sache mit einer angebliches Tochter ist wahrscheinlich ebenfalls nur ein Hirngespinst, reines Wunschdenken.“

Energisch deutete Susan mit ihrem rot lackierten Fingernagel auf sie. „Du gehst jetzt da hinein und sprichst mit Matt. Wir sind nicht so weit gekommen, um jetzt einen Rückzieher zu machen. Keine Widerrede.“

„Schon gut. Ich weiß ja, dass du recht hast“, sagte Mary, drehte sich um und zwang sich, die Tür zur Polizeiwache zu öffnen.

* * *

Irgendwie roch es an seinem Arbeitsplatz immer nach Roastbeefsandwich. Matt ging an dem Polizisten am Eingang vorbei und schritt durch den schmalen Gang zu seinem kleinen Büro, dem letzten Raum auf der linken Seite. Blake folgte direkt hinter ihm. Sein Partner pfiff schon Stunden durch die Zähne ein und dasselbe Lied. Matt war genervt.

„Hey, Beitler“, rief ein junger Polizist. „Die Polizei von Rockville meldet einen Einbruch im Ace Hardware Store. Die Alarmanlage war nicht eingeschaltet, und wir haben absolut keine Spuren.“

Na großartig. Die Einbruchserie riss nicht ab und die Einbrüche wurden immer dreister. Zum hundertsten Mal fragte sich Matt, ob es sich bei dem Einbrecher um einen Insider handelte. Ohne Zweifel steckte ein schlauer Kopf dahinter. Er schob seine Zweifel an Blake beiseite und betrat sein Büro.

Die Fahrt zu der Beerdigung war reine Zeitverschwendung gewesen. Er hatte nichts Verdächtiges gesehen und nur einen kurzen Blick auf Mary erhascht. Sie hatte ihn noch nicht einmal bemerkt.

Er sank auf den Stuhl hinter seinem überquellenden Schreibtisch und zog die Tastatur zu sich heran. Blake ging nachdenklich im Zimmer auf und ab.

„Das weiße Pulver bei Trudy war Staub von einem Insektizid. Für

Menschen nicht tödlich", wandte sich Matt an seinen Partner. „Aber die Blumen, die Nora Honegger erhalten hat, waren voller Gift. Wir wissen immer noch nicht, welcher Florist sie geschickt hat. Wir haben zwar die Schachtel, aber es handelte sich nur um einen einfachen, weißen Karton ohne irgendeine Namensaufschrift oder Karte." Er lehnte sich auf seinem Stuhl zurück und schlug die Akte mit den Informationen, die sie bisher gesammelt hatten, auf. „Heute Morgen war die Beerdigung. Ich war eine Weile dort. Es waren einige Leute aus der Stadt da, aber die meisten waren amisch."

Blake, der endlich aufhörte, dauernd hin und her zu gehen, setzte sich auf die andere Seite des Schreibtisches. „Ich glaube, es war jemand aus der Familie."

„Natürlich glauben Sie das", sagte eine weibliche Stimme aus Richtung der Tür.

Matt blickte auf und sah Mary auf dem Gang stehen. Ihre Wangen waren gerötet und ihre goldbraunen Augen funkelten angriffslustig. Mit diesen roten Haaren fiel es ihr wahrscheinlich schwer, ihr Temperament zu zügeln. Irritiert stellte Matt fest, dass sie ihm so gereizt noch besser gefiel. „Wollen Sie uns etwas melden?"

Sie trat ins Zimmer. Wieso waren ihre Haare und ihre Kleidung so nass? Das weite schwarze Kleid verbarg nur teilweise ihre Figur und unwillkürlich fragte sich Matt, ob sie sich für ihre Schönheit schämte.

„Sie haben Ihren Partner gut erzogen", sagte Mary. „Er zieht ebenso voreilige Schlüsse wie Sie."

„Der Mörder ist normalerweise jemand, der dem Opfer nahe steht", erwiderte er.

„Wir sind *amisch.* Wir verabscheuen Gewalt." Sie deutete auf seinen Computer. „Wenn Sie Ihre Dateien durchsuchen, werden Sie höchstwahrscheinlich keinen einzigen Amisch finden, der gegen das Gesetz verstoßen hat. Niemand aus unserer Gemeinschaft hat Moe oder meine Eltern getötet."

„Ist mit Ihnen alles in Ordnung?", fragte er, als er bemerkte, dass sie zitterte. Steckte womöglich mehr hinter ihrem Wutausbruch als der Ärger über seinen Verdacht?

„Jemand hat versucht, mich mit meinem Einspänner zu rammen."

Er erstarrte. „Warum haben Sie mich nicht angerufen? Wie sah das Auto aus?"

„Es war mitten in dem Wolkenbruch heute Nachmittag. Der Regen war so stark, dass ich nichts erkennen konnte.“ Sie klammerte sich an die Rückenlehne eines Stuhls. Allmählich wurde ihre Stimme wieder ruhiger und das hektische Rot auf ihren Wangen verblasste. „Vielleicht ziehe ich auch voreilige Schlüsse und es war nur ein Unfall, aber als ich auszuweichen versuchte, folgte mir das Auto auf die andere Straßenseite und steuerte direkt auf mich zu.“

„Das nächste Mal, wenn so etwas passiert, *rufen Sie mich gefälligst an*!“

Blakes Handy klingelte. „Ich bin in einer Minute wieder da.“ Er verschwand durch die Tür.

Matts Blick wich nicht von Mary. „Ohne eine Beschreibung des Autos kann ich nicht viel tun. Sie müssen unbedingt vorsichtig sein.“

Mary nickte. „Ich … ich komme noch aus einem anderen Grund.“ Sie schluckte angespannt.

Mit einem Mal strahlte sie eine solche Verletzlichkeit aus, dass Matt wünschte, er müsste sie nicht verhören. Es gehörte zu seinem Beruf, so lange zu drängen und nachzubohren, bis er die Wahrheit herausfand. Er wusste, dass sie ihm viel verschwieg, aber er wollte ihr auf keinen Fall wehtun. „Was gibt es noch?“

Sie blinzelte, atmete tief aus und öffnete dann langsam ihre Tasche. „Ich wollte wissen, ob Sie dieses kleine Mädchen schon einmal gesehen haben“, sagte sie und hielt ihm ein Foto aus der Tasche entgegen.

Es ging um ein Kind? Matt nahm ihr das glatte Papier aus den Händen. Das Gesicht seiner süßen Tochter schaute ihm entgegen und fast hätte er gelächelt. „Woher haben Sie dieses Bild?“ Er überlegte, was Caitlin angestellt haben könnte. Hatte sie irgendetwas beschädigt? Er griff nach seiner Kaffeetasse.

Mary biss sich auf die Lippe. „Reece hat es mir geschickt. Er sagt, dieses Mädchen sei unsere Tochter.“

Matt verschluckte sich an seinem Kaffee. „Moment mal, verstehe ich Sie richtig? Sie haben dieses Kind noch nie zuvor gesehen, aber Sie denken, es ist Ihre Tochter? Wie ist das möglich?“ Wieder schaute er Caitlin an. Es *war* doch Caitlin, oder?

Mary senkte den Blick. „Ich war schwanger und Reece war darüber nicht sonderlich glücklich. Ungefähr zwei Wochen vor dem Geburtstermin stieß er mich die Treppe hinunter. Ich erinnere mich nur daran, dass ich große Schmerzen hatte und immer wieder bewusstlos wurde. Als ich endlich aufwachte, sagte er mir, mein Mädchen sei gestorben."

Matt lief eine Gänsehaut über den Rücken. Nur mit Mühe gelang es ihm, das Gehörte zu verarbeiten. „Und jetzt sagt er, das Baby sei nicht gestorben und dieses Mädchen sei jenes Baby?"

Mary nickte. „Ich habe ihn damals sofort verlassen. Ich dachte, ich hätte alles hinter mir gelassen, bis ich letzte Woche dieses Bild bekam. Ich will meine Tochter finden", fügte sie hinzu, das Kinn nach vorne geschoben.

Das konnte nicht sein. Auf keinen Fall. Vielleicht hatte Reece ein Bild von Caitlin gesehen, ihre Ähnlichkeit mit Mary bemerkt und dann beschlossen, diesen Umstand für seine Zwecke auszunutzen. Es war unmöglich, dass sein kleines Mädchen ihre Tochter war. „Wann war das?", fragte er unwillkürlich.

„Vor fünf Jahren. Am vierzehnten April."

Einen Tag später hatte Analise ein winziges Bündel auf ihrer Veranda gefunden. Seine Zunge klebte an seinem Gaumen. Er war vor Entsetzen wie gelähmt. Er wollte es nicht glauben. Mühsam hielt Matt seine gleichgültige Miene aufrecht. „Und Sie glauben ihm? Vielleicht will er Sie mit der ganzen Geschichte nur ködern."

Mary nickte. „Natürlich. Vielleicht ist es nur sein Ziel, mir möglichst wehzutun. Er sagt, wenn ich zu ihm zurückkomme, könne ich sie wiederhaben. Angeblich zieht er sie in Shipshewana amisch auf, aber dieses kleine Mädchen ist eindeutig englisch gekleidet. Seine Geschichte ist also ziemlich unglaubwürdig."

Matt zwang sich zu einem möglichst natürlichen Verhalten. Keinesfalls konnte er zeigen, wie aufgewühlt er war. Wenigstens wusste er, dass die ganze Geschichte eine Lüge war. „Ich glaube, er blufft", sagte er betont gelassen. Er wusste, er müsste ihr die Wahrheit sagen, aber er wollte noch mehr Informationen haben. Die Zukunft seines Kindes stand auf dem Spiel.

In Marys Augen glitzerten vereinzelte Tränen. „Er hat mich gestern angerufen, und ich habe ihre Stimme gehört. Sie klang so süß."

Reece hatte Caitlins Stimme aufgenommen? Vielleicht hatte Gina recht gehabt und ihr war tatsächlich jemand gefolgt. Bestimmt hatte Reece Caitlins Ähnlichkeit mit Mary entdeckt und schnell eins und eins zusammengezählt. Mit ihr hatte er eine einmalige Gelegenheit an Mary heranzukommen.

Matt musste Zeit gewinnen, nachdenken und überlegen, was er jetzt tun sollte. Niemand nahm ihm seine Tochter weg. „Sie glauben, das Mädchen ist hier?"

„Ich bin mir sicher. Er hat mir ganz bewusst dieses Bild geschickt, um mich hierherzulocken."

„Ich werde versuchen, ihn zu finden, um mit ihm zu sprechen."

Mary schüttelte den Kopf. „Er ist sehr gerissen. Wenn er nicht will, wird er Ihnen nichts verraten. Besteht die Möglichkeit, irgendwie nach dem Mädchen zu suchen?"

„Wie kommen Sie überhaupt auf die Idee, dass sie in Indiana ist?" Matt fühlte sich hundelend dabei, sie noch zusätzlich zu verwirren und zu verunsichern.

„Sehen Sie hier?" Eifrig reichte sie ihm das Bild wieder. „Hier im Hintergrund ist eine überdachte Brücke zu sehen."

Matt sah erneut auf das Bild. Sie hatte recht. Es erinnerte ihn an das Picknick bei der Brücke an dem ungewöhnlich warmen Apriltag vor einem Monat. „Das muss nicht bedeuten, dass das Foto unbedingt hier aufgenommen wurde. Es gibt auch an anderen Orten überdachte Brücken."

„Natürlich, aber sehen Sie den Namen der Brücke? Es ist die Brücke gleich hinter unserem … dem Haus meines Cousins, die Narrows Bridge. Es ist nur logisch hier anzufangen."

Wie durch ein Wunder gelang es Matt, ruhig weiterzusprechen. „Was genau erwarten Sie von mir? Es gibt kein Verbrechen …"

„Ist es etwa kein Verbrechen, einer Mutter ihr Baby zu stehlen?" Ihre Stimme wurde lauter. „Und ein Kind zu ermorden?"

„Wir wissen nicht einmal, ob dieses kleine Mädchen überhaupt Ihr Kind ist. Haben Sie Reece je angezeigt?" Er brauchte ihr Kopfschütteln erst gar nicht abzuwarten. Natürlich hatte sie ihn nicht angezeigt. Wie so viele misshandelte Ehefrauen war sie einfach vor ihm davongelaufen, ohne den Mann für seine Taten bezahlen zu lassen. „Wir haben nichts Konkretes in der Hand."

„Was soll ich denn Ihrer Meinung nach tun?"

„Ich werde Reece finden und mit ihm sprechen." Er lehnte sich zurück. „Aber ich glaube, Sie jagen einem Wunschtraum hinterher. Es ist wahrscheinlich nur ein kleines Mädchen mit roten Haaren." Es musste so sein. Matt selbst klammerte sich an diesen Gedanken, um nicht den Verstand zu verlieren.

„Das ist mir klar", erwiderte Mary. „Aber ich muss irgendetwas tun. Ich *muss* sie finden. Ich kann nicht einfach weiterleben, ohne endlich die Wahrheit zu kennen."

Er nickte. „Ich halte Sie auf dem Laufenden. Würden Sie mir bitte Ihre Handynummer notieren?" Während sie nach Stift und Papier kramte, warf er noch einen letzten Blick auf das Foto. Er zwang sich, die aufsteigende Panik niederzukämpfen, bevor sie ihn endgültig in die Tiefe zog. Das Blut gefror ihm in den Adern, wenn er daran dachte, dass Reece sein Kind beobachtete. Der Mann musste irgendwo hier in der Nähe sein. Matt würde ihn finden, irgendwie die Wahrheit aus ihm herausbekommen und ihn dann zwingen zu verschwinden und sie alle in Ruhe zu lassen.

11

„Schauen Sie sich den amischen Streifenquilt an. Weniger ist bei einem Quilt oft mehr. Das gilt auch für das Leben der Amisch. Durch ihren Lebensstil gelingt es ihnen, sich nicht vom Materialismus, der wie eine Plage das Land überschwemmt, anstecken zu lassen."
Mary Schwartz in *Quilts und amischer Glaube*

Susan hatte das Radio eingeschaltet und sang lauthals das Lied mit, als Mary zum Auto zurückkam. Noch immer raste ihr Puls von dem vergeblichen Versuch, Matt zu überreden, ihr zu helfen. Wenn sie nur irgendjemand anderen hätte, an den sie sich wenden könnte. Niemals wäre sie freiwillig zu ihm gegangen.

Als sie Mary sah, schwand das Lächeln in Susans Gesicht. „Oh nein, lief es so schlecht?"

„Dieser Mann könnte einen Bischof zum Fluchen reizen." Mary knallte die Tür hinter sich zu und legte ihren Sicherheitsgurt an. „Er sagt, er wird sich umschauen, aber in Wirklichkeit sucht er den Mörder immer noch in unserer Gemeinschaft. Genau wie damals, als meine Familie ermordet wurde. Ich hatte gehofft, er hätte inzwischen etwas dazugelernt und wäre ein wenig reifer geworden."

Susan startete den Motor und reihte sich in den Verkehr ein. „Schaust du nie *CSI?* Es ist normalerweise immer jemand, der dem Opfer nahe steht. Er befolgt einfach die übliche Vorgehensweise."

„Aber muss er dabei so unausstehlich sein? Ich muss unbedingt mit meiner Tante sprechen, aber erst, wenn sie sich ein wenig beruhigt hat. Irgendwie habe ich das Gefühl, dass sie mehr über die ganze Sache von damals weiß."

„Das kannst du später machen, Mary. *Publishers Weekly* hat angerufen: Du hast in anderthalb Stunden ein Telefoninterview mit ihnen. Sie wollen ein kurzes Gespräch mit dir. Der Artikel beschäftigt sich mit der Frage, warum amische Bücher momentan so beliebt sind."

Mary schüttelte den Kopf. „Susan, ich will keine Promotion, solange ich hier bin. Ich weiß, du machst nur deine Arbeit, aber bitte vereinbare keine weiteren Termine mehr für mich."

Susan schien sie nicht zu hören. „Wir müssen das Bestmögliche aus der Situation herausholen. Als Nächstes plane ich, einige Frauenzeitschriften anzurufen und Fotoshootings hier in der Gegend zu vereinbaren. Dann könnte man dich zusammen mit den Amisch sehen."

„Nein, auf keinen Fall!", rief Mary entsetzt. „Keine Fotos. Du weißt doch, dass die Amisch nicht fotografiert werden wollen. Sie wollen keine Eitelkeit. Das ist für sie Götzendienst." Allein bei dem Gedanken an einen Pressetermin hier in der Gegend wäre Mary am liebsten davongerannt. Wenn ihre Familie um das volle Ausmaß ihrer Bekanntheit wüsste, bekäme Mary noch deutlicher ihre Missbilligung zu spüren. Wann hatte sie begonnen, die Warnung vor Hochmut so vollständig zu ignorieren? Den Amisch war es ein Gräuel, im Rampenlicht zu stehen, aber Mary hatte ihren Ruhm bereitwillig willkommen geheißen. Sie war sogar ein wenig stolz auf ihren Erfolg gewesen. Kein Wunder, dass der Bischof beständig davor warnte, wie leicht sich weltliches Denken einschleichen konnte.

Sie hatten gerade die Einfahrt zu Noras Hof erreicht, als Mary aus den Augenwinkeln einen Pick-up vorbeifahren sah. Der Fahrer drehte den Kopf, sodass sich ihre Blicke begegneten. Es war Reece. Er lächelte.

„Gib Vollgas, Susan! Schnell!" Marys Herz raste. In ihren Ohren begann es zu rauschen. Fünf Jahre hatten nicht ausgereicht, nichts hatte sich verändert. Sobald sie sein Gesicht sah, griff blankes Entsetzen und eiskalte Panik nach ihr.

„Wer ist das?" Susan wendete mitten auf der Straße, trat voll auf das Gaspedal und raste in entgegengesetzter Richtung davon.

Mary wandte sich um. „Er wendet auch und folgt uns!"

Susan beschleunigte noch mehr. „Ist es Reece?"

„Ja." Mary konnte kaum atmen. „Fahr zurück in die Stadt. Wir müssen zu Matt." Sie warf einen Blick hinter sich. Reece hatte sie fast eingeholt. „Hinter der nächsten Kurve biegt eine kleine Straße ab, die über eine überdachte Brücke führt. Auf der anderen Seite ist eine dichte Hecke. Vielleicht können wir uns dort verstecken."

Susan fuhr mit voller Konzentration, beide Hände fest um das Lenkrad geklammert. Das Auto flog über einen Buckel auf der Straße, aber Susan behielt den Wagen unter Kontrolle. „Ruf Matt an!"

Mary griff nach ihrer Handtasche und durchwühlte sie nach ihrem Handy. „Der Akku ist leer!"

„Dann nimm meines."

Mary sah sich um. „Wo ist deine Handtasche?"

Susan stöhnte. „Im Kofferraum."

Sie überquerten die Anhöhe. Immer wieder drehte sich Mary nach ihrem Verfolger um. Reece war immer noch hinter ihnen, aber sie hatten ein wenig Abstand zu dem Pick-up gewonnen. Als sie über eine Hügelkuppe fuhren, entschwand er vollständig aus ihrem Blickfeld. „Da", sagte Mary und deutete auf eine schmale Straße.

Susan riss das Lenkrad herum. Nach kurzer Fahrt auf einer überwachsenen Straße erreichten sie die überdachte Brücke. Dunkle Kühle umgab sie. Polternd rollten die Reifen über die breiten Holzbohlen, dann waren sie bereits wieder im Freien auf der anderen Seite. Noch keine Spur von dem Pick-up. Mary lotste Susan zu den dichten Bäumen und Sträuchern, wo sie früher oft mit anderen Kindern gespielt hatte.

Susan ließ die Scheiben hinunter und drehte den Zündschlüssel. Der Motor erstarb. Über ihnen in den Bäumen zwitscherten die Vögel. In der Ferne vernahm Mary das Geräusch eines Autos mit hoher Geschwindigkeit. War das Reece? Sie hielt den Atem an. Würde er die Abzweigung sehen? Er war gleichermaßen in der Gegend aufgewachsen und erinnerte sich vielleicht an diese Stelle. Angespannt warteten beide Frauen.

Da blitzte auf der anderen Seite der Brücke etwas Metallenes auf. „Er kommt!" Panik schnürte ihr die Kehle zu. Wo konnte sie sich nur verstecken?

„Mach die Tür zu!", rief Susan. „Ich bringe uns von hier fort." Vielleicht ging doch noch alles gut und er würde sie hinter all dem Gebüsch nicht entdecken.

Bei der Vorstellung, dass er wieder Hand an sie legte, begann sich alles in Marys Kopf zu drehen. Aber nein! Sie riss sich zusammen. Nie wieder würde sie zulassen, dass ein Mann sie so sehr verletzte, wie Reece es getan hatte.

Voller Anspannung beobachteten sie, wie der Pick-up an ihnen vorbei die schmale Schotterstraße hinauffuhr. Vielleicht glaubte er ja, sie hätten sich auf diesem Weg zur Straße auf der anderen Seite des Feldes durchgeschlagen. „Warte noch", sagte Mary. „Vielleicht übersieht er uns." Aber noch während sie sprach, sah sie das Aufleuchten der Bremslichter. „Er hat uns entdeckt!"

Susan gab Gas und raste aus ihrem Versteck zurück auf die Brücke. „Bist du sicher, dass die Brücke uns bei diesem Tempo aushält?“, fragte Susan voller Bedenken.

Alles wäre besser, als wieder mit Reece leben zu müssen. Sogar in den Fluss zu stürzen. „Natürlich hält sie. Wir müssen unbedingt die Stadt erreichen und versuchen, bis zur Polizei zu kommen.“

Susans Tacho zeigte hundertzwanzig an, als sie über den Hügel fuhren. Wieder holte der Pick-up auf.

„Schneller!“, schrie Mary. Das Herz schlug ihr bis zum Hals. War es denn unausweichlich, dass sie Reece wieder würde gegenübertreten müssen?

„Noch mehr Gas geht nicht. Wir sind fast da.“ Vor ihnen lag die Stadt. Susan fuhr wie eine Wilde, ignorierte rote Ampeln und bog mit quietschenden Reifen in die Kurven. Endlich erreichten sie das Polizeirevier.

Fast im gleichen Moment tauchte Reeces Pick-up aus einer Seitenstraße auf. Er lenkte sein Auto hinter sie und ließ das Fenster herunter. „Ist alles in Ordnung, Schatz? Wir müssen reden“, rief er. „Ich werde dir nicht wehtun.“

Mary bebte am ganzen Körper. Taumelnd stieß sie die Tür auf und stieg aus. Irgendwie musste es ihr gelingen, bis in das Gebäude zu gelangen. Susan stieg aus und fasste sie am Ellbogen. „Komm, wir gehen hinein.“ Sie drehte sich zu Reece um. „Es gibt eine einstweilige Verfügung gegen Sie. Verschwinden Sie von hier, sonst lassen wir Sie verhaften.“

Vorsichtig wagte Mary einen kurzen Blick in seine Richtung. Er hatte seinen Bart wachsen lassen. Wollte er so seine Lüge, er sei zum amischen Glauben übergetreten, untermauern? Sie konnte die typisch dunklen Hosenträger auf seinem weißen Hemd sehen. Er winkte zu ihr herüber.

„Früher oder später musst du mit mir sprechen, Mary.“ Selbst nachdem er bereits mit quietschenden Reifen davongefahren war, hallten seine Worte noch in Mary nach.

Erst allmählich legte sich ihr Zittern und machte einer immer größer werdenden Wut Platz. Sie ärgerte sich über sich selbst. Reece konnte ihr nichts mehr anhaben. Wieso hatte sie sich so von ihrer Angst treiben lassen? Sie war wie gelähmt gewesen. Wenn sie sich ein wenig zusammengerissen und ihn zur Rede gestellt hätte, wüsste sie jetzt vielleicht mehr über das kleine Mädchen. Sie musste endlich lernen, weniger Angst und mehr Rückgrat zu haben.

* * *

Matt musterte die zwei Frauen, die vor ihm standen. Beide zitterten am ganzen Leib. Mary war so blass, dass er Sorge hatte, sie fiele gleich in Ohnmacht. Tränen standen in ihren Augen. Sogar ihre sonst so abgebrühte Freundin Susan ging nervös in seinem Büro auf und ab.

Plötzlich blieb sie stehen und fuchtelte mit ihren lackierten Fingernägeln wütend vor ihm herum. „Und, Officer? Was wollen Sie jetzt unternehmen, um Mary vor diesem Verrückten zu beschützen?“ Er überlegte kurz, sie zu verbessern. Er war Detective. Für diese Beförderung hatte er schwer geschuftet. „Ich gebe einen Suchbefehl gegen ihn heraus, finde ihn und rede mit ihm“, sagte Matt, der gutmütig beschloss auf einen Hinweis bezüglich seines korrekten Dienstgrades zu verzichten.

„Mit ihm *reden?* Was soll das bringen? Ein Mann wie er lässt sich ganz bestimmt nicht mit Reden beeindrucken. Es ist immer dasselbe. Sie schützen ihn, weil er einer von Ihnen ist!“

Matt hob abwehrend die Hände. „Er ist keiner von uns. Wir finden ihn und sagen ihm, dass er keinesfalls gegen die einstweilige Verfügung verstoßen darf.“ Ungeachtet seiner Worte warnte ihn sein Bauchgefühl eindringlich, dass Mary dringend weiteren Schutz benötigte. Er hatte bereits einen Toten und wollte nicht noch einen Mordfall auf den Schreibtisch. „Ich sorge dafür, dass ein Streifenwagen regelmäßig an Ihrem Haus vorbeifährt.“ Was sollte er jetzt noch tun? Es war auch in seinem eigenen Interesse, Reece möglichst weit von Caitlin entfernt zu halten.

Mary hob den Kopf. „Ein Streifenwagen wird Reece nicht abhalten.“ Ajax schmiegte sich tröstend an ihr Bein. Als sie über seine Ohren streichelte, löste sich ihre innere Anspannung ein wenig.

„Vielleicht entmutigt er ihn aber“, warf Blake ein, der seinen Stift beiseitelegte.

„Auf keinen Fall.“ Voller Überzeugung schüttelte Mary den Kopf. „Er begegnet der Polizei mit völliger Verachtung. Er glaubt, weil er früher selbst Polizist war, steht er über dem Gesetz. Was arbeitet er denn heute?"

„Bei meiner letzten Information war er Wachmann für eine große Firma in Detroit. Seine Stelle bei der Polizei verlor er, nachdem er einen Betrunkenen zusammengeschlagen hatte. Wenn es stimmt, dass er sich der amischen Kirche in einem Bezirk in Shipshewana angeschlossen hat – was ich bezweifle –, müsste er jetzt einer anderen Tätigkeit nachgehen."

„Glauben Sie ihm?", fragte Matt.

Mary zögerte. Schließlich zuckte sie leicht mit den Achseln. „Ich möchte ihm nicht glauben, aber es könnte dennoch wahr sein."

„Warum sollte er das tun?" Der Mann, den Matt kannte, hasste es, sich von anderen etwas vorschreiben zu lassen. Er konnte sich keine Sekunde vorstellen, dass Reece Anweisungen oder Kritik von einem Bischof entgegennahm.

„Er glaubt, damit könnte er den Druck auf mich erhöhen, doch noch zu ihm zurückzukehren."

Matt brauchte nicht zu fragen, ob dieser Druck die gewünschte Wirkung erzielen würde. Der gequälte Ausdruck in Marys Gesicht verriet, dass ein solcher Umstand die Entscheidung erheblich erschweren würde. „Wo wohnen Sie? Sind Sie immer noch bei Ihrer Tante?"

„Ja, aber ich möchte ihr nicht noch mehr Schwierigkeiten bereiten. Sie hat mit der Ermordung ihres Sohnes und dem Molotowcocktail der letzten Nacht schon genug Sorgen." Marys Blick wanderte aus dem Fenster. „Ich könnte in der Frühstückspension auf der Maple-Farm übernachten."

„Zu abgelegen. Aber es ist tatsächlich nicht gut, wenn Sie bei Ihrer Tante bleiben. Sie wohnt ebenfalls mitten in der Pampa." Er überlegte eine Minute. Das kleine Haus, das er vermietete, war nur wenige Straßen von der Polizeiwache entfernt. Außerdem gab es dort jede Menge neugieriger Nachbarn. Im Moment stand es idealerweise leer. Kurz entschlossen kramte Matt in seiner Tasche und zog die Schlüssel heraus. „Ich habe ein Haus hier in der Nähe. Es hat zwei Schlafzimmer und Nachbarn, die im Zweifelsfall einen Eindringling erschießen würden. Wenn Sie möchten, können Sie dort wohnen."

Mary trat von einem Fuß auf den anderen und sah auf die Schlüssel in seiner Hand hinab. „Danke. Ich bezahle Ihnen natürlich die Miete."

„Es ist ja nur für ein paar Tage." Er drückte ihr die Schlüssel in die Hand. „Es ist in der Water Street 303, ein weißes Haus mit blauen Fensterläden. Oder warten Sie, ich komme lieber mit. Nachher rufen mich noch die Nachbarn an, nur um mir zu sagen, es wäre jemand eingebrochen." Gemeinsam gingen alle nach unten zu den Autos, wo Matt Ajax auf den Rücksitz springen ließ.

„Ich hoffe, du weißt, was du tust, Partner", murmelte Blake.

„Hast du eine bessere Idee?"

„Du bist nicht für sie verantwortlich. Du weißt, wir tun, was wir können."

Matt warf ihm einen verächtlichen Blick zu. „Und haben vielleicht bald die nächste Leiche. Ich verstehe noch nicht, was hier wirklich los ist, aber ich habe dringend vor, es herauszufinden."

Blake zuckte die Achseln. „Wir können nicht für jeden den Leibwächter spielen."

„Du hast wirklich ein weiches Herz, Blake." Aber was erwartete er von einem Mann, der seine Frau betrog? Die unliebsame Erinnerung daran, dass er selbst Mary ebenfalls angelogen hatte, schob er beiseite. „Fahren Sie hinter mir her", forderte er die Frauen auf und stieg in sein Auto. Gemeinsam fuhren sie die kurze Strecke zu seinem Haus.

Als er das Auto am Straßenrand abstellte, sah er, dass das Gras dringend gemäht werden musste und die Läden einen neuen Anstrich vertragen könnten. Komisch, dass ihm das erst jetzt auffiel, da er Gäste hierherbrachte. Er ließ Ajax aussteigen, der sofort losraste und an den Reifen des anderen Autos zu schnüffeln begann.

Marys Blick wanderte über das Haus. „Es ist reizend." Sie klang überrascht.

„Ich sperre Ihnen auf." Er öffnete das Gartentürchen und schloss die Haustür auf. „Nach Ihnen." Die Frauen gingen an ihm vorbei in den kleinen Flur. In der Hoffnung, das Haus bald zu vermieten, hatte er an seinem letzten freien Tag erst geputzt. „Wo ist Ihr Gepäck?"

„Bei meiner Tante."

„Ich hole es für Sie. Ich will kein Risiko eingehen, dass Reece Ihnen hierher folgt." Noch immer arbeitete sein Verstand auf Hochtouren, um irgendwie Caitlin erfolgreich vor Mary zu verstecken. Und was für ein irrsinniges Spiel gaukelte Reece ihnen vor? Inzwischen wusste er, wo Gina wohnte. Wenigstens war sie mit einem Polizisten verheiratet.

Vielleicht bot ihr das ein klein wenig Schutz vor seinem ehemaligen Partner.

„Oh. Meine Katzen sind auch noch bei meiner Tante." Mary biss sich auf die Lippe. „Ich … ich sollte wahrscheinlich doch lieber selbst fahren und alles holen."

„Katzen? Ich hasse Katzen." Beim Gedanken, dass diese hinterlistigen Tiere durch sein Haus schlichen, wand Matt sich innerlich. „Kann Ihre Tante sie nicht behalten, solange Sie hier wohnen?"

„Sie hat gerade ihren Sohn verloren. Ich will nicht, dass sie sich um irgendetwas anderes noch zusätzlich Sorgen zu machen braucht. Ich kann die Katzen holen. Reece wird bestimmt eine Weile brauchen, um herauszufinden, wo wir sind."

„Wenn er so schlimm ist, wie Sie sagen, könnte er sogar derjenige gewesen sein, der den Molotowcocktail durch das Fenster geworfen hat. Wie viele Katzen sind es?"

„Vier."

Wenigstens hatte sie den Anstand, ein wenig beschämt auszusehen. „Meine Güte, das sind ganz schön viele. Haben Sie wenigstens genug Futter vorrätig?"

„Ja, ich habe alles dabei, was sie brauchen. Die Sachen sind ebenfalls bei meiner Tante."

Jetzt, da er sie aus der Nähe betrachtete, bemerkte er erst ihre außergewöhnlichen Augen. Mit ihrer goldbraunen Farbe und der Mandelform hatten sie beinahe etwas Katzenartiges. Über Caitlins Augen hatte er bereits häufig etwas Ähnliches gesagt – ein Gedanke, den er eilig von sich wies. „Ich fahre jetzt und hole die Tiere und ihre Sachen. Sie können hierbleiben."

„Sind Sie sicher? Wird Ajax nichts dagegen haben?"

Ajax hob den Kopf, als sein Name genannt wurde. „Ich lasse ihn hier. Außerdem liebt Ajax Katzen, sein einziger Fehler."

Sie musste lächeln. Matt fand, dass sie das ruhig häufiger tun sollte. Unwillkürlich entlockten ihm ihre weiß funkelnden Zähne und das Leuchten ihrer Augen ebenfalls ein Lächeln, obwohl er nach wie vor wünschte, er könnte die Katzen irgendwie von seinem Haus fernhalten.

„Vielleicht sollte ich mitkommen. An einem fremden Ort und nur von Fremden umgeben, wissen sie sicher nicht, was mit ihnen geschieht und werden vielleicht abweisend reagieren."

Matt kannte dieses Gefühl nur zu gut. Die Vorstellung, die zwei Frauen allein in seinem Haus zurückzulassen, weckte in ihm ebenfalls den Wunsch, nervös umherzulaufen und seine Nackenhaare aufzustellen – wenn er dazu in der Lage wäre. „Ich komme schon klar. Vielleicht beobachtet Reece das Haus Ihrer Tante und würde uns so auf die Spur kommen."

Er hielt bei der Polizeiwache an und nahm Blake als Verstärkung mit, bevor er zu den Honeggers hinausfuhr. Noch immer waren die Straße und die Auffahrt von Einspännern gesäumt. „Ich wünschte, wir könnten Mrs Honegger etwas Neues mitteilen", sagte er zu Blake, als er das Auto abstellte und ausstieg. Nickend ging er an mehreren amischen Männern, die auf der Veranda saßen und rauchten, vorbei. Eine ihm unbekannte Frau öffnete auf sein Klopfen die Tür, dann schob sich Mrs Honegger an den übrigen Gästen vorbei und trat zu ihm und Blake auf die Veranda.

„Was kann ich für Sie tun?", fragte sie.

„Leider haben wir noch nichts Neues herausgefunden, Madam."

„Mein Junge, wir vertrauen darauf, dass Gottes Wille geschieht."

„Wir haben vor, für Gerechtigkeit zu sorgen, Mrs Honegger. Ich werde den Mörder finden."

„Wenn Sie ihn gefunden haben, lassen Sie es mich bitte wissen, damit ich zu seiner Familie gehen kann."

Hatte sie etwa vor, diese Leute zur Rede zu stellen? „Warum wollen Sie seine Familie aufsuchen, Madam?"

„Ich möchte alles aus der Hand des Herrn annehmen, junger Mann. Ich habe demjenigen, der Moe umgebracht hat, vergeben und möchte gerne seine Familie trösten."

Es war Matt unbegreiflich, wie sie so ruhig bleiben und alles, was passiert war, widerspruchslos hinnehmen konnte. Ihre Haltung machte ihn neugierig. „Mrs Honegger, ich bin noch aus einem anderen Grund hier. Ihre Nichte und ihre Freundin wurden heute von Reece O'Connor verfolgt. Außerdem hat jemand versucht, Marys Einspänner auf dem Weg zum Friedhof umzufahren. Auf meinen Rat hin wohnen die beiden jetzt in einem Haus in der Nähe der Polizeiwache."

Mrs Honeggers Hand fuhr an ihr Herz. „Mary! Geht es ihr gut?"

„Ja, ihr ist nichts passiert. Sie konnte unversehrt entkommen."

„Oh du meine Güte. Ich muss unbedingt mit Mary sprechen und ihr erklären, was hier vor sich geht." Sie rang sorgenvoll die Hände. „Ich hätte ihr nie das Bild schicken sollen."

„Wissen Sie, wer den Molotowcocktail durch Ihr Fenster geworfen hat?"

Sie sah zu ihm hinauf. „Ich werde mit Mary sprechen. Das Ganze ist eine Familienangelegenheit und geht Sie nichts an."

„Wenn Sie irgendetwas wissen, ist es Ihre Pflicht, mich darüber zu informieren."

„Ich werde nur mit Mary sprechen."

Zähneknirschend schrieb Matt ihr die Adresse und Telefonnummer seines Häuschens auf. „Hier können Sie sie erreichen. Warten Sie bitte nicht zu lange. Ich glaube, sie ist in Gefahr." Er drückte ihr den Zettel in die Hand. „Ich bin gekommen, um Marys Gepäck und ihre Katzen abzuholen."

Erleichterung zog über ihr Gesicht. „Diese Rabauken haben mein ganzes Blumenbeet umgegraben, als sie versuchten, ein armes Streifenhörnchen zu fangen."

„Sie haben die Katzen hinausgelassen?" Er sah im Geiste bereits vor sich, wie er krampfhaft versuchte, vier Katzen einzufangen. Das Bild gefiel ihm überhaupt nicht.

„Mir blieb keine andere Wahl. Sie standen an der Tür und miauten die ganze Zeit so jämmerlich, dass ich fast den Verstand verloren hätte. Ihre Katzenkäfige befinden sich auf der Veranda hinter dem Haus." Sie ging voraus und Matt folgte ihr notgedrungen. Irgendwann musste es ja erledigt werden.

Beherzt schnappte er sich zwei der in die Ecke gestapelten Käfige. Die erste Katze, schwarz mit weißen Pfoten, saß im Blumenbeet und leckte ihre Pfoten. Matt näherte sich vorsichtig. „Hallo, Kätzchen." Mit unübersehbarer Verachtung in den grünen Augen blickte das Tier auf. Matt stellte die Käfige auf den Boden und öffnete die Türen. „Willst du mit zu Mary fahren?" Er verdrehte die Augen über sein albernes Gerede. Als ob die dummen Dinger ihn verstehen könnten.

Zu seiner Überraschung leckte das Tier ein letztes Mal seine Pfote, ging dann langsam in den ersten Käfig und rollte sich darin zu einer Kugel zusammen. Schnell schob er die Tür zu, bevor es sich die Katze noch anders überlegte. Suchend sah er sich um. Die zweite Katze, diesmal eine weiße, erspähte er unter einem blühenden Holzapfelbaum. Er nahm den noch leeren Käfig und ging auf die Katze zu. Flink sprang das Tier auf einen Zweig ungefähr in Kopfhöhe, wo es zwischen den weißen süß duftenden Blüten sitzen blieb.

Er stellte den Käfig ab und griff dann nach der Katze. Sie miaute und wand sich, aber irgendwie gelang es ihm, sie in den Käfig zu bugsieren und das Türchen zu schließen. Als er sich umdrehte, kam Blake mit den anderen Käfigen auf ihn zu.

„Ich hab sie", sagte er und wies auf die zwei gemusterten Katzen in den Boxen.

Nachdem sie die Katzen und das Gepäck der Frauen im Auto verstaut hatten, wies Matt mit dem Kopf in Richtung Wald. „Wenn wir schon hier sind, können wir uns doch gleich noch einmal umschauen."

Der Fundort auf der Lichtung war noch immer durch das Absperrband markiert. Matt bückte sich und schlüpfte darunter hindurch. Nachdenklich betrachtete er die Stelle, an der sie den Toten gefunden hatten. Die Spurensicherung hatte den Bereich natürlich säuberlich durchkämmt, aber er hoffte dennoch darauf, etwas Neues zu finden. Die Vögel in den Zweigen über ihnen schimpften lautstark, als sich die Männer durch das Unterholz kämpften.

Plötzlich sah Matt zwischen den Blättern eine Bewegung. „Hey! Hallo!", brüllte er.

Das Gesicht eines Mannes spähte durch das Laub. Gerötete Wangen leuchteten über einem schwarzen Bart, der bereits von grauen Fäden durchzogen war. Matt schätzte ihn auf ungefähr vierzig. Damit Jäger nicht versehentlich auf ihn schossen, war er neben der Jeans mit einem leuchtend roten Hemd bekleidet. Mit seinem Rucksack über der Schulter, und einem GPS-System in der Hand kam er hinter den Büschen hervor und schritt auf die Polizisten zu. Eine Frau ungefähr im gleichen Alter folgte ihm. Ihre Jeans hatte schmutzige Flicken auf den Knien, darüber trug sie eine rote Bluse mit langen Ärmeln. In ihren langen Haaren steckten kleine Zweige und Blätter. Unzählige Abzeichen bedeckten ihre Westen.

Als er näher kam, erkannte Matt in dem Mann den GPS-Schnitzeljäger, der Moe gefunden hatte. Kevin Brainerd.

„Gibt es ein Problem, Detective?", fragte Kevin, der breitbeinig vor ihnen stehen blieb.

„Wohnen Sie hier in der Nähe?", erkundigte sich Matt.

Kevin schüttelte den Kopf. „Meine Frau" – er wies mit dem Kopf in ihre Richtung – „und ich wohnen auf der anderen Seite des Bezirks."

„Wenn man bedenkt, was Sie neulich hier gefunden haben, überrascht es mich, dass Sie bereits wieder hier sind."

Kevin warf einen Blick auf seine Frau. „Bei all der Aufregung haben wir den gesuchten Cachebehälter nicht gefunden."

„Kannten Sie das Opfer?", fragte Matt.

Wieder ein schneller Blick in Richtung seiner Frau. „Na ja, wir haben jeden Sommer unser Gemüse bei seiner Mutter gekauft und uns dabei hin und wieder unterhalten."

„Aber dieses Mal haben sie Ihren Cachebehälter gefunden?"

Kevin lächelte die beiden an. „Ja. Eine schöne Sammlung von Münzen und DVDs. Wir haben eine Münze mitgenommen und einen Hemdaufnäher hineingelegt." Er deutete auf einen Aufnäher an der Schulter seines Hemdes. „Ich habe sie extra anfertigen lassen."

„In Ordnung, Sie können gehen, aber bitte bleiben Sie außerhalb des abgesperrten Bereichs."

„Ja, Sir." Die beiden marschierten in Richtung Norden davon.

Matt drehte sich zu Blake um. „Wenn sie ihren Cachebehälter bereits gefunden haben, was machen die beiden dann noch hier?"

12

„Der Briefmarken-Quilt ist ein schönes Beispiel einer sehr kunstvollen Arbeit. Es wird Sie vielleicht überraschen, wenn ich Ihnen sage, dass viele Amisch gern verreisen. Sie bezahlen Fahrer dafür, um sie in den Urlaub zu bringen. Auf ihrer Reise nutzen sie jedoch nur das Schiff, den Zug oder das Auto, den Gebrauch des Flugzeuges lehnen sie ab."
Mary Schwartz in *Quilts und amischer Glaube*

Wütend marschierte Reece am Straßenrand auf und ab. Um sich dabei abzureagieren, trat er gegen Löwenzahn und andere blühende Wildblumen, aber er hatte nicht viel Erfolg mit seiner Vorgehensweise. Er wollte doch nichts anderes, als mit Mary reden, aber sie verweigerte sich ihm jedes Mal. Stur wie sie war, gab sie ihm nicht einmal eine Chance, ihr zu sagen, dass es ihm leidtat.

Doch Reece kannte seine Frau und wusste, für das Kind würde sie alles tun. Das Kind war der Schlüssel.

Damals hatte ihr sanftes Wesen ihn zu Mary hingezogen, aber nachdem er sie geheiratet hatte, war ihm klar geworden, dass sie unter diesem süßen Lächeln so zäh und hart wie Schuhleder war. Sie hatte eine Art, sich zu widersetzen, die den meisten Menschen entging, weil ihr Widerstand vollkommen unterschwellig geschah. Wer hätte gedacht, dass sie sich fünf Jahre lang so gut vor ihm würde verbergen können? Bestimmt hatte sie Hilfe gehabt.

Aber jetzt hatte er sie endlich gefunden. Ohne sie war er so einsam gewesen. Niemand sonst sah ihn mit derart funkelnden Augen an, kein anderer Mensch suchte bei ihm Liebe und Schutz. Mary hatte ihn immer zu einem größeren Mann gemacht, als er eigentlich war. Sie sollte ihn wieder von ganzem Herzen lieben. Das war ohnehin ihre Pflicht. Als er Mary das erste Mal gesehen hatte, wusste er, dass sie das fehlende Stück seiner Seele war. Nur sie konnte die Dämonen, die ihn manchmal quälten, verstehen. Aber sie hatte ihn enttäuscht. Bitter enttäuscht. Doch jetzt würde alles wieder gut werden. Reece würde ihr beweisen, dass er nur an sie und ihre Ehe dachte.

Das Kind fiel ihm wieder ein. Vielleicht war eine Familie doch nicht so schrecklich. In seinem Kopf tauchten Bilder von Samstagnachmittagen mit Baseballspielen und Eisessen auf. Sie wären die perfekte kleine Familie. Vielleicht war es wirklich nicht so schlimm, Vater zu sein. Doch er würde dafür sorgen, dass es bei diesem einen Kind blieb. Mehr gab es nicht. Er konnte keinen Haufen schreiender Bälger brauchen.

Mary hatte ihm nicht geglaubt, dass er in die amische Kirche eintreten wollte. Ihre Religion war für ihn zwar ein Haufen Humbug, doch er versuchte es wirklich. Sie sollte ihm seine Bemühungen hoch anrechnen.

***

Das kleine Haus glänzte vor Sauberkeit. Mary war verwundert. Den meisten Männern fielen Dinge wie die Seifenschalen neben dem Waschbecken nicht auf, aber bei Matt war alles blitzblank. Hatte er eine Putzfrau, die das Haus fortwährend in Ordnung hielt, selbst dann, wenn es nicht vermietet war?

Im Wohnzimmer hatte Susan ihre Schuhe ausgezogen und lag ausgestreckt auf dem Sofa. Ajax lag neben ihr und bekam den Kopf gekrault, sein Gesicht ein einziges Bild der Zufriedenheit. Mary sank auf einen großen Sessel und legte die Füße auf einen Hocker.

„Ein schönes Haus, das unser Detective hier hat“, sagte Susan. „Und sogar vollständig möbliert.“

„Es ist hübsch“, gab Mary ihr recht. „Aber es wurde eindeutig von einem Mann eingerichtet. Die wuchtigen Möbel sind etwas zu groß für die Zimmer, an den Wänden hängen keine Bilder und auf den Tischen stehen lediglich Lampen.“

Susan schmunzelte. „Eine Frau würde das vermutlich ändern. Trotzdem ist es nett. Sogar die Küche ist gut ausgestattet.“

Da näherte sich dem Haus ein Motorengeräusch. Ajax spitzte die Ohren, sprang vom Sofa, um sich zu strecken, und trabte zur Tür. „Ich glaube, er ist zurück.“ Die beiden Frauen erhoben sich und gingen in den Flur, den Matt mit zwei Katzenkäfigen in der Hand betrat. Hinter ihm folgte sein Partner mit zwei weiteren Käfigen. Als Ajax bellte, fauchten alle vier Katzen. „Das wird ja wie im Zoo hier“, sagte Matt und stellte die Käfige auf dem Fliesenboden ab. Er wirkte angespannt und etwas gereizt. „Hatte ich schon erwähnt, dass ich Katzen hasse?“

„Was Sie nicht sagen!" Mary hatte große Mühe, ernst zu bleiben. Sie kniete vor dem ersten Katzenkäfig nieder und öffnete die Tür. Wie der Wind sauste Spooky heraus und sprang mit einem riesigen Satz über Ajax, der neugierig in den Käfig gespäht hatte. Die aufgebrachte Katze verschwand kläglich miauend und mit aufgestellten Haaren unter dem Sofa.

„Es wird Stunden dauern, bis er wieder herauskommt", sagte Mary. „Vielleicht sollte ich die anderen lieber ins Schlafzimmer bringen und erst dort herauslassen." Sie hob die Box hoch, in der Kitty saß, und ging in Richtung Schlafzimmer. Matt folgte ihr mit den anderen zwei Käfigen. „Danke, dass Sie die Katzen hergebracht haben", sagte sie.

Als Antwort erhielt Mary lediglich ein leises Knurren. Ihr Lächeln verschwand. „Hören Sie, ich weiß, dass wir Ihnen große Mühe machen. Es tut mir leid. Ist es Ihnen lieber, wenn wir in ein Hotel oder zu Tante Nora zurückgehen?"

„Nein, Sie bleiben hier. Es ist einfach nur so, dass ich Katzen hasse."

„Ich glaube, das habe ich schon irgendwann einmal gehört." Sie schmunzelte, aber er reagierte nicht. „Warum vermieten Sie überhaupt dieses Haus?"

„Es war mein erstes und eine zu gute Investition, um es einfach wegzugeben. Inzwischen zahlt sich das Vermieten sogar aus."

„Es ist schön hier, aber es würde mir wirklich nichts ausmachen, bei Tante Nora zu bleiben." Mary konnte es nicht erwarten endlich herauszufinden, was ihre Tante wusste. Dennoch beschloss sie, ihrer Tante wenigstens noch einen Tag Zeit nur für ihre Trauer zu geben. „Vielleicht können wir morgen oder übermorgen zu ihr fahren?"

„Sie sagte mir, dass sie Ihnen unbedingt erklären müsse, was hier los ist. Welche Rolle spielt sie bei der ganzen Sache?"

Das war ein Puzzlestück, das einfach nicht ins Bild passte. „Das wüsste ich selbst zu gern. Reece schickte ihr das Bild von dem Mädchen und sie hat es an mich weitergeleitet. Vielleicht hat er sie angerufen oder bedroht? Sie haben doch bereits selbst gesagt, dass er den Molotowcocktail durch das Fenster geworfen haben könnte. Sie weiß vielleicht, dass er es war und warum er es getan hat."

Er stellte die zwei Katzenkäfige auf den Boden und öffnete sie. Die Katzen streckten zuerst die Köpfe heraus und traten dann geziert auf den Teppich. „Es ist einfach nur frustrierend", sagte Matt. „Ich habe in diesem Mordfall keine verwertbare Spur. Der Mann, der Moe gefunden hat, war heute wieder an derselben Stelle im Wald. Natürlich gehe ich der ganzen Sache nach und prüfe, wohin die Spur führt, aber ich kann keinerlei Motiv erkennen." Er sah zu ihr herüber. „Ich sollte nichts über den Fall sagen, aber es tut gut, mit Ihnen zu reden."

Die Wärme in seinem Blick ließ ihre Wangen erröten. „Ich dachte, Sie hassen mich."

„Ganz im Gegenteil", sagte Matt leise.

Die Röte in Marys Gesicht vertiefte sich. Eilig wandte sie den Blick ab, als sie das Interesse in seinen Augen sah. „Wegen des Mordes: Vielleicht sind Vorurteile das Motiv. An dem Tag, an dem ich Reece kennenlernte, warfen einige Kinder mit faulen Tomaten nach mir. Er verjagte sie und lud mich anschließend zu einer Limonade ein." Wenn sie nur damals bereits gewusst hätte, dass sich hinter seinem Auftreten als Retter und Beschützer in Wirklichkeit eine übersteigerte Kontrollsucht verbarg.

Matt verstaute die Transportboxen im Schrank. „Natürlich ist das möglich, aber ein Mord ist etwas anderes als ein Kinderstreich." Mit einem Mal war sein Tonfall wieder unpersönlich und distanziert.

„Brandstiftung ist ebenfalls kein Kinderstreich", betonte Mary. „Erinnern Sie sich an die Brände vor dem Tod meiner Eltern? Als Bauer raubt einem so etwas die Lebensgrundlage."

Sie gingen ins Wohnzimmer. Die Hintertür zum Garten stand offen. Draußen tollte Susan mit Ajax herum.

„Hat man je herausgefunden, wer damals hinter den Bränden steckte?", fragte Matt.

„Nein. Das war ungefähr ein Jahr, bevor meine Familie ermordet wurde und Sie hier bei der Polizei anfingen."

„Ich sehe mir die alten Unterlagen noch einmal an. Vielleicht finde ich dort eine Spur."

Sie deutete zum Sofa und setzte sich dann mit hochgezogenen Beinen auf den Sessel. „Haben Sie die Akte zum Mord an meinen Eltern wieder geöffnet?"

„Der Fall war nie geschlossen. Er hat nur geruht. Aber ja, ich suche nach Übereinstimmungen, Ähnlichkeiten. Ich hatte schon immer den Verdacht, dass Long einen Komplizen gehabt haben muss."

Mary kniff die Lippen zusammen. Matt wusste, wer ihrer Meinung nach dieser Komplize gewesen sein musste. „Erzählen Sie mir bitte noch einmal, was an jenem Abend passierte."

„Reece kam an diesem Abend zu spät. Während ich auf ihn wartete, wurde ich auf der Brücke überfallen."

Sein Kopf fuhr hoch. „Davon habe ich bis jetzt noch nie etwas gehört. Was ist passiert?"

„Er kam gerade noch rechtzeitig, um mich zu befreien und die beiden Männer fortzujagen." Ein kurzes Lächeln spielte um ihre Lippen. „Immer der Retter." Eigentlich wollte sie Matt von ihrem Verdacht gegenüber Reece erzählen. Sie war sich so unsicher. Waren ihre Vermutungen wirklich begründet und entsprachen der Wahrheit? Im Laufe der Jahre war sie sich immer sicherer geworden.

Sie sah zu Matt hinüber. Würde er ihr überhaupt glauben? „Irgendwann habe ich mich gefragt, ob Reece vielleicht etwas mit den Morden zu tun gehabt hat. Vermutlich nachdem er mir seine gewalttätige Seite zeigte."

„Die Lage ist eindeutig", sagte Matt. „Long wurde bei der Herstellung der Kekse beobachtet."

„Was ist mit dem Symbol an der Wand und der Quiltdecke?"

„Was soll damit sein?"

„Wo ist der Bezug zu Cyrus? Was war sein Motiv?"

Matt zuckte mit den Achseln, doch seine Augen verrieten sein Unbehagen. „Ich weiß es nicht. Wir haben nie ein Motiv oder einen Bezug zu dem Friedenssymbol gefunden."

„Ich habe Nachforschungen angestellt. Warten Sie bitte einen Moment." Sie stand auf und ging ins Schlafzimmer. Seit Jahren trug sie diesen Ordner mit sich herum. Wieder im Wohnzimmer, schlug sie ihn auf und blätterte darin. „Hier. Ich habe das Symbol und das griechische Wort gefunden. Das Wort war *Anathema.*"

„Anathema. Ein sonderbares Wort. Was bedeutet es?"

Die Bedeutung des Wortes hatte Mary am eigenen Leib erfahren, aber sie bemühte sich, kühl und sachlich weiterzusprechen. „Mit Anathema bezeichnet man eine Person oder eine Sache, die verflucht und der Zerstörung preisgegeben ist. Es kann auch ein offizieller Kirchenfluch sein, zu dem die Exkommunikation gehört. Schon sehr früh benutzte die katholische Kirche das Wort *Anathema* als Bezeichnung für den Ausschluss eines Sünders aus der Gemeinschaft der Gläubigen, aber hauptsächlich wurde es gegenüber Ketzern verwendet. Außerdem kann es bedeuten, dass etwas zu Gottes Ehre vollständig zerstört wird. Ich denke, das Symbol stammt von jemand, der die Amisch hasst.“

„Und das Friedenszeichen?“

Immerhin hörte er ihr zu. Sie schlug eine andere Seite auf und deutete auf das Symbol. „Eigentlich ist es ein Friedenssymbol, aber es wird auch Nero-Kreuz genannt. In diesem Fall ist es als Warnung an die Christen gedacht. Nero benutzte es als Symbol für die Zerstörung der Christenheit. Ich vermute, der Mörder hat es als Warnhinweis verwendet. Er will meine Familie auslöschen.“

Matt riss die Augen auf. „Soll das heißen, ein Symbol, das wir als Friedenszeichen benutzen, war ursprünglich ein Hasssymbol gegen die Christen?“

Mary nickte. „Es stand symbolisch für Neros Vorgehensweise, die Christen mit dem Kopf nach unten zu kreuzigen.“

Matt verzog angewidert den Mund. „Das ist ja krank. Wie konnte ein derartiges Zeichen mit Frieden in Verbindung gebracht werden?“

„Ich weiß es nicht. Kommen wir noch einmal zu dem Mord zurück, Matt! Alles passt. Bereits seit Jahrhunderten wurden die Amisch immer wieder Opfer von irregeleiteten Menschen. Ich erwarte nicht, dass Sie das verstehen.“

Seine Hand griff nach dem Ordner. „Kann ich mir das alles in Ruhe anschauen?“

Mary gab die Mappe nur ungern aus der Hand. Er enthielt die Ergebnisse ihrer jahrelangen Nachforschungen. „Bitte passen Sie gut darauf auf. Könnten Sie sich die Sachen kopieren und ihn mir morgen zurückbringen?“

Er stand auf. „Ich habe eine bessere Idee. Ich fahre jetzt ins Büro, mache mir Kopien und bringe ihn noch heute Abend zurück.“

Er war verständnisvoller und einfühlsamer, als sie ihm zugetraut hatte, und freundlicher, als seine harte Stimme verriet. Sie erinnerte sich, dass Reece es als seinen Verdienst betrachtet hatte, dem jüngeren Mann eine Stelle bei der Polizei verschafft zu haben. „Sie kannten Reece von Ihrer Arbeit bei der Polizei, nicht wahr? Er war Ihr Partner, oder?“

Matt ging zur Tür, ohne sie anzusehen. „Ich kannte ihn.“

Auf dem Gang holte sie ihn ein. „Wie gut kannten Sie ihn?“

„Ziemlich gut, aber das hat nichts mit den Ermittlungen zu tun."

Seine Reaktion wirkte wie eine kalte Dusche auf ihre Einstellung ihm gegenüber. „Aber so etwas könnte doch passieren."

„Ich bin Profi. Mein Privatleben hat keinen Einfluss auf meine Arbeit."

Mary ließ nicht locker. „Wenn das wahr ist, was verbergen Sie dann vor mir?"

Er verschränkte die Arme vor der Brust. „Es ist keine große Sache, okay? Reece war ein Pflegekind, das meine Großmutter aufzog. Er kam sie manchmal besuchen und dabei haben wir uns getroffen. Ich war als Jugendlicher ziemlich wild. Er hat versucht mir zu helfen." Ärgerlich runzelte er die Stirn. „Umso mehr hat es mich verletzt, dass er ohne ein Wort mit Ihnen verschwand *und* meine Waffe stahl."

Mary verbarg ihre Überraschung nicht. „Trudy Beitler ist Ihre Großmutter? Reece hat oft von ihr gesprochen. Er sagte, sie sei eine wunderbare Frau."

„Kennen Sie sie?"

Mary schüttelte den Kopf. „Aber ihre Tochter, Irene, war die beste Freundin meiner Mutter."

„Irene ist eine Englische."

„Meine Mutter war ebenfalls eine Englische."

„Sie scherzen!"

Mary schüttelte den Kopf. „Mit achtzehn lernte sie meinen Vater kennen. Mama sagte immer, er sei mehr wert als jeder Fernseher." Die Erinnerung brachte sie zum Lächeln. „So etwas kommt nicht oft vor. Die Amisch bezweifeln immer ein wenig, dass jemand, der in der Welt gelebt hat, diese Wende wirklich nachvollziehen und durchhalten kann. Meiner Mutter ist es jedenfalls gelungen."

„Kennen Sie meine Tante Irene?"

„Sie sah mich eines Tages in einem Laden und fragte, ob ich Pattys Tochter sei. Zuerst wusste ich nicht, wen sie meinte, sonst nannte jeder meine Mutter Patricia. Irene erzählte mir von ihrer Freundschaft und wenige Minuten später konnte ich mich selbst davon überzeugen, als sie Mama sah und die beiden einen Plausch miteinander anfingen. Mama freute sich so sehr, sie zu sehen. Sie erzählte ihr damals sogar eine Neuigkeit, die außer mir und meinem Vater niemand wusste. Stehen Sie und Ihre Tante sich nahe?"

Er schüttelte den Kopf. „Nein, aber sie hat meine Schwester Gina aufgezogen."

Mary spitzte die Ohren. Hieß das etwa, auch er wusste, wie schmerzhaft es sich anfühlte, die eigenen Eltern zu verlieren? Plötzlich sah sie Matt in einem ganz anderen Licht. „Hat Ihre Mutter Irene denn nie besucht?" „Das hätte Papa gestört und Mama wollte keine Unruhe stiften. Ihre Eltern waren tot und ihre einzige Schwester lebte in Maine. Sie hatte also keine englische Familie in der Stadt. Meine Mutter hatte ihr altes Leben vollkommen hinter sich gelassen."

„Auch die Freundschaft mit Irene?", fragte Matt zweifelnd.

„Ich nehme es an. Ich selbst habe sie in meiner Kindheit und Jugend nicht kennengelernt. Lebt sie immer noch in der Nähe?" Vielleicht könnte sie Irene bei Gelegenheit besuchen, um mehr über das Leben ihrer Mutter zu erfahren.

„Ja. Sie wohnt nach wie vor im selben Haus."

„Und Sie haben bei Ihrer Großmutter gelebt anstatt bei Ihrer Tante?" Mary war gespannt, ob er ihr diese Frage beantworten würde.

Matt reagierte betont gleichgültig und zuckte die Achseln. „Als ich acht war, erhängte sich mein Vater. Meine Mutter kam daraufhin zu dem Schluss, dass sie nicht zur Mutter geschaffen sei, und machte sich aus dem Staub. Seitdem habe ich sie nicht mehr gesehen." In seiner Stimme lag mühsam unterdrückte Anspannung und Verletzlichkeit. „Meine Tante kam mit einem wilden Jungen nicht zurecht."

Marys Herz zog sich vor Mitgefühl zusammen. „Ein Kind sollte seine Mutter kennen. Matt, haben Sie schon etwas über das Mädchen auf dem Bild erfahren?"

Er legte seine Hand auf den Türgriff. „Wann hätte ich dafür Zeit haben sollen? Ich habe Ihre Katzen gejagt." Sein Blick wurde abweisend. Er öffnete die Tür und ging.

Mary starrte ihm hinterher. Warum wollte er ihr nicht helfen, das Kind zu finden? Wann immer sie dieses Thema ansprach, veränderte sich sein Verhalten. Sie wurde einfach nicht schlau aus ihm.

* * *

Der Pick-up holperte über die Schlaglöcher auf der Straße. Reece zwang sich, langsamer zu fahren. Lange würde das alte Auto diese grobe Behandlung nicht mehr mitmachen. Der Schwartz-Hof lag gleich hinter dem nächsten Hügel. In der Ferne konnte er bereits schwach die Windmühle erkennen. Doch Reeces Ziel heute Abend war nicht Mary. Er fuhr an den Straßenrand und beobachtete das Nachbarhaus.

Ellen Long musste zu Hause sein, da ihr schwarzes Auto in der Auffahrt stand. Er fragte sich, warum sie nicht zu Moe Honeggers Beerdigung gegangen war. Hatte sie wieder geheiratet? Er hatte nie etwas davon gehört. Als sich immer stärker die Dämmerung über das Land legte, wurde in einem Zimmer im Erdgeschoss das Licht eingeschaltet. Sie war also wirklich daheim. Langsam bog Reece mit dem Pick-up in die Einfahrt und stellte dort den Wagen ab.

Ein Hund bellte, als er die Fahrertür öffnete. Wenn er ihn angreifen würde, hätte Reece wenigstens einen guten Grund dafür, nach ihm zu treten. Er war gerade in der richtigen Stimmung dafür. Nichts lief bis jetzt nach Plan. Mary wohnte nicht mehr auf dem Hof ihrer Familie und nun hatte er sie auch noch aus den Augen verloren. Vielleicht würde Ellen Long etwas Licht in die Sache bringen? Eigentlich bräuchte er nichts anderes zu tun, als sich das Kind zu schnappen, aber selbst das war nicht so einfach, wie er gedacht hatte. Die Kleine unter Matts wachsamen Augen zu entführen war bereits schwierig. Eine ganz andere Sache wäre es, zusammen mit Mary und dem Mädchen zu entkommen, bevor Matt ihn daran hinderte.

Er konnte sich selbst nicht erklären, warum es für ihn so wichtig war, Mary zu finden. Sobald er das Kind hatte, würde sie schließlich von selbst zu ihm zurückkommen. In den letzten fünf Jahren war er sehr einsam gewesen und es war kein Tag vergangen, an dem er sich nicht zutiefst nach ihr gesehnt hätte. Nur in ihren Augen war er stark und bedeutsam. Sie war der Dreh- und Angelpunkt seines Lebens. Nachdem sie ihn verlassen hatte, war alles in seinem Leben schiefgegangen.

Er hatte es vermasselt, aber dieses Mal würde er dafür sorgen, dass sie für immer bei ihm blieb.

Reece lief zur Seitentür und klopfte energisch. Von innen hörte er gedämpfte Stimmen aus einem Fernseher. Er klopfte erneut. Nach ein paar Sekunden näherten sich der Tür bedächtige Schritte, die Tür öffnete sich und eine Frau sah heraus. Hätte er nicht gewusst, dass es Ellen Long sein musste, niemals hätte er sie erkannt. Von dem einstigen Modepüppchen war nichts übrig geblieben. Sie trug eine Jogginghose mit Farbflecken, war ungeschminkt und barfuß. Ein Gummiband hielt notdürftig ihre blonden Haare zurück.

„Ja?", sagte sie in einem Ton, der unmissverständlich verriet, dass sie nur wieder zu ihrem Fernseher zurückwollte.

„Hallo, Ellen, wie geht es dir?" Reece setzte sein freundlichstes Lächeln auf, stellte aber vorsichtshalber den Fuß in die Tür. Nachher schlug sie ihm die Tür vor der Nase zu. Eine kluge Entscheidung. Als sie ihn erkannte, versuchte sie sofort, die Tür zu schließen. „Ich würde gern kurz mit dir sprechen."

„Ich hab dir nichts zu sagen", fauchte sie. „Du musstest ja einfach mit diesem kleinen amischen Trampel verschwinden."

Seine Muskeln spannten sich an. „Sprich gefälligst nicht so über Mary. Du hast bekommen, was du wolltest: Du warst deinen Mann los."

„Was hat mir das geholfen, als du mich verlassen hast?" Sie war den Tränen nahe. „Du hast mir gefehlt, Reece. Wir hatten so eine gute Zeit miteinander." Mit weicher werdendem Blick lehnte sie sich an den Türrahmen. „Entschuldige. Es ist so lange her und du hast mich vollkommen überrumpelt. Willst du nicht hereinkommen?" Sie hob die Hand und berührte sein Gesicht.

Was hatte er nur in dieser Frau gesehen? Ihm war klar, dass er sie letztlich benutzt, immer nur benutzt hatte, aber nun fand er sie nur noch abstoßend. Nachdem er Marys Reinheit erlebt hatte, konnte er solchen Frauen nichts mehr abgewinnen. „Ich glaube nicht, Ellen. Wusstest du, dass Mary wieder hier ist? Hast du sie vielleicht gesehen?"

Ihre Augen funkelten und sie verzog spöttisch den Mund. „Du kannst deine Frau wohl nicht unter Kontrolle halten, was?"

„Wir leben getrennt", murmelte er zähneknirschend. „Könntest du bitte einfach meine Frage beantworten?"

„Ich habe sie nicht gesehen", sagte sie gelangweilt. Sie blickte auf seinen Fuß. „Jetzt nimm deinen Stiefel aus meiner Tür und lass mich gefälligst in Ruhe. Oder willst du doch noch hereinkommen? Ein einziges Mal, um der alten Zeiten willen?"

Er war nicht einmal versucht. Ihrem Ton mangelte es entschieden an Respekt. Reece ballte die Fäuste und trat einen Schritt auf sie zu. In diesem Moment näherte sich dem Haus ein Auto. Reece trat zurück. Dann würde er sie eben zu einem späteren Zeitpunkt zurechtweisen. Er warf ihr einen letzten warnenden Blick zu, marschierte zu seinem Pick-up zurück und fuhr mit quietschenden Reifen davon. Vielleicht würde er beim Herumfahren irgendeine Spur von Mary finden.

13

„Der Triangle-Quilt ist ein Symbol der drei Dinge, die für die Amisch so wichtig sind: Gott, Familie und Gemeinschaft."
Mary Schwartz in *Quilts und amischer Glaube*

Schuldgefühle waren kein gutes Ruhekissen. Matt hatte die ganze Nacht wach gelegen und sich das Hirn zermartert, was er tun sollte. Als der neue Tag anbrach, war er kein Stück weiter.

Er sah zu seiner Tochter, die auf dem Sitz neben ihm saß. Sie war das Wichtigste in seinem Leben. Alles in ihm rebellierte dagegen, sie aus den Augen zu lassen, aber er sah keine andere Möglichkeit.

„Warum muss ich Oma Trudy besuchen, Daddy? Sie mag mich nicht." Caitlin ließ ihre Füße vor und zurück baumeln. Sie sah in dem rosa Kleid, das sie zur Kirche angehabt hatte, fast unerträglich süß aus.

Matts Herz zog sich zusammen. „Es ist unsere Pflicht, Caitlin. Pflicht ist wichtig. Wir haben zwar nicht immer Lust dazu, aber manche Dinge müssen wir trotzdem tun."

„Ich dachte, wir besuchen Tante Gina. Ich will bei ihr bleiben. Ich muss nicht bei Oma Trudy bleiben, oder?"

„Nein, du brauchst nicht bei ihr zu bleiben", sagte Matt beruhigend. Sie bei Gina zu lassen, gefiel ihm ebenfalls nicht besonders. Nach zwei Tagen bei ihm hatte Blake sie dazu überredet, wieder nach Hause zu kommen. Wahrscheinlich stritten sich die beiden immer noch, aber wenigstens würden sie Caitlin beschützen. Er wusste nicht, wo er sie sonst lassen könnte. Bei dem Gedanken, Mary könnte sie zufällig finden, wurde ihm übel. Er musste alles tun, um das zu verhindern.

Matt parkte seinen Wagen hinter Trudys altem Auto, das inzwischen mehr Rost als blaue Farbe trug. Ein Stuhl, dem ein Bein fehlte, stand krumm auf der Veranda neben dem verschmutzten Panoramafenster. Matt schüttelte den Kopf. Die Verandaschaukel hing bereits wieder schief von der Decke. Er hatte sie doch erst vor Kurzem repariert. Wahrscheinlich war die Kette erneut gerissen und Trudy hatte sie einfach beim nächsten Glied eingehängt. Am besten wäre es, das Haus zu verkaufen. Es war wie ein Fass ohne Boden. Alles zu reparieren würde Unsummen verschlingen. Trudy weigerte sich jedoch beharrlich, in ein kleineres Haus in der Stadt zu ziehen. Darüber hinaus sah sie es nicht ein, auch nur einen Cent für das Haus zu „verschwenden". Matt seufzte. Es war aussichtslos.

Ajax bellte auf dem Rücksitz und schlug mit der Pfote nach dem Türgriff. „Geduld", murmelte Matt. Er sah zum Haus hinüber. Während er den Hund hinausließ, fragte er sich, ob Trudy überhaupt zu Hause war. Nichts im Haus regte sich. Er hoffte nur, die alte Dame wäre nicht gestürzt. Eigentlich war sie für ihre zweiundsiebzig Jahre noch sehr agil und fit. Sie war Mitglied in mehreren Vereinen der Stadt und fuhr mit ihrer alten Klapperkiste überallhin, aber dennoch konnte immer etwas Unvorhergesehenes passiert sein.

Ajax kam ihm und Caitlin an der Tür zuvor. Er drückte auf die Glocke an der Tür und hörte, wie es auf der anderen Seite klingelte. Keine Reaktion. Er läutete erneut, dann nahm er seine Schlüssel zur Hand und öffnete die Tür.

Abgestandene Luft begrüßte ihn. „Trudy?", rief er und drückte sich an Ajax vorbei. „Bleib hier, Caitlin." Auf keinen Fall sollte seine Tochter etwas Unerfreuliches zu Gesicht bekommen. Glasscherben knirschten unter seinen Schuhen. Der zerbrochene Rahmen lag verkehrt herum auf dem Boden, das Foto war herausgerissen worden. Welches Bild war in dem Rahmen gewesen? Matt dachte angestrengt nach, aber es gelang ihm nicht, sich zu erinnern.

„Trudy!" Wieso antwortete sie nicht? Er ging weiter ins Wohnzimmer. Ein umgeworfener Wohnzimmertisch versperrte ihm den Weg ins Zimmer. „Hallo Trudy! Bist du da?"

Ein leises Stöhnen antwortete ihm. Dann entdeckte er die Bewegung eines Fußes, der ein kleines Stück hinter dem Sofa hervorlugte. Vorsichtig schob er den Tisch und das Sofa beiseite. Die alte Frau lag auf dem Bauch. Er kniete sich neben sie und berührte ihre Schulter. „Trudy?" Sie stöhnte erneut und versuchte aufzustehen. „Bleib liegen. Nicht bewegen. Ich rufe einen Krankenwagen." Er griff nach seinem Handy.

„Nein, nein, mir geht es gut", murmelte sie. „Hilf mir auf, Junge." Selbst in ihrer momentan misslichen Lage hatte ihre Stimme nichts von ihrer Autorität eingebüßt. Mühsam erhob sie sich auf ihre Knie.

Matt griff nach ihrem Arm und half ihr auf die Beine. Sie war eine große Frau, fast einen Meter achtzig groß. Normalerweise hielt sie sich so aufrecht wie ein General, aber heute schwankte sie hin und her. An ihrer Stirn bildete sich eine Beule, rot und blutunterlaufen. Matt half ihr zum Sofa.

Als er ihren Kopf berührte, zuckte sie zusammen. „Lass das, Matthew. Mir geht es gut." Sie zwang sich zu einem schwachen Lächeln. „Hast du erkannt, dass du die alte Dame ein wenig vernachlässigt hast? Zwei Besuche in einer einzigen Woche! Schuldgefühle sind sinnlos vergeudete Energie. Lass sie hinter dir."

Was für eine sonderbare Bemerkung. Noch dafür von ihr, die es so meisterhaft beherrschte, ihm eben jene Schuldgefühle einzuimpfen. „Wer war das?", fragte Matt.

Sie machte eine wegwerfende Handbewegung. Langsam bekam ihr Gesicht wieder etwas Farbe. „Jugendliche auf der Suche nach Geld, nehme ich an."

„Du hast niemanden gesehen?"

„Nur etwas gehört. Als ich nach unten kam, um nachzuschauen, bin ich gestolpert. Beim Sturz muss ich den Kopf angeschlagen haben."

„Ich werde sehen, was ich herausfinden kann. Wir müssen die Spurensicherung holen."

„Auf keinen Fall! Ich will nicht, dass eine Horde Polizisten in meinem Haus herumschnüffelt. Anwesende natürlich ausgeschlossen." Sie schmunzelte. „Matthew, hör auf, dir Sorgen zu machen. Mir geht es gut. Ich werde keine Anzeige erstatten. Wieso bist du eigentlich gekommen?"

„Warte, ich hole Caitlin." Er ging zur Tür und rief seine Tochter herein. Mit hängendem Kopf stand sie vor ihm. „Sag deiner Oma Guten Tag", flüsterte er. „Sei nett."

Zögerlich ging sie vor ihm her ins Wohnzimmer. „Hallo, Oma."

Trudys Blick wanderte zu dem Rucksack auf Caitlins Rücken. „Hast du vor, hierzubleiben, Kind?"

„Nein, sie wohnt ein paar Tage bei Gina. Mir war nicht aufgefallen, dass sie den Rucksack dabeihat." Er sah zu Caitlin hinunter. „Du kannst den Rucksack wieder ins Auto bringen, Prinzessin."

Caitlin lächelte und ging wieder hinaus. Matt wusste, dass sie ihn absichtlich mitgebracht hatte, damit sie ihn wieder hinaustragen konnte. Es war schwer, Trudys strengen Blick auszuhalten – das wusste er nur zu gut aus eigener Erfahrung, aber trotzdem meinte die alte Frau es gut. Sie hatte ihn Disziplin gelehrt und dafür war er ihr dankbar.

„Ich fahre dich zum Arzt. Vielleicht musst du genäht werden."

„Ich lege eine Schwarzwurzkompresse darauf. Mir geht es gut." Sie hielt inne. „Warum bleibt sie bei Gina?", fragte Trudy, sobald die Tür ins Schloss gefallen war.

Er konnte niemandem die ganze Geschichte erzählen – und Trudy schon gar nicht. Niemand durfte wissen, dass Caitlin möglicherweise Marys Tochter war. „Ich werde die nächsten Tage sehr viel arbeiten müssen. So ist es einfacher." Viel zu leicht kam die Lüge über seine Lippen. „Soll ich dir einen Tee kochen?"

Sie ignorierte seine Frage. „Warum arbeitest du so viel? Womit bist du gerade beschäftigt?"

„Den Mörder von Moe Honegger zu finden." Sie hob den Kopf. „Ist dir irgendetwas Neues eingefallen? Kanntest du Moe persönlich? Du hast das neulich nicht erwähnt."

„Es wäre ziemlich schwer, ihn nicht zu kennen. Ich kaufe seit Jahren meine ganzen Blumen und Pflanzen in der Gärtnerei", sagte Trudy.

„Ich habe gehört, dass du die Schwartzens kanntest, beziehungsweise Marys Mutter." Allerdings war Trudy damals nicht bei der Beerdigung gewesen. Vielleicht hatten die beiden Frauen einfach zu lange keinen Kontakt mehr gehabt?

„Noch einmal: Ich kaufe hin und wieder etwas in der Gärtnerei. Woher weißt du, dass ich Patricia kannte?"

„Mary Schwartz hat es mir erzählt."

Ihre Hand erstarrte noch während der Bewegung in der Luft. Nach einem kurzen Moment ließ sie sie in ihren Schoß sinken. „Du meinst Mary O'Connor. Wo hast du sie gesehen?"

„Sie ist hier. Sie und Reece haben sich getrennt."

„Hast du Reece gesehen?"

Wenn es um Reece ging, drückte sie immer beide Augen zu. In ihren Augen konnte er nichts falsch machen, nichts konnte ihm misslingen. Matt sah es nicht als seine Aufgabe an, ihre Illusionen zu zerstören. „Er ist auch irgendwo hier in der Gegend."

„Vielleicht kommt er mich besuchen." Hoffnung lag in ihrer Stimme. „Ich habe ein Bild von Mary gesehen. Sie scheint ein hübsches Mädchen zu sein."

„Woher kanntest du Patricia?“

„Sie hat Irene sehr oft besucht.“

„Wie war sie?“ Wenn er die Personen, Zusammenhänge und Hintergründe besser verstünde, könnte er sich vielleicht eher einen Reim auf die ganzen Geschehnisse machen.

Trudy fasste vorsichtig nach der geschwollenen Beule an ihrer Stirn. „Hübsch. Lebhaft. Alle Jungen mochten sie. Aber nachdem sie Abe traf, gab es keinen anderen mehr für sie.“

„Wie hat sie Abe Schwartz kennengelernt?“

„Er arbeitete im Sägewerk deines Großvaters. Außerdem waren sie miteinander zur Schule gegangen, da es damals noch keine eigene amische Schule gab. Irene machte ihn mit Patricia bekannt.“ Sie straffte ihre Schultern. „Gina hat selbst zu viel zu tun. Du kannst Caitlin bei mir lassen.“

„Es ist alles mit Gina besprochen. Außerdem hast du schon vor einiger Zeit gesagt, dass du nicht mehr die Nerven hast, dich um Kinder zu kümmern.“

„Ich kenne meine Pflicht.“

Es schmerzte ihn, dass ihr Caitlin so wenig bedeutete. Nichts hatte sich geändert. Genau wie in seiner Kindheit kümmerte sie sich nur aus Pflichtgefühl, aber ohne Liebe um sie. Es war zwar besser als nichts, aber dennoch nicht genug.

„Wir haben alles geklärt, aber trotzdem danke. Bist du sicher, dass ich dich nicht zum Arzt fahren soll?“

„Mir geht es gut. Lass nicht wieder so viel Zeit vergehen, bis du mich besuchst, Matthew.“

„Das werde ich nicht.“ Mit einem gewissen Gefühl der Erleichterung verließ er das Haus. Caitlin konnte die Abfahrt ebenfalls kaum erwarten. Freudig sprang sie ins Auto und schnallte sich an.

„Wie lang bleibe ich bei Tante Gina?“, fragte sie, als Matt den Motor anließ.

„Vielleicht eine Woche.“ Das war viel zu lang. Es graute Matt vor der Woche ohne seine Tochter, aber es gab zu viele Dinge mit Reece und Mary zu klären. Er musste beweisen, dass Caitlin zu ihm gehörte. Niemand durfte ihm seine Tochter wegnehmen. Es musste ihm einfach gelingen.

Mary saß den gesamten Sonntag im Haus und blies Trübsal. Sehr gern hätte sie den amischen Gottesdienst besucht, aber niemand hatte sie dazu eingeladen. Vielleicht war es sogar besser so. Der Bischof hätte möglicherweise erwartet, dass sie beichtete und endlich zur Gemeinschaft zurückkehrte.

Am Montag ertappte Mary sich erstmals dabei, wie sie das kleine Mädchen in ihren Gedanken als ihr Kind bezeichnete. In dem Blick der Kleinen lag etwas, das sie anzog. Mary war sich nur zu bewusst, dass sie sich mit solchen Überlegungen auf gefährliches Terrain begab. Von einem Zustand der Neutralität war sie längst meilenweit entfernt. Alles in ihr hoffte, das Mädchen auf dem Bild wäre *ihr* Mädchen. Wenn sie nur mit ihrer Tante sprechen könnte. Heute Morgen war sie bei ihr vorbeigefahren, aber es war niemand zu Hause gewesen. Jetzt war sie bereits seit fünf Tagen hier und war immer noch keinen Schritt weiter.

Als sie das Bild auf den Wohnzimmertisch legte, hörte sie ein Klopfen an der Tür. Wahrscheinlich Susan. „Lass ja das Bild liegen", wies sie Ajax an, der nur mit einem entrüsteten Schnauben reagierte. Der Hund wurde von vier Katzen belagert, die sich um und auf ihm verteilt hatten und ein Schläfchen hielten. Matt hatte Mary den Hund zu ihrem Schutz dagelassen, aber die von Mary befürchteten Schwierigkeiten zwischen den Tieren blieben aus. Geduldig und gutmütig ertrug Ajax die Spielereien der Katzen. Es klingelte erneut, mehrmals hintereinander, voller Ungeduld.

Mary sah durch den Spion in der Tür. Auf den Stufen stand eine etwa dreißigjährige Frau mit langen, schwarzen Haaren und stahlblauen Augen. Sie war braungebrannt, trug ein Top mit V-Ausschnitt und mehrere Perlenketten um ihren langen Hals. Gereizt wollte sie gerade abermals auf den Klingelknopf drücken, als Mary die Tür öffnete.

Nach der ersten Überraschung verzog sich ihr Mund zu einer dünnen Linie. Abfällig wanderte ihr Blick von Marys strengem Haarknoten zu ihrem formlosen Rock und ihren flachen Schuhen. „Wer sind Sie?", fragte sie Mary unfreundlich.

„Ich bin, ähm, ich habe dieses Haus gemietet."

Mit den Worten „Ich muss ein paar Sachen holen" wollte sich die Fremde ohne weitere Erklärungen an Mary vorbeischieben, doch diese versperrte ihr den Weg. „Entschuldigung. Ich muss vorbei."

„Ich denke, Sie sollten mir zuerst sagen, wer Sie sind."

„Du meine Güte, regen Sie sich nicht künstlich auf. Ich bin Matts Schwägerin, okay? Ich habe ein paar Sachen auf dem Speicher gelassen, die ich brauche. Ich hatte diese Bruchbude einmal gemietet."

Mary fuhr mit der Hand in die Rocktasche und zog ihr Handy heraus, in dem sie Matts Nummer eingespeichert hatte.

Beim ersten Klingeln nahm er ab. „Mary, ist alles okay?"

„Ihre Schwägerin ist hier."

„Vanessa?", fragte Matt entgeistert. „Was will sie?"

„Sie sagt, dass auf dem Speicher ein paar Sachen von ihr sind, die sie jetzt holen möchte." Mary warf einen Blick auf Vanessa, die voller Ungeduld mit ihrem Fuß hektisch auf die Veranda tippte, die Arme genervt vor der Brust verschränkt.

„Geben Sie sie mir."

Mary reichte Vanessa das Handy. „Er will mit Ihnen sprechen."

Die Frau stieß ein übertriebenes Seufzen aus und nahm das Telefon. „Matt, es ist keine große Sache. Ich will nur mein Zeug holen." Sie wurde still und hörte zu. „Wie kannst du es wagen? In der Kiste war ein Elie-Tahari-Kleid und meine Lieblingsschuhe von Manolo Blahnik."

Voller Verwunderung sah Mary, dass der Frau tatsächlich Tränen in den Augen standen. Wie konnte Vanessa so stark auf den Verlust von Dingen reagieren?

„Was starren Sie mich so an?", fauchte Vanessa, als sie Mary das Handy zurückgab.

Mary lächelte. „Sie sind sehr schön", sagte sie. Bei diesen Worten verschwand eine Spur Feindseligkeit aus Vanessas Augen. „Kennen wir uns? Sie kommen mir bekannt vor."

„Ich glaube kaum. Ich bin mit Reece O'Connor verheiratet."

„Ah." Vanessa nickte. „Das amische Mädchen. Jetzt erinnere ich mich. Wie geht es Reece?"

„Wir leben getrennt."

Vanessas Mundwinkel verzogen sich nach oben. „Wie interessant. Das dürfte für einige Aufregung sorgen."

Mary wand sich innerlich und schwieg. Diese Frau verstand es meisterhaft, ihre Pfeile zu platzieren.

„Und was wollen Sie hier? Haben Sie und Matt eine kleine Affäre? Wenn Sie es mit diesem Eisklotz aufnehmen, sind Sie eine mutige Frau. Seit Analises Tod ist er kaum noch ein Mensch." Vanessa öffnete ihre Tasche und zog eine dünne Zigarette heraus. Sie zündete sie an und blies den Rauch in Marys Richtung.

Der Rauch brannte in Marys Augen. Sie trat einen Schritt zurück. Matt war verwitwet? „Natürlich haben wir keine Affäre. Ich bin lediglich seine ... seine Mieterin." Ganz sicher würde sie dieser Frau nicht ihre privaten Angelegenheiten verraten.

„Das hätte mich auch gewundert. Sie sind nicht sein Typ. Hören Sie, lassen Sie mich doch einfach kurz hinein, damit ich noch einmal nachschauen kann." Vanessa bemühte sich um ein möglichst freundliches Lächeln. „Vielleicht blufft Matt nur."

„In der kurzen Zeit, die ich ihn kenne, habe ich noch nie erlebt, dass er in Bezug auf irgendetwas geblufft hätte."

Vanessa stellte einen wohl geformten Fuß in den Türrahmen. „Kommen Sie, nur eine Minute. Bitte!" Aus Ajax Kehle ertönte ein leises bedrohliches Knurren. Eilig zog sie ihren Fuß zurück. „Dieser blöde Hund konnte mich von Anfang an nicht leiden."

„Es tut mir leid, aber ich kann Sie ohne Matts Erlaubnis wirklich nicht ins Haus lassen. Möchten Sie ihn noch einmal anrufen und das Ganze mit ihm klären?"

Vanessa zog ein letztes Mal an ihrer Zigarette, dann drückte sie den Stummel am Türrahmen aus. „Wissen Sie, das ist reine Gehässigkeit. Matt mochte mich nie, auch nicht, als er mit Analise verheiratet war. Sie waren solche Langweiler, sobald sie das Kind hatten." Vanessa zuckte die Achseln. „Wenn Sie mich nicht hineinlassen, gehe ich eben wieder. Und schicken Sie Matt in die Wüste!"

Mary wollte gerade wiederholen, dass zwischen ihr und Matt nichts lief, aber Vanessas hohe Absätze klapperten bereits über den Gehweg davon. Sie ging zu einem offensichtlich sehr teuren kirschroten Sportwagen und öffnete die Tür.

Lautes Motorengeräusch näherte sich dem Haus. Als Mary Reeces hellbraunen Pick-up erkannte, knallte sie hastig die Tür zu. Sie trat zum Fenster und spähte durch den Vorhang hinaus. Der Pick-up blieb neben Vanessas Auto stehen. Vanessa deutete auf das Haus hinter sich und Reece musterte es mit einem langen Blick. Schnell wich Mary vom Fenster zurück. Eine Autotür schlug zu und auf dem Gehweg zum Haus näherten sich Schritte. Mit klopfendem Herzen eilte Mary zur Tür und schloss leise das Sicherheitsschloss. Als spürte Ajax instinktiv ihre Anspannung, setzte er sich leise direkt neben Mary, die Ohren aufmerksam gespitzt.

Mary sah durch den Spion in der Tür, der ihr Reeces grinsendes Gesicht zeigte. Sie zuckte zurück.

„Ich weiß, dass du da drinnen bist, Mary", sagte er mit ruhiger Stimme. „Mach die Tür auf, damit wir miteinander reden können."

„Verschwinde", rief Mary durch die Tür. „Ich habe dir nichts zu sagen."

„Hör zu, ich weiß, dass du sauer bist, Schatz. Ich mache dir daraus keinen Vorwurf, aber wir müssen an unsere Tochter denken. Sie braucht uns beide. Wir können diese Sache ganz sicher klären und zusammen glücklich sein."

„Ich will nicht bei dir sein", entgegnete sie wütend. „Du hast unsere Tochter sowieso nicht. Das ist eine Lüge."

Reece rüttelte an der Tür. „Lass mich rein, Mary. Ich habe mich verändert. Ich werde dir nicht wehtun."

„Du hast mich die Treppe hinuntergestoßen!" Wie oft hatte er ihr gesagt, dass sich alles ändern würde. Sie würde sich hüten, ihm zu glauben.

„Ich glaube, du hast das falsch in Erinnerung. Es war ein Unfall, Mary." Er rüttelte erneut an der Tür. „Komm schon. Wir trinken einen Tee und reden. Wenn es dir lieber ist, können wir auch in ein Café gehen. Dann sind wir in der Öffentlichkeit und du brauchst keine Angst zu haben."

War das wieder eine seiner Manipulationen? Sagte er die Wahrheit? Mary wusste nicht mehr, was sie glauben sollte. Sie hätte schwören können, dass sie damals seinen Stoß gefühlt hatte. So viele Male hatte er sie davor bereits geschlagen. Sie wusste nicht mehr weiter. „Wo ist das Mädchen, Reece?", fragte sie schließlich leise. „Sag es mir, dann mache ich vielleicht die Tür auf."

„Oh nein, du versuchst nur, mich auszutricksen. Uns gibts nur im Paket. Entweder du nimmst uns beide, mich und das Kind, oder du bekommst niemanden. Glaub mir, ich weiß, was das Beste für dich ist."

Tausendmal hatte sie diesen Satz schön gehört. Mary starrte auf den Türgriff. Könnte sie ihm trauen? Wenn er sie nun wirklich zu dem kleinen Mädchen führen würde? Mary war versucht, die Tür zu öffnen, als Ajax zu knurren begann und sich an ihr Bein drückte. Die Warnung des Hundes ließ sie zurückweichen. „Verschwinde, Reece. Ich werde nicht mehr mit dir reden." Sie rannte von der Tür durch den Gang ins Badezimmer, wo sie sich einschloss und die Ohren zuhielt – alles, damit sie nicht doch noch versucht wäre, Reeces lockenden Versprechungen nachzugeben.

* * *

Sechs Tage nach Moes Ermordung hatte Matt immer noch keine Anhaltspunkte. Frustriert lehnte er sich in seinem Stuhl auf der Polizeiwache zurück und verschränkte die Hände in seinem Nacken. „Zwischen Moe Honeggers Tod und dem Mord an dem Ehepaar Schwartz scheint es keinen klaren Zusammenhang zu geben."

„Bis auf den Umstand, dass sie alle mit Strychnin vergiftet wurden", entgegnete Blake. „Komm schon, das ist ein eindeutiger Zusammenhang. Strychnin ist nicht unbedingt die üblichste Mordmethode."

„Es könnte ein Nachahmer sein! Das mit dem Gift ist allgemein bekannt", warf Matt ein. Er zog die Tastatur zu sich heran und öffnete eine Datei. „In den letzten zehn Jahren gab es nur einen einzigen Mordfall – den Mord am Ehepaar Schwartz."

Blake blickte auf. „Und ausgerechnet jetzt, wo Reece wieder in der Stadt ist, haben wir den nächsten. Matt! Das muss doch etwas zu bedeuten haben. Stand er im Schwartzfall unter Verdacht?"

Matt sah zu seinem Partner. „Er war Detective, vor zehn Jahren, also nein."

„Aber er brannte mit der einzigen Tochter durch. Denkst du, es wäre so weit gekommen, wenn die Eltern am Leben geblieben wären?"

„Als die Morde geschahen, traf er sich gerade mit Mary." Aber Mary hatte gesagt, dass er zu spät gekommen sei. So spät, dass er vorher den Mord begangen haben konnte.

Blake ließ sich auf einen Stuhl fallen. „Denk doch mal darüber nach. Er hätte erst Long dabei helfen können, die Quiltdecken wegzuschaffen, um sich dann mit ihr an der Brücke zu treffen, während das Strychnin zu wirken begann. Er war ganz sicher in der Nähe. Vom Haus zu der Brücke ist es ein Katzensprung."

„Ich verstehe immer noch nicht, warum die Quiltdecken mitgenommen wurden. Sie wurden nie verkauft." Matt fuhr sich über den Kopf.

„Das ergibt einfach keinen Sinn. Wenn wir nur endlich diese Quilts finden würden."

„Sie könnten als Trophäe mitgenommen worden sein. Du weißt, manche Mörder nehmen gerne Besitztümer ihrer Opfer als eine Art Souvenir mit."

„Vielleicht."

„Reece war in der Gegend. Es hätte nicht lang gedauert, die Quiltdecken aufzuladen. Sie könnten die ganze Zeit hinten auf seinem Pickup gelegen haben, während ihr alles danach abgesucht habt. Habt ihr denn keinen Verdacht geschöpft?"

Matt schüttelte den Kopf. Wenn er nur besser aufgepasst hätte. „Nein. Mir fiel nur auf, dass er sehr abgelenkt war, voller Sorge um Mary. Erst als er mit ihr davonlief, wurde mir klar, dass er in sie verliebt war und sich deshalb so komisch benommen hatte."

„Sonderbar, findest du nicht? Mit einem amischen Mädchen."

„Ja."

„Was hat sie nur an ihm gefunden? Unter diesen formlosen Kleidern und den strengen Haaren ist sie ein echter Hingucker."

Matt hatte das bereits vor langer Zeit bemerkt. „Blake, Mann, du bist verheiratet. Du hast nicht hinzugucken."

„Ich bin verheiratet, aber ich bin nicht tot."

Hatte sein Schwager eine Affäre? Die berufliche Zusammenarbeit mit ihm war auch schon ohne diese Frage zu einem Balanceakt geworden.

Blakes Miene veränderte sich. Offensichtlich hatte er eine Idee. „Und wenn sie es miteinander gemacht haben?"

„Was?"

„Vielleicht wollte Mary nicht mehr länger unter der Fuchtel ihrer Eltern stehen und hat Reece überredet, für sie den Mord zu begehen. Oder *sie* hat es selbst getan, damit sie ihn heiraten konnte."

„Es ist extrem ungewöhnlich, dass jemand, der amisch ist, in eine Gewalttat verwickelt ist."

„Aber nicht völlig ausgeschlossen. Gab es nicht in Ohio einen Kerl, der seine Frau getötet hat oder so etwas?"

„Ja, jeder kann einmal durchdrehen." Matt rieb sich die Augen. „Ich habe diesen Gedanken damals auch eine Zeit lang verfolgt, aber ich konnte Mary nie mit dem Kauf von Gift in Verbindung bringen. Alle sprachen hier lobend über sie. Und es gab keinerlei Verbindung zu

Long außer der Nachbarschaft. Um die Wahrheit zu sagen: Ich glaube nicht daran und war auch damals nicht von der Idee überzeugt."

„Wir können trotzdem ihren Hintergrund untersuchen – überprüfen, was sie in den letzten zehn Jahren gemacht hat."

„Konzentrieren wir uns lieber auf Reece. Ich glaube, das hilft uns eher weiter." Aber auch dieser Spur wollte Matt nicht recht glauben. Der Mann war sein *Partner* gewesen. Sie waren zusammen aufgewachsen. Reece war zwar manchmal launisch und aggressiv gewesen, aber war das nicht jeder irgendwann? Mary sagte, Reece habe sie geschlagen. Vielleicht kannte man einen anderen Menschen nie gut genug, um sicher zu wissen, wie der andere in seinem Innersten wirklich war.

Das galt auch für den Menschen, der Matt gegenübersaß. Er musste es einfach ansprechen. „Wie geht es Gina?"

„Hoppla, woher kam das jetzt? Ihr geht es gut."

Matt fixierte Blake mit seinem Blick. „Sie glaubt, du hast eine Affäre, Blake. Sei ehrlich. Hat sie recht?"

Blakes Blick wich ihm aus. „Und wenn es so ist?"

Matt sank auf seinem Stuhl zurück. Er hatte es nicht glauben wollen. „Wer?"

„Vanessa. Deine Schwägerin."

Matt fuhr hoch. „Du machst Witze. Sie ist ein männermordender Vamp!"

„Ach, ich weiß auch nicht genau, wie es dazu kam. Es ist einfach passiert."

Matt ballte die Fäuste. „Du bist so ein Idiot! Das wird meine Schwester umbringen."

„Ich weiß. Ich stecke in der Klemme. Vanessa ist schwanger. Was soll ich denn tun?"

Matt konnte für seinen Partner kein Mitleid aufbringen. „Dein Fehler, wenn du ihr glaubst. Vanessa spielt doch nur mit dir, Mann. Sie war heute bei meinem Haus."

Blake runzelte die Stirn. „Was wollte sie denn dort?"

„Sie hat ein paar Kisten mit Kleidern und Schuhen gesucht. Ich habe die Sachen der Heilsarmee gegeben."

„Sie wird außer sich sein. Warum hast du das gemacht?"

„Ich betreibe kein Warenlager. Ich habe ihr mindestens sechsmal gesagt, dass sie ihre Sachen holen soll. Sie ist vor über einem halben Jahr dort ausgezogen und hatte genug Zeit, ihr Zeug zu holen. Mann, du bist so dumm. Ist dir nicht klar, dass du Gold gegen Blech tauschst?"

Blake wich seinem Blick aus. „Hör zu, wenn sie sagt, dass sie schwanger ist, glaube ich ihr."

„Sie kann Kinder nicht ausstehen."

„Ich versuche ja nur, eine Lösung zu finden, okay? Meine Ehe ist mir auch wichtig."

„Offensichtlich nicht so wichtig, dass du deine Hose zulässt." Matts Stimme zitterte vor Wut.

Blake lief knallrot an. „Halt deine Klappe. Das geht dich nichts an."

„Hör zu, Blake. Wir sind seit Jahren Freunde, und wir sprechen hier von meiner Schwester. Ich will für euch beide nur das Beste, und auch wenn ich nicht viel weiß: Vanessa ist es bestimmt nicht."

„So gut kennst du sie nicht."

Matt verdrehte die Augen. „Ach, bitte! Sie war in den sieben Jahren, die ich mit Analise verheiratet war, ein einzige Belastung."

„Du bist doch nur wegen Caitlin verärgert."

„Hat sie dir das so erzählt? Frag sie doch mal, warum sie ihre eigene Schwester nach zwei Fehlgeburten verspottet hat. Oder warum sie über Caitlin sprach, als wäre sie ein Stück Müll, das es nicht wert sei, Teil unserer Familie zu sein." Manchmal würde er diese Frau, die es wagte, herumzulaufen und schlecht über seine Familie zu sprechen, am liebsten erwürgen. „Ich will nicht mehr über sie reden."

„Du hast damit angefangen."

„Mein Fehler." Matt griff nach seiner Maus und begann sich die Beweise noch einmal anzuschauen. Wenigstens verstand er etwas davon, Verbrechen aufzuklären.

14

„Der Verschlungene-Pfade-Quilt ist ein Symbol für das Leben. Für die Amisch besteht ihre Lebensaufgabe darin, ein gottgefälliges Leben zu führen und auf seinen Pfaden und Wegen zu wandeln. Sie glauben, dass man nicht wissen kann, ob dieser Weg im Himmel endet, und dass es anmaßend ist, das zu glauben. Diese Entscheidung liegt allein bei Gott."
Mary Schwartz in *Quilts und amischer Glaube*

Quilten beruhigte sie. Seit sie mit Nadel und Faden beschäftigt war, hörten Marys Hände endlich langsam auf zu zittern. Reeces plötzliches Auftauchen vor dem Haus hatte sie vollkommen aus der Bahn geworfen. Sie betrachtete den Rahmen in ihren Händen. Allmählich nahm der Quilt Formen an. Sie verband den Triangle-Quilt mit den drei Dingen, die den Amisch existentiell wichtig waren: Gott, ihre Familien und die Gemeinschaft.

Mary liebte die Farben dieser Decke. Jede Gruppe setzte sich aus zwei Reihen zusammen – dunkelblau und hellblau, dunkelgrün und hellgrün, dunkelrot und hellrot. Diese waren vor dem Hintergrund von schwarzen Dreiecken, die die Farben zum Leuchten brachten, arrangiert. Das war der Quilt, der auf das Titelblatt des Buches gehörte. Niemand würde die Amisch, ihren Glauben und ihre Kultur verstehen, ohne zu begreifen, von welch entscheidender Bedeutung diese drei Elemente für sie waren.

„*Fox & Friends* haben sich bei mir gemeldet", sagte Susan. „Sie waren von deinem Interview so beeindruckt, dass sie hierherkommen und Aufnahmen machen wollen. Dich in der Küche mit traditionellem amischen Essen, das Haus und die Gärtnerei, dich beim Quilten – solche Sachen."

Mary legte ihre Arbeit in den Schoß. „Nein. Ich habe doch schon mehrmals gesagt: Keine Publicity, solange wir hier sind."

Susan verdrehte die Augen. „Mary, du musst das machen! Hast du eigentlich eine Ahnung, war für eine große Sache das hier ist? Wir können das nicht ablehnen." Sie verschränkte die Arme. „Ich habe bereits zugesagt. Sie kommen nächsten Freitag. Deine Tante wird dir bestimmt erlauben, bei ihr zu filmen. Außerdem wäre es gleichzeitig eine gute Werbung für die Gärtnerei deines Cousins."

„Luca will keine Werbung. Niemand hier will das. Verstehst du das denn immer noch nicht, Susan? Wir sind zufrieden mit dem, was Gott uns gibt." Vielmehr, sie selber sollte damit zufrieden sein. Wann hatte sich bei ihr der Wunsch nach mehr eingeschlichen? Als die erste begeisterte Leserin ihr eine E-Mail schrieb? Als sie ihren ersten Fernsehauftritt hatte?

„Du bist es deinem Verlag schuldig. Diese Aktion könnte den Verkauf um zigtausend Exemplare steigern, Mary. Eine derartige Chance kannst du nicht ablehnen. Wenn du danach langsamer treten und eine Pause einlegen willst, bin ich dabei. Aber diese Gelegenheit müssen wir nutzen."

Vielleicht hatte Susan recht. War sie es ihrem Verlag nicht schuldig, alles in ihrer Macht Stehende zu tun, um die Bücher zu verkaufen? Gleichzeitig wollte sie mit den Überzeugungen ihrer Familie unbedingt respektvoll und sensibel umgehen. Wie konnte ihr dieser Balanceakt gelingen? Mary fühlte sich vollkommen zerrissen. Es war schon schwer genug, täglich mit dem Bann zu leben und wie eine Außenseiterin behandelt zu werden. Bereits nach kurzer Zeit konnte sie sehr gut verstehen, warum Menschen Buße taten und zu den Amisch zurückkehrten. Sie vermissten die Liebe, die Gemeinschaft.

„Einverstanden", sagte Mary schließlich. „Aber sag ihnen, dass sie weder Tante Nora noch irgendeine andere amische Person filmen können."

„Wenn du es Sarah erklärst, erlaubt sie uns vielleicht, die Kinder zu filmen. Sie sind so süß."

„Nein, auf keinen Fall! Ich werde sie nicht einmal fragen." Mary erschauderte bei dem bloßen Gedanken daran.

„Okay, wie du willst." In Susans Stimme lag Unverständnis. Sie stand auf. „Ich fahre jetzt in die Stadt. Ich muss dem Produzenten einige Daten faxen und dein Werbebild mailen."

„Könntest du mich vorher bei Tante Nora absetzen? Ich muss endlich mit ihr über diese ganzen furchtbaren Dinge sprechen und herausfinden, was sie weiß." Mary rieb sich den Kopf. „Ach nein, warte. Heute ist Montag, da fährt sie immer ihre Freundinnen besuchen."

„Du hast sowieso noch einiges an Arbeit."

„Ich weiß, aber ich brauche dringend ein wenig Inspiration. In dem kleinen Laden zwei Straßen weiter gibt es eine Quiltausstellung. Ich glaube, ich sehe sie mir mal an."

Susan runzelte die Stirn. „Bist du sicher? Ich will nicht, dass dir etwas passiert."

„Mach dir keine Sorgen. Ich bin dort unter vielen Menschen. Ruf mich an, wenn du mich abholen kannst, dann warte ich am Straßenrand auf dich." Gemeinsam verließen sie das Haus und fuhren los.

Vor dem Laden stieg Mary aus und sah sich die Quiltdecken im Schaufenster an. Die traditionellen Farben stachen vom schwarzen Hintergrund ab. Bei ihrem Anblick freute sie sich bereits auf den Moment, in dem sie an ihrer eigenen Decke weiterarbeiten konnte.

Sie huschte in den gut besuchten Laden und ging nach hinten, wo bereits andere Frauen die Quiltausstellung bewunderten. Einzelne Quilts waren reine Ausstellungsstücke. Neben einem Stapel Decken, die zum Verkauf standen, blieb sie stehen. Ihre Hand strich über den weichen Baumwollstoff der obersten Decke. Sie schob sie zur Seite und begann, eine Quiltdecke nach der anderen zu begutachten. Die Hoffnung, irgendwann doch noch die Decken ihrer Mutter zu finden, hatte Mary nie losgelassen. Irgendwo mussten sie doch sein.

Die Decken in dem Laden waren wunderschön, aber es war kein Quilt ihrer Mutter dabei. Die Decken waren das Puzzleteil, das nicht in das Bild mit Reece als dem Mörder ihrer Eltern passen wollten. Falls er ihre Familie getötet hatte, was war mit den Quiltdecken geschehen? Wenn er sie verkauft hätte, wären sie irgendwann im Handel angeboten worden. Mary war überall gewesen, hatte im Internet und auf Flohmärkten gesucht, hatte die Sammlungen anderer Museen durchforstet. Keine einzige Decke war je aufgetaucht.

Ihre Besessenheit bei der Suche danach hatte Reece wütend gemacht. Hatte er sie womöglich absichtlich vor ihr versteckt? Sie ging zurück nach draußen an die frische Luft. Er hatte etwas so Wertvolles doch wohl nicht zerstört? Egal, wie sie es drehte und wendete, Mary fand keine andere Erklärung. Bei dem bloßen Gedanken daran zog sich ihr Herz zusammen. Tief in Gedanken versunken, stieß sie auf dem Gehweg fast mit einem anderen Passanten zusammen. Starke Hände ergriffen ihre Schultern und stützten sie. Mary sah auf und blickte in Matts Gesicht.

„Oh, Entschuldigung", sagte er.

„Es war meine Schuld. Ich habe nicht aufgepasst."

„Das trifft sich gut. Ich wollte sowieso mit Ihnen sprechen."

„Haben Sie etwas über das kleine Mädchen herausgefunden?" Hoffnungsvoll sprudelten die Worte aus ihr heraus.

Sein Lächeln verschwand. „Nein, es geht nicht um das Kind. Ich wollte Sie nur fragen, ob Sie irgendetwas brauchen. Und ich wollte mich bei Ihnen für die Belästigung durch Vanessa entschuldigen."

Er drehte sich um und deutete zu seinem Auto. „Steigen Sie ein. Ich fahre Sie nach Hause."

Dieser Mann machte sie so wütend. Nur weil er ihre Suche für aussichtslos hielt, bedeutete das noch lange nicht, dass er sie einfach ignorieren konnte. Dann würde sie eben selbst durch die Stadt gehen und jeden persönlich fragen, der ihr über den Weg lief. Innerlich kochend kniff Mary die Lippen zusammen und stieg ins Auto. Matt schloss die Tür hinter ihr, ging zur Fahrerseite und stieg ein.

Mary sah sich im Auto um. Es war ordentlich und roch sauber, ein Hauch von seinem Rasierwasser lag in der Luft. Sie würde gern mehr über seine Familie wissen. Vanessas Besuch hatte ihre Neugier geweckt. Würde er ihre Fragen beantworten? Vielleicht würde er ihr eher helfen, das kleine Mädchen zu finden, wenn sie ihn ein wenig besser kennenlernte.

Er sah sie von der Seite an. „Ich hoffe, Vanessas Besuch hat Sie nicht zu sehr aus der Fassung gebracht. Sie kann ziemlich … anmaßend und unhöflich sein."

„Sie war wirklich etwas speziell", gab Mary zu. „Sie waren mit ihrer Schwester verheiratet?"

Er nickte. „Analise starb vor drei Jahren."

„Vanessa hat mir erzählt, dass sie gestorben ist. Es tut mir so leid."

„Danke. Unsere Tochter vermisst sie sehr. Analise war eine wunderbare Mutter und eine gute Ehefrau."

„Was ist passiert?"

„Sie hatte ein Aneurysma im Kopf. Sie litt häufiger unter Migräne, deshalb dachten wir anfangs, es wäre nur ein normaler Migräneschub. Wenn ich sie früher ins Krankenhaus gebracht hätte ..." Seine Finger krampften sich um das Lenkrad. „Jetzt hat Caitlin keine Mutter mehr."

„Schuldgefühle wird man nur schwer wieder los. Ich weiß nur zu gut, wovon Sie sprechen." Sie starrte aus dem Fenster.

„Sprechen Sie von der Limonade? Es war kein Gift darin."

Mary sah noch immer starr geradeaus. „Ich habe meine Familie umgebracht."

„Die Kekse haben Ihre Eltern umgebracht. Es war nicht Ihre Schuld."

„Es war Gottes Strafe für meine Sünde." Sie wandte den Kopf und sah ihn an. „Sie glauben nicht, dass Cyrus sie getötet hat, nicht wahr?"

„Nein, das glaube ich nicht mehr."

„Ich … ich glaube, es war Reece. Wenn nicht …"

„Wenn nicht was?"

„Was hat er mit den Quiltdecken gemacht?"

„Vielleicht hat er sie verkauft?"

Mary schüttelte den Kopf. „Sie wären auf dem Markt irgendwo aufgetaucht. Nach wie vor fehlt jede Spur von ihnen."

„Was ist mit dem Mord selbst? Hätte Reece, nachdem Sie das Haus verlassen hatten, wirklich genug Zeit gehabt, bevor er an Ihren Treffpunkt kam? Er musste die Toten hinlegen, die Kekse einsammeln und Cyrus helfen, die Quiltdecken wegzuschaffen. Um wie viel kam er zu spät?"

„Fünfzehn bis zwanzig Minuten, vielleicht auch eine halbe Stunde. Ich hatte keine Uhr. Die Brücke war nur fünf Minuten von unserem Haus entfernt. Wenn er gewartet hat, bis ich weg war, könnte es so abgelaufen sein. Als ich das Haus verließ, verrichtete ich zunächst noch meine Stallarbeit. Erst dann lief ich zur Brücke, um ihn zu treffen. Ich war mindestens schon eine Stunde aus dem Haus, bevor ich zur Brücke ging."

Das Auto hielt an einer Ampel. Plötzlich konnte Mary nicht noch mehr Fragen ertragen. „Hören Sie, vielen Dank für Ihr Angebot, mich nach Hause zu fahren, aber ich habe noch ein paar Sachen zu erledigen." Sie öffnete die Tür und stieg aus. Der Sonnenschein und die frische Luft vertrieben die Beklemmung, die sich durch seine Fragen auf sie gelegt hatte. Warum war sie zurückgekommen? An jeder Ecke würde sie hier mit dem Tod, der Trauer und dem Schmerz ihrer Vergangenheit konfrontiert. Sie musste sie endgültig hinter sich lassen und sich auf die Zukunft konzentrieren. Eine Zukunft, die vielleicht sogar ein Wiedersehen mit ihrem Kind versprach.

Er drehte das Fenster herunter. „Warten Sie. Es ist wirklich kein Problem. Ich fahre Sie gern."

„Danke, aber ich möchte lieber zu Fuß gehen. Es ist nicht weit." Ohne ihn anzusehen, ging sie die Straße hinab und wich den Wasserpfützen auf dem Gehweg aus. Wenn sie eine Abkürzung durch einige Gärten nähme, müsste sie nur wenige Straßen gehen, um zum Haus zu kommen. Sie brauchte unbedingt ein wenig Zeit allein, um in Ruhe nachzudenken.

Ein Hund bellte, als sie durch einen matschigen Hinterhof ging. Nachdem sie ein Rasenstück umrundet hatte, gelangte sie wieder auf den Gehweg, der an den Geschäften der Hauptstraße entlangführte. Warm schien die Sonne ihr auf Gesicht und ihre Arme. Falls der warme Frühling irgendwelche Prognosen zuließ, würde es ein heißer Sommer werden. Die schwüle Feuchtigkeit, die nach dem vielen Regen in der Luft lag, legte sich auf ihre Haut. Auf der gegenüberliegenden Straßenseite sah sie die beliebte Anlaufstelle für Kinder. Spontan änderte Mary ihre Richtung und betrat das Lokal. Menschen jedweden Alters standen an der Theke an. Bei so vielen Ansprechpartnern standen ihre Chancen gut, dass jemand das Kind auf dem Bild erkannte. Sie stellte sich hinter einer kräftigen Frau in einer roten Caprihose an.

Die Frau wandte den Kopf in ihre Richtung und Mary setzte ihr freundlichstes Lächeln auf. „Entschuldigen Sie, aber könnten Sie mir vielleicht sagen, ob Sie dieses kleine Mädchen kennen?" Sie zog das Bild heraus und beobachtete den Gesichtsausdruck der Frau. Die Frau zog die Brauen in die Höhe und sah Mary argwöhnisch an. „Warum wollen Sie das wissen?"

„Ich ... ich suche meine Tochter." Meine Tochter. Wie vertraut diese Worte in ihren eigenen Ohren klangen.

„Oh, meine Liebe. Das tut mir ja so leid." Die Frau nahm das Bild und betrachtete es. Als sie es ihr kopfschüttelnd zurückgab, lag aufrichtiges Bedauern in ihrem Blick. „Es tut mir leid. Ich bin aber nur zu Besuch hier. Vielleicht fragen Sie am besten das Personal."

„Danke, das werde ich machen." Mary ging von einem Gast zum anderen und zeigte jedem das Bild, aber niemand schien das Mädchen gesehen zu haben. Schließlich erreichte sie die Theke, wo sie einen Becher Schokomandel-Eis bestellte. Da gerade keine weiteren Kunden hinter ihr anstanden, fragte sie die Eisverkäuferin, ein junges Mädchen mit einem Nasenpiercing, ebenfalls nach dem Kind auf dem Foto.

Während sie Marys Bestellung nachkam, warf das Mädchen einen

Blick auf das Bild. „Ich weiß nicht, vielleicht. Ich sehe hier so viele Kinder.“ Sie sah Mary mit misstrauischer Miene an.

„Wissen Sie vielleicht, wie sie heißt?“

„Hören Sie, ich bin kein Privatdetektiv. Ich kann Ihnen nicht helfen.“

„Entschuldigen Sie.“ Mary nahm ihr Eis und verließ die Eisdiele. Gemütlich schlenderte sie durch die Straßen bis zu Matts Haus. Vor der Haustür lag eine lange Schachtel. Als Mary näher kam, sah sie, dass die Adresse mit einem schwarzen Filzstift geschrieben worden war. Die Buchstaben waren so groß, dass sie bereits aus der Ferne ihren Namen auf der Schachtel erkennen konnte. In der oberen rechten Ecke der Schachtel klebten Briefmarken.

Mary erreichte die Tür und schaute auf die Schachtel hinab. Wie selbstverständlich holte sie ihr Handy heraus. Bevor sie das Paket öffnete, würde Matt es sicher untersuchen wollen. Während sie wählte, konnte sie den Blick nicht von der Schachtel abwenden. Egal, was darin war, es war bestimmt nichts Gutes. Fünf Minuten später kam Matts Wagen mit quietschenden Reifen vor dem Haus zum Stehen.

Blake stieg als Erster aus. Beide Männer liefen zum Haus. „Glaubst du, wir müssen die Sprengstoffeinheit holen?“, fragte Blake.

„Ich will es mir zuerst selbst anschauen“, sagte Matt. Er zog einige Papiertücher heraus und untersuchte vorsichtig die Schachtel. „Ich denke, es ist keine Bombe. Ist Ajax im Haus?“, wandte er sich an Mary.

Sie nickte. „Ich habe ihn bei den Katzen gelassen, als ich in die Stadt ging.“

Matt sperrte die Tür auf, holte den Hund und führte Ajax zu der Schachtel. Der Hund schnüffelte an der Schachtel. Dann setzte er sich auf die Hinterbeine und sah Matt mit erwartungsvoller Miene an.

„Ich glaube, ich riskiere es“, sagte Matt. „Bitte geht ein Stück weg.“

Blake und Mary gingen zurück auf die Straße. Matt zog ein Taschenmesser heraus, schlitzte vorsichtig das braune Packpapier auf und zog es von der ungefähr zwanzig mal dreißig Zentimeter großen Schachtel weg. Mary sah zu, wie er mit der Klinge das Klebeband aufschnitt.

Vorsichtig öffnete Matt nacheinander die beiden Seitenteile des Kartons und spähte hinein. Er machte einen hastigen Satz zurück. „Blumen“, rief er. „Kommt auf keinen Fall näher, damit ihr nichts davon in die Nase bekommt.“ Er sah den Hund an. „Ich lasse Ajax lieber untersuchen. Das Paket muss ins Labor und auf Fingerabdrücke hin überprüft werden."

„Ich bringe es auf die Wache", sagte Blake. Er ging zum Wagen, holte eine große Plastiktüte heraus und zog sich zum Schutz eine Atemmaske über den Kopf. Behutsam steckte er die Schachtel mit den Blumen in die Tüte und band sie fest zu. „Ich bin gleich zurück."

Matt steckte die Hände in seine Hosentaschen. „Ich möchte wetten, dass die Blumen mit Strychnin verseucht sind. Vielleicht hat der Mörder gehofft, dass Sie nicht wüssten, woran Moe starb."

Mary trat einen Schritt zurück und rieb unruhig mit den Handflächen über den Stoff ihres Rockes. Der Versuch, sie zu töten, hinterließ einen bitteren Geschmack in ihrem Mund. „Vielleicht wollte er mich auch vorwarnen, dass er es jetzt auf mich abgesehen hat."

„Mag sein. Und wir wissen jetzt, dass er inzwischen weiß, wo Sie wohnen."

„Reece hat mich gestern an der Tür gesehen, als Vanessa hier war."

„Und das sagen Sie mir erst jetzt?", rief Matt entgeistert.

„Es tut mir leid. Ich war innerlich zu sehr damit beschäftigt, das kleine Mädchen zu finden."

Er verdrehte die Augen. „Sie haben meine Nummer. Ich muss unbedingt alles wissen. Ich muss einen Mordfall lösen. Jeder noch so kleine Hinweis kann wichtig sein."

„Vier Mordfälle", erinnerte sie ihn.

„Okay, vier."

Vielleicht sollte sie ihre Sachen packen und wieder nach Milwaukee zurückfahren. Ihr Kommen hatte den Menschen, die sie liebte, nur noch mehr Probleme bereitet.

„Ich habe einigen Leuten in der Eisdiele das Bild gezeigt. Ich glaube, das Mädchen hinter der Theke hat sie erkannt, aber sie wollte mir nichts verraten. Ich werde mich in nächster Zeit öfter dort aufhalten."

Abweisend kniff Matt die Augen zusammen. Seine Worte klangen abgehackt und heiser. „Lassen Sie die Finger davon. Wollen Sie, dass dem Mädchen noch etwas passiert?"

Mary starrte ihm ins Gesicht. Irrte sie sich oder lag Angst in seinem Blick? „Sie wissen, wo sie ist, nicht wahr?" Die Welt schien stillzustehen, als hielte sie mit Mary den Atem an, während sie auf seine Antwort wartete.

„Vergessen Sie es einfach.“ Er drehte ihr den Rücken zu und sperrte die Haustür auf.

Sie wusste, warum er das Kind nicht suchen wollte. Ihre Tochter war bei jemand, den er kannte. Aber bei wem? Mary rieb sich den Kopf. Zog sie schon wieder voreilige Schlüsse? Wieso sollte er ihr etwas verschweigen? Was hätte er zu gewinnen, wenn er ihr Informationen vorenthielt? Sie war so sehr an Reeces Spielchen gewöhnt, dass sie inzwischen die Motive jedes Menschen in Frage stellte.

15

„Der Ananas-Quilt ist schon lange ein Symbol für Gastfreundschaft. Die Amisch heißen einen Menschen in ihrem Haus so gastfreundlich willkommen wie niemand sonst.“
Mary Schwartz in *Quilts und amischer Glaube*

Vereinzelte Lichter leuchteten aus dem Haus in die immer dunkler werdende Dämmerung hinaus. Reece kletterte im Garten hinter dem Haus über den Zaun, rutschte aus und fiel in den Matsch. Die Nässe drang durch seine Hose. Fluchend rappelte er sich wieder auf und schlich zum Haus. Hoffentlich war das Steak in seiner Hand nicht voller Erde. Immerhin griff ihn der Hund nicht bereits laut knurrend an.

Der Regen der letzten Tage hatte den Garten aufgeweicht, sodass der Weg durch den Garten eine halbe Rutschpartie war. Hoffentlich war er wenigstens nicht in einen Hundehaufen getreten. Vorsichtig schlich er zu dem Fenster, durch das man in die Küche schauen konnte. Der freie Raum zwischen der Küche und dem Wohnzimmer erlaubte ihm einen Blick auf die beiden Frauen, die auf dem Sofa saßen und fernsahen.

Das warme Licht beleuchtete sanft Marys offenes, rötlich-schimmerndes Haar. Als er gestern an der Haustür einen kurzen Blick auf sie hatte erhaschen können, waren sie hochgesteckt gewesen. Er liebte es, wenn sie ihre Locken offen trug. Fast konnte er ihre weichen Haare in der Hand fühlen, die seidenen Strähnen, die sich um seine Finger legten.

Es war dumm von ihm gewesen, ihr das Kind wegzunehmen. Er hatte ihre Muttergefühle unterschätzt. Wenn sie ihm das Ganze besser erklärt hätte, wäre seine Entscheidung eine andere gewesen. Er hatte nur versucht, das Beste zu tun. Jeder seiner Gedanken drehte sich um sie und ihre gemeinsame Liebe. Bald wären sie wieder vereint, sie alle drei.

Der Hund hob den Kopf und spitzte die Ohren. Reece bückte sich, um nicht etwa gesehen zu werden, und schlich zur Hintertür. Bis der richtige Zeitpunkt gekommen war, würde er sich in der Garage verstecken. Dann könnte er endlich zu Mary hineingehen. Er sehnte sich danach, ihren weichen Körper zu fühlen, ihren duftenden Atem auf seinem Gesicht zu spüren. Sie waren bereits viel zu lange voneinander getrennt. Bestimmt vermisste sie ihn inzwischen. Aber zuerst hatte er noch eine Kleinigkeit zu erledigen. Reece öffnete das Schloss mit dem Dietrich, den er seit Jahren besaß, und schob leise die Tür auf. Er pfiff leise. Ajax kam zum Hintereingang getrottet und schnüffelte an Reeces Hand. „Gut, Ajax, brav", lobte er den Hund leise. Ajax wedelte entzückt mit dem Schwanz und kam auf die Veranda. Reece zog das mit einem Schlafmittel versehene Steak heraus. „Willst du ein Nickerchen machen, Junge?" Er ließ das Fleisch auf die Veranda fallen und sah zu, wie Ajax es gierig verschlang.

Reece hatte lediglich vor, den Stein ins Rollen zu bringen. Mary hatte die Chance verdient, aus freien Stücken zu ihm zurückzukommen. Nur so würde er ihr je wieder ganz vertrauen können. Sie musste ihn wollen. Nur ihn. Er musste sie unbedingt davon überzeugen, dass er zum amischen Glauben konvertiert war. Vielleicht könnte er den Bischof dazu bringen, einen überzeugenden Brief zu schreiben.

Er setzte sich und wartete, bis Ajax eingeschlafen war.

* * *

Matt rieb sich die Augen. Die Uhr an seiner Wand zeigte bereits auf die Acht – er hätte schon vor Stunden Feierabend machen sollen. In all dem Chaos fehlte ihm die Begegnung mit seiner Tochter umso mehr. Die Blumen, die Mary heute erhalten hatte, waren erneut voll Strychnin gewesen. Wenigstens hatte Ajax durch die Schachtel und das Papier fast nichts von dem Gift eingeatmet, sodass er ohne größeren Schaden davongekommen war. Er starrte auf den Ordner auf seinem Schreibtisch. Matt wusste, dass Marys Hintergrundüberprüfung nahezu alles enthalten konnte. Wollte er wirklich mehr über sie wissen?

„Sieh es dir doch endlich an, damit wir Feierabend machen können", sagte Blake.

„Natürlich, du hast recht." Matt schlug den Ordner auf und begann zu lesen. „Hast du es dir bereits angeguckt?"

„Ja. Reece war anscheinend ziemlich brutal zu ihr. Es gab mindestens drei Krankenhausaufenthalte, sie musste dreimal in die Notaufnahme."

„Gebrochener Arm, gebrochene Nase", las Matt. „Einmal eine Gehirnerschütterung."

„Das Krankenhauspersonal wollte, dass sie ihn anzeigt, aber sie weigerte sich. Sie sagte, sie wäre die Treppe hinuntergefallen."

Matt wollte gerne jemanden schlagen, vorzugsweise Reece. Ein Mann, der eine Frau schlug, war ein Feigling. Reece hatte sich bei Mary wesentlich mehr geleistet als eine Ohrfeige. „Sie verschwand aus dem Krankenhaus, nachdem sie zu Hause ihr Kind vor dem Termin entbunden hatte, aber der Fötus wurde nie gefunden. Die Polizei hat Reece dazu befragt, aber es scheint nie zu einem Haftbefehl gegen ihn gereicht zu haben."

„Sie ist also vor ihm geflohen. Haben wir eine Ahnung, was sie in den letzten fünf Jahren gemacht hat?", wollte Blake wissen.

„Sie hat mir erzählt, dass sie für ein Museum gearbeitet hat. Ich glaube in Milwaukee."

„Soll ich nachschauen, was ich in Wisconsin herausfinden kann?"

„Ich glaube, das ist nicht nötig. Es ist ziemlich offensichtlich, dass sie vor Reece davonlief. Gibt es irgendetwas Neues über ihn?"

„Ja." Blake warf einen anderen Ordner auf seinen Schreibtisch.

Matt blätterte den Bericht durch. Was er darin las, überraschte ihn nicht. „Er hat in den letzten Jahren nirgends länger als ein paar Monate am Stück gearbeitet. Gelegenheitsjobs, ein oder zwei Stellen als Wachmann. Er hat sich treiben lassen."

„Ich nehme an, er hat Mary gesucht."

Matt schloss die Mappe und schlug einen anderen Ordner auf. In ihm bewahrte er die Kopien auf, die er sich von Marys Notizen gemacht hatte.

„Was ist das?" Blake schaute über seine Schulter die Zeichnungen an.

„Das stammt von den ersten Mordfällen vor zehn Jahren. Das Wort *Anathema* und ein Friedenszeichen."

„Sieht seltsam aus."

„Es wird auch Nero-Kreuz oder gebrochenes Kreuz genannt. Wir sind damals dem Friedenssymbol nachgegangen und haben verschiedene Gruppen in der Gegend überprüft. Ich verstehe nicht, wie uns die zweite Bedeutung dieses Zeichens entgehen konnte. Vielleicht weil es so obskur ist."

Blake zog die Brauen in die Höhe. Seine Stimme klang skeptisch. „Ist den Amisch der Frieden nicht extrem wichtig? Sie dienen nicht einmal beim Militär und nehmen keine staatliche Unterstützung an.

Frieden oder Protest. Das gleiche Symbol steht für die Auslöschung des Glaubens und für Frieden mit jedermann. Etwas sonderbar, findest du nicht?"

„Mary vermutet, dass es in diesem Fall um die Auslöschung geht. Eine Art Kriegsklärung gegen alles, wofür die Amisch stehen. Ein Hassverbrechen."

„Und du glaubst, dahinter könnte Reece stecken?"

„Ich halte es für sehr fragwürdig. Warum sollte er die Amisch hassen? Die Frau, die er liebte, war amisch. Er muss etwas Gutes in ihnen gesehen haben. Momentan erzählt er sogar, er sei in eine amische Kirche in Shipshewana in Nordindiana eingetreten."

„Ich könnte nach Shipshewana fahren und die Sache überprüfen."

„Gute Idee. Mach das." Matt sah auf seine Armbanduhr. „Es dauert wie lange … ungefähr vier Stunden, um dorthin zu fahren? Fahr gleich morgen früh und lass nicht locker, bis du den Bischof seines Bezirks findest. Ich bin gespannt, was er dir erzählt."

„Okay, aber was ist, wenn nichts davon wahr ist? Was will Reece?"

„Er will, dass Mary zu ihm zurückkommt." Sein Blick wanderte zu den Akten zurück. Und Caitlin. Matt musste sich dringend etwas einfallen lassen. Wenigstens war Caitlin bei Gina vor Mary versteckt. Doch was half ihm das, wenn Reece vielleicht bereits längst wusste, wo er Caitlin verbarg? „Hast du irgendeinen Hinweis gefunden, dass sich jemand bei euch draußen herumschleicht?"

„Nein. Ich glaube, Gina hat sich das Ganze nur eingebildet. Ich habe auf jeden Fall zur Sicherheit die Alarmanlage eingeschaltet und Gina hat immer ihre kleine Pistole dabei. Sie wird mit jedem fertig, der versucht, ihr oder Caitlin etwas zu tun."

Matt wünschte, er könnte Blake und Gina anvertrauen, warum er Caitlin verstecken musste und wer hinter ihr her war. Es war ermüdend, diese Last allein zu tragen. Dennoch würde Matt noch wesentlich mehr auf sich nehmen, wenn er nur seine Tochter behalten könnte.

* * *

Marys Hoffnungen, die an diesem Nachmittag so hell aufgestrahlt waren, verblassten mit dem Sonnenuntergang. Hatte sie sich in ein aussichtsloses Unterfangen verrannt? Es sah aus, als hätte das kleine Mädchen bereits eine Familie, die sie liebte. Hatte sie das Recht, ein solches Glück zu zerstören? Ihre Anschuldigungen gegenüber Matt zeigten eindeutig, dass sie nicht mehr länger objektiv war.

Sie brauchte dringend eine Ablenkung. „Schneidest du mir die Haare?“, fragte sie Susan. Ihre Freundin redete bereits seit Monaten wegen einer neuen Frisur auf Mary ein.

„Wie bitte? Was hast du gesagt?“

„Das war kein Witz. Schneidest du sie mir?“ Mary sprang auf und zog Susan auf die Beine. „Bitte, ich möchte es gerne. Nachdem ich Reece verlassen hatte, lehnte ich alles rigoros ab, was mich für Männer hätte attraktiv machen können. Ich hasste die verführerische Kleidung, die ich seinetwegen anziehen musste, die hohen Schuhe, alles was irgendwie mit Hübschmachen und Schönheit zusammenhing. Ich glaube, ich habe es deshalb danach ein wenig in die andere Richtung übertrieben. Ich habe immer meinen Beruf als Vorwand benutzt, aber in meinem Innersten immer gewusst, was der wahre Grund für mein Verhalten war.“

„Warum jetzt?“ Ein vielsagendes Lächeln huschte über Susans Gesicht. „Hat der gut aussehende Detective etwas damit zu tun?“

Mary wich ihrem Blick aus. „Natürlich nicht. *Fox & Friends* kommen nächste Woche. Ich will nett aussehen.“

„Wenn du meinst.“ Susan wandte sich zur Küche. „Das lasse ich mir nicht zweimal sagen. Ich hole schnell die Schere. Hast du schon irgendeine Vorstellung, wie ich sie dir schneiden soll?“

„Ich liefere mich voll und ganz deinen kompetenten Händen aus.“ Bei der Begeisterung in Susans Gesicht musste Mary unwillkürlich grinsen. Voller Vorfreude und ein klein wenig aufgeregt folgte sie ihrer Freundin in die Küche.

Ein Geräusch vor dem Fenster, vielleicht ein Zweig oder der Wind, ließ sie aufhorchen. „Hast du das gehört?“ Mary hielt inne, lauschte und deutete dann mit dem Kopf in Richtung Fenster.

„Nein.“ Susan schob sie auf einen Stuhl. „Komm, wir fangen gleich an. Nicht, dass du es dir noch anders überlegst. Es wird nicht wehtun.“

„Das glaubst du.“

„Also gut.“ Susan hob eine Strähne von Marys langen Locken hoch und erläuterte ihren Schlachtplan. „Die Spitzen sind ganz dünn. Wir kürzen sie um einige Zentimeter und schneiden anschließend ein paar Stufen hinein. Du wirst staunen, wie viel besser das aussehen wird."

Ihre Familie hielt sie sowieso bereits für eine Heidin. „Bringen wir es hinter uns."

Das ließ sich Susan nicht zweimal sagen. „Mach einfach die Augen zu. Ich werde vorsichtig sein. Vertrau mir."

Wenige Minuten später lagen überall um sie herum auf dem Boden rotbraune Locken. Fast wagte sie es nicht, sie anzuschauen. Ihr Kopf fühlte sich seltsam an, so federleicht. Sie hob die Hand und fuhr sich durch die Haare. Sie hatte sich die Haare schneiden lassen. Ein Lächeln spielte um Marys Lippen. Das hätte sie schon vor Jahren tun sollen.

„Du siehst umwerfend aus." Susan strahlte Mary begeistert an. „Geh und schau dich an."

Mary ging in das kleine Badezimmer hinter dem Wohnzimmer. Ihre Haare waren immer noch lang und reichten knapp über ihre Schultern, aber die Enden waren gerade und gleichmäßig. Die Stufen, die Susan hineingeschnitten hatte, betonten ihre Naturlocken. Mit einem Mal sah ihr Spiegelbild nicht mehr aus wie sonst. Sie wirkte anders, irgendwie weiser.

„Kann ich sie immer noch hochstecken?"

„Ja, aber das lässt du schön bleiben. Du fängst jetzt endlich an, sie offen zu tragen. Deine Haare sind hinreißend und verdienen eine große Portion Bewunderung."

„Ich will nicht zu viel Aufmerksamkeit auf mich ziehen." Außer von Matt. Dieser ungebetene Gedanke brachte Marys Wangen zum Glühen. Sie war immer noch eine verheiratete Frau.

Susan trat hinter sie. „Und jetzt noch ein wenig Make-up, obwohl du das eigentlich nicht nötig hast. Deine Haut ist perfekt."

„Ich finde, das genügt für einen Tag", wehrte Mary ab.

„Kommt gar nicht in Frage. Jetzt ziehen wir das ganze Programm durch. Setz dich hin und rühr dich nicht." Susan trug Lidschatten und Rouge auf. „Du siehst toll aus. Jetzt fehlt nur noch die Kleidung. Du wirst staunen, wie du aussiehst, wenn du etwas trägst, das dir wirklich passt."

„Es ist Zeit, schlafen zu gehen", warf Mary ein, wagte aber dennoch einen beinahe schüchternen Blick auf ihr Spiegelbild. War das wirklich sie?

„Es dauert nicht lang. Ich habe ein Kleid, das an dir unglaublich aussehen wird." Susan packte ihre Hand und zog sie durch den Gang. „Bitte probier es an."

Das Gästezimmer hatte einen bodenlangen Spiegel. Beinahe instinktiv wandte Mary den Blick davon ab. Von Kindesbeinen an hatte man sie gelehrt, dass es falsch sei, sich um ihr Äußeres zu kümmern. Erst als sie mit Reece weggegangen war, hatte sie sich erstmals vollständig in einem bodenlangen Spiegel gesehen und auch jetzt fiel es ihr immer noch schwer, ihren Körper zu betrachten.

Susan schob die Schranktür auf, zog ein karamellfarbenes Kleid heraus und reichte es Mary herüber. Kühl und seidig lag der Stoff in ihrer Hand. „Ich weiß nicht", sagte Mary und wollte es Susan zurückgeben. War ihr Verhalten falsch? Eitel, oberflächlich und sündig?

„Nur ganz kurz, bitte!"

„Darf ich dann schlafen gehen und du hast mich genug aufgestylt?"

„Ja, wenigstens für heute, aber den Produzenten nächste Woche soll es die Sprache verschlagen."

Mary seufzte und zog ihren langen Rock und die Bluse aus. Susan schob ihr das Kleid über den Kopf. Weich und fließend glitt es über ihren Körper.

Susan riss die Augen auf. „Wow! Mir fehlen die Worte. Hier, zieh noch die Schuhe an." Susan zog ein Paar hellbraune Schnürsandalen heraus.

Bringen wir es hinter uns. Mary schlüpfte in die Schuhe und drehte sich dann um, um die Fremde im Spiegel zu begutachten. Das Kleid passte perfekt. Der Saum endete kurz über den Knien. Leicht umspielte der Stoff ihre Figur. Die Farbe des Kleides brachte ihre Haut zum Strahlen und ließ ihre Haare durch den Kontrast heller und leuchtender wirken. „Ich sehe aus wie eine Prostituierte", sagte Mary.

„Okay, vielleicht habe ich ein wenig zu viel Rouge und Lidschatten aufgetragen, aber du siehst trotzdem wunderschön aus", entgegnete Susan.

Wo war die Grenze zwischen geschmackvoll und übertrieben? Wo war die Mitte? Ebenso wie für eine schöne Quiltdecke benötigte man für ein gutes Leben das richtige Maß. Mary hatte diese Ausgewogenheit gefunden. Das Kleid passte nicht zu ihr. Das war nicht sie. Gerade wollte sie das Kleid wieder ausziehen, als die Hintertür ins Schloss fiel.

„Ist jemand da?“ Schnell zog sie das Kleid wieder herunter und eilte auf den Flur hinaus. Im Türrahmen stand Reece.

Mit der schwarzen Hose und dem weißen Hemd sah er aus wie ein typischer amischer Mann. „Wie hübsch du aussiehst, Schatz. Hast du dich nur für mich so schön gemacht?“ Mit vier Schritten war er bei ihr und griff nach ihrem Arm. „Wir müssen reden.“

Alle Kraft wich aus Marys Gliedern. „Reece, was machst du hier?“

Susan fasste Marys andere Hand. „Lassen Sie sie los!“

„Das geht Sie nichts an“, knurrte Reece. „Wenn Sie schlau sind und wissen, was gut für Sie ist, gehen Sie jetzt in Ihr Zimmer und halten gefälligst die Klappe. Oder muss ich das für Sie erledigen.“

„Schon gut“, sagte Mary beschwichtigend. „Ich rede mit ihm.“ Ihr Blick wanderte von Susan zum Telefon.

Susan nickte. „Ich bin in meinem Zimmer. Ruf mich, wenn du mich brauchst.“

Mary fühlte sich entsetzlich hilflos. Bereits Reeces Blick genügte, um ihr ihre Kraft und Selbstachtung zu rauben. Selbst in der dunkelsten Nacht würde er sie finden. Sie könnte nach Tibet fahren und bei buddhistischen Mönchen leben – er würde es wissen. Sie war eine Närrin, von einem Leben zu träumen, in dem sein Schatten nicht den Sonnenschein verbarg.

Mühsam begann sie zu sprechen. „Lass mich in Ruhe, Reece. Ich will nicht mit dir reden.“

„Komm, wir setzen uns ins Wohnzimmer.“ Seine Finger legten sich fester um ihr Handgelenk und zerrten sie zum Sofa.

Kraftlos sank sie darauf nieder. Wie lang würde es wohl dauern, bis die Polizei von Rockville hier wäre? Oder Matt?

Reece setzte sich neben sie. „Ich dachte, du würdest gern das Neueste über unsere Tochter hören.“

„Unsere Tochter ist tot. Du hast sie umgebracht.“

„Oh nein, sie ist sehr lebendig, Mary. Sie sucht ihre Mami. Sie braucht dich. Ich komme mit Kindern nicht so gut klar.“

„Das ... das ist nicht wahr. Du hast sie nicht bei dir.“

Er rollte eine Locke ihrer Haare um seinen Finger. „Bist du sicher? Schatz, du weißt doch, wir gehören zusammen. Hör auf, gegen deine Gefühle anzukämpfen. Niemand hat mich je so geliebt wie du. Komm nach Hause, ohne dich bin ich verloren. Wir werden in Shipshewana wohnen. Der Bischof dort hat mir versprochen, dir dabei zu helfen, Buße zu tun und dich unterzuordnen."

Mary wollte am liebsten ihre Ohren vor seinen verführerischen Worten verschließen. Immer wieder gelang es ihm, Selbstzweifel in ihr zu wecken. Verzweifelt sehnte sie sich nach genaueren Informationen, aber sie wusste, dass er nur mit ihr und ihren Gefühlen spielte. Schamlos nutzte er ihre verzweifelte Sehnsucht nach ihrem Kind aus. „Wo ist sie?"

„Bei mir. Findest du nicht, dass sie eine Mutter und einen Vater verdient?" Seine Stimme wurde weicher, sanfter. „Komm nach Hause, Mary, und wir vergessen alles, was in der Vergangenheit passiert ist. Ich werde dich nicht wieder schlagen. Das verspreche ich dir."

Mary wehrte sich gegen seinen flehenden Tonfall. „Dieses Versprechen kannst du nicht halten, Reece. Außerdem glaube ich nicht, dass du sie hast. Hast du ein Bild, auf dem ihr beide zu sehen seid?" Sie zitterte. Fest presste Mary ihre Hände zusammen.

„Natürlich, aber nicht hier bei mir."

In der Ferne heulte eine Sirene. Er drückte ihr einen Kuss auf die Stirn. „Ich gehe jetzt lieber. Bis bald, dann bringe ich dir den Beweis."

* * *

Reece knallte die Tür seines Pick-ups zu. Sie begriff es einfach nicht. Frauen waren das schwächere Geschlecht. Warum konnte sie nicht verstehen, dass er nur ihr Bestes wollte? Sie *gehörten* zusammen. Nachdem sie ihn verlassen hatte, war es mit seinem Leben nur bergab gegangen. Mehrmals hatte er seine Arbeit verloren, hatte seine Rechnungen nicht bezahlt, zu viel getrunken. Aber jetzt würde sie zu ihm zurückkommen. Das war seine einzige Hoffnung.

Ein Streifenwagen fuhr mit heulender Sirene an ihm vorbei. Er würde das Kind holen und ein gemeinsames Bild von ihnen beiden machen. Ursprünglich hatte er diese Situation vermeiden wollen. Es wäre einfacher gewesen, wenn Mary nach Hause gekommen wäre und sie dann zu zweit das Sorgerecht für ihr Kind eingeklagt hätten. Jetzt würde sich die Polizei einschalten, Reece wusste, dass nur das Kind Mary nach Hause bringen würde.

Egal. Am Ende würde er alles haben – die perfekte, kleine Familie.

Die, die jeder haben wollte. Das Kind würde ihn vergöttern, und Mary würde ihn liebevoll begrüßen, wenn er von der Arbeit nach Hause kam.

Er fuhr zu dem alten Haus hinaus, in dem er aufgewachsen war. Wie immer kam es ihm so vor, als sei er erst gestern hier gewesen. Matt hatte sich nie angemessen um seine Großmutter gekümmert, aber Reece sorgte für Trudy, wie er es seit jeher getan hatte. Vor dem Bauernhaus hielt er an und schob einen Umschlag mit Bargeld in den Briefkasten. Das Geld würde sie durch den nächsten Monat bringen. Eigentlich sollte er sie besuchen, aber sie wäre mit seinen Plänen nicht einverstanden.

Anschließend fuhr er weiter zu Ginas Haus. Langsam rollte sein Pickup die Straße entlang, während sein Blick über das Haus wanderte. Es sah sauber und freundlich aus, ganz anders als früher. Damals hatte es immer ein wenig verwahrlost gewirkt. Ein Schatten hinter dem vorderen Fenster erregte seine Aufmerksamkeit. Reece stellte den Motor ab und schaltete das Licht aus. Wie eine Decke legte sich die Dunkelheit über ihn und sein Auto. Wenige Augenblicke später ging in dem Zimmer das Licht an und Matt und ein kleines Mädchen betraten den Raum.

Er hätte sich denken können, dass Matt sie hier unterbringen würde. Auf keinen Fall konnte er das Risiko eingehen, dass Mary sie zu Gesicht bekam. Reece grinste. Wie gern wäre er dabei, wenn Mary begriff, dass Matt sie die ganze Zeit angelogen hatte.

Reece starrte das Kind an. Seine Tochter. Ein unerwartetes Gefühl regte sich in ihm. Sie gehörte *ihm*. Süß und rein, völlig formbar. Wie hatte er nur auf den Gedanken kommen können, ihre Erziehung jemand anderem zu überlassen? Matt würde nie ein so guter Vater wie Reece sein. Es war Reeces Aufgabe, sie zu einer richtigen Frau zu erziehen. Zu einer demütigen und folgsamen Frau, die ihrem Mann gehorchen würde. Erneut blieb sein Blick an den rötlichen Haaren des Kindes hängen, die ihn so sehr an Mary erinnerten. Jetzt war endlich seine Chance, seinen Fehler wieder gutzumachen.

* * *

Springend und wiehernd wie ein Pferd trug Matt Caitlin huckepack durch den Gang zu ihrem Zimmer. Viel zu schnell war der Abend vergangen. Es war sehr nett von Blake und Gina, sie bei sich aufzunehmen, aber je länger desto mehr vermisste Matt seine Tochter.

Er ließ sie von seinem Rücken ins Bett rutschen. „Ich warte noch, während du betest, Prinzessin, aber dann muss ich leider gehen." Er kniete neben dem Bett auf dem Boden nieder.

Caitlin rutschte zu ihm und lehnte sich an ihn. „Ich will nach Hause, Daddy. Hier draußen ist es so dunkel. Ich hab Angst."

„Ich weiß, Schatz. Es ist nur noch für kurze Zeit." Er küsste sie wieder auf den Kopf. „Morgen bringe ich dir eine Überraschung mit."

„Ich will nur nach Hause."

Es beunruhigte Matt zutiefst, seiner Tochter in die Augen zu schauen. Sie hatten viel zu viel Ähnlichkeit mit Marys Augen. „Das will ich auch. Es dauert nicht mehr lang. Jetzt komm, lass uns beten." Zutiefst gerührt, hörte er ihr schlichtes und liebevolles Gebet für ihn und ihre Tante. Sie betete sogar für Trudy. Im Stillen schloss Matt seine eigene Bitte um Vergebung wegen der Lüge, die er lebte, an. War es je verzeihlich zu lügen – selbst wenn es aus einem guten Grund geschah? Er war Caitlins Daddy und es war seine Aufgabe, sie zu beschützen. Allen Argumenten und Gründen zum Trotz machten ihm seine Gewissensbisse schwer zu schaffen.

Dennoch – er würde diese Spannung ertragen. Für seine kleine Prinzessin würde er noch viel mehr aushalten. Er war so stolz auf sie. Sie entwickelte sich gut, auch ohne Mutter.

Leise schlich sich der Gedanke in sein Herz, dass Caitlin eigentlich sogar eine Mutter hatte, doch er schob den Gedanken energisch beiseite.

Als Caitlins Vater war er dafür verantwortlich, sie vor Leuten wie Reece zu beschützen. Sie war viel zu klein, um das alles zu verkraften. Er gab ihr einen Kuss und deckte sie liebevoll mit der Quiltdecke zu. „Gute Nacht, Prinzessin. Bis morgen."

„Gute Nacht, Daddy", sagte sie leise und mit schweren Augenlidern.

Auf Zehenspitzen verließ er das Zimmer. Im Wohnzimmer klingelte das Telefon. Gina nahm ab. „Es ist für dich, Matt", sagte sie. „Captain Sturgis."

Matt nahm den Hörer. „Was gibt's?"

Sturgis' Stimme dröhnte an sein Ohr. „Ich versuche seit einer halben Stunde, dich auf deinem Handy zu erreichen."

Matts Hand fuhr zu seinem Gürtel. Das Telefon war nicht da. „Ich muss es im Auto gelassen haben. Was ist passiert?"

„O'Connor hat das Schloss an dem Haus, das du Mary vermietet hast, geknackt."

Das Ausmaß des Entsetzens, das sich über seinem ganzen Körper ausbreitete, überraschte Matt. „Bin schon unterwegs." Er lief zur Tür.

„Ich muss weg. Es gibt Ärger." Seine Schwester rief ihm noch etwas hinterher, aber Matt winkte nur und lief zum Auto.

* * *

Er hatte damit gerechnet, die Frauen vollkommen aufgelöst im Haus vorzufinden. Stattdessen stand Mary in der Küche und brühte einen Tee auf, Ajax zu ihren Füßen.

Matt starrte Mary an. Sie trug ein eng anliegendes, kurzes Kleid, das ein Paar faszinierende Beine zum Vorschein brachte. Wo hatte sie die ganzen Jahre diese Beine versteckt? Ihre Haare waren irgendwie auch anders. Sie umrahmten ihr Gesicht und fielen wellig über ihren Rücken. Die offenen Haare ließen sie anders aussehen, so geheimnisvoll. Sie erinnerte ihn an eine aus dem Schlaf geweckte Löwin.

In ihrem Blick lag Entschlossenheit. „Ich lasse mich von ihm nicht länger terrorisieren", erklärte sie. „Noch einmal lasse ich mir das nicht gefallen."

„Was ist passiert?"

Sie deutete zur Tür. „Er hat Ajax betäubt und dann das Schloss an der Küchentür aufgebrochen."

Eilig kniete Matt neben seinem Hund nieder. „Alles in Ordnung, Kumpel?" Ajax jaulte leise und leckte Matts Hand, dann ließ er den Kopf wieder auf seine Pfoten sinken.

Matt unterdrückte nur mühsam die in ihm aufsteigende Wut. „Wir haben Reece zur Fahndung ausgeschrieben. Jeder Polizist im ganzen Bezirk hält die Augen offen. Er kann sich nicht ewig vor uns verstecken."

„Sie sagten doch, hier sollte ein Streifenwagen vorbeifahren", erinnerte ihn Mary. „Wo war er denn?"

„Der Wagen kommt nur jede Stunde vorbei." Er hatte keine Ahnung, was Reece vorhatte, aber der Mann war eindeutig gefährlich.

„Ich bleibe heute Nacht hier und werde außerdem mit meinem Chef über das weitere Vorgehen sprechen."

Er ging zur Hintertür. Ajax stand auf und folgte ihm, wenn auch auf ein wenig wackeligen Beinen. Das Schloss in der Tür war aufgebrochen worden, das Messing zerkratzt. Matt trat auf die hintere Veranda hinaus und ließ seinen Blick über den dunklen Garten wandern. Reece war längst fort, aber vielleicht hatte er irgendeine brauchbare Spur hinterlassen. Er nahm seine Taschenlampe zur Hand und ließ den Strahl über die Erde wandern. Der Boden war durch den Regen der letzten Tage matschig und aufgeweicht. Unter dem Küchenfenster war das Gras niedergetreten. Die Haare in Matts Nacken standen zu Berge. Reece hatte anscheinend länger hier gestanden und die Frauen beobachtet.

Was ging in ihm vor? Wollte Reece einfach nur seine Frau zurück? Er hoffte nur, dass Reece es nicht auch noch auf Caitlin abgesehen hatte.

Ungefähr eine halbe Stunde suchte er den Garten ab, dann ging er wieder zum Haus zurück.

Quietschend ging die Fliegengittertür auf und Blake kam heraus. „Wir haben gerade einen Anruf erhalten. Moes Mutter, Nora, wurde in ihrem Einspänner von der Straße gedrängt. Sie ist tot."

Matt zuckte zusammen. Wie sollte Mary nur diesen erneuten Schlag verkraften? „Es scheint sich alles gegen Marys Familie zu richten."

Blake zuckte die Achseln. „Sieht so aus."

„Konnte es wirklich Reece sein, der eine Vendetta gegen Marys gesamte Familie führte? Vielleicht war es seine Absicht, ihr jede Unterstützung zu rauben, damit sie nur noch ihn hatte. Menschen, die andere misshandeln, isolieren häufig ihre Opfer von der Außenwelt. Dafür jedoch die ganze Familie zu ermorden, würde eine vollkommen neue und sehr extreme Ebene bedeuten. Die ganze Geschichte hatte ungeahnte Ausmaße angenommen."

„Wir müssen Reece finden und ihn verhören."

„Wann ist der Mord passiert?"

„Etwa vor einer Stunde."

„Zu diesem Zeitpunkt war Reece hier und hat Mary terrorisiert." Sein Magen krampfte sich zusammen. Was ging hier vor? Matt fühlte sich, als müsste er sich durch ein undurchsichtiges Dickicht kämpfen. „Hast du Mary schon von ihrer Tante erzählt?"

„Ja, gerade eben."

Die Tür öffnete sich erneut und Mary trat mit angespanntem Gesicht heraus. „Ich muss zu meiner Familie und ihnen in ihrem Schmerz beistehen. Ich möchte morgen so früh wie möglich zu ihnen fahren."

„Mary, ihr braucht alle Schutz. Wenn ihr euch alle an einem Ort aufhaltet, können wir wesentlich besser auf euch aufpassen." Er wollte ihr sagen, wie leid es ihm tat, aber die Worte blieben ihm im Halse stecken. Sie hatte bereits so entsetzlich viel durchgemacht. Als er endlich sein Beileid bekundet hatte, drehte sie sich um und ging ohne eine Reaktion ins Haus. Er wusste, sie würde ihn ihre Trauer nicht sehen lassen.

16

„Der Würfel-Quilt wird Stück für Stück zusammengesetzt. Er ist ein gutes Bild dafür, wie sich das amische Leben um die Gemeinschaft herum aufbaut.“
Mary Schwartz in *Quilts und amischer Glaube*

Mary konnte die Tage, Wochen und Monate zählen, seit sie Lucas schiefes Lächeln das letzte Mal gesehen hatte. Zehn Jahre, sechs Monate, elf Tage. Es erschien ihr wie eine Ewigkeit und als wäre es erst gestern gewesen.

Es war Dienstagmorgen. Sie saß neben Susan im Auto und lauschte dem Kühlgebläse des Automotors. Konnte Luca wirklich ihre gemeinsame Vergangenheit und die Zuneigung zwischen ihnen wie ein Unkraut vollständig aus seinem Leben herausgerissen haben? Genau das hatte er scheinbar getan. Seit Tagen war er bereits zurück und war kein einziges Mal bei ihr vorbeigekommen.

Hatte er so viel in der Gärtnerei zu tun? Mary wusste, sie suchte nur nach Ausreden. Tatsache war, er wollte sie nicht sehen.

Sie hätte früher mit ihrer Tante sprechen sollen, doch Mary hatte geglaubt, sie hätte Zeit. Ein bitterer Trugschluss. Nun war Noras Wissen für immer verloren.

„Wollen wir hier sitzen bleiben?“, fragte Susan. „Versöhnung kann nur geschehen, wenn man sich gegenübersteht.“

„Es spielt keine Rolle. Er wird tun, was der Bischof bestimmt.“ Mary wandte ihren Blick nicht von der Haustür. *Bitte, Herr, lass ihn kommen und mich begrüßen.* Ein vergebliches Gebet. Sie wusste doch, Gott hatte sie verlassen.

Sie trug einen Glockenrock und eine ärmellose Bluse von Susan und fühlte sich wie ein Kind, das sich im Spiel verkleidet. Wenn so etwas nur möglich wäre. Dann könnte sie vielleicht aus sich heraustreten und jemand anders sein. Jemand, der mit der Ablehnung besser umgehen konnte, jemand, der über den Schmerz lachte.

„Gehen wir.“ Sie öffnete die Tür und stieg aus. Ein Huhn floh gackernd vor ihren Füßen. Als sie Ajax aus dem Auto ließ, blieb die

Haustür noch immer geschlossen. Die Anwesenheit des Hundes tröstete Mary und vermittelte ihr ein Gefühl von Sicherheit. Leicht und sanft spielte der Wind mit ihren Haaren. Kein Geräusch drang aus den offenen Fenstern, aber Mary spürte instinktiv, dass die Familie sie von innen beobachtete.

Susan trat neben sie. „Soll ich als Erste gehen?"

„Nein, ich gehe." Mary ging an dem duftenden Phlox vorbei und stieg die Stufen zur Tür hinauf. Sie klopfte. Die Sekunden vergingen, ohne dass jemand erschien. Sie klopfte erneut, dieses Mal lauter.

Als immer noch niemand kam, donnerte Susans Faust gegen die Tür. „Wir gehen nicht weg, solange wir Luca nicht gesehen haben", rief sie. „Auf offenen Ärger wird er nicht reagieren", sagte Mary mit einem Seitenblick.

„Bis jetzt reagiert er überhaupt nicht."

Mary nickte. „Das wird er schon noch." Sie setzte sich auf die oberste Stufe und wartete. Mit einem Achselzucken tat Susan es ihr gleich und nahm ebenfalls Platz. Ein Kätzchen kam vorsichtig angeschlichen. Aus dem Stall wehte der Geruch nach Pferden und Heu zu ihnen herüber.

Sie hatte vergessen, wie still es hier war. Kein Summen irgendwelcher Geräte, keine Autos. Nur der Friede der Vergangenheit. Wenn sie die Augen schloss, konnte sie das Lachen ihrer Mutter hören. Das Geräusch des Windes in den Bäumen könnte der Ruf ihres Vaters zum Abendessen sein.

Fast fünfzehn Minuten vergingen, bevor sich quietschend die Tür öffnete und Sarah heraus auf die Veranda trat. Schnell erhob sich Mary und strich ihren Rock glatt.

„Ich würde gern Luca sehen."

„Er ist in der Gärtnerei." Sarah biss sich auf die Lippen und wich Marys Blick aus.

„Danke. Ich komme gleich wieder. Ich werde eine Weile hier wohnen müssen." Mary wartete erst gar nicht auf Sarahs Reaktion, sondern steuerte in Begleitung des Kätzchens auf das Treibhaus zu. Wie würde es sein, Luca auf dem Platz ihres Vaters zu sehen?

Der Duft begrüßte sie als Erstes. Der Duft der Rosen an der Tür wurde von dem Geruch der Erde und dem Gestank des Düngers begleitet. Das war der Geruch ihrer Kindheit. Als kleines Mädchen war es immer ihre Aufgabe gewesen, die alten Blüten abzupflücken.

„Hier drinnen ist es irgendwie unheimlich", sagte Susan hinter ihr. „In diesem Dschungel kann man sich ja verirren. Eine Leiche auf dem Fußboden würde mich auch nicht verwundern."

Mary lächelte über die blühende Phantasie ihrer Freundin. Das hier war ihr Zuhause. „Luca?", rief sie. Sie ging durch die Reihen und betrachtete die Pflanzen. Sie waren stark und gesund. Offensichtlich gediehen sie gut unter seiner Pflege.

Bei den Tomaten tauchte ein Kopf auf, Luca. Er sah anders aus. Älter. Müder. Vielleicht war es nur Wunschdenken, aber sie hätte schwören können, dass in seinen Augen noch immer eine Spur Zuneigung lag. Wenigstens sah er sie an und ignorierte sie nicht einfach.

„Mary." Seine Stimme klang belegt. „Du solltest nicht hier sein." Er sah durch die Fenster auf die leere Auffahrt hinaus.

„Ich musste dich sehen, Luca." Die Amisch zeigten ihre Gefühle fast nie offen, obwohl sie eine tiefe Liebe miteinander verband. Eine Liebe, die sich so viel aus dem anderen machte, dass sie konfrontierte und korrigierte. Und wenn es nötig war, sogar verwundete. „Du siehst … gut aus."

Sein Blick wanderte über ihre Kleidung und konzentrierte sich dann wieder auf ihr Gesicht. „Bist du glücklich mit dem Leben, das du gewählt hast?"

Glücklich. Mary war sich nicht sicher, ob sie wusste, was das war. „Ich bin … zufrieden", sagte sie. „Ich habe eine gute Arbeit, gute Freunde." Sie zog Susan, die hinter ihr stand, an ihre Seite. „Das hier ist meine Freundin Susan."

Luca nickte Susan zu.

„Sie hat Sie jeden Tag vermisst, seit sie von hier fortging", platzte Susan engagiert heraus.

Bei dem Tadel in ihrer Stimme errötete er. „Es war ihre eigene Entscheidung."

„Wir machen alle Fehler", sagte Susan.

Aber nicht bei jedem enden die Fehler in ein Desaster.

„Reden wir nicht über die Vergangenheit", schlug Mary vor. Sie hatte keinerlei Interesse an einem Streit. „Ich muss unbedingt mit dir reden, Luca. Dir erklären, was los ist."

„Ich muss gleich zum Essen ins Haus, aber ich fürchte, du kannst nicht mit uns essen." Seine Stimme klang heiser.

Ausgestoßen. *Anathema.* Die Worte schnitten in Marys Herz. „Ich brauche deine Hilfe."

„Wirst du mit dem Bischof reden?", fragte er.

„Ich habe bereits mit ihm gesprochen. Ich kann nicht zurückkommen und ich denke, du weißt das ebenfalls. Aber ich würde gerne eine Weile hierbleiben. Ein Polizist, Susan und ich. Wir alle, auch deine Familie, sind in Gefahr. Du weißt, dass jemand Moe und Tante Nora getötet hat. Wer es auch war, er scheint es auf unsere Familie abgesehen zu haben. Du oder Sarah oder eure Kinder könnten die Nächsten sein. Die Polizei kann zu unserem Schutz nur einen Polizisten abstellen. Der Detective, der diesen Fall leitet, denkt, dass es am sichersten für uns alle ist, wenn wir an einem Ort zusammen sind. In dem von mir bewohnten Haus in der Stadt ist leider nicht genug Platz für uns alle."

„Wir nehmen an, was uns der Herr aus seiner Hand gibt", sagte Luca. „Wenn Gott uns Leid schickt, soll es so sein."

Seine fatalistische Einstellung machte sie wütend. Wie konnte er nur so gleichgültig und passiv sein? „Der Mörder ist böse. Ich werde nicht tatenlos zusehen, wie das Böse geschieht, wenn wir es verhindern können."

„Gottes Wille geschehe. Außerdem glaube ich nicht daran, dass wir in diesem Fall die Zielscheibe sind. Du hast dich verändert, Mary. Es ist so, wie ich erwartet habe."

Seine nur schwach verschleierte Verachtung verletzte sie. „Du hast keine Ahnung, wo ich war und was ich durchgemacht habe, und brauchst es auch nicht zu wissen. Aber ich werde nicht zulassen, dass dir oder deiner Familie Schaden zugefügt wird. Wenn es sein muss, schlafe ich im Stall, aber ich werde nicht von hier weggehen." Sie verschränkte die Arme vor der Brust.

Ausdruckslos sah Luca sie an. „Ich muss mit dem Bischof sprechen. Ich bin jetzt Diakon. Ich trage Verantwortung."

Diakon. Das hatte Mary nicht gewusst. Kein Wunder, dass er so zurückhaltend war. Wenn Menschen aus der Gemeinde vom richtigen Weg abwichen, war er als Diakon der erste Ansprechpartner. Er war derjenige, der die Gemeindeglieder überzeugen sollte, sich von der Versuchung abzuwenden. Für ihn galten die Bannbestimmungen besonders streng.

Sie legte ihre Hand auf seinen Arm. „Wir sind miteinander verwandt,

Luca. Du kannst mich nicht einfach beiseiteschieben und hinauswerfen."

„Du hast *uns* verlassen, Mary." Seine Stimme blieb ruhig und fest. „Wenn du dich mit deinem Mann versöhnst und er auch in unsere Kirche eintritt, würden wir dich mit offenen Armen wieder aufnehmen." Sein Blick wich ihrem nicht aus.

Mary betrachtete sein Gesicht, die glatten Wangen über dem langen Bart, die braunen Augen, die immer alles sahen, den abgetragenen Hut, der seinen amischen Haarschnitt verbarg. Sarah sorgte gut für ihn. Ein winziger Riss an seiner Jacke war fachmännisch geflickt worden.

Während sie ihn betrachtete, wäre ihr beinahe entgangen, wie sein Adamsapfel angespannt auf und nieder hüpfte. Beharrlich weigerte er sich, seinen Blick von ihren Augen abzuwenden. Plötzlich fiel es Mary wie Schuppen von den Augen. Er versuchte, seine Gefühle vor ihr zu verbergen. Wenn sie ihn nicht so gut gekannt hätte, wäre es ihm vermutlich sogar gelungen.

Die Situation war für ihn genauso schwer wie für sie. Er wollte sie gar nicht abweisen, sondern versuchte nur, aus Liebe das Richtige zu tun. Seine Worte ließen ihr keine Ruhe. *„Wir würden dich mit offenen Armen wieder aufnehmen, wenn du dich mit deinem Mann versöhnst."* Reece behauptete, er sei in die amische Kirche eingetreten. Was war, wenn das der Wahrheit entsprach?

„Ich hole meine Sachen und bringe sie ins Haus", sagte sie schließlich leise. „Du kannst mir nicht verbieten, ein paar Tage in meinem eigenen Haus zu wohnen. Mir gehört doch immer noch die Hälfte dieses Hauses, oder?"

Röte stieg in seine Wangen. „Ja", gab er zu. „Ich habe immer damit gerechnet, dass du zurückkommen und dein Geld verlangen wirst."

„Ich dachte, du würdest mich besser kennen. Wie kommst du nur auf so eine Idee?"

„Reece …" Er betrachtete seine schwarzen Schuhspitzen. „Du hast wesentlich mehr Anspruch auf diesen Hof als ich."

„Reece hat mich nie gedrängt, Geld für das Haus zu fordern. Er wollte nicht, dass ich irgendetwas mit euch zu tun habe. Das ist ausnahmsweise eine Sache, an der nicht er schuld ist, sondern ich. Ich will dir nicht im Weg sein, Luca, und ich werde dich nicht im Stich lassen."

Unter seinen Brauen warf er ihr einen flehenden Blick zu. „Bitte nimm die Kinder nicht für dich ein."

Es würde sehr schwer werden, sie zu ignorieren, aber dennoch nickte Mary. Ihre kleinsten Verwandten waren sehr süße und liebe Kinder. Mary sehnte sich danach, sie auf den Schoß zu nehmen und ihnen Geschichten zu erzählen, doch daraus würde nun nichts werden. Gemeinsam mit Susan ging sie zum Auto und brachte ihre Koffer ins Haus. Luca folgte ihnen.

„Ich habe die Katzen diesmal noch nicht mitgebracht", sagte sie. „Ich werde sie heute Nachmittag holen."

„Katzen?", fragte Luca.

„Vier, um genau zu sein." Sie sah ihn lächelnd an, aber er wandte den Blick ab und schwieg. „Wo sollen wir schlafen?"

Er hielt ihnen die Tür auf. „Dein altes Zimmer ist inzwischen ein Gästezimmer. Ich sage Naomi, dass sie ihre Spielsachen in Lydias Zimmer bringen soll. Warte einen Moment." Zusammen mit ihren Koffern ließ er sie in der Küche stehen und verschwand auf dem Gang. Wenige Augenblicke später waren seine schweren Schritte auf der Treppe zu hören.

Sein anschließendes Gespräch mit Sarah war eindeutig von Anspannung geprägt. Mary hoffte, dass ihre Anwesenheit weitere schlimme Ereignisse verhindern würde. Vielleicht war diese Überzeugung vollkommen falsch, aber ihr Gefühl sagte ihr, dass momentan hier ihr Platz war.

* * *

Matt hatte das Gefühl, seine kostbare gemeinsame Zeit mit Caitlin rann ihm wie Wasser durch die Finger. Es war nur eine Frage der Zeit, bis Mary die Wahrheit endgültig herausfand. Matt wollte jeden Moment mit seiner Tochter genießen. Am liebsten hätte er die Zeit angehalten.

Traurig saß er mit Caitlin auf dem Schoß auf der Verandaschaukel. Solange Mary nicht jede Möglichkeit ausgeschöpft hatte, würde sie niemals verschwinden. Sie bräuchte dieses Bild nur einem seiner Kollegen auf der Polizeiwache zu zeigen und alles würde auffliegen. Er sollte einen Anwalt anrufen. Wie könnte er die nahende Tragödie am ehesten verhindern? Hätte er überhaupt eine Chance? Auf keinen Fall würde er seine Tochter einfach so aufgeben, wie seine Mutter es getan hatte, als sie ihn damals verließ. Leicht bewegte sich die Schaukel unter ihnen. Die sanfte und gleichmäßige Bewegung machte ihn schläfrig.

„Ich und Tante Gina haben heute Oma Trudy besucht, aber sie hat mich kein einziges Mal angelächelt. Wieso ist sie so mürrisch, Daddy?"

Ja, warum eigentlich? Er selbst hatte nie eine Antwort auf diese Frage gefunden. „Sie hatte ein schweres Leben."

„Wie kommt es, dass du keine Mami und keinen Daddy hast? Trudy ist deine Oma, nicht wahr? Alle Kinder im Kindergarten haben zwei Omas. Ich habe nur eine."

Sie hatte diese Frage schon früher gestellt, aber Matt hatte sie immer ablenken können. „Mein Vater starb genauso, wie deine Mami gestorben ist. Meine eigene Mama ging weg, Prinzessin." „Ist deine Mama auch in den Himmel gegangen? Wie meine Mami?"

„Nein, sie ist einfach weggegangen." Er dachte daran, wie er an seinem Geburtstag in ein leeres Haus gekommen war, wie er durch das Haus gelaufen war und immer wieder ihren Namen gerufen hatte. Drei Tage lang hatte er geweint und sich irgendwie selbst versorgt, dann hatte ein Nachbar das Jugendamt angerufen. „Ich lebte dann bei meiner Oma Trudy." Seine Schwester Gina hatte mehr Glück gehabt. Sie war in den Frühlingsferien, in denen es passiert war, bei ihrer Tante gewesen und hatte gleich dort bleiben können.

Er verstärkte seinen Griff um Caitlin. Solange er lebte, würde er für sie sorgen. Nie sollte sie sich verlassen fühlen.

„Vielleicht kommt sie ja zurück. Ich würde sie gern kennenlernen." Caitlins Stimme wurde immer leiser, bis ihr schließlich die Augen zufielen. Matt lauschte ihren gleichmäßigen Atemzügen.

„Ich wünsche mir auch, dass sie zurückkommt", murmelte Matt in die Haare seiner schlafenden Tochter. Sie machte nicht mehr oft einen Mittagsschlaf. Er nahm sie auf die Arme und trug sie ins Bett. Gina sah sich gerade ihre nachmittägliche Seifenoper an. Der Fernseher lief, aber der Ton war so leise gedreht, dass Matt sich wunderte, wie sie überhaupt etwas hören konnte. Er deckte Caitlin zu, gab ihr einen Kuss und ging dann zu Gina ins Wohnzimmer.

„Setz dich, Matt", forderte sie ihn auf. „Ich weiß, du verheimlichst mir etwas. Du hast schon immer viel zu tun an der Arbeit, aber du hast mich noch nie gebeten, Caitlin hier zu behalten. Du weißt, dass ich sie liebe, aber ich will wissen, was los ist."

Sein Bedürfnis, endlich mit einem Menschen zu sprechen und sein Gewissen zu erleichtern, war übermächtig. „Caitlins leibliche Mutter ist hier und sucht sie."

„Sucht sie? Was soll das heißen?"

Verzweifelt stützte er den Kopf in die Hände. „Ihre Mutter hat Caitlin nie aufgegeben. Jemand hatte ihr das Baby gestohlen und es uns gegeben." Erst im letzten Augenblick beschloss er, Reeces Namen nicht zu nennen. „Wir haben sie nicht auf dem üblichen Weg bekommen. Analise hörte ein Geräusch an der Tür und Ajax bellte wie wild. Sie öffnete die Tür und fand ein neugeborenes Mädchen in einer Tragetasche."

„Wie bitte?", fragte Gina entgeistert. „Du hast mir nie davon erzählt. Immer hieß es nur, ihr hättet ein Baby bekommen!"

„Wir wollten nicht, dass Caitlin eines Tages etwas von der Sache mitbekommt und sich von ihren leiblichen Eltern verlassen fühlt. Es ist zutiefst verletzend für einen Menschen, wenn er einfach auf einer Veranda abgelegt wird. Sie war warm eingepackt und wie geplant fanden wir sie sofort." Ein Blick in ihr kleines, faltiges Babygesicht hatte in ihm eine unbeschreibliche Liebe ausgelöst. Er erinnerte sich noch daran, wie sie die Augen aufgeschlagen und ihn das erste Mal angesehen hatte. Analise und er hatten fünf Jahre lang versucht, ein Kind zu bekommen. Zu jenem Zeitpunkt hatten sie gerade damit angefangen, sich mit dem Thema Adoption zu beschäftigen. Caitlin schien ein Geschenk des Himmels zu sein.

Bei seiner Position bei der Polizei war es ein Leichtes gewesen, die Umstände zu vertuschen und die Adoption zu erreichen. Freunden und der Familie erzählten sie, dass es eine private Adoption gewesen sei und dass sie ins Krankenhaus gefahren seien, um ihr neues Familienmitglied abzuholen. Unauffällig stellten sie Nachforschungen nach ihren leiblichen Eltern an, aber es wurde nie eine Spur gefunden. Einige Monate später war die Adoption vollständig abgeschlossen.

Sie war *abgeschlossen*. Er konnte seine Tochter niemals hergeben.

„Hast du mit der Mutter gesprochen?"

„Ich habe ihr nicht gesagt, dass ich Caitlin habe. Falls du das meinst."

„Du willst nicht, dass diese Frau sie findet. Ich liebe Caitlin und will auch nicht, dass sie sie findet! Es gäbe einen riesigen Sorgerechtsprozess und Medienrummel."

Matt nickte. Wenigstens gab es jetzt jemand, der hinter ihm stand.

17

„Der Chevron-Quilt hat ein interessantes Muster. Vor dem Hintergrund, dass die Amisch keine Uniform tragen und nicht im Militär dienen, bekommt das Muster noch eine zusätzliche, tiefere Bedeutung."
Mary Schwartz in der Talkshow *Today*

Immer wieder wanderte Marys Blick in die Mitte des Wohnzimmers, in dem sie vor zehn Jahren die Leichen ihrer Eltern gefunden hatte. Von dem Symbol an den Wänden war keine Spur mehr zu sehen. Die letzten drei Stunden waren quälend langsam vergangen. Aus jedem Winkel krochen Erinnerungen hervor, die Mary verfolgten und sich einfach nicht abschütteln ließen.

In der Küche klapperte Besteck auf den Tellern. Mary hörte eines der Kinder auf Deutsch mit Sarah sprechen. Die kehligen Laute entführten sie in ihre eigene Kindheit, eine weitere Erinnerung voller Emotionen. Lustlos schob sie das Essen mit der Gabel auf ihrem Teller herum.

Susan legte den Kopf schief und lauschte. „Wie gut erinnerst du dich noch an die deutsche Sprache?" Sie hatte darauf bestanden, mit Mary zu essen.

„Mein Deutsch ist ein wenig eingerostet. Als wir neulich hier waren, habe ich es bereits bei meinem Gespräch mit den Kindern gemerkt. Unser Schweizerdeutsch ist ein wenig anders als das, was die Englischen Pennsylvania Dutch nennen."

„Leben die Amisch nur in Parke County in Indiana?"

„Nein. Allerdings hat sich die Mehrheit der Schweizer Amisch hier in Indiana niedergelassen. Sie sind etwas später immigriert als die meisten Amischen, die in Pennsylvania leben. Unsere Gruppe kam 1840 direkt aus der Schweiz hierher. Viele der Pennsylvania-Amisch sind aber zu einem späteren Zeitpunkt ebenfalls nach Indiana gezogen, sodass inzwischen ein Großteil der hier in Parke County angesiedelten Amisch ursprünglich aus Pennsylvania stammt und deshalb auch Pennsylvania Dutch spricht. Heute leben die meisten Schweizerdeutsch sprechenden Amisch in der Gegend um Berne hier in Indiana. Dort hat auch unser Bezirk seine Wurzeln."

„Sind sich die Sprachen so ähnlich, dass ihr einander versteht?"

„Es ist eine gewisse Herausforderung." Mary lächelte. „Wenn ich mich mit einer amischen Frau unterhalte, die Pennsylvania Dutch spricht, können wir uns auf Englisch leichter verständigen. Die Gruppen haben untereinander auch nicht sehr viel Kontakt."

Susan betrachtete ihr Gesicht. „Du sagst immer *wir*."

Marys Lachen klang ein wenig gezwungen. „Ja, wahrscheinlich. Das ist mir gar nicht aufgefallen. In meinem Herzen werde ich immer amisch bleiben."

„Wie meinst du das?"

„Unsere tiefe Liebe zur Familie, zu unseren Nachbarn. Sie ist zutiefst in mir verwurzelt und wird immer ein Teil von mir sein. Ich besitze vielleicht ein Handy und schneide mir die Haare, aber im Herzen bin und bleibe ich trotzdem amisch."

Susan nickte. „Ich verstehe. Ich denke, das ist einer der Gründe, warum sich die Menschen zu dir hingezogen fühlen."

Zu ihr hingezogen fühlen? Das war Mary nie aufgefallen. Sie nahm einen Löffel von ihrer kalten Obstsuppe – zerdrückte Erdbeeren, Milch und Zucker über Brot. Seit langer Zeit hatte sie etwas derart Köstliches nicht mehr gegessen. Allein der Geruch ließ sie sich genüsslich die Lippen lecken. Sarah war eine sehr gute Köchin. Das Hähnchen im Brotteig war so locker gewesen, dass es ihr im Mund zerlaufen war, und ihr selbstgemachtes alkoholfreies Root Beer machte sogar ihrer Mutter Konkurrenz.

„Ich hatte keine Ahnung, dass es unter den Amisch so viel Verschiedenartiges gibt. Du solltest das in deinem Buch erwähnen."

„Jeder Bezirk kann anders sein", erklärte Mary. „Aber die meisten sind sich der Unterschiede nicht bewusst." Die Geräusche in der Küche wurden lauter. Das Essen war offensichtlich vorbei. Mary legte ihren Löffel beiseite. „Ich glaube, ich bin auch fertig."

„Wir sollten beim Geschirrspülen helfen."

„Ich werde nicht mithelfen dürfen, aber ich kann mich an den Tisch setzen, während du abtrocknest." Mary stand auf und trug ihr Geschirr in die Küche, Ajax dicht auf den Fersen.

Als sie die Küche betrat, sah Sarah auf, beugte aber eilig wieder den Kopf, so dass Mary nur noch die Oberseite ihrer Gebetshaube sehen konnte. Die winzigen Falten der Haube erforderten stundenlanges Bügeln. Mary stellte ihr Geschirr auf einen Stapel neben der Spüle. Dann setzte sie sich an den Tisch und faltete die Hände in ihrem Schoß.

„Kann ich beim Geschirrspülen helfen?“, fragte Susan.

„Nein, danke. Die Kinder helfen mir.“

Susan zog die Brauen hoch und sah Mary fragend an. Schließlich setzte sie sich zu ihr an den Tisch. Sarah schob einen kleinen Hocker neben die Spüle, auf den Lydia hinaufkletterte. Dann wartete sie geduldig auf ihre Mutter. Sarah nahm den Kessel vom Holzofen und goss heißes Wasser ins Spülbecken. Naomi nahm ein Geschirrtuch aus der Schublade und stellte sich auf die Zehenspitzen, um das nasse Geschirr zu erreichen, das abgetrocknet werden konnte.

„Erstaunlich“, murmelte Susan, die die Kinder beobachtete. „Die meisten Kinder tun, was sie können, um zu Hause nicht helfen zu müssen.“

Die Bereitschaft der Mädchen, im Haushalt mitzuarbeiten, erschien Mary vollkommen normal. Genauso sollte es sein. „Wir lernen schon sehr früh, dass Arbeit ein Segen ist. Faule Hände sind ein Werkzeug des Teufels. Außerdem ist es schön, Zeit miteinander zu verbringen. Die Mädchen eifern ihrer Mutter nach und die Jungen ihrem Vater. Sie können es kaum erwarten, endlich zu lernen, wie eine Arbeit gemacht werden muss, um anschließend mithelfen zu dürfen. Meine Mutter fing an, mir das Quilten beizubringen, als ich drei war.“

„Streiten Ihre Kinder auch manchmal?“, fragte Susan Sarah.

Sarah schüttelte lächelnd den Kopf. „Das ist nicht erlaubt.“

„Wo ist Luca?“, erkundigte sich Mary.

Sarahs Lächeln verschwand. „Er füttert die Pferde und Hühner.“

Bis jetzt hatte Mary keine Spur der Kameradschaft entdecken können, die Sarah und sie als Jugendliche einstmals verbunden hatte. Dieser Verlust machte Mary traurig. „Wann habt ihr geheiratet?“ Sie achtete darauf, dass ihr Tonfall locker und freundlich blieb.

„Ungefähr ein Jahr nachdem du weggegangen warst. Vor neun Jahren.“

„Deine Älteste ist erst sechs?“ Es war ungewöhnlich, dass so viel Zeit zwischen Hochzeit und dem ersten Kind lag.

„Ich hatte einige … Unfälle.“ Sarah schien sich zum Sprechen zwingen zu müssen.

„Das tut mir sehr leid.“

„Der Wille des Herrn geschehe."

„Natürlich. Und deine Familie ist wunderbar."

Endlich wurde Sarahs Blick etwas weicher. „Danke."

„Wie geht es deinen Eltern und deinen Geschwistern?"

„Ihnen geht es gut. Mama leidet an Arthritis, aber sie ist guter Dinge." Das milde Lächeln, das auf ihrem Gesicht gelegen hatte, verschwand. „Du könntest alles verderben, Mary. Interessiert dich das denn überhaupt nicht?"

Ihre Worte verletzten Mary zutiefst. „Ich habe mich immer für euch interessiert", sagte sie leise. „Ich kann dir gar nicht sagen, wie oft ich das Telefon in der Hand hielt, um Luca in der Gärtnerei anzurufen. Aber ich wollte für ihn nicht alles noch schlimmer machen, also habe ich immer wieder aufgelegt."

„Was willst du dann hier?"

Heiße Tränen schossen Mary in die Augen. Es tat so weh, derart unwillkommen zu sein. Wie anders war das früher gewesen. Sie hatte Mühe, ihre zitternde Stimme zu beherrschen. „Ich muss das Kind finden."

Sarah wandte sich von der Spüle ab und kam zum Tisch herüber. „Glaubst du wirklich, dieses Kind ist deine Tochter? Und wenn es so ist, Mary? Willst du sie dann aus der Familie reißen, die sie kennt und liebt?"

„Ich weiß es nicht, Sarah! Die Familie ist sehr wichtig für mich." „Jetzt nicht mehr. Das war einmal. Du hast dich von deiner Familie abgewandt. Aus puren Eigensinn und sexueller Lust."

„Das ist unfair", mischte sich Susan ein. „Sie wissen nicht, was Mary durchgemacht hat."

„Gott züchtigt seine Kinder."

„Wenigstens räumst du ein, dass ich sein Kind bin", sagte Mary mit leiser Stimme.

„Ich räume gar nichts ein."

„Wovor haben Sie eigentlich Angst?", fragte Susan.

„Ich habe keine Angst." Sarah presste die Lippen zusammen.

Doch Susan hatte recht mit ihrem Verdacht. Sarah zitterte heftig und wich Marys Blick beständig aus. Sie hatte eindeutig Angst. „Verheimlichst du mir etwas, Sarah?"

„Natürlich nicht!" Heftig schüttelte sie den Kopf.

„Weißt du, wo das kleine Mädchen wohnt?"

Sarah nahm einen Korb von der Arbeitsplatte. „Ich gehe in den Hühnerstall und hole die Eier."

Krachend fiel die Tür hinter ihr ins Schloss. Irritiert starrte Mary hinterher. Sarah hatte ihre Frage nicht beantwortet. Sie musste ihr folgen und sie fragen, was das Ganze zu bedeuten hatte. Kühl wehte die Nachtluft ihr ins Gesicht.

Sie fand Luca und Sarah mit zusammengesteckten Köpfen beim Stall. Sobald Mary näher kam, verstummten sie. Hatte Sarah womöglich Angst vor der Zukunft? Fürchtete sie, Mary sei nur zurückgekommen, um ihnen den Hof wegzunehmen? „Hört zu, können wir bitte ein paar Dinge klären? Es ist nicht meine Absicht, euch vom Hof zu vertreiben. Ich will nichts von dem Besitz haben."

Luca verschränkte die Arme vor der Brust. „Die Hälfte davon gehört rechtmäßig dir. Ich habe jedes Jahr, in dem du weg warst, die Hälfte des Gewinns gespart."

„Ich will es nicht haben." Blutgeld, nichts anderes war es.

„Nein. Du nimmst es. Es gehört dir. Es ist nicht so viel, wie die Gärtnerei eigentlich wert ist, aber wenn du mir erlaubst, das Geschäft weiterzuführen, verschafft es dir ein regelmäßiges Einkommen."

Mary hörte den unbeugsamen Klang in seiner Stimme. Allerdings konnte Luca sie nicht daran hindern, frei über das Geld zu verfügen. Vielleicht würde sie es für seine Mädchen sparen. „Was hältst du von einem Kompromiss? Ich nehme das, was du gespart hast, als einmalige Bezahlung. Danach will ich nichts mehr und wir sind quitt."

„Das wäre nicht richtig. Das Haus und der Grund sind viel mehr wert."

Mary drehte sich zum Haus um. „Holen wir das Akkordeon heraus, Luca. Ich habe nicht mehr gejodelt, seit ich weggegangen bin. Wir singen die alten Lieder und tun so, als wären wir wieder Kinder."

„Seit du weg bist, habe ich nicht mehr gespielt. Mary, ich bin jetzt Diakon. Ich habe das Akkordeon weggegeben."

„Ist meine Gitarre noch im Stall? Die Kinder könnten Glühwürmchen zählen, genauso wie wir es immer getan haben." Sie wollte an ihm vorbei zum Stall gehen, aber er hielt sie am Arm fest.

„Ich wollte nicht Diakon werden, aber das Los ist auf mich gefallen. Mach es nicht noch schwerer, Mary."

Sie starrte ihn an. „Jodelst du wenigstens noch ab und zu?"
„Ja. Die Mädchen lernen es auch."
„Können wir das dann bitte heute Abend gemeinsam tun?" Vielleicht würde ein gemeinsamer Abend mit Musik und Heiterkeit die angespannte Stimmung ein wenig vertreiben.
Lucas Blick wanderte von Mary zu Sarah. „Ich denke, das wäre möglich."
Sarahs Gesicht blieb ausdruckslos. War Sarah ihre Position als Frau eines Diakons so wichtig, dass sie sich keinen Spaß mehr erlaubte? Sie hatte die weiße gegen die schwarze Schürze der verheirateten Frauen getauscht. War damit auch ihre Freundin, das lebenslustige Mädchen von vor zehn Jahren, verschwunden?

* * *

Matt rieb sich die angestrengten Augen. Das lange Arbeiten vor dem Bildschirm war immer furchtbar ermüdend. Blake saß ihm laut schnarchend mit offenem Mund auf der anderen Seite des Schreibtischs gegenüber. Die Uhr an der Wand zeigte zwar erst halb neun, aber seit Reece gestern Abend in Marys Haus eingedrungen war, hatten sie beide nicht mehr geschlafen. Stattdessen hatten sie Nachbarn befragt und waren Spuren nachgegangen, doch all ihre Bemühungen hatten zu nichts geführt. Es war frustrierend.
Blake war erst vor Kurzem aus Shipshewana zurückgekommen. Matt beschloss, ihn noch eine Weile schlafen zu lassen. Anschließend hätten sie immer noch ausreichend Zeit, um sich in Ruhe über die Ergebnisse der Fahrt auszutauschen.
Er wünschte, er könnte heute Nacht in seinem eigenen Bett schlafen, anstatt bei den Schwartzens auf dem Sofa. Doch das war nun mal sein Job. Seufzend drehte sich Matt wieder in Richtung Bildschirm. Er hatte den ganzen Tag noch nicht seine E-Mails geprüft. In seinem Posteingang befanden sich hauptsächlich Anfragen seiner Kollegen oder Informationen für seinen laufenden Fall. Keine neuen Einbrüche.
Er warf einen Blick auf Blake, der fast den ganzen Tag nicht in der Stadt gewesen war. Ein Zufall?
Als er das Programm gerade verlassen wollte, fiel ihm eine als „Dringend" gekennzeichnete E-Mail ins Auge. In der Betreffzeile stand:

„Hallo, Sohn." Die Welt schien plötzlich stillzustehen. Matts Herz begann zu rasen. Ihm brach der Schweiß aus. Regungslos saß er vor dem Computer und starrte auf den Bildschirm. Mit einem Mal erschienen ihm seine Arme wie mit Blei gefüllt.

Langsam bewegte sich seine Hand mit der Maus, bis der Cursor über der E-Mail stehen blieb. Und wenn er einfach nichts täte? Die Nachricht ignorierte? In diesem Fall wäre Unwissenheit vielleicht besser und er könnte sich noch ein klein wenig länger an seine Hoffnung klammern. Matt schluckte schwer, dann klickte er auf die Nachricht.

Hallo, Matt. Ich habe gehört, dass du mich suchst. Wenn das stimmt, dann antworte bitte auf diese E-Mail. Liebe Grüße, Mama

Konnte das wirklich wahr sein? Woher hatte sie seine E-Mail-Adresse? Andererseits – es war kein wirkliches Problem, an seine E-Mail-Adresse zu gelangen, da sie auf der Homepage der Polizei aufgeführt war. Seine Hände zitterten, als er eine schnelle Antwort tippte, in der er sie um ein Treffen bat. Er versuchte, nicht zu emotional zu klingen. Klangen seine Worte verzweifelt, anklagend oder verurteilend? Auf keinen Fall wollte er sie durch seine Nachricht abschrecken. Zur Sicherheit las er seine Mail wieder und wieder.

Mama, schön, von dir zu hören. Können wir uns treffen? Wie wäre es morgen um 9 Uhr im Café? Gib mir einfach kurz Bescheid. Liebe Grüße, dein Sohn Matt.

Rasende Freude explodierte in seiner Brust. Sobald er an seine Mutter dachte, fühlte er sich wieder wie ein achtjähriger Junge. Nur mit Mühe rief sich Matt ins Gedächtnis, dass sie nicht mehr dieselbe Frau wäre, die er in Erinnerung hatte. Sie musste inzwischen Mitte fünfzig sein und hatte wahrscheinlich graue Haare und Falten. Ob sie noch einmal geheiratet hatte? Was war, wenn sie mit einem anderen Mann Kinder hatte? Bei dem Gedanken, dass sie ein anderes Kind mehr geliebt haben könnte als Gina und ihn, krampfte sich Matts Herz erneut zusammen.

Er durfte sich keine zu großen Hoffnungen für dieses Treffen machen. Wieso versuchte sie nach all der Zeit gerade jetzt, ihn zu finden? Vielleicht benötigte sie nur sein Geld oder irgendetwas anderes von ihm. Es war sehr unwahrscheinlich, dass sie ihn ebenso sehr vermisst hatte wie er sie.

Blakes Gähnen riss Matt aus seinen Grübeleien. Hastig schloss er sein E-Mail-Programm. „Mann, bin ich geschafft."

„Was hast du herausgefunden?", fragte Matt seinen Kollegen, dessen Haare in alle Richtungen abstanden.

„Ich habe den Bischof gefunden. Er hat erzählt, dass Reece tatsächlich seit einem Monat in die Gemeinde kommt."

„Das Ganze ist also noch ziemlich frisch. Wahrscheinlich nur ein Trick, um Mary zu beeindrucken und für sich einzunehmen."

„Das vermute ich auch. Der Bischof sagte allerdings, Reece halte sich treu an die Lehren der Kirche."

„Abgesehen von seinem Auto."

„Das stimmt, wobei der Bischof nichts davon wusste. Laut seinen Informationen ist Reece momentan auf einer Reise, für die er sich einen Fahrer gemietet hat. Von dieser plant er in ein paar Wochen zusammen mit seiner Frau und seinem Kind zurückzukommen."

Matts Muskeln spannten sich an. Nur über seine Leiche. Niemand nahm ihm Caitlin weg. „Danke. Du solltest jetzt lieber zu Gina fahren."

Blake warf einen Blick auf seine Armbanduhr. „Mist, ich habe ihr gesagt, dass ich zum Abendessen zu Hause bin. Wenn ich zu spät komme, ist sie wieder misstrauisch." Er sprang von seinem Stuhl auf und stürmte zur Tür.

Matt folgte ihm langsam nach draußen. Während er zum Schwartzhof in Richtung Norden aus der Stadt fuhr, kreisten seine Gedanken um die E-Mail seiner Mutter. Konnte es wirklich wahr sein? Seine Hoffnung machte ihm Angst.

Gedämpftes gelbes Licht fiel durch die Fenster des Hauses, als er in die Einfahrt bog. Er stieg aus dem Wagen und ging auf die Haustür zu. Was war das für ein ungewohntes Trällern? Wurde hier gejodelt? Er blieb stehen und lauschte dem unbekannten Lied. Obwohl die Melodie eigentlich fröhlich sein sollte, hörte Matt darin unterschwellig die Trauer um eine verlorene Zeit, die niemals wiederkommen würde – egal, wie sehr sie sich alle darum bemühten.

* * *

Leise drangen die Kinderstimmen ihre Gebete murmelnd durch die Tür. Obwohl es bereits neun Uhr war, strahlte im Westen noch die untergehende Sonne. Indiana hatte erst vor Kurzem die Sommerzeit eingeführt. Ob wohl die Amisch ebenso wie die Englischen damit angefangen hatten, ihre Uhren umzustellen? Mary wandte sich vom Fenster ab.

„Bist du sicher, dass es dir nichts ausmacht, mit mir ein Zimmer zu teilen?", fragte sie Susan, die mit überkreuzten Beinen auf dem einzigen Bett saß.

„Nein. Außerdem können wir so ein wenig über unsere Publicitypläne sprechen. Wie kommst du mit dem Quilt voran?"

„Seit wir hier sind, versuche ich daran zu arbeiten, aber ich hatte bisher einfach zu wenig Zeit. Ich will unbedingt, dass dieser Quilt auf die Titelseite kommt. Der Triangle-Quilt ist *die* Veranschaulichung des amischen Glaubens."

„Mary, der Fotograf will in eineinhalb Monaten Bilder davon und du bist noch lange nicht fertig."

„Ich weiß. Ich werde jetzt die Zeit nutzen und ein wenig daran arbeiten." Mary zog einen großen Kunststoffbehälter unter dem Bett hervor. „Dieses Zimmer war früher mein Zimmer." Sie hob den Deckel und suchte das Quadrat, an dem sie zuletzt gearbeitet hatte.

„Klein, aber gemütlich. Bei welchem Kapitel im Buch bist du?"

„Bei dem Kapitel über Chevron-Quilts."

„Was ist das Besondere an ihnen?"

Mary dachte einen Moment nach, während ihre Nadel sich durch den bunten Stoff arbeitete. „Ein Chevron ist ein militärisches Rangabzeichen. Die Amisch legen viel Wert darauf, weltlichen Obrigkeiten zu gehorchen und ein gesetzestreues Leben zu führen. Es kommt sehr selten vor, dass unter den Amisch Gesetzesbrecher gefunden werden. Mord ist praktisch undenkbar. Aber trotz aller Treue und Unterordnung weigern sie sich, im Militär zu dienen. Deshalb tragen die Männer übrigens auch keinen Schnurrbart, denn sie bringen den Schnurrbart mit Töten in Verbindung. Für die Amisch ist Frieden extrem wichtig. Mit Krieg wollen sie nichts zu tun haben."

„Das heißt also, sie sind Kriegsdienstverweigerer aus Gewissensgründen?"

Mary nickte. „Meine Mutter war das perfekte Beispiel dafür, dass eine linde Antwort den Zorn stillt." Obwohl diese Lehren in Marys Fall dafür gesorgt hatten, dass sie sich Reeces Schikanen zu lange hatte gefallen lassen. Mit aller Kraft konzentrierte sie sich darauf, kleine und gleichmäßige Stiche zu nähen. Auf keinen Fall wollte sie jetzt darüber nachdenken, wie das Lachen ihrer Mutter klang oder wie ihre kastanienbraunen Haare im Sonnenlicht geglänzt hatten. Sie wollte sich nicht daran erinnern, wie Mamas Hände, ganz rau von der täglichen Arbeit, am Abend sanft ihren Kopf gestreichelt hatten. Der Stoff verschwamm vor Marys Augen. Hastig begann sie zu blinzeln. Sie musste sich auf ihre Arbeit konzentrieren.

„Hat deine Mutter nur von Hand genäht?", fragte Susan, die Marys inneren Aufruhr nicht mitbekommen hatte

„Nein, sie hatte eine Kurbelnähmaschine, die sie für die grobe Arbeit verwendete. Das eigentliche Quilten geschah aber immer von Hand. Ich werde in dem Kapitel über das Carpenter-Muster näher darauf eingehen. Wir schätzen Dinge, die mit harter Arbeit und großem Einsatz hergestellt werden, aber wir haben auch kein Problem damit, erprobte und sinnvolle Geräte einzusetzen. Viele benutzen für die groben Arbeiten Kurbelnähmaschinen."

Susan runzelte die Stirn. „Ich habe immer gehört, dass Quilts, die von Hand gemacht sind, viel wertvoller sind."

„Als die ersten Nähmaschinen auf den Markt kamen, waren sie ein Statussymbol. Natürlich wurden sie auch zum Quilten benutzt. Etwa um 1900 herum wuchs wieder das Interesse an handgefertigten Quilts – eine Art nostalgischer Rückfall." Mary schmunzelte. „Aber bei einem guten Quilt hängt auf keinen Fall alles an der Herstellung. Das Muster und qualitativ hochwertige Stoffe sind mindestens genauso wichtig. Mama hat ihre Stoffe immer sehr sorgfältig ausgesucht und notfalls auch viel Geld dafür bezahlt."

Susan sah sich im Zimmer um. „Gibt es vielleicht hier im Haus Quilts, die ich mir ansehen könnte?"

„Sie wurden alle gestohlen. Das geschah an … an dem Abend, an dem meine Eltern ermordet wurden." Sie schwieg einen Moment. „Der Quilt, mit dem sie zugedeckt waren, müsste noch irgendwo sein. Nachdem die Beweisaufnahme abgeschlossen war, müsste er eigentlich der Familie zurückgegeben worden sein. Ich gehe ihn suchen."

Susan sprang auf. „Ich komme mit."

Sie folgte Mary durch den Gang. „Das Haus ist ziemlich groß."

„Hier oben sind vier Zimmer und unten ist auch noch ein Gästezimmer." In einem großen Zimmer standen ein Doppelbett, eine Kommode, eine niedrige Liege und ein Kinderbett. Trotz der ganzen Möbel war in dem Raum noch immer ausreichend Platz vorhanden.

„Warum sind hier drinnen so viele Möbel?“

„Hier kann eine ganze Familie übernachten. Wir haben häufig Gäste, die mehrere Tage bleiben.“ Mary sah sich im Zimmer um. Sie hatte bisher keine Zeit gehabt, durch das Haus zu gehen, um sich anzuschauen, was Sarah in den einzelnen Räumen verändert hatte. Der gesuchte Quilt lag nicht auf dem Bett. Sie öffnete den Schrank und zog eine Truhe mit Decken heraus.

Diese Zederntruhe hatte ihr Vater geschreinert. Plötzlich erinnerte sie sich daran, dass ihre Mutter darin auch immer ihre Schatztruhe mit Andenken aufbewahrt hatte. Vorsichtig hob Mary den Deckel der Truhe hoch und atmete den köstlichen Duft des Zedernholzes ein. In der Truhe befanden sich Quiltdecken und Babykleidung. Sie begann, eine Decke nach der anderen herauszuholen. Offensichtlich waren sie alle von Sarah angefertigt worden. Mehrfach erkannte Mary das Blockhausmuster, das ihre Freundin früher am liebsten genäht hatte.

„Was machst du da?“ Sarah stand im Türrahmen, auf ihren Wangen hektische rote Flecken. Mary sah keinen Grund, sich von Sarah einschüchtern zu lassen oder irgendwie verlegen zu sein. „Ich suche die Quiltdecke, die damals über meinen Eltern lag, als ich sie fand. Ich würde sie mir gerne noch einmal anschauen. Ich hatte sie nie zuvor gesehen, obwohl sie eindeutig von meiner Mutter stammte.“

Sarah senkte den Blick. „Sie ist in Naomis Zimmer. Es ist ein Kinderquilt. Ich dachte, sie würde sich darüber freuen.“

„Sie haben Ihrem Kind einen Quilt gegeben, mit dem seine toten Verwandten zugedeckt waren?“ Susans Stimme klang entsetzt.

„Er wurde natürlich vorher gewaschen.“

Sarahs pragmatische Antwort ließ Mary zusammenzucken. Sie waren beide dazu erzogen worden, andere an die erste Stelle zu setzen und Konflikte zu vermeiden. Ganz offensichtlich war Sarah nicht von Marys Rundgang durch das Haus angetan. Ihr verschlossener Gesichtsausdruck und die verkrampften Hände sprachen eine zu deutliche Sprache.

„Welches ist Naomis Zimmer?“ Mary ging zur Tür.

Sarah trat beiseite. „Gleich auf der anderen Seite des Gangs. Bitte weck sie nicht auf.“

Vorsichtig spähte Mary in das Zimmer. Als sie den Quilt auf einer Ablage am Ende des Bettes sah, hielt sie den Atem an. Ihre Erinnerung hatte dem Quilt Unrecht getan. Er wirkte fast dreidimensional, so als würden die roten Kolibris in dem Muster über dem schwarzen Hintergrund schweben. Im nächsten Moment kniete Mary neben der Quiltablage auf dem Boden, zog die Decke an ihr Gesicht und atmete tief ein. Er roch nach Wäsche und frischer Luft, weil er draußen an der Leine getrocknet worden war.

Als Mary aufstand, waren ihre Wangen nass von Tränen. Doch von dem Duft ihrer Mutter war nichts übrig geblieben.

Auch Sarahs Augen schimmerten feucht. Stumm sahen die zwei Frauen sich an. In Sarahs Augen sah Mary nur zu deutlich ihre eigene hilflose Sehnsucht nach einer Zeit, die nie mehr zurückkehren würde. Die Trauer um Jahre, die für immer vorbei waren, und das Wissen, dass keine von ihnen etwas dagegen tun konnte, zerriss ihr schier das Herz.

Nach einiger Zeit wandte Sarah den Blick ab, nahm den Quilt, faltete ihn ruhig und präzise zusammen und legte ihn in Marys Hände. „Dieser Quilt sollte dir gehören."

Marys Erziehung drängte sie, den Mund zu öffnen und die Decke zurückzuweisen, doch plötzlich wurde ihr bewusst, dass Sarah recht hatte. Dieser Quilt gehörte ihr. Sie war das einzige Kind von Patricia und Abe Schwartz. Lucas Kinder waren nicht die Enkel ihrer Eltern. Niemand sonst hatte ein solches Anrecht auf die persönlichen Sachen ihrer Eltern.

„Danke", flüsterte sie. Sie widerstand dem Drang, ihr Gesicht erneut in dem Quilt zu vergraben. „Was ist mit der Schatulle passiert, in der Mama ihre Andenken aufbewahrt hat?"

Mit einem Schlag kehrte die Ablehnung in Sarahs Blick zurück. „Wie sieht sie aus?"

„Eine Schatulle ungefähr in dieser Größe." Mary maß mit ihren Händen einen ungefähr dreißig Zentimeter großen Gegenstand ab. „Sie ist aus Holz, mit Einlegearbeiten und einem Kolibrimuster. Ihr eigener Großvater hat sie gemacht. Hast du sie gesehen? Sie war sonst immer in der Deckentruhe."

„Wo hast du sie zuletzt gesehen?"

Wieso antwortete ihr Sarah nicht? Stattdessen wich sie Marys Fragen permanent durch Gegenfragen aus. „Sarah, du musst sie gesehen haben. Ich weiß, dass sie hier war."

Sarah sah zu Boden. „Sie ist in unserem Schlafzimmer." Sie drehte sich um und verließ den Raum.

Mary wechselte einen schnellen Blick mit Susan, dann folgte sie ihrer einst besten Freundin in das untere Stockwerk. Sarah durchsuchte bereits ein Fach in ihrem Schlafzimmerschrank. Es war das erste Mal seit ihrer Rückkehr nach Parke County, dass Mary das Schlafzimmer ihrer Eltern betrat. Es stand immer noch dasselbe Bett mit dem schlichten Kopfteil an der Wand.

„Hier ist sie." Mit leicht verrutschter Gebetshaube tauchte Sarah wieder aus dem Schrank auf und hielt Mary die Schatulle hin.

Als Mary sie entgegennahm, sah sie in das Gesicht ihrer Freundin. Sie war aschfahl. Mary verstand nicht, was Sarah an der Schatulle so aufwühlen konnte. Mit dem Hinweis, sie müsse jetzt schlafen gehen, stürzte sie aus dem Zimmer.

Nachdenklich trug Mary die Schatulle hinauf in ihr Zimmer. Manchmal hatte sie das Gefühl, nicht mehr klar denken zu können, weil so viele Erinnerungen an ihre Eltern auf sie einstürmten. Oben angekommen, traf sie Susan an, die bereits wieder an ihren Unterlagen saß. Mary setzte sich aufs Bett und öffnete vorsichtig den Deckel der Schatulle. Eine leise Melodie ertönte.

Susan hob den Kopf und lauschte. „Was ist das für ein Lied?"

„‚Trittst im Morgenrot daher.' Es ist die Nationalhymne der Schweiz."

„Eine sehr schöne Melodie. Und eine wunderschöne Schatulle."

Liebevoll strich Mary mit der Hand über den Deckel. „Sie stammt aus der Schweiz. Mein Großvater hat sie für meine Mutter gemacht, als sie noch ein Kind war."

Der Inhalt der Schatulle stammte aus einem ganz anderen Leben. Mary hatte es geliebt, den Inhalt zu betrachten und sich jeden Gegenstand von ihrer Mutter erklären zu lassen. Ganz oben in der Schatulle lagen Theaterkarten für das Musical *Hair* und Karten von einem Beatleskonzert.

Susan nahm die Eintrittskarten und betrachtete sie erstaunt. Fragend sah sie zu Mary. „Was hat das zu bedeuten?"

„Meine Mutter war ein Hippie, bevor sie meinen Vater kennenlernte."

„Wow! Das nenne ich einen Kulturschock. Freie Liebe gefolgt vom Leben in einer Amisch-Gemeinschaft."

„Ich glaube, es hat ihr gefallen. Sie hat drei Jahre in einer Kommune ohne Strom und fließendes Wasser gelebt. Sie sagte immer, dieses Leben habe ihr geholfen, einen Sinn im Leben zu finden."

„Wussten alle, wo sie herkam?"

Mary schüttelte den Kopf. „Ich glaube nicht. Für Papa hat sie sich sehr bemüht, sich einzufügen und nicht aufzufallen."

„Hat sie ihr altes Leben denn nie vermisst?"

„Falls dem so war, hat sie es nie erwähnt." Mary sah den übrigen Inhalt der Schatulle durch. Briefe, die sie nie hatte lesen dürfen, ein Tennisarmband, eine Seiko-Armbanduhr, mehrere Ohrringe und ein Klassenring. Sie runzelte die Stirn. „Wo ist der Ring?"

„Welcher Ring?"

„Der Verlobungsring ihrer Mutter. Sie hat mir immer erzählt, dass er ein Vermögen wert sei. Sie konnte ihn zwar nie tragen, aber sie hat ihn all die Jahre hierin aufbewahrt. Manchmal, wenn wir alleine waren, steckte sie ihn sich an den Finger. Ich denke, um sich ihrer Mutter näher zu fühlen. Sie hat mir jedoch nie erlaubt, ihn zu tragen. Sie wollte verhindern, dass ich mich an Dinge hänge, die keinen bleibenden Wert haben."

Mary leerte die Schatulle vollständig auf dem Bett aus. Jeden einzelnen Gegenstand nahm sie zur Hand. Sie schüttelte sogar vorsichtig die Briefe aus, aber der Ring blieb verschwunden.

„Wann hast du ihn das letzte Mal gesehen?"

„Ungefähr zwei Wochen bevor sie starb. Er muss hier irgendwo sein."

Konnte Sarah ihn genommen haben? Aber wozu? Sie hätte sowieso keine Verwendung dafür und könnte ihn niemals tragen. Einem Verkauf hätte Luca auf keinen Fall zugestimmt. Konnte eines der Mädchen ihn zufällig gefunden und zum Spielen herausgenommen haben? Das war äußerst unwahrscheinlich. Amische Kinder wurden bereits sehr früh dazu erzogen, das Eigentum anderer zu achten.

„Ich muss Sarah danach fragen." Schon bei dem Gedanken daran zog sich Marys Magen zusammen. Schlimmstenfalls würde Sarah denken, sie bezichtige sie des Diebstahls.

Ihr Blick fiel auf die Briefe. Solange sie zurückdenken konnte, hatte Mary diese Briefe lesen wollen, doch ihre Mutter hatte sie stets vertröstet. „Wenn du älter bist“, waren ihre Worte gewesen. Auch dieses Mal packte Mary die Briefe nach kurzer Zeit mit all den übrigen Dingen zurück in die Schatulle. Sie würde sie zu einem späteren Zeitpunkt ganz in Ruhe lesen.

Nachdem sie die Schatulle verschlossen hatte, breitete sie den Kinderquilt auf dem Bett aus.

„Er ist unglaublich“, sagte Susan und stand auf, um ihn genauer zu betrachten. „Es sieht fast so aus, als würden die Vögel jeden Moment davonfliegen. Etwas Derartiges habe ich noch nie gesehen.“

„Mamas Quilts sind alle einmalig. Niemand sonst setzt so geschickt die Farben der Stoffe ein. Sieh dir nur ihre winzigen Stiche an. Ich habe diese Perfektion nie erreichen können.“

Susan beugte sich vor und betrachtete die Stiche aus der Nähe. „Wer hat ihr so zu nähen beigebracht?“

„Die Mutter meines Vaters. Großmutter nahm sie unter ihre Fittiche und Mama war eine geduldige Schülerin. Bevor sie meinen Vater heiratete, hat sie gemalt. Nach der Hochzeit floss ihre ganze Liebe zur Kunst in ihre Quilts.“

„Ich wünschte, wir hätten noch weitere Decken von ihr, dann könnten wir sie in deinem Buch abbilden. Gibt es denn nicht alte Kunden von ihr, die vielleicht noch einen Quilt haben?“

„Susan! Aber natürlich! Dass ich noch nicht selbst darauf gekommen bin. So könnten wir doch noch einige ihrer Arbeiten in dem Buch würdigen. Sie hat einmal einen faszinierenden Kompass-Quilt genäht. Ich glaube, die Frau, der der Stoffladen gehört, hat ihn damals gekauft. Wir gehen gleich morgen dort vorbei.“

Mary konnte es kaum erwarten, den Quilt in ihren Händen zu haben. Wenn sie Glück hatte, würde die Frau ihn ihr sogar verkaufen.

18

„Der Double-Nine-Patch-Quilt gehört zu den ältesten Quilts. Sein Muster entstammt einer langen Tradition und erinnert uns daran, wie wichtig den Amisch von Generation zu Generation weitergegebene Traditionen sind.“
Mary Schwartz in *Quilts und amischer Glaube*

Marys Handy klingelte, als Susan bereits eingeschlafen war. Eilig klappte sie es auf und flüsterte: „Einen Moment bitte.“ Dann schlich sie auf Zehenspitzen über den Gang, schlüpfte ins Badezimmer und schloss die Tür hinter sich. „Hallo, wer ist da?“ Im Halbschlaf hatte sie nicht auf die Nummer des Anrufers geachtet.

„Hallo, Schatz“, sagte Reece. „Ich hoffe, ich habe dich nicht geweckt.“

Mary räusperte sich. „Es ist nach Mitternacht, Reece. Natürlich hast du mich geweckt.“

„Ich habe gerade an dich gedacht. Komm, wir treffen uns an der Straße und gehen zusammen einen Kaffee trinken.“

„Nein, Reece! Lass mich in Ruhe. Unsere Ehe ist vorbei.“

„Sag das nicht, Schatz. Ich will nicht, dass dir etwas … Schlimmes zustößt. Wir beide gehören zusammen.“

Marys Mund war mit einem Mal staubtrocken. „Willst du mir drohen, Reece?“

„Natürlich nicht. Es ist nur so, dass dir schlimme Dinge passieren könnten, vor allem, wenn ich nicht bei dir bin, um dich zu beschützen.“

„Wenn ich bei dir bin, passieren schlimme Dinge. Mich hat seit fünf Jahren niemand mehr geschlagen.“

Seine Stimme bebte vor Zorn. „Ich habe dir bereits gesagt, dass das der Vergangenheit angehört. Ich habe mich verändert und werde dich nicht anrühren. Ich gehöre jetzt zur amischen Kirche.“

„Du fährst ein Auto“, widersprach sie ihm.

„Das ist nur vorübergehend. Der Bischof hat mir gesagt, dass ich alles verkaufen soll. Bis ich einen Käufer gefunden habe, fahre ich das Auto noch."

Mary hatte Mühe, nicht die Augen zu verdrehen. „Was bedeutet Gelassenheit?"

„Gottes Willen akzeptieren", antwortete er wie aus der Pistole geschossen.

Eins zu null für ihn. Sagte er die Wahrheit? Lebte Reece jetzt tatsächlich in der Gemeinschaft der Amisch? „Was ist mit der Demut?" Manche Kirchenbezirke waren weniger streng als andere.

„Anderen dienen und Gottes Willen tun. Gott will nicht, dass wir getrennt sind, Mary."

„Gott will auch nicht, dass du mich schlägst, Reece, oder unsere Tochter umbringst. Du hast mich die Treppe hinabgestoßen."

„Du irrst dich, Schatz. Ich habe versucht, dich festzuhalten. Ich würde dir nie wehtun."

„Du hast mir die Nase und den Arm gebrochen. Warum um alles in der Welt sollte ich dir jetzt glauben?" Hatte sie diesen Abend vollkommen falsch in Erinnerung? Aber selbst wenn – er war auch schon zu anderen Zeiten sehr großzügig mit seinen Fäusten umgegangen. Der Verlust des Babys war der letzte, schreckliche Tropfen gewesen, der das Fass endgültig zum Überlaufen gebracht hatte.

„Ich warne dich, Mary. Du solltest lieber zu mir nach Hause kommen. Dahin, wo du in Sicherheit bist."

Mary legte auf und schaltete ihr Handy aus, ohne weiter auf seine hartnäckigen Forderungen zu reagieren. Bei der versteckten Drohung in seinen Worten überlief sie eine Gänsehaut. Hastig rieb sie sich über die Arme. Sie wollte und würde sich nicht von ihm einschüchtern lassen.

* * *

Wie gern wäre Matt an einem anderen Ort als diesem. Es war spät gewesen, als er von der Arbeit zurückgekommen war, aber trotz seiner Müdigkeit konnte er einfach nicht einschlafen. Im Zimmer war es stockfinster. Durch das Fehlen jeglicher Außenbeleuchtung wirkte die Dunkelheit noch dichter. Unruhig warf Matt sich auf dem Sofa hin und her. Wenigstens war endlich das Zischen der Gaslampen verstummt. Er hatte keine Ahnung gehabt, dass eine solche Lampe dermaßen laut sein konnte. Jetzt war die Stille im Haus fast mit den Händen zu greifen. Wie eine undurchdringliche Decke lag sie über dem gesamten Anwesen. Wenn es hier nur einen Fernseher gäbe! Wie gerne würde er sich jetzt berieseln lassen und ziellos durch die Programme zappen. Er zwang sich, die Augen zu schließen, und endlich kam der Schlaf. Er träumte von Analise, die lächelnd durch ein Blumenfeld lief. Er wollte sie warnen, nicht an den Blumen zu riechen, aber egal wie sehr er sich auch anstrengte, es gelang ihm einfach nicht zu sprechen.

Ein Knarren, das in der Stille so laut wie ein Pistolenschuss wirkte, ließ Matt aus dem Schlaf schrecken. Mühsam kämpfte er sich aus seinen zerknitterten Laken und rappelte sich auf. Hatte er wirklich etwas gehört oder hatte er geträumt? Angestrengt lauschte er in die Dunkelheit. Da war es. Und dann gleich noch einmal.

Es war das Knarren der Küchentür. Er hatte niemanden die Treppe herunterkommen hören, also musste jemand in das Haus eingedrungen sein. Lautlos bewegte sich Matt durch das Zimmer. Es war eine mondlose Nacht, sodass kein noch so schwacher Lichtschimmer die Küche erhellte. Vorsichtig spähte Matt durch den Türrahmen. War da nicht eine dunkle Gestalt vorbeigegangen?

Da berührte ein Stück Stoff seine Hand. Es war tatsächlich jemand hier. Matt stürzte nach vorn und begann mit dem Eindringling zu ringen. Keiner der beiden Kämpfenden gab einen Laut von sich. Mit einem dumpfen Geräusch landeten sie auf dem Küchenboden, wo es Matt endlich gelang, seinen Widersacher auf den Fußboden zu drücken.

Erst jetzt erkannte er, dass er nicht mit einem Mann, sondern mit einer weichen Frauengestalt rang. Matt packte ihre Handgelenke und drückte sie über ihrem Kopf auf den Boden.

„Geh von mir runter." Marys Stimme zitterte vor Wut. „Bist du verrückt geworden?"

Matt zuckte zusammen und ließ sie so hastig los, als hätte er sich bei der Berührung ihrer Haut verbrannt. „Warum schleichst du in der Dunkelheit hier herum?", fragte er entgeistert und half ihr auf die Beine. Unvermittelt waren beide zum vertrauten Du übergegangen.

„Ich konnte nicht schlafen und wollte mir eine Milch holen."

Er tastete nach der Gaslampe. Sobald er sie aufdrehte, war wieder das leise Zischen zu hören. „Du hättest das Licht anmachen können.“

„Ich wollte dich nicht wecken.“

Barfuß stand sie vor ihm. Ihr pfirsichfarbenes Baumwollnachthemd verhüllte sie vom Hals bis zu den Knöcheln, aber mit ihren Haaren, die offen und lang über ihren Rücken fielen, und dem schläfrigen Blick bot sie den schönsten Anblick, den er je gesehen hatte. Es gefiel ihm gar nicht, dass so vieles an ihr seine Aufmerksamkeit erregte – ihr glänzendes Haar, die Form ihres Mundes. Für eine Sekunde gestattete er seiner Fantasie die Vorstellung, wie es wäre, diese Lippen zu küssen.

Was dachte er sich eigentlich? Matt rief sich selbst energisch zur Ordnung. Er wäre doch wohl klug genug, sich nicht von ihrer körperlichen Anziehungskraft einwickeln zu lassen. Darüber hinaus hatte sie nie die Scheidung eingereicht. Matt ärgerte sich über sich selbst, sodass sein: „Oh ja, und wie ich schlafe!“ gröber als beabsichtigt klang.

Hastig wandte sie den Kopf, aber Matt konnte dennoch die Tränen in ihren Augen glühen sehen. Was war er nur für ein grober Klotz! Sanft fasste er sie am Arm. „Was ist denn los?“

Sie entzog sich seiner Berührung und öffnete den gasbetriebenen Kühlschrank. „Willst du auch eine Milch?“

„Gern.“

Sie nahm den Milchkrug heraus, schüttelte ihn und schenkte zwei Gläser voll.

„Warum hast du die Milch geschüttelt?“

„Sie ist unbehandelt. Rohmilch. Man muss die Sahne immer wieder in die Milch hineinmischen.“

Er zog sich einen Stuhl heran, setzte sich neben sie an den Tisch und nahm einen vorsichtigen Schluck von der Milch. Voller Erstaunen stellte er fest, dass sie cremig und sehr gut schmeckte. Er musste sich unbedingt irgendwie ablenken. Momentan konnte er sich nur voller Faszination darauf konzentrieren, wie sich Mary nach dem Trinken die Sahne von ihrem Lippen leckte. Er räusperte sich. „Also, was ist los?“

Sie seufzte leise. „Alles ist so verwirrend. Ich weiß nicht mehr, was ich tun soll, wer mir helfen kann. Vor ein paar Minuten hat mich Reece angerufen. Er schwört, dass er in einem anderen Bezirk in die amische Kirche eingetreten ist.“

„Das stimmt. Blake war in Shipshewana und hat die Geschichte überprüft. Er hat mit dem Bischof gesprochen. Nach dessen Bericht ist Reece seit einem Monat dort."

Mary sank auf ihren Stuhl zurück und stützte ihren Kopf in die Hände. „Ich kann es nicht glauben."

„Was will er von dir?"

„Was er immer wollte: Ich soll zu ihm zurückkommen."

„Und? Wirst du es tun?" Wie oft hatte er das im Lauf der Jahre erleben müssen. Die misshandelte Frau ging wieder zu dem Mann zurück, der sie geschlagen hatte. Hätte Mary mehr Mut? Er hoffte so sehr, sie würde diesen Weg nicht gehen. Reece würde niemals aufhören, sie zu schlagen.

Ihr Kopf fuhr in die Höhe. „Ich gehe nicht zurück. Ich habe genug von seiner Brutalität, seinen Demütigungen und Misshandlungen."

Ihre Stimme klang fest. Offensichtlich war es ihr wirklich ernst. Hatte ihre schwere Lebensgeschichte ihr diesen eisernen Willen und ihr Rückgrat beschert? Manchmal befähigten schwere Lebensphasen einen Menschen überhaupt erst dazu, es mit neuen Widrigkeiten aufzunehmen und diese zu bewältigen. Sie konnte so hartnäckig sein. Nach wie vor war sie hier und suchte ihre Tochter.

„Eine gute Entscheidung", sagte er leise und wäre am liebsten in ihren goldbraunen Augen versunken. Er beugte sich vor und stützte das Kinn auf seine Hand. „Ich lasse nicht zu, dass dir etwas passiert." Er war ihr nah genug, um einen leichten Hauch ihres Duftes zu riechen, einen zarter Zitronengeruch. Vielleicht ihr Shampoo?

Hatte er sich das nur eingebildet oder war sie ihm eben ein paar Zentimeter näher gekommen? Noch während er ihre Hand vom Tisch hochhob und auf die seine legte, fragte er sich, was er hier eigentlich tat. Sein Verhalten war alles andere als professionell. Eher katastrophal unangemessen. Wie lange war es her, seit er das letzte Mal mit einer Frau ausgegangen war? Ein Jahr? Zwei Jahre? Mary löste Gefühle in ihm aus, die er bereits vergessen geglaubt hatte. Aber er fühlte sich zu weit mehr als nur zu ihrem Äußeren hingezogen. Es war diese Verbindung von Verletzlichkeit und Stärke, die ihn anzog. Sie konnte genauso hartnäckig wie Ajax sein, wenn dieser eine Fährte witterte. Hinter ihren sanften Augen verbargen sich ein Wille und eine Entschlossenheit, die er nur bewundern konnte.

Bei seiner Berührung wurden ihre Augen groß, aber sie ließ ihre Hand in seiner liegen. Ob sie dachte, er wolle sie nur trösten? Natürlich war nur das die Absicht seiner Geste, nichts anderes. Er legte seine zweite Hand über die ihren. „Wenn du keine Angst vor Reece hast, warum kannst du dann nicht schlafen?"

„Wie viele Pflegeeltern gibt es in diesem Bezirk?"

„Was für eine Frage! Ich habe keine Ahnung. Viele."

„Kannst du es herausfinden?"

„Natürlich, aber wofür?"

„Erinnerst du dich an das Bild, das ich dir von dem Kind gezeigt habe?" Sie wartete, bis er nickte. „Der Quilt, auf dem das kleine Mädchen sitzt, gehört zu den Decken, die in der Nacht, als meine Eltern ermordet wurden, gestohlen wurden."

Erst nach einiger Zeit fand er seine Sprache wieder. „Das ist interessant. Aber deine Mutter hat sehr viele Quilts verkauft, oder?"

„Ja, aber diesen Quilt hatte sie gerade erst zu Ende genäht. Ich erkenne den Stoff. Er war ganz sicher an jenem Tag im Schrank."

„Du willst mir also erzählen, dass die Pflegeeltern dieses Kindes auf dem Foto mit dem Mord an deinen Eltern zu tun haben?" Er versuchte sich zu erinnern, woher Caitlins Quilt stammte. Er meinte sich zu erinnern, dass es ein Geschenk bei der Babyparty gewesen war. Analise hatte über diese Sachen Buch geführt. Könnte der entsprechende Name in Caitlins Babybuch stehen? Jetzt musste er nur noch herausfinden, wohin in aller Welt er das Buch geräumt hatte.

„Es ist zumindest möglich, dass sie den Mörder kennen. Wie hätten sie sonst an die Decke gelangen sollen?"

„Vielleicht hat der Mörder sie bei eBay eingestellt oder sie an irgendeinen Laden verkauft. Es muss kein direkter Zusammenhang bestehen." Seine Erklärungsversuche klangen selbst in seinen eigenen Ohren lahm. Er musste unbedingt nach Hause fahren und dieses Babybuch suchen.

„Vielleicht." Nachdenklich kaute sie auf ihrer Unterlippe.

„Ich versuche, eine Liste mit den Pflegeeltern zu bekommen, und werde sie anschließend überprüfen. Aber das kann Wochen dauern."

„Das würdest du für mich tun?"

Allmählich glaubte er, dass er fast alles für sie tun würde – außer ihr seine Tochter zu überlassen. Kein Wunder, dass Reece verrückt nach ihr war. Mary hatte eine unschuldige, kindliche Art. Gepaart mit ihrer Schönheit weckte ihr Wesen in einem Mann den dringenden Wunsch, ihr Held sein zu wollen. Schnell ließ er ihre Hand los. Wenn er nicht aufpasste, wäre er bald genauso durcheinander wie Reece.

Er stand auf. „Es ist fast zwei. Du solltest versuchen zu schlafen."

„Natürlich, du hast recht." Die Wärme in ihrer Stimme verschwand und machte einem nüchternen Tonfall Platz. Ihr Stuhl kratzte über das Linoleum, als sie ihn vom Tisch zurückschob und aufstand.

Er hatte sie nicht verletzen wollen. Als sie sich zum Gehen wandte, ergriff er ihren Arm. „Ich ... ich tue für dich, was ich kann, Mary." Plötzlich wurde ihm klar, dass sie direkt neben ihm stand. Es wäre nur eine kleine Bewegung nötig und sie läge in seinen Armen. Obwohl er wusste, dass sein Verhalten alles andere als klug war, zog er sie sanft in seine Richtung. Im nächsten Moment lag ihr Kopf an seiner Brust. Er hatte recht gehabt: Der sachte Zitronenduft kam aus ihren Haaren.

Ihre kleine, weiche Gestalt schmiegte sich an ihn. Es lag Jahre zurück, dass er eine Frau in seinen Armen gehalten hatte. Seit Analise hatte er keine Frau mehr so nahe an sich herangelassen. Seine Frau hatte immer ein wenig wie auf dem Sprung gewirkt. Mary besaß eine Ruhe und Entspanntheit, die ihm guttat. Mit seiner Hand strich Matt ihr über die langen Haare und ihre schweren Locken verfingen sich in seinen Fingern.

„Was geht hier vor?" Mit zerzausten Haaren stand Luca in der Tür zur Treppe.

Mary riss sich los und fuhr mit den Händen über ihr Nachthemd. „Ich bin nach unten gekommen, um ein Glas Milch zu trinken."

„Ich dachte, sie sei ein Einbrecher und habe sie angegriffen", erklärte Matt, wohlwissend, dass seine Worte wenig überzeugend klangen.

„Für mich sah das gerade nicht nach einem Angriff aus", bemerkte Luca trocken. „Ich denke, du solltest jetzt ins Bett gehen, Mary."

„Natürlich." Mit gesenktem Kopf huschte sie an ihrem Cousin vorbei die Treppe hinauf..

Luca schwieg, bis oben die Tür ins Schloss fiel. „Mary macht eine schwere Zeit durch. Bitte lassen Sie sie in Ruhe."

„Ich bin nur hier, um sie zu beschützen. Und natürlich will ich den hinter Gitter bringen, der es auf sie und euch abgesehen hat."

„Die Strafe liegt bei Gott. Das ist nicht unsere Sache."

„Wollen Sie denn nicht, dass der Mörder erwischt wird?"

„Natürlich möchte ich nicht, dass Mary etwas zustößt, aber ich vertraue darauf, dass Gott sie beschützen wird."

„Nicht immer gewinnt das Gute, Luca."

„Auch das ist Gottes Wille."

Seine gleichgültige Haltung ärgerte Matt. „Denken Sie etwa, wir sollen uns hier auf der Erde nicht für Gerechtigkeit einsetzen?"

„Unsere Aufgabe ist es, zu vergeben."

„Egal, was uns angetan wird?"

„Ja. Mary hatte damit schon als Kind die größten Probleme. Sie wollte Gerechtigkeit."

„Sehnen wir uns nicht alle danach?" Matts Wunsch nach Gerechtigkeit war der Grund gewesen, warum er Polizist geworden war. „Meine Aufgabe ist es, für Recht und Ordnung zu sorgen und Gesetzesbrecher hinter Gitter zu bringen. Ich bin kein Philosoph oder Theoretiker."

„Bei unserem Glauben geht es nicht um Philosophie, sondern darum, Gottes Geboten zu gehorchen. Wir sollen vergeben, siebzigmal siebenmal, ganz gleich, was uns der andere angetan hat. Wir vergeben den Menschen, die zu schwach sind, um sich dem Teufel und seinen Launen zu widersetzen. Wir sind alle auf Gottes Barmherzigkeit angewiesen."

Matt wusste, dass Luca damit recht hatte. Er war sich seiner eigenen Schwächen nur zu gut bewusst. „Haben Sie denn keine Angst vor demjenigen, der hinter Ihrer Familie her ist?"

„Gottes Wille möge geschehen. Wenn meine Zeit gekommen ist zu gehen, dann gehe ich."

„Aber Ihre Frau? Ihre Kinder?"

Luca verzog das Gesicht. „Das wäre sehr schwer. Dennoch weiß ich, dass Gott über allem steht, und akzeptiere seinen Weg. Selbst Schmerz kann der Verherrlichung Gottes dienen."

„Trotzdem. Ich werde verhindern, dass er einem von euch und ganz besonders Mary etwas antut."

„Sie sind ein Englischer. Sie wissen nichts von den Dingen, die ihr am meisten bedeuten."

Dieses Urteil tat weh. „Und Sie wissen es? Ihr Verhalten sieht ganz und gar nicht danach aus."

Lucas Gesicht verdunkelte sich. „Ich tue nur, was für Marys Seele das Beste ist."

Matt konnte die aufrichtige Liebe dieses Mannes zu seiner Cousine sehen. Wer war er, dass er sagen könnte, Luca verhielte sich falsch? War er wirklich in der Lage, darüber zu urteilen? Er wusste, Mary lag ihm am Herzen. Immer mehr wurde ihm bewusst, dass er Mary für sich haben wollte. Sie sollte zu ihm gehören. Doch was war, wenn Marys innerer Schmerz und ihre Narben aus der Vergangenheit nur durch die Rückkehr in den Schoß der Familie geheilt werden könnten? Matt fragte sich, ob dasselbe auch für seine Seele und das Wiedersehen mit seiner Mutter galt. Morgen würde er es wissen.

* * *

Mittwochmorgen. Seit einer Woche war sie nun hier, doch es kam ihr bereits viel länger vor. Von ihrem Platz im Wohnzimmer aus konnte Mary die Kinder mit Sarah am Küchentisch sitzen sehen. Ihre blonden Köpfe waren still zum Gebet gebeugt, ihre kleinen Hände lagen gefaltet auf ihrem Schoß. Wie oft hatte sie mit ihren Eltern ganz genauso am Tisch gesessen? Selbst nach all den Jahren vermisste sie diese vertrauten Momente immer noch schmerzlich.

Die Mädchen brachten ihr Frühstücksgeschirr zur Spüle und begannen mit dem Abwasch. Luca war bereits in die Gärtnerei gegangen und Susan arbeitete oben an einer Pressemitteilung. Dieser Morgen wäre der perfekte Zeitpunkt für ein Gespräch mit Sarah, also zwang sich Mary dazu, im Wohnzimmer sitzen zu bleiben. Sobald Naomi und Lydia nach draußen gingen, würde sie sich zu Sarah in die Küche begeben.

Matt hatte sie an diesem Morgen noch nirgends entdecken können, aber nach der peinlichen Situation gestern Nacht war das vielleicht das Beste.

Auch Stunden später sehnte sie sich noch nach dem Gefühl, das seine starken Arme in ihr ausgelöst hatten. Dennoch riet sich Mary zur Vorsicht. Wozu hatte das letzte Mal ihre Sehnsucht geführt? Sie musste dringend Abstand zu ihm halten. Außerdem war sie vor dem Gesetz immer noch verheiratet und bis jetzt sah es nicht so aus, als würde Reece irgendwann seine Meinung ändern und die Scheidung einreichen.

Anscheinend waren die Mädchen in der Küche jetzt mit dem Geschirr fertig, denn Mary hörte, wie Sarah ihnen auftrug, die Eier einzusammeln. Bevor Sarah eine neue Arbeit beginnen konnte, eilte Mary zu ihr in die Küche. „Kann ich eine Minute mit dir sprechen?"

In Sarahs Blick lag eine gewisse Vorsicht. „Ja, ich denke schon. Auf mich wartet aber viel Wäsche. Ich hänge zwei Tage hinterher, und Luca hat bald nichts mehr anzuziehen."

„Oh! Wir können doch beim Waschen miteinander reden. Das war früher immer meine Lieblingsarbeit mit dir. Erinnerst du dich noch, wie wir uns gegenseitig mit Seifenschaum beworfen haben? Wir waren nasser als die Wäsche und Mama war ziemlich sauer. Wie alt waren wir damals – dreizehn oder vierzehn?" Bei der Erinnerung musste Mary lächeln.

„Ich kann von dir keine Hilfe annehmen."

Marys Lächeln verschwand. „Du würdest mir sehr helfen, wenn ich wenigstens meine Wäsche mitwaschen dürfte. Ich habe nicht viel zum Anziehen mitgebracht und das meiste ist inzwischen schmutzig."

Sarah wirkte noch immer unsicher, aber schließlich nickte sie. „Hol deine Sachen."

Mary eilte die Treppe hinauf, um ihre und Susans Schmutzwäsche zu holen. Sie sehnte sich so sehr danach, Sarah lächeln zu sehen, einen winzigen Teil ihrer früheren Freundschaft wieder zum Leben zu erwecken. Als sie wieder herunterkam, hatte Sarah bereits die gasbetriebene Waschmaschine eingeschaltet.

Mary warf die Kleider auf den Betonboden der Veranda hinter dem Haus, die als Waschraum diente, und begann mit dem Sortieren. Mehrmals spürte sie Sarahs unsicheren und fast ängstlichen Blick auf sich ruhen. Fürchtete sie möglicherweise Marys Frage nach dem fehlenden Ring?

Die gasbetriebene Waschmaschine drehte sich lautstark und wirbelte Berge von Schaum auf. Von spontanem Übermut gepackt, tauchte Mary ihre Hand in das kalte Wasser, holte eine Handvoll Schaum heraus und warf sie Sarah auf den Kopf. Dann bückte sie sich und nahm die nächste Ladung. Als sie Sarahs verwirrte Miene sah, musste sie laut kichern.

Weißer Schaum tropfte von Sarahs Haaren auf ihre Stirn, langsam und ohne die kleinste Spur eines Lächelns wischte sie ihn weg. Plötzlich empfand Mary ihr Verhalten als vollkommen unangemessen und ließ verlegen ihre Hand sinken. Lautlos tropften die Reste der Seifenlauge zurück in die Waschmaschine. „Bitte entschuldige."

Sarah griff nach einem Handtuch auf einem Wäschestoß und tupfte sich den Schaum vom Kopf.

„Warte, ich helfe dir."

Noch immer hatte Sarah kein Wort gesagt. War sie zu schockiert? Immerhin war sie inzwischen eine erwachsene, zweiunddreißigjährige Frau und Mutter von zwei Kindern. Was hatte sie sich nur dabei gedacht? Die alberne und übermütige Zeit des Rumschpringe war schon lange vorbei. Mary ärgerte sich über sich selbst.

Da landete etwas Kaltes in ihrem Nacken und glitt langsam ihren Rücken hinunter. Mit einem verschlagenen Grinsen im Gesicht und Schaum in der Hand sah Sarah sie an. „Du hast mich reingelegt", sagte Mary fassungslos. Dann stürmte sie zurück zur Waschmaschine. Zehn Minuten später war mehr Wasser auf dem Fußboden und den beiden Frauen als in der Maschine.

„Oh du meine Güte", keuchte Sarah und sank auf einen Stuhl in der Ecke. „Ein Glück, dass die Kinder nicht gesehen haben, wie albern und dumm sich ihre Mutter aufgeführt hat."

„Es ist nicht dumm, Spaß zu haben." Mary zog den Stuhl aus der anderen Ecke zu Sarah herüber und wischte sich die letzten Schaumreste von den Wangen. „Ich habe dich vermisst, Sarah."

„Ja, deshalb hast du uns auch so oft besucht und uns so viele Briefe geschrieben." Abrupt wandte Sarah ihr den Rücken zu und begann, Lucas Hemd durch die Wringmaschine zu drehen. Sie ließ das Kleidungsstück in einen Korb fallen und nahm das nächste Teil.

„Reece wollte, dass ich alle Verbindungen zu meinem früheren Leben abbreche. Er hatte Angst, ihr würdet mich überreden, zu euch zurückzukommen. Ich habe so oft wegen des Banns und der Trennung von euch geweint, aber gleichzeitig wollte ich meinem Mann gehorchen und ihm treu sein."

„Das hat dich nicht davon abgehalten, ihn zu verlassen." Unverhohlene Kritik schwang in Sarahs Stimme.

Scheidung war in der Gemeinschaft der Amisch nicht erlaubt. Eine Frau, die ihren Mann verließ, wurde mit dem Bann belegt. Mary sah ihrer Freundin ins Gesicht. „Er hat mich mehrfach geschlagen, Sarah. Am Ende hat er mich absichtlich die Treppe hinuntergestoßen, weil er es nicht ertragen konnte, dass ich ein Baby bekam." Nur mühsam beherrschte Mary ihre Stimme.

„Hättest du dir das gefallen lassen? Einfach weitergemacht wie bisher? Ganz normal mit ihm zusammengelebt und im selben Bett geschlafen?“

Sarah biss sich auf die Lippe. „Die Kirche verlangt, dass ich meinem Mann treu bin und ihn ehre.“

„Er hätte mich umgebracht, wenn ich geblieben wäre, Sarah.“

Mary sah ihrer Freundin ins Gesicht, aber Sarah wich ihrem Blick aus. Es war Mary zutiefst zuwider, in Trennung zu leben. Sie verabscheute Scheidung. In einer perfekten Welt würde ein Mann seine Frau mehr als sich selbst lieben und schätzen. In einer perfekten Welt wäre ein Mann sanft und stark zugleich im Umgang mit seiner Frau. In einer perfekten Welt gäbe es keinen Ehestreit. Doch die Welt war nicht perfekt, obwohl sich Mary so sehr danach sehnte, in einer solchen Welt zu leben.

Sie beschloss, das Thema zu wechseln. „Mama hatte in ihrer Schatulle einen Ring. Hast du irgendeine Ahnung, wo er sein könnte?“

Das Mitgefühl in Sarahs Gesicht war wie weggeblasen. „Ich habe keine Ahnung.“ Sie stand auf, nahm ein Handtuch von dem Haufen auf dem Boden und begann das Wasser aufzuwischen, das sich um den Abfluss herum angesammelt hatte.

Das Wohlwollen im Raum war verschwunden. Offensichtlich ärgerte sich Sarah über ihre Frage, doch Mary beschloss, sich darüber keine weiteren Gedanken zu machen. Der Ring musste hier irgendwo sein, und sie hatte die feste Absicht, ihn zu finden.

19

„Die Amisch haben das Quilten nicht erfunden, aber sie haben diese Kunst durch ihren einzigartigen Stil beeinflusst. So verwenden sie meist nur gediegene Farben, die auch für Kleidung verarbeitet werden; leuchtende Farben hingegen kombinieren sie traditionell mit Schwarz."
Mary Schwartz in *Die Kunst des Quiltens*

„Gab es am Wochenende irgendwelche besonderen Vorkommnisse?", fragte Matt seinen Vorgesetzten, der lässig an seinem vor dem Schwartz-Hof parkenden Auto lehnte. Wie so oft kaute Captain Sturgis auf einer kalten Zigarre herum.

„Beide Tage waren ruhig. Wie sieht es bei Ihnen aus? Irgendwelche neuen Spuren? Die Reporter rennen mir die Bude ein. Ständig fragen sie nach, ob wir etwas Neues wissen, und ich habe nichts zu erzählen, um sie loszuwerden."

Matt nickte. „Ich habe Kopien von allen Informationen, die wir bisher gesammelt haben, und gehe sie nachher noch einmal durch. Ich denke nicht, dass die Familie tagsüber in Gefahr ist. In die Gärtnerei kommen einfach zu viele Leute. Ich werde nachts auf dem Hof schlafen und arbeite tagsüber an den Ermittlungen."

„Verstehe. Und Blake?"

„Ich treffe mich nachher mit ihm, um die nächsten Schritte durchzugehen. Ist sonst noch etwas passiert?"

„Wieder ein Einbruch."

Matt runzelte die Stirn. „Wo?"

„John Deere. Einige elektronische Geräte wurden gestohlen, Computer und Ähnliches. Lauter Sachen, die man leicht zu Geld machen kann. Es gibt eine Überwachungskamera, aber die wurde anscheinend ausgeschaltet. Ich habe die Anweisung gegeben, alles noch einmal genau zu durchforsten. Vielleicht haben wir ja etwas übersehen."

„Der vierte Einbruch in drei Monaten. Der Dieb wird immer dreister." Matt zögerte. Sollte er seinen Verdacht laut äußern? Er gab sich einen Ruck. „Und wenn es einer von uns ist, Captain?"

Sturgis seufzte. „Ich wollte das eigentlich nicht in Erwägung ziehen, aber ich muss gestehen: Daran habe ich auch schon gedacht."

„Der Kerl muss ein Insider sein. Er weiß ganz genau, wann er ungestört hineinkommt, wie lange er drinbleiben darf und wann der nächste Streifenwagen vorbeifährt."

„Haben Sie einen bestimmten Verdacht?"

Erneut schossen Matt all die Dinge, die Blake in letzter Zeit gekauft hatte, durch den Kopf: der elegante Sportwagen für Gina, das Wellnesswochenende, der Ring für fünftausend Dollar, den wahrscheinlich Vanessa bekommen hatte. Alles Geschenke, um sein Gewissen zu beruhigen? Matt wusste nicht mehr, was er denken sollte, und schüttelte den Kopf.

„Überprüfen Sie das, Beitler. Ich führe eine saubere Abteilung und will, dass das so bleibt. Wenn Sie also einen konkreten Verdacht haben, dann will ich davon wissen."

Matt schwieg. Er konnte Blake nicht ohne konkrete Beweise beschuldigen. Kurze Zeit später fuhr der Captain wieder zurück in die Stadt. Matt warf einen Blick auf seine Uhr. In einer Stunde würde er seine Mutter treffen – falls die erhaltene E-Mail tatsächlich von ihr geschrieben worden war. Bereits der Gedanke daran verursachte ihm Herzklopfen. „Ajax, komm." Er pfiff, aber sein Hund, der von drei auf ihm schlafenden Katzen belagert wurde, hob lediglich kurz den Kopf. Auf keinen Fall schien er seinen gewöhnlichen und friedvollen Platz unter dem Baum aufgeben zu wollen.

„Verräter", schalt Matt den Hund. „Du bist eine Beleidigung für die Hundewelt." Ajax gähnte und streckte sich, scheinbar vollkommen unbeeindruckt von Matts Urteil. Dann legte er seinen Kopf wieder auf den Pfoten ab und schloss die Augen. „Dann bleib eben hier." Vielleicht war es gar keine schlechte Idee, den Hund bei Mary zu lassen. Als Matt jedoch wenige Minuten später abfahrtbereit aus dem Haus trat, stand Ajax bereits erwartungsvoll neben der Hintertür seines Wagens. Offensichtlich war das kleine Nickerchen mit den Katzen vorbei.

Als Erstes fuhr Matt zu seinem Haus in Rockville. Er parkte an der Straße, ließ Ajax herausspringen und ging zur Haustür. Unruhig lief der Hund vor der Tür hin und her. „Na Junge, du vermisst deine Spielsachen, was?" Nachdem Matt die Tür geöffnet hatte, verschwand Ajax blitzschnell im Inneren des Hauses, um kurze Zeit später voller stolz mit einer ausgestopften Katze im Maul zurückzukehren.

In der Wohnung roch es leicht abgestanden. Matt ging durch den Gang in sein Schlafzimmer und packte einen kleinen Koffer mit Kleidung zusammen, bevor er aus seiner Jeans schlüpfte und eine lange, heiße Dusche nahm. Barfuß und mit noch nassen Haaren ging er ins Wohnzimmer. Caitlins Babybuch war immer in einer Schublade unter dem Tisch gewesen. Matt setzte sich im Schneidersitz auf den Teppich und leerte die komplette Schublade aus, aber das Buch war nicht unter den übrigen Sachen. Sein Blick wanderte über die Bücherregale hinter dem Sofa.

Caitlin sah sich mit großer Begeisterung Fotografien von ihrer Mutter an. Vielleicht hatte sie das Buch mitgenommen. Er stand auf und ging in ihr Zimmer. Der Aufbruch zu Gina war so überstürzt erfolgt, dass er noch nicht einmal Caitlins Bett gemacht hatte. Liebevoll strich er die rosafarbene, gerüschte Bettdecke glatt und stellte ihre Schuhe in den Schrank. Im ganzen Zimmer lagen und standen Puppen, Bücher und andere Spielsachen herum, aber das Babybuch konnte Matt unter all den Dingen nicht entdecken. Erst als er sich auf den Boden kniete und unter dem Bett nachsah, wurde er fündig.

Freudig zog er das dünne Buch hervor, in dem das Leben seiner Tochter seit ihrer Ankunft chronologisch festgehalten war. Mit ausgestreckten Beinen, den Rücken ans Bett gelehnt, setzte sich Matt auf den Boden und begann darin zu blättern. Nach kurzer Zeit kam auch Ajax angetrottet. Begleitet von gelegentlichen Seufzern und Schnaufern machte er es sich mit dem Kopf in Matts Schoß gemütlich.

„Ich vermisse Caitlin auch, Junge", seufzte Matt. „Guck, hier ist ihr erstes Bild mit dir." Das Foto zeigte Caitlin, zwei Tage nachdem sie sie bekommen hatten: Ajax leckte ihre Wange ab und Caitlin verzog irritiert und mit leichter Missbilligung das Gesicht. Damals war das Fell des Hundes noch vollkommen schwarz gewesen. „Unsere Kleine hat dich von Anfang an geliebt."

Als Matt umblätterte, fand er endlich das Gesuchte. Die Babyparty. Das Foto von Analise mit Caitlin auf ihrem Arm ließ ihn innehalten. Sie sah so glücklich aus. Zwei gesegnete Jahre als vollständige Familie waren gefolgt. „Du bist auch auf dem Bild", sagte er zu Ajax, worauf dieser zustimmend bellte. Viele Menschen aus ihrer Kirchengemeinde waren als eine Art Großeltern-Ersatz für sie da gewesen, da Analises Eltern in Florida lebten und nur selten zu Besuch kamen.

In dem Buch war auch ein Bild von Caitlin, auf dem Quilt. Auf der nächsten Seite folgte die Liste mit den Geschenken, aber in der Spalte mit den Namen der Schenkenden gab es zahlreiche Lücken. Mindestens die Hälfte der Präsente stand mit keinem Namen in Verbindung. Analise hatte damals die Listenerstellung zwei kleinen Mädchen aus der Gemeinde übertragen, die voller Begeisterung unbedingt hatten helfen wollen. Nach der Schrift zu urteilen, waren sie höchstens zehn gewesen und die Lücken somit vollkommen verständlich.

Wenn er sich nur besser erinnern könnte. Ob möglicherweise Gina etwas wusste? Sobald wie möglich würde er sie fragen. Ein Blick auf seine Armbanduhr ließ ihn zusammenfahren und sein Herz schneller schlagen. Es war so weit. Er musste sich bereits beeilen, um noch pünktlich zu dem Treffen zu gelangen.

* * *

Vor dem Café fand er nur mit Mühe einen Parkplatz. Als er auf den Gehweg trat, fühlte er sich für einen kurzen Moment wieder wie der kleine verängstigte, achtjährige Junge, doch es gelang ihm, diese Stimmung von sich abzuschütteln. Mit allem Selbstvertrauen, das er aufbringen konnte, ging er zur Tür und trat ein. Der Geruch nach Kaffee und Zimtschnecken erfüllte das Café.

Mit geübtem Blick überprüften seine Augen den Raum. Im hinteren Bereich tranken zwei Frauen einen Eiskaffee, aber sie waren eindeutig zu jung, um seine Mutter sein zu können. Ein Mann und eine Frau, die dem Alter nach eher seiner Großmutter entsprachen, standen an der Theke und diskutierten darüber, wie viele Zuckerstücke der Mann normalerweise in seinem Latte trank. An einem Tisch bei der Tür saßen zwei Männer – auch nicht das, wonach er Ausschau hielt.

Matts Magen krampfte sich zusammen. Sie war nicht da. Mit einem Blick auf seine Uhr stellte er fest, dass es gerade erst neun war. Vielleicht kam sie nur ein wenig zu spät ... und vielleicht machte er sich nur zum Narren.

Er bestellte sich einen schwarzen Kaffee und nahm ihn zusammen mit der Tageszeitung zu einem Tisch am Fenster, der ihm etwas Abstand zu den anderen Gästen gewährte. Seine Hände zitterten, als er die Zeitung aufschlug. Circa eine halbe Stunde lang gaukelte er sich und den anderen vor, er sei am Lesen, während er in Wirklichkeit in Gedanken nur um das Treffen mit seiner Mutter kreiste und bei jedem Läuten der Türglocke zusammenfuhr.

Um halb zehn faltete er die Zeitung zusammen und legte sie auf den Tisch. Eine halbe Stunde war vergeudet, die er stattdessen mit seiner Tochter hätte verbringen können. Gerade als Matt aufstand und gehen wollte, betrat eine Frau das Café. Ihre Haare sahen gefärbt aus und boten somit keine Orientierungshilfe, aber die Größe und ihr Alter erschienen passend.

Ajax jaulte neben seinen Füßen; wie um ihn und vermutlich ebenso sich selbst zu beruhigen, legte Matt ihm seine Hand auf den Kopf. Er stand wie festgewachsen neben seinem Tisch. Die Frau sah sich suchend um, dann entdeckte sie ihn. Mit einem unsicheren Lächeln kam sie näher. Sie erschien Matt noch wesentlich nervöser und unruhiger als er selbst, sodass er neuen Mut fasste und sie ansprach.

„Sind ... sind Sie Frannie Beitler?"

„Ja. Bist du Matt?"

Ihre tiefe Stimme passte nicht zu seinen Erinnerungen. Er hatte eine höhere Tonlage in Erinnerung, aber das lag natürlich lange zurück. Damals war er noch ein Kind gewesen. Außerdem veränderten sich die Stimmbänder mit dem Alter. „Bitte setz dich doch. Kann ich dir einen Kaffee holen?"

„Ja, danke. Ich hätte gern einen Mokka." Nervös nestelte sie an dem Verschluss ihrer Tasche herum.

Während Matt an der Theke stand und auf den Kaffee wartete, beobachtete er sie verstohlen aus dem Augenwinkel. Waren ihre Haare schon immer so glatt gewesen? Er meinte sich zu erinnern, als kleiner Junge immer ihre Locken um seinen kleinen Finger gewickelt zu haben. Vielleicht hatte sie sich die Haare ja glätten lassen. Der Barista reichte ihm den Mokka und Matt ging zu seinem Tisch zurück.

Ajax hatte den Kopf auf seine Pfoten gelegt und beobachtete die fremde Frau. Matt wünschte, der Hund könnte ihm seinen Eindruck verraten. Nachdem er sich gesetzt hatte, nahm er einen Schluck von dem stärkenden heißen Kaffee. Dann sah er auf.

„Wie hast du mich gefunden?"

„Durch die Website", sagte sie. „Ich war überrascht, dass du mich immer noch suchst."

„Warum bist du weggegangen, Ma?" Heftiger als geplant platzten die Worte aus ihm heraus. „Du hast uns einfach sitzen gelassen und dich nie wieder gemeldet."

Sie starrte auf ihre Hände, die fest gefaltet in ihrem Schoß lagen. „Ich war nicht zur Mutter geschaffen."

„Komm mir nicht mit diesem Spruch! Bis zu dem Tag, an dem ich nach Hause kam und feststellten musste, dass du abgehauen warst, bist du eine wunderbare Mutter gewesen." Matts Stimme zitterte vor Schmerz und unterdrückter Wut.

„Bitte, können wir die Vergangenheit nicht ruhen lassen, Mattie?"

Seine Mutter hatte ihn nie Mattie genannt. Niemals. Er betrachtete ihr Gesicht erneut und noch gründlicher. Die Nase stimmte. Sein Blick wanderte zu ihrem Kinn. Als er sieben Jahre alt gewesen war, hatte sie sich bei einem Sturz auf dem Eis eine Narbe zugezogen. Das Kinn der Frau war glatt. „Sie sind nicht meine Mutter."

Wie ertappt schoss ihr Blick nach oben. Hastig griff sie nach ihrer Tasche und wollte aufstehen, aber er hielt sie am Handgelenk fest. „Lassen Sie mich los."

„Warum kommen Sie hierher und geben sich als meine Mutter aus?"

„Ich ... ich ... bitte, Sie tun mir weh." Sie wand sich unter seinem Griff und versuchte, sich aus seinen Händen zu befreien, aber Matt war wesentlich kräftiger als sie. Eisern hielt er sie fest.

„Ich bin Polizist. Sie haben mir nicht über die Website geschrieben, sondern meine persönliche E-Mail-Adresse bei der Polizei benutzt. Wenn Sie mir nicht bald einen plausiblen Grund für Ihr Verhalten liefern, werde ich Sie verhaften." Blankes Entsetzen breitete sich auf ihrem Gesicht aus. Es tat ihm leid, dass er sie so sehr erschreckte, aber er musste wissen, aus welchem Grund sie ihm dieses Theater vorspielte.

„Er ... er hat mich dafür bezahlt."

„Wer hat Sie bezahlt?"

„Ein Mann. Älter als Sie. Er hat schon eine kleine Glatze. Wir kamen in einer Bar in Broad Ripple ins Gespräch. Er sagte, er wolle einem Freund helfen und dass er gutes Geld dafür bezahlen würde. Das Ganze klang für mich vollkommen harmlos. Ich sollte Sie nur glauben lassen,

Ihre Mutter wolle Sie sehen, damit Sie nicht mehr so besessen nach ihr suchen."

Harmlos? Der Abgrund aus Enttäuschung, der ihn zu verschlingen drohte, war alles andere als harmlos. Offenbar hatte sie nicht den Funken einer Ahnung davon, wie es war, wenn man sich so sehr nach jemand sehnte wie er nach seiner Mutter. „Hieß er Reece?"

„Er hat seinen Namen nicht genannt."

Ihrer Beschreibung zufolge musste es Reece gewesen sein. Wie krank musste ein Mensch sein, um so etwas zu tun? Andererseits, was erwartete er von einem Mann, der seine Frau schlug?

Matt schüttelte den Kopf und ließ ihr Handgelenk los. Ohne sich noch einmal umzusehen, eilte sie zur Tür hinaus.

Aus welchem Grund hatte Reece diese Frau zu ihm geschickt? Falls er Matt lediglich wehtun wollte, war ihm das gelungen. Der Schmerz über die enttäuschte Hoffnung würde noch lange an Matts Herz nagen. Doch was, wenn Reece etwas Größeres im Schilde führte? War diese Aktion ein abstruser Versuch, Matts Aufmerksamkeit von den Mordfällen abzulenken? Matts Entschlossenheit, die Giftmorde aufzuklären und Beweise für Reeces Schuld zu finden, war jedoch durch dessen verletzende Inszenierung nur noch verstärkt worden. Er wurde einfach nicht schlau aus der Situation.

Plötzlich sehnte er sich nur noch danach, Caitlin zu sehen und sie in seine Arme zu schließen. Er würde sie mit einem spontanen Besuch überraschen. Während sein Wagen die Auffahrt zu Blakes und Ginas Haus hinaufrollte, hielt er bereits voller Vorfreude nach Caitlins rötlich leuchtenden Haaren Ausschau.

Da war sie. Mit fliegenden Zöpfen kam sie die Treppe herabgesprungen. Für Matt strahlte ihr Lächeln heller als die Sonne am Himmel. Für ihre fünf Jahre war sie eher klein, aber der Arzt hatte keinerlei Anlass zur Sorge darin gesehen. Die leise flüsternden Schuldgefühle, die Matt bei dem Gedanken an Mary überkamen, schob Matt weit von sich. Caitlin gehörte zu ihm, nicht zu Mary.

Er stieß seine Autotür auf und breitete die Arme aus. Caitlin sprang wie ein kleines Äffchen in seine Arme. Sie duftete nach Creme, Sonne und Cornflakes, nach unbeschwerter Kindheit und Glück. Matt vergrub sein Gesicht in ihrem Nacken und kitzelte sie, bis sie haltlos zu kichern begann.

Ajax tobte wie wild auf dem Rücksitz. Nachdem er ihn herausgelassen hatte, sprang Ajax voller Enthusiasmus an Matt hoch, um jedes Körperteil von Caitlin abzulecken, das er erwischen konnte. Sie jauchzte und lachte vor Freude. Matt setzte sie auf den Boden ab, damit sie ihren vierbeinigen Freund richtig begrüßen konnte.

„Ich habe dich vermisst, Rotschopf", sagte er und strich liebevoll über ihren Kopf. Er würde es nicht überleben, sie zu verlieren. Es war unmöglich.

„Meine Haare sind nicht rot, Daddy." Sie sah spitzbübisch zu ihm hinauf, während sie damit fortfuhr, Ajax die Ohren zu kraulen. „Sie sind tizianfarben."

„Wo hast du denn dieses Wort gelernt?", sagte Matt halb staunend, halb lachend. Jeder Tag mit ihr war ein Abenteuer. Es wäre ein Fest, sie groß werden zu sehen. Mary kannte sie noch nicht einmal, was konnte ihr Caitlin da schon bedeuten. Hand in Hand gingen sie zum Haus.

„Meine Lehrerin hat sie so genannt. Kommst du, um mich in den Kindergarten zu bringen?"

„Heute nicht. Wie geht es Tante Gina?"

Das Lächeln in Caitlins Gesicht verschwand. Sie begann zu flüstern: „Sie hat geweint. Onkel Blake hat sie angeschrieen."

Matt fuhr sich durchs Haar. Wie sollte er seiner kleinen Tochter die komplizierte Welt der Erwachsenen und ihr merkwürdiges Verhalten erklären? Er hockte sich vor seine Tochter. „Das ist Erwachsenenzeug, Liebes. Kein Grund für dich, dir Sorgen zu machen, okay? Bist du denn auch brav?"

Voller Stolz strahlte seine Tochter ihn an. „Ich helfe Tante Gina ganz viel. Gestern habe ich alle Eier eingesammelt und sogar mein Bett gemacht."

„Du bist ihr bestimmt eine große Hilfe. Ajax, du bleibst hier!", wandte sich Matt an den Hund, dann öffnete er die Tür und trat ins Haus. „Gina?"

„In der Küche."

Matt tätschelte seine Tochter. „Ich brauche unbedingt ein neues Bild für meine Pinnwand. Malst du mir eines?"

Begeistert nickte Caitlin. „Na klar." Begleitet vom Geräusch ihrer nackten Füße auf dem Holzboden, verschwand sie im Wohnzimmer.

Matt wandte sich in Richtung Küche, wo seine Schwester am Tisch saß und grüne Bohnen brach. Obwohl sie mit dem Rücken zur Tür saß, konnte sie ihre geröteten Augen nicht vor ihm verbergen. „Hast du frischen Kaffee?“

„In der Kanne.“

Er schenkte sich eine Tasse ein und setzte sich zu ihr an den Tisch.

„Wann hört das endlich auf, Matt? Jedes Mal, wenn ich denke, es ist endlich vorbei, finde ich heraus, dass er sie immer noch trifft.“

Er könnte Blake den Hals umdrehen. „Er hat dir gesagt, dass er eine Freundin hat?“

„Ja. Wenigstens hat er es endlich zugegeben.“ Sie wischte sich über die Augen. „Ich habe es so satt. Ich werde zu dieser Frau fahren und selbst mit ihr sprechen. Noch mehr Lügen kann ich nicht ertragen.“

„Wann willst du zu ihr gehen?“

„Sobald ich mich nicht mehr um Caitlin kümmern muss. Ich will die Kleine nicht mit meinen aufgewühlten Emotionen belasten. Wann, denkst du, wird ihre Mutter wieder fahren?“

„Ich weiß es nicht. Bis jetzt zeigt sie noch keinerlei Anzeichen für eine baldige Abreise. Du könntest an einem Abend, wenn ich hier bei Caitlin bin, zu ihr fahren.“

„Nein, lass nur. Ich kann warten. Dein Problem ist wesentlich schlimmer als meines. Caitlin gehört zu uns und nicht zu irgendeiner Frau, die sie noch nie gesehen hat.“

Sie brach die nächste Bohne. Das Geräusch ließ Matt zusammenzucken. Bei dem Gedanken, Caitlin zu verlieren, hatte er das Gefühl, in einen Abgrund zu stürzen. Der Riss in seinem Herzen wurde immer größer. Er würde alles tun, um seine Tochter zu behalten. Alles.

* * *

Zwei Tage später parkte ein großer Lastwagen in der Einfahrt des Schwartz-Hofes, auf dessen Seite in riesigen Lettern *Fox & Friends* stand. Mary hätte am liebsten die Hände über dem Kopf zusammengeschlagen. Warum hatte sie diesem Plan je zugestimmt? Es widersprach allem, was sie ihr Leben lang gelernt hatte. Wie ein übergroßes Mahnmahl wies der Truck auf den Stolz in ihrem Herzen hin.

„Was ist hier los?“ Sarah sah aus dem Fenster zu den Kameraleuten, die gerade ihre Ausrüstung aus dem Wagen luden.

„Das … das sind Leute von einer Fernsehsendung, die ein Interview mit mir machen wollen." Mary wand sich innerlich bei der Kritik in Sarahs Blick. Hastig fuhr sie mit ihrer Erklärung fort: „Ich habe ein Buch geschrieben, das sich sehr gut verkauft. Inzwischen bin ich so etwas wie eine Expertin für amische Quilts geworden und nun will eine Morgensendung hier ein paar Aufnahmen von mir machen."

Ärgerlich runzelte Sarah die Stirn. „Wir bleiben im Haus, die Kinder und ich."

„Natürlich." Mary eilte von Susan gefolgt zur Tür hinaus. Nur nicht noch mehr vorwurfsvolle Blicke. Draußen auf der Veranda lehnte sich Mary ans Geländer. „Ich hätte das Ganze absagen sollen", seufzte sie.

„Es ist bestimmt schnell vorbei", versuchte Susan sie zu beruhigen. Gemeinsam gingen sie hinunter, um die Moderatoren der Sendung zu begrüßen.

Der Vormittag zog sich wie Kaugummi. Mary fühlte sich wie auf glühenden Kohlen. Zwei Stunden später war sie unzählige Male fotografiert worden: Wie sie im Einspänner saß, an der Stallwand lehnte, neben der Wäscheleine stand und neben dem Schinken, der im Räucherhaus hing. Sie musste lächeln, lächeln und nochmals lächeln, dabei fühlte sie sich so matt und kraftlos wie die Arbeitshosen, die schlapp an der Leine am Haus hingen. Wenn es diesen Morgen doch nur nie gegeben hätte! Die Filmcrew und die Moderatoren waren wunderbar gewesen, aber Mary wusste die ganze Zeit, dass dieses Interview ein Fehler gewesen war. Es war falsch, falsch für sie und falsch für ihre Familie.

Als die Lastwagen und Autos wieder verschwunden waren, wollte Mary nur noch weg. Susan fuhr sie in die Stadt zum Café. Dort wären genügend andere Gäste, sodass ihnen keine Gefahr drohte. Susan parkte das Auto und sie gingen hinein.

Sobald sie durch die Tür trat, erfüllte der Geruch von gerösteten Kaffeebohnen Marys Nase. Sie sah sich um. Keiner der Anwesenden schenkte ihr auch nur die geringste Aufmerksamkeit. Vollkommen unberührt setzten die Leute ihre Gespräche fort, checkten weiter ihre Mails und nippten an ihrem Latte macchiato.

„Bist du sicher, dass du hierher möchtest?", flüsterte Susan. „Erkennst du irgendjemanden?"

Gerade wollte Mary Susans Frage verneinen, als sie dem Blick eines Mannes in dem Lokal begegnete. Panik stieg in ihr auf. Unwillkürlich wich sie einen Schritt zurück. Noah Whetstone stand von seinem Stuhl auf und kam mit ernstem Gesichtsausdruck auf sie zu. Mary hätte sich am liebsten hinter den Büschen vor der Tür versteckt. Wenn sie nur fliehen könnte. Sie würde den Anblick ihres eigenen Verrats an ihm in seiner Miene nur schwerlich ertragen können.

Langsam kam er näher. Er trug einen langen Bart ohne Schnurrbart und hatte glatt rasierte Wangen. Offensichtlich war er amisch geblieben und hatte eine andere Frau geheiratet, eine Frau, die ihn verdiente. Seine Hose war staubig, als hätte er heute Morgen bereits eine Weile im Sägewerk gearbeitet.

Nach einer Zeit, die ihr wie eine Ewigkeit vorkam, stand er vor ihr. „Mary. Ich habe schon gehört, dass du wieder da bist."

„Du ... du siehst gut aus, Noah." Mary zwang sich zu einem Lächeln und hob den Kopf, um ihm in die Augen zu schauen. Er brauchte nicht zu wissen, dass ihr perfektes Leben wie ein morsches Brett unter ihr zusammengebrochen war. Er brauchte nicht zu wissen, dass sie sich noch immer zutiefst dafür schämte, wie sie ihn behandelt hatte.

„Du auch." Er räusperte sich. „An meinem Nebentisch ist noch Platz, falls ihr euch setzen möchtet." Er sah zu Susan. „Ist das deine Freundin?"

„Ach ja, natürlich. Bitte entschuldige. Susan, das ist Noah Whetstone. Mein ... ein Freund. Susan ist meine gute Freundin und Assistentin."

In seinem Blick lag ein unübersehbarer Tadel, dennoch sagte er nichts zu ihrer früheren Beziehung. „Möchtet ihr einen Kaffee? Ich hole euch einen."

Als wäre die Atmosphäre zwischen ihnen nicht gerade so dick und zähflüssig geworden wie Melasse, machte es sich Susan vollkommen ungerührt auf einem Stuhl bequem. „Ich nehme einen Mokka."

„Du solltest das lieber nicht tun, Noah. Es könnte so aussehen, als hätten wir Tischgemeinschaft. Ich will nicht, dass du Ärger bekommst."

Er runzelte die Stirn und schüttelte dann den Kopf. „Du bist immer noch mit dem Bann belegt? Das macht nichts. Ich hole den Kaffee und ihr setzt euch an den Nebentisch, dann können wir uns trotzdem unterhalten, ohne dass ich gegen die Bannbestimmungen verstoße."

„Dann hätte ich gern einen Eiskaffee." Mit zittrigen Knien setzte sich Mary auf einen Stuhl. Noah hatte ihren Verrat überlebt. Es war tröstlich, zu sehen, dass sie sein Leben nicht zerstört hatte, aber dennoch tat es weh, ihr eigenes Versagen so deutlich vor Augen geführt zu bekommen.

„Geht es dir gut?", fragte Susan. „Du siehst aus, als würdest du gleich in Ohnmacht fallen."

„Ich bin okay. Es war nur ein solcher Schock, ihn zu sehen."

„Gehe ich recht in der Annahme, dass er für dich mehr war als ein Freund?"

„Wir waren verlobt. Ich habe ihm sehr wehgetan, als ich mit Reece durchbrannte."

Susan betrachtete den jungen Mann, der an der Theke in der Schlange stand. „Du hast ihn wegen Reece verlassen? Er ist süß, besonders wenn man ihn dazu überreden könnte, diesen furchtbaren Backenbart abzurasieren."

„Mir gefällt der Bart", sagte Mary. Schon als Kind hatte sie der Bart ihres Vaters fasziniert.

Noah kam mit zwei Tassen zurück, stellte vor jeder der beiden Frauen eine ab und setzte sich wieder.

„Danke." Mary nahm vorsichtig eine Schluck von ihrem Kaffee. „Wen hast du geheiratet, Noah?" Bestimmt würde sie die Frau kennen.

„Katie Stoltz. Sie ist eine gute Ehefrau."

Mary freute sich, dass er es so gut getroffen hatte. „Wie schön für dich! Katie ist sehr nett. Ich habe sie immer gemocht." Katies Vater gehörte das Sägewerk, in dem Noah früher gearbeitet hatte. „Du arbeitest immer noch im Sägewerk?" Mit einem Lächeln deutete sie auf das Sägemehl an seiner Jacke.

„Ja, Katies Vater hat sich vor einem Jahr zur Ruhe gesetzt."

„Kinder?"

„Vier." Sein Lächeln wurde breiter.

„Wunderbar!" Sie freute sich aufrichtig für Noah, auch wenn sich eine Mischung aus Schmerz und Neid auf ihr Herz legte. Sie hoffte, er könne ihren Neid nicht sehen.

„Was ist mit dir, Mary? Bist du glücklich? Bestimmt hast du auch mehrere Kinder."

„Es tut mir so leid, Noah", platzte sie heraus. „Ich schäme mich so sehr für das, was ich dir angetan habe. Ich hoffe, du kannst mir vergeben."

Mit warmen Augen sah er sie freundlich an. „Mary, ich habe ein gutes Leben. Du hast mir mit deinem Verhalten keinen bleibenden Schaden zugefügt und ich habe dir schon vor langer Zeit vergeben."

Sie wusste, dass er die Wahrheit sagte. Die Amisch warteten mit ihrer Vergebung nicht, bis sie darum gebeten wurden, sondern gewährten sie großzügig von sich aus. In ihrer Rocktasche spürte Mary das Foto von dem kleinen Mädchen. Spontan zog sie das Bild hervor und beugte sich zu Noahs Tisch hinüber, um es ihm zu zeigen. „Kennst du dieses Kind?" Auf seiner Stirn bildete sich eine Falte. Mary sah ihm an, dass er ihr gerne weitere Fragen zu der Aufnahme gestellt hätte, aber dann nahm er doch wortlos das Bild und betrachtete es.

„Nein", sagte er schließlich. „Aber sie sieht aus wie du. Wer ist das Mädchen?"

„Das weiß ich nicht mit Bestimmtheit, aber da sie mir so ähnlich sieht, dachte ich … sie könnte vielleicht mit mir verwandt sein."

Noah nickte. „Deine Cousine Julia, sie lebt hier in der Stadt. Vielleicht ist es ihr Kind?"

Marys Gedanken wanderten zu Moes Beerdigung zurück. Als sie damals Julia gefragt hatte, ob sie verheiratet sei oder Kinder habe, hatte sich eine große Traurigkeit auf ihrem Gesicht ausgebreitet. Laut ihrer Antwort hatte ihre Cousine zu jenem Zeitpunkt weder Mann noch Kinder gehabt. Könnte Julia möglicherweise ein uneheliches Kind zur Adoption freigegeben haben? Die beiden Cousinen sahen sich so ähnlich, dass sie mühelos für Schwestern gehalten werden konnten. Doch wie sollte Julias Kind zu dem Quilt gekommen sein?

* * *

Sobald er das Café betrat, sah Matt Mary mit Susan neben einem ihm unbekannten amischen Mann sitzen. Sofort regte sich Eifersucht in ihm. Was war nur mit ihm los? Er hatte Mary noch nicht einmal geküsst. Trotz alledem vermochten seine eilig herbeizitierten und ach so vernünftigen Gründe gegen die Faust, die seinen Magen umklammerte, nichts ausrichten. Wie aufmerksam sie ihn ansah!

Gerade steckte sie dieses lästige Bild wieder in ihre Tasche. Seine erste Lüge hatte ihn ins Schlittern gebracht und nun steuerte er unaufhaltsam auf die Katastrophe zu. Was wäre passiert, wenn er bei Marys erster Frage nach Caitlins Bild ehrlich geantwortet hätte?

Nachdem er seinen Kaffee in Empfang genommen hatte, ging er zu ihrem Tisch hinüber. Als er näher kam, erkannte er das Gesicht des Mannes unter dem Strohhut. Soweit Matt sich erinnerte, war der andere Mitarbeiter im Sägewerk. Hatte er jemals Caitlin mit dorthin genommen?

„Hallo! Darf ich mich zu euch setzen?"

Endlich bemerkte Mary seine Anwesenheit, aber ihr Lächeln wirkte angespannt. Wieder einmal fragte sich Matt, ob sie irgendetwas dabei empfunden hatte, als er sie in seinen Armen gehalten hatte. Vielleicht war die Anziehungskraft zwischen ihnen doch nur einseitig, obwohl er glaubte, sich ihre damalige Reaktion nicht nur eingebildet zu haben.

Er rutschte auf den Stuhl neben ihr und gab dem Gegenübersitzenden die Hand. „Matt Beitler, Detective bei der Polizei."

„Noah Whetstone. Ich habe Sie schon mal im Sägewerk gesehen."

„Ja richtig. Letztes Jahr habe ich eine Dachterrasse auf mein Haus gebaut und die Materialien dafür bei Ihnen gekauft."

Das Gespräch versandete. Matt zermarterte sich das Hirn, über was er sprechen könnte, ohne seine Tochter zu erwähnen, doch noch bevor ihm ein sicheres Thema einfiel, stand Noah auf. „Ich muss wieder an die Arbeit, Mary. Grüß deine Familie von mir." Er nickte Susan und Matt zum Abschied zu, nahm seine Kaffeetasse und ging.

„Ich wollte ihn nicht vertreiben", sagte Matt. Was war er nur für ein Lügner. Im Stillen hatte er genau darauf gehofft. Wenn es nach ihm ginge, würde er am liebsten einen Zaun um Mary ziehen, um jeden anderen Mann von ihr fernzuhalten. War er etwa schon genauso besitzergreifend wie Reece?

„Du hast ihn nicht vertrieben", antwortete Mary.

„Es sah aus, als wärt ihr tief in ein Gespräch vertieft." Susans wissendes Grinsen ließ Matt fast zusammenzucken. Selbst wenn Mary zu unschuldig war, um sein Interesse zu bemerken – ihre schlaue Freundin sah alles.

„Ich kenne ihn schon seit Kindertagen."

„Sie waren verlobt", mischte sich Susan mit einem vielsagenden Lächeln ein. Vermutlich bereitete es ihr ein diebisches Vergnügen, zu sehen, wie Matt sich wand.

„Das ist lange her", wandte Mary ein. „Er ist inzwischen verheiratet und hat vier Kinder."

In Matts Ohren klang es fast so, als wollte Mary ihn beruhigen und ihm mitteilen, dass kein Grund zur Sorge bestehe. Er konnte sich das auf diesen Gedanken folgende Lächeln nicht verkneifen. Vielleicht war Mary genauso leicht zu durchschauen wie er.

Susan erhob sich. „Hör zu, Mary, da Matt jetzt hier ist, fahre ich schon mal zurück und spreche mit dem Produzenten. Ich würde gerne wissen, ob sie mit den heutigen Aufnahmen zufrieden sind. Vielleicht könntest du dich von Matt zu dem Besuch bei Irene fahren lassen? Falls sie wirklich einige Quilts von deiner Mutter besitzt, frag sie bitte unbedingt, ob du sie ein paar Tage von ihr ausleihen kannst, damit ich die Aufnahmen von den Decken auf dem Hof machen kann. Die Bilder wären der Sahnetupfen für dein neues Buch."

„Eigentlich müsste ich aber auch zurückfahren und endlich weiter an dem Quilt arbeiten."

„Ja, aber nicht jetzt. Schnüffle lieber noch ein bisschen herum. Vielleicht hast du ja Erfolg und wirst fündig. Ich sehe euch dann später." Susan nahm ihre Tasse und verschwand mit energischen Schritten, begleitet von einem letzten „Ciao!" aus dem Café.

„Macht es dir wirklich nichts aus, mich zu Irene zu fahren?"

Wie sollte er heil aus dieser Situation herauskommen? Irene würde Caitlin sofort erkennen. „Kein Problem. Ich wollte Irene sowieso noch einige Dinge fragen. Du willst dir Quilts von ihr ausleihen?"

„Eigentlich hatte ich auch geplant, sie nach dem kleinen Mädchen zu fragen, aber ich denke, das ist jetzt nicht mehr nötig." Hastig blinzelte sie die Tränen in ihren Augen zurück.

„Warum nicht?" Gab sie etwa auf? Leise Hoffnung keimte in Matts Herzen auf.

„Eine Cousine von mir wohnt hier in der Nähe und wir sehen uns sehr ähnlich. Ich denke, das Mädchen könnte ihr Kind sein. Sie hat es vielleicht nach der Geburt zur Adoption freigegeben."

„Das tut mir leid." Er nahm ihre Hand in seine und strich sanft darüber. Die Situation war schlichtweg absurd.

Ein Teil von ihm freute sich, dass seine Lüge nicht entdeckt würde und sein Geheimnis bewahrt blieb. Der andere Teil reagierte auf die Berührung ihrer Hand mit heftigem Herzklopfen und wollte sie gerne trösten. Matt wagte es nicht, seinen Gefühlen für Mary auf den Grund zu gehen und ihnen bis zum Ende zu folgen. Sobald sie herausfände, wie sehr er sie belogen hatte, würden all seine Hoffnungen sowieso zerschellen. Es war zum Verzweifeln.

Marys Finger umklammerten seine Hand. Ihr flehender Blick bat ihn sehnlichst, bitte alles nur wieder gutzumachen. Doch das konnte er nicht. Nicht, ohne seine Tochter und sich selbst zu zerstören.

20

„Der Kompass-Quilt soll immer wieder daran erinnern, sich in dunklen Zeiten wie die Amisch darauf zu verlassen, dass das Wort Gottes einem den Weg weisen wird.“
Mary Schwartz in *Quilts und amischer Glaube*

Der brennende Wunsch nach Gewissheit ließ Mary nicht los. „Könnten wir kurz meine Cousine Julia besuchen, bevor wir zu deiner Tante fahren?“, fragte sie Matt, als dieser vom Parkplatz auf die Straße bog. Heftiger Regen prasselte auf das Autodach und lief in Bächen über die Windschutzscheibe.

„Glaubst du, sie wird mit dir über etwas so Persönliches sprechen?“

„Das weiß ich nicht, aber ich muss es wenigstens versuchen und sie fragen. Wenn ich mit Sicherheit weiß, dass sie ihr Kind zur Adoption freigegeben hat, bekomme ich endlich Gewissheit, dass Reece mich nur anlügt. Ich sehne mich so sehr nach innerer Ruhe. Vielleicht weiß Julia sogar, bei wem das Kind lebt, was uns wiederum bei der Suche nach dem Quilt meiner Mutter helfen könnte.“

„Bist du ganz sicher, dass der Quilt von ihr ist? Das Bild ist nicht sonderlich groß.“

Er schien fest entschlossen zu sein, ihr nicht zu glauben. „Selbstverständlich bin ich sicher. Ich bin Quiltexpertin, schon vergessen?“

„Trotzdem. Vielleicht sagt uns diese Decke nur, dass der Mörder irgendwann anfing, die Quilts zu verkaufen.“

Obwohl Mary wusste, dass er mit seiner Vermutung recht haben könnte, weigerte sie sich partout, diese Möglichkeit in Betracht zu ziehen.

In Nyesville angekommen, deutete sie auf ein altes Haus. „Hier ist es.“ Matt lenkte das Auto an den Straßenrand. Sobald der Wagen stand, sprintete Mary durch den Regen zur Veranda.

Auf ihr Klopfen öffnete Julia ihr mit strahlendem Gesicht die Tür. „Ich hätte nicht gedacht, dass du tatsächlich kommen würdest. Was für ein Wetter. Kommt nur schnell ins Haus. Ich habe gerade einen frischen Kaffee aufgesetzt und Erdnussbutterkekse gebacken. Sie sind noch warm.“ Sie führte die beiden in ein makellos aufgeräumtes Wohnzimmer, das vollständig blau und gelb dekoriert war. Der Chintzstoff auf dem Sofa und den Polstersesseln sah noch sehr neu aus.

Mary nahm auf dem Sofa Platz. „Ich hoffe, es ist nicht schlimm, dass wir einfach so hereinplatzen, ohne vorher angerufen zu haben.“

„Aber nein! Ich bin total begeistert, dass du da bist! Auf der mütterlichen Seite meiner Familie ist außer dir niemand mehr übrig und meine eigenen Eltern wohnen, wie du weißt, weiter weg. Von Zeit zu Zeit vermisse ich die Begegnung mit der Familie sehr.“

Bei der herzlichen Begrüßung ihrer Cousine wäre Mary vor lauter Schuldgefühlen am liebsten unter das Sofa gekrochen. Sie hätte Julia längst besuchen sollen. Ihr Blick blieb an einigen Bildern auf dem Tisch hängen, die Julia lächelnd neben ihrer Mutter Cathy zeigten.

„Wie wäre es jetzt mit Kaffee und Keksen?“, fragte Julia.

„Sehr gern“, sagte Mary, obwohl sie der Gedanke an noch mehr Koffein nicht sonderlich reizte. Julia war so nett und wollte ihnen gern eine Freude machen, da war eine weitere Tasse Kaffee nur ein kleines Opfer. „Soll ich dir helfen?“

„Nein, nein, warte hier. Ich bin gleich zurück.“ Zwei Minuten später kehrte sie mit Kaffee und Keksen auf einem Tablett ins Zimmer zurück. „In der kleinen Kanne ist Sahne, und hier ist der Zucker.“

Während Mary ihre Tasse umrührte, überlegte sie, wie sie das Thema Kinder ansprechen sollte. Sollte sie Julia das Bild einfach zeigen. Sie nahm einen weiteren Schluck von ihrem Kaffee und griff dann kurzentschlossen nach ihrer Handtasche. „Ich wollte dich fragen, ob du mir vielleicht helfen kannst.“ Sie holte das Bild heraus und reichte es ihrer Cousine.

„Was für ein süßes, kleines Mädchen“, sagte Julia. Ihr Lächeln, während sie das Foto betrachtete, hatte jedoch etwas Künstliches und Unechtes. Hatte sie etwas zu verbergen?

„Wer ist die Kleine?“

„Genau das will ich herausfinden.“ In wenigen Worten erzählte Mary, wie sie zu dem Bild gekommen war. Julia hörte aufmerksam zu, aber ihre Miene verriet keinen ihrer Gedanken. „Ich muss herausfinden, ob dieses Kind meine Tochter ist“, sagte Mary eindringlich. „Hast du *irgendeine* Ahnung, wer sie sein könnte und wo sie sich aufhält? Du hast gesagt, dass du keine Kinder hast?“

Julia gab ihr das Bild zurück. „Nicht mehr. Ich hatte einen kleinen Jungen, aber er starb, als er eine Woche alt war."

Das erklärte die Traurigkeit in Julias Gesicht, als Mary sie damals das erste Mal nach Kindern gefragt hatte. Das kleine Mädchen auf dem Foto könnte also nach wie vor ihre Tochter sein! Mary konnte die Freude in ihrer Stimme kaum verbergen. „Hast du dieses Kind vielleicht irgendwann einmal gesehen?"

Julia schüttelte den Kopf. „Leider nein. Glaubst du Reece seine Geschichte? Er hätte Hilfe gebraucht, um das Baby vor dir und der Polizei zu verstecken."

War Reece jede Minute bei ihr gewesen, nachdem sie die Treppe hinuntergestürzt war? Sie erinnerte sich nur vage daran, immer wieder kurz aus ihrer Bewusstlosigkeit aufgewacht zu sein. In diesen Momenten hatte Reece jedoch jedes Mal an ihrem Bett gesessen. „Vielleicht hatte er einen Komplizen. Wenn er das nächste Mal anruft oder auftaucht, werde ich auf jeden Fall eine Erklärung von ihm verlangen."

Nachdem sie ihren Kaffee ausgetrunken und noch eine Weile geplaudert hatten, verabschiedeten sie sich.

„Soll ich dich nach Hause fahren?", fragte Matt, als sie auf die regennasse Straße traten. Die Wolken hatten sich glücklicherweise im Lauf ihres Besuchs verzogen.

„Nein, ich möchte erst noch zu Irene", sagte Mary. „Wir haben noch genug Zeit." Zwischen seinen Augen tauchte eine Falte auf. Was hatte er nur? Mary verstand ihn nicht. Wieso war er mit einem Mal so still und mürrisch?

„In Ordnung", sagte er. „Aber wir können nur kurz bleiben. Ich habe heute Nachmittag noch einiges zu erledigen." Er zögerte. „Ich möchte dich vorwarnen: Irene kann manchmal ein wenig seltsam sein. Sie hat psychische Probleme und verhält sich hin und wieder etwas sonderbar."

Mary nickte. Sie hatte Matts Tante seit über zehn Jahren nicht mehr gesehen und sie auch vorher nicht wirklich gut gekannt. „Ich möchte sie nach meiner Mutter fragen und sie außerdem bitten, mir ihre Quilts zu leihen." Von der Rückbank aus legte Ajax seine Schnauze auf ihre Schulter und schnaufte leise. Sanft streichelte Mary ihm über den Kopf.

„Ich will mit ihr über die Morde sprechen", erklärte Matt. „Mir ist erst vor Kurzem aufgefallen, dass sie alle Opfer sehr gut kannte."

Nach nicht allzu langer Fahrt parkte Matt vor einem zweistöckigen Haus mit abgerundetem Ziegeltürmchen. Riesige Eichen warfen Schatten auf das ungewöhnliche Haus, dessen gepflasterter Gehweg mit Hyazinthen gesäumt war. Marys Puls schlug schneller, als sie auf die Haustür zugingen. Wieso war sie nur so aufgeregt? Mary fiel kein einziger Grund ein, was an einem Besuch bei Irene in irgendeiner Weise bedrohlich oder gefährlich sein sollte.

Noch bevor sie in Begleitung von Ajax die rote Tür erreichten, wurde diese bereits weit geöffnet. Eine lächelnde Irene kniete nieder, um Ajax zu streicheln, der vorgesprungen war, um sie zu begrüßen. Mit einem letzten Tätscheln seines Kopfes stand sie auf. Sie war fast sechzig, hatte aber nur wenige graue Haare an den Schläfen ihrer kurz geschnittenen dunklen Haare. Nach wie vor war sie sehr schlank und sah in ihrer Caprihose und dem ärmellosen Oberteil sehr attraktiv aus. Halb hinter dem Wohnhaus verborgen sah Mary ein kleines Treibhaus, wie es viele Leute hier in der Gegend besaßen. Anscheinend war auch Irene eine begeisterte Hobbygärtnerin.

„Was für eine nette Überraschung“, sagte sie und umarmte zuerst Mary und dann Matt. „Mir war gar nicht bewusst, dass ihr zwei euch kennt.“

„Wir kennen uns bereits seit über zehn Jahren“, sagte Matt.

Überrascht sah Mary ihn an. War das nicht ein wenig übertrieben? Irene ging jedoch nicht näher auf Matts Erklärungen ein.

„Kommt doch rein. Ich habe gerade Schokoladenkekse gebacken. Ihr müsst sie unbedingt probieren.“ Irene führte die beiden ins Wohnzimmer und ging in die Küche.

„Ich helfe dir“, sagte Matt und folgte ihr.

Mary hörte ihn mit leiser, angespannter Stimme auf seine Tante einreden. Mary verstand keines seiner eindringlichen Worte, aber es ging sie sowieso nichts an, was er mit seiner Tante zu bereden hatte. Interessiert sah sie sich im Zimmer um. Bilder aus längst vergangenen Jahren bedeckten beinahe eine ganze Wand. Bei der näheren Betrachtung erregte ein Bild besonders ihre Aufmerksamkeit. Irene, Nora und Marys Mutter waren mit umeinandergelegten Armen darauf abgebildet. Alle drei hatten hüftlange, in der Mitte gescheitelte Haare und trugen Stirnbänder und Kaftane.

Jemand hatte an den Kopf von Marys Mutter rote Hörner gemalt.

Entsetzt und zutiefst erschrocken hielt Mary die Luft an. Was sollte das denn? Vielleicht hatte ein Kind das Bild in die Finger bekommen und darauf herumgekritzelt? Mary versuchte sich zusammenzureißen und ihren Schrecken abzuschütteln. Bestimmt gab es eine einfache und logische Erklärung. Um sich nicht möglicherweise unhöflich zu verhalten, beschloss sie, Irene nicht auf die merkwürdigen Hörner anzusprechen. „Warum ist Tante Nora nicht amisch gekleidet? War das während ihres Rumschpringe?“, fragte Mary, als Irene und Matt wieder das Zimmer betraten.

„Ja, ihr kurzer Ausflug in die Freiheit.“ Irenes Nacken und Wangen waren gerötet. Beharrlich wich sie Marys Blick aus. „So, hier ist alles. Möchtest du einen Kaffee? Oder lieber eine Milch?“

„Danke, ich habe gerade erst Kaffee getrunken. Sogar schon zwei Tassen. Aber ein Keks wäre wirklich köstlich.“ Bei einer anhaltenden Ernährung wie am heutigen Tag würde sie mindestens fünf Pfund zunehmen. Mary deutete auf das Bild. „Wo wurde diese Aufnahme gemacht?“

„Wir hatten eine Kommune draußen am Sugar Creek.“ Irene trat neben sie. „Wir haben ungefähr ein Jahr lang dort gelebt. Es war keine der Kommunen, von denen du vielleicht gehört hast. Uns ging es nicht um freie Liebe, sondern wir bauten unser Gemüse selbst an und lebten in Frieden mit der Natur.“

Mary kniff die Augen zusammen. „Ist das ein Friedenssymbol an dem Schuppen im Hintergrund?“

„Ja. Wir dachten, wenn jeder so leben würde wie wir, gäbe es keinen Krieg.“ Ihr Lächeln wurde traurig. „Wir waren so jung und naiv.“

Mary drehte sich um und wollte gerade zum Sofa zurückgehen, als sie aus dem Augenwinkel ein anderes Foto entdeckte. Die zwei jungen Leute darauf berührten sich nicht, aber Irene, links im Bild, sah sehnsüchtig zu Marys Vater, Abe, herüber. Mary schwieg. Auf keinen Fall wollte sie sie irgendwie in Verlegenheit bringen oder bloßstellen. Betont freundlich suchte sie sich einen Keks aus und biss genüsslich in die warme Schokolade. „Besitzt du vielleicht irgendeinen Quilt meiner Mutter?“

„Nein, leider nicht. Ich habe aber vier von deiner Großmutter, einen für jedes Bett plus eine Decke extra. Ich habe sie vor langer Zeit gekauft, als deine Großmutter noch Quilts nähte. Warum fragst du?“

Mary erinnerte sich kaum an ihre Großeltern. Sie und Lucas Eltern waren bei einem Unfall mit dem Einspänner gestorben, als sie erst fünf gewesen war. „Ich würde die Quilts gerne für mein aktuelles Buch fotografieren. Es geht darin um amische Quilts und sie wären eine nette Ergänzung."

„Ich kenne dein erstes Buch und habe es sogar gelesen. Wirklich schön. Ich war so stolz auf dich. Was für ein wunderbarer Tribut an deinen Vater ... und natürlich an deine Mutter", schob sie hastig hinterher, während sie Matt einen vorsichtigen Blick zuwarf.

Er hatte seiner Tante doch nicht etwa gesagt, sie sollte mit Mary nicht über ihre Mutter sprechen? Stirnrunzelnd sah Mary zu Matt hinüber, aber dieser lächelte nur.

„Es tut mir leid um deinen Cousin und deine Tante", sagte Irene. „Was für eine hässliche Sache! Warum haben manche Leute solche Vorurteile? Die Amisch sind so gute Menschen. Erinnerst du dich noch daran, als vor vielen Jahren jemand euren Stall in Brand steckte?"

Mary zuckte zusammen. Musste Irene sie unbedingt daran erinnern? Für Marys Geschmack klang ihr Tonfall angesichts des tragischen Themas etwas zu oberflächlich und leichtfertig. „Meine Kaninchen starben in dem entsetzlichen Feuer." Mary schauderte. Nach wie vor schmerzte es sie zutiefst, an die damaligen Ereignisse zu denken.

„Aber du hast den Kindern, die schuld daran waren, vergeben."

„Nur weil mein Vater mich dazu zwang", platzte Mary heftig heraus. „Ich bin immer noch wütend darüber. Wieso tut jemand so etwas Sinnloses."

Matt stöhnte. „Das ist ja furchtbar. Es tut mir sehr leid."

Mary versuchte, sich zu sammeln und die grausamen Erinnerungen zu vertreiben. „Wegen Moe und Tante Nora: Tante Nora hatte mir vor einiger Zeit ein Bild geschickt." Sie kramte in ihrer Tasche. „Mir ist bewusst, dass das Mädchen wahrscheinlich nicht meine Tochter ist, aber Nora wusste, dass sie mich mit dem Bild dennoch hierherlocken würde. Bei einem Gespräch vor einigen Tagen deutete sie jedoch an, dass es besser gewesen wäre, sie hätte es mir nicht geschickt. Nun sei jemand deshalb sehr wütend auf sie."

Irenes Hand zitterte ein wenig, als sie nach der Fotografie griff. „Ein süßes Kind." Ohne Matt oder Mary in die Augen zu sehen, legte sie das Bild auf den Tisch.

Was war nur mit ihr los? Mary konnte sich die plötzlich extrem angespannte Atmosphäre im Wohnzimmer nicht erklären. „Noch einmal zu Moe und Nora: Was könnte Nora gewusst haben, das sie niemandem verraten sollte? Wusste sie vielleicht etwas über dieses Kind? War das vielleicht der Grund, warum sie getötet wurde?"

Irene zuckte die Achseln. „Ich weiß es nicht, Mary. Deine Mutter und ich gingen schon lange getrennte Wege und auch mit Nora habe ich nur sehr selten gesprochen, nachdem sie in eure Gemeinschaft zurückgekehrt war."

Mary seufzte. „Irgendwie habe ich den Eindruck, dass Noras Geheimnis schon viel länger zurückliegt. Ich hatte gehofft, dass wenigstens du mir weiterhelfen kannst, weil du sowohl Nora als auch meine Eltern sehr lange kennst."

„Das stimmt. Ich lernte Abe bereits kennen, bevor er sich taufen ließ und damit zur amischen Kirche zugehörig erklärte." Irene stand auf. „Ich muss jetzt unbedingt meine Wäsche in den Trockner stecken."

Die anfängliche Herzlichkeit war spurlos verschwunden. Mary konnte sich den Grund dafür nicht erklären. Sie stand auf. „Wir müssen sowieso wieder gehen. Ich muss dringend an meinem Quilt weiterarbeiten. Dürfte ich noch einen kurzen Blick auf deine Quilts werfen?"

„Geh ruhig. Sie sind in den Schlafzimmern." Ohne ein weiteres Wort zu verlieren, verschwand Irene aus dem Zimmer.

Mary sah Matt fragend an. „Weißt du, wohin ich gehen muss?"

„Natürlich."

Sie folgte ihm durch den Gang, in dem weitere zahlreiche Bilder vergangener Zeit hingen. Auf vielen Aufnahmen war ihr Vater zu sehen. Vor einem Bild am Ende des Flures blieb sie stehen. „Hat Irene Kinder? Sie sieht aus, als sei sie schwanger."

„Nein, keine Kinder. Bestimmt hatte sie damals nur ein wenig zugenommen."

Mary widersprach ihm nicht, doch nach ihrer Meinung hatte Irene auf dem Bild eindeutig einen Babybauch. Sie folgte dem Klang von Matts Stimme und fand ihn im ersten Schlafzimmer. Ein Quilt in Königsblau und Schwarz lag auf dem Bett. „Er ist wunderschön. Die Farben werden sich im Buch herrlich machen. Sind noch andere im Schrank?" Sie ging zur Schranktür und öffnete sie, doch es waren nur Kleidungsstücke und Schachteln zu sehen.

„Das andere Gästezimmer ist gleich über dem Gang. Ich hole den Quilt.“ Matt ging über den Flur und öffnete die Tür, um sie hinter sich sofort wieder zu schließen. Mary konnte nur einen kurzen Blick auf ein Kinderbett und eine mit Bildern bedeckte Wand erhaschen, wobei sie nicht erkennen konnte, wer oder was auf den Bildern abgebildet war. Vielleicht mochte Irene es nicht, wenn andere dieses Zimmer betraten?

Hungrig nach neuen Informationen sprach sie Matt, als er mit dem Quilt zurückkam, auf das geheimnisvolle Zimmer an. „Ich dachte, sie hätte keine Kinder gehabt.“

„Hat sie auch nicht, aber sie nahm mehrfach Kinder zur Pflege auf“, erwiderte Matt. „Dieses Zimmer hat sie extra dafür einrichten lassen.“

Der Quilt aus dem Kinderzimmer sah ein wenig so aus wie der, mit dem ihre toten Eltern zugedeckt gewesen waren. Er hatte das gleiche Muster, nur war er rosa statt schwarz. Vielleicht war die Ähnlichkeit Matt nicht aufgefallen, aber es spielte sowieso keine Rolle. Sicher handelte es sich einfach um ein Muster, das einst ihre Großmutter Marys Mutter gelehrt hatte.

„Könnte ich mir vielleicht die Bilder ansehen? Möglicherweise sind Aufnahmen von meiner Mutter dabei.“

„Nein, sie ist auf keinem der Bilder zu sehen“, entgegnete er schroff. „Irenes Schlafzimmer ist hier.“

Mary folgte ihm in das letzte große Zimmer. Es war sehr karg eingerichtet, die Wände ohne Bilder und an den Fenstern nur schlichte Holzjalousien. Es hätte ein Zimmer im Haus ihrer Eltern sein können. Das ganze Zimmer wurde von dem atemberaubenden Quilt auf dem Bett beherrscht. Ein Meisterwerk ihrer Großmutter. Der filigrane Kompass in der Mitte strahlte in leuchtenden Farben in alle Himmelsrichtungen. Ein weiterer Quilt, ganz in Weiß mit Kolibristichen, lag auf einem Regal am Fußende des Bettes.

„Diesen Quilt habe ich noch nie gesehen“, sagte sie. „Er sieht aus wie eine Arbeit meiner Mutter.“

„Sie war nicht die Einzige, die Kolibrimuster einarbeitete“, sagte Irene, die im Türrahmen stand. Wortlos stellte sie einen Korb mit Handtüchern aufs Bett und verschwand wieder aus dem Zimmer.

Was war Irenes Problem? Bevor sie den Raum verließen, blieb Marys Blick an einem einzigen Foto neben dem Bett hängen. Es war ein kleineres Bild mit demselben Motiv von Irene und Marys Vater. „Anscheinend ist sie nie über meinen Vater hinweggekommen", sagte sie. „Vielleicht hat sie deshalb nie geheiratet."

„Klingt logisch", sagte Matt und nahm ihren Arm. „Komm, lass uns gehen."

Auf dem Flur tauchte Irene wieder auf.

„Komm mich irgendwann wieder besuchen", sagte sie mit einer Stimme, die eindeutig das Gegenteil meinte. Mary war froh, als sie wieder auf der Straße stand.

Was für ein merkwürdiger Besuch. Mit nachdenklichem Blick wandte sie sich an Matt. „Irene war mit meinem Vater zusammen. Ehrlich gesagt bin ich ein wenig schockiert, dass er sich überhaupt für sie interessiert hat."

„Warum?"

„Ich dachte irgendwie immer, meine Eltern hätten nur Augen füreinander gehabt."

„Vielleicht war es ja auch so, sobald sie sich kennengelernt hatten."

„Vielleicht", sagte Mary in Gedanken versunken. Irgendwas passte nicht ins Bild, aber sie konnte einfach nicht erkennen, was es war. Hatte Eifersucht die Freundschaft zwischen Irene und Marys Mutter zerstört? Das würde immerhin erklären, warum ihre Mutter bei der Erwähnung von Irene immer so still geworden war. Schämte sie sich, weil sie Irene den Freund weggenommen hatte? Doch wieso sollte Irene dann immer noch die Quilts von Abes Mutter gekauft haben? Die vielen ungeklärten Fragen und Ungereimtheiten türmten sich vor Mary wie ein Berg auf.

Die Rückfahrt zum Hof verlief schweigend. Der Regen hatte wieder eingesetzt. Sintflutartig strömte das Wasser vom Himmel. Langsam fuhren sie an einem offenen Einspänner vorbei, aus dem hinten die vollkommen durchnässten Kinder herausschauten. Gewohnheitsmäßig betrachtete Mary mit prüfendem Blick ihre Gesichtszüge, suchte nach roten Haaren und anderen Ähnlichkeiten. Rannte sie einem Wunschtraum hinterher? Sie seufzte leise.

„Geht es dir gut?"

„Ja. Ich bin nur ... ach, ich bin enttäuscht. Ich hatte so sehr gehofft, ich würde heute mehr über das Mädchen herausfinden." Ihre Stimme wurde bei den letzten Worten immer leiser. Sie hatte nie ihr Baby auf dem Arm gehalten, nie ihren daunenweichen Kopf geküsst und sie hatte sich nie von ihr verabschieden können. Der Kloß in Marys Hals wurde immer größer. Sie schluckte mühsam. „Ich überlege gerade, ob es in Wabash vielleicht ein Grab gibt."

„Für deine Tochter?"

„Ja. Könntest du das herausfinden?"

„Klar, ich rufe dort an." Er räusperte sich. „Glaubst du wirklich, ganz tief in deinem Herzen, dass dieses Kind deine Tochter ist?"

„Ich weiß es nicht. Ich versuche immer, mir keine allzu großen Hoffnungen zu machen, aber ich schätze, sie sind dennoch da. Sie sieht mir so ähnlich, Matt. Wenn du Bilder von mir sehen könntest ..." Sie brach ab. Seit sie hier war, merkte sie erst, wie sehr sie ihre Kindheit vermisste, die Gemeinschaft und das einfache Leben.

„Mit derart leuchtenden Haaren warst du bestimmt ein sehr süßes kleines Mädchen", sagte Matt, aber Mary, ganz in ihre eigenen Überlegungen versunken, hörte ihm gar nicht richtig zu.

Und wenn sie nun zum amischen Leben zurückkehrte? Der Gedanke ließ sie nicht los. Bei der Möglichkeit, zu Hause wieder willkommen zu sein, stiegen ihr die Tränen in die Augen. Zehn lange Jahre war sie wie Löwenzahnsamen von einer Stadt in die nächste geweht worden, war nirgends lang geblieben, hatte nie wirklich dazugehört. Stets hatte sie versucht, Reece einen Schritt voraus zu sein, aber dennoch immer gewusst, dass er sie eines Tages finden würde. Sie sehnte sich wie ein ausgetrockneter Schwamm nach der Liebe, Geborgenheit und Anerkennung ihrer Gemeinschaft. Diese Menschen lebten in Beständigkeit und Hingabe, ruhige Gewissheit lag über allem, was ihr Leben anging.

„Worüber denkst du nach?", fragte Matt.

„Darüber, ob ich nach Hause zurückkehren soll." Er würde sie für vollkommen verrückt halten. Die meisten Menschen in der Welt verstanden den inneren Frieden ihres Glaubens nicht, begriffen nicht, dass das Leben so viel besser, so viel sinnvoller war, wenn man sich auf Gott und andere konzentrierte.

„Zurück nach Milwaukee?"

„Nein, nach Hause. Zurück zu meinen Wurzeln, zu meinem Glauben, zu meiner Familie."

„Ich kann verstehen, was dich daran reizt. Die Familie deines Cousins ist wunderbar, so voller Liebe und Hingabe. Sie faszinieren mich, aber ich könnte meinen Computer, meinen Fernseher und mein Auto nicht aufgeben."

„Das Auto wäre allerdings schwer", gab auch Mary zu.

„Das verstehe ich sowieso nicht ganz bei den Amisch. Sie bezahlen andere dafür, dass sie sie herumfahren. Das bedeutet doch, dass sie das Auto an sich nicht für etwas Böses halten."

„Autos können wie so viele Dinge zum Statussymbol werden. Wir glauben aber, dass die Gemeinschaft das Wichtigste ist und sich innerhalb von dieser kein Mensch über den anderen erheben sollte. Sieh dir unsere moderne Welt an: Ständig sind die Menschen unterwegs und haben noch nicht einmal Zeit dafür, sich als Familie für die Mahlzeiten gemeinsam an einen Tisch zu setzen. Zu einem Teil sind Autos an der Zersplitterung der Familien mit beteiligt. Wenn sich ein amischer Mann ein Auto mit einem Fahrer mietet, dann nur aus einem ganz konkreten Grund – zum Beispiel, um mit seiner Familie wegzufahren."

„Klingt logisch. Mein Auto werde ich aber trotzdem nicht aufgeben." Matt grinste spitzbübisch.

„Ich wahrscheinlich auch nicht. Ich denke nur laut. Manchmal wünsche ich mir, ich könnte mich schlafen legen, um beim Aufwachen festzustellen, dass alles, was passiert ist, nur ein Traum war."

„Wünschen wir uns das nicht alle? Aber das Leben ist nun mal nicht so. Gut und Böse sind Teil der menschlichen Existenz."

„Das klingst aber sehr philosophisch."

Matts Mundwinkel zogen sich nach oben. „Hin und wieder denke sogar ich über das Leben nach."

Marys Handy klingelte. Bei dem Blick auf die Nummer des Anrufers verzog sich ihr Gesicht. Maggie Baker war ihre Lektorin. Das Letzte, was sie im Moment brauchte, war mehr Druck. Was immer Maggie ihr auch zu sagen hatte, sie wollte es nicht hören. Bestimmt ging es um irgendwelche Aufträge, die dann wiederum noch mehr Arbeit bedeuteten. Mary hatte keine Energie, sich jetzt damit auseinanderzusetzen, und schaltete ihr Handy aus.

Als sie wenige Minuten später vor dem Haus vorfuhren, trat Susan aus der Tür, die auf ihrem Handy telefonierte. Auf Marys fragenden Blick hin artikulierte sie lautlos ein Wort in ihre Richtung: „Maggie." Na toll, alles umsonst. Warum hatte sie nur zugestimmt, eine PR-Assistentin einzustellen? Eigentlich sah sie in Susan eine enge Freundin, aber in solchen Momenten wünschte sie sich, sie würde einfach nur das tun, was Mary ihr sagte.

„Was ist los?", fragte Matt.

„Es ist meine Lektorin."

„Ist das schlimm?"

„Ich bin nicht sicher." Mary stieg aus.

Susan beendete das Gespräch und warf ihr einen vorsichtigen Blick zu. „Sie will deinen Abgabetermin vorverlegen und das Buch bereits in zwei Wochen haben."

„Zwei Wochen! Du hast ihr hoffentlich gesagt, dass das unmöglich ist." Mary sah zu ihrer Freundin, aber diese senkte schweigend den Blick. „Das hast du ihr doch gesagt, nicht wahr, Susan?"

Susan öffnete den Mund und schloss ihn wieder. Nach endlos anmutenden Sekunden schüttelte sie schließlich den Kopf. „Ich konnte nicht Nein sagen. Es war zu wichtig."

„Oh, Susan, sag mir nicht, dass das wahr ist! Das geht nicht. Auf keinen Fall." Mary blieb vor dem Haus stehen und schlug mit der Hand an die Wand. „Dann kannst du mich gleich erschießen."

„Reg dich ab, Mary. Es lohnt sich. Sie plant eine größere Werbeaktion, aber um das Ganze starten zu können, muss das Buch rechtzeitig fertig sein."

„Der Quilt für die Bilder ist noch nicht fertig!"

„Ja, ich weiß, aber du kannst doch abends daran arbeiten. Es wird bestimmt nicht so lange dauern, wie du glaubst."

„Nein, es wird noch länger dauern, als von mir geplant. Ich habe genug Quilts genäht, um zu wissen, dass es immer, immer länger dauert, als man vorher denkt. Ich werde noch mindestens hundert Stunden daran arbeiten."

„Wenn du jeden Abend drei Stunden daran arbeitest, sind das, äh, das sind …"

„Ein Monat. Dreißig Tage. Aber wir haben jetzt dank dir noch zwei äußerst großzügig bemessene Wochen." Mary verlor selten die Beherrschung, besonders nicht gegenüber Menschen, die sie liebte, aber momentan fühlte sie sich wie ein Dampfkochtopf kurz vor der Explosion.

„Vielleicht kannst du jeden Morgen und jeden Abend daran arbeiten?" Susans vorsichtige Stimme verlor immer mehr an Kraft. Langsam schien die Bedeutung von Marys Worten zu ihr durchzudringen.

Als sie das flehende Gesicht ihrer Freundin sah, verflog Marys Zorn. „Ich werde es versuchen, Susan, aber ich weiß wirklich nicht, ob wir es schaffen. Wozu eigentlich die ganze Eile?"

„In sechs Monaten gibt es in New York eine große Quiltshow. Maggie konnte den Produzenten von *Guten Morgen, Amerika* dazu überreden, uns in der Show über das Buch sprechen zu lassen. Aber einzige Bedingung ist jedoch, dass es in derselben Woche erscheint."

Noch bevor Susan zu Ende gesprochen hatte, schüttelte Mary bereits den Kopf. „Oh nein, ich trete nicht noch einmal im Fernsehen auf. Der heutige Morgen war schon schlimm genug. Diesen Albtraum überlasse ich gerne dir, meine liebe Freundin und PR-Beraterin."

„Aber Mary, sie werden über Quilts sprechen wollen, und dafür bist eindeutig du die Expertin, nicht ich."

„Trotzdem. Kein Fernsehen mehr. Ich habe von Publicity endgültig die Nase voll." In Anbetracht von Marys heftigem Widerstand beschloss Susan, dieses Thema zunächst erst einmal ruhen zu lassen!

„Darüber zerbrechen wir uns den Kopf, wenn es so weit ist. Jetzt ist es auf jeden Fall unsere wichtigste Aufgabe, den Quilt und das Buch fertigzustellen."

„Irene hat zugestimmt, dass unser Fotograf Bilder von ihren Quilts machen darf. Ihre Decken sind wirklich unvergesslich."

„Wunderbar! Danke, dass du sie gefragt hast."

Mary nickte. Vielleicht war der extreme Stress mit dem Buch gar nicht so schlecht. Wenn ihre Zeit derart ausgefüllt war, hätte sie gar keine Gelegenheit mehr, sich wegen des kleinen Mädchens ständig den Kopf zu zerbrechen. Dennoch konnte sie sich einen letzten Blick auf das lächelnde Kindergesicht nicht verkneifen. Ihr kleines Mädchen.

Lautes Kinderlachen holte sie aus ihren Träumereien in die Gegenwart zurück. Matt gab zwei sehr vergnügt wirkenden Mädchen auf der Schaukel Anschwung, seine Aufmerksamkeit ganz und gar auf Naomi und Lydia gerichtet. Matts Tochter war ein riesiger Glückspilz. Noch immer war der Himmel wolkenverhangen, aber wenigstens hatte es endlich aufgehört zu regnen.

Oben beim Haus stand ein fremder Einspänner in der Auffahrt. Anscheinend hatten Luca und Sarah Besuch. Mary hoffte nur, es wäre niemand, den sie kannte. Alles, was sie wollte, war ein Moment für sich allein. Ihr Blick fiel auf den Stall. Ob sie sich dort für eine kleine Weile verstecken könnte?

„Wohin gehst du?“, fragte Susan.

„Ich dachte, ich ... sehe mal eben nach meinem alten Pferd“, sagte Mary und eilte in Richtung Stall. Sie schob die Stalltür auf und trat in die kühle Dunkelheit. Sofort umgab sie der vertraute Geruch nach Pferden und Heu wie eine warme, sichere Umarmung.

Lucy wieherte freudig zur Begrüßung. Mary konnte es kaum glauben, dass sich das Pferd an sie erinnerte. Sanft streichelte sie über das weiche Maul der Appaloosa-Stute, die inzwischen bereits über zwanzig Jahre auf dem Buckel haben musste.

Als Kind hatte Mary unzählige Stunden mit einem Buch und einem heimlichen Radio auf dem Heuboden verbracht. Dieser Platz war ihre Zuflucht, ihr Geheimversteck gewesen. Sie streichelte Lucy ein letztes Mal und trat dann an die Leiter, die zum Heuboden hinaufführte. Er war viel niedriger, als sie in Erinnerung hatte. Vorsichtig stellte sie ihren Fuß auf die erste Sprosse, dann stieg sie beherzt bis ganz nach oben.

Stapel mit Heuballen füllten den ganzen Dachboden. Mary kletterte über die Oberseite der Ballen bis in die hinterste Ecke. Früher hatte sie sich hier hinten oft ein kleines Nest gebaut, eine Höhle aus Heuballen.

Bestimmt war sie schon lange zerstört, aber Mary konnte es sich dennoch nicht verkneifen, ein paar Ballen zur Seite zu schieben, um vollkommen sicherzugehen. Bis ganz nach hinten arbeitete sie sich vor, und tatsächlich: Da war es! Es war unglaublich. Das raue Heu verfing sich in Marys Haaren, als sie in ihr bereits vor über zwanzig Jahren erbautes „Häuschen“ hineinkroch.

Nach all der vergangenen Zeit kam ihren Erwachsenenaugen der Raum viel kleiner vor. Die Höhle war ungefähr ein Meter achtzig mal einen Meter achtzig groß und einen Meter fünfzig hoch. Auf Händen und Knien krabbelte Mary hinein. Man konnte sogar noch immer aus dem Fenster in den Hof spähen. Als sie zehn Jahre alt war, hatte Papa extra für sie ein Fenster eingebaut, von dem aus man den ganzen Hof, das Haus und die Gärtnerei überblicken konnte.

Susan war nicht mehr zu sehen und musste demnach ins Haus gegangen sein. Sie war tatsächlich allein. Mary zog die Knie an, lehnte sich ins Heu zurück und genoss die Ruhe, ein Lächeln auf den Lippen. Nach und nach verschwand die Anspannung aus ihrem Nacken und ihren Schultern. Tiefer Friede erfüllte sie. Endlich konnte sie ihre Probleme einmal vergessen.

Mary wusste nicht, wie viel Zeit vergangen war, als sie jemand ihren Namen rufen hörte. War sie zwischendurch eingeschlafen? Am liebsten hätte sie sich die Ohren zugehalten und einfach nicht geantwortet, doch dann erkannte sie Matts Stimme. Es klang beinahe, als wäre er unter ihr im Stall. Mary krabbelte aus ihrem Versteck über die unebenen Heuballen hinweg bis zur Leiter.

„Ich bin hier oben“, rief sie. Als Matt nach oben sah, durchfuhr es Mary wie ein Blitz. Ihr Herz raste. Wie von einem unsichtbaren Magneten fühlte sie sich von ihm angezogen. Als sie das letzte Mal ein ähnliches Gefühl gehabt hatte, war sie von allem, was sie kannte und liebte, weggelaufen. Am Ende hatte sie halb ohnmächtig am Fuß einer Treppe gelegen, während das Blut ihres Babys aus ihr herausgetropft war.

21

„Die Amisch schätzen handgemachte Gegenstände, die sorgfältig gearbeitet über mehrere Generationen hinweg halten. Diese Dinge erinnern sie an ihren Glauben, der gleichermaßen die Jahrhunderte überdauert hat. Der Blockhaus-Quilt ist ein Quilt, der nur aus demselben Grund besonders wichtig ist."
Mary Schwartz in *Quilts und amischer Glaube*

In den vereinzelten Sonnenstrahlen, die in den Stall schienen, leuchteten Marys Haare wie Kupfer. Sie hatte sie wieder nach oben gesteckt. Am liebsten hätte Matt ihre Haarnadeln herausgezogen, damit ihre Haare offen über ihre Schultern fielen und er sehen könnte, wie sie im Sonnenschein funkelten. Wahrscheinlich würde sie ihm eine Ohrfeige verpassen. Für einen kurzen Moment hätte er schwören können, dass er in ihren Augen etwas sah, als sich ihre Blicke begegneten. Aufmerksamkeit, Interesse, Bedürftigkeit, irgendetwas. Doch was es auch gewesen war – es war so schnell wieder verschwunden, dass Matt es nicht wagte, mehr hineinzudeuten.

Sie schwankte. War ihr schwindelig? „Ist alles in Ordnung?", rief er zu ihr hinauf.

„Mir geht es gut. Ich habe einen Rock an. Geh bitte von der Leiter weg, damit ich hinunterkommen kann."

Mit etwas Glück könnte er ihre Beine sehen. Er ging zurück zum Eingang, lehnte sich an den Türrahmen und konnte kaum der Versuchung widerstehen, einen Blick auf sie zu werfen. Sie klopfte sich das Heu von ihrer Kleidung, aber die zahlreichen Halme in ihren Haaren blieben vollkommen unberührt, wo sie waren. Mary hatte wahrscheinlich keine Ahnung davon, wie hübsch sie mit dem Heu in ihren Haaren und den geröteten Wangen aussah. Er fühlte sich so unglaublich zu ihr hingezogen, dass es ihn beinahe ärgerte. Hatte er denn gar nichts mehr unter Kontrolle, noch nicht einmal sich selbst?

„Du kannst dich jetzt umdrehen."

Ihre Stimme klang genauso brav, wie sie aussah, nur das Heu in ihren Haaren störte etwas. Jetzt sah es eher so aus, als hätte sie sich gerade stundenlang mit jemand im Heu gewälzt. Bevor Matt etwas dagegen unternehmen konnte, griffen seine Finger nach ihren Haaren, um das Heu herauszuzupfen. Ihre lockige Haarpracht lud ihn gerade dazu ein, die Finger darin zu vergraben.

Eilig ließ er die Hände sinken, bevor er noch weiter in Versuchung geriet. „Vergräbst du dich hier drinnen in deinem Elend?"

„Vielleicht." Mary biss sich auf die Lippe, als tue es ihr bereits leid, dass sie überhaupt etwas gesagt hatte.

Sie schwankte. Wollte sie sich gerade bei ihm anlehnen? Matt rief sich selbst energisch zur Ordnung. Er durfte sich nicht dauernd von seinem Wunschdenken beeinflussen lassen. „Kann ich dir irgendwie helfen?", fragte er.

„Eigentlich nicht. Ich bin einfach nur enttäuscht. Ich weiß ja, dass Reece gerne Spielchen mit mir spielt, aber dieses Mal hatte ich gehofft, es wäre vielleicht anders. Nach der Woche, die ich jetzt hier bin, weiß ich genauso wenig wie vorher über meine Tochter. Ich fühle mich überall wie eine Außenseiterin. Ich … ich wollte so sehr, dass sie am Leben ist." Ihre Stimme versagte. Mit großen Augen sah sie zu ihm auf, als könne er ihre Wünsche wahr werden lassen.

Matt rührte sich nicht. Er sollte ihr die Wahrheit sagen. Er wusste zutiefst, dass es das Richtige war. Er konnte sich bildlich vorstellen, wie die Freude über ihr Gesicht zog, konnte bereits das Leuchten in ihren Augen sehen. Doch sobald sie die ganze Geschichte begriff, würde er seine Tochter verlieren. Er konnte Caitlin nicht aufgeben, wollte sie nicht verlieren. Die Adoption würde ihre Gültigkeit verlieren, weil Mary nie schriftlich auf ihre Rechte verzichtet hatte. Jedes Gericht würde Caitlin ihrer leiblichen Mutter zusprechen.

„Willst du denn nichts sagen? Irgendeine Plattitüde darüber, dass alles Gottes Wille ist, ich selbst schuld daran bin, dass ich jetzt alleine bin? Ich habe das schon begriffen, glaub mir. Ich weiß, dass Gott mich aufgegeben hat."

Matt fand seine Stimme wieder. „Ich werde dir nicht dabei helfen, in deinem Schmerz zu versinken. Du bist jung und gesund. Du kannst noch viele Kinder bekommen."

„Kann ich *nicht*." Sie schob ihn von sich. „Durch den Sturz damals ist es unmöglich."

„Das tut mir sehr leid, Mary." So viel zum Thema Schuldgefühle. Er trennte sie von dem einzigen Kind, das sie je haben würde. Eine leise Stimme in ihm forderte ihn auf, Gott zu vertrauen, aber er wagte es nicht, einen so gefährlichen Gedanken in die Tat umzusetzen. „Gott liebt dich immer noch, deine Trauer lässt ihn nicht zu dir durchdringen. Es war nicht deine Schuld, Mary. Böses wird es immer geben, es hatte nichts mit dir zu tun." Der Schmerz in ihren Augen war fast nicht zu ertragen. Er legte seine Hand an ihre Wange. „Du wirst den richtigen Mann für dich finden, Mary. Deine Ehe mit Reece war an dem Abend, als er dich die Treppe hinabstieß, schon lange vorbei. Verbanne ihn ein für alle Mal aus deinem Leben. Du musst nicht allein sein."

Vertrauensvoll schmiegte sie ihr Gesicht in seine Hand. „Nein?", flüsterte sie.

Er wusste, dass er mit dem Feuer spielte, aber wie gebannt wanderte sein Blick zu ihren Lippen. Kaum spürbar lehnte sie sich ein wenig nach vorn. Matt war wie verzaubert. Nur zu gut konnte er sich vorstellen, wie es wäre, sie an sich zu drücken, ihren süßen Duft einzuatmen und ihre Lippen zu schmecken. In seiner Vorstellung sah er sie in seinem Haus, malte sich aus, wie herrlich es wäre, jeden Tag zu ihr nach Hause zu kommen. Sie würde eine wunderbare Mutter sein. Hatte er überhaupt das Recht, Caitlin eine solche Mutter vorzuenthalten?

Er trat zurück und sah in ihr Gesicht. Sah ihre langen Wimpern und ihre sanft geröteten Wangen. Die Worte „Ich liebe dich" lagen ihm auf der Zunge. Halt! Stop! Was dachte er da überhaupt? Das konnte keine Liebe sein. So schnell verliebte man sich einfach nicht in einen Menschen. Matt rief sich selbst zur Vernunft. Chemie, das war es. Er reagierte lediglich auf die körperliche Anziehungskraft zwischen ihnen. Er sollte besser seine Zunge hüten. Wenn solche Worte erst einmal ausgesprochen waren, gab es kein Zurück mehr.

Eine Mauer aus Distanz stand mit einem Mal wie zum Greifen zwischen ihnen. Matt fühlte sich niedergedrückt von seiner Täuschung und der Last der verheimlichten Wahrheit. Entschlossen nahm er seine Hände von ihren Schultern und drehte sich um.

„Ich denke, ich brauche jetzt einen Kaffee." Wenn er ihr ins Gesicht sah, würde er den Mut verlieren. Fast wie auf der Flucht rannte Matt zur Tür hinaus.

Die plötzliche Leere, die Matts Verschwinden in ihr auslöste, ließ Mary frösteln. Sie war nicht naiv. Sie wusste nur zu gut, wie sehr ihre

Seele sich nach ihm sehnte. Ganz eindeutig fühlte auch er sich zu ihr hingezogen. Wenn er nicht gegangen wäre, hätte sie ihn vielleicht geküsst. In seinen Armen würde sie sich sicher fühlen. Beschützt. Jede Frau könnte sich glücklich schätzen, ihn zum Mann zu haben. Sie seufzte wie ein verliebtes Schulmädchen. Aber die Realität sah anders aus. Sie hatte kein Recht, so etwas auch nur zu denken. Nach wie vor war sie an Reece gebunden und nicht frei.

Sie sollte sich zusammenreißen und Matt aus ihren Gedanken verbannen. Bestimmt würde er sie sowieso wahnsinnig machen. Der Gedanke, wieder jemanden zu lieben und in ihr Herz zu lassen, jagte ihr eine Heidenangst ein. Sie wusste, Matt war nicht wie Reece. Die meisten Männer würden niemals ihre Frauen so verletzen, wie Reece es getan hatte, doch trotz aller sachlichen Überlegungen blieb ein Rest von Angst.

Mary schloss die Stalltür hinter sich und ging zum Haus. Gerade begann die Sonne hinter dem Horizont zu verschwinden. Drei ihrer Katzen liefen ihr miauend entgegen, um sich eine Streicheleinheit zu holen. „Wo ist Spooky?", fragte sie die drei, während sie ihnen über das weiche Fell kraulte. Marmelade miaute, als wolle er ihr höchstpersönlich alles erzählen. Mary musste unwillkürlich schmunzeln, aber der fehlende schwarze Kater tauchte auf ihr Rufen hin nicht auf. Wahrscheinlich jagte er ein Streifenhörnchen.

Das Abendessen war fast fertig, als sie die Katzen verließ und das Haus betrat. Matt stand in der Küche und unterhielt sich mit Luca übers Fischen. Mary gestattete es sich, einen kleinen Moment ihren Blick auf ihm ruhen zu lassen. Da Matt sie sowieso nicht ansah, spielte es auch keine Rolle, wenn ihre Miene nur zu deutlich ihre Gefühle widerspiegelte.

Als sie sich umdrehte, bemerkte sie, dass Susan sie belustigt beobachtete. Marys Wangen begannen zu glühen. „Ich gehe kurz nach oben und mache mich sauber", murmelte sie und senkte verlegen den Blick.

„Ich komme mit." Oben an der Treppe holte Susan sie ein. „Was läuft zwischen dir und Matt?"

„Nichts." Mary ging in ihr gemeinsames Zimmer und suchte eine frische Bluse heraus.

Energisch nahm Susan ihr die schlichte weiße Bluse aus der Hand. „Oh nein, die ziehst du nicht an." Sie fing an, ihren Schrank zu durchwühlen. „Ich bin doch nicht dumm. Ich sehe ganz genau, wie ihr euch beobachtet. Wie die Katze um den heißen Brei schleicht ihr umeinander herum." Sie zog eine enge maulwurfsgraue Bluse mit V-Ausschnitt heraus. „Zieh die hier an."

„Keine Sorge, sie hat keinen zu tiefen Ausschnitt. Sie schmeichelt nur ein wenig deiner Figur und deiner Haarfarbe. Probier sie an. Du willst doch, dass Matt dich bemerkt, oder? Hey, du wirst ja rot." Susan schmunzelte. „Du bist es nicht gewohnt, einen Mann zu umgarnen, nicht wahr?"

Mary presste die Handflächen gegen ihre heißen Wangen. „Wenn er mich will, muss er mich so nehmen, wie ich bin. Außerdem bin ich immer noch an Reece gebunden."

„Vor dem Gesetz, ja, aber du wirst nie zu einem Mann zurückgehen, der dich geschlagen hat. Warst du mit Matt auf dem Heuboden?" Sie zupfte einzelne Halme aus Marys Haaren.

„Ich war auf dem Heuboden, aber nicht mit Matt."

„Schade." Susans grinste schelmisch.

„Du bist furchtbar."

„Nur ehrlich. Hat er dich schon geküsst?"

Mary ignorierte Susans Frage und überprüfte stattdessen den Sitz ihrer Bluse. Wenigstens war der Ausschnitt tatsächlich nicht zu tief.

„Er hat dich geküsst, nicht wahr? Ich möchte wetten, dass er ein sehr guter Küsser ist."

„Susan, sei still!", rief Mary entrüstet. „Er besitzt viel zu viel Integrität, um so etwas zu tun. Ich bin immer noch verheiratet." Mary versuchte, das Ganze mit einem Lachen abzutun, aber ihre Wangen und ihr Nacken fühlten sich an, als würden sie jeden Augenblick verglühen.

„Okay, okay, ist ja gut. Beruhige dich. Bitte setz dich und lass mich etwas mit deinen Haaren machen. Alles ist voller Heu und Strohhalme."

Mary gehorchte. Nachdem Susan ihre Haare entwirrt und gesäubert hatte, begann Mary sie wie gewohnt hochzustecken.

„Halt, halt, halt! Was machst du da? Ich habe dir doch nicht diese wunderbare Frisur geschnitten, damit du deine Haare zusammendrehst und versteckst. Du siehst toll aus. Komm, zeig deine Lockenpracht und lass uns zum Essen gehen."

Ein von tausend Augen angestarrtes Model konnte nicht befangener sein als Mary. Verlegen folgte sie Susan die Treppe hinunter. „Oh, es riecht nach Rindfleisch und Nudeln mit brauner Butter!“, rief Mary begeistert, als sie in der Küche angelangt waren.

„Das ist richtig.“ Sarah sah sie nicht an. „Der Tisch für dich und die Kinder ist im Wohnzimmer gedeckt.“

Ganz eindeutig hatte Matt sie gesehen. Sein Blick folgte ihr durch den Raum. Hoffentlich glaubte er nicht, sie versuche, ihn auf sich aufmerksam zu machen. Aber wem machte sie hier eigentlich etwas vor? Garantiert wusste er Bescheid! Wahrscheinlich wusste es die ganze Familie. Ihre neue Kleidung war so auffallend wie eine Neonreklame, auf der mit grellen Buchstaben „Schau her!“ stand. Beinahe fluchtartig verließ sie das Zimmer.

Die Hände der Kinder lagen bereits gefaltet auf dem Schoß. „Naomi, möchtest du beten?“, fragte Mary in ihrem eingerosteten Deutsch.

Naomi nickte und die zwei kleinen Mädchen beugten ihre Köpfe. Mary genoss das stille Gebet und die Erinnerung an ihre eigene Kinderzeit. Luca hatte sie gebeten, die Kinder nicht für sich einzunehmen, aber es erschien Mary unmöglich, nicht mit ihnen zu sprechen und keine Beziehung zu ihnen aufzubauen. Als die Teller leer gegessen waren, plauderten sie mit ihr wie mit ihrer besten Freundin. Gemeinsam trugen sie die Teller wieder in die Küche.

Luca sprach sie unerwartet an. „Es ist gut, dass du zurückgekommen bist, Mary. Wenn hier noch irgendetwas deinen Eltern gehört, dann nimm es bitte für dich.“

Ob er vielleicht wüsste, was aus dem Ring geworden war? „Jetzt, wo du es sagst Luca: Weißt du vielleicht zufällig…“

„Mary, könntest du mir diese Teller geben?“, fiel Sarah ihr mit einem verzweifelten Unterton in der Stimme ins Wort.

Mary blinzelte überrascht. Wortlos reichte sie ihr die Teller, die vor ihr auf dem Tisch standen. Wieso nahm Sarah Hilfe von ihr an? Als Sarah ihr die Teller abnahm, sah Mary das Flehen in ihren Augen.

„Danke. Matt, ich habe hier ein paar Reste, die du dem Hund geben kannst.“

Offensichtlich wollte Sarah nicht, dass sie Luca wegen des Ringes ansprach, sodass Mary vorerst beschloss, den Mund zu halten. Vielleicht könnte sie morgen allein mit ihrer Freundin sprechen und Sarah würde ihr bei dieser Gelegenheit endlich verraten, was los war.

„Ich gehe und füttere die Katzen", erklärte Mary. Sie nahm das Katzenfutter von der hinteren Veranda und ging damit in den Hof. Drei ihrer Katzen kamen sofort angelaufen, aber von Spooky fehlte immer noch jede Spur. Matt war ihr schweigend nach draußen gefolgt und marschierte nun in Richtung Wald.

Hatte er etwa den Verdacht, hier draußen wäre jemand? Eilig fütterte Mary die Katzen und ging dann schnell wieder ins Haus.

„Hast du Spooky irgendwo gesehen?", fragte sie Susan. Draußen vor dem Nachthimmel zeichneten sich die Bäume als lange, schwarze Schatten ab. Die anderen Hausbewohner hatten sich bereits zurückgezogen.

„Seit heute Morgen nicht mehr", sagte Susan.

„Vielleicht hat Matt ihn gesehen." Mary ging erneut zur Hintertür nach draußen, um ihn zu suchen. Matt stand im Hof und sah zum Wald hinüber. Er wirkte einsam. Suchte er lediglich nach Eindringlingen, oder sehnte er sich nach etwas Zeit allein? Das Zusammensein einer so großen Familie war manchmal sehr anstrengend, vor allem, wenn man es nicht gewohnt war. Aus der Ferne konnte sie in der Dunkelheit seine Miene nicht erkennen. Es war eine mondlose Nacht. Als Mary zu ihm trat, wandte er sich um. „Stimmt etwas nicht?"

„Hast du Spooky gesehen?"

„Als ob ich eine Katze suchen würde!"

Sie hatte vergessen, wie wenig er Katzen mochte. „Vielleicht ist er bei Ajax. Wo ist er denn?"

„Auf der Treppe." Ajax, der die Ohren gespitzt hatte, als sein Name fiel, stand auf und streckte sich. Dann trottete er zu Mary und schnüffelte an ihrer Hand.

Marys leichtes Unbehagen hatte sich inzwischen in ernsthafte Besorgnis verwandelt. „Ich verstehe das nicht. Er kommt immer zum Essen. Auf keinen Fall lässt er eine Mahlzeit ausfallen."

„Hast du ihn gerufen? Vielleicht hat er sich im Wald verirrt."

Mary wollte sich nicht eingestehen, dass er vielleicht gefressen worden war. „Ich gehe ihn suchen."

„Hör zu, wir sprechen hier von einer Katze. Er kommt schon zurecht. Sag mir nicht, dass du zu den Leuten gehörst, die meinen, Katzen würden auf einen Baum klettern und können dann nicht mehr allein herunter."

„Er ist ein guter Kletterer. Ich gehe ihn suchen. Irgendwas stimmt da nicht."

„Nicht ohne mich. Reece könnte da draußen sein. Ich hole eine Taschenlampe." Matt ging an ihr vorbei ins Haus und kam wenige Augenblicke später mit einer Taschenlampe und einer Petroleumlaterne zurück. „Nimm du die Laterne. Du weißt wenigstens, wie man damit umgeht. Hast du vielleicht irgendetwas, das nach Spooky riecht?"

„Die Decke in seinem Körbchen." Mit der Laterne in der Hand lief Mary zur hinteren Veranda und holte die Decke. „Hier ist sie."

Matt hielt sie Ajax unter die Nase. „Such Spooky, Junge." Der Hund nieste kurz, schnüffelte noch einmal an der Decke und stieß einen kurzen Jauler aus. Dann senkte er die Schnauze auf den Boden und begann mit aller Kraft, Matt in Richtung Wald zu ziehen. Dieser schaltete seine Taschenlampe ein und ging hinter Ajax her.

Mary folgte dem Lichtstrahl, den Matts Taschenlampe auf den Boden warf. „Komm, Kätzchen, komm", rief sie. „Spooky, wo bist du? *Miez, miez.*"

„Da drüben gibt es eine Stelle, an der wilde Katzenminze wächst", sagte Matt und deutete nach links. „Ajax zieht eindeutig in diese Richtung. Vielleicht ist er ja dort." Er ließ Ajax von der Leine, der sofort davonstürmte.

Mary hob die Laterne so hoch wie möglich, aber der schwache Lichtschein erhellte die Dunkelheit des Waldes nur äußerst ungenügend. Die kühle, feuchte Luft roch nach Moos und nassem Laub. Beinahe wäre sie gestürzt, als sie über einen morschen Baumstamm stolperte. Noch etwas wacklig blieb sie stehen, um Atem zu holen und zu lauschen. War da nicht ein jammerndes Miauen? Aber so sehr Mary ihre Ohren auch anstrengte, außer dem Quaken der Frösche im Teich und dem Summen der Mücken, die ihre Haut piesackten, drang kein Geräusch durch die Nacht.

Matt war bereits einige Meter vor ihr und Mary beeilte sich, ihn wieder einzuholen. „Siehst du etwas?", fragte sie und griff nach seinem Arm.

Seine Hand legte sich auf ihre. „Still! Ich glaube, ich habe etwas gehört."

Sie hielt den Atem an und lauschte erneut in die nächtliche Dunkelheit. Da drang ein schwaches Geräusch an ihre Ohren. Ein Miauen, ganz eindeutig. Ajax lief wieder los. Je weiter er sich entfernte, desto leiser wurde das Rascheln der alten Blätter auf dem Waldboden.

„Ajax, komm zurück!", rief Matt.

„Vielleicht kann er uns zu Spooky führen", sagte Mary und wollte Ajax nacheilen.

„Nicht, wenn er zu schnell zu weit wegläuft." Matt hielt sie zurück. „Lauf nicht einfach los. Es könnte eine Falle sein."

„Eine Falle? Es geht hier um eine verirrte Katze."

„Vielleicht, aber deine Katzen sind es gewohnt, herumzulaufen und immer wieder nach Hause zu kommen. Warum also ist Spooky heute weggeblieben?"

Sie wollte sich von ihm losmachen. „Vielleicht hat er sich verletzt."

„Das kann sein, aber mein Job ist es, dich zu beschützen."

Aus irgendeinem Grund schmerzten sie seine Worte. Sie wollte, dass er sie beschützte, weil sie ihm wichtig war. Sie war so dumm. Offensichtlich hatte der Moment heute Nachmittag im Stall keinerlei Bedeutung für ihn gehabt. Es gelang ihr, ihren Arm zu befreien und sich einen Weg durch die dichten Sträucher und Ranken zu bahnen. Im Licht ihrer schaukelnden Laterne wirkten die knorrigen Zweige und dichten Sträucher bedrohlich. Mary fröstelte. Ach was, so ein Unsinn. Jetzt ließ sie sich schon von Matt und seinem Verfolgungswahn anstecken.

„Spooky?", rief sie wieder. „Hierher! Komm, Kätzchen." Da! Wieder ein Miauen, diesmal aufgebrachter. Spooky war eindeutig noch ein ganzes Stück von ihr entfernt, aber sie konnte die Richtung nicht genau bestimmen.

Matt holte sie ein und hielt sie erneut am Arm fest. „Diese Richtung." Er zog sie nach rechts. Ein kleiner Bach versperrte ihnen den Weg. „Vorsichtig, die Steine sind glatt."

Mary trat auf einen Stein. Kaltes Wasser drang durch ihre Schuhe. Mit ausgestreckten Armen balancierte sie vorsichtig durch den Bach. Erst bei ihrem letzten Sprung ans Ufer fiel sie auf die Knie.

„Alles in Ordnung?" Matt zog sie in die Höhe, als wäre sie nicht schwerer als ein Kind.

„Ja." Notdürftig versuchte sie, den nassen Matsch von ihrem Rock zu entfernen. Wieder erklang das Miauen ihres Katers. „Er ist hinter der Böschung."

„Ja." Er nahm ihre Hand und half ihr den glitschigen Hang hinauf.

Die warme Berührung seiner Hand gab ihr das Gefühl, als wären sie tatsächlich Partner – Partner, die zusammenhielten und sich gut verstanden. Was könnte aus ihrer Beziehung werden, wenn sie beide ihre früheren Verletzungen überwinden und ein neues Leben anfangen könnten? Sie war ein Feigling. Sie hatte sogar Angst davor, die Scheidung von Reece einzureichen.

Matt kämpfte sich durch einige überhängende Zweige und hielt sie zurück, damit Mary sich nicht an ihnen verletzte. Gemeinsam traten sie auf eine kleine Lichtung. Mary hielt ihre Laterne hoch und blickte sich suchend um. Da plötzlich wurde der schwache Lichtschein reflektiert. Funkelnde Katzenaugen.

Spooky tigerte in einem kleinen Käfig, der mitten auf der Lichtung stand, nervös hin und her. Sein klagendes Miauen stieg zu einem Crescendo an. Ajax umkreiste den Käfig, bekundete jaulend sein Mitgefühl und schlug mit der Pfote gegen die Käfigtür. Sofort wollte Mary loslaufen, aber Matt packte ihren Arm.

Er hob einen Stock auf und schlug damit prüfend durch die Luft und auf die Erde, bevor er sich dem Käfig näherte. Ajax hielt dieses Vorgehen offensichtlich für ein schönes Spiel, da er laut zu bellen begann.

Mary wollte Matt folgen, aber eine nach Zwiebeln stinkende Hand legte sich über ihren Mund. Ein Arm schob sich um ihre Taille, zog sie zurück und zerrte sie in die Büsche. Mary wehrte sich mit Händen und Füßen gegen den Angreifer und versuchte zu schreien, aber die Tiere machten einen solchen Radau, dass ihr erstickter Schrei hinter der riesigen Hand des Fremden nichts ausrichtete. Rief da Matt ihren Namen? Sie versuchte, sich mit den Händen an den Zweigen der Büsche festzuhalten, aber sie waren zu dünn. Am Ende hatte Mary nur Blätter in ihrer zerkratzen und aufgerissenen Hand.

„Still, Mary, mach nicht so einen Aufstand." Reeces Lippen berührten ihr Ohr und wanderten dann über ihren Nacken hinab zu ihrer Schulter.

Für einen Moment erstarte sie, als ihr bewusst wurde, wer sie festhielt. Dann begann sie, nur noch wilder um sich zu schlagen. Wenn sie nur ihre Zähne in seine Hand graben könnte. Reece zerrte sie immer weiter, bis sie das Bellen des Hundes unter den dichten Bäumen kaum noch hören konnte.

Er schüttelte sie. „Ich hab gesagt, du sollst ruhig sein. Ich habe eine Waffe, Mary. Willst du, dass ich Matt erschieße?“

Heiße Tränen schossen ihr in die Augen. Schnell blinzelte sie sie beiseite. Auf keinen Fall würde sie ihm die Befriedigung gönnen, ihre angsterfüllten Tränen und ihre Panik zu sehen.

„Braves Mädchen“, lobte er sie. „Ich habe dich vermisst, Mary. Deinen Geruch, deinen Geschmack.“

Er küsste ihren Nacken. Bei der Berührung seines Bartes und seiner Lippen musste sie würgen. Eine vereinzelte Träne auf ihrer Wange leckte er ab. Aus der Ferne hörte sie erneut Matts Rufen.

„Süße Mary“, flüsterte er. „Ich weiß, dass du mich vermisst hast. Unser kleines Mädchen vermisst seine Mutter. Wir können eine Familie sein, mein Schatz, die perfekte, kleine Familie. Du brauchst nur mit mir nach Hause zu kommen. Ich nehme jetzt die Hand von deinem Mund, wenn du mir versprichst, nicht zu schreien. Versprichst du mir das? Denk dran, wenn Matt hier auftaucht, ist er ein toter Mann.“

Sie nickte. Wenn er nicht bald die Hand von ihrem Gesicht nähme, würde sie in Ohnmacht fallen. Wieder küsste er ihren Nacken, dann nahm er endlich seine Hand weg. Bevor sie jedoch irgendwie reagieren und einen Schritt zurückgehen konnte, klammerte er bereits seine Arme um sie und presste sie an sich.

Es gelang ihr, beide Hände an seine Brust zu drücken und ihn mit aller Kraft wenigstens ein paar Zentimeter weit wegzuschieben. „Nimm deine Hände weg! Du bist ein Mörder. Du hast meine Eltern getötet. Und Moe und Tante Nora. Ich habe Beweise!“

Er quetschte ihre Arme mit seinen Händen schmerzhaft zusammen. „Welche Beweise?“ Seine Stimme wurde grob.

Jetzt, da er vor ihr stand, war ihr Hass stärker als die Angst. Nach wie vor log er sie an, versuchte immer noch, sie zu manipulieren. „Das Bild, das du mir geschickt hast. Das kleine Mädchen sitzt auf einem Quilt meiner Mutter, also musst du die Decken haben.“ Wie hatte sie nur all die Jahre für die Bosheit und Falschheit seiner Seele blind sein können?

„Niemand wird dir glauben. Außerdem …“ Reece brach ab. „Vergiss es.“

„Wo ist sie?“, fragte Mary und begann, mit ihren Fäusten auf ihn einzuschlagen, auch wenn sie damit nicht mehr als ein Kätzchen bei einem Angriff auf einen Tiger erreichte. „Wo ist mein kleines Mädchen?", rief sie mit erstickter Stimme. Jetzt, da sich ihre Augen an die Dunkelheit gewöhnt hatten, konnte sie sein Lächeln sehen.

„Hast du Matt nach ihr gefragt?"

„Wieso Matt? Was hat Matt damit zu tun?"

Bevor Reece antwortete, rief Matt erneut Marys Namen. Ganz eindeutig kam seine Stimme näher. Reece ließ sie los. „Frag Matt, ob du seine Tochter kennenlernen darfst, dann wirst du schon sehen, wie er reagiert. Bis bald, mein Schatz." Seine Hände glitten von ihrem Körper, und ohne einen Laut verschwand er zwischen den Bäumen.

Mary starrte in die Dunkelheit. Wohin war er so schnell verschwunden? „Mary!", schrie Matt. „Hier bin ich! Ich bin hier!", rief sie zurück.

Matt kämpfte sich durch das Unterholz zu ihr hin. „Was ist passiert?" Er hatte ihre Laterne, die sie fallen gelassen hatte, in der Hand, Ajax dicht neben sich.

„Reece hat mich gepackt und hierhergezerrt." Mary legte die Arme um sich. Erst jetzt setzte der Schock und damit das Zittern ein. Sie wischte sich über die Wange, auf der sie noch immer Reeces Atem spürte. Es schüttelte sie vor Ekel.

Matt hob das Licht hoch und trat neben sie. „Geht es dir gut?"

„Mir ist nichts passiert."

„In welche Richtung ist er verschwunden?"

„Ich … ich weiß es nicht genau." Die Dunkelheit und ihr Entsetzen über das Erlebte raubten ihr jeglichen Orientierungssinn. „Lass mich nicht allein." Bevor sie wusste, was sie tat, hatte sie sich bereits in seine Arme geworfen und klammerte sich an ihm fest. Sie hatte genau die richtige Größe, sein Kinn ruhte auf ihrem Kopf. Ihr gefiel der würzige Geruch seines Rasierwassers.

„Du zitterst ja wie Espenlaub", sagte Matt und griff nach ihren Schultern. „Wir müssen zum Haus zurück. Ich will, dass du drinnen im Warmen und in Sicherheit bist." Er reichte ihr die Taschenlampe und die Laterne, dann gingen sie gemeinsam zurück, um Spooky zu holen.

Sicherheit. Bei Matt fühlte sie sich in Sicherheit, aber dasselbe hatte sie früher bei Reece auch gedacht. Mary wusste nicht mehr, was sie denken oder worauf sie sich verlassen konnte. Als sie endlich den Hof erreichten, war es im ganzen Haus still und dunkel. Susan war offensichtlich inzwischen nach oben gegangen.

Matt half ihr auf das Sofa im Wohnzimmer. „Möchtest du ein Glas Wasser oder heißen Tee?"

„Nein, mir geht es gut." Das war die Wahrheit. Im warmen Schein der Gaslampe in ihrem früheren Zuhause und mit Matt als ihrem Beschützer konnte Reece ihr nichts anhaben.

Matt setzte sich neben sie. „Trotzdem, du bist sehr blass."

„Das wird schon wieder. Er wollte mir einfach nur Angst einjagen."

Er legte den Arm um sie und zog sie an sich heran. „Was hat er gesagt?"

„Eigentlich nichts." Sie schauderte. „Ich habe ihm gesagt, dass ich weiß, dass er meine Familie getötet hat, dass ich sicher bin, dass dieses Mädchen meine Tochter ist, und dass der Quilt, auf dem das Kind sitzt, ihn mit den Morden in Verbindung bringt. Reece konnte nur als Mörder meiner Eltern Zugang zu den Quilts haben."

„Sonst noch etwas?"

Eigentlich wollte sie ihm sagen, dass Reece angedeutet hatte, Matt könne etwas über ihre Tochter wissen, doch dann entschied sie sich dagegen. Reece hatte ihre Gefühle für Matt gespürt und wieder einmal war es ihm fast gelungen, sie zu manipulieren. Mary lehnte den Kopf an Matts Brust und genoss den Augenblick. Das war viel besser.

Das Geräusch seines Atems, die Muskeln seiner Brust unter ihrer Handfläche, die sie auf sein Hemd gelegt hatte, sein Geruch – das war einfach nur wunderbar. Es war so lange her, seit sie jemand mit liebevollen und bewundernden Augen angesehen hatte.

Seit Tagen wehrte sie sich dagegen, es sich einzugestehen, aber in diesem Moment konnte Mary die Wahrheit nicht mehr verleugnen. Matt war der Mann, nach dem sie sich immer gesehnt hatte. Sie liebte ihn. Tiefer Friede breitete sich in ihrem Herzen aus. Entspannt schloss sie die Augen, aber bereits nach kurzer Zeit fingen die Gedanken in ihrem Kopf wieder an zu rotieren. Was dachte sie sich überhaupt? Sie war nicht geschieden und brachte Matt und sich selbst in eine unmögliche Situation.

„Frag ihn nach seiner Tochter."

Wieso sagte Reece so etwas? Wollte er nur ihre Gefühle für Matt ins Wanken bringen? Glaubte er, Matt hätte etwas dagegen, wenn sie seine Tochter kennenlernte? Das konnte sie sich einfach nicht vorstellen. Mary richtete sich auf und entzog sich seiner Umarmung. Sofort ließ er sie los. Reece hätte das niemals getan, sondern die Situation als Gelegenheit betrachtet, ihr Gehorsam, Unterordnung und Fügsamkeit beizubringen.

„Es tut mir leid. Ich sollte langsamer vorgehen", flüsterte Matt. „Ich mag dich, Mary. Ich möchte mich gerne mit dir treffen, mit dir essen gehen. Ich will dich zum Lachen bringen und deine Haare im Kerzenlicht schimmern sehen, aber ich will all das nur, wenn du frei dafür bist."

Das Herz welcher Frau würde bei solchen Worten nicht höher schlagen? Matt war nicht der Typ Mann, der eine Frau geschickt mit Worten einwickelte. Wieso hatte sie dann diesen Kloß in ihrer Kehle? Ein Rest Unsicherheit wollte einfach nicht verschwinden. Sollte sie ihn fragen, was Reece ihr aufgetragen hatte? Sie wollte auf keinen Fall die schöne Atmosphäre zwischen ihnen verderben. Viel lieber würde sie sein Gesicht sanft mit ihren Händen berühren und ihn küssen. Aber die Frage in ihrem Kopf ließ sich nicht abwimmeln. Hartnäckig wanderte sie in Marys Gedanken herum. Sie musste wissen, was Reece gemeint haben könnte.

„Matt, was denkst du: Könnte ich deine Tochter kennenlernen?"

Matt erstarte. „Wie kommst du denn plötzlich darauf?" Sein Lächeln war verschwunden.

„Reece hat mir gesagt, ich solle dich nach deiner Tochter fragen. Was hat er damit gemeint?"

Matt stand mit ernster und abweisender Miene vom Sofa auf und drehte ihr den Rücken zu. „Wer weiß schon, was im Kopf eines Verrückten vor sich geht? Es ist spät. Wir sollten lieber schlafen gehen."

„Könnte ich dann wenigstens ein Bild von deiner Tochter sehen?"

„Ich habe keines bei mir." Er reichte ihr die Hand. „Am besten vergessen wir, was heute Abend passiert ist."

Mary wollte diesen Abend ganz bestimmt nicht vergessen. Verheimlichte Matt womöglich doch etwas vor ihr?

22

„Die besondere Schönheit des amischen Center-Diamond-Quilts liegt in seiner Einfachheit. Er verarbeitet in einem hübschen, aber klaren und einfachen Bild die Überzeugung, dass Gott immer im Mittelpunkt aller Entscheidungen und Lebensfragen stehen sollte.
Er ist das Zentrum des Lebens."
Mary Schwartz in *Quilts und amischer Glaube*

Matt wusch sich mit Wasser, das er auf dem Holzofen erwärmt hatte, und einem Schwamm ab. Anschließend rubbelte er sich die Haare mit einem Handtuch trocken und schlüpfte dann in seine Jeans und seine Schuhe, bevor er zum Toilettenhäuschen auf den Hof eilte. Die Morgensonne lugte bereits durchs Fenster, als er ins Wohnzimmer zurückkehrte und seine Bettwäsche zusammenfaltete. Wegen des starken Gewitters, das in der letzten Nacht bis in die frühen Morgenstunden getobt hatte, war sein Schlaf eher bescheiden gewesen.

Wieso war er nur so dumm gewesen, sich auf Mary einzulassen? Er hätte Abstand halten und warten sollen, bis Mary nach einiger Zeit einfach wieder aus seinem Leben verschwunden gewesen wäre, aber nein! Er hatte sich zum Narren machen müssen. Er war ein solcher Idiot. Wieso hatte sie die Macht, seine Welt so komplett durcheinanderzubringen? Er sollte sich besser unter Kontrolle haben. Nach allem, was er Blake über die Heiligkeit der Ehe gepredigt hatte! Matt selbst war es nur zu leicht gelungen, die Tatsache zu ignorieren, dass Mary vor dem Gesetz noch immer verheiratet war. Wo lagen bei Gott die Grenzen? Gott wollte sicher nicht, dass sie zu einem Mann zurückging, der sie misshandelte, einem Mann, der vielleicht sogar ein Mörder war.

Wenn Matt mit Mary zusammen war, fühlte er sich, als sei ihm ein kurzer Blick in eine andere Welt vergönnt – eine Welt, in der es auch für ihn wieder Liebe geben würde. Aber es war unmöglich. Diese Welt gab es nicht. Er würde Caitlin niemals hergeben und ebenso wenig würde Mary ihm jemals seine Lüge verzeihen.

Über ihm erwachte langsam der Rest des Hauses zum Leben. Bodendielen knarrten und eine Tür öffnete sich quietschend. Wenig später erschien Mary im Türrahmen. Sie trug einen Jeansrock mit einer gelben Bluse und sah so strahlend aus wie eine Narzisse im Frühling.

„Wie ich höre, ist die Familie gerade am Aufstehen", sagte er.

„Ich würde ihnen heute Morgen so gerne Pfannkuchen machen, bevor wir zu Tante Noras Beerdigung fahren, aber sie werden aus meiner Hand nichts annehmen." Sie sah zu Boden.

Matt wusste, er sollte seine Schuhe anziehen und so schnell wie möglich von hier verschwinden. Stattdessen trat er näher an sie heran. „Hey, ich bin ein genialer Koch. Wie wär's, wenn du den Teig anrührst, bevor sie nach unten kommen. Ich stelle mich dann an den Ofen. Bestimmt werden sie kein Wort sagen."

In ihrem Lächeln lag neue Hoffnung. „Du kannst kochen?"

„Stellst du etwa meine kulinarischen Fähigkeiten in Frage?"

„Das würde ich niemals wagen. Ich weiß, dass du alles kannst." Sie lächelte, es lag nur ein Hauch Spott in ihren Augen. Der übrige Teil ihres Blickes war erfüllt von Wärme und Vertrauen.

Wie machte sie das nur, dass er sich fühlte, als sei er Superman? Er folgte ihr in die Küche und kochte Kaffee, während sie sich eine Schürze umband und die Pfannkuchenzutaten zusammensammelte.

„Ich wünschte, ich dürfte ihnen einen Rosinenkuchen backen."

„Du kannst mir einen backen." Grinsend zog er einen Stuhl heran. Mary begann, die Zutaten in eine große gelbe Schüssel zu geben, wie auch seine Großmutter eine besaß. „Ich mag deine Familie. Früher habe ich immer gedacht, die Amisch wären einfach nur sonderbar, so eine Art Sekte, aber jetzt weiß ich, sie sind gute, ehrliche Christen. Die friedliche Atmosphäre hier könnte mich fast dazu bringen, mein Auto aufzugeben."

Sie lächelte und schlug ein weiteres Ei in die Schüssel. „Es tut gut, wieder hier zu sein." Nachdem der Teig fertig war und sie sich ihre Hände an der Schürze abgewischt hatte, löste sie das Schürzenband. „Jetzt bist du dran, stell dich hin." Während sie ihm die dunkelblaue Schürze umband, protestierte Matt wie ein in seiner Ehre gekränktes Kind.

„Muss ich die unbedingt anziehen?"

„So siehst du professioneller aus."

Als er sich umdrehte, stand sie so nahe vor ihm, dass er sich nur ein winziges Stück vorbeugen müsste, um sie zu küssen. Der Blick in ihre goldenen Augen ließ sein Herz schneller schlagen. Jeglicher Widerstand war zwecklos. Zärtlich nahm er ihr Gesicht in seine Hände. „Was machen wir nur mit uns beiden?"

„Gibt es ein uns, Matt?"

„Ich liebe es, wenn du meinen Namen aussprichst. Sag ihn noch einmal."

„Matt", flüsterte sie. „Tu mir bitte nicht weh."

„Das würde ich nie tun." Gerade als er sie küssen wollte, hörte er die Treppe knarren. Nur widerstrebend drehte er sich wieder zum Ofen herum und begann damit, den Teig zu verrühren. Es war so dumm. Ein weltfremder Träumer. Es gab keine Lösung für ihre Lage. Für eine Sekunde erlaubte er sich zu träumen, die Wahrheit käme ans Licht und sie würde ihm trotzdem vergeben. Doch dieses Leben, diesen Traum würde es niemals geben. Keine Mutter vergab das, was er getan hatte.

Als er den Teig verrührte, legte sie sanft ihre Hand auf die seine. „Nicht zu kräftig schlagen", flüsterte sie „Sonst geht er nicht auf." Eilig setzte sie sich an den Tisch. „Guten Morgen, Luca", begrüßte sie ihren Cousin.

Luca nickte. „Guten Morgen." Er schnupperte, als Matt den Teig in die heiße Pfanne gab. „Pfannkuchen?", fragte er freudig.

Matt nickte, während er den Rand der Pfanne im Auge behielt.

„Ich habe großen Hunger", sagte Luca und schenkte sich eine Tasse Kaffee ein. „Die anderen werden auch bald unten sein. Es ist nett von dir, uns an einem so vollen Morgen mit dem Frühstück zu versorgen."

„Die Zutaten waren alle in eurem Küchenschrank. Ich habe sie einfach nur zusammengerührt."

„Mhh, guter Kaffee. Hast du ihn gemacht?"

„Klar." Er fragte sich, was Luca tun würde, wenn er erführe, dass Mary den Kaffee gekocht hatte. Würde er ihn ausspucken? Würde er sich weigern, die Pfannkuchen zu essen, wenn klar wäre, dass Mary die Zutaten zusammengestellt hatte? Er legte die drei Pfannkuchen auf Lucas Teller.

Füße polterten laut die Treppe herab und Sarah platzte in die Küche. Sie rief etwas auf Deutsch, sodass Luca und Mary sofort zur Tür rannten. „Was ist los?", fragte Matt und folgte ihnen. Als er ebenfalls die Tür erreichte, benötigte er keine Übersetzung mehr. „Oh nein, der Stall brennt!" Hastig nahm er sein Handy und rief die Feuerwehr.

Als er wieder auflegte, zog Luca bereits einen Schlauch zum Stall. Durch das Dach züngelten schon die ersten Flammen.

„Die Pferde!" Mary rannte durch die Wasserpfützen, die das Gewitter der letzten Nacht hinterlassen hatte.

„Mary, nein!", schrie Matt und rannte ihr nach, aber sie achtete nicht auf ihn. Ohne innezuhalten, verschwand sie in dem schwarzen Rauch, der aus der Stalltür drang. Das Öffnen der Tür entfachte durch eindringende Luft das Feuer noch zusätzlich. Mit neuer Energie schossen die Flammen durch das Dach.

Luca spritzte das Wasser auf den Stall, aber die Flammen tanzten nur noch höher. Endlich erreichte Matt den Stall. Schon jetzt brannten ihm die glühende Hitze und der Rauch in der Lunge. Er hustete. Im Stall herrschte rötlich flackernde Dunkelheit und eine unerträgliche Hitze. „Mary!" Es war, als wäre er in ein Gemälde der Hölle geraten. Flammen und Rauch schlossen ihn ein. Rasend schnell fraß sich das Feuer durch das trockene Holz des alten Stalles. Die Pferde wieherten panisch. Matt stolperte in die Richtung, in der er die Tiere vermutete.

Nach einiger Zeit, der Rauch und die Hitze machten das Sehen fast unmöglich, gelangte er in einen Bereich, den das Feuer noch nicht erfasst hatte. Endlich, da war Mary. Sie versuchte, einen vor Panik und Angst wild gewordenen Appaloosa unter Kontrolle zu bringen. Zwei andere Pferde in der Box hinter ihr traten wie wild gegen die Boxenwand.

„Mary, hierher!", schrie er über das laute Toben der Flammen hinweg. Sein Blick fiel auf die Wand. Matt hatte das Gefühl, sein Herz blieb stehen. Ein Nero-Kreuz war mit roter Farbe an die Wand über ihrem Kopf. Hatte Mary es gesehen? Ihm schwindelte. Sie mussten unbedingt aus dem Rauch heraus.

„Mary!" Endlich hatte sie ihn gehört und drehte sich um. Sie nahm das Pferd, zerrte es hinter sich her und lief in seine Richtung. Matt ergriff die zwei Halfter der Pferde in der Box. Nur mit großer Mühe gelang es ihm, die Pferde zu halten. Vollkommen überreizt und panisch bockten und wieherten sie, aber Matt zerrte sie immer weiter. Wie durch ein Wunder fanden sie den Weg zur Stalltür.

Er war draußen. Keuchend rang Matt nach Luft. Eilig ließ er die Pferde frei und wandte sich zurück zum Stall, um Mary zu helfen, aber sie war bereits hinter ihm. Alles an ihr, Gesicht und Kleidung, waren vollkommen schwarz. Plötzlich bemerkte er ein Flackern. „Dein Rock brennt!" Mit einem Satz sprang er auf sie zu und warf sie auf die Erde. Mary schlug um sich. „Bleib liegen." Eilig häufte Matt Erde auf sie und schlug dann die Flammen mit den Händen aus. Er fürchtete schon, ihr den Rock herunterreißen zu müssen, aber ein letztes Hin- und Herrollen auf der Erde und die Flammen waren aus. Ihr Rock war schwer in Mitleidenschaft gezogen, aber sie schien unverletzt.

Erleichtert zog er sie in seine Arme. „Ist alles in Ordnung? Bist du okay?", flüsterte er. Er nahm ihren Kopf zwischen seine Hände und sah ihr prüfend ins Gesicht. Dreck und Ruß konnten ihrer Schönheit etwas anhaben. Beinahe hätte er sie verloren. Die Aufregung der vergangenen Stunden und die ausgestandene Angst um Mary ließen die letzten kläglichen Reste seines Widerstandes dahinschwinden. Sanft zog er sie noch näher an sich heran und küsste sie. Mary schien in seinen Armen zu zerfließen. Nach einem für Matts Geschmack viel zu kurzen Augenblick löste sie sich von ihm. „Deine armen Hände." Vorsichtig hob sie seine Hand an ihre Lippen und küsste sie zärtlich.

„Es tut nicht weh." Er sah auf die offenen Wunden an seiner Hand hinab. Wenn erst das Adrenalin nachließe, würden sie brennen wie Feuer.

Ohne einander loszulassen, standen sie gemeinsam auf. Mit einem lauten Bersten stürzte das Dach ein. Nun, da sie und die Pferde in Sicherheit waren, hatte Luca den Kampf mit dem Wasserschlauch aufgegeben. Als die Feuerwehr eintraf, war von dem ursprünglichen Gebäude nur noch ein brennender Scheiterhaufen übrig.

Gemeinsam gingen sie zum Haus zurück und überließen es der Feuerwehr, die restlichen Flammen zu löschen. Luca und Sarah folgten ihnen mit den Mädchen und Susan. Niemand sprach. Alle waren durch das traumatische Erlebnis vollkommen verstört und ausgelaugt. Vor allem wussten sie das Schlimmste noch nicht. Bei dem Gedanken, was noch alles bei dem Brand hätte passieren können, lief Matt ein Schauder über den Rücken. Er musste ihnen die Wahrheit sagen.

Als er an der Haustür angelangt war, wandte er sich um. „Könntet ihr die Kinder eine Minute ins Haus schicken?"

Luca warf ihm einen kurzen, fragenden Blick zu und gab dann den Mädchen auf Deutsch eine kurze Anweisung. Folgsam liefen sie an Matt vorbei ins Haus, der die Tür hinter ihnen schloss. Sarah trat näher an Luca heran, als suche sie bei ihm Kraft und Halt für das, was sie gleich erfahren würde.

„Ich glaube nicht, dass es ein Unfall war", erklärte Matt.

Mary entwich ein Laut des Entsetzens. „Das Symbol. Du hast es auch gesehen?" Er nickte und Mary begann erneut zu zittern. „In all der Aufregung hatte ich es schon wieder verdrängt."

„Was für ein Symbol?", fragte Luca. „Ich habe nichts gesehen."

„Das Nero-Kreuz. Das gleiche Symbol, das im Haus an die Wand gemalt war, als Marys Eltern ermordet wurden. Diesmal hat es jemand mit roter Farbe innen an die Stallwand gemalt. Außerdem roch der Brand eindeutig nach Benzin."

„Wir benutzen Petroleum für unsere Laternen", warf Sarah ein. „Die Hitze könnte dazu geführt haben, dass ein Behälter explodierte."

„Es deutet alles auf Brandstiftung hin", erklärte Matt. „Es gab eine Linie, bis zu der das Benzin verteilt worden war. Euer Stall ist meiner Meinung nach in Brand gesteckt worden und ich fürchte, die Feuerwehr wird diese Vermutung bestätigen."

„Denkst du, es war Reece?", fragte Mary. Ihre Stimme war von all dem Rauch, den sie eingeatmet hatte, ganz heiser. Tränen liefen ihr über die Wangen und hinterließen nasse Spuren auf ihrem rußverschmierten Gesicht.

„Ich vermute es. Er versucht, dich zu zwingen, zu ihm zurückzugehen. Wie könnte ihm das besser gelingen, als indem er deine Familie angreift und dich in die Ecke drängt?"

Susan legte schützend den Arm um Mary. „Er bekommt sie aber nicht", sagte sie entschlossen.

Matt war voll und ganz ihrer Meinung. Sein einziges Problem war, dass er noch keine Lösung dafür gefunden hatte, wie er Mary dauerhaft für sich gewinnen sollte. Sobald sie die Wahrheit herausgefunden hatte, wäre sie weg.

* * *

Sie hatten die Beerdigung ihrer Tante verpasst. Bei dem Gedanken, sich nie mehr richtig von ihr verabschieden zu können, stiegen Mary die Tränen in die Augen. Noch immer brannte ihre Kehle von dem Qualm. Traurig sah sie auf die Reste des Stalls hinaus. Das schrille Klingeln ihres Handys ließ sie zusammenzucken, vor allem, da sie ahnte, wer der Anrufer war.

Sie zog ihr Handy heraus. Reece. Sie hatte recht gehabt. Eigentlich wollte sie auf keinen Fall mit ihm sprechen, aber sie zwang sich dennoch, das Handy aufzuklappen. „Reece, was fällt dir ein! Wie konntest du nur den Stall niederbrennen?"

„Ich habe den Stall nicht angezündet. Ich habe gesehen, dass es bei euch brennt, und wollte sichergehen, dass dir nichts passiert ist. Warum verdächtigst du immer mich als Erstes?"

„Erfahrung. Deine bisherigen Verbrechen sprechen Bände", sagte sie. „Ich glaube dir nicht." Sein Leugnen klang ehrlich. Sagte er die Wahrheit?

„Mary, ich weiß, wie sehr du dein Pferd liebst. Lucy, nicht wahr? Geht es ihr gut?"

Mary schloss kurz die Augen. Sollte sie es wirklich wagen, ihm zu glauben? „Wenn du den Stall nicht in Brand gesteckt hast, wer war es dann? An die Stallwand war ein Nero-Kreuz gemalt." Auf der anderen Seite der Leitung wurde es still. Sie hörte nicht einmal mehr seinen Atem. „Reece?"

„Ich bin da." Seine Worte waren knapp. Er klang wütend. „Ich glaube, ich weiß, wer es getan hat. Ich war es auf jeden Fall nicht. Das musst du mir glauben."

Mary nickte. Sie konnte an seiner Stimme hören, dass er die Wahrheit sagte. Aber wenn er es nicht gewesen war, wer dann? „Wie hast du das Baby hierhergebracht, nachdem ich die Treppe hinuntergestürzt war?"

„Ach Schatz, lass diese alte Geschichte doch endlich ruhen. Genügt es denn nicht, dass es ihr gut geht und wir sie zurückhaben können?"

„Es hätte mindestens sechs Stunden gedauert, um von Wabash hierher und wieder zurückzufahren. Ich dachte, du wärst die ganze Zeit bei mir gewesen."

Er seufzte. „Wahrscheinlich spielt es jetzt sowieso keine Rolle mehr. Ein Freund, den ich aus der Bar kannte, hat mir geholfen. Mehr brauchst du darüber nicht zu wissen."

Mary bohrte die Finger so tief in ihre Handfläche, dass sich ihre Nägel in ihr Fleisch gruben. Ihr Herz begann bei dem Gedanken an die wilde Fahrt mitten in der Nacht mit einem schreienden Baby zu rasen.

Eine Tochter, die herzzerreißend nach ihrer Mutter schrie. Ihr Baby, das aus ihren liebenden Armen gerissen und in ein fremdes Zuhause gebracht worden war. Wusste ihr Mädchen, dass es ein Adoptivkind war?

„Mary? Bist du noch dran? Schatz?"

Mary brachte keinen weiteren Ton heraus. Wortlos klappte sie ihr Handy zu und schaltete es aus.

* * *

Bis zum Mittag war der gesamte Hof von dicht nebeneinander stehenden Einspännern gefüllt. Sie säumten die Auffahrt zum Hof und die Straße, die am Haus vorbeiführte. Bewaffnet mit Schaufeln und anderen Werkzeugen schwärmten ihre amischen Freunde wie fleißige Bienen auf dem ganzen Anwesen aus, während die Frauen unzählige Essensschüsseln ins Haus trugen. Auch wenn Regenschauer immer wieder die Arbeit unterbrachen, gelang es ihnen dennoch, einen Großteil der Überreste des Brandes abzutragen. Mit unterschiedlichsten Anhängern wurde der Schutt weggefahren, sodass bis zum Frühstück am nächsten Tag fast nichts mehr von dem Haufen zu sehen war. In einer Ecke des Hofes lagerte bereits neues Bauholz.

Mary hatte solche Szenen schon so viele Male erlebt, aber ihr Herz schlug angesichts der Großzügigkeit dieser Menschen jedes Mal von Neuem höher.

„Ich mache Kaffeesuppe zum Frühstück", sagte Sarah.

„Was?" Susan schüttelte sich schon bei dem Namen des ihr unbekannten Gerichts.

„Das schmeckt gut." Mary lief das Wasser im Mund zusammen. „Sie gießt Kaffee über Kräcker oder über Brot – ich mag sie mit Kräckern am liebsten – und gibt dann Milch und Zucker darauf. Warte nur, bis du es probiert hast."

„Ich glaube, ich verzichte. Es klingt eklig. Ich mag meinen Kaffee in einer Tasse mit Sahne und Zucker."

„Es schmeckt besser, als es sich anhört." Mary nahm die erste Schale mit Kaffeesuppe und ging damit ins Wohnzimmer. Die Amisch, die ins Haus strömten, unterhielten sich in einer Mischung aus Deutsch und Englisch. Mary fühlte sich in ihre Kindheit zurückversetzt. Mama hatte zu ihrem Geburtstag immer Kaffeesuppe gemacht. Sie konnte sich noch genau daran erinnern, als sie das erste Mal etwas davon hatte kosten dürfen. Es war ihr fünfter Geburtstag gewesen. Sie hatte die Schüssel mit Kaffee, Milch und Kräckern geleert und um mehr gebeten. Ihre Mutter war ihrer Bitte nachgekommen. Das Koffein hatte sie so aufgedreht, dass Mary bis tief in die Nacht mit ihrer Mutter geplaudert hatte.

Nachdem sie einen Löffel probiert hatte, gab sogar Susan zu, dass die Kaffeesuppe gut schmeckte. Mary leerte ihre Schüssel und holte dann ihr letztes Quiltstück hervor. Susan legte ihren Text beiseite und sah Mary mit dunklen Augen fragend an.

„Eigentlich wollte ich nichts sagen, aber soll ich deine Lektorin anrufen und ihr sagen, dass du es nicht schaffst?"

„Ich sehe keine Möglichkeit, wie ich die Decke rechtzeitig fertigstellen soll. Das eigentliche Muster muss erst noch zusammengefügt werden und damit sind immer noch nicht die einzelnen Lagen der Decke zusammengenäht. Frag sie, ob sie bereit ist, den Quilt meiner Großmutter zu nehmen, den großen auf Irenes Bett."

„Mary, darauf wird sie niemals eingehen. Sie will ein Exemplar von dir. Ich sage ihr einfach, dass du es erst zu deinem ursprünglichen Termin schaffst."

Sarah trat in den Türrahmen. „Warte, tu das nicht. In ein paar Minuten werden die Frauen hier sein und helfen."

Marys Kopf schoss in die Höhe. Verständnislos sah sie Sarah an. „Das verstehe ich nicht. Warum sollten sie mir helfen?"

„Weil ich sie darum gebeten habe." Sarah hielt die Schatulle von Marys Mutter in den Händen. „Ich werde beim nächsten Gottesdienst beichten."

Mary verstand nicht, was Sarah ihr sagen wollte. Fragend sah sie ihre ehemalige Freundin an.

„Der Ring, Mary! Ich habe ihn genommen. Es tut mir so leid. Kannst du mir vergeben?"

Marys Hand mit der Nadel erstarrte. „Du hast den Ring meiner Mutter genommen? Warum?" War es nicht schon schlimm genug, dass ihr ihre Eltern geraubt worden waren? Mussten Sarah und Luca ihr auch noch ihre kleinen Erinnerungen nehmen? Mühsam versuchte sie, ihren Ärger zu zügeln.

„Lass es mich erklären“, sagte Sarah. „Als wir verlobt waren, sprach Luca von nichts anderem als der Gärtnerei. Wie gerne er sie erweitern wollte und was er alles tun könnte, wenn er endlich genug Geld gespart hätte. Ich hatte nichts als Liebe. Als ich wieder einmal hier war und sauber machte, fand ich den Ring. In der Schatulle nützte er niemandem. Ich dachte, deine Mutter würde wollen, dass er für etwas Sinnvolles verwendet würde, und habe ihn verkauft. Ich sagte Luca, dass das Geld meine Mitgift sei, und er hat nie danach gefragt, woher es stammte.“

„Verstehe“, sagte Mary. „Dennoch hattest du kein Recht dazu.“ Mary hatte sich den Ring unzählige Male angeschaut. Er gehörte ihr und ihre Mutter hätte gewollt, dass sie ihn bekam.

„Ich weiß, du hast recht. Kannst du mir trotzdem vergeben?“, fragte Sarah erneut und kam noch näher. „Es tut mir so leid, Mary. Ich war abweisend und habe dich verurteilt, obwohl ich selbst vollkommen falsch gehandelt habe. Vielleicht hatte ich einfach Angst, dass du entdeckst, was ich getan habe.“

Flehend sah Sarah sie an, aber Mary wollte ihren Ärger nicht loslassen. „Weiß es Luca?“

Sarah schniefte. „Noch nicht. Ich sage es ihm heute Abend. Ich wollte dich vorher um Vergebung bitten.“

„Du hast ihn angelogen. Wird er nicht wütend sein? Ich will ehrlich sein, Sarah: Ich bin wütend. Und ich bin verletzt.“ Mary fiel es sehr schwer, eine Lüge zu verzeihen. Lügen erschütterte jede Vertrauensbeziehung. Seit ihren Erfahrungen mit Reece fiel es ihr noch schwerer, anderen zu vertrauen. Wie leicht waren Sarah ihre Lügen zu dem Ring über die Lippen gekommen.

„Luca wird wütend sein, aber er liebt mich. Er wird mir vergeben.“

„Kannst du den Ring zurückkaufen? Ich möchte ihn wirklich haben, Sarah.“

Sarahs Blick verdüsterte sich. „Er ist inzwischen sicher schon verkauft worden. Wieso sagst du mir nicht, dass du mir vergibst.“

Mary hatte große Mühe, den Ärger, der noch immer in ihr kochte, zu überwinden. Für Sarah war es leicht, um Vergebung zu bitten. Sie war die Diebin. Doch die Worte „Es tut mir leid“ brachten Mary nicht ihren Ring zurück. Es war eine Sache, um Vergebung zu bitten, aber konnte Sarah ebenso leicht vergeben, wie sie darum bat?

„Sarah, was würdest du tun, wenn du einen Mann geheiratet hättest, der dich schlägt?“, fragte sie. Mary hatte mit einer schnellen, knappen Antwort gerechnet, aber Sarah schwieg und dachte lange über ihre Antwort nach.

„Ich weiß es“, sagte Sarah endlich, als Mary schon nicht mehr mit einer Antwort gerechnet hatte. „Ich würde nicht wollen, dass meine Mädchen so etwas mit ansehen müssen. Auf keinen Fall möchte ich so etwas erleben. Ich hoffe, ich würde versuchen, die Gewalttätigkeit durch Liebe aus ihm zu vertreiben.“

„Bei einigen Menschen reicht Liebe nicht“, sagte Mary. „Ich habe es versucht, aber Reece war unerreichbar.“

„Nicht für Gott“, sagte Sarah schnell.

„Aber ich bin nicht Gott“, entgegnete Mary. „Ich habe mein Möglichstes getan.“ Hatte sie das wirklich? Immer wieder hatte sie sich in Läden geschlichen, um sich nach Quilts umzusehen, obwohl Reece es ihr verboten hatte. Hatte sie ihn jemals wirklich an die erste Stelle gesetzt? Sie war in den ersten Monaten so einsam gewesen, so schlecht ausgerüstet für eine Ehe. Mindestens die Hälfte der Schuld lag wahrscheinlich bei ihr.

Sarah legte Mary eine Hand auf die Schulter. „Ich will dich nicht verurteilen, Mary. Ich weiß nicht, was du durchgemacht hast.“ Sie ließ sie los und zog den Quiltrahmen heraus. „Jetzt sorgen wir erst mal dafür, dass dein Quilt fertig wird. Die anderen kommen jeden Moment. Wir beide können später sprechen, aber bitte, kannst du mir nicht vergeben?“

Der harte Knoten der Bitterkeit in Marys Herz begann sich langsam zu lösen, als sie das verzweifelte Flehen in Sarahs Stimme hörte. „Ich vergebe dir.“

In diesem Moment öffnete sich die Tür, plaudernd und lachend strömten die Frauen mit ihren Nadeln und Fingerhüten ins Haus. Den ganzen Nachmittag über tobte ein heftiges Gewitter. Laut prasselte der Regen gegen das Fenster, aber die Freude und Gemeinschaft der Gruppe wurde hierdurch nicht gestört. Bis zum Abendessen war der Quilt fertig. Mary kam der Gedanke, ob Liebe vielleicht nie starb, sondern nur zwischenzeitlich ein wenig untertauchte.

* * *

Matt hatte noch nie so eine Betriebsamkeit wie an den zwei Tage nach dem Brand erlebt. Am Sonntag ruhte die Arbeit, aber am Montag gingen die Amisch wieder mit Leib und Seele ans Werk. Kein Wunder, dass Mary die Wärme und Liebe dieser Menschen vermisste. Er wandte sich wieder zum Herd, um sich um die Unmengen von Pfannkuchen zu kümmern. Draußen an den Tischen saßen sehr, sehr viele hungrige Menschen.

„Wenn es nicht zu viel regnet, steht der neue Stall bis zum Wochenende", sagte Luca zu ihm. „Als vor ein paar Jahren ein Tornado über Südindiana zog, hatten amische Freunde aus dem ganzen Land in wenigen Wochen alles weggeräumt und die Ställe neu aufgebaut."

„Das glaube ich gern", sagte Matt. „Leider soll die Schlechtwetterfront, die in den nächsten Tagen über Indiana zieht, sehr stürmisch werden, begleitet von schweren Regenfällen und Überschwemmungen." Mary stand neben ihm, während er arbeitete. Seine Bewegungen waren wegen seiner Brandverletzungen an den Händen etwas ungeschickt. Mary fand ihn in seiner leichten Tollpatschigkeit nur noch liebenswerter. „Mary", sagte er so leise, dass nur sie ihn hören konnte. „Ich habe bei den Friedhöfen in Wabash nachgefragt. Ohne Erfolg."

Erleichtert atmete sie ein. „Ich danke dir. Es ist so, wie ich vermutet habe. Er hat mir am Telefon gesagt, dass ein Bekannter aus einer Bar damals meine Tochter hierhergebracht hat."

Noch mehr von Reeces Lügen? Ein Grab hätte bewiesen, dass Caitlin nicht ihr Kind war. Mit einem Mal erfüllte große Traurigkeit Matts Herz. Seine Hoffnung schwand immer mehr. Sein Handy klingelte, als er gerade neuen Teig in die Pfanne goss.

Mary wollte ihm den Pfannenwender abnehmen, aber Luca schüttelte den Kopf und nahm stattdessen Matts Platz ein. Matt zuckte die Achseln und schaute auf die Anzeige auf seinem Handy. Seine Großmutter? „Hallo, Trudy! Was gibt's?" Anscheinend hatte er an diesem Morgen bereits zwei Anrufe verpasst.

Ihre Stimme kam einem Kreischen nahe. „Ich kann Caitlin nicht finden!"

„Moment mal! Was soll das heißen? Wieso ist Caitlin bei dir?"

„Gina hat sie heute Morgen für ein paar Stunden zu mir gebracht, weil sie etwas zu erledigen hatte. Sie meinte, sie hätte dich angerufen und du würdest Caitlin später abholen. Ich hatte ihr eben ein Frühstück gemacht, aber als ich sie zum Essen rief, konnte ich sie nirgends finden. Ich habe überall nachgesehen."

Für den Rest seines Lebens würde Matt diesen Moment nicht vergessen: Wie ihm das Blut in den Adern gefror und dann in seinen Ohren zu rauschen begann, wie die Welt vor seinen Augen zu verschwimmen begann. Wie die Zeit plötzlich stehen blieb. Mit einem Mal bewegte sich die Welt nur noch in Zeitlupe. Er konnte das Öl in der Pfanne zischen hören, Luca, wie er sich räusperte, Mary, die an ihrem Kaffee nippte. Jeder Muskel in seinem Brustkorb und Hals zog sich zusammen, sodass er fast keine Luft mehr bekam.

Mit größter Anstrengung brachte Matt einzelne Worte heraus. „Trudy, beruhige dich." *Schalte deinen Verstand ein. Denk nach.* Es lag an ihm, seine Tochter zu retten. Was würde er tun, wenn er an der Arbeit einen Anruf bekäme, dass ein Kind verschwunden war? „Wann hast du sie das letzte Mal gesehen?"

„Ungefähr vor einer halben Stunde hat sie auf der Veranda gemalt. Ungefähr vor einer halben Stunde."

„Wann hast du gemerkt, dass sie fort ist?" Luca und Mary sahen ihn mit großen Augen an.

„Ich rief sie zum Frühstück. Als sie nicht kam, habe ich lauter gerufen. Dann bin ich auf die Veranda hinausgegangen. Ich konnte sie nirgends finden, auch nicht im Stall."

Matt zwang sich, die Fassung zu bewahren. „Ich bin gleich bei dir. Ich rufe noch schnell auf der Wache an, dann fahre ich los."

Er wandte den Schwartzens den Rücken zu und rief Captain Sturgis an, der versprach, sofort einen Deputy zur Unterstützung zum Hof von Matts Großmutter hinauszuschicken, Als Matt aufgelegt hatte, drehte er sich zu Mary und Luca herum. „Ich muss weg, meine Tochter wird vermisst."

Marys Hand fuhr an ihren Mund. „Ich komme mit."

Matt wusste, er brauchte jede Hilfe, die er bekommen konnte. Caitlin musste so schnell wie möglich gefunden werden. Das Überleben seiner Tochter war wichtiger als Marys Meinung über ihn, sobald sie die Wahrheit herausfand. „Danke."

„Ich komme auch mit", sagte Luca. „Nimmst du uns in deinem Auto mit?"

„Ich hole noch schnell Susan. Am besten rufen wir noch andere

Freunde zusammen, damit sie uns bei der Suche helfen. Vielleicht wollte sie ja nur Blumen pflücken und hat sich verlaufen."

Matts Augen brannten. Er hatte schon oft gehört, dass die Amisch Menschen in Not bereitwillig halfen, selbst wenn diese nicht zu ihrer Gemeinschaft gehörten, aber es war das erste Mal, dass er ihre Hilfe selbst erleben durfte. „Danke", murmelte er, unfähig, mehr über die Lippen zu bringen.

Mary eilte zur Treppe. „Susan, Sarah, kommt schnell. Wir brauchen Hilfe, um Matts fünfjährige Tochter zu suchen."

Diese Worte laut ausgesprochen aus einem anderen Mund zu hören war fast nicht zu ertragen. Ein vermisstes Kind. Der Alptraum aller Eltern. Er hatte schon einige Male auf der anderen Seite gestanden – als Polizist, der in einer vergleichbaren Situation mit den Eltern gesprochen hatte. Er hätte mitfühlender sein sollen, einfühlsamer. Jetzt wusste er nur zu genau, wie es war, wenn die Welt von einem Augenblick auf den anderen zusammenstürzte.

Konzentration. Er musste sich konzentrieren. „Die anderen können mit Susans Auto nachkommen. Ich muss sofort los", sagte er zu Luca. Er rief nach Ajax, der sofort angelaufen kam.

„Ich bin so weit." Der amische Mann nahm seinen schwarzen Hut, setzte ihn auf und folgte Matt zu seinem Wagen. Mary eilte ihnen hinterher. „Susan bringt Sarah und die anderen mit." Sie setzte sich nach vorne zu ihm ins Auto, während Luca mit dem Hund hinten einstieg.

Die Reifen quietschten, als Matt auf das Gaspedal trat. Staub wirbelte auf. In seinem Kopf war ein einziger Schrei – ein hilfloses Flehen, dass Gott sein kleines Mädchen sicher zu ihm zurückbringen möge. Mary versuchte, mit ihm zu sprechen, aber ihre Worte drangen nicht durch die Wand aus Fragen und Überlegungen in seinem Kopf. Er wusste, er sollte am besten alles gestehen, aber irgendwie konnte er seine Zunge nicht bewegen.

Wie von Matt befürchtet, begann es in diesem Moment auch noch zu regnen und der nächste schwere Schauer ergoss sich über das Land. Trotz des Regens drosselte Matt seine Geschwindigkeit nicht. Als er in die Auffahrt bog, hörte er hinter sich eine Sirene aufheulen. Nie zuvor hatte er diesen vertrauten Ton als derart unheilverkündend empfunden. Ein Überbringer vernichtenden Schmerzes.

Er trat auf die Bremse und sprang aus dem Fahrzeug in den strömenden Regen. Bei ihrer letzten Begegnung war Caitlin freudestrahlend auf ihn zugelaufen. Der Kloß in seinem Hals wurde immer größer. Komm schon, Junge, reiß dich zusammen. Er nahm die Stufen mit einem einzigen Sprung, riss die Tür auf und stürmte ins Haus.

In der Küche wickelte seine Großmutter belegte Brote ein. „Die wirst du brauchen", sagte sie und schob ihm die Tüte in die Hand.

Als ob er an Essen denken könnte, solange seine Tochter nicht wieder unversehrt bei ihm war! Er stellte die Tüte auf den Tisch. „War sie heute Morgen irgendwie anders als sonst?"

„Ja. Sie sagte, dass sie nach Hause will." Tadel lag in Trudys Stimme. Sie starrte Mary an, dann sah sie zu Matt. Am Ende blieb ihr Blick an Luca hängen, der mit dem Hut in den Händen an der Tür stehen geblieben war. „Was denkst du dir nur dabei, *sie* hierherzubringen?"

Matt hatte jetzt keine Zeit für ihre Vorurteile. Ajax drückte unruhig seine Schnauze gegen Matts Bein und jaulte. Matt schluckte seine Gefühle hinunter. Er musste sich konzentrieren.

Draußen auf dem Hof schlugen Autotüren zu. Wenige Augenblicke später klopfte eine Faust an die Tür. „Polizei!", rief Blake.

„Kommt rein", rief Matt.

Blake und ein weiterer Polizist traten zu ihnen in die Küche. „Mit dir alles okay, Kumpel?", fragte Blake.

„Caitlin ist verschwunden."

„Könnte sie davongelaufen sein?"

„Vielleicht." Er konnte nur hoffen und beten, dass genau das passiert war und er sie irgendwo unterwegs mit ihrem Rucksack auf der Straße finden würde. Vielleicht war sie einfach losgegangen, um ihn zu suchen. Die Menschen hier in der Gegend waren anständige Leute, bestimmt würde einer anhalten und ihr helfen. Der Gedanke, dass seine Tochter bei diesem Sturm allein draußen unterwegs war, war nicht gerade beruhigend, auch wenn ihm momentan sogar ein Unwetter lieber als Reece war.

Matt trat auf die Veranda hinaus, wo ihre Spielsachen lagen. In der Ecke lag ihr Rucksack, dessen Anblick seine Hoffnungen mit einem Schlag zunichtemachte. Ajax trottete zu dem Rucksack und begann zu jaulen. Am liebsten hätte Matt in sein Klagen eingestimmt. Der Wind wehte ihm die Regentropfen ins Gesicht. Was sollte er nur tun?

Da trat Mary zu ihm. „Sie hat den Rucksack mit ihren Spielsachen nicht mitgenommen. Wenn sie fortgelaufen wäre, hätte sie die Sachen doch bestimmt mitgenommen?"

„Das denke ich auch."

„Wie lange war sie hier?"

„Meine Schwester hat sie heute Morgen hergebracht." Gina war wahrscheinlich einer der beiden verpassten Anrufer gewesen. Er war zu aufgewühlt gewesen, um ihre Nachricht abzuhören, aber vielleicht sollte er das endlich tun. Möglicherweise boten die Anrufe neue Informationen. Er zwang sich sein Handy herauszunehmen und seine Mailbox abzuhören. Beide Anrufe waren von Gina, die ihm mitteilte, dass sie zu Vanessa fahren und mit ihr sprechen wolle. Außerdem bat sie ihn, Caitlin bei Trudy abzuholen.

Er klappte sein Handy zu und sah zu Mary. Das Geständnis seiner Schuld lag ihm auf der Zunge, aber damit würde er jetzt auch nichts gewinnen, sondern nur von der Suche nach seiner Tochter ablenken. Bei einer Untersuchung von Caitlins Rucksack fand er lediglich ihre Puppe Jenny und die Puppenkleider.

„Wenn jemand sie mitgenommen hat, würde derjenige dann nicht auch ihre Spielsachen mitnehmen, um sie möglichst ruhig zu halten?", fragte Mary.

Reece wäre das vollkommen egal. Matt begriff, dass er die Wahrheit sagen musste, wenn die Polizei ihm helfen sollte. Gegen Reece musste Haftbefehl erlassen werden, aber zuvor war es Matts Aufgabe, seinem Vorgesetzten den Grund hierfür zu erklären.

23

„Die Einstellung der Amisch zum Leben lässt sich sehr gut anhand des amischen Sunshine-and-Shadows-Quilt zeigen. Sie lernen, alles aus Gottes Hand anzunehmen – Gutes und Böses, Schlechtes und Schönes."
Mary Schwartz in *Quilts und amischer Glaube*

Der Regen peitschte gegen das Haus und laute Donnerschläge krachten über ihnen. Mary sah über den Hof zu den schwarzen Wolken hinauf. Selbst die Veranda bot zu wenig Schutz. Auf keinen Fall sollte das kleine Mädchen alleine da draußen sein. Sie wollte Matt so gerne helfen, ihn irgendwie trösten, aber sie verstand, dass es für ihn nur einen Trost gäbe: sein kleines Mädchen zu finden. Obwohl sie immer mehr glaubte, dass sie eine Tochter hier in der Gegend hatte, glaubte sie auch, dass ihr Kind in einer liebevollen Familie lebte. Das Bild hatte ein glückliches, lächelndes Kind gezeigt. Anscheinend fühlte sie sich wohl und war zufrieden.

Matt sah sie so merkwürdig an. In seinem Blick lag ein Flehen, das sie nicht verstand. Seine zusammengepressten Lippen gaben ihm fast ein trotziges Ansehen. „Matt, kann ich irgendetwas für dich tun?", fragte sie, als er sie einfach nur ohne ein Wort zu sagen ansah.

„Ich muss dir etwas zeigen", sagte er. Seine Stimme zitterte. Er kramte in seiner Hosentasche und zog seine Brieftasche heraus. Er blätterte in der Fototasche, dann hielt er inne und starrte auf ein Bild. Nach einer kleinen Ewigkeit schluckte er und zog es aus der Hülle.

„Das ist Caitlin?", fragte Mary, als sie das Bild von ihm entgegennahm.

„Das ist meine Tochter." Er betonte das Wort *meine*.

Was für ein stolzer und liebevoller Vater! Mary warf einen Blick auf das Bild. Und erstarrte. Das kleine Mädchen, das die Arme um Ajax gelegt hatte und in die Kamera lächelte, könnte sie selbst mit fünf Jahren sein. Rote Locken ergossen sich über Caitlins Rücken. Mit goldbraunen Augen lächelte sie Mary an. Marys Blick glitt über die vertrauten Gesichtszüge, das glückliche Lächeln, mit dem die Kleine voll Liebe den Fotografen anstrahlte.

„Du hattest sie die ganze Zeit“, flüsterte Mary. „Die ganze Zeit, in der ich nach ihr gesucht habe. Du hast mich angelogen.“

Schlagartig wurde ihr alles klar. Die vielen Male, die sie ihn um Hilfe bitten musste. Jedes Mal hatte er sich ihre Angst angehört, hatte ihrer Hoffnungen auf eine Tochter ohne mit der Wimper zu zucken getäuscht. Wie leicht hätte er sie aus ihrer Ungewissheit und Zerrissenheit befreien können. Er hätte doch nur sagen brauchen, dass er ein Kind hatte, das genauso aussah. Warum die Lüge? Hatte er sie adoptiert? Aber selbst dann hätte er ihr einfach sagen können, dass seine Tochter adoptiert war. Wusste er vielleicht nicht, wer die Mutter war? Marys Gedanken purzelten wild und ohne irgendeinen Sinn zu ergeben durcheinander.

Matts Stimme war leise. „Ich weiß. Es tut mir so leid. Es hat mich innerlich vollkommen zerrissen. Bitte lass uns später darüber reden. Im Moment müssen wir zusammenhalten, um sie zu finden. Ich glaube, Reece hat sie entführt.“

Mary keuchte laut auf. „Oh nein!“ Aber warum sollte Reece Matts Kind entführen? „Aber wieso, Matt? Denkst du, er wollte mich davon überzeugen, dass sie mein Kind ist?“ Der Gedanke, dass dieses süße Mädchen in Reeces Händen war, jagte ihr Schweißperlen auf die Stirn.

Matt fuhr sich mit der Hand durchs Haar. „Ich wollte dir das jetzt nicht alles erklären, aber ich brauche dich, damit du mit mir an einem Strang ziehst. Es müssen unbedingt alle nach Reece suchen.“ Matt holte tief Luft. „Ich denke, er hat sie vor fünf Jahren vor meine Tür gelegt. Meine Frau und ich versuchten jahrelang, ein Kind zu bekommen, aber dann fanden wir heraus, dass es nicht möglich war. Eines Abends hörten wir etwas an der Tür. Analise schaute nach und fand ein Baby in einer Trage.“

„Sie ist nicht dein Kind?“ Erst allmählich begriff sie die Bedeutung von Matts Geschichte.

Er sprach mit monotoner Stimme weiter. „Caitlin war für uns ein Geschenk des Himmels. Dank meiner Position bei der Polizei konnten wir sie adoptieren, ohne sie dem Jugendamt zu übergeben. Der Kinderarzt schätzte, dass sie erst wenige Stunden alt war, nicht mehr als einen oder zwei Tage.“

Einen oder zwei Tage. Mary bekam bei seinen Worten fast keine Luft mehr. Sie konnte nicht mehr klar denken. Hatte Reece wirklich ihr

Baby genommen und es irgendwo vor einer Haustür abgelegt? Mary wusste nur zu gut, dass die Antwort auf ihre Frage „Ja" war. Reece war zu allem fähig. „Sie … sie ist meine Tochter?" Freude und Entsetzen rangen in Marys Innerem. War das alles ein Traum?

„Mary, ich vermute es, aber mit Sicherheit weiß ich es nicht."

„Könnte sie nicht das Kind von jemand anders sein?"

Er ließ die Schultern hängen. „Warum sollte sie dann ausgerechnet vor meiner Tür liegen? Reece kannte mich."

Mary betrachtete noch einmal das Foto. „Sie sieht genauso aus wie das Mädchen auf dem Bild, das Reece mir geschickt hat." Ihr Blick wanderte über die glatten, runden Wangen des Kindes, den sanften Schwung ihrer Lippen. „Sie ist so schön."

„Ja, das ist sie." Matt klang gequält. „Wir müssen sie finden", sagte er tonlos und verschwand im Haus.

Durch die Fliegengittertür bekam Mary mit, wie er den anderen Polizisten von seinem Verdacht erzählte. Wie durch einen Nebel hörte sie die Anforderung von Verstärkung und dass gegen Reece Haftbefehl erlassen wurde. Während der Donner über ihr rollte und die Blitze den Hof erhellten, starrte Mary vor sich hin. Ungläubig schüttelte sie den Kopf. Das passierte nicht wirklich. Sie hatte doch gerade erst angefangen, Matt zu lieben, ihm zu vertrauen. Aber er war auch nicht anders als Reece. Er trug eine lächelnde Maske aus Freundlichkeit, hinter der er sein wahres Ich verbarg. Er war schuld daran, dass sich ihre Tochter jetzt in Reeces brutalen Händen befand. Ein heftiges Zittern schüttelte sie.

Sie würde den Polizisten sagen, dass Caitlin zu ihr gehörte. Wenn sie erst gefunden worden war, gäbe sie ihre Tochter nicht mehr her und Matt Beitler sollte ihr am besten nie wieder unter die Augen treten. Grübelnd ging Mary auf der Veranda auf und ab und rieb sich über die Stirn. Das würde nicht funktionieren. Matt hatte Freunde, Beziehungen. Außerdem hatte er Caitlin damals adoptiert. Sie steckte in der Klemme. Dieses Dilemma zu lösen würde keine leichte Aufgabe sein. Falls Reece Caitlin wirklich hatte, könnte es außerdem nahezu unmöglich sein, ihn zu finden.

Sie wusste, was sie zu tun hatte. Sie musste Reece anrufen und zu ihm zurückgekrochen kommen, um Caitlin zu retten.

Ihr Handy klingelte. Natürlich. Sie musste nicht auf den Display sehen, um zu wissen, wer der Anrufer war. In einem traumähnlichen Zustand holte sie langsam ihr Telefon aus ihrer Handtasche und klappte es auf. „Hallo, Reece“, sagte sie mit der süßesten und freundlichsten Stimme, die sie zustande brachte. „Ich habe nachgedacht. Ich will wieder nach Hause. Ich komme zu dir zurück.“

„Was hast du gesagt?“ Reeces Stimme zitterte.

„Als das Telefon klingelte, wusste ich bereits, dass du es bist. Reece, du hast recht. Wir müssen unsere Probleme lösen. Ich vermisse dich.“ Mary hatte das Gefühl, neben sich zu stehen und ihre eigenen Lügen anzuhören. Im Stillen bat sie Gott um Vergebung, aber sie musste Caitlin retten.

„Ich bin so froh, Schatz.“ Seine Stimme wurde sicherer. „Wenn du hier bei mir bist, habe ich eine wunderbare Überraschung für dich.“

Ihr Magen krampfte sich zusammen. Er hatte Caitlin. Absurderweise breitete sich in diesem Moment eine tiefe innere Ruhe in ihr aus. Sie war nicht mehr die schwache Frau, die Reece von früher kannte. Er würde sie als erbitterte Gegnerin kennenlernen, die Caitlin mit ihrem Leben beschützen würde.

„Wo sollen wir uns treffen?“, fragte sie mit leiser, tiefer Stimme. Früher war Reece durch diesen Tonfall immer betört gewesen.

„Ich hole dich im Café ab. Lass dich von deiner Freundin Susan dort absetzen, aber dann soll sie verschwinden und uns in Ruhe lassen. Keine Tricks“, warnte Reece. Dachte er etwa, sie wolle ihn in eine Falle locken?

Mary hatte nicht die Absicht, irgendjemandem zu verraten, was sie vorhatte. Am sichersten für Caitlin wäre es, wenn sie allein käme. Sobald Reece zum Einkaufen oder zur Arbeit fuhr, würde sie sich mit dem Kind fortschleichen. Ihr großes Problem war jedoch, dass sie Reece bis zu diesem Zeitpunkt eine normale Ehe vorgaukeln musste. Bestimmt würde er mit ihr schlafen wollen. Bei dem Gedanken, sich von ihm berühren zu lassen, musste sie sich fast übergeben. Mühsam unterdrückte Mary den Würgereflex. Sie musste sich zusammenreißen. Sie konnte das schaffen. Sie musste es schaffen.

„Das klingt wunderbar.“

„Was ist der Grund für deinen plötzlichen Meinungsumschwung?“ Misstrauen schwang in seiner Stimme. „Es liegt daran, dass ich bei meiner Familie bin, da, wo wir uns kennengelernt haben. Durch die

Erinnerung ist die Liebe zurückgekehrt." Sie hatte das Gefühl, fast an diesen Worten zu ersticken, aber sie bemühte sich dennoch, ihre ganze Zärtlichkeit in sie hineinzulegen.

„Dann hätte ich schon eher dafür sorgen sollen, dass du mit ihnen in Kontakt bleibst." Es klang, als grinse er selbstzufrieden.

„Ich habe dich vermisst. Ich kann es nicht erwarten, dich zu sehen. Wann kannst du mich abholen kommen?"

„Ich muss vorher noch etwas erledigen. Du weißt schon, die Überraschung. Gib mir zwei Stunden, aber komm nicht zu spät", sagte er eindringlich.

„Ich werde pünktlich sein", sagte Mary und steckte ihr Handy weg. Irgendwie musste sie verschwinden, ohne den Verdacht der anderen zu erregen. Wie sollte sie ihre Sachen aus dem Haus holen und ins Café kommen? Grübelnd ging sie ins Haus, wo Matt mit scharfem Ton Befehle erteilte. Jedes Mal, wenn er sie ansah, wandte sie den Blick ab.

Am Ende war ihre Flucht überraschend einfach. Als Susan kam, sagte Mary ihr lediglich, dass sie noch einmal nach Hause zurückmüsse, um ihre Migränetabletten zu holen. Während die Polizisten auf der Suche nach Caitlin durch den Schlamm hinter dem Haus wateten, stieg Mary in Susans Auto und fuhr einfach davon. Nachdem sie ihre Sachen gepackt hatte, wartete sie mit ihrem Koffer im Café. Als sie gerade ihre Haare zu einem Knoten an ihrem Hinterkopf hochsteckte, sprach sie von hinten eine Frauenstimme an.

„Mary?"

Sie drehte sich um. Ellen Long stand im Türrahmen. Als sie das Gesicht der Frau erkannte, regte sich in Mary altbekanntes Misstrauen. Sie hatte stets den Verdacht gehabt, dass Ellen mehr wusste, als sie preisgab. „Ellen."

„Darf ich mich eine Minute zu dir setzen?" Ohne ihre Antwort abzuwarten, rutschte Ellen auf den gegenüberliegenden Stuhl. „Ich habe gehört, dass du wieder hier bist."

Mary legte ihre Hände in den Schoß und betrachtete ihre frühere Nachbarin. Seit sie Ellen das letzte Mal gesehen hatte, schien diese all ihre einstige Schönheit verloren zu haben. Ihre Ausstrahlung war verschwunden. Sie trug eine viel zu enge Jeans und ein Oberteil, das einen extrem tiefen Blick in ihren Ausschnitt erlaubte. Wodurch nur waren ihre Gesichtszüge so hart und abweisend geworden? „Ich bin seit zwei Wochen wieder hier."

„Ich hatte gehofft, dass wir uns in diesen Tagen über den Weg laufen. Wie geht es dir? Ich hatte damals nie die Gelegenheit, dir zu sagen, wie leid mir alles tat." Ellen sagte die richtigen Worte, aber in ihrer Stimme lag kein Funken Mitgefühl. Wie eine auswendig gelernte Rede trug sie ihre Anteilnahme vor.

Mit zunehmender Abneigung hörte Mary ihrer Ansprache zu. Sie hatte bereits genug Probleme. Auf Ellens Krokodilstränen könnte sie gut und gerne verzichten.

Als Mary weiterhin schwieg, wurde Ellen unruhig. „Reece war neulich bei mir. Er sagt, dass du ihn verlassen hast. Das ist wirklich sehr schade."

Warum hatte Reece Ellen besucht? Zum ersten Mal fragte sich Mary, ob Ellen und Reece vielleicht irgendwie miteinander in Verbindung standen. Wieso war ihr dieser Gedanke nicht schon früher gekommen?

„Wie gut kennst du Reece?" Ein verstohlenes Lächeln huschte so schnell über Ellens Gesicht, dass Mary nicht sicher war, ob es überhaupt da gewesen war – bis sie den selbstzufriedenen Ausdruck in den Augen der anderen entdeckte.

„Wir haben uns bei seiner Mutter kennengelernt."

„Bei seiner Mutter?" Reece war doch ein Pflegekind von Trudy Beitler gewesen.

Ellen nickte. „Ich nahm Quiltstunden bei Irene Beitler. Dort habe ich ihn zum ersten Mal getroffen."

Irene war Reeces Mutter? Mary brauchte einen Moment, um diese Neuigkeit zu verarbeiten. Wieso hatte er ihr nie davon erzählt, eine derart vertrauliche Information aber seiner Geliebten anvertraut? Nicht einmal Matt schien davon zu wissen. Obwohl Mary es nicht erwarten konnte, endlich von Reece frei zu sein, tat ihr diese Erkenntnis weh. „Und dann hattest du eine Affäre mit ihm?" Ellen senkte den Blick. Mary wusste instinktiv, dass sie ins Schwarze getroffen hatte. „Warum erzählst du mir das alles, und wieso jetzt?" Der Zorn schnürte ihr fast die Kehle zu.

Ellen zuckte die Achseln. „Ich wollte reinen Tisch machen und die Verhältnisse klären. Du sollst wissen, dass Reece und mich bereits eine lange Geschichte verbindet. Nicht, dass du jetzt vielleicht vorhast, dich mit ihm zu versöhnen. Diesmal werde ich nicht wieder nur die zweite Geige spielen."

„Ich denke, da hat Reece auch ein Wörtchen mitzureden. Wie kommst du auf die Idee, dass er dich zurückhaben will?" Mary hörte den lauten Motor eines Pick-ups. „Ich werde ihn gleich mal fragen." Sie stand auf. Direkt an Ellens schockiertem Gesicht vorbei ging sie hinaus zu dem Pick-up, hinter dessen Lenkrad sie Reece erwartungsvoll angrinste.

Alles, was für sie bisher wahr gewesen war, hatte sich als falsch herausgestellt. Mary hatte das Gefühl, im trüben Wasser ihres Lebens nicht mehr den Grund erkennen zu können. Als sie den Pick-up fast erreicht hatte, begegnete sie erneut Reeces Grinsen. Mit aller Kraft zwang sie sich, nicht zu flüchten, sondern sein Lächeln zu erwidern und in den Pick-up zu steigen, den sie noch nie zuvor gesehen hatte. Mit gewohnter Selbstsicherheit nahm Reece ihr das Handy ab und warf es aus dem Fenster. Sie war allein. Ganz und gar seinem Wohlwollen ausgeliefert, wusste sie nicht, ob sie den nächsten Tag noch erleben würde.

* * *

Ununterbrochen tropfte der Regen von seinem Hutrand. Matt zog seinen dick mit Schlamm beklebten Stiefel aus der matschigen Erde. Sie haben keine einzige Spur von Caitlin entdecken können. Nicht einmal Ajax hatte Erfolg gehabt. Sie musste mit einem Auto weggebracht worden sein. Allein bei der Vorstellung wurde Matts Mund ganz trocken. Caitlin musste entsetzliche Angst haben.

Er sah auf die Uhr. Fast Mittag. Seine kleine Tochter war seit fast einer Ewigkeit fort. Den ganzen Morgen hindurch hatte er gebetet, hatte Gott angefleht, er möge sie beschützen und davor bewahren, in Panik zu geraten. Er winkte Blake zu sich. „Ich glaube nicht, dass sie hier draußen ist. Irgendeine Spur von Reece?"

„Niemand hat ihn gesehen. Vielleicht hat er den Pick-up aufgegeben und sich ein anderes Auto besorgt."

„Ich denke, wir können die Suche hier draußen einstellen. Ich bin mir sicher, dass er sie hat."

„Vermutlich hast du recht."

Matt und Blake kämpften sich durch den Matsch zum Hof zurück.

Einspänner und Autos säumten, soweit er sehen konnte, die Straße. Fast die gesamte Amisch-Gemeinschaft war herbeigeeilt, um ihm zu helfen. Er würde diese Menschen nie wieder mit denselben Augen betrachten. Sie waren seine Freunde, wunderbare Menschen, die sich aufopferungsvoll um andere kümmerten.

Jetzt, da die Suche eingestellt worden war, kehrten alle zum Hof zurück. Er ertappte sich dabei, dass er nach Marys roten Haaren Ausschau hielt. Er wusste, dass sein Verhalten sie zutiefst verletzt hatte. Durch sein Geständnis hatte er wahrscheinlich jegliche Zukunft zerstört, die sie sonst vielleicht miteinander hätten teilen können. Jetzt würden sie stattdessen vor Gericht einen langen, erbitterten Streit um Caitlins Zukunft austragen.

Durch seine Angst und seine Lügen hatte er alles kaputt gemacht. Ihm gefiel der Mensch nicht, zu dem er geworden war. Er hatte sich selbst immer gesagt, dass er vor nichts Angst zu haben brauchte, aber statt darauf zu vertrauen, dass Gott sich um seine Sorgen kümmern würde, hatte er Panik bekommen. Unzählige Lügen waren in den letzten Wochen über seine Lippen gekommen, und was das Schlimmste war: Er hatte Caitlin in Gefahr gebracht. Er war ein Idiot.

Er konnte Susans auffälliges rotes Auto nicht entdecken, aber sie selbst stand zusammen mit Sarah und Gina unter einem riesigen Tulpenbaum. Trotz des dichten Blätterdachs über ihren Köpfen waren sie tropfnass.

Gina eilte auf ihn zu und umarmte ihn. „Oh, Matt. Es tut mir so leid!“ Sie schluchzte so heftig, dass sie kaum sprechen konnte. „Eine Freundin aus der Kirche hat mich angerufen.“ Sie wischte sich die Tränen von den Wangen. „Wir müssen sie finden, Matt.“

„Ich werde sie finden. Die Suche im Wald stellen wir trotzdem ein. Ich denke, dass Reece sie hat.“ Matt fühlte sich wie benebelt, aber mit großer Anstrengung gelang es ihm, sich auf das Gesicht seiner Schwester zu konzentrieren. „Du warst bei Vanessa?“

„Ja, aber Blake war dort. Matt, ich habe in ihrer Garage jede Menge Sachen gesehen. Ich glaube, sie und Blake stecken hinter den Einbrüchen in der Stadt. Ich habe einfach umgedreht und bin sofort wieder gefahren. Ich verlasse ihn.“

Es bereitete Matt keinerlei Freude, seinen Verdacht in Bezug auf Blake bestätigt zu sehen. „Ich melde es dem Captain.“

Sie lehnte sich an ihn. „Wenn ich Caitlin nur nicht hierhergebracht hätte!"

„Es ist nicht deine Schuld, Gina. Wenn sie wirklich bei Reece ist, hätte er sie genauso leicht bei dir entführen können." Es war Matts Aufgabe gewesen, seine Tochter zu beschützen. Er hatte es vermasselt. Prüfend sah er sich auf dem Hof um. „Wo ist Mary?"

Susan zog die Stirn in Falten. „Das frage ich mich auch schon eine ganze Weile. Sie war vor zwei Stunden aufgebrochen, um sich Migränetabletten zu holen. Ich dachte, sie wäre nach einer Viertelstunde zurück, aber ich habe sie seitdem nicht mehr gesehen. Vielleicht hat sie sich ein paar Minuten hingelegt und ist eingeschlafen."

Matt kannte Mary inzwischen gut genug, um zu wissen, dass sie selbst noch mit blutenden Knien angekrochen käme, um geliebten Menschen zu helfen. „Das kann ich mir nicht vorstellen." Hier stimmte etwas nicht. Jeder Nerv in Matts Körper spannte sich an, alle Sinne waren in Alarmbereitschaft.

„Ich auch nicht, wenn ich ehrlich bin, aber ich habe versucht, mir keine Sorgen zu machen." Susan zog das Handy aus ihrer Tasche. „Ich habe hier einen guten Empfang. Wenn es ihr nicht gut ginge, hätte sie mich anrufen können."

„Ich hoffe nur, dass Reece sie nicht gefunden hat", sagte Matt. Sein Puls begann zu rasen, als er diesen Gedanken weiterverfolgte. „Wenn Mary davon überzeugt wäre, dass Reece Caitlin hat, würde sie dann zu ihm zurückgehen?" Noch bevor er das Entsetzen in Susans Gesicht sah, wusste er bereits die Antwort. „Natürlich würde sie das", sagte er. „Ohne zu zögern." Er wollte auf irgendwas einschlagen. „Bestimmt hat Reece sie angerufen und damit gelockt, dass er ihre Tochter hat."

„*Ihre* Tochter", sagte Susan. „Denkst du wirklich, dass seine Geschichte wahr ist?"

„Ich fürchte ja. Ich muss Mary finden." Er rief Ajax und rannte zu seinem Auto.

* * *

Im hellen Tageslicht sah Reece älter aus. Seine Haare waren von zahlreichen grauen Strähnen durchzogen. Besonders sein struppiger Bart ließ ihn sehr ungepflegt und unordentlich wirken. Auch wenn seine

Wangen weicher wirkten, sprach aus seinen Augen dasselbe harte Funkeln wie früher. Beinahe hätte sein gut gelauntes Lächeln Mary darüber hinweggetäuscht, aber sie wusste nur zu gut, wozu er fähig war.

„Du siehst hübsch aus, Schatz", sagte er. „Nimm die Nadeln aus deinem Knoten."

„Jetzt nicht", sagte sie, ohne weiter nachzudenken.

„Nimm sie *jetzt* heraus."

Der bestimmende Unterton in seiner Stimme und die Geschwindigkeit, mit der seine freundliche Maske verschwand, rieten ihr, ihm schnellstmöglich zu gehorchen. Langsam hob sie die Arme und begann, die Nadeln aus ihren Haaren zu ziehen. Sie hatte geglaubt, er würde sein wahres Gesicht wenigstens noch ein bisschen länger verbergen. Seine Augen erinnerten sie an die eines Wahnsinnigen. Als ihre Haare offen auf ihren Schultern lagen, beugte sie sich vor, um die Nadeln in ihrer Tasche zu verstauen.

Reece vergrub seine Finger in ihren Haare und spielte mit ihren Locken. „Niemand hat solche Haare wie du. Ich habe dir doch gesagt, Mary, dass du sie nur für mich offen tragen darfst."

Er zog sie an ihren Haaren immer näher an sich heran, bis er seinen Arm um sie legen konnte.

Am liebsten hätte sich Mary geschüttelt, so unerträglich fand sie seine Berührung, aber sie schwieg und hielt still. Für den Moment wirkte er relativ ruhig, sodass sie es nicht wagte, sich zu beklagen. Der starke Geruch seines altbekannten Rasierwassers verursachte ihr Übelkeit. Mehr und mehr schwanden Marys Kraft und Mut. Wie war sie nur auf die Idee gekommen, ihn überlisten zu können? Sobald sie in seiner Nähe war, lähmte er ihren Willen und ihre Entschlossenheit. Ihr Leben würde in denselben alten Alptraum abgleiten und nichts würde das verhindern können. Wie damals wäre sie ihm hilflos ausgeliefert.

Nein. Sie musste an Caitlin denken. Das kleine Mädchen brauchte ihren Schutz. Suchend sah Mary sich um. Im ganzen Auto konnte sie keinerlei Spuren von Caitlin entdecken. Hatte er die Situation lediglich benutzt, um Mary zu ködern, und Caitlin war gar nicht bei ihm? Sie betete, dass es so war. Vielleicht wäre es sogar leichter, ihm zu entfliehen, wenn sie nicht permanent Angst um ihre Tochter haben müsste. Wenn Mary sich ausmalte, was Reece ihrer kleinen Tochter alles antun könnte, wurde ihr ganz schlecht.

„Also, wohin fahren wir?“, fragte sie mit möglichst ungezwungener Stimme. Aus dem Augenwinkel sah sie, dass er ihr einen schnellen Blick zuwarf, als könne er ihr Verhalten nicht ganz durchschauen und einordnen.

„Das wirst du schon sehen, wenn es so weit ist. Ich habe eine Überraschung für dich, Mary. Alles wird anders werden. Dieses Mal wirst du mir gehorchen. Wir werden eine Musterfamilie sein, absolut perfekt!“

„Familie? Wollen wir jetzt unsere Tochter suchen?“ Sie erstickte beinahe an ihren Worten, aber es gelang ihr dennoch, sie in einem freundlichen Tonfall über die Lippen zu bringen.

„Vielleicht.“

„Warum hast du sie mir weggenommen, Reece?“ Trotz ihres Entschlusses, ihn nicht zu verärgern, sprudelten ihr die Worte über ihre Lippen. „Ich hatte mich so auf sie gefreut.“

„Ich wollte dich mit keinem anderen teilen, aber jetzt weiß ich, dass das ein Fehler war.“

Die verschlagene Berechnung in seinem Blick machte ihr Angst. Er hatte irgendeinen Plan. Die Sorge um Caitlin brachte sie fast um. Wo war die Kleine? Er hatte sie doch hoffentlich nicht irgendwo allein gelassen?

„Wenn sie adoptiert wurde, wie wollen wir sie dann finden und zurückbekommen?“

„Überlass das mir.“ Er fuhr auf einen schmalen Schotterweg, der für einen einzigen Wagen ausreichend Platz bot. „Wo warst du, als ich dich angerufen habe?“

„Im Haus. Ich habe an meinem Quilt gearbeitet.“ Die Lüge kam zu leicht über ihre Lippen. Was für ein Christ war sie, wenn sie ihn, ohne mit der Wimper zu zucken, anlügen und ihm dabei noch ins Gesicht lächeln konnte?

„Du lügst!“ Seine Finger quetschten so fest ihren Arm, dass sie blaue Flecken davontragen würde. „Ich bin dir gefolgt. Ich weiß, dass du Caitlin gesucht hast. Du weißt, dass ich sie habe, und bist nur deshalb zu mir zurückgekommen, nicht wahr?“

„Nein!“ Sie versuchte, sich loszureißen, aber er umklammerte sie mit eisernem Griff. „Du hast sie? Wir dachten, sie hätte sich im Wald verirrt, deshalb hat Matt dort nach ihr gesucht. Woher kennst du sie?“ Sie glaubte schon, sie wäre mit ihrer Geschichte bei ihm durchgekommen, aber seine Aufmerksamkeit galt lediglich etwas anderem. Ständig sah er in den Rückspiegel, fuhr mit Vollgas um eine Kurve und riss dann das Lenkrad herum. „Ist dir jemand von der Polizei gefolgt?“, knurrte er.

„Natürlich nicht. Ich habe extra aufgepasst.“

Der Pick-up schlingerte über den matschigen Boden. Plötzlich tauchte vor ihnen eine alte kaputte überdachte Brücke auf. Er fuhr über das Gras darauf zu. „Halt dich fest“, forderte Reece sie auf und steuerte direkt darauf zu.

Diese Brücke war nie renoviert worden. Zahlreiche Bretter fehlten und die Gitter waren stark verrostet. Jeden Augenblick rechnete Mary damit, dass der Pick-up mit einem lauten Krachen durch die Bodenbretter in den Bach stürzen. Sie hatte den Wasserstand, der durch das Gewitter stark angestiegen war, noch nie so hoch gesehen. Die Reifen holperten über die Planken. Nach kurzer Fahrt lenkte Reece den Wagen auf die rechte Seite, wo die Brück noch ein wenig stabiler aussah.

Durch die klaffenden Löcher im Boden der Brücke erhaschte Mary das rauschende Wasser, das unter ihnen dahinschoss. Starr vor Angst umklammerte sie die Armlehne an der Autotür. Ihr Puls raste. Sie würden es nicht schaffen. Immer schneller rasten die Öffnungen in der Brücke an ihr vorbei. Am liebsten hätte Mary die Augen geschlossen, aber wie gebannt starrte sie auf das gurgelnde Wasser unter sich. Reece gab noch mehr Gas, das Licht am anderen Ende der Brücke kam langsam näher. Dann machte der Pick-up einen Satz über die letzten unebenen Bretter des Brückenbodens und unter den Rädern knirschte wieder der Kies der Schotterstraße. Reece lenkte den Pick-up in das schützende Unterholz und bremste. „Wir haben sie abgehängt“, sagte er mit zufriedenem Grinsen.

„Ich habe überhaupt niemanden gesehen.“ Reece ignorierte ihre Aussage und streckte seinen Arm über die zerschlissene Sitzbank zu ihr herüber. „Du hast mich noch gar nicht geküsst, Mary. Hast du denn keine Sehnsucht nach mir? Zeig mir mit deinem Kuss, wie ernst es dir mit mir ist.“

Ihr Magen rebellierte. Wie sollte sie ihre Abneigung verbergen? Die ganze Zeit hatte sie gewusst oder vielmehr gefürchtet, dass es dazu kommen würde. Ihre Muskeln verkrampften sich. Starr presste sie ihren Rücken gegen den kaputten Ledersitz. Jeden Augenblick würde er sie packen und an sich pressen. Sie wusste, sie hatte nicht genug Selbstbeherrschung, um nicht zu schreien. Mit einem Schlag wüsste er die Wahrheit: Sie würde lieber sterben, als ihn zu küssen.

Da heulte in der Ferne eine Sirene auf. Sein Kopf fuhr herum. Stirnrunzelnd spähte er durch die Bäume hinter sich. „Wir müssen weiter. Das kann bis heute Abend warten."

Angesichts dieser Gnadenfrist atmete Mary auf. Bis dahin musste sie unbedingt eine Möglichkeit gefunden haben, Caitlin in Sicherheit zu bringen, sonst wäre ihr Plan unwiederbringlich verloren.

24

„Gottesdienste werden jeden zweiten Sonntag in einem anderen Haus gehalten. Alle Familien laden der Reihe nach die ganze Gemeinde in ihr Haus ein. Das Gemeinschaftsgefühl und der Zusammenhalt werden dadurch unglaublich gefördert."
Mary Schwartz in *Quilts und amischer Glaube*

Matt sah Susans Auto vor dem Café stehen und stieß ein erleichtertes Seufzen aus, aber bereits im nächsten Moment meldeten sich seine Bedenken zurück. Warum sollte Mary zu diesem Zeitpunkt Kaffee trinken gehen und anschließend stundenlang hier sitzen bleiben?

Gemeinsam mit Ajax ging er hinüber und sah in das Auto hinein. Es war abgeschlossen. Auf dem Rücksitz lag eine Computertasche, wahrscheinlich Susans Laptop. Lediglich zwei Männer saßen im hinteren Bereich des Cafés an einem Tisch. Der Barista hatte gerade erst seinen Dienst begonnen. Mary war ihm in dieser Zeit nicht begegnet. Das alles gefiel Matt überhaupt nicht. Er wollte es nicht wahrhaben, aber es gab keinen Grund, die Situation weiterhin zu leugnen.

Reece hatte Mary, daran bestand für ihn kein Zweifel. Wie sollte es ihm nur gelingen, die beiden zu finden? Er hatte bereits mehrere Male versucht, sie auf dem Handy anzurufen, aber anscheinend hatte sie es ausgeschaltet. Reece war Polizist gewesen. Er wusste, wie man untertauchte. Wahrscheinlich hatte er seinen Pick-up aufgegeben und sich einen anderen fahrbaren Untersatz besorgt. Frustriert fuhr Matt zur Polizeiwache und ging in sein Büro. Er überprüfte die Liste mit gestohlenen Fahrzeugen. Die meisten von ihnen tauchten wieder auf, sobald die betrunkenen Jugendlichen ihre kleine Spritztour beendet hatten. Ein Diebstahl fiel Matt ins Auge. Ein alter roter Pick-up, der vor zwei Tagen gestohlen worden war.

Matt gab eine Suchmeldung für das Fahrzeug heraus, auch wenn er sich davon keinen allzu großen Erfolg versprach. Es waren bereits mehrere Stunden vergangen. Parke County war nur wenige Minuten von der Grenze nach Illinois entfernt. Reece konnte zusammen mit Mary und Caitlin bereits in einem anderen Bundesstaat sein. Er saß an seinem Schreibtisch und stützte den Kopf in seine Hände. *Denk nach!* Er kannte Reece ziemlich gut. Matt wusste, was er mochte und was weniger, er wusste, mit welchen Augen er die Welt betrachtete. Es *musste* eine Spur geben, die er bis jetzt übersehen hatte.

Entmutigt stöhnte er auf. Ajax jaulte teilnahmsvoll und drückte seine Schnauze tröstend gegen Matts Bein. „Mir geht es gut, Junge." Dankbar streichelte Matt seinem Gefährten über die Ohren. Reece hatte keine Familie. Genau wie Matt war er von seinen Eltern verlassen worden. Reeces Mutter hatte ihn Irene gegeben, die ihn eine Weile aufgezogen hatte. Als diese nicht mehr mit ihm fertig geworden war, hatte sich Trudy um ihn gekümmert. Irene war von Reece schwer enttäuscht gewesen. Die meisten Kinder, die sie unter ihre Fittiche genommen hatte, benahmen sich gut, führten ein anständiges Leben, aber mit Reece hatte sie immer Schwierigkeiten gehabt. Gemeinsam mit Ajax fuhr er aus der Stadt hinaus.

Früher hatte Reece Irene jede Woche besucht. Möglicherweise hatte er bei seiner Rückkehr diese Tradition wieder aufgenommen. Auf keinen Fall konnte es schaden, zu ihr zu fahren und mit ihr zu sprechen. Vielleicht hatte sie eine Idee, wo Matt suchen könnte. Zwischen seiner Großmutter und seiner Tante war früher einmal etwas vorgefallen. Weil Matt seine Großmutter nicht unnötig erzürnen wollte, hatte er den Kontakt zu Irene fast vollständig abgebrochen. So war es leichter gewesen. Seine Großmutter zufriedenzustellen, konnte sehr anstrengend und zeitraubend sein.

Matts Wagen kam vor dem alten viktorianischen Haus zum Stehen. Irenes gelbes Kleid stach leuchtend von dem Rot des Rosengartens ab, in dem sie arbeitete. Die schmutzigen Gummistiefel und ihre strähnigen und ungekämmten Haare ruinierten das perfekte Bild. Als sie sich umdrehte, war ihr Blick verschwommen. Es musste einer ihrer schlechten Tage sein.

An den meisten Tagen hielten ihre Medikamente die Dunkelheit von ihr fern, aber hin und wieder schienen sie gegen den Nebel und die Abgründe in ihrem Kopf nicht anzukommen.

Als er Ajax aus dem Auto ließ, kam ihm seine Tante bereits entgegen, um ihn zu begrüßen. „David, was machst du hier?"

Es war noch schlimmer, als er befürchtet hatte. „Ich bin Matt, Irene. Nicht David."

Ihr Blick schweifte über die Felder. „Natürlich. Ich pflücke Kräuter und brühe dir einen Tee auf. Du hast meinen Kräutertee doch immer geliebt, David."

Matt ergriff ihre Schultern und drehte sie zu sich herum. „Hör mir bitte zu, Tante Irene. Ich brauche deine Hilfe. Caitlin steckt in Schwierigkeiten."

„Deine Mutter?"

„Nein, Caitlin. Meine Tochter. Erinnerst du dich an sie?" Sie reagierte nicht. „Hast du Reece O'Connor gesehen?"

Ihre nussbraunen Augen verdunkelten sich. „Vor ein paar Tagen. Er ist kein guter Sohn."

Von wem sprach sie? Meinte sie wirklich Reece? Wenn sie in einem solchen Zustand war, erschien es als ein Ding der Unmöglichkeit aus irgendeiner ihrer Äußerungen schlau zu werden. „Hast du heute deine Medizin genommen?"

Ihre Hand fuhr in ihre Tasche und sie zog ein Tablettendöschen heraus. „Keine Medizin, alles leer", sagte sie mit einer merkwürdig singenden Stimme, die ihn eher an ein Kind erinnerte.

„Ich denke, dass Reece Caitlin mitgenommen hat", sagte er. „Und vielleicht auch noch Mary Schwartz." Sie sah ihn an, als wäre sie von seiner Erzählung nicht sonderlich überrascht. „Hat er dir davon erzählt? Hatte er geplant, sie mitzunehmen?" Sie wich seinem Blick aus und wippte stattdessen auf ihre Zehenspitzen. Wie ein verliebtes Mädchen um die Jahrhundertwende pflückte sie gedankenversunken die Blütenblätter von einer Rose. „Irene, hat er dir davon erzählt?", wiederholte Matt eindringlich seine Frage. Sie sah auf.

„Caitlin erinnert mich an Mary", sagte sie. „Deinetwegen habe ich sie neulich angelogen. Sie ist Caitlins Mutter, nicht wahr?"

„Ja, aber ich habe jetzt keine Zeit, dir die Geschichte genauer zu erklären. Ich muss meine Tochter finden, bevor Reece mit ihr verschwindet oder ihr etwas antut."

„Reece kann man nicht trauen, deshalb habe ich ihn ausgetan."

Was sollte das nun wieder bedeuten? Matt hatte in diesem Moment weder Zeit noch Energie, um ihre wirren Worte zu entschlüsseln. „Ich glaube, er hat die Schwartzens getötet. Außerdem hat er Mary die Treppe hinuntergestoßen, damit sie ihr Baby verlieren würde. Wie durch ein Wunder hat die Kleine überlebt und Caitlin lag vor meiner Tür."

Noch immer zeigte sie keine Reaktion. Er hatte gedacht, seine Anschuldigungen gegenüber Reece würden ihren Widerspruch herausfordern. „Die Dinge sind nicht immer so, wie sie scheinen. Mutter weiß alles, sieht alles, bestraft alles“, flüsterte sie mit weit aufgerissenen Augen.

„Natürlich weiß Trudy, dass Caitlin verschwunden ist. Reece hat Caitlin von ihrer Veranda entführt, aber sie hat nichts davon mitbekommen.“

„Mutter weiß es. Mach dir keine Sorgen.“ Wieder dieser merkwürdige Singsang.

Er ballte die Fäuste. „Sie ist fünf Jahre alt und du sagst, ich soll mir keine Sorgen machen?! Sie muss halbtot sein vor Angst, vor allem bei dem schrecklichen Gewitter den ganzen Vormittag.“

Vollkommen unbeeindruckt von seinem Ausbruch pflückte Irene weiter die Blütenblätter ab. Ihre Ruhe war schon unnatürlich. Sie wirkte wie in einer anderen Welt. Am liebsten hätte Matt ihr die Rose aus der Hand gerissen und auf den Boden geworfen. Sie *würde* ihm sagen, was sie wusste, und wenn er sie dafür schütteln und es einzeln aus ihr herausziehen müsste.

„Ich habe zu tun.“ Unvermittelt warf Irene ihre Blume auf den Boden und griff nach einer Hacke. „Ich hoffe, du findest sie.“

Er versperrte ihr den Weg. „Wohin hat Reece sie gebracht?“ Plötzlich wurden ihre Augen klar und unvermittelt leuchtete Irenes Verstand wieder deutlich in ihnen auf.

Sie schüttelte den Kopf. „Hier geht es nicht um Reece, David. Es reicht viel tiefer, viel weiter zurück. Du solltest bei Mutter anfangen und sie fragen.“

„Ich verstehe kein Wort. Trudy weiß nicht, wo Caitlin ist.“

„Nein?“ Sie lächelte, doch ihre Augen wirkten hierdurch nur noch trauriger. „Was passiert, das passiert. Das Böse geht immer weiter und weiter. Ich glaube, es nimmt kein Ende. Wenigstens kann ich kein Ende erkennen.“

„Wie wäre es, mit der Wahrheit anzufangen?“

„Die Wahrheit? Sie hängt ganz davon ab, wie du die Sache betrachtest.“

Matt konnte sich aus ihren Worten keinen Reim machen. Es hatte keinen Sinn weiter hierzubleiben. „Komm“, forderte er Ajax auf und wandte sich zum Auto. „Hier finden wir keine Hilfe." Er würde tun, was Irene sagte, und mit seiner Großmutter sprechen. Nur für den Fall, dass ihm doch etwas entgangen sein sollte. Er musste Caitlin finden, und zwar schnell. Bevor er losfuhr, rief er jedoch noch Gina an und bat sie, nach Irene zu sehen und dafür zu sorgen, dass diese ihre Medikamente bekam.

* * *

Reece beugte sich über das Lenkrad, während der Pick-up mit halsbrecherischer Geschwindigkeit weiterraste. In den letzten fünfzehn Minuten hatte er keinen Ton von sich gegeben. Mary kauerte sich auf ihrer Seite des Sitzes zusammen. „Wohin fahren wir?"

„Das wirst du früh genug sehen."

Etwas an dieser Gegend kam ihr bekannt vor. Sie erinnerte sich vage daran, früher einmal oben auf dem Hügel, den jetzt der Pick-up erklomm, gepicknickt zu haben. Dieser Teil von Parke County war geprägt von steilen Hängen und tiefen Schluchten. Ihr Pferd hatte es damals nur mit Müh und Not geschafft, den Einspänner hier heraufzuziehen. Das waren glückliche Tage gewesen, geprägt von Liebe und Gottesfurcht. Leider hatte sie zum damaligen Zeitpunkt die Tage damals nicht so wie heute zu würdigen gewusst.

Der Pick-up verließ die Schotterstraße und bog auf einen Viehpfad ein, der sich schwach erkennbar durch das Gras bis hin zu einer Lücke in den Himbeersträuchern schlängelte. Mary vermutete, dass sie sich dem Turkey Run State Park von der Rückseite her näherten. Mehrere Male blieb der Pick-up im Matsch stecken, aber es gelang Reece jedes Mal, ihn wieder in Bewegung zu setzen. Zweige und Äste streiften die Seiten des Autos und kratzen an den Außenspiegeln. Die dichten Bäume sperrten das Licht aus, sodass nur wenig Wärme durch das Laub drang. Mary fröstelte. Alles war so kalt und dunkel. Sie fühlte sich, als wäre sie von der ganzen Welt verlassen. Die Räder des Wagens kämpften sich über umgefallene Baumstämme, durch Matsch und anderes unwegsames Gelände, bis sie endlich auf einer kleinen Lichtung zum Stehen kamen.

Eine Felswand, mit Ranken und Unkraut überwuchert, ragte hoch über ihnen auf. Mary erschien alles noch dunkler und kälter als bisher.

„Schatz, wir sind zu Hause", sagte Reece. Sein Lachen klang unecht.

„Reece, wo sind wir hier?" Mary bekam Angst. Sie wollte nicht aussteigen. Die Gegend hatte etwas Bedrohliches an sich.

„Das wirst du gleich sehen. Komm, steig aus, Schatz." Er stieg aus und nahm ihren Koffer vom Rücksitz.

Langsam öffnete Mary ihre Tür und trat auf die Lichtung. Kein einziger Vogel war zu hören. Ein umgeknickter Baum streckte seine toten Zweige in die Luft. Totenstille. Kein Froschquaken war zu hören, kein Windhauch in den Blättern, nichts. Nicht einmal ein Insekt summte irgendwo.

Mary verstärkte den Griff um den Schulterriemen ihrer Handtasche. „Und jetzt?"

„Folge mir." Er bahnte sich einen Weg über einen Pfad, auf dem das Gras bis hin zu der Felswand leicht niedergetreten war.

Dann lotste er sie unten an der Felswand entlang. Immerhin hielt er für sie die Ranken und Sträucher zurück. Mit der Zeit wurde das Unterholz immer dichter und das Schweigen immer erdrückender. Am liebsten wäre Mary umgedreht und zum Auto zurückgelaufen. Reece wirkte so selbstsicher. Doch Caitlin war irgendwo hier draußen, also zwang sich Mary weiterzugehen.

In der Ferne hörte sie das Rauschen von Stromschnellen des Sugar Creek. Nach den schweren Stürmen der letzten Tage führte er bestimmt Hochwasser. Mit jedem Schritt wurde das Tosen des Wassers lauter. Nach einem endlos erscheinenden Marsch kamen sie endlich an einer alten Hütte in der Nähe des Flussufers an.

Reece sperrte das Vorhängeschloss an der Tür auf. „Tritt ein in meinen Salon", sagte er theatralisch.

Mary versuchte zunächst einen Blick in das Innere des Häuschens zu werfen, aber das Fenster war viel zu schmutzig, um irgendwas zu erkennen.

Ungeduldig packte Reece sie am Arm. „Komm endlich. Wir haben nicht den ganzen Tag Zeit. Das Kind ist da drinnen."

Hastig öffnete Mary die Tür. Ein alter Teppich auf dem Boden, und aufblasbare Möbel ließen den Raum fast bewohnbar wirken. An der einen Wand stand ein Feldbett, in dem zusammengerollt ein kleines Mädchen lag. Sie war mit einer Wolldecke zugedeckt und schien fest zu schlafen. Eine Kette baumelte von ihrem kleinen Knöchel und fesselte sie ans Bett.

Mary trat näher, während sich ihr Herz beinahe vor Aufregung überschlug. Zum ersten Mal in ihrem Leben sah sie dieses zutiefst herbeigesehnte Kind zum Greifen nah vor sich. War sie ihr Kind? Die ungezähmten roten Haare, die kleinen zu Fäusten geballten Hände, die kleinen Zehennägel und Füße, ihr Gesicht, ja fast alles an ihr hatte eine untrügliche Ähnlichkeit mit Mary selbst. „Ist das unser Kind, Reece?", fragte Mary stockend.

„Na klar, Schatz." Reece legte den Arm um sie. „Ich habe mich geirrt. Das weiß ich jetzt. Ich will sie auch. Es wird wunderbar werden, jetzt, wo wir drei zusammen sind."

Mary wagte es nicht, sich von ihm abzuwenden, obwohl alles in ihr danach verlangte, seinen Arm abzuschütteln. „Die ganzen verlorenen Jahre. Warum hast du sie Matt gegeben?"

„Ich hatte von Trudy gehört, dass seine Frau keine Kinder bekommen konnte und was sie deshalb alles durchgemacht hatten. Ich hielt es für richtig, dass jemand sie bekommt, der sie lieben würde." Sein Tonfall verriet, dass er für seine heldenhafte Tat unbändiges Lob erwartete.

Mary sog den Anblick ihres Kindes in sich auf. Sie wollte die weichen Haare berühren, die runden Wangen küssen, den Kindergeruch einatmen. Wie viele kostbare Momente hatte sie bereits verpasst: Der erste Zahn, das erste Wort, der erste wackelige Schritt, das erste Lächeln – vorbei, für immer verloren. Gestohlen. Unwiederbringlich zerstört. Mit geballten Fäusten fuhr sie herum. „Wie konntest du nur, Reece? Wie konntest du unsere Familie so zerstören?" Sie stürzte sich auf ihn. Am liebsten hätte sie ihm die Augen ausgekratzt. Mary kämpfte wie eine Furie. Sie trat ihn, riss an seinen Haaren, schlug mit Händen und Füßen auf ihn ein, tat einfach alles, um so viel Schaden wie möglich anzurichten. Nichts, was in ihrer Macht stand, würde je genügen, um ihm heimzuzahlen, was er ihnen allen angetan hatte. Sie hasste ihn aus ganzem Herzen.

Irgendwie gelang es Reece, ihre Arme zu packen und sie zu Boden zu ringen, bis sie sich nicht mehr unter ihm rühren konnte. Keuchend versuchte sie sich zu befreien. „Lass mich los", fauchte sie, am ganzen Körper zitternd vor Zorn.

„Ich lasse dich erst los, wenn du dich beruhigt hast." Seine Lippe blutete und auf seiner Stirn bildete sich eine rote Beule.

„Du hast dich in einen kleinen Hitzkopf verwandelt. Du wirst ganz neu lernen müssen, mir zu gehorchen, Mary. Ich wusste, dass es dich aufwühlen würde, sie zu sehen, aber jetzt regst du dich gefälligst wieder ab. Sie ist süß, nicht wahr? Sieh sie dir an. Sie scheint überhaupt nichts von mir zu haben." Seine Augenbrauen zogen sich zusammen. „Vielleicht ist sie gar nicht von mir."

„Ach hör doch auf!", schrie Mary. „Du hast mich damals mehr oder weniger in der Wohnung eingesperrt. Mit wem hätte ich da eine Affäre haben sollen?"

Schlagartig wich alle Kraft aus ihren Gliedern. Sie fühlte sich wie erstickt von Reeces andauerndem Misstrauen, dem Druck, sich permanent rechtfertigen zu müssen. Und wofür? Welchen Sinn hatte ihr Kampf überhaupt? Er gewann doch sowieso immer. Er war größer, stärker, klüger. Mutlos blieb sie liegen und starrte zu ihm hinauf. Tränen verschleierten ihr den Blick und ließen sein Gesicht vor ihren Augen verschwimmen. „Was willst du von mir, Reece?", fragte sie vollkommen erschöpft. „Ich habe dir alles gegeben, was ich hatte, aber du hast es mit Füßen getreten."

„Ich will, dass du eine gute und gehorsame Ehefrau bist, Mary, dass du mich an die erste Stelle in deinem Leben setzt, so wie es deine Pflicht ist. Bisher ist dir das nicht sehr gut gelungen, aber ich hoffe, du wirst dich in Zukunft mehr anstrengen. Außerdem will ich, dass wir unser kleines Mädchen zu einer braven, gehorsamen Frau erziehen. Willst du das auch? Unterstützt du mich dabei?" Er ließ ihre Arme los und gab ihr etwas mehr Freiraum, blieb aber weiter auf ihrem Körper liegen. Prüfend sah er sie an.

Mary atmete tief ein, um ihre letzten Kraftreserven zu aktivieren. *Denk an Caitlin!* Es *musste* ihr gelingen, ihn zu überzeugen, damit sie sie in Sicherheit bringen konnte. Langsam hob sie eine Hand und legte sie auf seine Wange. „Es tut mir leid, dass ich dich verletzt habe", sagte sie leise. „Es war ein solcher Schock. Diese ganzen vergeudeten Jahre ..." Erneut rollten ihr die Tränen über die Wangen. Der Schmerz über die verlorene Zeit mit ihrem Kind zerriss ihr fast das Herz, doch sie durfte jetzt auf keinen Fall die Fassung verlieren. Wie könnte sie ihn am besten überzeugen? Was wollte er von ihr hören? „Wir hätten diese Jahre zusammen mit ihr und miteinander verbringen können, Reece. Ich hätte dir Caitlin nie vorgezogen. Ich weiß, dass du davor Angst hattest, aber du kamst für mich immer an erster Stelle."

Sein harter, stechender Blick wurde etwas milder. „Ach, Mary, das ist alles, was ich je wollte. Niemand hat mich je geliebt und an die erste Stelle gesetzt. Du weißt nicht, wie es für ein Kind ist, aufzuwachsen und zu wissen, dass es niemandem etwas bedeutet."

„Das tut mir leid, Reece. Davon hast du mir nie erzählt."

„Es tat zu sehr weh", gab er zu und senkte verlegen den Blick.

Sie setzte eine strenge Miene auf. „Ich bin deine Frau, Reece!" In möglichst lockerem Tonfall fuhr sie fort: „Ich bin dafür, dass du solche Dinge in Zukunft mit mir besprichst und nicht mehr vor mir verheimlichst."

„Wir drei werden ein tolles Leben zusammen haben." Seine Lippen näherten sich ihrem Gesicht. Mary hielt den Atem an. Jetzt war der Moment, auf den es ankam. *Gott, hilf mir!* Wenn sie jetzt zurückzuckte, war alle Mühe umsonst gewesen und sie und Caitlin wären verloren. Sie schloss die Augen, während ihr Herz vor Angst fast zu zerspringen drohte.

Reeces Mund berührte ihre Lippen nur flüchtig. Vollkommen unvermittelt rollte er von ihr herunter, stand auf und zog Mary auf die Beine. War es etwa schon vorbei? Hatte sie ihn überzeugt?

„Ich glaube, unsere Tochter ist wach, aber bei dem lauten Geschrei, das du veranstaltest, würden ja selbst Tote aufgeweckt." Er griff nach ihrem Haar und spielte mit einer Locke, die er sich um den Finger wickelte. Mary zitterten die Knie, aber es gelang ihr zu verbergen, wie viel Angst sie hatte und was für ein Entsetzen er nach wie vor in ihr auslöste. Fand er es vielleicht unpassend, sie vor Caitlin länger zu küssen? War das ihre Rettung gewesen? Vorsichtig lächelte sie ihn an. Nach einer gefühlten Ewigkeit ließ er endlich ihre Haare los. Eilig drehte sich Mary um und wandte sich ihrer Tochter zu.

Caitlin hatte sich aufgesetzt, die Augen vor Schreck weit aufgerissen. Ihre kleinen Füße baumelten über den Rand der Matratze. Ängstlich und unsicher verkrampfte sie die Hände in ihrem Schoß.

„Hab keine Angst, Liebes", sagte Mary. Sie trat zum Bett und kniete vor dem kleinen Mädchen nieder. „Ich werde nicht zulassen, dass dir jemand wehtut."

Vorsichtig berührte Caitlin Marys Haare. „Du hast die gleichen Haare wie ich. Ich habe bis jetzt noch niemanden gesehen, der solche Haare hat. Mein Daddy sagt, dass es Feenhaare sind."

Mary zwang sich zu einem Lächeln. „Vielleicht hat er recht. Ich heiße Mary."

„Ich bin Caitlin Beitler. Mein Daddy ist Detective bei der Polizei. Er wird furchtbar wütend sein, weil dieser böse Mann mich mitgenommen hat." Sie deutete auf Reece. „Kannst du mich jetzt nach Hause bringen?", fragte sie mit zitternden Lippen.

„Bald", flüsterte Mary so leise, dass nur Caitlin sie hören konnte. Sie drehte sich zu Reece um. „Gib mir doch den Schlüssel, damit ich ihr die Kette abnehmen kann."

Reece hob den Zeigefinger. „Aber pass auf, dass sie nicht davonläuft. Ich will ihr nicht wehtun müssen." Er kramte in seiner Hosentasche und zog einen kleinen Schlüssel heraus, den er über Marys Kopf in der Luft baumeln ließ. „Sag bitte."

„Bitte, Reece." Sie wollte ihm den Schlüssel abnehmen, verfehlte ihn aber. Er lachte. Sie zwang sich zu einem Lächeln und packte seinen Unterarm. „Du bist so ein Witzbold. Gib ihn mir."

Er grinste über ihren neckenden Tonfall und ließ den Schlüssel in ihre Hand fallen. „Danke!" Sie steckte den Schlüssel in das Schloss und hatte Caitlin wenige Augenblicke später befreit. Endlich konnte sie ihr Kind in die Arme schließen. Wie sie duftete. Mary konnte es nicht fassen, dass sie endlich, endlich diesen Moment erleben durfte. Caitlins lange Haare fielen über Marys Arme und vermischten sich mit ihren Locken. Dann schlang sie ganz selbstverständlich die Arme um Marys Nacken. Bei dem Vertrauen, das in dieser Bewegung lag, wurden Marys Knie ganz weich. Sie sank auf das Feldbett.

Sie würde ihre Kleine nie mehr loslassen. Niemals.

25

„Ein reinweißer Quilt mit feinen Stichen ist sehr wertvoll. Meine Mutter beherrschte diese Kunst meisterhaft. Sie sagte immer, das Weiß helfe ihr, sich den Himmel vorzustellen. Die Amisch bemühen sich, ein reines und heiliges Leben zu führen, um zu Gott zu gelangen.“
Mary Schwartz in *Quilts und amischer Glaube*

Seine Großmutter musste etwas wissen, denn dann ergab irgendwie alles einen Sinn. Matt umklammerte das Lenkrad und preschte mit seinem Wagen durch das Wasser, das auf der Straße stand. Wie hatte Caitlin verschwinden können, sobald sie bei Trudy war, es sei denn, Trudy hätte Reece angerufen und ihm gesagt, dass er sie holen könne? Mit quietschenden Reifen kam der Wagen vor ihrem Haus zum Stehen.

Zusammen mit Ajax stürmte er zur Haustür. Er klopfte nicht. „Trudy?“, rief er und trat ein. Das Haus war still und leer. Jetzt, da er darüber nachdachte, wurde ihm bewusst, dass er ihr altes blaues Auto noch gar nicht gesehen hatte. Vielleicht hatte sie es hinter dem Haus abgestellt?

Er ging durchs Haus zur Hintertür, doch auch sein kurzer Blick durchs Fenster zeigte ihm weder seine Großmutter noch ihren Wagen. „Vielleicht ist sie einkaufen gefahren“, murmelte er, worauf Ajax zustimmend bellte.

Er ging durch den Flur zu Trudys Schlafzimmer. Irene hatte gesagt, er solle Trudy fragen, was zwischen ihnen vorgefallen sei. Wieso sollte das überhaupt eine Rolle spielen? Prüfend sah er sich in dem Zimmer um. Es war sehr schlicht mit weißen Wänden und weißer Bettwäsche eingerichtet und makellos sauber. In der Ecke stand ein großer Schrank, in den er noch nie hineingeschaut hatte. Vielleicht war irgendetwas Wichtiges darin. Er trat an den Schrank und öffnete die Türen. Zahlreiche Quiltdecken waren darin verstaut. Auf der einen, die Matt herausholte, war das Kolibrimuster zu sehen.

Waren das etwa die Quilts von Patricia Schwartz? Was machte Trudy damit? Die Decken hier ähnelten eindeutig denen, die er bei Mary gesehen hatte. Da fiel sein Blick auf ein großes Familienalbum. Er nahm es mit in die Küche und legte es auf die Arbeitsplatte. Irene hatte angedeutet, dass der Auslöser für die jetzige Situation in der Vergangenheit zu finden sei. Vielleicht würde ihm das Album einen Anhaltspunkt bieten.

Das erste Schwarzweißbild zeigte ein junges Paar, das steif in die Kamera blickte. In der Frau erkannte er Trudy, der Mann neben ihr war vermutlich sein Großvater. Matt hatte ihn allerdings nie persönlich kennengelernt. Er blätterte einige Seiten weiter, die mit unterschiedlichen Aufnahmen von seinem Vater und Irene gefüllt waren. Ihm war nie bewusst gewesen, dass er seinem Vater so ähnlich sah. Diese Bilder könnte er später in Ruhe genauer anschauen, jetzt galt es endlich Caitlin zu finden. Irgendwo hier drin musste etwas Brauchbares zu finden sein.

Er blätterte weiter. Erstaunt entdeckte er ein Bild von Irene. Mary hatte recht gehabt. Seine Tante war auf dem Foto eindeutig schwanger. Sie sah aus, als würde sie jeden Augenblick entbinden. Die Bilder auf der nächsten Seite gingen weiter, als hätte es nie eine Schwangerschaft gegeben. Kleidung und Frisur ließen darauf schließen, dass die Aufnahmen aus den frühen Siebzigern stammten. Nach wie vor trug Irene die extrem langen Haare und den Kaftan aus ihren Hippietagen.

Wo war das Foto entstanden? Die Kulisse kam Matt vage bekannt vor, aber er kam einfach nicht darauf, wo es genau war. Vielleicht am Billie Creek? Was hatte seine Tante gesagt, wo ihre Kommune gelebt hatte? „Sugar Creek“, murmelte er. Doch wo genau? Es würde sich vielleicht lohnen, die Stelle zu suchen. Vielleicht kannte Reece den Ort ebenfalls.

Matt blätterte noch einige Seiten weiter und kam zu einem Bild, das an einem großen Bach aufgenommen worden war, der eher einem Fluss glich. Eine der Frauen auf dem Foto sah aus wie Mary, aber die Kleidung war eindeutig aus früheren Zeiten. Das Bild musste aufgenommen worden sein, lange bevor sie geboren worden war. Vielleicht Marys Mutter? Er betrachtete das andere Paar auf dem Bild – Irene und ein amischer Mann. Das musste Marys Vater während seines Rumschpringe sein. So, wie die Personen auf dem Bild standen, bildeten sie eindeutig zwei Paare. Dann wäre Matts Vater früher mit Marys Mutter befreundet gewesen. Davon hatte er bis jetzt noch nie etwas gehört. Er dachte an die Streitereien zu Hause zurück, bevor sein Vater sich getötet hatte. Seine Mutter hatte sich immer beschwert, dass sein Vater so viel Zeit im Stall und in der Gärtnerei verbrachte. Konnte sie damit etwa die Schwartz-Gärtnerei gemeint haben?

„Das wird immer verworrener“, murmelte er. Ajax spürte instinktiv seine Anspannung und winselte leise. Matt strich ihm über den Kopf. Vielleicht hatte Reece die Quilts seiner Großmutter gegeben und diese hatte ihn gedeckt. Hatte sie ihm womöglich Caitlin sogar absichtlich ausgeliefert? Er blätterte noch einige Seiten des Albums durch und blieb an einem Zeitungsausschnitt hängen, der seine Großmutter mit Ende vierzig zeigte. Sie stand mit einem stolzen Lächeln neben einem weißen Quilt. Die Bildunterschrift lautete: „Trudy Beitler gewinnt mit ihrem Kolibri-Quilt den ersten Preis bei der Indiana-Messe.“

Matt hielt das Album unters Licht, um den Quilt besser erkennen zu können. Die Stickerei sah genauso aus wie das Muster, für das Marys Mutter so berühmt war. Hatte sie Trudys Muster nachgestickt und damit noch mehr Erfolg gehabt als sie? War etwa das der Grund für den Hass seiner Großmutter auf alle Amisch?

Hinter dem Haus war ein Auto zu hören. Eilig sah Matt aus dem Fenster. Das alte Auto seiner Großmutter rollte langsam durch den Matsch und blieb stehen. Er wollte gerade zur Hintertür gehen, aber Trudy stieg schnell aus, nahm eine Kühltasche und sprang sofort wieder in ihr Auto. Was hatte sie vor? Er beschloss, sie nicht wissen zu lassen, dass er sie gesehen hatte. Stattdessen würde er ihr folgen und darauf hoffen, dass sie ihn zu Reece und Caitlin führen würde.

Matt nahm das Fotoalbum und lief zu seinem Auto. Trudys Auto fuhr holpernd auf der Straße hinter dem Haus davon, die über eine alte überdachte Brücke führte. Wohin wollte sie? Er wartete, bis das blaue Auto zwischen den Bäumen verschwunden war, dann fuhr er in dieselbe Richtung.

In dieser Gegend gab es nicht viel zu sehen, nur Wald und steile Berge. Es gab nicht einmal richtige Straßen. Das Land grenzte an den Turkey Run State Park, und seine Großmutter hatte jeden, der das Land hatte erschließen wollen, weggeschickt. Er hielt viel Abstand, sorgfältig darauf bedacht, dass sie ihn nicht sah. Trudy besaß hier draußen fast zweihundert Hektar Land. Früher war er hier gern gewandert – bis sie es herausgefunden und ihm verboten hatte. Sie wollte nie, dass außer ihr noch jemand anders hier draußen unterwegs war, dabei konnte

Matt an einer Hand abzählen, wie oft er sie in dieser Richtung hatte losgehen sehen.

Sein Auto fuhr holpernd über die Brücke. Hoffentlich würde das alte Bauwerk halten. Das Ding war in einem miserablen Zustand und brach bald auseinander. Wenn Trudy die Brücke behalten wollte, müsste sie einige Reparaturen vornehmen.

Er kam an eine Weggabelung. „Und jetzt?“, fragte er Ajax. Der Hund bellte. Matt stieg aus und betrachtete die Reifenspuren im Matsch. „In diese Richtung“, sagte er und deutete nach links. „Zum Fluss.“

Matt stieg wieder ins Auto und lenkte das Fahrzeug auf eine noch schmalere Straße, die sogar einige Zentimeter unter Wasser stand. Er war überrascht, dass seine Großmutter die Nerven besaß, ganz allein in ihrem alten Auto diesen Weg zu nehmen. Ohne Vierradantrieb konnte sie jederzeit stecken bleiben und käme nie wieder heraus. Die hohen Ahorn- und Walnussbäume schlossen Matt wie in einen Tunnel ein, sodass die gesamte Wegstrecke in ein düsteres Dämmerlicht getaucht war. Mit höchstens acht Stundenkilometern kroch er voran. Vollkommen unverhofft stand plötzlich Trudys altes blaues Auto direkt vor ihm und die Straße, wenn man sie überhaupt als solche bezeichnen konnte, war zu Ende. Das Auto war leer. Matt holte Ajax aus dem Auto und ließ ihn an der Fahrerseite von Trudys Auto ihre Spur aufnehmen. „Such sie, Junge.“

Die Schnauze des Hundes senkte sich auf den Boden. Mit wedelndem Schwanz begann er so heftig an der Leine zu ziehen, dass Matt fast das Gleichgewicht verloren hätte. In schnellem Tempo lotste Ajax ihn in Richtung Süden. Die Umgebung war so dunkel, als wäre es schon gegen neun Uhr abends. In Scharen ließen sich die Mücken auf Matt nieder. Na wunderbar, dachte er und schnitt eine Grimasse. Er freute sich bereits jetzt auf die unzähligen Stiche.

Ajax führte ihn in steile Schluchten hinab, durch Matsch, Geröll und anderes unwegsames Gelände. „Ich verstehe überhaupt nicht, woher sie die Kraft hat, so weit zu laufen“, sagte Matt, der stehen geblieben war, um keuchend Atem zu holen. Ajax zog bereits wieder an der Leine. Vermutlich waren sie dicht hinter Trudy. Nach einem kurzen Moment der Orientierung setzte sich Matt wieder in Bewegung. „In Ordnung, Junge, weiter geht's.“

Spärliches Sonnenlicht fiel durch die schmutzigen Fenster der alten Hütte. Mary saß mit Caitlin auf ihrem Schoß am Ende der Liege. Der Fluss vor der Tür rauschte immer lauter. Die Wucht des Wassers, das auf die Felsen traf, ließ die Holzhütte erzittern.

„Reece, wann fahren wir von hier weg?", fragte Mary.

„Bald."

Er wirkte nervös und sah alle paar Sekunden auf seine Armbanduhr. Die übrige Zeit starrte er aus dem Fenster. Mary fragte sich, worauf er eigentlich wartete. Er hatte doch sie und Caitlin. Wieso sollten sie noch länger hier herumsitzen, während das Wasser draußen ständig weiter anstieg? Obwohl diese alte Hütte schon seit Jahrzehnten hier stand, hatten die Nachrichten für die ganze Gegend vor Hochwasser in Rekordhöhe gewarnt. In der Nähe des Sugar Creek zu bleiben erschien ihr keine sonderlich gute Idee.

Mit ihrer Tochter auf dem Arm stand sie auf. „Ich schlage vor, dass wir jetzt fahren. Ich habe Hunger und Caitlin möchte sicher auch etwas zu essen."

Seine Augen zogen sich zusammen. „Was ist mit mir? Ich habe auch noch nichts gegessen. Du denkst schon wieder nicht an mich, Mary."

„Entschuldige, dass ich mich beklage. Ich weiß, wir sind alle müde und haben Hunger." Sie lächelte ihn an. „Ich kann es einfach nicht erwarten, von hier wegzukommen und unser neues Leben zu dritt anzufangen."

Sein finsterer Blick wurde wieder weicher. „Bald." Er drehte sich um, als die Tür aufging.

Trudy Beitler trat in die Hütte. Matsch klebte an den hohen Gummistiefeln, die sie trug. Ihre alte Jeans und ihr kariertes Hemd waren mit Dreckspritzern übersät. Wenn nicht der lange, graue Zopf gewesen wäre, der über ihre Schulter fiel, hätte sie als Holzfäller durchgehen können. Ihr Blick wanderte zu Reece und dann weiter zu Caitlin, die sich wie ein kleines Äffchen an Mary klammerte.

„Oma Trudy!" Caitlin löste ihre Arme und Beine von Mary, glitt nach unten und lief zu ihrer Großmutter.

Trudy schob sie zur Seite. „Geh wieder zu deiner Mutter."

„Komm her, Caitlin." Mary breitete die Arme aus. Die alte Frau war nicht hier, um sie zu retten. Mary wusste nicht, wie es mit ihnen weitergehen würde, aber ihr war sofort klar, dass Trudy keinesfalls eine Verbündete war.

Mit verwirrter Miene sah Caitlin zu Mary und dann wieder zu ihrer Großmutter hinauf. „Bringst du mich nach Hause, Oma?"

„Ich habe gesagt, du sollst zu deiner Mutter gehen. Nein, ich bringe dich nicht nach Hause. Du bist genau da, wo du hingehörst." Sie stellte die kleine Kühltasche, die sie mitgebracht hatte, auf den Boden.

„Wo warst du?", fragte Reece. „Ich habe getan, was du gesagt hast und habe Mary hierhergebracht. Ich dachte, du kommst, um dich zu verabschieden. Wir müssen los, bevor Matt uns findet."

„Da bin ich anderer Meinung. Setz dich." Sie deutete auf die Pritsche. „Du hast deine Sache sehr gut gemacht, Reece", sagte sie. „Du hast alles so erledigt, wie ich es dir aufgetragen habe."

„Danke für deine Hilfe bei dem Plan, Trudy. Die Aktion mit dem Kind wäre gar nicht nötig gewesen. Mary ist aus freien Stücken zu mir zurückgekehrt." Ein triumphierendes Lächeln zog über sein bärtiges Gesicht.

Trudy sah zu Mary. Die Kälte in ihrem Blick ließ Mary das Blut in ihren Adern gefrieren. „Du musst noch etwas für mich erledigen, Reece. Ich habe das Geld im Haus vergessen. Es ist in der Keksdose oben auf dem Kühlschrank."

„Ich habe genug Geld. Ich brauche es nicht", sagte er.

„Ich will sicher sein, dass du genug für einen Neuanfang hast. Lauf und hol es. Es wird nicht lange dauern und danach kannst du wegfahren."

Mary traute der alten Frau nicht über den Weg. Am liebsten hätte sie Reece angefleht, sie nicht mit ihr allein zu lassen, aber er ging bereits zur Tür.

„Ich bin gleich wieder da."

Trudy nickte. „Ich warte hier auf dich."

Schweigen breitete sich in der alten Hütte aus. Krampfhaft versuchte Mary zu begreifen, was hier vor sich ging. Warum half Trudy Reece dabei, Caitlin zu entführen und sie hierherzulocken?

* * *

Sie standen oben auf einem Hügel. Matt stellte seinen Fuß auf den umgestürzten Baumstamm, der oben auf dem Hügel lag, und sah sich in alle Richtungen um. Zwischen den Bäumen blitzte etwas auf. „Ich glaube, da drüben ist eine Hütte", sagte er zu Ajax. Er zog seine topographische Landkarte heraus und betrachtete sie. Laut Karte gab es in dieser Richtung eine verlassene Hütte.

„Dann wollen wir mal nachsehen. Komm, Ajax." Zügig, aber leise gingen sie den Hang hinunter. „Still, Ajax." Auf keinen Fall sollte sein Bellen ihre Anwesenheit verraten.

Als sie näher kamen, erkannte er die Hütte von den Bildern in Trudys Album. Gerade wollte er zum Fenster gehen und hineinspähen, als die Tür aufging und Reece herauskam. Matt duckte sich, so schnell er konnte. Dann folgte sein Blick seinem früheren Freund den Hang hinauf. Großartig, vielleicht würde er in die Hütte schleichen und seine Tochter und Mary retten können, ohne seine Waffe benutzen zu müssen.

Als Reece nicht mehr zu sehen war, richtete sich Matt auf und eilte auf die Hütte zu. Vollkommen überrascht öffnete sich die Tür erneut und seine Großmutter trat heraus. Mit einer Waffe? Irritiert wanderte Matts Blick zu dem Gewehr in ihrer Hand, das auf ihn gerichtet war. „Ich bin es nur, Trudy. Du kannst deine Flinte weglegen."

„Ich glaube nicht, Matthew. Nimm deinen Revolver langsam aus der Tasche und lass ihn auf den Boden fallen." Was sollte diese harte, unnachgiebige Stimme? Matt verstand die Welt nicht mehr. „Trudy, was soll das bedeuten?"

Ihr Finger legte sich um den Abzug. „Tu, was ich dir sage. Du bist zu sehr wie deine Mutter und musst ständig alles in Frage stellen. Das nächste Mal schieße ich auf deine Kniescheibe und jetzt tu gefälligst, was ich dir sage."

Matt hatte Mühe, diese Welt, die offenbar komplett verrückt geworden war, zu begreifen. Seine Großmutter richtete ein Gewehr auf ihn. Das musste ein Traum sein. Er war in einem parallelen Universum gelandet. Er sah zu Ajax. Würde er gehorchen, wenn er ihm befahl, sie anzuspringen? Wahrscheinlich nicht. Der Hund war trainiert worden, seine Großmutter zu beschützen, und nicht, sie anzugreifen.

„Lass deine Waffe fallen", sagte sie wieder. „Wenn der Hund sich auch nur rührt, erschieße ich ihn."

Matt zog seine Waffe heraus und ließ sie auf den matschigen Boden fallen. „Was soll das alles?"

Trudy trat von der Tür weg und gab ihm einen Wink mit der Waffe. „Rein."

Immer noch vollkommen verwirrt trat Matt in die Hütte und blieb im Türrahmen stehen, während sich seine Augen an das dämmrige Licht zu gewöhnen versuchten.

„Daddy!"

Er fuhr herum, als er die Stimme seiner Tochter hörte. „Caitlin?" Eine Sekunde später umklammerte sie seine Beine. Er hob sie hoch und drückte sie fest an sich. Caitlin klammerte sich an ihn, als wolle sie ihn nie wieder loslassen.

„Ich wusste, dass du mich findest, Daddy."

Er vergrub sein Gesicht in ihren Haaren und kämpfte mit den Tränen. „Geht es dir gut, Prinzessin? Bist du okay?"

„Ich will nach Hause." Caitlin begann zu weinen.

„Wir fahren bald nach Hause." Er sah sich um und entdeckte Mary, die immer noch auf der Pritsche saß. Er wandte sich an Trudy. „Was geht hier vor?"

„Es ist der letzte Akt in einem langen Stück, Matthew. Pech für dich, dass du jetzt ebenfalls mitspielst." Trudy deutete zu Mary hinüber. „Ich kann nicht zulassen, dass sie die Schwartztradition, meine Familie zu zerstören, fortsetzt. Komm her, Mädchen." Marys Augen wurden groß, aber sie stand auf und ging langsam zu Trudy hinüber. „Fessle meinen Enkel."

Matt dachte fieberhaft nach. Er musste es unbedingt verhindern, gefesselt zu werden, sonst könnte er Caitlin und Mary nicht mehr beschützen. Er wich zurück in Richtung Tür. Trudy würde bestimmt nicht auf ihn schießen.

Noch bevor er sich einen Meter bewegt hatte, knallte ein Schuss und eine Kugel streifte seinem Arm. „Ich will dich nicht erschießen, Matt, aber wenn du mich dazu zwingst, werde ich es tun", drohte Trudy. „Setz dich auf den Stuhl." Sie deutete auf einen wackeligen Holzstuhl.

Blut lief über seine Hand und tropfte zu Boden. Sein Arm brannte wie Feuer. Er setzte sich auf den Stuhl, wie Trudy es verlangt hatte. „Ist ja gut, ich setzte mich, würdest du mir jetzt bitte erklären, was hier vor sich geht?"

„Sei still. Mary, fessle ihn."

Mary biss sich auf die Lippe, dann nahm sie das Seil vom Boden und ging zu seinem Stuhl. Sie begann, das Seil um seine Handgelenke zu wickeln.

„Fessle ihn auch an den Knöcheln", befahl Trudy. „Ich werde die Knoten überprüfen, also mach sie gefälligst fest."

Matt spannte seine Arme und Handgelenke an, während Mary das Seil festzog, um sich so viel Spielraum wie möglich zu verschaffen. Dann führte Mary den Strick zu seinen Füßen hinunter. Während Trudy die Knoten überprüfte, hielt Matt die Spannung aufrecht, bis seine Großmutter befriedigt nickte.

Sie drehte sich zu Mary um. „Du kommst mit mir. Lass das Kind hier bei Matt."

Mary sah mit entschuldigendem Blick zu Matt. Er musste Trudy unbedingt ablenken, bis er sich befreit hatte. „Ich habe bei dir ein Fotoalbum gefunden. Jetzt ergibt endlich einiges einen Sinn für mich. Meine Eltern waren nie glücklich. Ich weiß noch, wie oft Mama geweint hat, als ich ein Kind war. Papa hat nie gelächelt und beging am Ende Selbstmord. Ich denke, er war in Marys Mutter verliebt, doch dafür kann Mary nichts."

„Ihre Familie hat meine Familie jahrzehntelang zerstört, doch damit ist jetzt Schluss", sagte Trudy.

Mary runzelte die Stirn. „Was sagst du da?", fragte sie Matt. „Ich dachte, mein Vater war mit deiner Tante befreundet."

Matt sprach weiter, während er die ganze Zeit unauffällig versuchte seine Hände von dem Seil zu befreien. Gab es ein wenig nach? „Es waren einmal vier Freunde, die sich alle in der Stadt kennenlernten. Patricia und David – deine Mutter und mein Vater – waren befreundet. Irene war in einen jungen Amisch verliebt – deinen Vater Abe. Die zwei Paare gingen mehrmals miteinander aus. Deine Großeltern waren vermutlich wenig begeistert, aber es war Abes Rumschpringe. Wahrscheinlich hofften sie, er würde diese Phase bald hinter sich lassen. Doch dann lief etwas schief. Abe verliebte sich in Patricia und nahm sie David weg. Obwohl David später heiratete, kam er nie über diesen Verlust hinweg. Die Ehe war unglücklich und schließlich nahm er sich das Leben. Ist bis hierher alles richtig, Trudy?"

„Halt den Mund." Trudy packte Mary am Arm und zerrte sie zur

Tür. „Patricia war ein Kuckucksei in unserem Nest und ihre Tochter ist genauso. Wie sie klimperst du mit den Wimpern und lockst die Männer in dein Spinnennetz, zuerst Reece und jetzt Matthew. Ich werde das nicht länger zulassen."

Mary gelang es, ihren Arm loszureißen. „Haben Sie meine Eltern getötet?" Ihr Herz raste.

„Natürlich! Du hast doch nicht geglaubt, dass ich sie ungeschoren davonkommen lasse, wenn sie meine Familie zerstören! Marys Mutter hatte Irene erzählt, dass sie endlich wieder schwanger geworden sei. Das war der Tropfen, der das Fass zum Überlaufen brachte. Nach allem, was sie getan hatte, verdiente Patricia kein Kind mehr. Doch als wäre all mein Leid nicht schon genug, schnappte sich Mary meinen Enkel und zerstört sein Leben. Sie muss dafür bezahlen."

„Irene ist Reeces Mutter", sagte Mary unvermittelt.

Trudy sah sie finster an. „Woher weißt du das?"

Mary wurde blass. „Ich habe heute Ellen Long getroffen. Sie hat es mir erzählt."

„Wer ist sein Vater?", fragte Matt. Er sah das Entsetzen, das seine Frage bei Mary hervorrief.

Trudy lachte schadenfroh. „Sein Vater ist nicht Abe, falls das deine Sorge ist. Oh nein, das hätte ich schnell unterbunden. Es war irgendein Nichtsnutz, der damals für ein paar Monate in der Kommune lebte und dann weiterzog. Weil Irene einen Nervenzusammenbruch hatte, nahm ich ihn zu mir."

„Ich dachte, er wäre ein Pflegekind."

Sie fuchtelte mit der Waffe durch die Luft. „Das war nur Tarnung."

„Und was war mit Cyrus?"

Mary gab Matt selbst die Antwort auf seine Frage. „Ich glaube, er wurde nur benutzt. Seine Frau hatte eine Affäre mit Reece. Wahrscheinlich hat Reece Gift unter den Zucker gemischt und ihn dann gebeten, eine bestimmte Sorte Kekse zu backen. Vielleicht hat er Cyrus sogar vorgeschlagen, einen Quilt für Ellen bei meiner Mutter zu besorgen und ihnen bei dieser Gelegenheit die Kekse mitzunehmen. Am Ende würde die Spur in die Bäckerei führen, und es sähe so aus, als wäre Cyrus zum Opfer seines eigenen Mordkomplotts geworden."

Trudy sah sie mit zusammengekniffenen Augen an. „Diese Ellen ist …"

Mary wich vor Trudy zurück. „Warum haben Sie die Quilts meiner Mutter genommen?“

„Eifersucht“, antwortete Matt. „Ich habe ein Bild von dir gesehen, Trudy. Du stehst darauf neben einem Quilt, der genauso aussieht wie Patricias berühmte Kolibri-Quilts. Sie hat dein Muster nachgestickt und hatte damit mehr Erfolg als du.“

„Alles nur, weil sie *amisch* war“, fauchte Trudy. Sie packte Mary abermals und zerrte sie zur Tür. „Aber mit all dem ist heute Schluss.“ Sie zog ihre Geisel durch die Tür und schloss sie hinter ihnen. Dann herrschte Stille.

Matt zerrte an seinen Fesseln. Sie gaben viel zu wenig nach, aber er musste sich unbedingt befreien. Mühsam drehte und wand er seine Handgelenke und zog und zerrte an dem Seil, bis es ein wenig nachgab. Dennoch reichte der wenige Spielraum noch lange nicht, um seine Hände vollständig zu befreien. „Caitlin, Liebes, komm her. Ich brauche deine Hilfe.“

Er konnte nur beten, dass seine Tochter genug Kraft und Geschick hatte, um seine Fesseln zu lösen. Fünf lange Minuten später fühlte er, wie der Knoten endlich nachgab. Seine Hände waren frei.

* * *

Die Mücken stürzten sich in Scharen auf sie. Offensichtlich lechzten sie ebenso wie Trudy nach Marys Blut. Was hatte sie mit ihr vor? Die alte Frau führte sie einen matschigen Pfad hinunter zu dem reißenden Fluss, der an seiner breitesten Stelle knapp zwanzig Meter maß. Die starke Strömung hatte zahlreiche Bäume entwurzelt. Riesige Sycamores trieben in dem tosenden, schlammfarbenen Wasser. Das Hochwasser des Flusses hatte schon fast die am Ufer liegenden Kanus erreicht.

Sie gingen am Wasser entlang, bis Trudy auf einen schmalen Pfad bog, der von hinten wieder zur Hütte führte. Plötzlich gähnte vor ihnen die schwarze Öffnung einer Zisterne, die anscheinend erst vor kurzem abgedeckt worden war. Das Loch hatte einen Durchmesser von etwas über einen Meter.

„Halt, Mary!“ Trudy blieb stehen und wies auf die Zisterne. „Zeit, Lebewohl zu sagen!“

Mary erstarrte. Was konnte sie tun? Panisch sah sie sich in alle Richtungen um, aber es gab keine Möglichkeit, sich zu verstecken oder zu fliehen. Trudy hob das Gewehr und Mary schloss die Augen. Jeden Augenblick würde die Kugel sie durchbohren.

„Trudy, nein!“ Reeces Schrei hallte zwischen den Felsen wider.

Keuchend rannte er den schmalen Pfad zu ihnen herauf. Mit seinem wilden Blick und dem weißen Gesicht war er nicht der Retter, den sich Mary erhofft hatte, aber sie war trotzdem froh über seinen Anblick. Außerdem hatte er eine Waffe in der Hand. Ärgerlich über die Unterbrechung drehte sich Trudy zu ihrem Enkel um.

Reece blieb nach Atem ringend neben seiner Großmutter stehen. „Du hast gesagt, wir könnten verschwinden und ein neues Leben miteinander anfangen. Mary ist aus freien Stücken zu mir zurückgekommen. Sie hatte nichts mit den Sünden ihrer Eltern zu tun. Du hast mir versprochen, dass du mir helfen würdest, sie zurückzubekommen. Du darfst sie nicht töten.“

Trudy verpasste ihm eine schallende Ohrfeige. „Du Narr! Sie hat dich völlig um den Verstand gebracht. Siehst du denn nicht, dass sie nur zu dir zurückgekommen ist, weil sie wusste, dass du das Balg hast?“

Reece strich mit der Hand die schmerzende Wange.

„Und jetzt tu gefälligst, was ich dir sage. Ich arbeite seit Jahren auf diesen Augenblick hin und werde ihm mir nicht von dir verderben lassen.“

Über Reeces Schulter sah Mary Matt und Ajax auf sich zurennen. Caitlin war nicht zu sehen. Mary betete, dass sie in Sicherheit war. Vollkommen unvermittelt drehte sich Trudy zu den beiden um, während sie ihr Gewehr auf Mary richtete. „Wenn sich einer von euch rührt, ist sie tot.“ Mit einem irren Lächeln deutete sie auf das Loch. „Du hast doch die ganze Zeit deine Mutter gesucht, Matthew. Komm und sag Hallo zu ihr.“

Matt schwankte. „Du hast meine Mutter getötet?“ Sein Gesicht war vor Schmerz und Entsetzen verzerrt.

„Sie hat meinen Sohn getötet.“

„Das stimmt doch gar nicht. Er hat sich selbst das Leben genommen.“

„Weil sie nicht die Frau war, die er brauchte“, schrie Trudy ihn an.

Matt hatte Mühe, ihren irrationalen Gedankengängen zu folgen. „Du hast Reece auf die Idee gebracht, diese Fremde zu bezahlen, damit sie sich als meine Mutter ausgibt und ich nicht mehr länger nach ihr suche, richtig? Hast du etwa geglaubt, ich würde irgendeine beliebige Frau als meine Mutter akzeptieren? Ich erinnere mich viel zu gut an sie, um auf solche Tricks hereinzufallen."

Trudy tat seinem Ausbruch mit einer gleichgültigen Handbewegung ab. „Mary wird gleich bei ihr sein." Der Gedanke schien ihr ein geradezu diabolisches Vergnügen zu bereiten. „Was meinst du, Matt: Soll sie ihr von dir Grüße ausrichten?"

26

„In einigen Gegenden gibt es Vorurteile gegen die Amisch. Sie sind die perfekte Zielscheibe für Hassverbrechen, weil sie sich nicht wehren, sondern die Anfeindungen friedliebend und sanftmütig erdulden."
Mary Schwartz in der *Morgenshow*

Trudy schüttelte sich vor Lachen. Sie musste komplett den Verstand verloren haben. Keuchend richtete sie sich auf. „Oder willst du deiner Mutter selbst guten Tag sagen, Matt? Sie ist gleich da unten, falls du sie besuchen möchtest."

„Hören Sie auf!", schrie Mary. „Hören Sie doch endlich auf! Wieso benehmen Sie sich wie eine verbitterte, grausame Hexe? Er ist Ihr Enkel!"

Trudy zog die Brauen in die Höhe. „Oh, was höre ich da? Das Brüllen einer Maus?"

Wie weit konnte die Bitterkeit einen Menschen bringen? Mary fiel es wie Schuppen von den Augen. Wie hatte sie nur so blind sein können? Entsetzt sah sie Trudy an, ihren verzerrten Mund, die kalten Augen, voller Hass und Vorurteile. Die Verkörperung der Rachsucht. Hatte sie in Ellens Augen heute Morgen auch so ausgesehen? War dies der Anblick, dem Reece begegnete, wenn er ihr ins Gesicht sah? War sie nicht im Innersten genauso, weil sie nicht vergeben wollte?

„Warum, Trudy? Wieso nur dieser ganze Hass gegenüber Menschen, die Ihnen niemals etwas zuleide getan haben? Was hat Moe sich je zuschulden kommen lassen, dass er sterben musste?"

„Er war selbst schuld. Die Blumen waren für seine Mutter bestimmt."

„Meine Tante war eine wunderbare Frau", sagte Mary. Vielleicht konnte sie Trudy in ein Gespräch verwickeln, und sie hätten hierdurch eine Chance, gerettet zu werden.

„Sie war eine solche Wichtigtuerin. Nach der Beerdigung deiner Eltern kam sie zu mir, den ganzen Weg in ihrem kleinen Einspänner – als ob sie mich damit beeindrucken könnte." Trudy lächelte abfällig. „Sie erzählte mir, sie habe Reece mehrfach aus Ellens Haus kommen sehen, immer dann, wenn Cyrus nicht zu Hause war. Sie hatte Reece als Mörder in Verdacht und kam zu mir, um mich vor ihm zu warnen!" Trudy lächelte. „Das kleine Dummchen. Selbstverständlich meldete sie ihren Verdacht aber nicht der Polizei, sondern überließ es wie immer Gott, für Gerechtigkeit zu sorgen."

„Und hatte natürlich keine Ahnung, dass Sie ebenfalls an der Sache beteiligt waren", sagte Mary langsam.

„Als Reece mir erzählte, wie er dich hierher zurückgelockt hat, stand für mich fest, dass Nora sterben müsste. Auf keinen Fall würde sie ihr Wissen für sich behalten." Sie sah Zustimmung heischend zu Reece. „Bei allem habe ich immer zuerst an dich gedacht, mein Junge. Du weißt, ich wollte stets das Beste für dich und deshalb musst du mir jetzt gehorchen und tun, was ich dir sage."

Trudys Stimme war hart und unerbittlich. „Töte sie, Reece. Du musst es tun, um dich von ihrem Geist zu befreien." Reece schüttelte den Kopf und ließ die Hand mit der Waffe sinken. Trudy griff nach seinen Arm. Ihre laute Stimme wurde nicht einmal vom Donnern des Wassers übertönt. „Ohne mich wärst du auf der Straße gelandet, Reece. Wir stecken beide viel zu tief in dieser Sache drin, als dass du jetzt einen Rückzieher machen könntest. Es muss sein."

„Lass mich Mary behalten." Seine Stimme klang leise und flehend.

„Du bist ein sentimentaler Schwächling. Willst du dich wieder mit mir anlegen? Willst du mich wieder zu Boden stoßen, mich niederschlagen, wie bei deinem letzten Besuch? Du bist ein solcher Jammerlappen. Es ist einfach nur erbärmlich. Jetzt reiß dich gefälligst zusammen und benimm dich wie ein Erwachsener."

Marys Blick wanderte zu Matt hinüber, der wie ein Panther kurz vor dem Sprung aussah. Sein ganzer Körper wartete nur auf die Chance einzugreifen. Auf keinen Fall würden sie beide sich kampflos geschlagen geben.

„Du hast meinen Revolver", wandte sich Matt an Reece. „Benutze ihn dieses Mal für einem guten Zweck und rette Mary und Caitlin."

„Halt den Mund, Matthew!" Trudys finsterer Blick wanderte von Matt zu Reece. „Reece, du wirst mir jetzt gehorchen und tun, was ich dir sage!"

Ohne zu zögern, hob Reece die Waffe.

„Einverstanden. Ich werde deinen Revolver für eine gute Sache gebrauchen. Du darfst als Erster dran glauben, Mattie. Viel Spaß mit deiner Mum."

Hastig trat Mary zwischen Reece und Matt. „Bitte, Reece, lass uns von hier verschwinden. Lass uns doch einfach zusammen weggehen, nur du und ich. Wir können nur zu zweit glücklich sein, so, wie du es immer wolltest. Matt kann wegen mir gerne Caitlin behalten." Mit beschwörender Stimme sprach sie auf ihn ein. Bestimmt wäre Reece nicht in der Lage, sie kaltblütig zu erschießen. Er zerstörte nicht absichtlich Dinge, die er haben wollte. Es gelang ihr, Matts Griff auszuweichen, der sie vermutlich aus der Schusslinie schieben wollte. Langsam begann sie auf Reece zuzugehen. „Du musst nicht auf sie hören, Reece. Bitte, sieh mich an. Geh mit mir von hier weg. Fang mit mir ein neues Leben an. Du musst sie nie mehr wiedersehen und dich von ihr bevormunden lassen."

„Reece, wir müssen die Sache zu Ende bringen." Trudys Stimme klang erbarmungslos. Mit stahlhartem Ton fuhr sie fort. „Sie wird nie bei dir bleiben, das weißt du genau. Sie opfert sich nur für ihre Tochter. Am liebsten würde ich sie persönlich erschießen, aber wenn du es nicht selbst tust, wird sie dich ein Leben lang verfolgen."

Nur Mary sah das leichte Zittern in Reeces Hand. Immer weiter ging sie mit winzigen Schritten auf ihren Mann zu. Wie konnte es ihr nur gelingen, zu seinem Herzen, seiner Seele durchzudringen? Aus ihren Augenwinkeln sah sie Trudy verbittert und hasserfüllt, und mit einem Mal wusste Mary die Antwort. Vergebung! Vergebung war der Schlüssel. Sie musste Reece vergeben, aufrichtig und von ganzem Herzen und er würde erkennen, ob sie die Wahrheit sagte.

Sie holte tief Luft, schickte ein Stoßgebet zum Himmel und begann mit ruhiger Stimme zu sprechen. „Ich vergebe dir, Reece. Ich vergebe dir jede Ohrfeige, jedes lieblose Wort." Fast schockiert stellte sie fest, dass sie diese Worte tatsächlich ernst meinte. Sie sah ihn an und konnte durch seine Brutalität hindurch seinen eigenen Schmerz und seine eigenen Verletzungen sehen. Niemals hätte sie zu träumen gewagt, dass es ihr möglich wäre, ihm aufrichtig zu vergeben. Tiefer innerer Friede erfüllte ihre Seele.

Sie hätte keine Chance, Reece die Waffe aus der Hand zu reißen. Jetzt lag es an ihm. Wenn er die Waffe weglegte und Matt und Caitlin gehen ließe, würde sie ihr Versprechen halten und mit ihm gehen. Nach Marys Meinung wäre dies nur ein kleiner Preis für das Leben ihrer Tochter und das Leben des Mannes, den sie liebte.

Sie bekam nie die Chance, ihre These zu überprüfen, es herauszufinden. „Du bist so bemitleidenswert schwach, Reece. Man muss dich sogar vor dir selbst beschützen." Ungeduldig hob Trudy ihre Waffe und zielte auf Mary. „Du bist genau wie deine Mutter. Diese falsche Schlange hat andere auch immer nur benutzt." Ihr Finger legte sich um den Abzug. „Sie hat alles zerstört, was mir im Leben wichtig war."

Mary starrte in den Lauf des Gewehrs. Die Muskeln in ihren Beinen spannten sich instinktiv zum Sprung an, aber Mary wusste nur zu genau, dass ihre Chancen zu überleben verschwindend gering waren. Die Entfernung war einfach zu kurz. Bevor sie jedoch überhaupt einen Versuch wagen konnte, drehte sich Reece zu seiner Großmutter herum. Dann überschlugen sich die Ereignisse in Zeitlupe. Mary hörte Reece Trudys Namen rufen, dann einen Knall. Der Revolver in Reeces Hand zuckte zurück und Trudy begann zu fallen.

„Lauf", schrie Matt, der an Mary vorbeisprang und sich auf Reece warf. Ineinander verkeilt gingen die beiden Männer zu Boden. „Hol Caitlin aus der Hütte!"

Ajax bellte wie ein Wahnsinniger und sprang um die ringenden Männer herum. Mary sauste los in Richtung Hütte. Noch bevor sie dort ankam, lief ihr Caitlin bereits weinend entgegen.

Schnell nahm Mary ihre Hand. Da fiel hinter ihnen ein Schuss. Ein hastiger Blick über die Schulter zeigte ihr Reece, der taumelnd und mit seinem Revolver fuchtelnd auf sie zukam. Als letzter Fluchtweg blieb ihnen einzig und allein der Fluss. Zusammen mit Caitlin rannte Mary zum Ufer hinunter.

Sie war eine ausgezeichnete Kanutin, aber die starke Strömung des Sugar Creeks flößte ihr gehörigen Respekt ein. Matt war bestimmt schwer verletzt, wenn nicht sogar Schlimmeres. Sie musste den Versuch wagen, sei es auch noch so gefährlich. Wenn es ihr gelänge, die Stadt zu erreichen, wäre sie in der Lage, Hilfe zu holen. Wieso musste Reece auch ihr Handy wegwerfen!

Eilig setzte sie Caitlin auf den Boden des Kanus. „Halt dich gut fest, aber bleib unbedingt sitzen", wies sie ihre Tochter an. Sobald die Spitze des Kanus das Wasser berührte, ergriff die Strömung das Boot. Mit Müh und Not gelang es Mary gerade noch, ebenfalls hineinzuspringen, bevor das Kanu vom Wasser in die Mitte des Flusses getragen wurde. Es war nahezu unmöglich, das Boot zu lenken, so heftig wurde es von den Wellen hin und her geworfen. „Caitlin, unter dem Sitz ist eine Rettungsweste – zieh sie an", rief sie ihrer Tochter zu, die eilig die Weste nahm und ihre Arme hineinschob. Vorsichtig warf Mary einen Blick zurück. Reece war in das andere Kanu gestiegen und verfolgte sie. Mithilfe des Paddels versuchte Mary, das Boot an den schlimmsten Stromschnellen vorbeizusteuern. Falls sie das Kanu nach der Biegung ans Ufer lenken und es unter den überhängenden Bäumen verstecken könnte, würde Reece vielleicht weiter flussabwärts getrieben und dort unten nach ihnen suchen.

Da tauchte überraschend vor ihnen eine Brücke auf, die schon fast vollständig vom Wasser überflutet war. Die eigentliche Brücke war gerade noch zu sehen, aber die Pfeiler und der Anfang des Brückengeländers verschwanden bereits in den Fluten. Panisch suchte Mary nach einem Weg, irgendwie an der Brücke vorbeizugelangen. Wenn die Strömung sie weiterhin so mitriss, würden sie mit voller Wucht gegen die Brücke getrieben und entweder kentern oder direkt zerschellen. Ihre einzige Rettung war der nahezu aussichtslose Versuch, vom Wasser durch eine der Lücken im Geländer hindurch auf den eigentlichen Brückensteg getragen zu werden. Je näher sie der Brücke kamen, desto heftiger wurden die Stromschnellen. Abgestorbene Pflanzen, Äste und anderes Treibgut schwammen im gurgelnden Wasser rasend schnell an ihnen vorbei. „Caitlin!", schrie Mary, „du musst dich ducken. Mach dich so klein, wie du kannst. Hast du verstanden?" Mit vor Angst weit aufgerissenen Augen nickte Caitlin, dann rutschte sie so tief wie möglich in das Kanu. Eine Lücke im Brückengeländer in der Nähe des Ufers erschien Mary um einiges größer als die übrigen. Vielleicht waren bereits einzelne Teile des Geländers von der Strömung herausgerissen worden. Mit aller Kraft steuerte sie auf diese Stelle zu. Jetzt kam es darauf an. Die Brücke war direkt vor ihr. Wenn sie nicht genau traf, wären sie verloren. Mary steuerte das Kanu so lange wie möglich, dann zog auch sie den Kopf ein.

Fast schien es, als eile ihnen die Strömung zu Hilfe. Genau im richtigen Moment trug das Wasser sie durch die Lücke im Geländer. Mit großer Geschwindigkeit schlitterte das Kanu über die Bretter der Brücke, während es sich mehrmals um sich selbst drehte. Wasser spritzte in allen Richtungen auf. Dann kam das Kanu mit einem heftigen Ruck am gegenüberliegenden Geländer der Brücke zum Stehen. Mary hielt den Atem an. Anscheinend hielt das Geländer. Hastig drehte sie sich zu ihrer Tochter um. „Caitlin! Caitlin! Bist du okay? Ist alles in Ordnung?“ Vorsichtig streckte Caitlin den blassen Kopf aus dem Kanu. „Komm, schnell, Liebes. Wir müssen unbedingt aus dem Kanu heraus und von der Brücke herunter.“ Eilig stand Mary auf und half Caitlin aus dem Kanu. Erst als ihre Füße direkt auf dem Brückensteg standen, bemerkte sie, wie heftig dieser durch die Wassermassen erschüttert wurde. Es war nur eine Frage der Zeit, dann würde das ganze Bauwerk in sich zusammenbrechen. Mary griff nach Caitlins Hand. Gemeinsam wateten sie, so schnell sie konnten, durch das Wasser auf der Brücke in Richtung Ufer.

* * *

Schmerz läutert die Seele. Wenn dieses Sprichwort der Wahrheit entsprach, war Matt schon fast ein Engel. Die Schusswunde in seinem Bauch brannte so heftig, dass die Schmerzen ihm fast die Sinne raubten. Der leblose Körper seiner Großmutter hing halb über dem Rand der Zisterne, doch Matt verschwendete keinen weiteren Gedanken an sie. Er musste Mary und Caitlin finden und ihnen helfen. Reece hatte Matts Waffe mitgenommen und würde die beiden bald eingeholt haben. Taumelnd wankte er in die Richtung, in der die drei verschwunden waren, Ajax humpelnd neben sich. Auf der Pfote des Hundes war Blut zu sehen. Hoffentlich war das treue Tier nicht auch angeschossen worden. Matt presste seine Faust gegen die Wunde in seinem Bauch. Selbst wenn der Tod ihn holen würde, gäbe er nicht kampflos auf. Auf keinen Fall würde er Mary und Caitlin einfach so zurücklassen.

Als er endlich das Wasser erreichte, entdeckte er, dass die beiden Kanus fehlten. Anscheinend war Mary keine andere Wahl geblieben, sonst hätte sie Caitlin niemals der Gefahr des reißenden Wassers ausgesetzt. Gott sei Dank hatte sein Handy Empfang. Während er weiter flussabwärts wankte, wählte er den Notruf. Die Notrufzentrale versprach, sofort einen Rettungshubschrauber loszuschicken. Die Landschaft vor seinen Augen verschwamm immer mehr, aber Matt stolperte hartnäckig weiter. War das ein Kanu vor ihm? Doch bevor er sich darüber klar werden konnte, was er genau gesehen hatte, versagten seine Kräfte und er sank auf die Knie. Das Dröhnen in seinen Ohren wurde immer lauter. Mit dem Gesicht nach unten fiel er in den Schlamm. Matt hatte das Gefühl, in einem endlosen Strudel in die Tiefe gezogen zu werden. Dann wurde alles schwarz.

* * *

Die reißende Strömung klang beinahe wie ein Brüllen. Caitlin stolperte neben Mary über die grob behauenen Bretter. Mit einem letzten großen Satz landeten sie am Ufer. Erschöpft sanken die beiden zu Boden. Sie hatten es geschafft.

Mary rang noch immer nach Atem, als ein lautes Krachen sie plötzliche zusammenzucken ließ. Was war das für ein Geräusch? In all der Aufregung hatte sie ihren Verfolger vollkommen vergessen. Reece hatte mit der Steuerung seines Kanus weit weniger Glück als sie gehabt und war von der Strömung gegen die Brücke geschleudert worden. Das Kanu war gekentert und nun wurde Reece wieder und wieder durch die Unterströmung von den gurgelnden Wassermassen gegen die Brückenverstrebungen gedrückt. Der Druck der Strömung war so stark, dass es ihm nicht aus eigener Kraft gelang, auf die Brücke zu klettern. Unmengen von Treibgut schwammen neben ihm im schlammigen Wasser und behinderten ihn noch zusätzlich. „Mary, hilf mir!" Immer wieder streckte er hustend die Hand in die Höhe, doch seine Suche nach Halt hatte keinen Erfolg. Er hatte sie vor Trudy gerettet. Sie musste ihm helfen. Hastig begann Mary nach irgendetwas zu suchen, woran er sich festhalten konnte. Gerade wollte sie ihm mit einem ausreichend langen und stabilen Ast zu Hilfe eilen, als sie einen riesigen Baumstamm entdeckte, der in rasender Geschwindigkeit auf die Brücke zutrieb. „Reece! Achtung! Pass auf!" Doch ihre warnenden Schreie kamen zu spät. Mit ungeminderter Wucht schleuderten die Wassermassen den Stamm erst gegen Reece und danach gegen die Brücke, sodass diese bis in ihre Grundfesten erzitterte. Dann ertönte ein Ächzen, gefolgt von einem Krachen, das sogar das Donnern des Flusses übertönte. Wie ein wildes Pferd bäumte sich das Bauwerk noch einmal auf, dann versank es mit einem letzten Gurgeln in den Fluten.

Voller Entsetzen sank Mary auf die Knie und schlug die Hände vors Gesicht. Das konnte er unmöglich überlebt haben. Was auch immer Reece ihr angetan hatte, einen so schrecklichen Tod hatte er nicht verdient. Wenn er nicht gewesen wäre, läge sie jetzt neben Matts Mutter in der Zisterne. Wie betäubt saß Mary am Ufer und wiegte Caitlin in ihren Armen. Erst nach einigen Minuten gelang es ihr, sich benommen und immer noch leicht schwankend zu erheben. „Caitlin, komm. Wir müssen deinen Daddy suchen.“

* * *

Das laute Dröhnen eines Hubschraubers ließ sie beide zum Himmel aufblicken. Woher wusste der Rettungshubschrauber, wo sie waren? Marys Puls schlug schneller, als ihr bewusst wurde, dass nur Matt ihn gerufen haben konnte. Zusammen mit Caitlin hastete sie durch den Schlamm am Ufer entlang. Hinter der Biegung des Flusses konnte sie in einiger Entfernung endlich die Hütte erkennen. Da! Ein Bellen. Das musste Ajax sein. Mary beschleunigte ihre Schritte.

Und dann sah sie Matt. Ohne irgendein Lebenszeichen lag sein Körper zur Hälfte im Wasser. Ajax sprang aufgeregt und laut bellend um ihn herum. Zwischendurch fasste er immer wieder mit dem Maul nach Matts Hemdkragen und versuchte, ihn mit aller Kraft aus dem Wasser zu ziehen. Doch der Kampf des Hundes war aussichtslos. Anscheinend war Matts langjähriger Gefährte selbst verletzt, denn er humpelte und wirkte erschöpft. Mary rannte los. Als sie bei Matt ankam, packte sie ihn unter den Armen und zog ihn mit Ajax' Hilfe aus dem Wasser.

Erst als sie ihn auf den Rücken rollte, entdeckte sie die furchtbare Wunde an seinem Bauch. Alles war voller Blut. Entsetzt schrie Mary auf. Noch während sie dem Hubschrauberpiloten mit den Armen Zeichen gab, traf sie mit voller Wucht die Erkenntnis, dass sie ihn verlieren würde.

27

„Kinder werden von den Amisch sehr geschätzt. Jedes Kind ist ein Geschenk Gottes für sie. Sie werden nie als Last empfunden. Glücklich ist der Mann, der ein Haus voller Kinder hat."
Mary Schwartz in *Quilts und amischer Glaube*

Das Zimmer auf der Intensivstation war voll mit Apparaten, Schläuchen und Monitoren. Mary saß neben dem Bett und starrte auf die Anzeigetafeln der Geräte, als könne sie durch reine Willenskraft Matts Vitalwerte verbessern.

Leise öffnete sich die Tür und Susans Kopf lugte um die Ecke. „Irgendeine Veränderung?"

„Nein, er ist immer noch bewusstlos."

„Gibt es irgendetwas Neues von den Ärzten?"

„Sie halten es nach wie vor für ein Wunder, wenn er es schaffen sollte." Angespannt knetete Mary ihre Hände. „Wie geht es Caitlin?"

„Gina kümmert sich um sie. Sie fragt wohl ziemlich viel nach ihrem Daddy."

„Ich finde, sie sollte ihn in diesem Zustand nicht sehen." Mary sah auf den schwer verletzten Mann im Bett hinter sich, der nur noch in Ansätzen wie der Matt aussah, den sie kannte und liebte. Bei dem Gedanken, Caitlin würde ihren Vater so zu Gesicht bekommen, zog sich Marys Herz zusammen.

„Was ist, wenn er stirbt, Mary? Wenn es dein Vater wäre, würdest du nicht die Chance haben wollen, dich von ihm zu verabschieden?"

Susans Frage traf Mary zutiefst. Bis heute wünschte sie sich, sie selbst hätte die Möglichkeit gehabt, ihre Eltern ein letztes Mal zum Abschied zu küssen. Zugleich weigerte sie sich, den Gedanken zu akzeptieren, dass Matt sterben würde. Sie hatte kein Recht dazu, Caitlin von ihrem Vater fernzuhalten, aber noch war es nicht so weit. So schnell gab sie die Hoffnung nicht auf.

Susan legte eine Hand auf ihre Wange. „Mary, er hat eine Kugel in den Bauch bekommen. Seine Leber und mehrere andere innere Organe sind beschädigt. Du musst langsam den Tatsachen ins Auge sehen."

„Glaube mir, Susan, ich sehe die Lage sehr klar, aber ich *weiß*, er wird nicht sterben. Ich werde es nicht zulassen. Ich muss jetzt wieder rein zu ihm."

„Was ist nun mit Caitlin?"

„Noch nicht", sagte Mary nach kurzem Zögern. „Vielleicht wenn er aufwacht."

„Ich bringe dir heute Abend ein paar belegte Brote. Willst du noch irgendetwas anderes?"

„Nein, ich habe keinen Hunger." Dinge wie Essen oder Schlafen waren Mary vollkommen gleichgültig. Ihr einziger Wunsch war, dass Matt endlich die Augen aufschlug und sie mit diesem Blick ansah, diesem Blick, der ihr sagte, dass er *sie* sah. Sie, Mary, so wie sie war, mit all ihren Ecken und Kanten, und dass er das, was er sah, liebte.

Gerade war sie an sein Bett zurückgekehrt, als sie ein leises Klopfen am Türrahmen hörte. Zahlreiche amische Freunde und Angehörige standen in der Tür: Luca, Sarah, der Bischof, Cousins, Cousinen, Freunde. Mindestens zwanzig Leute standen auf dem Gang.

„Was macht ihr denn hier?", fragte Mary, nachdem sie die Einzelnen begrüßt hatte.

„Wir sind gekommen, um für Matt zu beten", erklärte Luca. „Er ist ein guter Mann, Mary."

Nur mühsam gelang es ihr, zu antworten. „Ja, ja, das ist er", stieß sie schließlich mit vor Rührung zugeschnürter Kehle hervor. Gemeinsam betraten sie das Zimmer und stellten sich um das Bett herum auf. Während ihre Freunde um sie herumstanden und still für Matt beteten, hielt Mary seine Hand.

Sie mussten mehrere Fahrer gemietet haben, um sich zum Krankenhaus bringen zu lassen, und selbst mit dem Auto dauerte die Fahrt von Parke County nach Indianapolis eine ganze Stunde. Nach einiger Zeit schloss Mary ebenfalls die Augen und begann zu beten. Sie bat Gott um Vergebung für ihre Bitterkeit, für ihre mangelnde Vergebungsbereitschaft und sie betete für Matt. Als sie die Augen wieder öffnete, waren nur noch Matt und sie im Zimmer. Ihre Freunde waren ebenso leise wieder gegangen, wie sie gekommen waren.

Sachte drückte sie seine Hand. „Matt, mach die Augen auf! Matt." Keine Reaktion. Vollkommen unbeeindruckt summten und piepsten die Maschinen gleichmäßig weiter. Verzweifelt schmiegte Mary ihre

Wange in seine Hand, die reglos auf der Bettdecke lag. Sie würde ihn verlieren und vermutlich verdiente sie ihren Verlust sogar, doch Caitlin ganz sicher nicht. Sie sollte nicht ohne Vater aufwachsen. Was könnte sie Gott im Tausch für Matts Leben anbieten? Verlangte Gott nicht immer ein Opfer? Was wäre ein besseres Opfer, als ihr eigenes Glück für seines zu geben? Sie würde auf Caitlin verzichten.

Müde hob sie den Kopf. Wie vertraut sein Gesicht aussah. Nach einigen Minuten riss sie sich schließlich von seinem Anblick los, ging hinaus auf den Gang und rief Susan an.

* * *

„Mary, tu es nicht." Aufgeregt ging Susan auf dem Gang vor dem Krankenzimmer hin und her. „Deine Idee ist einfach absurd."

„Ich muss es tun." Mary kritzelte ihren Namen auf das Papier und reichte es weiter an Gina, die neben ihr stand.

„Er würde nicht wollen, dass du das tust", sagte Gina, während sie den Zettel in ihrer Handtasche verstaute. „Ich verstehe dich einfach nicht."

Matts Schwester sah zutiefst erschöpft aus. Neben ihrer Sorge, ob Matt seine schweren Verletzungen überleben würde, waren inzwischen auch noch ihr Mann und Vanessa wegen Diebstahls verhaftet worden. Immerhin hatte sich dabei Vanessas Schwangerschaft wie vermutet als Lüge herausgestellt.

Mary drückte Ginas Hand und sah sie um Verständnis flehend an. „Er liebt seine Tochter. Sie ist viel mehr sein Kind als meines. Ich …" Marys Stimme versagte. „Ich würde mich aber gern von ihr verabschieden."

„Sie ist bei Irene im Wartezimmer."

„In Ordnung. Ich bin in ein paar Minuten wieder bei euch. Vorher möchte ich aber noch Matt die ganze Sache erklären und mich von ihm verabschieden." Nach wie vor lag Matt regungslos in einem Bett, aber er wirkte von Stunde zu Stunde blasser und schwächer. Nach drei Tagen hatten die Ärzte nicht mehr viel Hoffnung auf Besserung. Mary wusste, sie durfte ihren Schritt nicht länger hinauszögern.

Mit zittrigen Fingern nahm sie seine Hand. „Ich liebe dich, Matt. Du hast mir so viel Achtung entgegengebracht und so viel Liebe geschenkt.

Ich weiß nicht, wie ich dir je klarmachen soll, was dein Verhalten für mich bedeutet hat. Ich möchte dir danken und will dir wenigstens ein klein wenig von deiner Liebe zurückgeben. Ich habe gerade die Papiere unterschrieben, in denen ich auf alle meine Ansprüche an Caitlin verzichte. Sie ist und bleibt deine Tochter." Ihre Stimme brach ab. Vorsichtig legte sie sich auf seinen Arm und genoss ein letztes Mal seine Nähe. „Ich habe mit Gott eine Abmachung getroffen. Wir Amisch glauben, dass wir andere Menschen an die erste Stelle setzen sollen. Oft genug habe ich dieses Ziel schon vergessen, aber dieses Mal werde ich es richtig machen. Ich setze dich und Caitlin an die erste Stelle. Ich glaube, wenn ich dieses Opfer bringe, wird Gott dich am Leben lassen. Ich werde von hier weggehen. Ich möchte nicht, dass du nach mir suchst. Versuche erst gar nicht, mich zu finden. Bitte bring mich nicht in die Gefahr, mein Versprechen gegenüber Gott zu brechen. Ich bin mir ganz sicher, dass du unserer Tochter ein gutes und glückliches Leben ermöglichen wirst und du ihr ein wunderbarer Vater sein wirst."

Mary konnte die Tränen nicht mehr zurückhalten und begann zu schluchzen. Woher sollte sie nur die Kraft für die Umsetzung ihres Plans nehmen? Alles in ihr schrie danach, ihr Gesicht an Matts Hals zu bergen und für immer bei ihm zu bleiben. Sie schluckte, aber der Kloß in ihrem Hals wollte dennoch nicht verschwinden. „Leb wohl, Matt. Du verdienst das Beste, was das Leben zu bieten hat. Werde glücklich. Ich liebe dich." Sie beugte sich über ihn und gab ihm einen letzten sanften Kuss. Dann wandte sie sich eilig um, bevor sie schwach werden und es sich möglicherweise doch noch anders überlegen würde.

Als sie die Zimmertür erreichte, glaubte sie ein Geräusch gehört zu haben, aber Matt sah genauso aus wie vorher. Blass und reglos lag er da. Bald tot, wenn sie nichts unternahm. Sie straffte ihre Schultern und verließ eilig das Zimmer. Vor dem Wartezimmer blieb sie einen Moment stehen und beobachtete ihre Tochter. Caitlin saß an einem roten Kindertisch auf einem kleinen Stuhl und malte hingebungsvoll. Gab es auf der ganzen Welt ein schöneres Kind? Mary konnte es sich nicht vorstellen. Sie war süß und unschuldig. Mary konnte sich nicht satt sehen an ihrer Tochter. Nach einigen Minuten riss sie sich dennoch von ihrem Anblick los und setzte sich neben Irene und Gina. „Wenn ihr nichts dagegen habt, rufe ich in ein paar Tagen an und erkundige mich, wie es ihm geht."

„Aber natürlich nicht“, erwiderte Gina.

Mary sah zu Irene. „Wusstest du das von deiner Mutter?“

Irene rieb sich seufzend über die Stirn. „Ich hatte einen Verdacht. Nachdem ich Reece bekam und für zwei Jahre in einem Sanatorium landete, nahm ihre Bitterkeit beständig zu. Als David dann Selbstmord beging, zerbrach sie innerlich vollkommen. Es wurde immer schwerer, zu ihr durchzudringen. Wenn ich sie besuchte, sprach sie die ganze Zeit von nichts anderem, als davon, wie furchtbar alle Amisch wären und dass die Schwartzens eines Tages ihren verdienten Lohn bekommen würden. Als der Stall von Marys Eltern Ende der siebziger Jahre abbrannte, vermutete ich bereits, dass Trudy etwas damit zu tun haben könnte, aber ich äußerte meinen Verdacht nicht vor anderen. Dann, vor zehn Jahren, als sie hörte, dass Patricia erneut schwanger war, brach ihr ganzer Hass ungehindert hervor. Wir hatten einen heftigen Streit und haben danach nie wieder miteinander gesprochen.“ Sie blickte auf. „Bitterkeit ist etwas Furchtbares. Sie frisst einen Menschen bei lebendigem Leib auf.“ Sie biss sich auf die Lippe. „Ich hoffe nur, dass mich diese zerstörerische Einstellung nicht eines Tages auch überwältigt, aber ich versuche mich, so gut es geht, dagegen zu wehren.“

„Es war schön, dich kennenzulernen, Irene“, sagte Mary herzlich und umarmte die ältere Frau. Dann wandte sie sich an Gina. „Danke, dass du dich um mein kleines Mädchen kümmerst. Ich werde von Zeit zu Zeit anrufen und mich nach ihr erkundigen. Wäre das für dich in Ordnung? Vielleicht kannst du mir auch hin und wieder ein Foto von ihr mailen.“

„Aber natürlich, das mache ich.“ Gina nahm sie fest in die Arme. „Ich wünschte, wir hätten mehr Zeit, um uns besser kennenzulernen.“

„Ich auch.“ Mary blinzelte ihre Tränen zurück, setzte ein Lächeln auf und trat zu ihrer Tochter. „Hallo, Caitlin. Ist das Bild für Daddy?“

Ohne sich bei ihrer Kunst stören zu lassen, nickte das kleine Mädchen. „Er liebt Prinzessinnen. Ich bin seine Prinzessin Nummer eins.“

„Natürlich bist du das. Du bist das Allerwichtigste in seinem Leben.“ Mary strich über die seidigen Haare ihrer Tochter und kniete sich vor ihr hin. „Ich muss gleich wegfahren, würdest du mir vielleicht eine Umarmung zum Abschied schenken?“ Caitlin legte bereitwillig den Stift beiseite und schmiegte sich in Marys Arme. „Kommst du bald wieder?“

„Nein, Liebes, leider nicht. Ich lasse dich bei deiner Tante Gina. Sie wird sich gut um dich kümmern, bis es deinem Daddy wieder gut geht. Bestimmt ist er ganz bald wieder gesund."

„Ich dachte, du würdest meine neue Mami. Deine Haare sind doch auch Feenhaare, genau wie meine." Caitlins kleine Finger streichelten über Marys dicke Locken. Über Caitlins Schultern hinweg sah Mary Gina, Irene und Susan weinen. Verzweifelt suchte Mary in ihrem Inneren nach einer letzten Kraftreserve. *Konzentrier dich auf Matt!* Denk an ihn, um das jetzt durchzustehen. Irgendwie gelang es ihr, Caitlin nach einer letzten Umarmung loszulassen. „Ich liebe dich genauso sehr, wie eine Mami ihr kleines Mädchen lieb hat. Ich werde jeden Tag für dich beten. Kümmerst du dich gut um deinen Daddy?"

Caitlin nickte. „Ich passe immer gut auf ihn auf. Wir backen zusammen Kekse. Schokokekse mag er am liebsten." Sie ging zu ihrem Rucksack, kramte darin herum und holte schließlich ihre abgegriffene Puppe heraus. „Willst du Jenny mitnehmen?", fragte Caitlin fast schüchtern. „Ich habe bestimmt keine Zeit für sie, weil ich mich um Daddy kümmern muss, aber sie braucht doch eine Mami."

Tränen traten Mary in die Augen. Mühsam hielt sie das Schluchzen in ihrer Kehle zurück. „Ich freue mich sehr, dass du sie mir anvertrauen willst. Bist du dir wirklich sicher, Liebes?"

Caitlin nickte. „Aber bitte mach, dass sie mich nicht vergisst."

„Das werde ich." Das war mehr, als Mary verkraften konnte. Jede Sekunde würde sie zusammenbrechen. „Du solltest jetzt lieber dein Bild zu Ende malen. Dein Daddy wird bald aufwachen und dann willst du es ihm doch bestimmt geben."

„Ja, das mache ich." Caitlin setzte sich wieder an den kleinen Tisch und beugte den Kopf über ihr Bild.

Atme. Ein und aus. Nach einer letzten Umarmung verließ Mary das Krankenhaus und folgte Susan hinaus zum Auto.

„Das hättest du nicht tun müssen." Die Stimme ihrer Freundin klang angespannt. „Willst du es dir nicht doch noch einmal überlegen?"

Aber Marys Entschluss stand fest. „Fahren wir", sagte sie. „Ich muss noch nach Hause, meine Sachen packen und die Katzen holen."

„Wohin willst du gehen?"

„Das weiß ich noch nicht genau." Einfach nur weg, möglichst weit weg.

„Aber du bleibst mit mir in Kontakt, ja?“

„Susan, du musst mir versprechen, Matts Drängen nicht nachzugeben, wenn er auf der Suche nach mir ist.“ Mary kannte Matt. Er würde sie nicht einfach aufgeben, obwohl ihr Brief nur das von ihm verlangte und erbat.

„Ich werde ihm nichts verraten.“

Susans Stimme klang nicht begeistert, aber Mary wusste, sie würde ihr Wort halten. „Gehen wir.“

Sie holten die Katzen und ihre übrigen Sachen und fuhren zurück nach Milwaukee. Mary hatte einen Plan, auch wenn dieser noch ziemlich unklar und vage war. Wenigstens würde die Herausforderung sie davon ablenken, an all das zu denken, was sie zurückgelassen hatte. Ihr Plan wäre mit schwerer Arbeit verbunden, doch genau das brauchte sie jetzt. Arbeit, Arbeit und nochmals Arbeit. Sie musste so viel arbeiten, dass sie nachts zu erschöpft wäre, um an blaue Augen denken zu können, die ihr sagten, dass sie etwas ganz Besonderes sei.

28

„Der Doppelter-Hochzeitsring-Quilt wird von allen Generationen geliebt. Amische Hochzeiten finden meistens dienstags oder donnerstags statt. Eine sichere Methode vorherzusagen, ob die Tochter einer Familie bald heiraten wird, ist ein Blick in den Garten. Ungewöhnlich viel angepflanzter Sellerie ist ein untrügliches Zeichen für eine bevorstehende Hochzeit."
Mary Schwartz in *Quilts und amischer Glaube*

Sechs Monate, sechs Tage und drei Stunden, seit sie ihn verlassen hatte. Matt lehnte sich in seinem Schreibtischstuhl auf der Polizeiwache zurück und rieb sich die Augen. Jeden freien Moment, in dem er nicht arbeitete, nutzte er für die Suche nach Mary, aber egal, wie sehr er sich anstrengte, sie blieb spurlos verschwunden. Wie hatte sie so vollständig untertauchen können? Sie war in keiner Fernsehsendung aufgetreten, in keiner Zeitschrift fand sich ein Interview mit ihr und ihr Verlag gab ihre Adresse nicht preis. Trotz seiner guten Kontakte gab es kein Durchkommen.

Susan wusste, wo sie war, aber sie weigerte sich partout, es ihm zu verraten. Inzwischen wuchs ihre Tochter ohne ihre Mutter auf. Er sehnte sich so sehr danach, Marys Gesicht zu sehen. Eingepackt in seinen dicken Wintermantel, trat er hinaus in das dichte Schneetreiben. Der Wetterbericht sprach vom schlimmsten Blizzard in Indiana seit 1978. Der Sturm hatte bereits fünfzehn Zentimeter Neuschnee gebracht und weitere zwanzig bis dreißig Zentimeter waren angesagt.

Eigentlich ein idealer Abend, um im Haus zu bleiben und mit Caitlin vor dem Fernseher Popcorn zu essen, aber er wollte nach Milwaukee fahren und einen erneuten Versuch starten, endlich Marys Aufenthaltsort von Susan zu erfahren. Er schaufelte sein Auto frei und fuhr langsam durch die schneebedeckten Straßen nach Hause. Was für ein Wetter! Seine Füße waren eiskalt, als er das Haus betrat. Gina war anscheinend am Telefonieren.

„Oh, Mary, wie schön, dass du anrufst", sagte sie. Matt konnte kaum glauben, was er zu hören bekam. „Caitlin geht es gut. Sie hat mit der Vorschule angefangen und kann schon erste Wörter lesen." Sie schwieg und lauschte eine Weile. „Ich maile dir das Bild von der Schule. Sie ist bestimmt schon fünf Zentimeter gewachsen, seit du sie zuletzt gesehen hast."

Matts Herz begann schneller zu schlagen. Er hatte keine Ahnung gehabt, dass Gina nach wie vor Kontakt zu Mary hatte. Leise blieb er stehen und lauschte still nach einem Hinweis auf Marys Aufenthaltsort, aber nichts von dem, was Gina sagte, half ihm irgendwie weiter.

Als Gina auflegte und sich umdrehte, zuckte sie entsetzt zusammen. „Matt, hast du mich erschreckt!"

„Hast du schon die ganze Zeit Kontakt mit ihr?" Er trat näher auf seine Schwester zu, die abwehrend die Hände hob und einen Schritt zurückwich.

„Hör zu, sie wollte nicht, dass du es weißt, okay?"

„Wo ist sie, Gina? Ich muss sie finden." Er nahm ihr das Telefon aus der Hand und schaute auf die Anzeige, aber dort war nur „unbekannt" zu lesen.

„Sie will nicht gefunden werden, Matt. Akzeptier das doch. Vielleicht hat sie ja wirklich recht. Die Ärzte hatten keine Hoffnung, dass du es schaffen würdest. Keiner konnte es fassen, als sich an dem Tag ihres Verschwindens plötzlich dein Zustand verbesserte."

„Gott macht keine solchen Geschäfte." Er drehte sich um und ging mit schnellen Schritten nach hinten ins Büro. „Zeig mir ihre E-Mails."

„Matt, tu das nicht. So toll und wichtig, wie man immer meint, ist die Ehe auch nicht."

Er blieb stehen und fasste sie an den Schultern. „Gina, halte mich aufgrund deiner Meinung über die Ehe nicht von meinem Glück fern. Ich bin nicht Blake. Ich liebe Mary und ich werde sie finden. Caitlin braucht sie auch. Willst du denn nicht, dass wir glücklich werden, Gina? Hast du etwa Angst, wir würden dich dann nicht mehr brauchen?"

Gina schüttelte den Kopf. „Es ist gemein von dir, so etwas zu sagen. Ich mag Mary doch auch und vermisse sie."

„Dann hilf mir, sie zu finden." Er ließ sie los und setzte sich an den Computer.

Gina folgte ihm langsam. Schließlich gab sie sich einen Ruck und zeigte ihm Marys Mails. „Ich gehe in die Küche und kümmere mich um das Abendessen."

Er begann zu lesen. Marys E-Mails waren so wie sie selbst: einfühlsam und liebevoll. Sie fragte nach Caitlin, erkundigte sich, wie Gina mit ihrer Scheidung zurechtkam, und riet ihr, sich Zeit zu lassen und Geduld mit sich zu haben. Aus jeder Zeile sprach ihr Mitgefühl. Er sehnte sich so sehr danach, sie zu sehen, sie berühren zu können, ihren ganz eigenen Duft zu riechen. Wie hatte sie ihn einfach so verlassen können? War ihr denn nicht bewusst, wie sehr er sie brauchte, wie sehr Caitlin sie brauchte?

Er öffnete die nächste Nachricht. Während er las, begann sein Herz schneller zu schlagen. In ihrer Mail erwähnte sie ein Fest, das Schweizer Tage hieß. Er sah auf das Datum der Mail, dann öffnete er ein weiteres Fenster. Treffer! Das Festival hatte im letzten Juli in Berne, Indiana, stattgefunden. Bis nach Berne waren es 300 Kilometer, was bei gutem Wetter eine Fahrt von etwas über drei Stunden bedeutete. Jetzt war es sechs Uhr abends. Bis Mitternacht könnte er es selbst bei diesem Sturm schaffen. Auf den Autobahnen fuhren Schneepflüge, und sein Auto hatte Vierradantrieb.

Berne hatte etwas über viertausend Einwohner. Vermutlich bräuchte er nichts anderes zu tun, als ihr Bild in der Stadt herumzuzeigen, selbst wenn Kleinstädte manchmal sehr verschwiegen sein konnten, wenn es darum ging, ihre Einwohner zu schützen. Im absoluten Notfall würde ihm bestimmt seine Polizeimarke Tür und Tor öffnen. Er ging durch den Flur in sein Schlafzimmer, packte seine Tasche und nahm sie anschließend mit nach vorne.

Ajax hob interessiert den Kopf und begann mit dem Schwanz zu wedeln, als er die Tasche entdeckte. Anscheinend hatte er Interesse an einem kleinen Ausflug.

Ginas Blick wanderte ebenfalls fragend zu der Reisetasche. „Wohin willst du?“

„Nach Berne. Ich denke, das ist ihr neuer Wohnort. Ich weiß, ich werde sie finden. Notfalls sitze ich rund um die Uhr bei McDonalds und warte dort auf sie. Sie liebt den Kaffee in diesem Laden und wird früher oder später garantiert dort auftauchen.“

„Du wirst fast die ganze Nacht fahren. Warum brichst du nicht erst morgen früh auf?“

„Bis morgen sind wir vielleicht eingeschneit.“

„Aber so bleibst du möglicherweise heute Nacht auf der Straße im Schnee stecken.“

„Der schlimmste Schnee soll erst nach Mitternacht kommen. Ich will sofort aufbrechen. Ich habe schon viel zu viel Zeit ohne sie vergeudet."

Caitlin kam aus der Küche. „Fährst du weg, Daddy? Kann ich mitkommen?" Sie hüpfte zu ihm und umklammerte sein Bein.

Zunächst wollte Matt schlichtweg Nein sagen, aber dann kam er ins Nachdenken. Warum eigentlich nicht? Er könnte jede Hilfe brauchen, die er kriegen konnte. Selbst wenn Mary sich weigerte, ihn zu heiraten, sollte ihre Tochter dennoch die Chance haben, eine Beziehung zu ihr aufzubauen.

„In Ordnung, Schatz. Geh und pack deine Sachen, aber nimm genug für eine ganze Woche mit."

„Wohin fahren wir denn?"

„Wir holen deine neue Mami nach Hause."

Caitlins Augen wurden kugelrund und begannen vor Begeisterung zu leuchten. „Au ja!" Eilig lief sie in ihr Zimmer zurück.

„Bist du sicher, dass du weißt, was du tust?", fragte Gina.

„So sicher wie noch nie in meinem ganzen Leben."

„Dann gehe ich mal und helfe ihr beim Packen."

Mit Herzklopfen sah Matt auf seine Uhr. In wenigen Stunden würde er in Marys strahlende Augen blicken können.

* * *

Der Schnee reichte Mary fast bis zu den Knien. In kürzester Zeit würden ihre Hosen durchnässt und ihre Beine eiskalt sein, aber das war ihr jetzt auch egal. Vorsichtig steckte sie das Medaillon, in dem sich ein Bild von Matt und Caitlin befand, in ihren Parka und zog den Reißverschluss bis ganz nach oben zu. Dann schlüpfte sie in ihre Handschuhe, öffnete den Kofferraum und holte die Schaufel heraus. Schritt für Schritt bahnte sie sich einen Weg zu ihrer Bürotür. Obwohl bei diesem Wetter vermutlich niemand aus dem Haus ging, bevor die Schneepflüge nicht alles geräumt hatten, wollte sie dennoch vorbereitet sein. Vielleicht wurde sie trotzdem gebraucht. Das Haus für misshandelte Frauen sollte einladend sein, ganz egal, bei welchem Wetter. Sie selbst hatte es nur zur Arbeit geschafft, weil ihre Wohnung praktischerweise direkt über dem Büro lag.

Sie benötigte fast eine Stunde, um den Gehweg zum Büro von den

Schneemassen zu befreien. Gerade als sie ihre Schaufel wieder im Kofferraum ihres Wagens verstauen wollte, näherte sich ein großes Auto mit Vierradantrieb und einem Schneeräumschild an der Vorderseite. *Na wunderbar!* Wahrscheinlich würde der Fahrer ihr Auto unter dem Schneeberg, die er mit seiner Schaufel aufhäufte, endgültig begraben. Allerdings versperrte ihm momentan selbst ein großer Schneehaufen den Weg. Er rollte ein Stück zurück und benötigte zwei Anläufe, bis er sich den Weg freigekämpft hatte. Die gesamte Motorhaube des Fahrzeugs war über und über mit Schnee bedeckt.

Entschlossen trat Mary wieder auf den Gehweg, als sie jemanden „Mary!" rufen hörte. Die Menschen hier dachten, ihr Name sei Sonja Fearnow. Sie musste sich geirrt haben. Vermutlich hatte der heulende Wind ihr einen Streich gespielt. Sie steckte die Hände tiefer in ihre Taschen und eilte weiter in Richtung Bürotür, als sie das Rufen erneut hörte. Diesmal vollkommen klar.

Sie wandte sich um und sah, dass das große Auto mitten auf der schneebedeckten Hauptstraße stehen geblieben war. Ein Mann stieg aus dem Auto und hob ein kleines Mädchen heraus. Dann sprang auch noch ein Hund aus dem Wagen und begann zu bellen. Alle drei stapften durch den Schnee auf dem Gehweg in ihre Richtung. Marys Herz begann bei dem Anblick von Matt in seinem schweren Parka und Caitlin mit ihrem rosa Anorak und ihren kleinen Stiefeln vor Freude zu hüpfen. Sie hatte sie so entsetzlich vermisst. Während sie langsam näher kamen, wich Matts strahlender Blick keine Sekunde von ihrem Gesicht. Behutsam stellte er Caitlin auf den Gehweg, die sofort zu rennen begann. „Mami, Mami!" Ajax sprang bellend neben ihr her auf Mary zu.

Mary sank auf die Knie, breitete die Arme aus und Caitlin warf sich laut juchzend hinein. Ajax, vollkommen außer Rand und Band über das Wiedersehen, leckte ihr begeistert über Gesicht und Hände. Fest drückte Mary ihre kleine Tochter an sich. Noch immer hing ein leichter Duft nach süßem Kindershampoo in Caitlins roten Haaren, bei dem Mary unwillkürlich die Tränen in die Augen traten. Sie blinzelte sie hastig zurück und blickte dann ihrer Tochter ins Gesicht. „Caitlin, mein Schatz, was machst du denn hier?"

Caitlin sah sie spitzbübisch an. „Wir sind gekommen, um dich mit nach Hause zu nehmen. Du musst jetzt gleich packen." Sie sprach mit einer solchen Entschlossenheit, als hätte Mary eh überhaupt keine Wahl und jeglicher Widerspruch wäre sowieso vollkommen zwecklos. Nun hatte auch Matt die Gruppe erreicht. Mary strich Ajax noch einmal über den Kopf, dann nahm sie Caitlin auf den Arm und stand auf. „Wie hast du mich gefunden?"

„Ich habe gestern zufällig dein Telefonat mit Gina gehört und konnte sie überreden, mir deine E-Mails zu zeigen. Ab dann war alles ganz einfach."

Marys Herz versank in der grenzenlosen Liebe, die ihr aus seinen Augen entgegenstrahlte, während ihr Verstand versuchte, irgendwie einen klaren Kopf zu bewahren. „Du hättest nicht kommen sollen."

„Du hättest nicht weggehen sollen." Er streckte ihr die Arme entgegen, um ihr Caitlin abzunehmen. „Sie ist schwer. Lass uns ins Haus gehen."

Nur widerwillig ließ Mary ihre Tochter los. Erst jetzt bemerkte sie wieder den eisigen Wind, den sie unter seinem Blick überhaupt nicht mehr gespürt hatte. Mit Caitlin auf den Armen und Ajax an seiner Seite folgte er ihr ins Haus.

Für Mary war es, als erstrahlte ihr bescheidener Arbeitsplatz in völlig neuem Glanz, als die Menschen, die sie liebte, eintraten. „Setzt euch", sagte sie und deutete auf das Sofa und die Stühle.

Er setzte Caitlin auf dem Sofa ab. „Was ist das für ein Haus?"

„Eine Anlaufstelle für misshandelte Frauen und Kinder." Mary sah, wie Caitlins Blick zu der Spielkiste wanderte. Fragend sah das kleine Mädchen sie an und Mary nickte. „Du kannst gern damit spielen."

Caitlin zögerte. „Wie geht es Jenny?", fragte sie mit einer viel zu beiläufig klingenden Stimme.

„Sie vermisst dich und wartet oben auf dich. Willst du hinaufgehen und sie begrüßen?"

Caitlins Lächeln strahlte ebenso unvermittelt auf wie die Sonne, die vor der Tür den Schnee zum Glitzern brachte. „Okay."

Matt sah Mary unverwandt an. Sie wusste, wenn sie ihm in die Augen blickte, wäre sie verloren. „Hier entlang." Sie führte die beiden durch den Flur zur Treppe hinauf in ihre winzige Wohnung.

Der einzige Gegenstand auf dem Wohnzimmertisch war ein Bild von Caitlin und Matt, die in die Kamera lächelten. Auf dem Schaukelstuhl in der Ecke lag ein Babyquilt, in den Jenny eingewickelt war.

Freudestrahlend lief Caitlin darauf zu und umarmte liebevoll ihre Puppe. Nachdem sie ihren Mantel ausgezogen hatte, kuschelte sie sich neben ihre so lang vermisste Freundin unter die Decke. Nach und nach tauchten auch noch alle vier Katzen in dem kleinen Wohnzimmer auf und drängten sich um Ajax, der sich geduldig auf den Boden legte. Als die Katzen, ganz nach alter Gewohnheit, auf seinen Rücken zu klettern und sein Fell zu kneten begannen, begann er genussvoll zu seufzen und verzog entzückt das Gesicht. Das Durcheinander war komplett.

„Möchtest du einen Tee?", fragte Mary. „Ich habe auch Milch und Kekse."

„Schokokekse?", fragte Matt. Die Haut in seinen Augenwinkeln legte sich in unzählige kleine Fältchen.

Mary hätte das Grübchen in seinem Gesicht endlos betrachten können. „Ja, es sind tatsächlich Schokokekse", sagte sie. „Ich habe sie gestern Abend gebacken, als es anfing zu schneien." Sie eilte an ihm vorbei in die winzige Küche. Die Teller klapperten laut in ihren zittrigen Händen. Als sie sich umdrehte, stand er direkt vor ihr, so nahe, dass sie ihn mühelos hätte berühren können. So nahe, dass sie ihn hätte küssen können – falls sie den Mut dazu gefunden hätte.

Sie wich zurück und stützte die Hände auf die Kante der Arbeitsplatte hinter sich. „Es ist ein wenig eng für zwei Personen."

„Das stört mich nicht." Er umfasste ihre Schultern. „Sieh mich an, Mary."

Sie blickte weiter zu Boden. „Ich … ich muss Caitlin die Kekse bringen."

Sanft hob sein Finger ihr Kinn, aber sie weigerte sich noch immer, den Blick zu heben. Unendlich zärtlich berührten seine Lippen ihren Mund. Die Berührung, nach der sie sich so lange gesehnt hatte, ließ all ihre Mauern einstürzen. Begleitet von einem leisen Aufschluchzen legte sie ihre Arme um seinen Nacken und erwiderte seinen Kuss von ganzem Herzen.

Sie hatte ihn so sehr vermisst, sich so sehr nach ihm gesehnt. Seine Stimme, sein Gesicht, sein Geruch, seine Berührung – Mary konnte es nicht begreifen, dass er wirklich plötzlich da sein sollte. Dennoch – sie musste um seinetwillen stark sein und ihr Versprechen halten. Zaghaft hob sie den Blick und sah ihm in die Augen. Die Liebe in seinem Blick brach ihr fast das Herz. „Oh bitte, Matt! Tu das nicht!" Wie sollte sie so jemals standhaft bleiben?

Er legte die Hand liebevoll auf ihre Wange. „Ich habe an dem Tag, an dem du verschwunden bist, jedes deiner Worte gehört. Die ganze Zeit habe ich versucht, dir zu sagen, dass du nicht gehen sollst, aber ich konnte kein Wort herausbringen. Seit du weg bist, habe ich jeden Tag nach dir gesucht. Ich brauche dich. Caitlin braucht ihre Mutter. Du darfst uns nicht im Stich lassen."

„Ich dachte, sie würde mich vergessen, aber sie hat … Mami zu mir gesagt." Gab es auf der Welt ein schöneres Wort? Mary bezweifelte es. Wie sollte sie je wieder ihre Schutzmauern aufbauen, um ohne ihn leben zu können?

„Ich habe ihr jeden Tag, seit du fort bist, dein Bild gezeigt und ihr von dir erzählt, damit sie dich auf keinen Fall vergisst."

Allein bei der Vorstellung rollten Mary erneut die Tränen über die Wangen. Sie schluckte. „Wie hast du mich überhaupt hier in der Stadt gefunden?"

Matt begann zu grinsen. „Wir haben für den Weg hierher bis zwei Uhr heute Nacht gebraucht. Am Morgen ging ich zu McDonalds und fragte, ob dich dort jemand kennt. Ich habe gesagt, dass du immer Vanilleeiskaffee bestellst. Eine Frau hinter der Theke konnte mir sagen, wo du arbeitest, und da sind wir, um dich endlich nach Hause zu holen." Er hielt inne und fuhr mit leiser und ernster Stimme fort. „Wenn du mir meine ganzen Lügen vergeben kannst."

„Ich habe dir schon lange vergeben, aber ich kann trotzdem nicht mit euch kommen. Vielleicht passiert dir sonst etwas Schlimmes", flüsterte sie.

Das Leuchten in seinen Augen kehrte zurück. „Ach Mary, Gott trifft keine solchen Abmachungen. Er hat nie aufgehört, dich zu lieben, genauso wie ich nie aufgehört habe, dich zu lieben. Die Vergebung, die du kennengelernt hast, ist nur ein schwacher Schatten dessen, was Gott dir in unendlicher Fülle schenken möchte. Du musst es nur annehmen. Hör auf, dich selbst zu geißeln." Er zog sie an sich.

Wenn sie ihm nur glauben könnte. Aber die Angst, die entsetzlich große Angst, wollte sie nicht loslassen. „Nein, Matt, du musst mich vergessen. Ich will für dich und Caitlin nur das Beste."

„Du wurdest für uns geschaffen. Wer könnte mehr das Beste für uns sein als du? Wer könnte Caitlin mehr lieben als ihre eigene Mutter? Willst du, dass sie sich mit einer bösen Stiefmutter abquälen muss?"

Mary lachte, aber der Gedanke gefiel ihr überhaupt nicht. Die Vorstellung, dass eine andere Frau ihrer Tochter eine Gutenachtgeschichte vorlas, war furchtbar. Der Vorstellung von Matt mit einer anderen Frau verweigerten sich ihre Gedanken ganz und gar. Doch ging es bei einem Opfer nicht genau darum? Musste ein Opfer nicht Schmerz und Verzicht bedeuten? Vor allem, wo Gott ihr Gebet erhört hatte: Matt stand gesund und kräftig vor ihr.

„Ich kann meine Abmachung mit Gott nicht brechen", flüsterte sie.

„Mary, Gott will, dass die Menschen gut und gerecht miteinander umgehen; das ist ihm viel lieber als ihre Opfergaben", sagte Matt. „Das steht in Sprüche 21, Vers 3. Denkst du nicht, dass es gut und gerecht ist, dein eigenes Kind aufzuziehen und sich um es zu kümmern? Den Mann zu lieben, den Gott für dich geschaffen hat?"

Konnte es wirklich so einfach sein? Ihr Widerstand brach in sich zusammen. Sie begann zu lächeln.

Matt schlang seine Arme um ihre Taille. „Ich gehe erst hier weg, wenn du einwilligst, mich zu heiraten, damit ich eine anständige Frau aus dir machen kann. Ist das nicht gerecht und gut?" Unvermittelt tauchte sein Grübchen wieder auf.

„Eine anständige Frau?"

„Du willst doch nicht etwa, dass Caitlin allen erzählt, du wärst ihre Mutter und wir sind noch nicht einmal verheiratet." Seine blauen Augen strahlten.

Eine kleine Hand schob sich in ihre Hand. „Wann fahren wir nach Hause, Mami?"

Mary sah in das Gesicht ihrer Tochter und danach in Matts Augen. Das Glück war in greifbarer Nähe. Sie brauchte das Gute, das Gott ihr schenkte, nur anzunehmen. Mit einem Mal erfüllte sie neue Gewissheit und eine ruhige Zuversicht. Sie war in Gott geborgen. „Was haltet ihr davon, wenn wir jetzt gleich zusammen nach Hause fahren?"

Sie kniete sich auf den Boden und umarmte ihre Tochter. Matt legte liebevoll seine Hand auf ihre Schulter. Freudestrahlend blickte sie ihm in die Augen. Weit und frei lag die Zukunft vor ihnen.

Kennen Sie schon die ergreifende Amisch-Trilogie von Cindy Woodsmall?

Cindy Woodsmall
Nähme ich Flügel der Morgenröte ...
Hannah, das Amischmädchen – Band 1
ISBN 978-3-86122-985-8
352 Seiten, Paperback

Zum Inhalt:

Hannah kennt die Strenge, aber auch die Geborgenheit und Nestwärme, in der ein Kind bei den Amisch aufwächst. Und doch will die Siebzehnjährige die Gemeinschaft verlassen, die ihr wie ein Kloster vorkommt. Schließlich wartet „draußen" das Glück auf sie in Gestalt des sympathischen Mennoniten Paul Waddel.
Kaum aber haben die beiden sich einander versprochen, widerfährt Hannah Böses. Als Opfer eines Verbrechens sucht sie nach Antworten, die ihre Familie ihr nicht geben kann. Ihr Platz bei den Amisch steht bald in Frage – was aber wird aus dem Platz an der Seite ihres geliebten Paul?

Kapitel 1

(...) Paul war es leid, Hannah so zu behandeln, als wären sie nur gute Freunde, obwohl er in Wirklichkeit in sie verliebt war. Wenn sie ein paar Jahre älter wäre, hätte er ihr schon längst gestanden, was er für sie empfand. Aber selbst wenn er es ihr sagte und sie für ihn hoffentlich genauso empfand, wäre sie nicht die Einzige, die ihre Beziehung geheim halten müsste. Wenn er sie vor Schwierigkeiten mit ihrem Vater und ihrer ganzen Gemeinde bewahren wollte, konnte er es sich nicht leisten, irgendjemandem von ihr zu erzählen. Er hatte zu viele entfernte Verwandte in Owl's Perch, die durch unvorsichtige Bemerkungen seine und Hannahs gemeinsame Zukunft gefährden könnten.

Vorausgesetzt, sie war überhaupt an einer Zukunft mit ihm interessiert.

Während Paul am Gartentisch stand und die gekauften Beeren zu denen kippte, die er selbst gepflückt hatte, erblickte er Hannah, wie sie auf dem Schotterweg den Hügel herabkam. Bei ihrem Anblick begann sein Puls, schneller zu schlagen.

Der größte Teil ihrer schönen kastanienbraunen Haare war von der Gebetskapp verdeckt. Ihr braunes Kleid reichte bis weit über ihre Knie und wurde von einer langen, schwarzen Schürze bedeckt. Die Amisch bemühten sich, auf jede nur denkbare Weise schlicht zu sein, angefangen bei der Schulbildung, die nur bis zur achten Klasse ging, bis hin zu ihren strengen Kleidervorschriften. Ein Lächeln spielte sich um seine Lippen. Hannah besaß das Herz einer Löwin und die Sanftheit eines Kätzchens. Sie zu einer unscheinbaren Frau zu machen war etwas, das man nicht mit einem Regelkatalog erreichen konnte – nicht einmal mit den Gesetzen der Ordnung. Sie sah ihn und winkte. Er erwiderte ihren Gruß und stellte den Eimer ab. Sein ganzer Körper reagierte auf sie: Sein Herz pochte, seine Handflächen begannen zu schwitzen, und seine Gedanken purzelten wild durcheinander. Aber er kam nicht deshalb jeden Sommer nach Owl's Perch, weil er sich körperlich zu ihr hingezogen fühlte. Sie verband etwas miteinander, das er nicht erklären konnte, aber er wusste, dass das in einer Beziehung zwischen einem

Mann und einer Frau etwas ganz Besonderes war. Mit Hannah an seiner Seite und einem abgeschlossenen Studium in Sozialarbeit könnten sie so vieles erreichen. Er und Hannah hatten beide den Wunsch, im Leben von anderen Menschen etwas zum Positiven zu verändern – besonders bei Kindern. Welche Voraussetzungen wären da besser als mit Hannah ein Leben lang ein Team zu bilden, auch wenn sie gerade erst lernte, wie man betete und Gott vertraute. Bis vor kurzem hatte ihr Glaube hauptsächlich daraus bestanden, starre Regeln zu befolgen.

Paul beobachtete jede ihrer Bewegungen, als sie das hintere Tor öffnete und das Feld überquerte. Als er ihr das Viehgatter auf der Vorderseite der Weide aufhielt, lagen ihm liebevolle Worte auf der Zunge. Nur mit großer Mühe konnte er verhindern, dass sie ihm über die Lippen kamen. Aber wie immer sorgten seine Unsicherheit und seine Achtung vor ihrer eher zurückhaltenden Art dafür, dass die Worte nicht ausgesprochen wurden.

„Hallo." Sie reichte ihm das mit einem Tuch bedeckte Bündel, das sie in der Hand hatte.

Er hob das Bündel an sein Gesicht und atmete den Duft des frisch gebackenen Brotes ein. „Mmm."

Sie schaute ihn mit einem herausfordernden Grinsen an. „Wer, glaubst du, hat dieses Brot gebacken?"

„Du." Er sagte das mit absoluter Gewissheit.

Sie stemmte die Hände in die Hüften. „In unserem Haus sind vier Frauen, die Brot backen. Woher willst du wissen, dass ich es gebacken habe?"

„Wenn du den Teig geknetet hast, hat der Laib ein besonderes Feuer in sich, so als hättest du einen Teil deiner Seele hineingesteckt."

Hannah lachte. „Du redest Unsinn. Weißt du das?"

„Das ist mein voller Ernst, Hannah." Er sog den Duft des eingewickelten Brotes noch einmal ein. „Wenn du den Brotgeruch tief einatmest, riechst du die Hitze." Er hielt ihr das Brot vors Gesicht. „Genauso wie das Feuer in dir, Löwenherz."

Sie schnalzte mit der Zunge, um ihn zu warnen, dass er nicht unanständig werden sollte. Er senkte den Brotlaib und schaute ihr in die Augen. Er wollte die starken Gefühle, die zwischen ihnen loderten, unbedingt festhalten. Für ihn besaß Hannah den Mut, die Macht und das Majestätische, das Löwen ausstrahlten. Diese Beschreibung passte perfekt zu ihr, auch wenn es sie in Verlegenheit brachte, dass er sie so bezeichnete.

„Warte bitte kurz." Paul ging zur Hintertür und schnappte sich im Gehen den Griff des Blaubeereimers. Er schritt über die Veranda und trat in die Küche. Nachdem er den Eimer und das Brot auf den Tisch gestellt hatte, rief er: „Großmutter."

Er fand sie im Wohnzimmer, wo sie in ihrer Bibel las, und trat an den runden Mahagonitisch. „Hannah ist gekommen. Wir gehen spazieren." Er nahm eines der Funkgeräte, die auf dem Tisch lagen, und schaltete es ein. „Wenn du etwas brauchst, musst du nur auf diesen Knopf drücken." Er deutete auf den Drehknopf mit der Musiknote darüber. „Wenn du uns anfunkst, kommen wir sofort zurück." Er stellte das Funkgerät auf den Tisch und befestigte das zweite Gerät an seiner Gürtelschlaufe.

Die Augen seiner Großmutter schauten ihn fragend an.

Paul zog eine Braue in die Höhe. „Es wäre aber schön, wenn du nichts brauchen würdest." Er küsste sie auf den Kopf.

„Ich gebe dir fünfzehn Minuten, junger Mann. Dann drücke ich auf diesen Knopf. Mehr Zeit brauchen junge Leute nicht."

„Komm schon, Großmutter. Hannah und ich brauchen ein wenig Zeit, um ungestört miteinander reden zu können."

Leichte Falten zogen über ihr Gesicht, als sie ihn betrachtete. „Ich gebe dir zwanzig Minuten. Danach kannst du ihr alles, was gesagt werden muss, auf der Veranda oder in der Küche sagen. Keine Widerrede mehr! Sonst fahre ich höchstpersönlich zu ihren Eltern."

Paul seufzte. „Jawohl." Er lief zur Hintertür. Sie erlaubte ihm nie, sich wie ein Erwachsener zu fühlen. Wenn er in Maryland bei seinen Eltern war, gestanden sie ihm viel mehr Freiheiten zu als seine Großmutter, und an der Universität hatte er alle Freiheit der Welt. Er musste sich hier also nichts beweisen.

Er tastete in seiner Hosentasche nach dem Geschenk und lief dann zur Hintertür hinaus.

Hannah stand auf einer Kuppe und schaute über die grünen Wiesen zu der grasenden Viehherde, während der leichte Wind ihren Rock flattern ließ und mit den Bändern der Kapp auf ihrem Kopf spielte. Diesen Anblick würde er gern auf einem Foto festhalten. Aber auch jedes andere Foto von Hannah wäre schön.

Er ging zu ihr hinauf und hielt ihr die Hand hin. Zum ersten Mal legte sie ihre Hand in seine.

Sie liefen über das Feld und in den Schatten des Waldes. Als sie zu einer Brücke kamen, die sich über den Bach erstreckte, verlangsamten sie ihre Schritte. Hannah schlüpfte aus ihren leichten Schuhen und setzte sich auf die Holzplanken. Ihre Füße baumelten über dem Wasser.

Paul schüttelte die Sandalen von seinen Füßen und setzte sich neben sie.

Für einen Moment sprach keiner von beiden ein Wort. Das Plätschern des Wassers, das Zwitschern der Vögel und das gelegentliche Muhen einer Kuh erfüllten die Luft.

Ohne auf die Nervosität zu achten, die sich in ihm regte, legte Paul die Hand über ihre Finger. „Es wird mit jedem Jahr schwerer, wieder wegzugehen." Er zog ihre Hand an seine Lippen und küsste sie.

Sie schaute ihn groß an, als hätte sie nie erwartet, dass er sie küssen würde. Er beugte sich näher vor und hoffte, er könnte sie auf die Wange küssen.

Sie räusperte sich und wich vor ihm zurück. „Ich glaube, es ist am besten, wenn wir jetzt wieder zurückgehen." Sie stand auf.

„Aber …" Paul sprang auf. „Ich … ich bin noch nicht fertig mit dem, was ich dir sagen wollte. Ich will mit dir über uns sprechen."

Sie hob ihre Schuhe auf. „Erwarte nicht, dass ich dich in mein Herz schauen lasse, wenn ich genau weiß, dass du danach wieder zu deinen Mädchen an der Uni zurückgehst." Ohne ihn anzuschauen, steckte sie die Füße in ihre Schuhe. „Ich bin zwar vielleicht nicht so gebildet wie sie, aber ich bin trotzdem nicht dumm, Paul Waddell. Ich habe gehört, wie es an den Unis zugeht, und das gefällt mir überhaupt nicht. Wir sind gute Freunde und haben das nicht nötig." Sie wischte sich die Hände an ihrer Schürze ab und hob den Kopf, um ihn anzuschauen.

Die Ungewissheit rumorte so stark in ihm, dass er davon Bauchschmerzen bekam. Er schlüpfte in seine Sandalen. War er dabei, genau die Freundschaft kaputt zu machen, die ihm wichtiger war als alles andere in seinem Leben? „Ich habe kein Mädchen an der Uni. Und ich hatte auch nie eines. Für mich gibt es keine andere als dich … falls ich dich als meine Freundin bezeichnen darf."

Sie starrte ihn einen Moment an. „Was sagst du da?"

Ihr heiseres Flüstern drang tief in seine Seele. Paul trat näher auf sie zu. „Ich will damit sagen, dass ich mir eine gemeinsame Zukunft mit dir wünsche." Er griff in seine Hosentasche und zog eine lange, dünne, goldfarbene Schachtel heraus. „Das ist für dich."

Hannah schüttelte den Kopf. „Das kann ich nicht annehmen."

„Wir sind schon so lange Freunde, und du kannst nicht einmal ein einfaches Geschenk von mir annehmen?" Er hielt es ihr hin und hoffte, sie würde es annehmen. „Das hier haben wir mit unserer Arbeit für meine Großmutter und den Verkäufen auf dem Bauernmarkt gemeinsam verdient."

Sie nahm die Schachtel aus seinen Händen und hielt sie fest, schaute ihn aber immer noch fragend an.

Paul wagte es, mit den Fingern ihre Wange zu berühren. „Hannah, du bestimmst alle meine Gedanken und Hoffnungen."

Sie starrte ihn an. Ihr Atem ging plötzlich sehr schnell.

„Wir müssen noch mindestens ein Jahr warten, aber ..." Paul schaute auf seine Füße, trat gegen ein Moosbüschel und bemühte sich, seine nächsten Worte deutlich auszusprechen. „Hannah Lapp, willst du mich heiraten?"

Sie gab keinen Ton von sich und bewegte nicht einmal einen Fuß. Er hob den Kopf und schaute sie an. Aus ihrem Gesicht sprach eine große Ungläubigkeit. „Aber ... meine Familie ... ich ... ich ... es wird für Mamm schon schwer genug werden, wenn ich nicht in die Kirche eintrete, aber wenn ich aus Owl's Perch wegziehe, bricht es ihr das Herz."

Paul rieb sich den Nacken. Die Zustimmung ihrer Familie zu gewinnen wäre ein schwerer Kampf, ein Kampf, den er gewinnen musste, da es Hannah sonst das Herz brechen würde. Er schaute ihr in die Augen und hoffte, er könnte ihr versichern, dass er sein Bestes tun würde.

Sie wussten es beide. Wenn sie ihn heiratete, würde das ihre Beziehung zu ihrer Familie für den Rest ihres Lebens beeinflussen. Da sie noch nicht getauft und damit auch noch nicht in die amische Kirche eingetreten war, würde sie nicht mit dem Bann belegt werden, falls sie sich entschied, einen Mennoniten zu heiraten. Aber ihr Vater würde das nicht zulassen, genauso wenig wie er elektrischen Strom in seinem Haus erlauben würde. Wenn sie ihre Familie hin und wieder besuchen dürfte, würde man ihr nicht erlauben, das Haus zu betreten. Es wurde nicht in jeder amischen Familie so streng gehandhabt, aber das half Hannah in ihrer Situation auch nicht.

Um ihren Vater zu gewinnen, brauchte Paul Geduld. Er müsste auf den richtigen Zeitpunkt warten.

Er suchte nach den richtigen Worten, um Hannahs Bedenken zu vertreiben.

Wie um ihm zu zeigen, dass sie seine Gefühle verstand, vertrieb ein langsames Lächeln ihre Traurigkeit. Sie nickte leicht.

„Ist das ein Ja?" Er ergriff ihre Hände, die immer noch die ungeöffnete Schachtel hielten.

„Ja", flüsterte sie.

„Hannah, ich kann es kaum glauben. Ich meine ... ich wusste nicht ... Du lässt einen Mann ganz schön im Ungewissen."

Sie legte den Kopf schief. „Hättest du es lieber, dass ich so kühn wäre wie diese Mädchen bei den Englischen, von denen ich gehört habe?"

Paul drückte ihre Hände. „Ich werde mich nie für eine andere interessieren." Er hob die Hand zu ihrem Gesicht. Seine Finger fuhren zärtlich über ihre Wangen. „Du bist so schön."

Hannah wich zurück und stotterte: „Schönheit ist eitel, und ich wäre dir dankbar, wenn du darauf keinen Wert legtest."

Paul lachte. „Oh, du bist wunderschön, aber das ist nicht der Grund, warum ich mich für dich interessiere. Wenn es mir nur um Schönheit ginge, könnte ich viele schöne Mädchen finden."

Sie betrachtete ihn einen Moment und musste dann schmunzeln. „Hör sich einer nur diese kühnen Worte aus deinem Mund an! Ich hätte dir heute Morgen doch ein Ei an den Kopf werfen sollen."

Paul lachte. „Zu spät." Er deutete auf das Geschenk. „Willst du mein Geschenk nicht auspacken?"

Mit geröteten Wangen entfernte Hannah die goldene Schleife, die um die kleine Schachtel gebunden war. Sie hob den Deckel und zog ein dünnes Büchlein heraus. Ihre Stirn zog sich leicht in Falten, als sie das Buch aufschlug und eine Spalte mit Zahlen darin sah.

„Die Karte, die du letzte Woche für mich unterschrieben hast, war nicht für Großmutters Steuererklärung. Es ging dabei um unser Sparkonto." Er deutete auf die untere Zahl in einer der Spalten. „Mit unserer Arbeit in den letzten Jahren haben wir so viel verdient, dass wir dieses kleine Mädchen in Thailand unterstützen können."

Die freudige Überraschung in ihren Augen entschädigte ihn für jeden Schweißtropfen, den er vergossen hatte, um dieses Geld zu verdienen. „So viel hast du gespart?"

„Wir haben es gespart. Wir haben drei Jahre lang jeden Frühling den großen Garten neben Großmutters Garten angesät. Wir haben das Gemüse verkauft und haben die Zutaten zum Einmachen gekauft. Ich habe zwar die handwerklichen Arbeiten erledigt, das Dach gebaut und so, aber du hast die ganzen Sachen genäht – die Puppen und die Decken und so weiter. Wir haben beide dazu beigetragen, dieses Geld zu verdienen. Dank unserer Anstrengungen kann jetzt ein Mädchen in Thailand in diesem christlichen Heim leben, statt als billige Arbeitskraft oder Prostituierte verkauft zu werden. Sie bekommt dort Kleidung, Essen und kann zur Schule gehen."

Hannah fuhr mit den Fingern über die Spalten mit den Zahlen. „Wer hätte gedacht, dass wir mit ein wenig Arbeit so viel für jemanden tun können?"

„Gott, denke ich." Er wünschte sich sehnlich, sie zu küssen. Aber stattdessen deutete er auf das Buch. „Ich will dir noch etwas anderes zeigen."

Hannah gab ihm das Buch, und er blätterte auf die nächste Seite. „Diese Seite zeigt einen Geldbetrag, den ich auf einem getrennten Konto angelegt habe." Er deutete auf die Stelle. „Das ist für unseren Lebensunterhalt."

Hannahs Blick wanderte von dem Buch zu seinem Gesicht. „Aber du bist der Einzige, der auf dieses andere Konto Geld eingezahlt hat, nicht wahr?"

Paul nickte und war nicht sicher, worauf sie hinaus wollte.

Sie zog die Stirn in Falten. „Wie kommt es dann, dass schon so viel Geld eingezahlt ist?"

„Ich spare schon seit Jahren dafür."

Sie war zu überrascht, um reagieren zu können. Er küsste sie auf die Stirn und war von ihrer weichen Haut überwältigt. Je länger er so nahe neben ihr stand, umso stärker wurde sein Wunsch, sie auf die Lippen zu küssen. Aber er hatte Angst, dass sie das vielleicht nicht wollte. „Sobald ich an der Uni fertig bin, arbeite ich den ganzen Sommer für deinen Vater, ohne Geld dafür zu verlangen. Ich hoffe, dass ich in dieser Zeit seinen Segen bekomme, dich heiraten zu dürfen."

Hannah rieb sich den Hals. Ihre Augen verrieten ihre Bedenken. „Und wenn er nicht einverstanden ist?“

„Er ist bestimmt irgendwann einverstanden, Hannah. Selbst wenn wir noch ein oder zwei Jahre länger warten müssen, bis es so weit ist.“ Paul beugte sich vor und gab ihr einen Kuss auf die Wange. Ihre weiche Haut roch süß, wie Honig und Zimt. „Deine Familie wird uns irgendwann ihren Segen geben.“

Ein Schatten zog über ihr Gesicht. Sie hob die Seite ihrer Schürze hoch und steckte die Geschenkschachtel, die Schleife und das Buch in die verborgene Tasche in ihrem Rock. „Wenn überhaupt jemand meine Familie und Gemeinde für sich gewinnen kann, dann bist das du.“ Sie hob das Kinn, warf die Schultern zurück und grinste. „Jah?“

„Jah.“ Paul nickte und lächelte.

Das Funkgerät piepste, und Großmutters Stimme brummte seinen Namen.

„Komm.“ Er hielt ihr die Hand hin. „Wir sollten lieber zurückgehen, bevor Großmutter meine Pläne, die Zustimmung deines Vaters zu gewinnen, zunichte macht.“

Hannah legte die Hand in seine, und sie gingen eilig zum Haus seiner Großmutter zurück. „Mein Herz schlägt wie wild.“

Paul blieb stehen und drückte zärtlich ihre Hand. „Ich liebe dich, Hannah Lapp.“

Sie senkte den Kopf und schaute auf ihre und seine Hände. „Ich liebe dich auch.“

* * *

Mit dem vollen Blaubeereimer in der Hand schloss Hannah das hintere Viehgatter und winkte Paul zum letzten Mal zu. Während sie sich auf den Heimweg begab, schwebte ihr Herz höher als die Flugzeuge, die sie weit oben am Himmel gesehen hatte. Egal, wohin die Menschen in diesen Flugzeugen flogen, es konnte bestimmt nicht aufregender sein als das, wohin ihre Träume sie trugen.

Was für ein bemerkenswerter Mann Paul doch war. Er war bereit, ohne Bezahlung für ihren Vater zu arbeiten, um seine Zustimmung zu gewinnen, und geduldig zu warten, bis ihre Familie ihn akzeptierte. Ihr

Herz wollte sich vor Aufregung überschlagen. Ein glückliches Lächeln zog über ihr Gesicht.

Sie nahm den dünnen Metallgriff von ihrem Blaubeereimer in die andere Hand und wischte sich die Schweißperlen aus dem Nacken. Paul hatte an einem heißen Augustnachmittag Beeren für ihre Familie gepflückt, obwohl er dafür keinen Lohn bekam. Es war typisch für ihn, dass er schwer für andere arbeitete und dankbar war, wenn es ihm gelungen war zu helfen. Sie konnte es kaum glauben, dass so ein wunderbarer Mann es als Ehre betrachtete, sie zu heiraten.

Da er davon träumte, Sozialarbeiter zu werden und gemeinsam mit ihr Pflegekinder anzunehmen, könnte sie ihn vielleicht unterstützen, obwohl sie nur acht Jahre die Schule besucht hatte. Sie liebte Kinder. Und sie wusste, wie man einen Haushalt führte und wie man mit gewöhnlichen Dingen wie Einmachen, Nähen und Putzen Geld verdienen konnte. Die englischen Mädchen am College hatten vielleicht ihre Ausbildung, aber Hannah war fest entschlossen, sie alle in den Schatten zu stellen, wenn es darum ging, Paul eine perfekte Frau und ihren gemeinsamen Kindern eine wunderbare Mutter zu sein.

Sie berührte ihre Kapp und war stolz darauf, dass Paul ihre Art gefiel. Oh, es gab so viele Dinge, die sie ihn fragen wollte, so viele Gespräche, die sie miteinander führen konnten, jetzt, da sie wusste, dass er sie liebte. Sie freute sich mehr als je zuvor auf seine Briefe. Dieses Mal quälte sie sich nicht mit der Frage, ob er sich für die vielen Mädchen da draußen interessierte.

Als sie hinter sich Autoreifen auf den Schottersteinen der ungeteerten Straße knirschen hörte, wich sie an den anderen Straßenrand aus. (…) Es war nur eine einspurige Landstraße, die hauptsächlich von Pferden und Einspännern benutzt wurde. Sie weigerte sich, einen Blick nach hinten zu werfen, obwohl der Geruch nach Abgasen und der störende Motorenlärm stärker wurden.

Das Auto rollte neben sie. „Entschuldigung“, sagte ein Mann. (…) „Können Sie mir sagen, wie ich nach Duncannon komme?“

Ihr Blick wanderte über die Felder, während sie überlegte. Hannah deutete die Straße hinab in die Richtung, in die er unterwegs war. „Fahren Sie weiter, bis Sie zu einer Kreuzung mit einem Stoppschild kommen. Biegen Sie dort nach links ab. Dann fahren Sie ein ganzes Stück, bis Sie zu einem weiteren Stoppschild kommen. Dort biegen Sie wieder nach links ab. Dann fahren Sie weiter, bis Sie Schilder sehen, die Ihnen sagen, wie Sie nach Duncannon kommen."

Der Mann runzelte die Stirn und schüttelte den Kopf. Dann stellte er den Motor ab und öffnete die Tür. Er stieg aus und schaute hinter sich auf den langen ungeteerten Weg und drehte sich wieder um. „Wie weit ist es, bis ich auf eine Teerstraße komme?"

„Ungefähr eine Meile."

Der Mann lächelte und betrachtete sie von Kopf bis Fuß. „Nach diesem Bauernhaus da vorne?"

In Hannah regte sich ein deutliches Unbehagen. Sie strich mit ihrer freien Hand ihren Rock glatt und schluckte schwer. Ihm waren diese Straßen nicht so unbekannt, wie er am Anfang getan hatte. In der Hoffnung, dass er in sein Auto steigen und verschwinden würde, begann sie weiterzugehen.

Der Mann packte sie am Arm. „Lauf doch nicht gleich weg."

Sie kämpfte gegen ihre aufsteigende Panik an, riss ihren Arm von ihm los und begann zu laufen.

Zwei große Hände stießen sie in den Rücken und versetzten ihr einen kräftigen Stoß. Sie stürzte auf die steinige Straße. Der Eimer flog aus ihrer Hand, und ihre Blaubeeren rollten in alle Richtungen. (…)